Nos vemos allá arriba

Pierre Lemaitre (París, 1951) estudió Psicología, creó una empresa de formación pedagógica y ha impartido clases de literatura. Autor tardío, en 2006 ganó el Premio a la Primera Novela Policiaca en el festival de Cognac con *Irène*, primera entrega de una serie protagonizada por el comandante Camille Verhoeven que también incluye *Alex* (2011, CWA Dagger 2013, entre muchos galardones), *Rosy & John* (2011) y *Camille* (2012, CWA Dagger 2015, entre otros honores). Su carrera literaria dio un vuelco con la aparición de *Nos vemos allá arriba* (Premio Goncourt 2013, entre una retahíla de distinciones, y llevada al cine con éxito), primer volumen de su aclamada trilogía sobre el periodo de entreguerras titulada Los Hijos del Desastre, que sigue con *Los colores del incendio* (2018), estrenada en cines en 2022, y *El espejo de nuestras penas* (2020). Completan su obra, traducida a más de cuarenta idiomas, las novelas *Vestido de novia* (2014), *Tres días y una vida* (2016), *Recursos inhumanos* (2017), *La gran serpiente* (2022), *El ancho mundo* (2023) y *El silencio y la cólera* (2024), así como el ensayo *Diccionario apasionado de la novela negra* (2022). Su último libro es *Un futuro prometedor* (2025).

PIERRE LEMAITRE

Nos vemos allá arriba

Traducción de
José Antonio Soriano Marco

DEBOLS!LLO

Papel certificado por el Forest Stewardship Council®

Título original: *Au revoir là-haut*

Primera edición en Debolsillo: octubre de 2024
Segunda reimpresión: mayo de 2026

© 2013, Éditions Albin Michel
© 2014, 2024, Penguin Random House Grupo Editorial, S.A.U.
Travessera de Gràcia, 47-49. 08021 Barcelona
© 2014, José Antonio Soriano Marco, por la traducción
Diseño de la cubierta: Penguin Random House Grupo Editorial
basado en el diseño original de Rothfos & Gabler
Imagen de la cubierta: Herbert Tobias *Untitled.*
Jardin du Luxembourg, 1952 © VG Bild-Kunst, Bonn 2014

Printed in Spain – Impreso en España

ISBN: 978-84-663-7784-3
Depósito legal: B-12.786-2024

Impreso en Liber Digital, S. L.
Casarrubuelos (Madrid)

P 3 7 7 8 4 3

Te doy cita en el cielo, donde espero que Dios nos reúna. Nos vemos allá arriba, mi querida esposa...

Últimas palabras escritas por Jean Blanchard, el 4 de diciembre de 1914

NOVIEMBRE DE 1918

1

Todos los que pensaban que aquella guerra acabaría pronto habían muerto hacía mucho tiempo. Precisamente a causa de la guerra. Así que, en octubre, Albert recibió con bastante escepticismo los rumores sobre un armisticio. Les dio tanto crédito como a la propaganda del principio, que aseguraba, por ejemplo, que las balas de los *boches* eran tan blandas que se estrellaban contra los uniformes igual que peras pasadas, y provocaban las carcajadas de los regimientos franceses. En cuatro años, Albert había visto la tira de tipos muertos de risa por el impacto de una bala alemana.

Era consciente de que su negativa a creer en la inminencia de un armisticio tenía algo de superstición: cuanto más se espera la paz, menos crédito se da a las noticias que la anuncian, es un modo de ahuyentar la mala suerte. Sólo que esas noticias llegaban día tras día en secuencias cada vez más seguidas, y en todas partes se repetía que la guerra estaba realmente a punto de terminar. Por increíble que pudiera parecer, incluso se pronunciaron discursos sobre la necesidad de desmovilizar a los veteranos, que llevaban años en el frente. Cuando el armisticio se convirtió al fin en una perspectiva razonable, hasta los más pesimistas empezaron a acariciar la esperanza de salir con vida de la contienda. En consecuencia, nadie siguió mostrando el mismo ardor en las cuestiones ofensivas. Se decía que la 163.ª División de Infantería intentaría cruzar el Mosa por la fuerza. Aún había quien hablaba de liarse a guantazos con el enemigo, pero, en términos generales, entre los de abajo, entre Albert y sus camaradas, después de la victoria de los aliados en Flandes, la liberación de Lille, la derrota austríaca y la capitulación de los turcos, había mucho menos entusiasmo que entre los oficiales. El éxito de la ofensiva italiana, los ingleses en Tournai, los estadounidenses en Châtillon...: estaba claro quién llevaba las de ganar. El grueso de la unidad se puso a contar las horas, y empezó a vislumbrarse una clara línea divisoria entre quienes, como Albert, habrían esperado al final de la guerra sentados tranquilamente junto al petate, fumando y escribiendo cartas, y quienes se morían de ganas de aprovechar los últimos días para zurrarse un poquito más con los boches.

Esa línea de demarcación se correspondía exactamente con la que separaba a los oficiales del resto de los hombres. Nada nuevo, se decía Albert. Los mandos quieren ganar todo el terreno posible para sentarse a la mesa de negociaciones en posición de fuerza. Serían capaces de sostener que conquistar treinta metros podría cambiar realmente el desenlace de la guerra y que morir hoy es aún más útil que haber muerto ayer.

El teniente d'Aulnay-Pradelle pertenecía a esta categoría. Al referirse a él, todos omitían el nombre de pila, el «de», el «Aulnay» y el guión, y lo llamaban simplemente «Pradelle». Sabían que eso lo sacaba de quicio. Pero jugaban con ventaja, porque no dejarlo traslucir era para él una cuestión de orgullo. Orgullo de clase. A Albert no le gustaba. Quizá porque era guapo. Alto, delgado, elegante, con una buena mata de pelo castaño oscuro y ondulado, la nariz recta y unos labios finos y maravillosamente perfilados. Y los ojos muy azules. Para Albert, un tipo realmente antipático. Y encima, siempre estaba enfadado. Era un hombre impaciente, que no tenía término medio: o aceleraba o frenaba; entre lo uno y lo otro, nada. Avanzaba adelantando un hombro, como si quisiera empujar los muebles, llegaba junto a ti a toda velocidad y se sentaba de golpe, ésa era su marcha habitual. Era una mezcla curiosa: con sus aires aristocráticos, parecía sumamente civilizado y al mismo tiempo absolutamente brutal. En cierto modo, como aquella guerra. Tal vez por eso se encontrara tan a gusto en ella. Y además, tenía una espalda... De remar, o de jugar al tenis, seguro.

Otra cosa que tampoco le gustaba a Albert era su vellosidad. Vello negro por todas partes, hasta en las falanges, que le asomaba por el cuello justo debajo de la nuez. En tiempos de paz, debía de afeitarse varias veces al día para no tener aspecto patibulario. Desde luego, había mujeres a las que eso, tanto pelo, ese lado masculino, salvaje, viril, vagamente español, las impresionaba. A Cécile, sin ir más lejos... Pero dejando aparte a Cécile, el caso es que Albert no tragaba al teniente Pradelle. Y sobre todo no se fiaba de él. Porque le gustaba atacar. Lanzarse al asalto, cargar, conquistar: todo eso le iba de verdad.

Desde hacía un tiempo, sin embargo, parecía menos fogoso que de costumbre. Estaba claro que la perspectiva de un armisticio lo dejaba con la moral por los suelos, cercenaba sus impulsos patrióticos. Al teniente Pradelle, la idea de que la guerra acabara lo mataba.

Mostraba una impaciencia inquietante. La falta de ánimo de la tropa lo irritaba mucho. Cuando recorría las trincheras y arengaba a los hombres, aunque ponía en sus palabras todo el entusiasmo del que era capaz e insistía en la desmoralización del enemigo, al que una última tunda asestaría el golpe de gracia, no conseguía más que algunos gruñidos bastante suaves, los soldados asentían por si acaso y daban cabezadas de sueño. No era sólo el miedo a morir; era la perspectiva de morir entonces. Morir el último, se decía Albert, es como morir el primero, una gran gilipollez.

Pero eso era precisamente lo que iba a pasarle.

Si hasta entonces habían vivido jornadas bastante tranquilas a la espera de un armisticio, de repente todo se aceleró. De arriba había llegado una orden exigiendo que se comprobara más de cerca qué hacían los boches. Sin embargo, no había que ser general para darse cuenta de que hacían lo mismo que los franceses, esperar el final. No importaba, había que ir a ver. A partir de ese momento, ya nadie pudo reconstruir con exactitud la secuencia de los hechos.

Para llevar a cabo la misión de reconocimiento, el teniente Pradelle eligió a Louis Thérieux y Gaston Grisonnier, un joven y un viejo, a saber por qué, la combinación de la fuerza y la experiencia, quizá. En todo caso, cualidades que de poco les sirvieron, ya que ninguno de los dos sobrevivió más de media hora al mandato. En principio, no habrían tenido que avanzar mucho. Debían bordear una línea en sentido nordeste y, a unos doscientos metros, usar la cizalla y después arrastrarse hasta la segunda línea de alambre de espino, echar un vistazo y regresar diciendo que todo iba bien, dado que se sabía que no había nada que ver. Por lo demás, a ninguno de los dos soldados les preocupaba acercarse de ese modo al enemigo. Teniendo en cuenta el statu quo de los últimos días, en caso de que los descubrieran, los boches los dejarían mirar y dar media vuelta; para ellos serían casi una diversión. Sin embargo, mientras los dos observadores avanzaban tan agachados como podían, los cazaron como a conejos. Se oyeron los disparos, tres, y luego, silencio total. Para el enemigo, asunto zanjado. Se intentó localizarlos pero, como se habían ido por el lado norte, no había forma de determinar el sitio donde habían caído.

Alrededor de Albert, todo el mundo se quedó callado. A continuación, se oyeron gritos. Cabrones. Los boches, siempre igual, ¡qué malas bestias! Menudos salvajes, etcétera. ¡Además, un chico y un viejo! Eso no cambiaría nada, pero, en el ánimo de los hombres, los alemanes no se habían conformado con matar a dos soldados franceses, sino que habían atentado contra dos símbolos. Un auténtico furor, vaya.

En cuestión de minutos, con una celeridad de la que no se los creía capaces, los artilleros lanzaron desde la retaguardia andanadas del setenta y cinco sobre las líneas alemanas. A saber cómo se habían enterado.

El mecanismo se había puesto en marcha.

Los alemanes respondieron. En el lado francés, no tardaron mucho tiempo en reunirlos a todos. Aquellos gilipollas se iban a enterar. Era el 2 de noviembre de 1918. Aún no se sabía, pero faltaban menos de diez días para el fin de la contienda.

Y encima, atacar el Día de Difuntos. Aunque no creas demasiado en los símbolos...

Aquí estamos otra vez, pensó Albert, encorreados y listos para subir al andamio (así era como llamaban a la escalera de mano que usaban para salir de la trinchera, qué bonita perspectiva) y lanzarnos de cabeza hacia las líneas enemigas. Todos los hombres en fila india, tensos como cuerdas de arco, tragando saliva. Albert iba el tercero, detrás de Berry y el joven Péricourt, que se volvió como para comprobar que todos estaban en su sitio. Sus miradas se encontraron, Péricourt le sonrió, con la sonrisa de un niño a punto de hacer una travesura. Albert intentó sonreír a su vez, pero no pudo. Péricourt ya se había vuelto. Esperaban la orden de atacar, la febrilidad casi podía palparse. Ahora, los soldados franceses, indignados por el comportamiento de los boches, estaban concentrados en su rabia. Sobre sus cabezas, los obuses estriaban el cielo en ambas direcciones y sacudían la tierra incluso dentro de las trincheras.

Albert miró por encima del hombro de Berry. Subido en un pequeño puesto avanzado, el teniente Pradelle observaba las líneas enemigas con los prismáticos. Albert regresó a su posición en la fila. Si no hubiera habido tanto ruido, podría haber pensado en lo que lo atormentaba, pero los estridentes silbidos se sucedían, interrumpidos tan sólo por explosiones que lo hacían temblar a uno de la cabeza a los pies. Menudas condiciones para concentrarse.

Por ahora, los hombres están a la espera de la orden de ataque. Así que no es mal momento para observar a Albert.

Albert Maillard. Era un chico flaco, de temperamento ligeramente linfático, discreto. Hablaba poco y se le daban bien los números. Antes de la guerra, era cajero en una sucursal parisina de la Banque de l'Union. El trabajo no le gustaba demasiado, pero no lo había dejado por su madre. La señora Maillard sólo tenía un hijo y adoraba a los jefes. Así que, claro, la perspectiva de que Albert fuera jefe en un banco la había extasiado enseguida, convencida de que «con su inteligencia» no tardaría en llegar a lo más alto. Esa exacerbada veneración por la autoridad le venía de su padre, adjunto del subjefe de gabinete del Ministerio de Correos y Telégrafos, que veía la jerarquía de su administración como una metáfora del universo. A la señora Maillard le gustaban todos los jefes sin excepción. No hacía distingos en cuanto a su cualidad o procedencia. Tenía fotos de Clemenceau, de Maurras, de Poincaré, de Jaurès, de Joffre, de Briand... Desde que había perdido a su marido, que comandaba una cuadrilla de vigilantes uniformados en el Museo del Louvre, los grandes hombres le provocaban sensaciones inauditas. A Albert, la banca no lo volvía loco, pero le había seguido la corriente a su madre: era lo mejor. No obstante, había empezado a hacer planes. Quería marcharse, soñaba con Tonquín, aunque de forma bastante vaga, la verdad. En todo caso, con dejar su trabajo de contable y hacer otra cosa. Pero Albert no era un tipo de reacciones rápidas, necesitaba tomarse su tiempo para todo. Y de pronto, había aparecido Cécile, la pasión fulminante, los ojos de Cécile, la boca de Cécile, la sonrisa de Cécile y, a continuación, naturalmente, las tetas de Cécile, el culo de Cécile, imposible pensar en cualquier otra cosa.

Para nosotros, hoy en día, Albert Maillard no es muy alto, un metro setenta y tres, pero para su época no estaba mal. Las chicas lo habían mirado antaño. Sobre todo Cécile. Es decir, Albert había mirado mucho a Cécile y, al final, al sentirse tan mirada y tanto rato, lógicamente ella se había dado cuenta de que Albert existía y también lo había mirado. El rostro de Albert era enternecedor. Durante la batalla del Somme, una bala le había pasado rozando la sien. Se asustó mucho, pero no le quedó más que una cicatriz en forma de paréntesis, que le tiraba del ojo izquierdo y le confería un aire interesante. En su siguiente permiso, Cécile, soñadora y encantada, se la había acariciado con la yema del índice, lo que no había bastado para subirle la moral. De niño, Albert tenía una carita pálida y casi redonda, con unos párpados pesados que le daban aspecto de Pierrot triste. La señora Maillard se privaba de comer para comprarle carne roja, convencida de que estaba pálido porque le faltaba sangre. Albert le había explicado mil veces que eso no tenía nada que ver, pero su madre no era de las que cambian de opinión así como así: siempre encontraba ejemplos, argumentos, no soportaba equivocarse, incluso en sus cartas volvía sobre asuntos que se remontaban a muchos años atrás, era realmente agotadora. A saber si Albert no se habría alistado en cuanto estalló la guerra precisamente por eso. Cuando la señora Maillard se enteró, puso el grito en el cielo, pero, como era una mujer tan expansiva, resultaba imposible distinguir cuánto había en ello de miedo y cuánto de teatro. Había chillado, se había tirado de los pelos y enseguida se había tranquilizado. Dado que tenía una idea bastante clásica de la guerra, pronto se convenció de que, «con su inteligencia», Albert no tardaría en destacar, en subir de graduación. Lo imaginaba lanzándose al asalto en primera línea, llevando a cabo una acción heroica y, acto seguido, ascendiendo a oficial, a capitán, a comandante, incluso a general. En la guerra ocurrían esas cosas. Albert, que estaba haciendo la maleta, la dejó hablar.

Con Cécile fue muy distinto. La guerra no la asustaba. Para empezar, era un «deber patriótico» (Albert se quedó sorprendido, nunca la había oído hablar así); y además, no había verdaderos motivos para tener miedo, era prácticamente un trámite, todo el mundo lo decía.

En cuanto a Albert, tenía sus dudas, pero en el fondo Cécile era un poco como su madre, de ideas bastante fijas. Según ella, la guerra no iba a durar mucho. Albert casi estaba tentado de creerla; con aquellas manos, con aquella boca, con aquel todo, Cécile podía decirle lo que quisiera. Para entenderlo, hay que conocerla, pensaba Albert. Para nosotros, la tal Cécile sería una chica guapa, nada más. Para él era otra cosa. Cada poro de su piel, de la piel de Cécile, estaba formado por una molécula especial, su aliento olía de forma especial... Tenía los ojos azules. Vale. A usted eso no le dice nada, pero para Albert esos ojos eran un precipicio, un abismo. Mire, piense en aquella boca y póngase un momento en el lugar de nuestro Albert. De esa boca había recibido besos tan cálidos y tiernos que lo elevaban, casi lo hacían estallar, había sentido su saliva entrar en él, la había bebido con tal pasión, Cécile había sido capaz de tales prodigios que ya no era simplemente Cécile, era... Así que ella podía asegurar de repente que la guerra era pan comido, y cuánto había soñado Albert ser pan y que se lo comiera Cécile...

Por descontado, hoy veía las cosas de manera bien distinta. Sabía que la guerra no era otra cosa que una inmensa lotería de balas en la que sobrevivir cuatro años era sencillamente un milagro.

Y acabar enterrado vivo a cuatro días del final de la guerra, con toda franqueza, sería el colmo de la mala suerte.

Pero eso es exactamente lo que va a pasar.

El pobre Albert, enterrado vivo.

Por culpa de la «fatalidad», como diría su madre.

El teniente Pradelle se ha vuelto hacia sus hombres y ha clavado los ojos en los primeros, que a derecha e izquierda lo miran como si fuera el Mesías. Luego ha asentido con la cabeza y respirado hondo.

Minutos después, Albert corre un poco encorvado por un escenario apocalíptico, acosado por los obuses y las sibilantes balas, agarrando el arma con todas sus fuerzas, con paso pesado y la cabeza hundida entre los hombros. La tierra se le pega a los borceguíes, porque en los últimos días ha llovido mucho. A su lado hay tipos que gritan como locos, para embriagarse, para armarse de valor. Otros, en cambio, avanzan como él, concentrados, con el estómago encogido y la garganta seca. Todos corren hacia el enemigo poseídos por una furia ciega, por el deseo de venganza. De hecho, quizá sea un efecto perverso del anuncio de un armisticio. Han sufrido tantísimo que ver acabar la contienda así, con tantos compañeros muertos y tantos enemigos vivos, casi los hace desear una matanza, terminar con aquello de una vez por todas. Liquidarían a cualquiera.

Incluso Albert, aterrorizado por la idea de morir, destriparía a quien fuera. Pero debe salvar no pocos obstáculos. Mientras corre, tiene que desviarse a la derecha. Al principio ha seguido la línea fijada por el teniente, pero con las balas silbando a su alrededor y los obuses, lógicamente, uno acaba zigzagueando. Además, a Péricourt, que avanzaba justo delante de él, acaba de alcanzarlo una bala y se ha desplomado casi a sus pies, y a Albert apenas le ha dado tiempo de saltar por encima. Pierde el equilibrio, corre a trompicones varios metros y cae sobre el cuerpo del viejo Grisonnier, cuya inesperada muerte ha dado el pistoletazo de salida para la última carnicería.

Pese a que las balas silban a su alrededor, al verlo allí tendido, Albert se queda petrificado.

Lo ha reconocido por el capote, porque siempre llevaba en la botonera esa cosa roja, «mi legión de horror», como la llamaba él. Grisonnier no era un tipo brillante, ni refinado, pero sí una buena persona, y todo el mundo lo apreciaba. No cabe duda, es él. Su gran cabeza está como incrustada en el barro, mientras que el resto del cuerpo parece haber caído a la buena de Dios. Justo al lado, Albert reconoce al otro, al joven, Louis Thérieux. También se halla parcialmente cubierto de barro, aovillado, casi en posición fetal. Morir a su edad, y en esa postura... Se conmueve.

No sabe qué le ha dado, pero por intuición agarra de un hombro a Grisonnier y lo empuja. El cadáver se vuelve pesadamente y queda boca abajo. Albert tarda unos segundos en comprender. Entonces la verdad le salta a la vista: cuando corres hacia el enemigo, no mueres de dos tiros en la espalda.

Pasa por encima del cuerpo y continúa avanzando, de nuevo encorvado, sin saber por qué, las balas te alcanzan igual erguido que agachado, pero por instinto uno siempre intenta ofrecer el menor blanco posible, como si se hiciera la guerra temiendo siempre al cielo. Ahora está ante el cuerpo del pobre Louis. Así, con los puños apretados junto a la boca, es increíble lo joven que parece, unos veintidós. Albert no le ve la cara, completamente cubierta de barro, sólo la espalda. Una bala. Con las dos del viejo, suman tres. Las cuentas cuadran.

Cuando se levanta, sigue desconcertado por su hallazgo. Por lo que significa. A unos días del armisticio, cuando los hombres ya no tenían ninguna prisa para ir a buscarles las cosquillas a los boches, la única forma de que atacaran era cabrearlos. ¿Dónde estaba Pradelle cuando les habían disparado a aquellos dos hombres por la espalda?

Dios mío...

Estupefacto ante el hallazgo, Albert se vuelve y, a sólo unos metros de distancia, ve al teniente Pradelle, que avanza hacia él tan deprisa como se lo permite la impedimenta.

Corre decidido con la cabeza bien alta. Pero lo que más llama la atención de Albert es la mirada del teniente, directa y fija. Totalmente resuelta. De golpe todo se aclara, toda la historia.

En ese instante, Albert comprende que va a morir.

Intenta dar unos pasos, pero nada le obedece, ni las piernas ni el cerebro. Nada. Todo sucede demasiado deprisa. Como ya he señalado, Albert no es un hombre de reacciones rápidas. En tres zancadas, Pradelle se ha plantado junto a él. Justo al lado, un ancho hoyo, el cráter de un obús. Albert recibe el impacto del hombro del teniente en pleno pecho y se le corta la respiración. Pierde el equilibrio, manotea en el aire y cae hacia atrás, al hoyo, con los brazos en cruz.

Y mientras va hundiéndose en el barro, como a cámara lenta, ve alejarse la cara de Pradelle y su mirada, en la que ahora advierte cuánto hay de desafío, certeza y provocación.

En el fondo del agujero, Albert rueda sobre sí mismo, frenado apenas por la impedimenta. Las piernas se le enredan en la correa del fusil, pero consigue levantarse y, al instante, se arroja contra la inclinada pared, como quien, temiendo que lo descubran u oigan, se apresura a arrimarse a una puerta. Con los talones clavados en la tierra, arcillosa y resbaladiza como el jabón, trata de recuperar el aliento. Sus pensamientos, breves y caóticos, vuelven una y otra vez a la gélida mirada del teniente Pradelle. Por encima de él, la batalla parece arreciar, el cielo está cuajado de guirnaldas. Halos azules y anaranjados iluminan la lechosa bóveda. Los obuses caen en ambos campos, como en Gravelotte, con un denso e ininterrumpido estruendo, una tormenta de silbidos y explosiones. Albert alza los ojos. Arriba, erguida sobre su cabeza como el ángel exterminador, la esbelta silueta del teniente Pradelle se recorta contra el borde del agujero.

Albert tiene la sensación de haber caído largo rato. En realidad, entre ellos habrá... ¿cuánto, dos metros? Tal vez ni eso. Pero es suficiente. El teniente Pradelle está arriba, con las piernas separadas y agarrándose con ambas manos el cinturón. A su espalda, los intermitentes resplandores del combate. Mira tranquilamente al fondo del hoyo. Inmóvil. Con los ojos clavados en Albert y con una leve sonrisa en los labios. No moverá ni un dedo para sacarlo de allí. Furioso, con la sangre hirviéndole, Albert agarra el fusil, resbala, consigue recobrar el equilibrio y se apoya la culata en el hombro. Sin embargo, cuando al fin consigue apuntar hacia el borde del agujero, ya no hay nadie. Pradelle ha desaparecido.

Está solo.

Suelta el fusil y de nuevo intenta recuperar el aliento. Debería apresurarse y trepar por la pendiente, correr tras Pradelle, dispararle por la espalda, saltarle al cuello. O ir en busca de los demás, contárselo, gritar, hacer algo, aunque no sabe muy bien qué. Pero está muy cansado. El agotamiento lo vence. Porque todo es realmente absurdo. Es como si hubiera soltado la maleta, como si hubiera llegado. Aunque quisiera, no podría subir allí arriba. Ya empezaba a ver el final de la guerra, y ahora ahí está, en el fondo de un agujero. Más que sentarse, se derrumba en el suelo con la cabeza entre las manos. Trata de analizar la situación con serenidad, pero la moral acaba derritiéndosele. Como un sorbete, uno de esos sorbetes de limón que tanto le gustan a Cécile, que le hacen rechinar los dientes y arrugar la cara como un gatito, mientras él se muere de ganas de estrecharla entre sus brazos. Hablando de Cécile, ¿cuándo recibió su última carta? Eso también lo ha agotado. No lo ha comentado con nadie: las cartas de Cécile se han vuelto más cortas. Dado que la guerra está a punto de acabar, le escribe como si ya hubiera terminado, como si ya no mereciera la pena extenderse. Para quienes tienen una familia entera es distinto, siempre les llegan cartas, pero para él, que sólo tiene a Cécile... Sí, también está su madre, pero su madre es una pesada. Sus cartas se parecen a sus conversaciones: si ella pudiera decidirlo todo en su lugar... Eso, unido a las muertes de tantos camaradas, en los que le gustaría no pensar demasiado, ha agotado a Albert, ha ido minándolo. Ya ha vivido otros momentos de desánimo, pero ahora es muy inoportuno. Justo cuando necesitaría toda su energía. No sabría explicar por qué, pero de pronto algo se ha roto en su interior. Lo siente en las entrañas. Se parece a una inmensa fatiga y es pesado como una piedra. Un tozudo rechazo, algo infinitamente pasivo y sereno. Como el final de alguna cosa. Tras alistarse, cuando intentaba imaginarse la guerra, como muchos, se decía en secreto que en caso de dificultad no tendría más que hacerse el muerto. Se desplomaría e incluso, en aras de la verosimilitud, soltaría un grito y fingiría haber recibido una bala en el corazón. Luego bastaría con quedarse tendido y esperar a que las cosas se calmaran. Cuando anocheciera, se arrastraría hasta el cuerpo de un compañero, en su caso muerto de verdad, y le robaría la documentación. A continuación, seguiría reptando durante horas, parándose y conteniendo la respiración cuando oyera voces en la oscuridad. Con infinita precaución, avanzaría hasta dar con una carretera, que seguiría en dirección norte (o sur, según las versiones). Mientras caminara, se aprendería de memoria los datos de su nueva identidad. Entonces se toparía con una unidad extraviada, cuyo cabo primero, un tipo alto con... Bueno, como puede verse, para ser cajero de banco, Albert tiene una imaginación bastante novelesca. Seguramente, influida por las fantasías de la señora Maillard. Al inicio del conflicto, Albert compartía esa visión sentimental con muchos otros.

Veía tropas con elegantes uniformes rojos y azules que avanzaban en formación cerrada hacia un ejército enemigo aterrorizado. Los soldados blandían sus relucientes bayonetas, mientras las dispersas humaredas de los obuses confirmaban la derrota del adversario. En el fondo, Albert se apuntó a una guerra stendhaliana y se encontró con una prosaica y salvaje matanza que causó mil muertos diarios durante cincuenta meses. Para hacerse una idea, bastaría con elevarse un poco y contemplar el panorama alrededor de su agujero: un terreno donde no queda rastro de vegetación, salpicado de miles de cráteres de obús y cubierto de centenares de cadáveres en descomposición, cuyo hedor insoportable flota en el aire todo el día. Al primer momento de calma, ratas grandes como liebres corretean afanosamente de cadáver en cadáver para disputar a las moscas los restos que los gusanos ya han empezado a devorar. Albert lo sabe muy bien, porque fue camillero durante la batalla del Aisne y, cuando ya no encontraba heridos gimiendo o aullando, recogía cadáveres de todo tipo, en cualquier estado de putrefacción. De eso sabe un montón. No fue un trabajo agradable para él, que siempre había sido tan sensible.

Para colmo, tratándose de alguien que está a punto de quedar enterrado vivo, también padece una ligera claustrofobia.

De niño, la idea de que su madre cerrara la puerta de la habitación al salir le ponía los pelos de punta. Pero seguía acostado y no rechistaba, no quería afligirla, pues siempre se quejaba de que ella ya tenía bastantes preocupaciones. Sin embargo, la noche y la oscuridad lo impresionaban. Incluso más tarde, no hacía tanto, con Cécile, cuando jugaban bajo las sábanas, si se veía totalmente cubierto, se quedaba sin respiración y era presa del pánico. Encima, a veces Cécile apretaba las piernas a su alrededor para retenerlo. Para probar, decía riendo. O sea, que morir asfixiado es la forma de muerte que más miedo le da. Suerte que no piensa en ello, porque si no, en comparación con lo que va a pasarle, estar aprisionado entre los sedosos muslos de Cécile, incluso con la cabeza bajo las sábanas, le parecería el paraíso. Si lo pensara, le entrarían ganas de morirse.

Lo que no le vendría mal, porque es justo lo que va a pasarle. Pero no enseguida. Dentro de unos instantes, cuando el fatídico obús estalle a unos metros de su agujero y levante un chorro de tierra de la altura de un muro, que se vendrá abajo y lo cubrirá totalmente, no le quedará mucho de vida, pero sí suficiente para comprender a la perfección lo que está sucediéndole. Y entonces se apoderará de él un salvaje deseo de sobrevivir, como el que deben de sentir las ratas de laboratorio cuando las agarran de las patas traseras, o los cerdos a los que van a degollar, o las vacas a las que van a sacrificar, una especie de resistencia primitiva. Pero para eso habrá que aguardar un poco. Esperar a que sus pulmones se blanqueen buscando el aire, a que su cuerpo se agote en el desesperado intento de liberarse, a que su cabeza amenace con estallar, a que su mente se rinda a la locura, a que... Bueno, no adelantemos acontecimientos.

Albert se vuelve, mira hacia lo alto una vez más... En realidad, no está tan arriba, simplemente está demasiado arriba para él. Intenta hacer acopio de todas sus energías y pensar sólo en eso, en subir, en salir del agujero. Recoge la impedimenta y el fusil, se agarra a la tierra y, pese al cansancio, empieza a trepar por la pendiente. No es fácil. Sus pies resbalan, se escurren en el arcilloso fango, no consiguen afirmarse; de nada sirve que clave los dedos en el barro y busque un punto de apoyo golpeándolo con fuerza con la punta de la bota: vuelve a caer. Suelta la mochila y el fusil. Si hiciera falta, se desnudaría por completo. Se pega a la pared y empieza de nuevo a trepar sobre el vientre, se mueve como una ardilla en una jaula, araña el vacío y cae en el mismo sitio una y otra vez. Jadea, gime y acaba gritando. El pánico se apodera de él. Siente aflorar las lágrimas y golpea con el puño la pared de arcilla. El borde no está tan lejos, joder, si estira el brazo casi lo toca, pero las suelas de sus botas patinan, pierden al instante cada centímetro ganado. ¡Tienes que salir de este puto agujero!, se grita a sí mismo. Y va a salir. Morir, sí, algún día, pero no ahora, sería una gilipollez. Va a salir de allí, e irá a buscar a Pradelle, entre los boches si es necesario, lo encontrará y lo matará. La idea de cargarse a ese cabrón le da ánimo.

Por un instante, reflexiona sobre esta triste constatación: lo que los boches no han logrado en los cuatro años que llevan intentándolo, al final lo conseguirá un oficial francés.

Mierda.

Albert se arrodilla y abre la mochila. La vacía y se pone la taza de hojalata entre las piernas. Extenderá el capote en la resbaladiza pared y clavará en la arcilla cuanto tiene a mano para utilizarlo como asidero; se vuelve y, en ese preciso momento, se oye el obús a unas decenas de metros sobre él. Repentinamente inquieto, alza la cabeza. En los últimos cuatro años, ha aprendido a distinguir los obuses del setenta y cinco de los del noventa y cinco, los del ciento cinco de los del ciento veinte... Éste le hace dudar. Tal vez por la profundidad del agujero, o por la distancia, se anuncia con un ruido extraño, como nuevo, más sordo y al mismo tiempo más ahogado que los otros, un zumbido amortiguado que termina en un silbido escalofriante. Al cerebro de Albert apenas le da tiempo a preguntárselo. La explosión es tremenda. Presa de una fulminante convulsión, la tierra se agita y emite un enorme y lúgubre gruñido antes de alzarse. Un volcán. Desequilibrado por la sacudida, y también sorprendido, Albert mira a lo alto, porque de pronto todo se ha oscurecido. Y allí arriba, en lugar del cielo, a unos diez metros sobre su cabeza, ve alzarse como a cámara lenta una inmensa ola de tierra marrón, cuya móvil y sinuosa cresta va doblándose lentamente sobre él y empieza a descender para envolverlo. Una lluvia menuda, casi perezosa, de guijarros, terrones y residuos de todo tipo anuncia su inminente llegada. Albert se aovilla y contiene la respiración. No es ni mucho menos lo que debería hacer; al contrario, tendría que estirarse lo máximo posible, cualquier enterrado en vida lo confirmaría. Luego, durante dos o tres segundos interminables Albert no puede apartar los ojos de la cortina de tierra que flota en el cielo como si dudara sobre el sitio o el momento en que debe caer.

En cuestión de instantes, esa cortina se desplomará sobre él y lo cubrirá por entero.

En circunstancias normales, Albert parece, para ser gráficos, un personaje de Tintoretto. Siempre ha tenido una expresión doliente, la boca muy delineada, la barbilla prominente y profundas ojeras que resaltan unas cejas arqueadas y muy negras. Pero en estos momentos, tal como mira al cielo y ve acercarse la muerte, más bien parece un san Sebastián. De repente, el dolor y el miedo han contraído sus facciones, y su rostro se ha crispado en una especie de súplica, tanto más inútil cuanto que Albert nunca ha creído en nada y, con la racha que lleva, no va a empezar a creer en algo ahora. Ni aunque le diera tiempo.

Con un bestial chasquido, la ola de tierra se derrumba sobre Albert. Cabría esperar que el impacto acabara con él de forma instantánea, estaría muerto y todo habría terminado. Lo que ocurre es peor. Los guijarros y las piedras siguen cayéndole encima como una granizada y, por fin, llega la tierra, que empieza a cubrirlo, cada vez más pesada. Su cuerpo está apretado contra el suelo.

Paulatinamente, a medida que la tierra va amontonándose, queda inmovilizado, aplastado, comprimido.

La luz desaparece.

Todo se detiene.

Un nuevo orden se instala en el mundo, un mundo donde ya no existe ninguna Cécile.

Lo primero que lo sorprende, justo antes del pánico, es la interrupción del estruendo de la contienda. Como si de pronto todo hubiera enmudecido, como si Dios hubiera pitado el final del partido. Por supuesto, si prestara un poco de atención se daría cuenta de que nada se ha detenido, de que, sencillamente, los sonidos le llegan filtrados, amortiguados por el volumen de tierra que lo cubre y aprisiona, casi inaudibles. Pero ahora mismo Albert tiene preocupaciones más urgentes que aguzar el oído para saber si la guerra continúa, porque, por lo que a él respecta, está a punto de acabar.

En cuanto cesa el estrépito, se sobrecoge. Estoy bajo tierra, piensa. Pero es sólo una idea bastante abstracta. El asunto toma un cariz terriblemente concreto cuando se dice: Estoy enterrado vivo.

Y al comprender la magnitud de la catástrofe, la clase de muerte que lo espera, cuando se percata de que morirá ahogado, asfixiado, se vuelve loco, instantánea, totalmente loco. En su cabeza todo se confunde, y él aúlla, malgastando en ese inútil grito el poco oxígeno que le quedaba. Estoy enterrado, se repite hasta la extenuación, y su mente se abisma a tal punto en tan aterradora evidencia que ni siquiera se le ocurre volver a abrir los ojos. Lo único que hace es tratar de moverse en cualquier dirección. Todas las fuerzas que le quedan, todo el pánico que crece en él, se transforman en esfuerzo muscular. Debatiéndose, gasta una energía increíble. En vano.

Y de repente se detiene.

Porque acaba de percatarse de que ha movido las manos. Muy poco, pero las ha movido. Contiene la respiración. Al caer, la arcillosa y empapada tierra ha formado una especie de caparazón a la altura de sus brazos, sus hombros y su cabeza. El mundo donde está como petrificado le ha concedido algunos centímetros aquí y allá. De hecho, encima de él no hay demasiada tierra. Y lo sabe. ¿Cuarenta centímetros, quizá? Pero está tendido debajo de ella, y esa capa de tierra basta para paralizarlo, impedirle cualquier movimiento y condenarlo.

Alrededor, el suelo tiembla. La guerra continúa, los obuses siguen estremeciéndolo, sacudiéndolo.

Albert abre los ojos, al principio con timidez. Reina la noche, pero no la oscuridad total. Mínimos rayos de luz blancuzca se filtran débilmente hasta él. Una claridad de una palidez extraordinaria, apenas de este mundo.

Se obliga a respirar de forma entrecortada. Aparta los codos unos centímetros y consigue estirar un poco los pies, lo que amontona la tierra en el otro lado. Con infinita precaución, luchando contra el creciente pánico, intenta volver la cara para respirar. Al instante, un bloque de tierra cede, como una burbuja que estalla. Con un movimiento reflejo, sus músculos se tensan y su cuerpo se encoge. Pero no pasa nada más. ¿Cuánto rato permanece así, en ese equilibrio inestable, mientras el aire sigue enrareciéndose, imaginando la muerte que se avecina, cómo será carecer de oxígeno y darse cuenta de ello, que los vasos sanguíneos te estallen uno tras otro como globos, que los ojos se te abran hasta no poder más, como si intentaran ver el aire que falta? Milímetro a milímetro, mientras se esfuerza por respirar lo menos posible y no pensar, no verse en esa situación, estira la mano, palpa delante de él. De repente, nota algo bajo los dedos, pero la blancuzca claridad, aunque un poco más intensa, no le permite distinguir lo que tiene alrededor. Sus yemas rozan algo blando que no es tierra ni arcilla, algo casi sedoso, con textura.

Tarda un rato en comprender qué es.

A medida que se acostumbran a la oscuridad, sus ojos empiezan a distinguir lo que tienen delante: dos gigantescos belfos, de los que brota un líquido viscoso, unos inmensos dientes amarillentos, unos grandes ojos azulados, que se deshacen...

Una enorme y repugnante cabeza de caballo, una monstruosidad.

Albert no puede evitar un brusco movimiento de retroceso. Su cabeza golpea el caparazón, la tierra vuelve a desmoronarse sobre él, le inunda el cuello... Alza los hombros para protegerse, evita moverse y respirar. Deja pasar los segundos.

Al horadar el suelo, el obús ha desenterrado uno de los innumerables jamelgos muertos que se pudren en el campo de batalla y acaba de entregarle la cabeza a Albert. Ahora el joven y el caballo muerto están cara a cara, casi besándose. El derrumbe ha permitido al soldado liberar las manos, pero la capa de tierra es muy pesada, muchísimo, y le comprime la caja torácica. Reanuda lentamente su entrecortada respiración, aunque sus pulmones ya no pueden más. Las lágrimas empiezan a aflorar, pero consigue reprimirlas. Se dice que llorar es aceptar la muerte.

Sería mejor que dejara de luchar, porque esto ya no durará mucho.

No es verdad que en el momento de morir veamos toda nuestra vida en un vertiginoso instante, pero sí vemos imágenes. Algunas, muy antiguas. La cara de su padre, tan nítida, tan precisa que Albert juraría que está allí, bajo tierra, con él. Seguramente es porque no tardarán en reencontrarse. Lo ve de joven, con la misma edad que tiene él ahora: treinta años y pico. Lástima que no sea el pico que necesitaría... Viste el uniforme del museo, se ha puesto pomada en el bigote y no sonríe, como en la foto del aparador. A Albert le falta el aire. Le duelen los pulmones, tiene espasmos. Trata de pensar. Pero no hay manera, la desesperación puede más que él, el espantoso miedo a la muerte le brota de las entrañas. Ahora las lágrimas afloran a su pesar. La señora Maillard lo contempla con desaprobación, está claro que este chico jamás aprenderá, mira que caerse a un agujero, hay que ver; morirse justo antes de que acabe la guerra, pase; es una idiotez, pero, en fin, puede entenderse; en cambio, morir enterrado, o sea, en el lugar de un hombre ya muerto... Muy propio de Albert, que nunca puede ser como los demás, siempre un poco peor. De todas formas, si no muriera en la guerra, ¿qué sería de este chico? Al final, la señora Maillard le sonríe. Si Albert muere, al menos habrá un héroe en la familia, lo que tampoco está tan mal.

Tiene la cara casi azul, las sienes le laten a un ritmo increíble, como si todas sus venas estuvieran a punto de estallar. Llama a Cécile, le gustaría estar otra vez entre sus piernas, apretado a más no poder, pero las facciones de Cécile no aparecen, como si ella se hallara demasiado lejos para llegar junto a él, y eso es lo que más le duele, no verla en esos momentos, que ella no lo acompañe. No tiene más que su nombre, Cécile, porque en el mundo donde se hunde ya no hay cuerpos, únicamente palabras. Le gustaría suplicarle que fuera con él, porque morir le da un miedo espantoso. Pero es inútil, va a morir solo, sin ella.

Así que hasta la vista, nos vemos allá arriba, mi querida Cécile, dentro de mucho tiempo.

Luego, el nombre de Cécile también se borra, para dar paso al rostro del teniente Pradelle, con su insoportable sonrisa.

Albert se agita como un poseso. Sus pulmones se llenan cada vez menos, silban si hace fuerza. Empieza a toser, mete el vientre. Ya no hay aire.

Agarra la cabeza del caballo, consigue aferrar los viscosos belfos, cuya carne le resbala entre los dedos, sujeta los grandes dientes amarillentos y, con un esfuerzo sobrehumano, le abre la boca y respira a pleno pulmón la pútrida vaharada que emana de ella. De ese modo consigue ganar unos segundos de vida, se le revuelve el estómago, vomita, los espasmos vuelven a sacudirlo de pies a cabeza, pero intenta darse la vuelta en busca de una pizca de oxígeno, en vano.

La tierra pesa mucho, ya casi no hay luz, sólo los temblores del suelo, aporreado por los obuses, que siguen lloviendo allá arriba... Después, ya no le llega nada. Nada. Sólo un estertor.

Entonces lo invade una gran paz. Cierra los ojos.

Se desmaya, su corazón se hunde, su razón se apaga, Albert se sume en la nada.

El soldado Albert Maillard acaba de morir.

2

El teniente d'Aulnay-Pradelle, hombre resuelto, salvaje y primitivo, corría por el campo de batalla en dirección a las líneas enemigas con el ímpetu de un toro. Era impresionante esa manera suya de no temer nada. En realidad, no había en ello tanto coraje como se podría pensar. No era tan heroico; simplemente, se había convencido enseguida de que no moriría allí. Tenía la certeza de que aquella guerra no iba a matarlo, sino que le ofrecería oportunidades.

En ese repentino asalto a la cota 113, su feroz determinación se debía, por supuesto, a que odiaba a los alemanes más allá de toda medida, casi con un odio metafísico, pero también al hecho de que se acercaba el final de la contienda y le quedaba muy poco tiempo para aprovechar las ocasiones que un conflicto como aquél, el conflicto por excelencia, brindaba a los hombres como él.

Albert y el resto de la tropa lo habían intuido: aquel tipo era un aristócrata en versión pobre. En las tres generaciones anteriores, una sucesión de desastres bursátiles y reveses varios habían dejado literalmente sin blanca a los Aulnay-Pradelle. Del antiguo esplendor de sus antepasados, el teniente sólo había heredado la Sallevière, la casa familiar, en ruinas, el prestigio de su apellido, un par de ascendientes muy lejanos, algunas relaciones inciertas y un ansia por recuperar su puesto en la sociedad rayana en la obsesión. Vivía la precariedad de su situación como una injusticia, y recobrar su rango en la jerarquía aristocrática era su ambición fundamental, una auténtica monomanía por la que estaba dispuesto a sacrificarlo todo. Su padre se había pegado un tiro en el corazón en un hotel de provincias después de dilapidar lo poco que quedaba. Según la leyenda, su madre, fallecida un año después, había sucumbido al dolor. Sin hermanos ni hermanas, el teniente se encontró con que era el último Aulnay-Pradelle, y esa circunstancia de «fin de raza» le provocaba una aguda sensación de urgencia. Tras él, la nada. La interminable decadencia de su padre lo había convencido a muy temprana edad de que la refundación de la familia descansaba únicamente sobre sus hombros, y estaba seguro de poseer la voluntad y el talento necesarios para hacerla realidad.

Añadamos a eso que era bastante atractivo, siempre que a uno lo atraigan las bellezas insulsas, claro, pero el caso es que las mujeres lo deseaban y los hombres lo envidiaban, y esas señales no engañan. Muchos considerarán que con ese físico y ese apellido sólo le faltaba la fortuna. Y ésa era precisamente su opinión e incluso su único credo.

Así que es comprensible que se hubiera esforzado tanto en provocar aquel ataque que tan ardientemente deseaba el general Morieux. Para el Estado Mayor, aquella cota 113 era una verruga, un punto minúsculo sobre el mapa que le hacía la burla día tras día, una de esas cosas que te sacan de quicio, que son más fuertes que tú.

El teniente Pradelle carecía de esa clase de fijaciones, pero también codiciaba la cota 113, porque estaba en lo más bajo del escalafón, aquello se acababa y, al cabo de unas semanas, sería demasiado tarde para destacar. Ser teniente en tres años no estaba nada mal. Ahora, un golpe de efecto, y asunto concluido: desmovilizado como capitán.

Pradelle se sentía bastante satisfecho de sí mismo. Convencer a sus hombres de que los boches acababan de cargarse a sangre fría a dos de sus camaradas era garantía de despertar en los soldados una formidable cólera vengadora y motivarlos para lanzarse a la conquista de la cota 113. Una auténtica genialidad.

Después de ordenar el ataque, había confiado a un suboficial dirigir la primera carga. Él se quedó un poco rezagado: tenía un asuntillo que resolver antes de incorporarse al grueso de la unidad.

Luego, volvería a subir hacia las líneas enemigas, adelantaría a todo el mundo con sus ágiles zancadas de deportista y llegaría entre los primeros para llevarse por delante a todos los boches que Dios pusiera en su camino.

Tras su primer toque de silbato, cuando los hombres se habían lanzado a la carga, él se situó a una buena distancia a la derecha para impedir que los soldados se desviaran en la dirección inadecuada. Al ver a aquel tipo, ¿cómo se llamaba aquel con cara triste y unos ojos siempre llorosos?, Maillard, eso es, al verlo pararse allí delante, a la derecha, se le había helado la sangre. A saber cómo había llegado hasta allí aquel gilipollas, si acababa de salir de la trinchera.

Pradelle lo vio detenerse, volver sobre sus pasos, arrodillarse intrigado y darle la vuelta al cuerpo del viejo Grisonnier.

Pero Pradelle no le había quitado ojo a aquel cuerpo desde el comienzo del ataque, porque tenía que encargarse de él a toda costa y hacerlo desaparecer tan deprisa como pudiera, por eso se había quedado cerrando las filas a la izquierda. Para estar tranquilo.

Y aquel gilipollas tenía que pararse en plena carrera a mirar los dos cadáveres, el del viejo y el del joven.

Pradelle arremetió al instante, como un toro, como he dicho. Albert Maillard ya se había erguido. Parecía conmocionado por el descubrimiento. Cuando vio a Pradelle correr hacia él, comprendió lo que iba a pasar e intentó huir, pero su miedo era menos efectivo que la ira del teniente. Cuando quiso reaccionar, tenía a Pradelle encima: un topetazo con el hombro en el pecho, y se precipitó al cráter de un obús y rodó hasta el fondo. Sí, sólo son dos metros, a lo sumo, pero volver a salir no le resultará fácil, necesitará energía, y para cuando lo logre, Pradelle ya habrá resuelto el problema.

Y después ya no habrá nada que decir, puesto que ya no habrá ningún problema.

Pradelle se queda al borde del hoyo y mira al soldado, abajo, sin saber qué solución adoptar, pero no tarda en calmarse, pues sabe que dispone de bastante tiempo. Volverá más tarde. Da media vuelta y se aleja unos metros.

El viejo Grisonnier está tumbado con expresión hosca. La ventaja de la nueva posición es que, al darle la vuelta, Maillard lo

33

ha acercado al cadáver del joven, Louis Thérieux, lo que facilita la tarea. Pradelle echa un vistazo a su alrededor para asegurarse de que nadie lo observa, ocasión ideal para constatar algo: ¡menuda escabechina! Está claro que, en cuanto a efectivos, este ataque saldrá sumamente caro. Pero así es la guerra, y él no está allí para filosofar. Tira de la anilla de su granada, que coloca con toda tranquilidad entre ambos cadáveres. Tiene tiempo para alejarse unos treinta metros y ponerse a cubierto con las manos en los oídos, antes de sentir la explosión, que pulveriza los cuerpos de ambos soldados.

Dos muertos menos en la Gran Guerra.

Y dos desaparecidos más.

Ahora debe encargarse de ese gilipollas de ahí abajo, el del agujero. Pradelle saca la segunda granada. Tiene práctica, hace dos meses cogió a quince boches que acababan de rendirse y los hizo formar un círculo. Los prisioneros se interrogaban con la mirada, nadie lo entendía... Con un simple movimiento, Pradelle lanzó una granada al centro del corro dos segundos antes de que estallara. Un trabajo de experto. Cuatro años de experiencia en lanzamiento libre. Una precisión de aúpa. Cuando los tipos comprendieron lo que les caía entre las piernas, ya estaban camino del Walhalla. Ahora podrían meterles mano a las valquirias, los muy cerdos.

Es su última granada. Ya no le quedará nada que arrojar a las trincheras boches. Una pena, pero qué se le va a hacer.

En ese preciso instante, estalla un obús y una enorme ola de tierra se alza en el aire y vuelve a derrumbarse. Pradelle se pone de puntillas para ver mejor. ¡El agujero está completamente tapado!

Cojonudo. El tipo está ahí debajo. ¡Menudo gilipollas!

Encima, se ha ahorrado una granada defensiva.

Tan impaciente como siempre, echa a correr hacia las primeras líneas. Hala, vamos a aclarar las cosas con los boches. Hagámosles un buen regalo de despedida.

3

A Péricourt lo habían alcanzado en plena carrera. La bala le destrozó la pierna. Soltó un aullido animal y se desplomó en el barro. El dolor era insoportable. Se retorcía y se volvía hacia todos lados sin dejar de gritar y, como no conseguía verse la pierna, que se agarraba con ambas manos a la altura del muslo, temía que un trozo de metralla se la hubiera seccionado. Hizo un esfuerzo desesperado para erguirse un poco, lo consiguió y, pese a las terribles punzadas, se sintió aliviado: su pierna seguía allí, entera. Veía el pie al final, debajo de la rodilla, hecha cisco. Sangraba mucho. Podía mover un poco la punta del pie, sufría como un condenado, pero podía moverla. A pesar del caos, de las balas que silbaban, de los proyectiles de metralla, pensó «tengo la pierna». Y se tranquilizó, porque la idea de quedarse cojo no le hacía ni pizca de gracia.

A veces lo llamaban el Pequeño Péricourt en son de broma, porque, para ser un chico nacido en 1895, era extraordinariamente alto, un metro ochenta y tres, ahí es nada. Además, con esa altura, uno siempre parece delgado. A los quince años ya era así. En el instituto, sus compañeros lo llamaban el Gigante, y no siempre con cariño, porque no era demasiado popular.

Édouard Péricourt, un tío con suerte.

En los colegios a los que había ido, todos eran como él, niños ricos a quienes no les podía pasar nada, que entraban en la vida armados de certezas y de una seguridad cimentada por todas las generaciones de afortunados antepasados que los habían precedido. El caso de Édouard era aún más grave que el de los demás, porque encima tenía buena suerte. Y la gente puede perdonarlo todo, el dinero, el talento... pero la suerte, no, eso es demasiado injusto.

En realidad, más que buena estrella, lo que tenía Édouard era un extraordinario instinto de supervivencia. Cuando el peligro era demasiado grande, cuando las cosas se ponían feas, algo lo avisaba; tenía antenas y hacía lo necesario para seguir en la brecha sin salir malparado. Desde luego, viendo a Édouard Péricourt en esta situación, hundido en el fango con una pierna destrozada el 2 de noviembre de 1918, cabe preguntarse si no se han cambiado las tornas, y de qué modo. En realidad, no, en absoluto, porque no perderá la pierna. Cojeará el resto de su vida, pero sobre dos piernas.

Édouard se quitó el cinturón a toda prisa y se hizo un torniquete, que apretó muy fuerte para cortar la hemorragia. Luego, agotado por el esfuerzo, se relajó y se tumbó. El dolor remitió un poco. Tendría que quedarse así un rato, pero no le gustaba la postura. Se arriesgaba a que lo despanzurrara un obús, o a algo peor... En esa época corría un rumor: por la noche, los alemanes salían de las trincheras e iban a rematar a los heridos con arma blanca.

Para relajar los músculos, apoyó la nuca en el barro con fuerza. Sintió algo de frescor. Ahora veía cuanto había detrás de él al revés. Como si estuviera en el campo, tendido bajo un árbol. Con una chica. Era algo que nunca había hecho con una chica. Las chicas que conocía eran sobre todo las de los burdeles de la zona de Beaux-Arts.

No le dio tiempo a remontarse más en el recuerdo, porque de pronto vio la alta silueta del teniente Pradelle. Momentos antes, mientras se derrumbaba, se retorcía de dolor en el suelo y se hacía el torniquete, Édouard había dejado a todo el mundo corriendo hacia las líneas alemanas, y de repente veía al teniente Pradelle a diez metros detrás de él, de pie, inmóvil, como si la guerra hubiera acabado.

Édouard lo ve de lejos, al revés y de perfil. Con las manos en el cinturón, Pradelle se mira los pies. Parece un entomólogo inclinado sobre un hormiguero. Imperturbable en medio del caos. Como un dios del Olimpo. A continuación, como si el asunto hubiera acabado o dejado de interesarle, aunque también puede ser que haya observado lo suficiente, desaparece. Que un oficial se pare en pleno ataque a mirarse los pies es tan sorprendente que, por un instante, Édouard no siente dolor. Aquello no es normal. Ya es raro que Édouard haya dejado que le destrocen una pierna; ha pasado por la guerra sin un rasguño, sorprende que ahora esté tendido en el suelo con una pierna hecha pedazos, pero, en definitiva, en la medida en que eres soldado y participas en un conflicto considerablemente cruento, que como mínimo te hieran cabe dentro de lo posible. En cambio, que un oficial se detenga bajo las bombas para mirarse los pies...

Péricourt relaja los músculos, apoya la espalda en el suelo y procura respirar con las manos apretadas en torno a la rodilla, justo encima del improvisado torniquete. Pasados unos minutos, no puede evitar arquearse y volver a mirar hacia donde hace un rato estaba Pradelle... Nada. El teniente ha desaparecido. La línea de ataque ha seguido avanzando, las explosiones se han alejado varias decenas de metros. Édouard podría quedarse allí y concentrarse en su herida. Por ejemplo, podría reflexionar y decidir si es mejor esperar ayuda o intentar desplazarse hacia atrás, pero permanece con el cuerpo arqueado como una carpa fuera del agua, con los riñones levantados y los ojos clavados en ese sitio.

Por fin, se decide. Y le resulta muy duro. Se alza sobre los codos para avanzar hacia atrás. La pierna derecha ya no le responde, toda la fuerza la hacen los antebrazos, con el apoyo justo de la pierna izquierda. La otra se arrastra por el fango como un miembro muerto. Cada metro supone un penoso esfuerzo. Y no sabe por qué lo hace. Sería incapaz de explicarlo. Salvo que el tal Pradelle es un hombre realmente inquietante, nadie sabe de qué va. Confirma el dicho de que el auténtico peligro para el soldado no es el enemigo, sino los mandos. Édouard tal vez no está lo bastante politizado como para decirse que es lo propio del sistema, pero desde luego su mente va en esa dirección.

De pronto, se detiene en seco. No se habrá arrastrado más de siete u ocho metros cuando una terrible explosión, un obús de un calibre inaudito, lo paraliza. Puede que estar pegado al suelo amplifique las detonaciones. Tensa el cuerpo, rígido, tieso como un palo, y ni su pierna derecha resiste tal rigidez. Parece un epiléptico en pleno ataque. Sus ojos siguen clavados en el sitio en que se encontraba Pradelle hace unos minutos, cuando ve una enorme masa de tierra elevarse en el aire como una oscura y furiosa ola. La ve tan cerca, tan inmensa, que tiene la sensación de que va a sepultarlo. La ola empieza a desplomarse con un estruendo terrible, tan sordo como el suspiro de un ogro. Las explosiones, los silbidos de las balas, las bengalas que estallan en el cielo ya no son nada al lado de ese muro de tierra que se derrumba cerca de él. Petrificado, cierra los ojos. El suelo vibra bajo su cuerpo. Édouard se encoge y aguanta la respiración. Cuando vuelve a abrir los ojos y comprueba que sigue vivo, siente que se ha salvado de milagro.

La tierra ha acabado de caer. Al instante, como una enorme rata de trinchera, con una energía que no sabe de dónde le viene, vuelve a arrastrarse de espaldas, se detiene donde Dios le da a entender y, de pronto, comprende: ha llegado al sitio en que se ha derrumbado la ola y, allí, de la tierra casi pulverulenta, asoma la punta de un objeto de acero. Unos centímetros. Es el extremo de una bayoneta. La cosa está clara. Ahí abajo hay un soldado enterrado.

El caso del enterramiento es un gran clásico, uno de los muchos de los que ha oído hablar, pero al que no se ha enfrentado personalmente. En las unidades en que ha combatido, solía haber zapadores con palas y picos para tratar de desenterrar a los tipos que se encontraban en situación tan desesperada. Siempre llegaban demasiado tarde: los sacaban con la cara cianótica y los ojos como si les hubieran explotado. Por un instante, la sombra de Pradelle vuelve a cruzar la mente de Édouard, pero prefiere no pensar en ello.

Actuar, deprisa.

Se pone boca abajo soltando un aullido, porque ahora la herida de la pierna, de nuevo abierta, ardiente, se aplasta contra el suelo. Aún no se ha apagado su ronco grito cuando los dedos de Édouard, crispados como garras, empiezan a escarbar febrilmente en la tierra. Ridícula herramienta si al individuo sepultado ahí abajo ya ha empezado a faltarle el aire... No tarda en comprenderlo. ¿A qué profundidad estará? Si al menos tuviera algo con que cavar... Se vuelve hacia la derecha. Sus ojos sólo ven cadáveres, allí no hay otra cosa, ningún útil, nada de nada. La única solución es intentar sacar la bayoneta y utilizarla para cavar, pero tardará horas en conseguirlo. Tiene la sensación de que el tipo lo está llamando. Por supuesto, aunque no estuviera a mucha profundidad, con el estrépito reinante sería imposible oírlo por más que aullara, son imaginaciones suyas, le hierve el cerebro. Sin embargo, se percata de la urgencia de la situación. A un enterrado, o lo sacas enseguida o lo sacas muerto. Mientras escarba con las uñas alrededor del trozo de bayoneta que emerge del suelo, Édouard se pregunta si lo conocerá. Por su cabeza desfilan apellidos, caras de compañeros de unidad. Dadas las circunstancias, es absurdo, pero le gustaría salvar a ese tipo y que fuera alguien con quien ha hablado, alguien que le caiga bien. Eso, una idea como ésa, lo hace apresurarse. Le duelen los dedos y, una y otra vez, se vuelve a derecha e izquierda buscando con la mirada cualquier cosa que pueda serle de ayuda. En vano. Ha conseguido apartar unos diez centímetros de tierra alrededor de la bayoneta, pero cuando intenta sacarla no se mueve ni un milímetro, es como un diente sano, es descorazonador. ¿Cuánto lleva afanándose, dos minutos, tres? Puede que el tipo ya haya muerto. A causa de la postura, empiezan a dolerle los hombros. No va a aguantar mucho rato; una mezcla de duda y agotamiento se apodera de él, sus movimientos se vuelven lentos, le cuesta respirar, se le agarrotan los bíceps, le da un calambre, golpea la tierra con el puño... Y de pronto, está seguro: ¡algo se ha movido! Se le saltan las lágrimas, está llorando de verdad, ha cogido la punta de acero con ambas manos y tira de ella y la agita con todas sus fuerzas y sin parar, se enjuga con el brazo las lágrimas que le bañan el rostro, de repente parece fácil, deja de menear la hoja de acero, vuelve a escarbar y hunde la mano para intentar extraer la bayoneta. Cuando al fin cede, Édouard suelta un grito triunfal. Al sacarla, por un instante la mira incrédulo, como si fuera la primera vez que ve una, pero acto seguido vuelve a clavarla con rabia, rugiendo y aullando mientras apuñala la tierra. Dibuja un amplio círculo con el mellado filo y, poniendo la hoja horizontal, la pasa bajo la tierra para levantarla y, a continuación, apartarla con la mano. ¿Cuánto tarda? El dolor de la pierna va en aumento. Al final lo consigue, ve algo, lo toca, un trozo de tela, un botón, sigue escarbando como un poseso, como un auténtico perro de caza, vuelve a palpar, es una guerrera, mete las manos, los brazos, es como si la tierra se hubiera hundido en un agujero, Édouard nota cosas, no sabe qué. Luego se topa con la lisa superficie de un casco, sigue el contorno, y las yemas de sus dedos tocan al tipo. «¡Eh!» Édouard sigue llorando y al mismo tiempo grita, mientras sus brazos, poseídos por una fuerza descontrolada, hacen limpieza, barren furiosamente la tierra. Por fin la cabeza del soldado aparece a menos de treinta centímetros, como si estuviera dormido. Édouard lo reconoce, ¿cómo se llama? Está muerto. Y la idea es tan desgarradora que se queda quieto mirando a su compañero, que está justo debajo, y por un segundo se siente tan muerto como él, lo que contempla es su propia muerte, y eso le produce un dolor inmenso, inmenso...

Llorando, desentierra el resto del cuerpo, ahora va muy rápido, aparecen los hombros, el pecho, el torso hasta la cintura. ¡Ante el rostro del soldado hay una cabeza de caballo! Es curioso que hayan acabado enterrados juntos, así, frente a frente, piensa. A través de las lágrimas, imagina el dibujo que podría hacerse, no puede evitarlo. Acabaría antes si lograra ponerse de pie, cambiar de postura, pero aun así está consiguiéndolo, mientras dice cosas muy tontas en voz alta. Dice «No te apures», berreando, como si el otro pudiera oírlo; le dan ganas de estrecharlo contra su pecho y decirle cosas de las que se avergonzaría si alguien lo oyera, porque en el fondo está llorando su propia muerte. Está llorando su miedo retrospectivo, ahora puede confesárselo, el miedo que lo consume desde hace dos años a ser un día el soldado muerto y no un soldado que sólo esté herido. Es el final de la guerra, las lágrimas que derrama sobre su camarada son las de su juventud, las de su vida. Qué suerte ha tenido... Lisiado, arrastrando una pierna el resto de su vida. Pero qué suerte. Está vivo. Con grandes brazadas, acaba de desenterrar el cuerpo.

En ese momento se acuerda del apellido: Maillard. El nombre nunca lo ha sabido, todos lo llamaban Maillard.

Y una duda. Acerca el rostro al de Albert, le gustaría que se callara el mundo, un mundo que estalla por todas partes a su alrededor, para escuchar, porque se pregunta: ¿seguro que está muerto? Aunque está tumbado cerca de él y en esa postura no es nada fácil,

Édouard lo abofetea como puede. La cabeza de Maillard sigue la inercia del golpe sin resistirse. Eso no significa nada, y la idea que se le ha metido en la cabeza a Édouard de que quizá el soldado no esté muerto del todo es una mala idea que aún va a hacerle más daño, pero, en fin, así son las cosas; ahora que tiene esa duda, esa sospecha, necesita comprobarlo a toda costa, por penoso que nos resulte a nosotros verlo. Dan ganas de gritarle déjalo, has hecho cuanto has podido, dan ganas de cogerle las manos con mucha suavidad y apretárselas entre las nuestras para que pare de moverse de ese modo, de exaltarse, dan ganas de decirle las cosas que se les dicen a los niños que sufren ataques de nervios, de abrazarlo hasta que se le agoten las lágrimas. En una palabra, de consolarlo. Pero alrededor de Édouard no hay nadie, ni usted ni yo estamos allí para mostrarle el buen camino, y esa idea de que tal vez Maillard no esté realmente muerto le viene de muy lejos. Lo vio una vez, o quizá se lo contaron: una leyenda del frente, una de esas cosas que nadie ha presenciado en persona. Un soldado al que creían muerto y luego reanimaron. Era el corazón, que volvió a latir.

Apenas le ha dado tiempo a pensar todo eso cuando, pese al dolor y por increíble que parezca, Édouard se yergue sobre la pierna sana. Ve su pierna derecha arrastrando detrás de él, pero la distingue a través de una niebla en la que se mezclan el miedo, el agotamiento, el dolor y la desesperación.

Édouard se prepara para tomar impulso.

Por un segundo, permanece de pie sobre una sola pierna, como una garza, en un equilibrio precario; después echa un vistazo a sus pies y, con una corta pero honda inspiración, se deja caer sobre el pecho de Albert a plomo, con todo su peso.

El crujido es siniestro: costillas aplastadas, partidas. Édouard oye un estertor. La tierra se mueve debajo de él, que se desliza hacia abajo, como si resbalara de una silla; pero lo que se ha levantado no es la tierra, sino Albert, que ha vuelto, que está echando hasta la primera papilla, que empieza a toser. Édouard no da crédito a sus ojos, de los que vuelven a brotar las lágrimas; desde luego, no me negará que este Édouard es un tipo con suerte. Albert sigue vomitando, Édouard le pega alegres palmaditas en la espalda, llorando y riendo. Ahí está, sentado en este devastado campo de batalla, junto a una cabeza de caballo, con una pierna ensangrentada y doblada hacia atrás, al borde de la extenuación, con un tipo que ha vuelto de entre los muertos vomitando...

Como final de una guerra, no está nada mal. Una bonita imagen. Pero no es la última. Mientras Albert Maillard recobra lentamente la conciencia y toma aire violentamente tumbado sobre un costado, Édouard, más tieso que un palo, maldice al cielo, como si se fumara un cartucho de dinamita.

En ese preciso instante llega a su encuentro un trozo de metralla del tamaño de un plato sopero. Bastante grueso y a una velocidad vertiginosa.

La respuesta de los dioses, sin duda.

4

Los dos soldados volvieron a la vida de forma bastante distinta.

Albert, que había regresado de entre los muertos echando hasta las tripas, recobró poco a poco la conciencia en un cielo surcado por proyectiles, señal de que estaba de vuelta en el mundo real. Aún no podía saberlo, pero el ataque provocado y dirigido por el teniente Pradelle tocaba a su fin. La cota 113 se había conquistado con bastante facilidad. Tras una resistencia enérgica pero breve, el enemigo se había rendido, y se habían hecho prisioneros. Todo, de principio a fin, había sido puro trámite, con treinta y ocho muertos, veintisiete heridos y dos desaparecidos (los boches no contaban); es decir, un balance excelente.

Cuando los camilleros lo recogieron en el campo de batalla, Albert tenía sobre las rodillas la cabeza de Édouard Péricourt, al que canturreaba y mecía en un estado que sus salvadores describieron como de «alucinación». Tenía todas las costillas astilladas, fisuradas o fracturadas, pero los pulmones estaban intactos. Sentía terribles dolores, lo cual era una buena señal, porque era indicio de que estaba vivo. Aun así, no se encontraba muy en forma y, en caso de que hubiera deseado hacerlas, habría tenido que dejar para más adelante las reflexiones sobre los interrogantes que planteaba su situación.

Por ejemplo, ¿qué milagro, qué misericordioso ser superior, qué inconcebible azar había hecho que su corazón dejara de latir apenas unos segundos antes de que el soldado Péricourt se lanzara a una operación de reanimación ejecutada con una técnica sumamente personal? Lo único que podía decir Albert era que la máquina había vuelto a arrancar, con trompicones, sacudidas y traqueteos, pero intacta en lo esencial.

Después de vendarlo cuidadosamente, los médicos habían declarado que sus conocimientos llegaban hasta ahí y lo habían relegado a una inmensa sala común donde cohabitaban, mal que bien, soldados agonizantes, mutilados de todo tipo y heridos más o menos graves, y donde los más sanos jugaban a las cartas pese a sus férulas, mirando entre los resquicios de los vendajes.

Gracias a la toma de la cota 113, el hospital de avanzada, que en las últimas semanas se había aletargado ligeramente en espera del armisticio, había reanudado la actividad; pero como el ataque no había sido demasiado cruento, se había podido trabajar a un ritmo normal, algo inconcebible desde hacía casi cuatro años. Un ritmo que permitía a las hermanas enfermeras dedicarse un poco a los heridos que se morían de sed. O que los médicos no tuvieran que renunciar a atender a los soldados mucho antes de que estuvieran realmente muertos. O que los cirujanos no se retorcieran de dolor a causa de los calambres tras setenta y dos horas sin dormir serrando fémures, tibias y húmeros.

Desde su llegada, Édouard había sido sometido a dos intervenciones urgentes. Tenía la pierna derecha fracturada en varios sitios, ligamentos y tendones rotos... Cojearía toda su vida. La operación más importante consistió en explorarle las heridas del rostro para retirar los cuerpos extraños, en la medida en que un hospital de campaña lo permitía. Se había procedido a vacunarlo y hecho lo preciso para restablecer las vías respiratorias y cortar de raíz los riesgos de gangrena gaseosa, y las heridas habían sido convenientemente sajadas para evitar que se infectaran. Lo demás, es decir, lo esencial, habría que confiarlo a un hospital de la retaguardia mejor equipado, antes de considerar, si el herido no moría, enviarlo a un centro especializado.

Había orden de trasladar a Édouard con la máxima urgencia, pero, entretanto, se autorizó a Albert, cuya historia, cien veces contada y otras cien deformada, circuló enseguida por todo el hospital, a permanecer a la cabecera de su compañero. Afortunadamente, había sido posible acomodar al herido en una habitación individual, en un sector privilegiado del centro situado en el extremo sur, desde donde no se oían constantemente los gemidos de los moribundos.

Albert asistió casi impotente a la vuelta a la realidad de Édouard en sucesivas etapas, actividad caótica y agotadora sobre la que no comprendió gran cosa. A veces sorprendía expresiones, gestos del joven que creía interpretar con acierto, pero eran tan fugaces que, cuando quería encontrar una palabra para designarlos, ya habían cesado. Como ya he indicado, Albert nunca fue de reacciones rápidas, y el pequeño incidente que acababa de sufrir no había mejorado en nada ese rasgo.

Édouard sufría terriblemente a causa de las heridas, aullaba y se agitaba con tal furia que hubo que atarlo a la cama. Albert comprendió entonces que no le habían dado aquella habitación al final del edificio para su propia comodidad, sino para ahorrarles a los demás sus continuas quejas. Cuatro años de guerra no habían bastado: su ingenuidad seguía siendo casi infinita.

Se pasó horas enteras retorciéndose las manos mientras oía aullar a su compañero, cuyos gritos, que iban del gemido al rugido, pasando por el sollozo, recorrieron en unas cuantas horas toda la gama de lo que un hombre puede expresar cuando se encuentra constantemente en los límites del dolor y la locura.

Albert, que era incapaz de plantar cara a un subjefe de servicio de su banco, se convirtió en ferviente defensor, alegó que el trozo de metralla que había alcanzado a su compañero no era una mota de polvo en el ojo, etcétera. A su nivel, se las arregló bien; a él le pareció que resultaba eficaz. En realidad, sólo había sido patético, lo que aun así bastó. Como más o menos se había hecho cuanto se podía a la espera del traslado, el joven cirujano aceptó administrar morfina a Édouard para calmarle el dolor, a condición de que fuera la dosis estrictamente necesaria y se redujera de forma paulatina. Era impensable que el herido permaneciera allí mucho tiempo; su estado precisaba atención rápida y especializada. Su traslado era uno de los más urgentes.

Gracias a la morfina, el lento despertar de Édouard fue menos agitado. Sus primeras sensaciones conscientes resultaron bastante confusas, frío, calor, algunos ecos difíciles de distinguir, voces que él no reconocía... Pero lo más agotador eran aquellas punzadas que le recorrían la parte superior del cuerpo a partir del pecho y se fundían con los latidos del corazón, una serie ininterrumpida de oleadas que se convertían en un calvario conforme disminuía el efecto de la morfina. Su cabeza era una caja de resonancia, cada ola culminaba con un grave y sordo choque parecido al de los salvavidas de los barcos contra el muelle cuando llegan a puerto.

También notaba la pierna. La derecha, machacada por una traidora bala, herida que él mismo había contribuido a empeorar al acudir al rescate de Albert Maillard. Pero ese dolor se esfumó igualmente por efecto de las drogas. Édouard percibía de un modo muy confuso que seguía teniendo la pierna, lo que era cierto. Hecha trizas, sí, pero todavía en condiciones de prestar (al menos parcialmente) los servicios que cabe esperar de una pierna al regreso de la Primera Guerra Mundial. Su conciencia de lo que ocurría continuó mucho tiempo enturbiada, perturbada por imágenes. Vivía en un sueño caótico e ininterrumpido en el que se sucedía sin orden ni concierto un condensado de cuanto había visto, conocido, oído y sentido hasta entonces.

Su cerebro mezclaba la realidad con dibujos y pinturas, como si la vida sólo fuera una obra complementaria y multiforme de su museo imaginario. Las evanescentes bellezas de Botticelli o el súbito terror del muchacho mordido por un lagarto de Caravaggio sucedían al rostro de una verdulera ambulante de la rue des Martyrs cuya seriedad siempre lo había impresionado o, a saber por qué, a un falso cuello de su padre que tenía un tono ligeramente rosáceo.

En ese batiburrillo de banalidades de la vida real, personajes del Bosco, desnudos y coléricos guerreros, irrumpía de forma recurrente *El origen del mundo*. A pesar de que sólo hubiera visto el cuadro una vez, a escondidas, en casa de un amigo de la familia. Esto que cuento sucedió mucho antes de la guerra, Édouard debía de tener once o doce años. En esa época aún iba al instituto Sainte-Clotilde. A santa Clotilde, hija de Chilperico y Caratena (esta última, una lagartona de cuidado), Édouard la había dibujado en todas las posturas, sentada encima de su tío Godegisilo, a cuatro patas delante de Clodoveo y chupándosela al rey de los burgundios hacia el 493, mientras Remigio, obispo de Reims, se la metía por detrás. Eso le había costado la tercera y definitiva expulsión. Todo el mundo coincidía en que los dibujos eran de un realismo asombroso, a saber en qué modelos se había fijado, a su edad, pues no faltaba detalle... Su padre, que consideraba el arte una depravación propia de sifilíticos, apretaba los labios. De hecho, antes de lo de santa Clotilde, las cosas ya no le iban demasiado bien a Édouard. Sobre todo con su padre. Édouard siempre se había expresado dibujando. En cada uno de los colegios, tarde o temprano, todos sus profesores se habían hecho acreedores a la correspondiente caricatura de metro y medio de alto en la pizarra. Y no hacía falta que las firmara: eran Péricourts legítimos. Con los años, su inspiración, centrada en la vida de las instituciones de enseñanza donde, gracias a sus influencias, su padre conseguía que lo admitieran, se había abierto poco a poco a nuevos temas, lo que podríamos llamar su «período santo», que culminó en la escena en que la señorita Juste, profesora de Música, aparecía como Judith sosteniendo con expresión libidinosa la cabeza cortada de un Holofernes igualito al señor Lapurce, titular de Matemáticas. Se sabía que aquellos dos estaban liados. Hasta su ruptura, simbolizada por aquella admirable imagen de la decapitación gracias a Édouard, que llevaba la crónica, habían podido contemplarse no pocos episodios escabrosos en pizarras, paredes y folios que los mismos profesores, al descubrirlos, se pasaban de mano en mano antes de entregárselos al director. Nadie lograba ver en el patio de recreo al aburrido profesor de Matemáticas sin imaginarlo al instante como un lujurioso sátiro dotado de una pasmosa virilidad. En esa época, Édouard tenía ocho años. La escena bíblica le valió una cita en los despachos del poder. La entrevista no mejoró la situación. Cuando el director, agitando el dibujo en el aire, mencionó a Judith en tono escandalizado, Édouard le hizo notar que, efectivamente, la joven agarraba la cabeza por el pelo, pero dado que estaba en una bandeja habría sido más acertado identificar al personaje con Salomé y no con Judith y, en consecuencia, al propietario de la cabeza con san Juan Bautista y no con Holofernes. Édouard también tenía ese lado pedante, salidas de sabiondo que irritaban lo suyo.

Sin duda, su período de mayor inspiración, el que podríamos calificar de «floreciente», empezó en la época de la masturbación, con obras rebosantes de inventiva e imaginación. Sus frescos pusieron en escena a la totalidad del personal —incluido el servicio, lo que les otorgaba a éstos una dignidad que resultaba muy hiriente para la dirección del instituto— en vastas composiciones en las que la abundancia de personajes permitía las combinaciones sexuales más originales. Hacían reír, aunque, al descubrir aquel imaginario erótico, inevitablemente todos se formulaban preguntas sobre su propia vida, mientras los más perspicaces entreveían una preocupante inclinación por las relaciones, por así decirlo, dudosas.

Édouard dibujaba a todas horas. Lo consideraban un depravado porque le encantaba escandalizar —no perdía ocasión—, pero el asunto de la sodomización de santa Clotilde por parte del obispo de Reims había disgustado realmente a la institución. Y a sus padres. Los había abochornado. Como de costumbre, su padre pagó para evitar el escándalo. Sin embargo, nada consiguió ablandar a la institución. Tratándose de sodomía, se mostraron inflexibles. Todos contra Édouard. Salvo algunos compañeros, en especial los que se excitaban con sus dibujos, y su hermana, Madeleine. Ella se había reído de lo lindo, pero no de que el obispo enculara a Clotilde, que eso era historia antigua, sino imaginándose la cara del director, el padre Hubert. Ella también había estudiado en Sainte-Clotilde, sección chicas, y lo conocía muy bien. A Madeleine le hacían mucha gracia la desfachatez de su hermano y sus continuas insolencias, y le encantaba revolverle el pelo, aunque él tenía que dejarle, porque pese a ser el menor, era tan alto... Édouard inclinaba la cabeza y ella hundía los dedos en su densa cabellera y le frotaba el cuero cabelludo con tanta energía que él acababa suplicándole piedad entre risas. No les habría gustado que su padre los sorprendiera de esa manera.

Volviendo a Édouard y su educación, las cosas habían acabado bien, porque sus padres eran muy ricos, pero nada había ido como debía. El señor Péricourt, que ya ganaba un dineral antes de la guerra, era de esas personas a quienes las crisis enriquecen, como si estuvieran hechas a su medida. La fortuna de mamá nunca se mencionaba, habría sido malgastar saliva, como preguntar desde cuándo había sal en el mar. Pero como mamá había muerto joven de una enfermedad del corazón, papá se había quedado solo a los mandos. Absorbido por sus negocios, había delegado la educación de sus hijos en colegios, profesores e institutrices. En personal a sueldo. Édouard tenía una inteligencia que todos consideraban superior a la media, un talento innato para el dibujo tan increíble que hasta sus profesores de Bellas Artes se habían quedado pasmados, y una buena suerte insolente. ¿Qué más podía pedir? Quizá siempre había sido tan provocador por todas esas razones. Saber que no corres ningún peligro, que todo se arreglará, te desinhibe. Puedes decir todo lo que te apetezca y como te apetezca. Aparte, da tranquilidad: cuanto más te expones, mejor calibras la fuerza de tus asideros. De hecho, el señor Péricourt sacó a su hijo de todos los atolladeros, pero lo hizo por su propio bien, pues no quería que su apellido quedara mancillado. Y no resultaba fácil, porque Édouard suponía un desafío permanente, le encantaban los escándalos. Cuando su padre acabó desentendiéndose de su suerte y su porvenir, el hijo aprovechó para ingresar en Bellas Artes. Con una hermana que lo adoraba y protegía, un padre tremendamente conservador que renegaba de él sin cesar y aquel talento indiscutible, Édouard lo tenía casi todo para triunfar. Bueno, ya se va viendo que no va a ser exactamente así; pero en el momento en que la guerra toca a su fin, ésa es la situación objetiva. Aparte de la pierna. Que está hecha un auténtico cisco.

Por supuesto, mientras lo cuida y le cambia las sábanas, Albert no tiene la menor idea de todo eso. Lo único que sabe es que, fuera cual fuese hasta entonces, la órbita de Édouard Péricourt cambió radicalmente de trayectoria el 2 de noviembre de 1918.

Y que muy pronto su pierna derecha se convertirá en la menor de sus preocupaciones.

• • •

Así pues, Albert no se separó de su compañero y se convirtió en el auxiliar voluntario de las enfermeras. Ellas se encargaban de las curas para evitar los riesgos de infección y de la alimentación a través de sonda (le intubaban una mezcla de leche y huevos desleídos o jugo de carne); Albert, de todo lo demás. Cuando no estaba enjugándole la frente con un paño húmedo o haciéndole beber con infinita precaución, estaba cambiándole el empapador. En esos momentos, apretaba los dientes, se volvía, se tapaba la nariz y miraba a otro lado, tratando de convencerse de que el futuro de su compañero podía depender de la escrupulosidad de aquella desagradable tarea.

Así que centraba toda su atención en los dos siguientes quehaceres: tratar de dar en vano con un método que le permitiera respirar sin levantar las costillas y hacerle compañía a Édouard, en espera de la ambulancia.

Y entretanto no dejaba de evocarlo medio tumbado sobre él cuando había regresado de entre los muertos. Pero, como telón de fondo, lo que lo obsesionaba era la imagen del canalla del teniente Pradelle. Albert dedicó una cantidad incalculable de horas a imaginar lo que le haría cuando se cruzara en su camino. Volvía a verlo correr hacia él por el campo de batalla y sentía de nuevo, casi físicamente, la forma en que, por así decirlo, lo había absorbido el cráter del obús. No obstante, le costaba concentrarse largo rato y reflexionar, como si su mente aún no hubiera recuperado la velocidad de crucero.

Sin embargo, poco después de su regreso a la vida, le había venido a la cabeza una frase: habían intentado matarlo.

Sonaba extraño, pero no descabellado. En el fondo, una guerra mundial no es más que un intento de asesinato generalizado en un continente. Sólo que aquel intento en concreto iba dirigido a él en persona. A veces, mirando a Édouard Péricourt, Albert revivía el instante en que había empezado a faltarle el aire, y montaba en cólera. Dos días después, estaba dispuesto a convertirse también en un asesino. Tras cuatro años de guerra, ya iba siendo hora.

Cuando estaba solo pensaba en Cécile. Era como si la hubiese apartado, pero la echaba muchísimo de menos. La precipitación de los acontecimientos lo había propulsado a otra vida, aunque, como ninguna vida era posible si Cécile no la habitaba, se consolaba con su recuerdo, miraba su foto, pasaba revista a sus innumerables perfecciones, las cejas, la nariz, los labios, la misma barbilla, la boca, cómo podía existir algo tan increíble como su boca. Se la iban a robar. Un día, llegaría alguien y le quitaría a Cécile. O se iría ella. Se daría cuenta de que, en el fondo, Albert era muy poca cosa, mientras que ella... Sólo sus hombros ya... Y pensar en eso lo mataba, le hacía vivir horas espantosamente tristes. Total, para qué, se decía. Entonces cogía una hoja de papel e intentaba escribirle una carta. ¿Tenía que contárselo todo a Cécile, que sólo esperaba una cosa, precisamente que no le hablaran más de la guerra, que la dichosa guerra acabara de una vez?

Cuando no pensaba en lo que iba a escribirle a Cécile, o a su madre (primero a Cécile y luego, si le daba tiempo, a su madre), cuando no estaba atareado con su trabajo de enfermero, Albert les daba vueltas a las cosas.

Por ejemplo, la cabeza de caballo sepultada junto a él le venía a la mente a menudo. Curiosamente, al cabo de un tiempo perdió su carácter monstruoso. Ni siquiera la vaharada de aire pútrido que había emanado de ella y que él había respirado en su intento de sobrevivir le parecía ya tan inmunda y repulsiva. Por otra parte, mientras que la imagen de Pradelle de pie al borde del cráter se le aparecía con una exactitud fotográfica, la cabeza del caballo, que le habría gustado recordar con detalle, se difuminaba, perdía colores y trazos. La imagen se desvanecía pese a sus esfuerzos de concentración, lo que le causaba una sensación de carencia que de algún modo lo inquietaba. La guerra acababa. No era momento de balances, sino la terrible hora del presente, en que se constata la magnitud de los daños. Como los soldados que habían pasado cuatro años encorvados bajo la metralla y que, literalmente, no volverían a erguirse y seguirían andando así el resto de sus vidas, con aquel invisible peso sobre ellos, Albert presentía —sabía— que algo jamás volvería: la serenidad. Desde hacía meses, desde la primera herida en la batalla del Somme, desde las interminables noches en que, con el temor incesante a una bala perdida, recorría el campo de batalla como camillero en busca de heridos, y aún más desde que había regresado de entre los muertos, sabía que, poco a poco, un miedo indefinible pero vívido, casi palpable, había acabado adueñándose de él. A lo que se sumaban los devastadores efectos de su enterramiento. Una parte de él seguía bajo tierra; su cuerpo había emergido, pero una parte de su cerebro, prisionera y aterrorizada, había quedado atrapada allí abajo. Aquella experiencia estaba grabada en su carne, en sus movimientos, en sus miradas. En cuanto salía de la habitación era presa de la angustia, aguzaba el oído al menor rumor de pasos, se asomaba con cautela por las puertas antes de abrirlas del todo, andaba pegado a las paredes, sentía sin cesar que había alguien detrás de él, escrutaba las facciones de sus interlocutores y siempre se quedaba cerca de la salida, por si acaso. Con la mirada siempre alerta, no dejaba de moverse ni un momento. Cuando estaba a la cabecera de Édouard, necesitaba mirar por la ventana, porque la atmósfera de la habitación lo asfixiaba. Permanecía en guardia, todo le hacía desconfiar. Tendría que convivir con aquello toda la vida, lo sabía. Con aquella inquietud irracional, al modo del hombre que un día se sorprende sintiendo celos y comprende que en adelante deberá lidiar con esa nueva enfermedad. Ese descubrimiento entristeció a Albert profundamente.

La morfina había surtido efecto. Aunque las dosis disminuirían de manera progresiva, de momento a Édouard le correspondía una ampolla cada cinco o seis horas, ya no se retorcía de dolor y en su habitación ya no se oían constantemente sus desgarradores gemidos, interrumpidos por aullidos que helaban la sangre. Cuando no estaba dormitando, parecía flotar, pero debía seguir atado a la cama, para evitar que tratara de rascarse las heridas abiertas.

Albert y Édouard nunca se habían tratado, se habían visto, cruzado, saludado, tal vez sonreído de lejos en alguna ocasión, pero nada más. Édouard Péricourt: un compañero como tantos otros, cercano y a la vez tremendamente anónimo. Ahora, un enigma, un misterio para Albert.

Al día siguiente de la llegada de ambos al hospital, Albert reparó en que las pertenencias de Édouard estaban en la parte de abajo del armario de madera, una de cuyas puertas se abría chirriando con la más leve corriente de aire. Cualquiera podía entrar y, por qué no, robarlas. Decidió ponerlas a buen recaudo. Al coger el petate que debía de contener los efectos personales de su compañero, tuvo que admitir en conciencia que no lo había hecho antes porque no habría podido resistir la tentación de echar un vistazo. No lo había hecho por respeto a Édouard. Ésa era una de las razones, pero había otra. Aquello le recordaba a su madre. La señora Maillard era de esas madres que registran. Albert se había pasado la infancia aguzando el ingenio para ocultarle secretos en el fondo insignificantes, que la señora Maillard siempre acababa descubriendo y blandiendo ante su hijo mientras lanzaba sobre él una lluvia de reproches. Daba igual que fuera la foto de un ciclista recortada de *L'Illustration*, tres versos copiados de una antología o cuatro canicas pequeñas y una grande ganadas en el recreo en Soubise: la señora Maillard consideraba cualquier secreto una traición. Los días más inspirados, agitando la postal del árbol de las Roches de Tonquín que un vecino le había regalado a Albert, era capaz de embarcarse en un apasionado monólogo invocando sucesivamente la ingratitud de los hijos, el particular egoísmo del suyo y su ferviente deseo de reunirse lo antes posible con su pobre marido, para descansar de una vez por todas. El resto, ya puede imaginarse.

Esos penosos recuerdos se desvanecieron en cuanto Albert, nada más abrir el petate de Édouard, se topó con un cuaderno de tapas duras cerrado con un elástico que indudablemente había corrido mundo. Sólo contenía dibujos a lápiz azul. Albert no pudo por menos que sentarse con las piernas cruzadas frente al chirriante armario, hipnotizado al instante por aquellas imágenes, algunas apenas un rápido esbozo, pero otras muy trabajadas, con profundas sombras a base de trazos densos como un chaparrón. Aquellos dibujos, un centenar, estaban hechos allí, en el frente, en las trincheras, y mostraban las más variadas escenas cotidianas: soldados que escribían cartas, encendían la pipa, se reían de un chiste, a punto de lanzarse al ataque, que comían, bebían, cosas por el estilo. Un trazo veloz se convertía en el pensativo perfil de un soldado joven, tres líneas eran un rostro extenuado y unos ojos angustiados que te encogían el corazón. Una insignificancia trazada al vuelo, como quien no quiere la cosa, un esbozo de nada, captaba lo esencial, el miedo y el desamparo, la espera, el desánimo, el agotamiento. Aquel cuaderno parecía el manifiesto de la fatalidad.

Albert lo hojeaba con un nudo en la garganta. Porque allí no había un solo muerto, un solo herido, un solo cadáver. Sólo vivos. Aquellas imágenes eran aún más terribles, pues todas gritaban lo mismo: estos hombres van a morir.

Volvió a guardar las cosas de Édouard, bastante afectado.

5

Respecto a la morfina, el joven médico se mantuvo inflexible, no podían seguir así, es una droga a la que uno se habitúa y provoca daños, no se puede abusar, lo siento mucho pero no, habrá que parar. El día siguiente a la operación disminuyó las dosis.

Édouard, que volvía lentamente a la superficie, a medida que recuperaba la conciencia sufría de nuevo el martirio, así que Albert empezó a preocuparse por aquel traslado a París, que seguía sin llevarse a cabo.

Preguntado, el joven médico se encogió de hombros en señal de impotencia.

—Treinta y seis horas aquí... —constató bajando la voz—. No lo entiendo, ya deberían haberlo trasladado. Verá, siempre hay problemas de plazas... Pero no es bueno que siga aquí, ¿sabe?

Parecía sumamente preocupado. En ese momento, Albert, alarmado, se fijó un único objetivo: conseguir el traslado de su compañero con la menor dilación.

Se movió mucho. Fue a preguntar a las monjas, que seguían correteando por los pasillos como ratones en el granero, aunque el hospital estuviera más tranquilo. De nada sirvieron sus gestiones: aquél era un hospital militar, o sea, un sitio donde es casi imposible averiguar nada, empezando por la identidad de las personas que realmente mandan.

Cada hora volvía junto a la cabecera de Édouard y esperaba hasta que el joven se dormía de nuevo. El resto del tiempo lo pasaba en los despachos y los senderos que unían los edificios principales. Incluso llegó a ir al ayuntamiento.

Al regreso de una de esas diligencias, había dos soldados de plantón en el pasillo. El uniforme limpio, el rostro afeitado, la seguridad en sí mismos que irradiaban, todo hacía pensar en soldados destinados en el cuartel general. Uno le tendió un sobre lacrado mientras el otro, a falta de algo que hacer, posaba la mano en la culata de la pistola. Albert pensó que su gesto de desconfianza no estaba tan fuera de lugar.

—Hemos entrado —declaró el primero en tono de disculpa, señalando la habitación con el pulgar—. Pero después hemos preferido esperar fuera. El olor...

Albert entró en la habitación y, al instante, soltó la carta que había empezando a abrir para correr junto a Édouard. Por primera vez desde su llegada, el chico tenía los ojos casi abiertos. Alguien le había puesto dos almohadas a la espalda, seguramente una monja que pasaba, sus manos atadas estaban ocultas bajo la ropa de la cama, movía la cabeza de un lado a otro y soltaba unos gruñidos roncos que acababan en gorgoteos. Descrito así, no parece un cambio claro y positivo, pero considerando que hasta entonces Albert no había tenido delante más que un cuerpo que aullaba agitado por violentos espasmos o dormitaba en un estado bastante cercano al coma, lo que veía en esos momentos suponía una mejora sustancial.

Es difícil saber qué conexión secreta se había producido entre aquellos dos hombres durante los días en que Albert había dormido en una silla, pero en cuanto posó la mano en el borde de la cama, Édouard dio un repentino tirón a sus ligaduras y consiguió agarrarle la muñeca con la fuerza de un endemoniado. Nadie podría describir todo lo que implicaba ese gesto. Resumía los miedos y el alivio, las inquietudes y las preguntas de un joven de veintitrés años herido en la guerra, que ignoraba su estado y sufría de tal modo que era incapaz de identificar el origen del dolor.

—Bueno, por fin has despertado, muchacho —comentó Albert, poniendo en su tono todo el entusiasmo del que era capaz.

—Tendremos que irnos... —dijo una voz a sus espaldas.

Albert se volvió sobresaltado.

El soldado le tendía la carta, que había recogido del suelo.

Estuvo esperando casi cuatro horas sentado en una silla. Tiempo suficiente para darle vueltas a cada uno de los motivos por los que un insignificante soldado como él podía haber sido convocado por el general Morieux: de la condecoración por hecho de armas al estado de salud de Édouard, pasando por lo que queramos, por lo que se le ocurra a cada cual.

Las conclusiones de esas horas de cavilaciones se vinieron abajo en un segundo cuando vio aparecer al final del pasillo la esbelta silueta del teniente Pradelle. El oficial le clavó la mirada y avanzó hacia él con los hombros adelantados. Albert notó que una bola le bajaba de la garganta al estómago y sintió unas náuseas que apenas pudo contener. Salvo por la velocidad, era el mismo movimiento que lo había arrojado al cráter del obús. Al llegar a su altura, el teniente dejó de mirarlo y se volvió de golpe para llamar a la puerta del ordenanza del general, tras la que desapareció de inmediato.

Albert habría necesitado tiempo para digerir todo esto, pero no lo tuvo. La puerta volvió a abrirse, alguien bramó su nombre y él entró con paso vacilante en el sanctasanctórum, que olía a puros y coñac, tal vez estaba celebrándose la inminente victoria.

El general Morieux parecía muy mayor y era calcado a cualquiera de los viejos que habían enviado a la muerte a dos generaciones enteras, la de sus hijos y la de sus nietos. Si mezclamos los retratos de Joffre y Pétain con los de Nivelle, Gallieni y Ludendorff, nos sale Morieux: bigotes de foca bajo unos ojos legañosos y enrojecidos, marcadas arrugas y un sentido innato de su propia importancia.

Albert se queda paralizado. Es difícil saber si el general está concentrado o sufre de somnolencia. Tiene un aire a Kutúzov. Sentado a su escritorio, está inclinado sobre unos documentos. Delante, frente a Albert y de espaldas al general, el teniente Pradelle lo mira sin mover un músculo, lenta e insistentemente de la cabeza a los pies. Con las piernas abiertas y las manos a la espalda, como si fuera a pasar revista, parece balancearse un poco. Albert comprende el mensaje y corrige la postura. Se yergue y arquea la espalda hasta que le duelen los riñones. El silencio es sepulcral. Al fin, la foca alza la cabeza. Albert se siente obligado a arquearse aún más. De seguir así, acabará dando una voltereta hacia atrás, como los acróbatas de circo. Lo normal sería que el general lo eximiera de tan incómoda postura; pero no, lo mira con fijeza, carraspea y vuelve a posar los ojos en un documento.

—Soldado Maillard —dice.

Albert tendría que responder: «A sus órdenes, mi general» o algo por el estilo, pero, por muy lento que vaya el general, siempre irá demasiado rápido para Albert.

—Tengo aquí un informe... —continúa Morieux—. Durante el ataque de su unidad el 2 de noviembre, trató usted de sustraerse a su deber de manera deliberada...

Eso no se lo esperaba Albert. Se había imaginado cosas, pero no eso.

—«Se escondió en un agujero de obús para eludir sus obligaciones» —lee el general—. En ese ataque, dieron la vida treinta y ocho de sus valientes compañeros. Por la patria. Es usted un miserable, soldado Maillard. Incluso le diré lo que pienso realmente: ¡es usted un cabrón!

Albert está tan apesadumbrado que le entran ganas de llorar. Tantas semanas esperando que acabe la guerra, y ahora resulta que va a terminar así...

El general Morieux sigue mirándolo. La cobardía de Albert se le antoja de todo punto lamentable.

—Pero las deserciones no son de mi incumbencia —aclara, afligido por la indignidad que personifica ese despreciable soldado—. Yo hago la guerra, ¿comprende? Usted es competencia de un tribunal militar, de un consejo de guerra, soldado Maillard.

Albert ha relajado el cuerpo. Pegadas al pantalón, las manos empiezan a temblarle. Es el fin. Las historias de deserciones o de tipos que se pegan un tiro para escapar del frente no son nuevas, están en la mente de todos. De los consejos de guerra se ha oído hablar mucho, sobre todo en 1917, cuando Pétain volvió para poner un poco de orden en aquella casa de putas. Pasaron por las armas a no se sabe cuántos; en cuestión de deserciones, el tribunal nunca ha transigido. No hubo muchos condenados, pero todos fueron fusilados. Y por la vía rápida. La rapidez de la ejecución forma parte de la ejecución. A Albert le quedan tres días de vida. En el mejor de los casos.

Tiene que explicarlo, es un malentendido. Pero la cara de Pradelle, que lo mira con fijeza, no deja lugar para malentendidos.

Es la segunda vez que lo envía a la muerte. Con mucha suerte, se puede sobrevivir a ser enterrado vivo, pero a un consejo de guerra...

El sudor le resbala entre los omóplatos, le perla la frente, le impide ver. El tembleque se descontrola, y Albert se orina allí mismo, de pie, muy despacio. El general y el teniente ven la mancha expandirse a la altura de la bragueta y descender hacia los pies.

Tiene que decir algo. Albert piensa, pero no se le ocurre nada. El general reanuda la ofensiva, y sabe de ofensivas, para eso es un general.

—El teniente d'Aulnay-Pradelle se ha mostrado tajante, lo vio arrojarse al barro perfectamente. ¿No es así, Pradelle?

—Perfectamente, mi general. Sin la menor duda.

—¿Y bien, soldado Maillard?

Si Albert no encuentra palabras, no será porque no las busca.

—No es eso... —farfulla al fin.

El general frunce el ceño.

—¿Cómo que no es eso? ¿Participó usted en el ataque hasta el final?

—Pues... no...

«No, mi general», debería haber dicho; pero en semejante situación uno no puede estar en todo.

—¡Usted no participó en el ataque —truena Morieux dando un puñetazo en la mesa— porque estaba metido en el hoyo de un obús! ¿Es o no es?

Va a resultarle difícil negociar las consecuencias, sobre todo porque el general da otro puñetazo.

—¿Sí o no, soldado Maillard?

La lámpara, el tintero, la carpeta... Todo salta en el aire al unísono. Los ojos de Pradelle siguen fijos en los pies de Albert, a cuyo alrededor la mancha de orina se extiende por la raída alfombra del despacho.

—Sí, pero...

—¡Por supuesto que sí! El teniente Pradelle lo vio perfectamente. ¿No es así, Pradelle?

—Sí, mi general. Perfectamente.

—Pero su cobardía no quedó impune, soldado Maillard... —El general alza un índice vengativo—. ¡Como que casi le cuesta la vida! Pero ¡no se apure, todo llegará!

En cualquier vida, siempre hay momentos de la verdad. Pocos, es cierto. En la del soldado Albert Maillard, el segundo que viene a continuación es uno de esos instantes. Encerrado en tres palabras que resumen toda su fe:

—No es justo.

El general Morieux habría desechado una gran frase, un intento de explicación, con un irritado manoteo, pero aquello... Baja la cabeza. Parece reflexionar. Ahora Pradelle está mirando la lágrima que pende de la punta de la nariz de Albert, el cual no puede secársela, firme como está. La gota pende de un modo lamentable, se balancea, se estira, sin decidirse a caer. Albert se sorbe los mocos ruidosamente. La gota tiembla, pero no cede. El ruido basta para sacar de su atontamiento al general.

—Sin embargo, su hoja de servicios no es mala... ¡No lo entiendo! —admite, encogiéndose de hombros con impotencia.

Acaba de pasar algo, pero ¿qué?

—Campamento de Mailly... el Marne... Hum...

Morieux está inclinado sobre sus papeles. Albert no ve más que sus canos y escasos cabellos, que permiten adivinar el rosáceo cráneo.

—Herido en la batalla del Somme... Hum... ¡Vaya, y en la del Aisne! Camillero... Hum... —Sacude la cabeza como un loro empapado.

La gota de la nariz de Albert se decide por fin a caer, explota contra el suelo y desencadena una revelación en su mente: aquello no va en serio. El general está tomándole el pelo. Las neuronas de

Albert exploran el terreno, la historia, la actualidad, la situación. Cuando el general alza los ojos hacia él, lo sabe, lo ha comprendido, la respuesta de la autoridad no le sorprende.

—Tendré en cuenta su hoja de servicios, Maillard.

Albert sorbe por la nariz. Pradelle traga saliva. Ha probado con el general, nunca se sabe. Si hubiera colado, se habría librado de Albert, un testigo molesto. Pero, mala suerte, ahora no se fusila. Pradelle sabe perder. Baja la cabeza y traga quina.

—¡En el 17 era usted bueno, muchacho! —exclama el general—. Pero esto de ahora...

Afligido, se encoge de hombros. Se nota que, a su modo de ver, todo se va al carajo. Para un militar no hay nada peor que una guerra que se acaba. El general Morieux ha tenido que pensar, que devanarse los sesos, pero no le ha quedado más remedio que rendirse a la evidencia, pese a aquel caso de deserción palmario, es imposible justificar un pelotón de ejecución a unos días del armisticio. Ya no es actualidad. Nadie lo admitiría. Sería incluso contraproducente.

La vida de Albert depende de bien poco: no lo fusilarán porque ese mes no está de moda.

—Gracias, mi general —farfulla.

Morieux recibe esas palabras con fatalismo. En otros tiempos, dar las gracias a un general era casi insultarlo, pero ahora...

Asunto zanjado. Morieux agita en el aire una mano cansada, deprimida. ¡Qué derrota! Puede retirarse.

Pero, y ahora, ¿qué mosca le ha picado a Albert? Vaya usted a saber. Acaba de librarse del pelotón de fusilamiento de milagro, aunque por lo visto no ha tenido bastante.

—Desearía hacer una petición, mi general.

—¿Ah, sí? ¿Y de qué se trata, de qué?

Curiosamente, eso de la petición le gusta. Si le hacen una petición, es señal de que todavía sirve de algo. Arquea una ceja interrogativa y alentadora. Aguarda. Al lado de Albert, Pradelle parece erguirse y ponerse tenso. Como si se hubieran vuelto las tornas.

—Quisiera solicitar una investigación, mi general —responde Albert.

—¡Ésta sí que es buena! ¿Una investigación? ¿Y sobre qué coño? —Porque, al general, las investigaciones tan pronto le encantan como lo sulfuran. Es un militar.

—Sobre dos soldados, mi general.

—¿Qué les pasa a esos soldados?

—Que murieron, mi general. Y convendría saber cómo.

Morieux frunce el ceño. No le gustan las muertes sospechosas. En la guerra, las muertes tienen que ser claras, heroicas y definitivas, por eso a los heridos se los soporta aunque en el fondo no le gustan a nadie.

—Espere, espere... —replica Morieux con voz trémula—. Para empezar, ¿quiénes son esos dos?

—Los soldados Gaston Grisonnier y Louis Thérieux, mi general. Estaría bien saber cómo murieron.

Ese «estaría bien» es muy, pero que muy atrevido, y se le ha ocurrido sobre la marcha. Al final, parece que Albert tiene recursos.

Morieux interroga a Pradelle con la mirada.

—Son los dos desaparecidos de la cota ciento trece, mi general —responde el teniente.

Albert se queda petrificado.

Los vio en el campo de batalla, muertos, sí, pero enteros, incluso dio la vuelta al cadáver del viejo, es como si aún estuviera viendo las dos heridas de bala.

—No es posible...

—Por el amor de Dios, ¿no están diciéndole que los dieron por desaparecidos? ¿No, Pradelle?

—Desaparecidos, mi general. Sin ninguna duda.

—Además —eructa el vejestorio—, no irá a jorobarnos con los desaparecidos, ¿no? —No es una pregunta, es una orden. Está furioso—. ¿Qué gilipollez es ésta? —refunfuña para sí. Pero necesita un poco de apoyo—. ¿No, Pradelle? —pregunta de repente, poniéndolo de testigo.

—Por supuesto, mi general. No van a jorobarnos con los desaparecidos.

—¡Ah! —exclama el general mirando a Albert.

Pradelle también lo mira. ¿Qué están esbozando los labios de ese cabrón? ¿Una sonrisa?

Albert renuncia. Lo único que quiere ya es que acabe la guerra y volver cuanto antes a París. A ser posible entero. Esa idea le hace pensar en Édouard. En menos que canta un gallo saluda al carcamal (ni siquiera da un taconazo, se limita a llevarse a la sien un índice displicente, como el obrero que acaba de terminar el turno y se marcha a casa) y, evitando la mirada del teniente, ya corre por los pasillos impulsado por un presentimiento como sólo pueden tenerlo los padres. Al abrir la puerta de la habitación de par en par, está sin aliento.

Édouard no ha cambiado de postura, pero se despierta en cuanto lo oye acercarse. Con las puntas de los dedos, señala la ventana, al lado de la cama. Es cierto que en aquella habitación huele que apesta. Albert la entreabre. Édouard lo sigue con la mirada. El chico insiste, «más», da indicaciones con los dedos, «no, menos», «un poco más», Albert obedece, separa algo más las hojas, pero cuando comprende es demasiado tarde. A fuerza de no encontrarse la lengua y oírse borbotear, Édouard ha querido saber. Ahora se ve reflejado en el cristal.

La metralla se le llevó toda la mandíbula inferior. Debajo de la nariz no hay más que vacío, se ve la garganta, el paladar y los dientes de arriba, y abajo, un magma de carne escarlata con algo al final, debe de ser la glotis, pero ya no hay lengua, y el esófago es un rojo y húmedo agujero.

Édouard Péricourt tiene veintitrés años.

Se desmaya.

6

Al día siguiente, hacia las cuatro de la madrugada, cuando Albert acababa de desatarlo para cambiarle el empapador, Édouard quería tirarse por la ventana. Pero al bajar de la cama, como la pierna derecha no lo sostenía, perdió el equilibrio y se desplomó. Gracias a un inmenso esfuerzo de voluntad, consiguió levantarse; parecía un fantasma. Con los ojos desorbitados y las manos extendidas, cojeó pesadamente hasta la ventana aullando de pena y dolor. Albert lo abrazó, sollozando como él y acariciándole la nuca. Respecto a Édouard, Albert sentía la ternura de una madre. Se pasaba la mayor parte del tiempo dándole conversación para entretener la espera.

—El general Morieux —le contaba— es un completo gilipollas. Menudo general... ¡Quería enviarme ante un consejo de guerra! Y el cabrón de Pradelle...

Albert hablaba y hablaba, pero la mirada de Édouard estaba tan apagada que era imposible saber si lo comprendía. La disminución de las dosis de morfina lo mantenía consciente mucho rato, privando a Albert de la oportunidad de ir a preguntar por la dichosa ambulancia, que no llegaba. Cuando Édouard empezaba a gemir, ya no paraba. Su voz iba alzándose hasta que acudía una enfermera a ponerle otra inyección.

A primera hora de la tarde del día siguiente, cuando Albert llegó una vez más con las manos vacías —imposible saber si aquel traslado estaba o no planificado—, Édouard aullaba como un loco, sufría lo indecible y tenía la garganta en carne viva y salpicada de pústulas. El hedor era cada vez más insoportable.

Albert salió de la habitación a toda prisa y corrió al despacho de las monjas enfermeras. Nadie. «¡¿Hay alguien?!», bramó en el pasillo. Nadie. Cuando se disponía a volver, se detuvo en seco. Volvió sobre sus pasos. No, no se atrevía. ¿O sí? Miró el pasillo a derecha e izquierda, mientras los gritos de su compañero resonaban aún en sus oídos. Eso lo ayudó. Entró en el despacho. Hacía tiempo que sabía dónde la guardaban. Cogió la llave del cajón de la derecha y abrió la vitrina. Una jeringa, alcohol, ampollas de morfina... Si lo pillaban, estaba listo: robo de material militar, ya veía la jeta del general Morieux, que se acercaba por momentos, seguida por la siniestra sombra del teniente Pradelle... ¿Quién cuidaría de Édouard?, se preguntó angustiado. Pero no apareció nadie. Albert salió del despacho empapado en sudor, con el botín apretado contra el estómago. No sabía si hacía bien, pero aquellos dolores estaban volviéndose insoportables.

La primera inyección fue toda una aventura. Había ayudado a las monjas muchas veces, pero cuando tienes que hacerlo tú solo... Los empapadores, el hedor y ahora los pinchazos... Impedirle a un tipo que se tire por la ventana no es fácil, pensó mientras preparaba la jeringa. Limpiarlo, olerlo, pincharlo... ¿En qué estaba metiéndose?

Había encajado el respaldo de una silla bajo la maneta de la puerta para evitar sorpresas. La cosa no fue demasiado mal. Albert había calculado bien la dosis. Debería bastar hasta la siguiente que le administrara la hermana.

—¡Muy bien! Ya verás, ahora todo irá mucho mejor.

Vaya si mejoró. Édouard se relajó y se durmió. Pero Albert siguió hablándole de todas formas. Y pensando en el asunto de aquel traslado ilusorio. Llegó a la conclusión de que había que remontarse a la fuente: iría a la oficina de personal.

—Cuando estás tranquilo, no me gusta hacerlo, no creas —le explicó a Édouard—. Pero como no estoy seguro de que vayas a portarte bien...

Muy a su pesar, lo ató a la cama y lo dejó solo.

En cuanto salió de la habitación, empezó a mirar detrás e iba pegado a la pared, pero corriendo, para ausentarse el menor tiempo posible.

—¡Ésta sí que es buena! —exclamó el tipo.

Se llamaba Grosjean. El despacho de personal era un pequeño cuarto con una ventana minúscula y estanterías rebosantes de carpetas sujetas con gomas. Detrás de una de las dos mesas atestadas de papeles, listas e informes, el cabo Grosjean parecía agobiado de trabajo.

Abrió un ancho libro de registro y siguió las columnas con un índice marrón de nicotina.

—No te puedes imaginar la cantidad de heridos que han pasado por aquí... —refunfuñó.

—Sí.

—¿Sí, qué?

—Que sí que puedo.

Grosjean levantó la cabeza del libro y lo miró. Albert comprendió su error. ¿Cómo arreglarlo? Pero Grosjean ya había vuelto a bajar los ojos, absorto en su búsqueda.

—Mierda, ese apellido lo he visto...

—Lógico —comentó Albert.

—Claro, lógico, pero ¿dónde está, maldita sea? ¡Aquí! —gritó el cabo de repente.

Saltaba a la vista que acababa de obtener una victoria.

—¡Péricourt, Édouard! ¡Lo sabía! ¡Aquí está! ¡Ah, lo sabía!

Volvió el libro hacia Albert señalando el final de una página con el grueso índice. Quería demostrar hasta qué punto tenía razón.

—¿Y? —le preguntó Albert.

—Bueno, pues que tu colega está registrado —repuso Grosjean recalcando la última palabra. En su boca, cobraba la fuerza de un veredicto—. ¡Ya te lo había dicho, me acordaba, aún no estoy chocho, joder!

—¿Y?

El cabo cerró los ojos beatíficamente. Volvió a abrirlos.

—Los registramos aquí —declaró, golpeando el libro con el índice—. Y después redactamos la orden de traslado.

—Y la orden de traslado, ¿adónde va?

—A la unidad de logística. Son ellos quienes deciden, por los vehículos...

Tendría que volver al despacho de logística. Ya había estado dos veces, y no había ni boletín ni orden ni documento alguno a nombre de Édouard, era para volverse loco. Miró la hora. Iría después, ahora tenía que regresar junto a su compañero, ver cómo estaba y darle de beber, tiene que beber mucho, había dicho el matasanos. Se volvió, pero entonces cambió de opinión. Mierda, se dijo, ¿y si...?

—¿Eres tú quien lleva las órdenes a logística?

—Sí. O viene alguien a buscarlas, depende.

—Y la que iba a nombre de Péricourt, ¿recuerdas quién se la llevó?

Aunque Albert ya sabía la respuesta.

—Afirmativo. Un teniente, no sé cómo se llama.

—¿Un tipo alto, delgado...

—Exacto.

—...de ojos azules?

—¡Eso es!

—El muy hijo de puta...

—Eso ya no sabría decirte...

—¿Y se tarda mucho en redactar otra orden?

—A eso se lo llama un duplicado.

—Vale. ¿Se tarda mucho en hacer un duplicado?

Grosjean estaba realmente en su elemento. Sacó un tintero, cogió un portaplumas y lo alzó en el aire.

—Dalo por hecho.

La habitación apestaba a carne podrida. En verdad había que trasladar a Édouard cuanto antes. La estrategia de Pradelle estaba funcionando. Exterminio. Albert se había librado del consejo de guerra por los pelos, pero Édouard tenía el cementerio cada vez más cerca. Unas cuantas horas más y se habría podrido vivo. Al teniente Pradelle no le apetecía que hubiera demasiados testigos de su heroísmo.

Albert llevó en persona el duplicado a la unidad de logística.

Hasta pasado mañana, nada, le dijeron.

Ese plazo se le antojó interminable.

Al médico joven acababan de trasladarlo. Aún no se sabía quién lo sustituiría. Había muchos cirujanos, otros médicos a los que Albert no conocía; uno de ellos entró en la habitación, aunque se quedó poco rato, como si no mereciera la pena.

—¿Cuándo lo trasladan? —le preguntó a Albert.

—Están en ello... Es que la orden de traslado... De hecho, está apuntado en el libro de registro, pero...

—¿Cuándo? —lo atajó el médico—. Porque a este paso...

—Me han dicho que mañana...

El doctor alzó los ojos al cielo, escéptico. El típico médico que ha visto de todo. Asintió, se hacía cargo. Bueno, ya está bien de charla. Se volvió y le dio una palmadita en el hombro.

—¡Y ventile la habitación! —le dijo al salir—. ¡Huele que apesta!

Al día siguiente, en cuanto amaneció, Albert se plantó ante la unidad de logística. Su principal temor: toparse con Pradelle. El teniente había conseguido impedir el traslado de Édouard, era capaz de todo. Lo esencial era no dejarse ver. Y que se llevaran a Édouard lo antes posible.

—¿Hoy? —preguntó.

El tipo estaba de buenas. Le parecía excepcional que alguien se preocupara de ese modo por un compañero. Había tantos a los que los traía todo sin cuidado, a los que sólo les importaba su culo, ¿verdad? No, hoy no, lo sentía. Mañana.

—¿Sabes a qué hora?

El tipo consultó largo rato sus diferentes listas.

—Pues, teniendo en cuenta los sitios de recogida... —dijo sin alzar los ojos—. Perdona, chico, es como los llamamos nosotros... La ambulancia debería estar aquí a primera hora de la tarde.

—¿Seguro, seguro?

Albert quería creérselo, muy bien, hasta mañana, pero se reprochaba haber sido tan lento, no haberlo comprendido antes. Haber perdido tanto tiempo. Si hubiera caído con un compañero menos gilipollas, a Édouard ya lo habrían trasladado.

Mañana.

Édouard ya no dormía. Sentado en la cama, recostado en las almohadas que Albert había cogido de las demás habitaciones, se balanceaba durante horas gimiendo.

—Te duele mucho, ¿no? —le preguntaba Albert.

Pero Édouard nunca respondía. Lógico.

La ventana siempre estaba entreabierta. Albert dormía invariablemente delante de ella, sentado en una silla y con los pies sobre otra. Fumaba un montón, para mantenerse despierto y vigilar a Édouard, pero también para disimular el hedor.

—Tú ya no tienes olfato, eres un tipo con suerte...

Mierda, y cuando quisiera reír, ¿qué haría? A alguien que ya no tiene mandíbula inferior no deben de entrarle ganas de reírse muy a menudo, pero de todas formas esa cuestión preocupaba a Albert.

—El matasanos... —se aventuró a decir. Serían las dos, las tres de la madrugada. El traslado tendría lugar al día siguiente—. Dice que allí ponen prótesis...

No tenía demasiada idea de cómo quedaría una prótesis de mandíbula, ni estaba seguro de que fuera un buen momento para comentarlo.

Pero la propuesta pareció espabilar a Édouard. Cabeceó y soltó unos chillidos como ruidos líquidos, una especie de gorgoteos. Le hizo señas con la mano. Albert no se había fijado hasta entonces en que era zurdo. Al acordarse del cuaderno de dibujo, se preguntó ingenuamente cómo habría hecho semejantes esbozos con la izquierda.

Eso debería haberle propuesto hacía tiempo, dibujar.

—¿Quieres tu cuaderno?

Édouard lo miró, sí, lo quería, pero no para dibujar.

Curiosa escena en plena noche. La mirada de Édouard, tan vivaz, tan expresiva, en ese rostro mutilado, hinchado, en carne viva, de una intensidad increíble. Da miedo. Albert está muy impresionado.

Sujetando el cuaderno en equilibrio sobre la cama, Édouard traza grandes letras torpes; está tan débil que es como si ya no supiera escribir, como si el lápiz se moviera por voluntad propia. Albert mira los garabatos, que se salen de la hoja. Está muerto de sueño y aquello va para rato. Édouard escribe una o dos letras con indecible esfuerzo y Albert intenta adivinar la palabra, poniendo toda la atención de la que es capaz; otra letra, y luego otra, pero cuando la palabra está completa, el mensaje dista de resultar claro, hay que deducir el significado, se tarda muchísimo, y Édouard, que se cansa enseguida, se derrumba en las almohadas. Sin embargo, no ha pasado una hora cuando vuelve a erguirse y coger el cuaderno como si una necesidad lo urgiese a su pesar. Albert niega con la cabeza, se levanta de la silla y enciende un cigarrillo para ver si se espabila, y el juego de las adivinanzas vuelve a empezar. Letra tras letra, palabra tras palabra.

Hacia las cuatro de la madrugada, Albert ha entendido algo:

—Entonces, ¿no quieres volver a París? Pero ¿adónde vas a ir?

Y vuelta a empezar. Édouard se pone nervioso, se sulfura sobre el cuaderno. Las letras brotan sobre el papel tan grandes que son irreconocibles.

—Cálmate —le pide Albert—. No te preocupes, lo conseguiremos.

Aunque no está tan seguro, porque aquello parece tremendamente complicado. Sin embargo, no se rinde. Con las primeras luces del día tiene la certeza de que Édouard no quiere volver a casa. ¿Es eso? Édouard escribe «sí» en el cuaderno.

—Pero ¡es normal! —le asegura Albert—. Al principio, a uno no le apetece que lo vean así. A todos nos da un poco de vergüenza, pasa siempre. Mira, yo mismo, sin ir más lejos... Figúrate que cuando recibí aquella bala en el Somme, por un momento pensé que mi Cécile me abandonaría, te lo juro. Pero tus padres te quieren y no dejarán de quererte porque te hayan herido en la guerra, no te preocupes.

En lugar de tranquilizarlo, el desatinado discursito acaba de poner nervioso a Édouard, sus gorgoteos se convierten en borbollante cascada, se mueve tanto y de tal manera que Albert tiene que amenazarlo con atarlo. Édouard se domina, pero sigue excitado, incluso enfadado. Arranca el cuaderno de las manos de su compañero con violencia, como el mantel de la mesa durante una discusión, y reanuda su tentativa de escritura.

Albert enciende otro cigarrillo y, mientras fuma, reflexiona sobre la petición.

Si Édouard no quiere que los suyos lo vean en ese estado, tal vez sea porque hay una Cécile de por medio. Renunciar a ella es difícil, Albert lo comprende perfectamente. Sugiere tal hipótesis con prudencia.

Concentrado en su cuaderno, Édouard la rechaza negando con la cabeza. No hay ninguna Cécile.

Pero tiene una hermana. Para comprender lo de la hermana se tira un buen rato. No hay manera de leer su nombre. Da igual, en realidad no es tan importante.

No obstante, el problema tampoco es la hermana.

Por otra parte, poco importa cuál sea el motivo de Édouard, hay que intentar hacerlo razonar.

—Te comprendo —repite Albert—. Pero con la prótesis será muy distinto, ya verás...

Édouard se pone aún más nervioso, el dolor reaparece y abandona el intento de comunicación para aullar de nuevo como un poseso. Albert, también al límite de sus fuerzas, resiste lo que puede, pero acaba cediendo y le pone otra inyección de morfina. Édouard se queda traspuesto, en unos días se ha metido un montón. Si no se engancha, es que es de acero.

Por la mañana, en el momento de cambiarlo y darle de comer (Albert lo hace como le enseñaron: con el tubo de goma en el esófago y un pequeño embudo, se vierte muy despacio para que el estómago no se rebele), Édouard vuelve a ponerse nervioso, quiere levantarse, no puede estarse quieto. Albert no sabe ya a qué santo encomendarse. El chico coge el cuaderno, vuelve a trazar unas cuantas letras tan ilegibles como las de la noche y luego golpea la hoja con el lápiz. Su compañero intenta descifrar el mensaje, pero no lo consigue. Frunce el ceño, ¿esto qué es, una E o una B? Y de pronto no aguanta más.

—¡Mira, chico, no puedo hacer nada! —estalla Albert—. Tú no quieres volver a casa, y no entiendo por qué, pero tampoco es asunto mío. Es muy triste, pero yo no puedo hacer nada, ¡y ya está!

De pronto, Édouard le agarra el brazo y se lo aprieta con una fuerza increíble.

—¡Oye, que me haces daño! —le grita Albert.

Édouard le clava las uñas. Le hace un daño tremendo. Pero la presión se relaja y un momento después sus manos le rodean los hombros y atraen a Albert hacia él. Édouard solloza fuertemente y suelta chillidos. Albert ha oído esos gritos antes. Un día, en el circo, unos monitos en bicicleta vestidos de marineros soltaban unos hipidos que te encogían el corazón. Una pena tan profunda es desgarradora. Lo que le pasa a Édouard tiene tan poco remedio, con prótesis o sin ella, es tan irreversible...

Albert le habla con sencillez: llora, muchacho. Lo único que se puede hacer es decir simplezas. La pena de Édouard es incontrolable, irreprimible.

—Tú no quieres volver a casa, eso está claro —constata Albert.

Nota que la cabeza de su compañero se inclina y se acurruca en su hombro; no, no quiere volver. No, repite, no quiere.

Sin dejar de abrazarlo, Albert se dice que durante toda la guerra Édouard no ha pensado más que en sobrevivir, como todos, y ahora que la guerra ha acabado y está vivo, resulta que lo único en lo que piensa es en desaparecer. Si incluso los supervivientes sólo desean morir, qué desastre...

De hecho, ahora lo comprende: Édouard ya no tendrá valor para matarse. Se acabó. Si hubiera podido tirarse por la ventana el primer día, todo se habría resuelto, la pena y las lágrimas, el tiempo, el interminable tiempo por venir, todo habría acabado allí, en el patio del hospital militar; pero la ocasión se ha esfumado, Édouard no volverá a atreverse. Está condenado a vivir.

Y la culpa es de Albert, todo es culpa suya, desde el principio. Todo. Está acongojado y en un tris de echarse a llorar también. Qué soledad. Ahora él ocupa el centro de la vida de Édouard. Es su único, su exclusivo apoyo. El chico le ha confiado su vida, se la ha entregado, porque ya no puede ni cargar con ella ni librarse de ella solo.

Albert está aterrado, conmocionado.

—Bueno —farfulla—, voy a ver...

Lo ha dicho sin pensar, pero Édouard ya ha alzado la cabeza, como si hubiera recibido una descarga eléctrica. Es un rostro casi vacío, sin nariz, sin boca, sin mejillas, sólo una mirada de una intensidad inaudita, que te atraviesa de parte a parte. Albert está atrapado.

—Voy a ver —repite tontamente—. Me las apañaré.

Édouard le aprieta las manos y cierra los ojos. Luego recuesta la cabeza en las almohadas lentamente. Tranquilo, pero con dolores, soltando gruñidos que vuelven a formar gruesas burbujas sanguinolentas en lo alto de la tráquea.

Me las apañaré.

La «palabra de más» es una constante en la vida de Albert. ¿Cuántas veces, llevado por el entusiasmo, se ha lanzado a acciones calamitosas? Muy fácil: tantas como ha lamentado no haberse tomado el tiempo necesario para reflexionar. Por regla general, Albert es víctima de su generosidad, de la magia de un instante, pero sus promesas intempestivas nunca habían afectado más que a cosas menores. Ahora es muy distinto: lo que está en juego es la vida de un hombre.

Albert le acaricia las manos, lo mira, intenta mecerlo en sus brazos.

Es terrible, no consigue recordar la cara del soldado al que llamaba simplemente Péricourt, aquel chico alegre, que siempre estaba bromeando y dibujando. Sólo ve su perfil y su espalda, justo antes del ataque a la cota 113, pero de la cara, nada. Sin embargo, en aquel momento Péricourt se había vuelto hacia él; pero eso no aparece, la imagen de hoy, ese agujero abierto, sanguinolento, ha suplantado al recuerdo, y eso lo desespera.

En ese instante posa la mirada en la sábana, donde descansa el cuaderno. Ahora lee perfectamente la palabra que no conseguía descifrar minutos antes.

«Padre.»

La palabra lo hunde en un abismo. Hace mucho que su propio padre ya no es más que un retrato amarillento sobre el aparador, pero, a juzgar por el rencor que le guarda sólo por haberse muerto tan pronto, intuye que con un padre vivo debe de ser aún más complicado. Le gustaría saber, comprender, pero es demasiado tarde, le ha prometido a Édouard que se las «apañaría». Ahora ya no sabe qué quería decir con eso. Mientras vela a su compañero, que empieza a dormirse, reflexiona.

Édouard quiere desaparecer, de acuerdo, pero ¿cómo se hace desaparecer a un soldado vivo? Albert no es teniente, no sabe nada al respecto. No tiene la menor idea de cómo proceder. ¿Habría que inventarle una nueva identidad?

Albert no será rápido de mente, pero ha sido contable y es lógico. Si Édouard quiere desaparecer, se dice, hay que darle la identidad de un soldado muerto. Dar el cambiazo.

Y solución no hay más que una.

El servicio de personal. El despacho del cabo Grosjean.

Trata de imaginar las consecuencias de semejante acto. Él, que se ha librado por los pelos del tribunal militar, se dispone —suponiendo que llegue a eso...— a falsificar documentos, sacrificar a vivos y resucitar a muertos.

Esta vez le espera el pelotón de fusilamiento. Mejor no pensarlo.

Vencido por el cansancio, Édouard acaba de dormirse. Albert echa un vistazo al reloj de pared, se levanta y abre la puerta del armario.

Mete la mano en el petate de su compañero y saca su cartilla militar.

Van a dar las doce del mediodía, dentro de cuatro minutos, tres, dos... Albert sale a toda prisa, recorre el pasillo pegado a la pared, llama a la puerta del despacho y abre sin esperar. Encima de la abarrotada mesa de Grosjean, son las doce menos un minuto.

—Hola —saluda Albert.

Ha probado un acercamiento jovial. Pero a unos segundos del mediodía, la estrategia festiva tiene pocas posibilidades de triunfar ante un estómago vacío. Grosjean refunfuña. ¿Qué querrá este tipo esta vez y a estas horas? Darle las gracias. Eso vuelve a sentar a Grosjean. Había levantado una nalga de la silla, listo para cerrar el libro de registro, pero «gracias» es realmente una de esas cosas que no había oído desde el comienzo de la guerra. No sabe cómo reaccionar.

—¡Bah, no hay de qué!

Albert ve el camino abierto y lo toma:

—Esa idea tuya del duplicado... Gracias, de verdad. A mi amigo lo trasladan esta tarde...

Repuesto de la sorpresa, Grosjean se levanta y se limpia las manos en el pantalón manchado de tinta. Se siente halagado, pero es mediodía. Albert entra en materia:

—Estoy buscando a otros dos compañeros...

—Ah...

Grosjean se pone la guerrera.

—No sé qué habrá sido de ellos. En un sitio me dicen que los han dado por desaparecidos, en otro que están heridos, trasladados...

—¡Pues menos lo sé yo!

Grosjean se dirige hacia la puerta pasando por delante de él.

—Debe de estar en el libro de registro... —sugiere tímidamente Albert.

Grosjean abre la puerta de par en par.

—Vuelve después del papeo —sugiere— y lo miramos juntos.

Albert abre unos ojos como platos, como si acabara de ocurrírsele una idea estupenda.

—Si quieres, puedo buscarlos mientras te vas a comer...

—¡Ah, no! Tengo órdenes estrictas, no puedo.

Empuja fuera a Albert, cierra con llave y se queda allí plantado. Albert está de más. Dice gracias, hasta luego, y empieza a alejarse por el pasillo. Trasladarán a Édouard dentro de un par de horas. Albert se estruja las manos, mierda, mierda, mierda, se repite en el colmo de la impotencia.

Unos metros más adelante se vuelve con pesar. Grosjean sigue en el pasillo y lo mira alejarse.

Mientras Albert se dirige al patio, la idea empieza a cobrar forma. Vuelve a ver a Grosjean delante de la puerta de su despacho, esperando... ¿esperando qué? Aún está tratando de dar con la respuesta cuando ya se ha vuelto y ha echado a andar a un paso que confía en que sea decidido, tendrá que apresurarse. Llega al pasillo, pero ve a un soldado. Se queda petrificado: es el teniente Pradelle, que por suerte avanza recto sin volver la cabeza y desaparece. Albert se tranquiliza, se oyen más pasos, risas, gritos, voces que se alejan en dirección al comedor. Albert se detiene ante el despacho de Grosjean, pasa la mano sobre el dintel, encuentra la llave, la coge, la mete y la gira en la cerradura, abre, entra y vuelve a cerrar de inmediato. Está con la espalda pegada a la puerta, como en el hoyo de un obús. Frente a él, los libros de registro. Toneladas de libros. Del suelo al techo.

En el banco tenía que vérselas a menudo con archivos como aquél, con las etiquetas pegadas con goma y rotuladas con tinta azul que se destiñe con el tiempo. Aun así tardó cerca de veinticinco minutos en encontrar los registros que necesitaba. Estaba inquieto, no podía evitarlo, y miraba sin cesar la puerta como si fuera a abrirse de un momento a otro. No tenía la menor idea de lo que diría.

Cuando consiguió reunir los tres registros complementarios, eran las doce y media. En cada uno se sucedían los diferentes tipos de escritura, administrativa, ya vieja, era increíble lo deprisa que moría un apellido. Otros veinte minutos tardó en encontrar lo que necesitaba y, entonces, era su forma de ser, empezó a dudar. Como si la elección tuviera tanta importancia... Coge el primero, se dijo. Miró el reloj y la puerta con la sensación de que tanto el uno como la otra habían cambiado de tamaño, que ocupaban todo el despacho. Pensó en Édouard, que estaba solo, atado...

Las doce cuarenta y dos.

Tenía ante sí el libro de registro de los fallecidos en el hospital cuyas familias aún no habían sido informadas. La lista llegaba al 30 de octubre.

Boulivet, Victor. Nacido el 12 de febrero de 1891. Muerto el 24 de octubre de 1918. Personas de contacto, sus padres: Dijon.

En ese instante lo que lo inquietaba no eran tanto los escrúpulos como las precauciones que debía tomar. Comprendió que ahora era responsable de su compañero y no podía hacer lo que le pareciera, como si se tratara sólo de sí mismo. Debía proceder de manera adecuada, eficaz. Pero si le daba a Édouard la identidad de un soldado muerto, ese soldado tornaría a la vida. Así que sus padres lo esperarían. Pedirían noticias. Se indagaría, y no sería difícil tirar del hilo. Albert negó con la cabeza imaginando las consecuencias, tanto para Édouard como para él, si los pillaban por falsificación y uso de documentos falsos (y seguramente otros muchos cargos que ni siquiera imaginaba).

Empezó a temblar. Le ocurría a menudo, incluso antes de la guerra: cuando se asustaba, parecía que tuviera escalofríos. Miró la hora, qué deprisa pasaba el tiempo. Se estrujó las manos sobre el libro de registro y siguió pasando páginas.

Dubois, Alfred. Nacido el 24 de septiembre de 1890. Muerto el 25 de octubre de 1918. Casado, padre de dos hijos, su familia vive en Saint-Pourçain.

¿Qué hacer, Dios mío? En el fondo, no le había prometido nada a Édouard, le había dicho «Voy a ver», una frase que no era un compromiso firme. Era... Albert buscó la palabra sin dejar de pasar hojas.

Évrard, Louis. Nacido el 13 de junio de 1892. Muerto el 30 de octubre de 1918. Personas de contacto, sus padres: Toulouse.

Claro, no reflexionaba bastante, no era previsor, se lanzaba a lo loco, llevado por sus buenas intenciones, y luego... Su madre tenía razón...

Goujou, Constant. Nacido el 11 de enero de 1891. Muerto el 26 de octubre de 1918. Casado. Domicilio: Mornant.

Albert alzó los ojos. Incluso el reloj estaba en su contra, había acelerado el ritmo, si no, ¿cómo podía ser ya la una? Sobre el registro cayeron dos gruesas gotas de sudor. Buscó un papel secante, miró la puerta, no había papel secante, pasó la hoja. La puerta estaba a punto de abrirse, ¿qué diría?

Y de pronto, allí estaba.

Eugène Larivière. Nacido el 1 de noviembre de 1893. Muerto el 30 de octubre de 1918, un día antes de su cumpleaños. Eugène tenía veinticinco años, o casi. Contacto: los Servicios Sociales.

Le parece un milagro. Sin padres, sólo la administración, que es tanto como decir nadie.

Hace un momento ha visto las cajas que contienen las cartillas militares, están bastante ordenadas, sólo tarda unos minutos en encontrar la de Larivière. Grosjean es corpulento, debe de zampar lo suyo. No hay que perder los nervios, no abandonará el comedor antes de la una y media. De todas formas, debe apresurarse.

Atada a la cartilla, va media chapa de identificación de Larivière. La otra mitad seguirá con el cadáver; o la clavarán en su cruz. Da igual. La foto de Eugène Larivière muestra a un chico normal y corriente, una de esas caras que nadie reconocería si le arrancaran la mandíbula inferior. Albert se guarda la cartilla en un bolsillo. Coge otras dos al azar y se las mete en otro bolsillo. Perder una es un accidente, perder varias es el caos, más militar, colará mejor. Abre el segundo registro y el tintero, coge el portaplumas, respira hondo para dominar el temblor y escribe «Édouard Péricourt» (mira su fecha de nacimiento y la añade, con el número de matrícula), agregando: «Muerto el 2 de noviembre de 1918.» Deja la cartilla de Édouard en la caja de los muertos. Arriba. Con la media chapa en la que figuran su identidad y su matrícula. Dentro de un par de semanas avisarán a sus familiares de que su hijo y hermano cayó en el campo del honor. La carta es un impreso modelo. No hay más que añadir el nombre del muerto, es fácil, práctico. Incluso en las guerras mal organizadas, antes o después la burocracia consigue siempre seguir su curso.

La una y cuarto.

El resto será más rápido. Ha visto trabajar a Grosjean y sabe dónde se guardan los talonarios de volantes. Lo comprueba: en el talonario empezado, el duplicado de la orden de traslado de Édouard es el último redactado. Coge un talonario nuevo de la parte inferior de la pila. Nadie revisa los números. Antes de que se den cuenta de que falta una hoja en un talonario de abajo, la guerra habrá acabado, incluso habrá dado tiempo a empezar otro. En un santiamén, hace un duplicado de una orden de traslado a nombre de Eugène Larivière. Cuando pone el último sello, se da cuenta de que está empapado en sudor.

A toda prisa, vuelve a ordenar los libros de registro, echa un vistazo alrededor para comprobar que no se deja nada en el despacho y pega la oreja a la puerta. Ningún ruido, salvo a lo lejos. Sale, cierra con la llave, que vuelve a dejar sobre el marco, y se aleja arrimado a la pared.

Édouard Péricourt acaba de morir por Francia.

Y ahora Eugène Larivière, resucitado de entre los muertos, tiene ante sí una larga vida para recordar.

Édouard respiraba con dificultad, se agitaba sin parar y habría rodado de un extremo a otro de la cama de no ser por las ligaduras de los tobillos y las muñecas. Albert le sujetaba los hombros y las manos, sin dejar de hablarle. Se lo contaba. Te llamas Eugène, espero que te guste el nombre, porque en la tienda no tenían otro. Pero para que se riera aquél... Albert seguía intrigado: ¿cómo se las arreglaría más adelante cuando algo le hiciera mucha gracia?

Al fin, llegó.

Albert lo vio enseguida, un furgón que echaba humo negro y que aparcó en el patio. Sin tiempo para atar a Édouard, salió disparado, bajó las escaleras de cuatro en cuatro y llamó al enfermero, que, papel en mano, miraba a su alrededor sin saber adónde dirigirse.

—¿Es por el traslado? —le preguntó Albert.

El tipo parecía aliviado. Su compañero conductor acababa de acercarse. Subieron pesadamente con una camilla con la lona enrollada alrededor de las varas de madera y siguieron a Albert por el pasillo.

—Ahí dentro apesta, os lo aviso —les advirtió.

El camillero, el gordo, se encogió de hombros, estaba acostumbrado. Abrió la puerta.

—Efectivamente —dijo.

La verdad es que incluso a Albert el olor a putrefacción se le agarraba a la garganta cuando volvía tras haber estado fuera un rato.

Extendieron la camilla en el suelo. El gordo, el que mandaba, dejó un papel en la cabecera y rodeó la cama. Todo fue rápido. Uno lo agarró de los pies, el otro de la cabeza y «a la de tres»...

«Uno», cogieron impulso.

«Dos», levantaron a Édouard.

«Tres», en el momento en que ambos enfermeros movieron al herido para tenderlo en la camilla, Albert cogió el duplicado de la cabecera de la cama y lo sustituyó por el de Larivière.

—¿Tenéis morfina? —les preguntó Albert.

—Tenemos todo lo necesario, no te preocupes —respondió el bajito.

—Toma, es su cartilla militar —dijo Albert—. Como ves, te la doy aparte, por si se extravían sus cosas, ¿sabes?

—No te preocupes —repitió el camillero cogiéndola.

Llegaron al pie de la escalera y salieron al patio. Édouard balanceaba la cabeza y miraba al vacío. Albert subió al furgón y se inclinó sobre él.

—Venga, Eugène, ánimo, todo se arreglará, ya lo verás. —Estaba a punto de llorar.

—¡Tenemos que irnos, muchacho! —dijo el camillero a sus espaldas.

—¡Sí, sí! —respondió Albert.

Cogió las manos de Édouard. Jamás olvidaría sus ojos en ese momento, húmedos, fijos, mirándolo. Albert lo besó en la frente.

—Hasta pronto, ¿eh?

Bajó del furgón y, antes de que se cerrara la puerta, le gritó:

—¡Iré a verte!

Albert buscó su pañuelo y levantó la cabeza. Desde el segundo piso, recortado contra el marco de una ventana abierta, el teniente Pradelle observaba la escena sacando su pitillera tranquilamente.

Entretanto, el furgón arrancó.

Al abandonar el patio soltó una humareda negra, que siguió flotando en el aire como la de una fábrica e hizo desaparecer la parte trasera del vehículo. La ventana del segundo piso había vuelto a cerrarse.

De pronto, una ráfaga de viento disipó el humo. El patio estaba vacío. Albert también se sentía vacío, desesperanzado. Sorbió por la nariz y se palpó los bolsillos en busca del pañuelo.

—Mierda —masculló.

Se había olvidado de darle a Édouard su cuaderno de dibujo.

En los días siguientes, afloró en Albert otra preocupación que no le daba tregua. En caso de haberse muerto él, ¿le habría gustado que Cécile recibiera una carta oficial, en definitiva un formulario, algo así de frío, anunciándole que había muerto y ya está? Por no hablar de su madre. Fuera como fuese la carta, la dejaría empapada en abundantes lágrimas antes de colgarla en el salón.

La cuestión de si había que avisar o no a la familia lo torturaba desde que había encontrado en el fondo de su petate la cartilla militar robada cuando buscaba una nueva identidad para Édouard.

Era una cartilla a nombre de Évrard, Louis. Nacido el 13 de junio de 1892.

Albert ya no se acordaba de la fecha en que había muerto aquel soldado, uno de los últimos días de la guerra, eso seguro, pero ¿cuál? No obstante, recordaba que las personas de contacto eran los padres y que vivían en Toulouse. Aquel chico debía de hablar con acento del sur. Al cabo de unas semanas, unos meses, como nadie daría con su rastro ni con su cartilla militar, lo darían por desaparecido, y para Évrard todo habría terminado, como si jamás hubiera existido. Cuando sus padres murieran a su vez, ¿quién quedaría para recordar a Évrard, Louis? ¿No había ya bastantes muertos y desaparecidos como para que Albert se inventara uno nuevo? Y todos aquellos pobres padres, condenados a llorar en el vacío...

Vamos, que coges por un lado a Eugène Larivière, por otro a Louis Évrard, pones en medio a Édouard Péricourt y se lo das todo a un soldado como Albert Maillard y lo dejas hundido en la tristeza más absoluta.

Albert no sabía nada de la familia de Édouard. En los documentos la dirección se correspondía con un barrio de postín, eso era todo. Pero ante la muerte de un hijo, que fuera de postín no cambiaba gran cosa. Con frecuencia la primera carta que recibía la familia era de un compañero, porque el ministerio tiene mucha prisa cuando se trata de enviarte a la muerte, pero cuando hay que avisar de un fallecimiento...

Albert habría escrito esa carta con gusto, creía que sabría dar con las palabras, pero no conseguía librarse de la idea de que era un embuste.

Decir a unas personas que van a sentir semejante dolor que su hijo está muerto, cuando en realidad está vivo... ¿Qué hacer? Por un lado, una mentira; por el otro, un remordimiento. Un dilema así podía paralizarlo durante semanas.

Al final se decidió hojeando el cuaderno. Lo había dejado en la cabecera de su cama y lo miraba muy a menudo. Aquellos dibujos se habían convertido en parte de su vida, pero el cuaderno no le pertenecía. Debía devolverlo. Con sumo cuidado, arrancó las últimas hojas, que días antes les habían servido a ambos soldados para comunicarse.

Sabía que no escribía demasiado bien. Sin embargo, una mañana se lanzó.

Estimada señora, estimado señor:

Soy Albert Maillard, compañero de su hijo. Tengo el inmenso dolor de comunicarles que Édouard cayó en combate el pasado 2 de noviembre. El ministerio se lo hará saber oficialmente, pero puedo asegurarles que murió como un héroe mientras atacaba al enemigo en defensa de la patria.

Édouard me había entregado un cuaderno de dibujos para ustedes, en caso de que le pasara algo. Aquí lo tienen.

Les aseguro que descansa en paz en un pequeño cementerio, que comparte con otros soldados, y les garantizo que se ha hecho lo posible para que se encuentre bien allí donde está.

Mi...

7

«...querido camarada Eugène...»

No se sabía si aún había censura, si abrían el correo, lo leían, lo vigilaban. Por si acaso, Albert tomaba precauciones y lo llamaba por su nuevo nombre. Al que por otra parte Édouard ya se había acostumbrado. Era incluso curiosa aquella repetición de la historia. A Édouard no le apetecía demasiado pensar en eso, pero los recuerdos afloraban a su pesar.

Había conocido a dos Eugènes. Al primero, un niño flaco y pecoso que nunca rechistaba, en la escuela infantil, aunque el que realmente contaba no era él, sino el otro. Habían coincidido en las clases de dibujo a las que asistía Édouard a escondidas de sus padres; pasaba mucho tiempo con él. De todas formas, Édouard tenía que hacerlo todo a escondidas. Por suerte estaba Madeleine, su hermana mayor, que siempre lo arreglaba todo, al menos lo que tenía arreglo. Como eran amantes, Eugène y Édouard prepararon juntos el ingreso en Bellas Artes. Eugène, que no tenía suficiente talento, no aprobó. Luego Édouard le perdió la pista. Se había enterado de su muerte en 1916.

Mi querido camarada Eugène:

Te aseguro que agradezco mucho las noticias que me das, pero, bueno, desde hace cuatro meses sólo dibujos, ni una sola palabra, ni una frase... Supongo que no te gusta escribir, y puedo comprenderlo, aunque...

Dibujar era más fácil porque las palabras no le salían. Si hubiera sido por él, no le habría escrito nunca, pero aquel chico, Albert, rebosaba buena voluntad, había hecho todo lo posible. Édouard no le reprochaba nada... Aunque... algo quizá sí. En definitiva, si estaba donde estaba era por haberle salvado la vida. Lo había hecho por iniciativa propia, pero, cómo decirlo... No conseguía expresar lo que sentía, aquel sentimiento de injusticia... Nadie tenía la culpa y todos la tenían. Pero las cosas claras: si no hubiera habido un soldado Maillard enterrado vivo, ahora Édouard estaría en su casa, entero. Cuando lo pensaba se echaba a llorar, no podía contenerse, de todas formas allí se lloraba de lo lindo, aquel lugar era un valle de lágrimas.

Cuando los dolores, la angustia y la pena remitían un rato, daban paso a unas cavilaciones en que la cara de Albert Maillard desaparecía detrás de la del teniente Pradelle. Édouard no había entendido ni media palabra de aquel asunto de la entrevista con el general y el consejo de guerra evitado por los pelos... Los hechos se remontaban al día anterior a su traslado, cuando estaba atontado por los calmantes, y ahora sólo quedaba algo borroso y lleno de lagunas. En cambio, era muy claro el perfil del teniente Pradelle, inmóvil bajo la metralla, mirándose los pies antes de alejarse y, después, aquella pared de tierra al derrumbarse... Aunque no sabía por qué, no le cabía la menor duda de que Pradelle tenía algo que ver con lo sucedido. A cualquier otro le habría ardido la sangre de inmediato. Pero si en el campo de batalla había sabido armarse de valor para acudir en ayuda de un compañero, ahora se sentía despojado de toda energía. Veía sus pensamientos como si fueran imágenes planas y lejanas que sólo guardaban una relación indirecta con él, sin lugar para la cólera ni la esperanza.

Édouard estaba tremendamente deprimido.

... y te aseguro que no siempre es fácil comprender cómo es tu vida. Ni siquiera sé si comes suficiente, si los médicos char-

lan un poco contigo y, como espero, van a poder resolverlo con un injerto, como me comentaron a mí; de hecho, ya te había hablado de ello.

El asunto del injerto... Eso era agua pasada. Albert estaba muy lejos de la realidad, su enfoque de la situación era puramente teórico.

Todas aquellas semanas de hospital sólo habían servido para atajar infecciones y proceder al «revoque», como lo había llamado el cirujano, el doctor Maudret, jefe de servicio del Hospital Rollin, en la avenida Trudaine, un tipo alto y pelirrojo que rebosaba energía. Lo había operado ya seis veces.

—¡Casi podríamos decir que usted y yo somos íntimos!

En cada ocasión le había explicado con detalle los motivos de la intervención y sus limitaciones, lo había «resituado en la estrategia de conjunto». No en vano era médico militar y hombre dotado de una fe inquebrantable, fruto de los centenares de amputaciones y resecciones practicadas noche y día en los puestos de primeros auxilios, incluso en las mismas trincheras.

No hacía mucho que por fin le habían permitido mirarse al espejo. Por supuesto, para los médicos y las enfermeras que habían recuperado a un herido cuyo rostro no era más que un enorme amasijo de carne sanguinolenta donde apenas quedaban la campanilla, la entrada de la tráquea y, delante, una hilera de dientes milagrosamente intactos, el aspecto que ofrecía ahora Édouard era muy reconfortante. Eran optimistas, pero su convicción desaparecía ante la infinita desesperación que se apoderaba de los soldados cuando se enfrentaban por primera vez a aquello en lo que se habían convertido.

De ahí el discurso sobre el futuro. Esencial para la moral de las víctimas. Varias semanas antes de colocar de nuevo a Édouard ante el espejo, Maudret había empezado a entonar su cantinela:

—Dígase esto: «Lo que soy hoy nada tiene que ver con lo que seré mañana.» —Y recalcaba el «nada», un nada enorme.

Maudret gastaba aún más energía al ver el poco efecto que sus palabras surtían en Édouard. De acuerdo, la guerra había sido cruenta más allá de lo imaginable, pero si mirabas el lado bueno de las cosas, también había permitido grandes avances en materia de cirugía maxilofacial.

—¡Inmensos, diría yo!

Habían mostrado a Édouard aparatos dentales de mecanoterapia, cabezas de escayola provistas de varillas de acero, toda clase de artilugios de aspecto medieval que constituían el último grito de la ciencia ortopédica. En realidad, todo cebos, porque Maudret, como el hábil estratega que era, había procedido a una especie de cerco de la persona de Édouard a fin de llevarlo con más facilidad a lo que constituía el punto culminante de sus propuestas terapéuticas.

—¡El injerto Dufourmentel!

Te quitaban unas tiras de piel del cráneo y luego te las ponían en la parte inferior del rostro.

Maudret le mostró negativos de varios pacientes operados. Sí señor, se dijo Édouard, le das a un médico militar un tipo al que otros militares le han espachurrado la jeta, y te devuelve un gnomo la mar de presentable.

La respuesta de Édouard fue muy escueta.

—«No» —escribió con grandes caracteres en su cuaderno de conversación.

Así que, aunque de mala gana —curiosamente, esas cosas no le gustaban demasiado—, Maudret mencionó las prótesis. Vulcanita, metal ligero, aluminio, disponían de todo lo necesario para ponerle una nueva mandíbula. Y para las mejillas... Édouard no esperó a que siguiera, sino que, cogiendo de nuevo su gran cuaderno, escribió:

—«No.»

—¿No? —le preguntó el cirujano—. ¿No a qué?

—«A todo. Me quedo como estoy.»

Maudret cerró los ojos con expresión de suficiencia, como queriendo decir que lo entendía. Los primeros meses era frecuente topar con actitudes de ese tipo, el rechazo, efecto de la depresión postraumática. Un comportamiento que se corregía con el tiempo. Por muy desfigurado que esté uno, tarde o temprano acaba entrando en razón, es la vida.

Pero cuatro meses después, tras mil insistencias y en un momento en que todos los demás sin excepción habían decidido ponerse en manos de los médicos para que paliaran los destrozos, el soldado Larivière seguía sin dar su brazo a torcer: «Me quedo como estoy.»

Mientras así se expresaba, tenía la mirada fija, obstinada, vidriosa.

Llamaron a los psiquiatras.

Aunque, por otro lado, creo que con tus dibujos entiendo lo esencial. La habitación que ocupas ahora parece más grande y luminosa que la anterior, ¿no? Lo que se ve en el patio, ¿son árboles? Por supuesto, no puedo suponer que estés contento ahí, pero es que no sé qué hacer por ti desde este sitio. Me siento muy impotente.

Gracias por el dibujo de la joven hermana Marie-Camille.

Hasta el momento, te las habías apañado para mostrármela de espaldas o de perfil, y ahora comprendo por qué querías guardártela para ti solo, granuja, pues es muy guapa. Te confieso que si no tuviera a mi Cécile...

En realidad en aquel hospital no había monjas, sino enfermeras laicas, mujeres muy amables y compasivas. Pero necesitaba cosas que contarle a Albert, que le escribía hasta dos veces por semana. Los primeros dibujos de Édouard habían sido muy torpes, la mano le temblaba mucho y no veía bien. Aparte de que, a pesar de las diversas operaciones, seguía sufriendo muchos dolores. Albert había creído reconocer a una «monja joven» en un perfil apenas esbozado. Pues una monja joven, se había dicho Édouard, qué más dará. Y la llamó Marie-Camille. A través de las cartas se había hecho cierta idea de Albert y había tratado de dar a la religiosa imaginaria la clase de rostro que podría gustarle a un tipo como él.

Aunque estén unidos por una historia común en la que ambos se han jugado la propia vida, los dos hombres no se conocen, y una oscura mezcla de mala conciencia, solidaridad, resentimiento, alejamiento y fraternidad complica su relación. Édouard alimentaba hacia Albert un vago rencor, pero muy atenuado por el hecho de que su compañero le hubiera proporcionado una identidad de recambio, evitándole así tener que volver a casa. No tenía la menor idea de lo que le pasaría ahora que había dejado de ser Édouard Péricourt, pero prefería cualquier existencia a aquella en la que habría tenido que enfrentarse, en aquel estado, a la mirada de su padre.

A propósito de Cécile, recibí carta suya. A ella también se le está haciendo muy largo el final de la guerra. Nos las prometemos muy felices a mi regreso, pero por el tono que emplea noto que está muy cansada de todo esto. Al principio visitaba a mi madre bastante a menudo. No puedo reprocharle que ahora vaya menos, ya te he hablado de mi madre, una mujer de lo más complicada.

Mil gracias por la cabeza de caballo. Te di mucho la lata... Ésta me parece realmente buena, muy expresiva, con esos ojos desorbitados que le has puesto y la boca entreabierta. Sé que es una estupidez, pero a veces me pregunto cómo llamarían a aquel animal. Como si necesitara darle un nombre.

¿Cuántas cabezas de caballo le habría dibujado? Demasiado estrecha, vuelta hacia ese lado, no, mejor hacia el otro, con los ojos más... cómo diría... no, no era exactamente así. Otro lo habría mandado a paseo, pero Édouard se daba cuenta de lo importante que era para su compañero recuperar, conservar la cabeza de aquel jamelgo que quizá le había salvado la vida. Aquella petición disimulaba otra turbia y profunda cuestión que le afectaba a él, a Édouard, y que no conseguía expresar con palabras. Había puesto manos a la obra y dibujado decenas de esbozos procurando seguir las torpes indicaciones que Albert le mandaba carta tras carta, acompañadas de profusas disculpas y agradecimientos. Ya estaba a punto de rendirse cuando se acordó de una cabeza de caballo dibujada por Leonardo da Vinci, una sanguina, si no recordaba mal, para una estatua ecuestre, que usó como modelo. Al recibirla, Albert se puso loco de contento.

Cuando leyó esas palabras, Édouard comprendió al fin lo que había estado en juego.

Ahora que le había dado a su compañero la cabeza de caballo, dejó el lápiz y decidió no cogerlo más.

No volvería a dibujar.

Aquí el tiempo no pasa. ¿Te das cuenta de que el armisticio se firmó en noviembre, estamos en febrero y aún no nos han desmovilizado? Hay semanas en las que ya no servimos para nada... Nos han dicho de todo para explicar la situación, pero a saber cuál será la verdad. Aquí sucede como en el frente: los rumores circulan más rápido que las noticias. Por lo visto, muy pronto los parisinos irán de excursión con Le Petit Journal *a los campos de batalla de la zona de Reims, aunque los soldados sigamos muriéndonos de asco aquí en unas condiciones que van de mal en peor, como nosotros. Te juro que a veces me pregunto si no estábamos mejor bajo la metralla; allí al menos servíamos de algo, para ganar la guerra. Me avergüenza quejarme de mis tonterías, mi pobre Eugène, debes de pensar que no me doy cuenta de lo afortunado que soy y que no hago más que lamentarme. Tienes razón, hay que ver lo egoístas que podemos llegar a ser.*

En vista de lo caótica que es mi carta (siempre pierdo el hilo, ya me pasaba en la escuela), me pregunto si no haría mejor dedicándome a dibujar...

Édouard escribió al doctor Maudret que rechazaba cualquier intervención de estética de todo tipo y pidió que lo devolvieran a la vida civil sin dilación.

—¿Con esa cara?

El médico estaba furioso. Tenía la carta de Édouard en la mano derecha mientras, con la izquierda, le sujetaba el hombro con firmeza ante el espejo.

Édouard miró detenidamente aquel hinchado magma, en el que descubría, borrosos, como velados, los rasgos de su antiguo rostro. Los pliegues de la carne formaban gruesos cojines de un blanco lechoso. En mitad de la cara, el agujero, parcialmente reabsorbido por aquel trabajo de estiramiento y torsión de los tejidos, era una especie de cráter menos llamativo que antes, pero igual de rojizo. Édouard parecía un contorsionista de circo capaz de tragarse por entero las mejillas y la mandíbula inferior, pero incapaz de devolverlas a su sitio.

—«Sí —confirmó Édouard—, con esta cara.»

8

El ajetreo es continuo. Miles de soldados que pasan y vuelven a pasar, pernoctan, llegan y se amontonan en un caos indescriptible. El Centro de Desmovilización está lleno hasta la bandera, hay que licenciar a los hombres en tandas de varios centenares, pero nadie sabe cómo proceder, las órdenes vienen y van, la organización no para de cambiar. Cuando a los soldados, descontentos y exhaustos, les llega la menor noticia, los ánimos se alteran al instante, se oyen gritos, casi amenazas. Sobrepasados, los oficiales atraviesan la muchedumbre a zancadas, respondiendo a la buena de Dios en tono exasperado: «Sé tanto como usted, ¡qué quiere que le diga!» De repente se oyen toques de silbato, todo el mundo se vuelve, el foco de la irritación se desplaza, ahora es un tipo que vocifera allá al fondo, sólo se oye: «¿Documentos? Pero ¿qué documentos, joder?» Y otra voz: «¿Eh? ¿Cómo que la cartilla militar?» Como un acto reflejo, todo el mundo se lleva la mano al bolsillo del pecho o de detrás del pantalón y mira interrogante a los demás. «¡Coño, ya está bien, llevamos esperando cuatro horas!», «¡No te quejes, yo llevo tres días!» Otro pregunta: «¿Adónde dices que hay que ir para los borceguíes?» Aunque por lo visto ya no quedan más que tallas grandes. «Entonces, ¿qué hago?» Un tipo sobreexcitado. No es más que un soldado de primera, pero se dirige a un capitán como si hablara con un empleado. Furibundo, repite: «¿Eh?, ¿qué tengo que hacer?» El capitán se concentra en su lista, marca nombres.

Rabioso, el soldado da media vuelta mascullando cosas ininteligibles, salvo una: «Cerdos...» El capitán finge no haberlo oído, está rojo y le tiembla la mano, pero hay tanta gente que también eso se pierde entre la muchedumbre y desaparece como espuma. Dos tipos se dan puñetazos en el hombro, discutiendo. «¡Te digo que esa guerrera es mía!», grita uno. «¡Y una mierda! Porque tú lo digas...», chilla el otro, pero acaba soltándola y se va; lo ha intentado y volverá a intentarlo. Todos los días hay robos, un montón; tendrían que poner una oficina especial sólo para eso, una oficina por tipo de reclamación, ¿se lo imagina? Imposible. Es lo que se dicen los chicos mientras hacen cola para la sopa. Tibia. Desde el principio. No se entiende, el café está caliente; la sopa, fría. Desde el principio. El resto del tiempo, cuando no están haciendo cola, están tratando de informarse («Pero ¡el tren para Mâcon está programado!», exclama uno. «Sí, programado sí, pero no está ahí, ¿qué quieres que haga?»).

Ayer salió un convoy para París, cuarenta y siete vagones capaces de transportar a mil quinientos hombres; metieron a más de dos mil, había que verlo, iban como sardinas en lata, pero contentos. Hubo cristales rotos, llegaron unos oficiales hablando de «vandalismo», los hicieron bajar a todos, el tren sumó otra hora de retraso a las diez que ya llevaba, pero al final se puso en marcha en medio del griterío, de los que se iban y de los que se quedaban. Y cuando ya no se veían más que penachos de humo sobre el campo completamente llano, todos se dieron media vuelta buscando una cara conocida a fin de sonsacar alguna información, de repetir las preguntas de siempre: ¿qué unidad han desmovilizado, en qué orden se hacen las cosas, por el amor de Dios, es que aquí no hay nadie al mando? Sí, pero ¿para mandar qué? Nadie entiende nada. Esperan. La mitad de los soldados han dormido en el suelo arrebujados en el capote, estaban más anchos en las trincheras. Bueno, no puede compararse, aquí no hay ratas, aunque abundan los piojos, porque son bichos que viajan contigo. «No podemos ni escribir a casa avisando de cuándo llegaremos», refunfuña un soldado, un viejo con arrugas, de mirada apagada, se queja, se respira fatalismo. Confiaban en la llegada de un tren suplementario, y ha llegado, pero en vez de llevarse a los trescientos veinte tipos que aguardaban, ha descargado a otros doscientos nuevos, a quienes no saben dónde meter.

El capellán trata de pasar entre las filas de soldados cada vez más largas, le empujan, derrama la mitad de su taza de café en el suelo; un tipo bajito le guiña un ojo: «¡Vaya, qué mal se porta Dios con usted!», se cachondea. El capellán aprieta los dientes e intenta hacerse sitio en un banco, parece que iban a traer más bancos, pero nadie sabe cuándo. Entretanto, los que hay están muy solicitados. El capellán encuentra sitio porque los chicos se juntan, si fuera un oficial, ya podían darle, pero tratándose de un cura...

Aquel tráfago en nada beneficiaba a alguien tan ansioso como Albert. Estaba con los nervios de punta las veinticuatro horas. No podías quedarte quieto en ningún sitio sin que alguien te empujara. Y el follón, los gritos, lo alteraban un montón, se le metían en la cabeza, no paraba de sobresaltarse y se pasaba la mitad del tiempo mirando a sus espaldas. A veces el ruido de la gente cesaba a su alrededor de repente, como si hubieran cerrado unas compuertas, y era sustituido por unos ecos sordos, ahogados, como explosiones de obús oídas bajo tierra.

Aún le pasaba más desde que había visto al capitán Pradelle al fondo del patio. Plantado con las piernas abiertas y las manos a la espalda, su postura favorita, observaba el penoso espectáculo con la severidad de un hombre que se siente superior a la mediocridad de los demás. Acordándose de él, Albert alzó la cabeza y miró a la multitud que lo rodeaba, presa de la angustia. No quería hablarle de Pradelle a Édouard, pero tenía la sensación de que el capitán estaba en todas partes, como un espíritu maligno, que planeaba siempre en algún lugar cercano, listo para abatirse sobre él.

Tienes razón, hay que ver lo egoístas que podemos llegar a ser.

En vista de lo caótica que es mi carta...

—¡Albert!

Lo que pasa es que también tenemos embrollada la cabeza. Cuando has...

—¡Albert, cojones!

Furioso, el cabo primero lo agarró del hombro y le dio un meneo señalando el letrero. Albert se apresuró a recoger sus hojas sueltas, guardó sus cosas de cualquier manera y echó a correr con la documentación apretada contra el pecho entre la multitud de soldados que esperaban a pie firme en fila india.

—No te pareces mucho a la foto...

El gendarme era un cuarentón satisfecho (barrigudo, casi gordo, a saber cómo habría conseguido alimentarse así en los últimos cuatro años) y suspicaz. Uno de esos hombres con sentido del deber. El sentido del deber va por épocas. Por ejemplo, después del armisticio era un bien más abundante que antes. Por otra parte, Albert era una presa fácil. Poco discutidor. Con ganas de volver a casa. Y de dormir.

—Albert Maillard... —murmuró examinando la cartilla militar.

Un poco más y la atraviesa con la mirada. Estaba claro que dudaba y, observando la cara de Albert, se reafirmaba en su veredicto: «No se parece a la foto.» Pero la imagen era de hacía cuatro años y estaba descolorida y gastada. Al fin y al cabo, se dijo Albert, tan descolorida y gastada como yo. Sin embargo, el agente del orden no veía las cosas así. Hoy en día, no había más que tunantes, estafadores e impostores. Negaba con la cabeza, miraba la cartilla y volvía a mirarlo a él.

—Es una foto de hace tiempo —se atrevió a decir Albert.

Si al funcionario la cara del soldado le resultaba sospechosa, el «hace tiempo», en cambio, le pareció un concepto claro. «Hace tiempo» era una idea absolutamente cristalina para cualquiera. A pesar de todo.

—Bueno, vale —transigió—, te llamas Albert Maillard, pero ahora tengo dos Maillards.

—¿Dos «Albert Maillard»?

—No. «A. Maillard», y la «A» puede ser de Albert. —El gendarme estaba bastante orgulloso de la deducción, que ponía de manifiesto su agudeza.

—Sí —replicó Albert—. Y de Alfred. Y de André. Y de Alcide.

El agente del orden lo miró de soslayo y entornó los ojos como un gato gordo.

—¿Y por qué no va a ser de Albert?

Por qué no. Ante una hipótesis tan sólida, Albert no tenía nada que objetar.

—Y el otro Maillard, ¿dónde está? —preguntó.

—Bueno, ése es el problema. Se fue anteayer.

—¿Le dejaron irse sin saber su nombre de pila?

El gendarme cerró los ojos. Qué pesado era tener que explicar cosas tan sencillas.

—Teníamos su nombre, pero ya no lo tenemos, porque los expedientes salieron ayer para París. De los que ya se han ido, sólo tengo este libro de registro, y aquí —recalcó, clavando un dedo perentorio en la columna de los nombres— pone «A. Maillard».

—Si no encuentran la documentación, ¿tendré que continuar la guerra yo solo?

—Si por mí fuera —respondió el gendarme—, te dejaría pasar. Pero puede caerme una bronca, ¿sabes? Si registro a un tipo que no es quien dice ser, quien pagará el pato seré yo. ¡No te imaginas la cantidad de jetas que vemos por aquí! En estos momentos, no sé cómo podéis perder tantas documentaciones... Si contáramos a todos los que han extraviado la tarjeta del peculio para cobrar dos veces la indemnización...

—¿Y eso es tan grave? —le preguntó Albert.

El gendarme frunció el ceño, como si acabara de caer en la cuenta de que tenía delante a un bolchevique.

—Después de hacerme esa foto, me hirieron en el Somme —explicó Albert para tratar de calmar los ánimos—. Puede que eso explique por qué la foto...

El gendarme, encantado de hacer gala de su sagacidad, observó alternativamente la foto y la cara, pasando de la una a la otra cada vez más deprisa.

—Puede ser —decretó al fin.

Con todo, se notaba que el asunto no acababa de convencerlo. Detrás, los otros soldados empezaban a impacientarse. Se oían ya tímidas voces de protesta, pero el ambiente no tardaría en caldearse...

—¿Algún problema?

Aquella voz dejó a Albert petrificado, pues irradiaba tantas ondas negativas como una vaharada de veneno. En su campo visual, al principio, sólo descubrió un cinturón. Notó que empezaba a temblar. No te mees encima.

—Bueno, es que... —dijo el gendarme, tendiendo la cartilla militar.

Cuando Albert alzó por fin la vista, la mirada azul y penetrante del capitán d'Aulnay-Pradelle fue como una puñalada. Tan moreno como siempre, con todos aquellos pelos y aquella planta suya. Pradelle cogió la cartilla sin quitarle ojo.

—Es que tengo dos «A. Maillard» —explicó el gendarme—. Y a mí la foto me hace dudar...

Pradelle seguía sin mirar la cartilla. Albert se miró los zapatos. No podía evitarlo, era incapaz de sostener aquella mirada. Cinco minutos más y tendría una gota de sudor colgándole de la napia.

—A éste lo conozco... —soltó Pradelle—. Lo conozco perfectamente.

—¡Ah! —murmuró el gendarme.

—Es Albert Maillard... —dijo el capitán con extraordinaria lentitud, como si pusiera todo su peso en cada sílaba—. No cabe duda.

La llegada de Pradelle había calmado a los hombres instantáneamente. Los soldados se habían callado como si se hubiera producido un eclipse. Ese Pradelle emanaba algo que te dejaba helado, como el malvado Javert en *Los miserables*. En los infiernos seguro que había guardianes con aquella cara.

He dudado mucho antes de contártelo, pero al final me he decidido: tengo noticias de A. P. ¿A que no lo adivinas? ¡Lo han ascendido a capitán! Está claro que en la guerra es mejor ser un canalla que un buen soldado. Y está aquí, dirige una sección del Centro de Desmovilización. Volver a encontrármelo me ha causado una enorme impresión... No te imaginas los sueños que tengo desde entonces.

—¿Verdad que nos conocemos, soldado Maillard?

—Sí, mi tenien... mi capitán —respondió Albert, alzando al fin los ojos—. Nos conocemos...

El gendarme no dijo nada más, miró sus tampones y sus libros de registro con expresión absorta. El ambiente estaba cargado de malas vibraciones.

—Y sobre todo conozco su heroísmo, soldado Albert Maillard —añadió Pradelle con una sonrisita condescendiente.

Lo miró de arriba abajo y luego volvió al rostro. Con suma calma. Albert tuvo la sensación de que el suelo desaparecía lentamente bajo sus pies, como si estuviera sobre arenas movedizas, y eso fue lo que lo hizo reaccionar, un reflejo de pánico.

—Es lo que tiene... la guerra —balbuceó.

En torno a ellos se hizo un gran silencio. Pradelle ladeó la cabeza en una pregunta muda.

—Cada uno se muestra como es —concluyó Albert con dificultad.

Pradelle esbozó una sonrisa. En ciertos momentos, sus labios eran sólo una línea horizontal que simplemente se estiraba, como un mecanismo. Albert comprendió el origen de su malestar: el capitán Pradelle jamás parpadeaba, lo que convertía aquella mirada fija en mordiente. Estos animales no tienen lágrimas, pensó. Tragó saliva y bajó los ojos.

En mis sueños, a veces lo mato, lo ensarto con la bayoneta. En ocasiones estamos tú y yo, y créeme si te digo que le hacemos pasar un mal rato. Otras, me veo ante el consejo de guerra, acabo frente al pelotón, por lo general debería rechazar la venda en los ojos, ser valiente y esas cosas. Pero digo que sí, porque el único tirador es él, que me sonríe apuntándome con cara de estar muy satisfecho de sí mismo. Cuando estoy despierto, también sueño con matarlo. Aunque cuando me viene a la cabeza el nombre de ese cabrón pienso sobre todo en ti, mi querido camarada. No debería decirte esto, lo sé...

El gendarme carraspeó.

—Bueno, entonces... Si usted lo conoce, mi capitán...

Los murmullos se reanudaron, al principio tímidamente, luego con más fuerza.

Albert alzó los ojos. Pradelle había desaparecido. El gendarme ya estaba inclinado sobre el libro de registro.

Desde la mañana se habían gritado unos a otros en medio de una incesante algarabía. En el Centro de Desmovilización no habían dejado de resonar los gritos y el vocerío, hasta que, de repente, al final de la jornada el desánimo pareció apoderarse de aquel enorme cuerpo agonizante. Las ventanillas cerraron y los oficiales se fueron a cenar, mientras, sentados en sacos, los agotados suboficiales soplaban en el café, ya frío, por pura costumbre. Las mesas de la administración estaban despejadas. Hasta la mañana siguiente.

Los trenes que no estaban allí ya no llegarían.

Hoy tampoco.

Quizá mañana.

Por lo demás, lo único que hacemos desde que acabó la guerra es esperar. Al final pasa lo mismo que en las trincheras. Tenemos un enemigo al que no vemos, pero al que notamos con todo su peso. Dependemos de él. El enemigo, la guerra, la burocracia, el ejército: todo viene a ser lo mismo, cosas que nadie entiende ni sabe resolver.

La noche cayó pronto. Quienes ya habían cenado hacían la digestión fumando y soñando despiertos. Agotados tras un día entero de loco ajetreo, y para nada; ahora que todo estaba en calma se mostraban pacientes y generosos, compartían las mantas y el pan que les quedaba, se quitaban los zapatos... Quizá debido a la luz sus rostros parecían más chupados, habían envejecido. El cansancio, aquellos agotadores meses y aquellas interminables gestiones; se decían que jamás se librarían de aquella guerra. Algunos jugaban a las cartas, iban a apostarse la calderilla que no habían podido cambiar, bromeaban, contaban chistes. Pero estaban abatidos.

... así es como acaba una guerra, mi querido Eugène, con un inmenso dormitorio lleno de tipos exhaustos a quienes ni siquiera son capaces de mandar a casa en condiciones. Nadie que te diga una palabra o simplemente te estreche la mano. Los periódicos nos prometían arcos de triunfo, pero nos amontonan en barracones abiertos a los cuatro vientos. La «emocionada gratitud de una Francia reconocida» (te juro que lo he leído, palabra por palabra, en Le Matin*) se ha convertido en continuas pejigueras, nos regatean los 52 francos del peculio, nos escatiman la ropa, la sopa y el café, nos llaman ladrones.*

—En mi pueblo, cuando lleguemos —dijo uno volviendo a encender el cigarrillo—, van a celebrar una fiesta...

Nadie respondió. La duda flotaba en todas las mentes.

—¿De dónde eres? —le preguntaron.

—De Saint-Viguier-de-Soulage.

—¡Ah!

Nadie sabía dónde estaba, pero sonaba bien.

Te dejo por hoy. Pienso en ti, querido camarada, y tengo muchas ganas de verte, es lo primero que haré cuando llegue a París, después de reunirme con mi Cécile, claro. Cuídate, envíame al menos unas líneas, o si no dibujos, cosa que tampoco está mal. Los guardo todos, quién sabe, cuando seas un gran artista (un artista famoso, quiero decir), a lo mejor me convierto en un hombre rico.

Te mando un fuerte apretón de manos.

Tu Albert

Tras una larga noche pasada con resignación, por la mañana los soldados se desperezaron. Apenas había salido el sol, pero los suboficiales ya estaban clavando anuncios a martillazo limpio. Todos corrieron a mirar. Había trenes confirmados para el viernes, al cabo de dos días. Un par a París. Los soldados buscaban su nombre y los de sus amigos. Albert esperaba pacientemente, soportando pisotones y codazos. Cuando consiguió abrirse paso, recorrió una lista con el índice, luego otra, se desplazó hacia un lado, recorrió la tercera, y allí estaba, por fin, Albert Maillard, ése soy yo, el tren nocturno.

Salida, el viernes a las 22 horas.

El tiempo justo para que le sellaran el boletín de transporte e ir a la estación con todos los demás; habría que salir al menos una hora antes. Pensó en escribirle a Cécile, pero cambió de idea, no servía de nada. Bastantes noticias falsas había ya.

Como tantos otros soldados, se sentía aliviado. La información podía ser desmentida, pero aunque fuera falsa sentaba bien.

Aprovechando que había escampado, Albert le había dejado sus cosas a un parisino que estaba escribiendo cartas. Durante la noche había dejado de llover, todos se preguntaban si cambiaría el tiempo y haría buen día y cada cual emitía su pronóstico mirando las nubes. Y por la mañana, por muchas preocupaciones que tuvieran, todos se decían que, al fin y al cabo, era maravilloso estar vivo. A lo largo de las vallas colocadas para delimitar el campo había ya decenas de soldados alineados, dispuestos a pegar la hebra con los lugareños que se acercaban a curiosear, los chavales que esperaban tocar un fusil y los visitantes que nadie sabía de dónde habían salido ni cómo habían llegado. Con la gente, en definitiva. Era extraño estar encerrado de aquel modo y hablar con civiles a través de las vallas. A Albert aún le quedaba tabaco, una de las cosas de las que nunca se separaba. Por suerte, como había bastantes soldados agotados que se quedaban un buen rato arrebujados en el capote antes de decidirse a levantarse, era más fácil conseguir bebidas calientes a esa hora. Se acercó a la valla y permaneció allí un buen rato fumándose un cigarrillo y dando sorbos al café. Arriba, las nubes blancas pasaban a toda velocidad. Se dirigió hacia la entrada del campo, intercambió unas palabras con algunos soldados aquí y allá. Pero evitó la información, decidido a esperar pacientemente a que lo llamaran, ya no tenía ganas de correr, tarde o temprano acabarían mandándolo a casa. En su última carta, Cécile le había dado un número de teléfono donde podía dejar un mensaje en cuanto se enterara del día de su vuelta. Desde que lo tenía, ardía en deseos de marcarlo, lo habría hecho de inmediato para hablar con Cécile y decirle que se moría por regresar, por estar al fin con ella y tantas cosas más, pero sólo era un sitio donde dejar recado al señor Mauléon, el de la ferretería de la esquina de la rue des Amandiers. Y encima, tendría que buscar un teléfono. Habría sido más rápido ir directamente a casa sin detenerse.

La valla estaba muy concurrida. Albert se fumó otro pitillo mientras curioseaba. Gente de la ciudad hablaba con los soldados. Con caras tristes. Las mujeres buscaban a un hijo, o al marido, enseñaban fotos extendiendo el brazo... Los pocos padres presentes se quedaban atrás. Siempre eran las mujeres las que se movían, las que preguntaban, las que continuaban con su silenciosa lucha, las que se levantaban todas las mañanas con un resto de esperanza que agotar. Los hombres habían dejado de creer hacía mucho. Los soldados a quienes abordaban respondían con vaguedades, asentían, todas las fotos se parecían.

Una mano lo agarró del hombro. Se volvió e instantáneamente sintió náuseas y el corazón a punto de un colapso.

—¡Hombre! ¡Estaba buscándolo, soldado Maillard!

Pradelle lo cogió del brazo y lo obligó a andar.

—¡Sígame!

Aunque ya no estaba a sus órdenes, Albert, apretando la mochila contra el cuerpo, lo siguió sin rechistar. El efecto de la autoridad.

Caminaron a lo largo de la valla.

La chica era más baja que ellos. Veintisiete, quizá veintiocho años, no muy guapa, se dijo Albert, pero con cierto encanto. Bueno, eso parecía. La chaqueta debía de ser de armiño, no estaba seguro, una vez Cécile le había enseñado unas chaquetas parecidas en el escaparate de unos grandes almacenes prohibitivos, y él había sentido no poder entrar y comprarle una. Llevaba un manguito a juego y un sombrero en forma de campana, más ancho por delante. La clase de chica con medios para parecer sencilla sin dejar de ser elegante. Tenía un rostro franco, grandes ojos oscuros que acababan en haces de minúsculas arruguillas, pestañas largas y muy negras y la boca pequeña. No, no era demasiado guapa, pero sabía arreglarse. Y además, se veía enseguida que era una mujer con carácter.

Estaba muy emocionada. En las enguantadas manos sostenía una hoja de papel, que le tendió.

Para disimular, Albert la cogió y fingió leerla, aunque sabía muy bien qué era. Un formulario. Sus ojos se fijaron en varias frases: «Muerto por Francia», «A CONSECUENCIA: de heridas recibidas en el campo de batalla», «Inhumado en la zona».

—La señorita está interesada por uno de sus compañeros, muerto en combate —dijo Pradelle con frialdad.

La joven le dio otra hoja, que a Albert casi se le cayó, pero consiguió atraparla en el aire. Ella soltó un débil «¡Oh!».

Era su propia letra.

Estimada señora, estimado señor:

Soy Albert Maillard, compañero de su hijo. Tengo el inmenso dolor de comunicarles que Édouard cayó en combate...

Albert le devolvió las dos hojas a la chica, que le tendió una mano fría, pero suave y firme.

—Soy Madeleine Péricourt, la hermana de Édouard...

Él asintió. Se parecía a su hermano. En los ojos. Ni ella ni Albert sabían qué decir.

—Lo siento mucho —murmuró Albert.

—La señorita ha venido a verme con una recomendación del general Morieux... —explicó Pradelle, y se volvió hacia ella—, que es muy amigo de su padre, ¿verdad?

Madeleine lo confirmó asintiendo, pero sin dejar de mirar a Albert, que al oír el nombre del general notó que se le revolvía el estómago. Angustiado, se preguntó cómo acabaría aquello, mientras apretaba las nalgas instintivamente y se concentraba en su vejiga. Pradelle, Morieux... El cerco iba estrechándose.

—De hecho —prosiguió el capitán—, a la señorita Péricourt le gustaría rezar ante la tumba de su hermano. Pero no sabe dónde está enterrado...

El capitán d'Aulnay-Pradelle apoyó la mano pesadamente en el hombro del soldado Maillard para obligarle a mirarlo. Parecía una muestra de camaradería, a Madeleine debía de parecerle extrañamente humano el capitán, aquel cabronazo que miraba a Albert con una sonrisa tan leve como amenazadora. Albert conectó mentalmente el nombre de Morieux con el de Péricourt y luego a «un amigo de su padre»... Era evidente que el capitán cuidaba sus relaciones y que obtendría más beneficios haciéndole un favor a la señorita que revelando la verdad, que conocía a la perfección. Tenía a Albert atrapado en su propia mentira sobre la muerte de Édouard Péricourt, y bastaba con observar su comportamiento para adivinar que mantendría el puño bien apretado mientras sacara beneficio.

Por su parte, la señorita Péricourt, que, más que mirar a Albert, escrutaba su rostro con una esperanza desmesurada, frunció el ceño como para animarlo a hablar. Él negó con la cabeza en silencio.

—¿Está lejos de aquí?

Bonita voz.

—La señorita —dijo Pradelle, silabeando pacientemente al ver que Albert no respondía— está preguntándole si el cementerio donde enterró a su hermano Édouard se halla lejos de aquí.

Madeleine lanzó una mirada interrogativa al oficial. ¿Es bobo, su soldado? ¿Entiende lo que le dicen? Estrujó un poco la carta. Su mirada iba del capitán al soldado, y viceversa.

—Bastante lejos... —se atrevió a decir Albert.

Madeleine se mostró aliviada. Bastante quería decir no demasiado. En todo caso: me acuerdo del sitio. La chica suspiró. Alguien sabía algo. Se intuía que había dado muchas vueltas antes de llegar allí. No se permitió sonreír, claro, la ocasión no se prestaba a tal cosa, pero se había tranquilizado.

—¿Puede indicarme cómo ir?

—Eso no es fácil —respondió Albert a toda prisa—. Es en el campo, ya sabe... Para orientarse...

—Entonces, ¿podría acompañarnos?

—¿Ahora? —preguntó Albert, inquieto—. Es que...

—¡No, no, ahora mismo, no!

La respuesta le salió disparada como un cohete y, arrepentida al instante, Madeleine Péricourt se mordió el labio y buscó el apoyo del capitán Pradelle.

Y entonces pasó algo curioso: todo el mundo comprendió de qué iba la cosa.

Una sola palabra dicha con precipitación, y se acabó. Eso alteraba por completo la partida.

Pradelle fue el más rápido, como siempre:

—La señorita Péricourt querría rezar ante la tumba de su hermano... —Había recalcado cada sílaba, como si todas tuvieran un significado concreto, independiente.

Rezar. Vale, muy bien. Entonces, ¿por qué no ahora mismo? ¿Por qué esperar?

Porque, para hacer lo que ella deseaba, se requería algo de tiempo y sobre todo mucha discreción.

Las familias llevaban meses reclamando los restos de los soldados enterrados en el frente. Devolvednos a nuestros hijos. Pero nada. Y es que los había en todas partes. El norte y el este del país estaban salpicados de tumbas improvisadas, cavadas a toda prisa, porque los muertos no podían esperar, se descomponían enseguida, por no hablar de las ratas. Con el armisticio, a las familias se les agotó la paciencia, pero el Estado se obstinaba en su negativa. Por otra parte, bien pensado, a Albert le parecía lógico. Si el gobierno autorizaba las exhumaciones particulares, en cuestión de días habría cientos de familias armadas de picos y palas removiendo medio país, menudo cirio, y transportar miles de cuerpos en estado de putrefacción, mantener los ataúdes en las estaciones jornadas enteras, cargarlos en trenes que ya tardaban una semana en ir de París a Orleans, era sencillamente imposible. Así que desde el principio la respuesta había sido negativa. Sin embargo, a las familias les costaba aceptarlo. La guerra había acabado, no lo entendían, insistían. Por otro lado, si el gobierno ni siquiera era capaz de desmovilizar a los soldados, a saber cómo se las arreglaría para organizar la exhumación y el transporte de doscientos, trescientos o incluso cuatrocientos mil cadáveres, ya se había perdido la cuenta... Menudo rompecabezas.

Así que la gente se refugió en la tristeza; había padres que cruzaban el país para ir a rezar ante tumbas en mitad de la nada, y de allí no se movían.

Ésos eran los más resignados.

Luego estaban los otros, las familias rebeldes, exigentes, obstinadas, que no se dejarían enredar por un gobierno de incompetentes. Actuaban de otro modo. Era el caso de la familia de Édouard. La señorita Péricourt no estaba allí para rezar ante la tumba de su hermano.

Había ido a buscarlo.

Había ido a desenterrarlo y llevárselo.

Se oían historias parecidas. Había todo un negocio en torno, gente que estaba especializándose, sólo se necesitaba una furgoneta, una pala, un pico y estómago. Buscabas el sitio por la noche, actuabas con rapidez.

—¿Y cuándo podría ir la señorita a rezar ante la tumba de su hermano, soldado Maillard? —preguntó Pradelle.

—Mañana, si quieren... —respondió Albert en tono inexpresivo.

—Sí —contestó la joven—, mañana sería perfecto. Vendré en coche. ¿Cuánto se tarda, según usted?

—Es difícil decirlo. Un par de horas... Tal vez más... ¿A qué hora le vendría bien? —le preguntó Albert.

Madeleine vaciló. Al ver que ni el capitán ni Albert reaccionaban, se lanzó:

—¿Paso a buscarlo hacia las seis? ¿Qué le parece?

¿Que qué le parecía?

—¿Es que quiere rezarle de noche? —inquirió Albert.

Había sido más fuerte que él. No había podido evitarlo. Qué vileza.

Se arrepintió de inmediato, porque Madeleine bajó los ojos. Pero la pregunta no la había avergonzado; en absoluto, sólo estaba calculando. Era joven, pero tenía los pies en la tierra. Y como también era rica —no había más que ver el armiño, el sombrerito, la dentadura perfecta—, estaba considerando fríamente la situación, preguntándose qué precio debería pagar a fin de conseguir la colaboración de aquel soldado.

Albert sintió vergüenza sólo de pensar que podía parecer que aceptaría dinero por algo así...

—De acuerdo, mañana —dijo antes de que la chica abriera la boca.

Dio media vuelta y se fue camino al campo.

9

Y te aseguro que siento mucho sacar de nuevo este asunto...
Sólo querría que estuvieras completamente seguro. A veces
tomamos decisiones llevados por la ira, la decepción o el dolor,
porque las emociones nos superan, bueno, ya sabes a qué me
refiero. No sé qué podría hacerse ahora, pero alguna solución
se encontraría... Lo que se hace en un sentido, puede deshacerse
en el otro. No quiero influenciarte, pero te lo ruego: piensa en
tus padres. Estoy seguro de que si te vieran como estás ahora te
querrían tanto como antes, si no más. Tu padre debe de ser un
hombre bueno y abnegado, imagina la alegría que se llevaría
si supiera que estás vivo. Pero no quiero influenciarte. De to-
das formas, se hará lo que tú quieras, aunque estas cosas hay
que pensarlas bien, desde mi punto de vista. Me has dibujado
a tu hermana Madeleine, es una chica atractiva, piensa un
poco en la pena que debió de sentir cuando le comunicaron tu
muerte y en el milagro que sería para ella que ahora...

Escribirle esas cosas no servía de nada. Ni siquiera se sabía
cuándo llegaban las cartas, podían tardar dos semanas, incluso
cuatro. Y la suerte estaba echada. Albert lo escribía para sí mismo. No se arrepentía de haber ayudado a Édouard a cambiar de
identidad, pero, si no lo seguía hasta el final, no podía imaginarse

las consecuencias, aunque presentía que serían bastante graves. Se envolvió en la guerrera y se tumbó en el suelo.

Se pasó la mayor parte de la noche dando vueltas y vueltas, nervioso, inquieto.

En sus sueños, desenterraban un cuerpo y Madeleine Péricourt se daba cuenta enseguida de que no era el de su hermano, era más alto, o más bajo, unas veces tenía una cara que se reconocía enseguida, la de un soldado muy viejo, y otras hasta desenterraban a un hombre con la cabeza de un caballo. La chica lo agarraba del brazo y le preguntaba: «¿Qué ha hecho con mi hermano?» Por supuesto, el capitán d'Aulnay-Pradelle metía cizaña, sus ojos eran de un azul tan intenso que iluminaban la cara de Albert como una antorcha. Tenía la voz del general Morieux. «¡Exacto! —tronaba—. ¿Qué ha hecho con su hermano, soldado Maillard?»

Se despertó de una de esas pesadillas cuando rayaba el alba.

Mientras casi todo el campamento aún dormía, Albert estuvo dando vueltas a sus pensamientos, que con la oscuridad de la gran sala, la pesada respiración de sus compañeros y la lluvia que azotaba el techo, se volvieron cada vez más negros, fúnebres, amenazadores. No se arrepentía de lo que había hecho, pero no se sentía capaz de seguir adelante. La visión de la chica estrujando en sus finas manos aquella carta plagada de mentiras aparecía ante sus ojos una y otra vez. ¿Era humano lo que estaba haciendo? ¿Estaba a tiempo de anularlo todo? Había tantas razones para hacer como para deshacer. Porque, vamos, se decía Albert, ¡no voy a ponerme ahora a desenterrar cadáveres para tapar una mentira inventada por bondad! O por debilidad, aunque viene a ser lo mismo. Pero si no voy a desenterrarlo, si descubro el pastel, me acusarán. No sabía a qué se arriesgaba, sólo que era grave; el asunto tomaba proporciones aterradoras.

Cuando al fin amaneció, aún no había tomado ninguna decisión, posponiendo una y otra vez el momento de zanjar aquel terrible dilema.

Un puntapié en las costillas acabó de despertarlo. Estupefacto, se incorporó de un salto. Ahora la sala era un hervidero de gritos y agitación. Albert miraba a su alrededor completamente desorientado, incapaz de volver en sí, cuando de pronto vio descender del cielo y plantarse a unos centímetros del suyo el severo y penetrante rostro del capitán Pradelle.

El oficial se quedó mirándolo un buen rato, luego soltó un suspiro de desánimo y le propinó una bofetada. Albert se protegió la cara instintivamente. Pradelle sonrió. Una amplia sonrisa, que no significaba nada.

—¡Vaya, vaya, soldado Maillard, de lo que se entera uno! Así que su camarada Édouard Péricourt está muerto... ¡Menudo shock! Porque la última vez que lo vi... —Pradelle frunció el ceño, como si buscara en las profundidades de su memoria—. Sí, fue en el hospital militar, donde acababan de trasladarlo. Y en ese momento estaba de lo más vivo. Es cierto, no tenía la misma cara que en sus buenos tiempos... Para ser sincero, me pareció que tenía las facciones un poco tensas. Quiso parar un obús con los dientes, y eso es una imprudencia, si me hubiera pedido consejo... Pero de ahí a pensar que iba a morirse, no, soldado Maillard, le aseguro que ni se me pasó por la cabeza. Sin embargo, no hay duda, muerto y bien muerto, usted mismo escribió una carta personal a la familia para comunicárselo, ¡y qué estilo, soldado Maillard! ¡Una carta como ya no se escriben!

Cuando pronunciaba el apellido Maillard, tenía una desagradable manera de enfatizar la última sílaba, lo que le daba un tono risible y muy despectivo: Maillard parecía sinónimo de «mierda» o algo por el estilo.

—Ni sé ni quiero saber qué habrá sido del soldado Péricourt —prosiguió en voz baja, casi en un cuchicheo, como alguien furioso que trata de contenerse—, pero el general Morieux me encargó que ayudara a su familia, así que es lógico que yo me haga ciertas preguntas...

La frase se parecía vagamente a una pregunta. Pero hasta entonces Albert no había tenido derecho a la palabra, y estaba claro que Pradelle no iba a cedérsela.

—Sólo hay dos soluciones, soldado Maillard. Decir la verdad o liquidar el asunto. Si dice la verdad, se verá con el agua al cuello: usurpación de identidad. No sé cómo se las apañó, pero le espera la trena, le garantizo quince años como mínimo. Por otro lado, volverá a la carga con lo de la comisión de investigación sobre la cota ciento trece... Bueno, tanto para usted como para mí, es la peor solución. Queda la otra: nos piden un soldado muerto, pues les damos un soldado muerto, y sanseacabó. Soy todo oídos.

Albert aún estaba digiriendo las primeras frases.

—No sé... —murmuró.

En situaciones así, la señora Maillard explotaba: «¡Ya estamos! ¡Típico de Albert! ¡Cuando hay que tomar una decisión, demostrar que eres un hombre, nada! No sé... Habrá que ver... Puede que sí... Voy a preguntar... ¡Por el amor de Dios, Albert, decídete! Si crees que en esta vida...», etcétera.

Pradelle se parecía un poco a la señora Maillard. Pero acababa antes que ella:

—Le diré lo que va a hacer. Moverá el culo y esta noche le entregará a la señorita Péricourt un precioso cadáver rotulado «Édouard Péricourt», ¿estamos? Un día de trabajo, y podrá irse tranquilamente. Pero piénselo rápido. Porque, si prefiere el trullo, aquí estoy yo...

Albert preguntó a sus camaradas, que le indicaron varios cementerios en pleno campo. Así confirmó lo que ya sabía: que el más grande de todos estaba en Pierreval, a seis kilómetros. Allí tendría más para elegir. Fue andando.

Estaba en el lindero de un bosque, con decenas de tumbas por todas partes. Al principio habían procurado alinearlas, pero la guerra debía de haber alimentado el cementerio con tantos cuerpos que habían acabado enterrándolos según llegaban, a la buena de Dios. Tumbas orientadas hacia todas partes, unas con cruz y otras sin ella, o con la cruz caída. En unas, un nombre, en algunas, «UN SOLDADO» grabado con un cuchillo en un pedazo de madera, y en otras, una botella hincada boca abajo en la tierra con un papel con el nombre del muerto, por si más adelante alguien quería saber quién había allí abajo.

Dada su típica indecisión, habría podido pasarse horas caminando entre las improvisadas sepulturas del cementerio de Pierreval antes de elegir una; pero la razón acabó imponiéndose. Vamos a ver, se dijo, empieza a hacerse tarde y hasta el Centro de Desmovilización hay un buen trozo, he de decidirme. Volvió la cabeza, vio una en cuya cruz no ponía nada y dijo: «Ésta.»

Había cogido varios clavos de una tabla suelta de la valla, buscó una piedra, clavó la media chapa de identificación de Édouard Péricourt en la cruz, se fijó bien en el sitio y retrocedió unos pasos para comprobar el efecto de conjunto, como un fotógrafo que inmortaliza una boda.

Luego, torturado por el miedo y el remordimiento, porque mentir no era lo suyo, ni siquiera por una buena causa, emprendió el camino de regreso. Pensaba en la chica, en Édouard y también en aquel soldado desconocido al que el destino acababa de elegir para encarnar a Édouard y al que ya nadie encontraría, un soldado hasta entonces no identificado y ahora desaparecido para siempre.

A medida que se alejaba del cementerio y se acercaba al Centro, fueron desfilando por su mente los riesgos a corto plazo, sucediéndose como esas fichas de dominó colocadas de modo que la caída de la primera desencadena la de las demás. Todo iría bien, se decía Albert, si se tratara sólo de rezar. La chica necesita la tumba de su hermano, y yo se la voy a dar, da igual que sea la de su hermano o la de otro, lo que cuenta es el sentimiento. Pero desde el momento en que vamos a cavar, la cosa se complica. Cuando te pones a buscar en un agujero, nunca sabes qué vas a encontrar. Con identidad o sin ella, un soldado muerto es un soldado muerto. Lo desentierras, ¿y qué encuentras? Un objeto personal. Una marca distintiva. O sencillamente un cuerpo demasiado grande o demasiado pequeño.

Sin embargo, la elección estaba hecha, había dicho «ésta», ya no había vuelta de hoja, así saliera mal o bien. Hacía mucho que Albert ya no contaba con la suerte.

Llegó al Centro agotado. Para coger el tren a París, y no podía perderlo (si es que había tren...), tenía que estar de vuelta como muy tarde a las nueve. Reinaba ya cierta efervescencia, cientos de tipos impacientes, con las maletas hechas desde hacía horas, gritaban, cantaban, aullaban, se daban palmadas en la espalda. Los oficiales, preocupados, se preguntaban qué harían si el esperado convoy no llegaba, como ocurría cada dos por tres...

Albert dejó el barracón. Desde el umbral, miró el cielo. ¿Sería lo bastante oscura la noche?

El capitán Pradelle estaba impecable. Iba hecho un auténtico figurín. El uniforme recién planchado, las botas bien lustradas, solamente le faltaban unas cuantas medallas relucientes. Con unos pocos pasos había avanzado diez metros. Albert no se había movido ni un ápice.

—Bueno, ¿vamos, amigo mío?

Eran las seis pasadas. Detrás de la camioneta, una limusina esperaba con el motor encendido, se oía el suave ronroneo de las válvulas, se veía el humo salir del tubo de escape, casi con delicadeza. Con lo que valía uno solo de los neumáticos de aquel coche, Albert habría podido vivir un año. Se sentía pobre y triste.

Al llegar a la camioneta, el capitán no se detuvo, siguió hasta el coche, una de cuyas puertas se cerró con un suave chasquido. La joven no apareció.

El conductor, barbudo y apestando a sudor, estaba sentado al volante de la flamante camioneta, una Berlier CBA de treinta mil francos. Su pequeño negocio iba bien. Saltaba a la vista que no era la primera vez y que sólo se fiaba de su propio juicio. Por la ventanilla bajada se volvió hacia Albert, lo miró de pies a cabeza y luego abrió la portezuela, saltó al suelo y se lo llevó aparte. Le sujetaba el brazo con una fuerza tremenda.

—Si vienes, entras en el negocio, ¿estamos?

Albert asintió con la cabeza. Se volvió hacia la limusina. El tubo de escape seguía soltando su blanco y acariciante humo, Dios mío, después de todos aquellos años de miseria, qué delicado y cruel era aquel hálito.

—Dime... —le susurró el conductor—, ¿a ti cuánto te dan?

Albert comprendió que con un tipo como aquél no había acto desinteresado que valiera e hizo un cálculo rápido.

—Trescientos francos.

—¡Qué idiota!

Pero la expresión del conductor traslucía satisfacción: la de llevarse la mejor tajada. Hombre mezquino, le complacía tanto su propio éxito como el fracaso de los demás. Volvió el torso hacia la limusina.

—¿Es que no lo ves? ¡Ésa lleva pieles, se pede en seda! Podrías haber sacado cuatrocientos así de fácil. ¡Incluso quinientos! —Parecía a punto de decir lo que había pactado él, pero prevaleció la prudencia—. Venga —refunfuñó soltándole el brazo—, no hay tiempo que perder.

Albert se volvió hacia la limusina. La chica seguía sin salir, en fin, no sé, para saludar, dar las gracias, pero de eso nada, él era un empleado, un subordinado.

Subió a la camioneta, y se pusieron en marcha. La limusina arrancó a su vez, bastante retrasada, reservándose de ese modo la posibilidad de adelantarlos y esfumarse, en un visto y no visto, en caso de que aparecieran los gendarmes e hicieran preguntas.

La noche cayó del todo.

Los amarillentos faros de la camioneta iluminaban la carretera, pero dentro uno no se veía ni los pies. Albert apoyó una mano en el salpicadero y observó el paisaje por el parabrisas. Decía «a la derecha» o «por ahí», temía perderse y, cuanto más se acercaban al cementerio, más miedo tenía. De repente tomó una decisión. Si vienen mal dadas, me escapo por el bosque. El conductor no echará a correr detrás de mí. Arrancará y volverá a París, donde deben de esperarlo otros trayectos.

El capitán Pradelle sí era capaz de perseguirlo, aquel cabrón ya había demostrado sus buenos reflejos. ¿Qué hacer?, se preguntaba Albert. Tenía ganas de orinar, pero se aguantaba como podía.

La camioneta subió la última cuesta.

El cementerio empezaba casi al borde del camino. El conductor hizo algunas maniobras para estacionar en el sentido de bajada. En el momento de irse, ni siquiera tendría que dar unas vueltas de manivela, bastaría con quitar el freno en la pendiente para que el vehículo arrancara.

Al pararse el motor se produjo un extraño silencio, como si los hubiera cubierto un manto. El capitán apareció en la portezuela enseguida. El conductor montaría guardia a la entrada del cementerio. Entretanto, cavarían, desenterrarían el cuerpo, lo llevarían a la camioneta, lo cargarían, y asunto zanjado.

La limusina de la señorita Péricourt parecía un animal salvaje agazapado en la oscuridad, a punto de atacar. Madeleine abrió la portezuela y se apeó. Tan menudita. A Albert le pareció aún más joven que el día anterior. El capitán esbozó un gesto para retenerla, pero ella no le dio tiempo a abrir la boca y echó a andar con decisión. Su presencia en aquel sitio y a aquella hora resultaba tan chocante que los tres hombres enmudecieron. Con un leve movimiento de cabeza, Madeleine dio la señal de partida.

Se pusieron en marcha.

El conductor llevaba dos palas y Albert cargaba con una gran lona plegada para echar la tierra: así rellenarían luego el agujero más deprisa.

Era una noche relativamente clara, a derecha e izquierda se distinguían las pequeñas lomas de las decenas de tumbas, era como caminar por un campo excavado por topos gigantes. El capitán avanzaba a grandes zancadas. Con los muertos siempre había sido un tipo muy atrevido. Detrás de él, entre Albert y el conductor, caminaba con pequeños pasos la chica. Madeleine. A Albert le gustaba ese nombre. Era el de su abuela.

—¿Dónde es?

Llevan mucho rato andando, un sendero, otro... El que pregunta es el capitán, que se vuelve, nervioso. Aunque habla en susurros, su voz delata exasperación. Quiere acabar con el asunto. Albert busca, alza una mano, se equivoca, trata de orientarse. Se lo ve pensar, no, no es ahí.

—Por allí —dice al fin.

—¿Seguro? —le pregunta el conductor, que empieza a desconfiar.

—Sí —asegura Albert—. Es por ahí.

Siguen hablando en voz muy baja, como en una ceremonia.

—¡Espabila, chaval! —masculla el capitán, irritado.

Por fin llegan.

Sobre la cruz, una plaquita: Édouard Péricourt.

Los hombres se apartan, la señorita Péricourt se acerca. Llora con discreción. El conductor ha dejado las palas y ha vuelto a su puesto de vigilancia. En la oscuridad, apenas se distingue nada. Sólo la frágil figura de la chica. Tras ella, los dos hombres bajan la cabeza respetuosamente, pero el capitán no cesa de mirar a todas partes, inquieto. Es una situación incómoda. Albert toma la iniciativa. Extiende la mano y la posa con suavidad en el hombro de Madeleine Péricourt, que se vuelve, lo mira, se hace cargo, retrocede. El capitán le tiende una pala a Albert, coge la otra, la chica se aparta. Empiezan a cavar.

Es un tipo de suelo pesado, proceden con lentitud. En las proximidades del frente, como no disponían de tiempo, los cadáveres jamás se enterraban a mucha profundidad, a veces a tan poca que al día siguiente las ratas ya los habían localizado. No deberían de cavar mucho para encontrar algo. Albert, sumamente inquieto, se detiene a menudo para escuchar, distingue la silueta de la señorita Péricourt cerca de un árbol casi muerto, muy erguida y también tensa. Fuma nerviosa un cigarrillo. A Albert le sorprende que una mujer como ella fume. Pradelle echa un vistazo a su alrededor y, después, venga, muchacho, no podemos eternizarnos. Reanudan la tarea.

Se tarda mucho sobre todo porque hay que cavar con cuidado para no golpear el cuerpo de debajo. Las paletadas se amontonan en la lona. ¿Qué harán los Péricourt con el cuerpo?, se pregunta Albert. ¿Enterrarlo en su jardín? ¿De noche, como ahora?

Se detiene.

—¡Ya era hora! —resuella el capitán agachándose.

Lo ha dicho en voz muy baja, no quiere que la chica lo oiga.

Ha aparecido algo del cuerpo, aunque es difícil saber de qué se trata. Las últimas paladas son delicadas, hay que cavar por debajo para no dañar nada.

Albert está en ello. Pradelle se impacienta.

—¡Aligere! —resopla por lo bajo—. ¡Vamos, a él ya no puede pasarle nada!

La pala se engancha en la guerrera que sirvió de sudario, y enseguida el hedor asciende hasta ellos, horrible. El capitán se vuelve de inmediato.

También Albert retrocede, pese a que había tenido que oler cuerpos en descomposición durante toda la guerra, sobre todo en su época de camillero. Por no hablar de la hospitalización de Édouard. Al pensar de repente en él... Albert alza la cabeza y mira a la chica, que, aunque está bastante lejos, se sostiene un pañuelo ante la nariz. Debía de querer mucho a su hermano, se dice. Pradelle lo empuja con brutalidad y sale del agujero. En dos zancadas ya se encuentra junto a la joven, la coge de los hombros y la obliga a dar la espalda a la tumba. Albert está solo en la fosa, envuelto en el hedor del cadáver. Madeleine se resiste, niega con la cabeza, quiere acercarse. Albert duda sobre qué conducta seguir, está paralizado, la esbelta silueta de Pradelle sobre su cabeza le recuerda tantas cosas... Volver a verse en un agujero, aunque poco profundo, le provoca sudores de angustia, a pesar de que ha empezado a hacer frío, porque, con él en el agujero y el capitán plantado allí arriba con las piernas abiertas, lo ocurrido vuelve a subirle a la garganta, tiene la sensación de que van a cubrirlo de tierra, a sepultarlo, y empieza a temblar, pero vuelve a pensar en su camarada, en su Édouard, y se obliga a agacharse y reanudar la tarea.

Estas cosas le parten a uno el corazón. Con precaución, araña la tierra con el borde de la pala. La tierra arcillosa no favorece la descomposición y además el cuerpo fue cuidadosamente envuelto en la guerrera, lo que ha retrasado la putrefacción. El tejido está pegado a los esponjosos terrones, aparece el costado, las costillas, un poco amarillentas, con jirones de carne pútrida, negruzca, un hervidero de gusanos, porque aún queda bastante por devorar.

Arriba, un grito. Albert levanta la cabeza. La chica solloza. El capitán la consuela, pero por encima de su hombro dirige una mueca de exasperación hacia Albert, date prisa, ¿a qué esperas?

Albert suelta la pala, sale del agujero y echa a correr. Tiene el corazón en un puño, todo aquello le revuelve el estómago: el pobre soldado muerto, el conductor, que saca provecho del dolor ajeno, el capitán, que, se ve a la legua, metería cualquier cadáver en el ataúd con tal de acabar cuanto antes... Y el verdadero Édouard, tan desfigurado, tan apestoso como un cadáver, atado en su habitación de hospital. Si se para a pensarlo, resulta descorazonador haber luchado para semejante resultado.

Al verlo llegar, el conductor suspira aliviado. En un abrir y cerrar de ojos, levanta el toldo de la camioneta, coge una barra de hierro, la engancha al asa del ataúd, que está en el fondo de la plataforma, y tira de él con todas sus fuerzas. Se encaminan hacia la tumba, el conductor delante, Albert detrás.

Albert se queda sin aliento, el tipo camina bastante deprisa, por la costumbre, claro, mientras que él a duras penas avanza y varias veces está a punto de soltarlo todo y caer. Al fin llegan. El hedor es atroz.

El ataúd es una bonita caja de roble con asas doradas y una cruz de hierro forjado en la tapa. Es curioso, un cementerio es el sitio más adecuado para un ataúd, pero éste parece demasiado lujoso en semejante contexto. No es de los que suelen verse en la guerra, es más para los burgueses que mueren en su propia cama que para los jóvenes a los que les meten una bala de forma anónima. Albert no acaba su bonita meditación filosófica. En torno a él, todos están muy ansiosos por terminar.

Quitan la tapa y la dejan a un lado.

De un salto, el conductor baja a la fosa donde descansan los restos, se agacha, levanta con las manos desnudas los faldones de la guerrera y luego busca ayuda con la mirada, que evidentemente se posa en Albert, ¿en quién si no? El soldado da un paso al frente y baja a su vez al agujero, al instante la angustia se le sube a la cabeza, toda su persona trasluce que está aterrorizado, porque el conductor le pregunta:

—¿Estamos bien?

Se agachan a la vez, recibiendo la vaharada de putrefacción en pleno rostro, agarran la tela y, ¡venga, a la una, a las dos...! Y con un solo movimiento depositan el cadáver arriba, al borde de la fosa. Suena un plaf lúgubre. Lo que acaban de alzar no es pesado. Esos restos apenas pesan como un niño.

El conductor sale de inmediato, Albert está encantado de pisarle los talones. Entre los dos vuelven a coger los extremos de la guerrera y lo meten en el ataúd, esta vez el plaf es más sordo. Cuando Albert quiere darse cuenta, el conductor ya ha puesto la tapa. Quizá en la fosa queden unos cuantos huesos que se hayan desprendido durante la operación, pero qué más da. De todas formas, piensan claramente el conductor y el capitán, para lo que van a hacer con ese cadáver hay de sobra. Albert busca con la mirada a la señorita Péricourt, que ya se ha metido en su limusina, pero no puede reprochárselo, acaba de vivir algo muy difícil. Su hermano reducido a unos cuantos puñados de gusanos.

No clavarán la tapa allí, demasiado ruido; más tarde, en la carretera. De momento, el conductor se limita a rodear el ataúd con dos anchas cinchas de tela para sujetar la tapa y evitar que el hedor impregne la camioneta. Rehacen rápidamente el camino de vuelta, Albert solo en la parte de atrás, los otros dos delante. El capitán ha encendido un cigarrillo y fuma tranquilamente. Albert está agotado, tiene los riñones destrozados.

A la hora de subir el ataúd a la plataforma de la camioneta, el conductor y el capitán siguen delante, Albert detrás, está claro que es su sitio, lo levantan a la de tres. Luego lo empujan hasta el fondo, arañando ruidosamente el suelo de latón, pero ya está, casi han acabado. Detrás de ellos, la limusina ronronea.

La chica viene hacia él, irreal.

—Gracias, señor Maillard —murmura.

Albert quiere decir algo. No le da tiempo, ella le ha cogido el brazo, la muñeca, la mano, se la abre, le desliza unos billetes, vuelve a cerrársela entre las suyas... Y eso, lo que ese simple gesto le hace a Albert...

La chica regresa a su coche.

El conductor fija el ataúd a los laterales con cuerdas, para que no vaya dando tumbos, mientras el capitán Pradelle le hace una seña a Albert: el cementerio. Hay que rellenar el hoyo enseguida, si lo dejan abierto y llegan los gendarmes, habrá una investigación, sólo les faltaba eso.

Albert coge una pala y echa a correr por el sendero. Pero lo asalta una duda, y se detiene.

Está solo.

A unos treinta metros en dirección a la carretera, se oye el motor de la limusina, que se aleja, y después el estruendo de la camioneta al arrancar en la bajada.

NOVIEMBRE DE 1919

10

Arrellanado en un amplio sillón de cuero, con la pierna negligentemente apoyada en uno de sus brazos, Henri d'Aulnay-Pradelle sostenía en alto una enorme copa de aguardiente añejo, girándola lentamente al trasluz. Oía hablar a unos y a otros con estudiada apatía, para que se viera que era un «tío enterado». Le encantaba ese tipo de expresiones un poco informales. Si por él fuera, se habría mostrado incluso vulgar y habría disfrutado de lo lindo soltando groserías con toda tranquilidad ante gente que no habría tenido la posibilidad de sentirse ofendida.

Sin embargo, para eso le faltaban cinco millones de francos.

Con cinco millones, podría haberse repantigado con total impunidad.

Pradelle iba al Jockey Club tres veces a la semana. Y no es que el sitio le gustara especialmente —el nivel, comparado con sus expectativas, era bastante decepcionante—, pero era un símbolo de su ascenso social que no se cansaba de admirar. Los espejos, las colgaduras, las alfombras, los dorados, la estudiada dignidad del personal y el tremendo importe de la cuota anual le producían una gran satisfacción, decuplicada por las innumerables oportunidades de encuentros que allí se presentaban. Había ingresado hacía cuatro meses, de milagro, porque los capitostes del Jockey desconfiaban de él. Pero teniendo en cuenta la escabechina de los últimos años, si hubieran vetado a los nuevos ricos, en el club habrían quedado cuatro gatos. Además, Pradelle contaba con padrinos difíciles de ignorar, empezando por su suegro, al que no podía negársele nada, y su amistad con Ferdinand, nieto del general Morieux, joven desclasado y bastante decadente, pero que condensaba todo un conjunto de relaciones. Rechazar un eslabón equivalía a renunciar a la cadena entera, imposible, a veces, la escasez de hombres obliga a tales cosas... Al menos, él, Aulnay-Pradelle, tenía un apellido. Mentalidad de corsario, pero blasones de nobleza. Así que lo habían aceptado. Después de todo, al señor de La Rochefoucauld, el presidente en ejercicio, le parecía que aquel joven alto que cruzaba las salas a paso de carga, como un perpetuo vendaval, no desentonaba tanto en el decorado. Con una arrogancia que justificaba el tópico según el cual un vencedor tiene siempre algo feo. Así que bastante vulgar, pero un héroe. En la buena sociedad, los héroes son como las mujeres guapas, siempre se necesita a unos cuantos. Y en una época en que era difícil encontrar hombres de su edad a quienes no les faltara al menos una mano o una pierna, cuando no ambas cosas, alguien como él resultaba bastante decorativo.

Hasta el presente, Aulnay-Pradelle no había obtenido más que beneficios de aquella Gran Guerra. Apenas desmovilizado, se había lanzado a la recuperación y reventa de stocks militares. Centenares de vehículos franceses o estadounidenses, motores, remolques, miles de toneladas de madera, lona, toldos, herramientas, chatarra, piezas sueltas, que el Estado ya no utilizaba y de las que necesitaba deshacerse. Pradelle compraba lotes enteros, que revendía a las compañías ferroviarias, las empresas de transporte o las agrícolas. El beneficio era tanto más jugoso cuanto que los vigilantes de dichos stocks se mostraban sumamente vulnerables a gratificaciones, propinas y demás agasajos, y sobre el terreno te llevabas tres camiones en vez de uno o cinco toneladas en lugar de dos con suma facilidad.

La protección del general Morieux y su propia condición de héroe nacional le habían abierto muchas puertas a Aulnay-Pradelle, y su cargo en la Unión Nacional de Combatientes —que había mostrado su utilidad ayudando al gobierno a sabotear las últimas huelgas obreras— le había proporcionado numerosos apoyos suplementarios. Gracias a lo cual ya había ganado varios concursos de liquidación de stocks, comprando lotes enteros por unas decenas de miles de francos que pedía prestados y que, tras la reventa, se transformaban en cientos de miles de francos de beneficio.

—¡Hola, amigo!

Léon Jardin-Beaulieu. Un hombre de valía, pero que había nacido bajo, diez centímetros menos que todo el mundo, lo que era poco y a la vez mucho, pero para él, terrible: siempre iba a la caza de reconocimiento.

—Hola, Henri —respondió Léon, encogiendo disimuladamente los hombros, porque creía que así parecía más alto.

Por tener el privilegio de llamar a Aulnay-Pradelle por su nombre de pila, Jardin-Beaulieu hubiera vendido a su padre y a su madre, cosa que por otra parte había hecho. Adopta el tono de los demás para creerse como los demás, pensó Henri, tendiéndole una mano blanda, casi negligente.

—¿Y bien? —le preguntó en voz baja y tensa.

—Aún nada —respondió Jardin-Beaulieu—. No ha trascendido nada.

Pradelle, maestro de los mensajes sin palabras destinados a los subalternos, arqueó una exasperada ceja.

—Lo sé, lo sé... —se disculpó Jardin-Beaulieu.

Pradelle estaba terriblemente impaciente.

Hacía unos meses, el Estado se había decidido a confiar a empresas privadas la tarea de exhumar los restos de los soldados enterrados en el frente. El proyecto era reagruparlos en grandes necrópolis militares; de hecho, el decreto ministerial recomendaba «la construcción del menor número posible de cementerios lo más grandes posible». Y es que había cadáveres de soldados por todas partes. En cementerios improvisados a unos kilómetros, incluso a cientos de metros de la línea del frente. En tierras que ahora había que devolver a la agricultura. Hacía años, casi desde el comienzo de la contienda, que las familias exigían poder rezar ante las tumbas de sus muertos. El reagrupamiento de las sepulturas no excluía devolver un día a quienes lo desearan los restos de sus familiares, pero el gobierno confiaba en que, una vez constituidas, estas inmensas necrópolis donde los héroes reposarían «cerca de sus compañeros caídos en combate» calmarían los denuedos familiares. Y evitarían gravar de nuevo el erario público con traslados individuales, por no hablar de los problemas sanitarios, un auténtico embrollo que costaría un dineral, cuando la caja iba a seguir vacía hasta que los alemanes pagaran sus deudas.

La vasta empresa moral y patriótica del reagrupamiento de los cadáveres comportaba una cadena de operaciones sumamente lucrativas, cientos de miles de ataúdes que fabricar, porque la mayoría de los soldados habían sido enterrados en la tierra misma, a veces simplemente envueltos en la guerrera. Cientos de miles de exhumaciones a golpe de pala (el texto legal insistía en que debía emplearse el mayor cuidado), otros tantos traslados en camionetas de los restos colocados en ataúdes hasta las estaciones de origen y otras tantas reinhumaciones en los cementerios de destino...

Si Pradelle se hacía con una parte de ese negocio, a unos céntimos el cuerpo, sus chinos desenterrarían miles de cadáveres, sus vehículos transportarían miles de restos en descomposición, sus senegaleses inhumarían los ataúdes en tumbas bien alineadas con una preciosa cruz vendida a precio de oro, lo que bastaría para reconstruir de arriba abajo en menos de tres años la propiedad familiar de Sallevière, que era un pozo sin fondo.

A ochenta francos el muerto y con un precio real de coste de unos veinticinco, Pradelle esperaba un beneficio neto de dos millones y medio.

Y si además el ministerio hacía algunos encargos bajo cuerda, descontados los sobornos, se acercaría a los cinco millones.

El pelotazo del siglo. Incluso después de acabada, la guerra ofrece grandes oportunidades para los negocios.

Bien informado por Jardin-Beaulieu, cuyo padre era diputado, Pradelle había sabido anticiparse. Tras la desmovilización, había fundado la empresa Pradelle y Cía. Jardin-Beaulieu y el nieto de Morieux habían aportado cincuenta mil francos por cabeza y sus valiosas relaciones; Pradelle, cuatrocientos mil él solo. Para ser el jefe. Y para quedarse con el ochenta por ciento de los beneficios.

La Comisión de Adjudicación de Contratos Públicos se reunía ese día: llevaba en cónclave catorce horas. Gracias a sus intervenciones y a ciento cincuenta mil francos bajo cuerda, Pradelle se había asegurado el éxito: tres miembros, dos de ellos a sueldo de él, debían examinar las diversas ofertas y decidir con toda imparcialidad que Pradelle y Cía. presentaba la mejor, que su ataúd de muestra, depositado en el almacén del Servicio de Sepulturas, era el que más se adecuaba tanto a la dignidad de los franceses muertos por la patria como al erario público. Con lo cual, Pradelle debería verse recompensado con varias partidas, una decena, si todo iba bien. Quizá más.

—¿Y en el ministerio?

Una amplia sonrisa distendió el alargado rostro de Jardin-Beaulieu: tenía la respuesta.

—¡El negocio está en el bote!

—Sí, eso ya lo sé —masculló Pradelle, exasperado—. La pregunta es cuándo.

Las deliberaciones de la Comisión de Adjudicación no eran su única preocupación. El Servicio del Estado Civil, las Sucesiones y las Sepulturas Militares, dependiente del Ministerio de las Pensiones, estaba autorizado en caso de urgencia, o si lo consideraba necesario, a adjudicar contratos directos. Sin pasar por concurso público. Esa eventualidad abría la perspectiva de una auténtica situación de monopolio para la empresa de Pradelle, que podría facturar prácticamente lo que quisiera, hasta ciento treinta francos por cadáver...

Pradelle fingía el desapasionamiento que los espíritus superiores adoptan en las situaciones más tensas, aunque en realidad era presa de los nervios. Por desgracia, Jardin-Beaulieu aún no tenía respuesta. Su sonrisa se esfumó.

—No se sabe...

Estaba lívido. Pradelle volvió la cabeza: podía irse. Jardin-Beaulieu se batió en retirada: fingió reconocer a un miembro del Jockey y se dirigió al otro extremo del inmenso salón con penosa precipitación. Pradelle lo observó mientras se alejaba, llevaba alzas. Lástima, si no hubiera estado acomplejado por su baja estatura, que le hacía perder toda la sangre fría, habría sido inteligente. Pero él no lo había reclutado para su proyecto por esa cualidad. Jardin-Beaulieu tenía dos méritos inestimables: un padre diputado y una prometida sin un céntimo (¡si no, quién habría aceptado a aquel retaco!) pero encantadora, una morenaza de bonita boca con quien Jardin-Beaulieu se casaría al cabo de unos meses. En cuanto se la presentaron, Pradelle intuyó que aquella chica sufría en silencio por la desventajosa alianza, que desacreditaba su belleza. Era el tipo de mujer que buscaría desquitarse y, viéndola moverse por el salón de los Jardin-Beaulieu —para eso y para los caballos, Pradelle tenía un ojo clínico, según él—, habría apostado a que, con un poco de habilidad, la joven ni siquiera esperaría a la ceremonia.

Volvió a sumirse en la contemplación de su copa de aguardiente, mientras consideraba por enésima vez la estrategia que debía seguir.

Para fabricar tantos ataúdes tendría que subcontratar un buen número de empresas especializadas, lo que estaba rigurosamente prohibido por el contrato con el Estado. Pero si las cosas sucedían con normalidad, nadie iría a comprobarlo. Porque a todos les interesaba cerrar los ojos. Lo que contaba —la opinión era unánime— era que el país dispusiera en un plazo razonable de bonitos cementerios, poco numerosos pero muy grandes, que permitieran dar carpetazo de una vez por todas a aquella guerra y sus malos recuerdos.

Y, por añadidura, Pradelle se habría ganado el derecho a blandir su copa de aguardiente añejo y eructar en pleno salón del Jockey sin que nadie pusiera objeciones.

Absorto en sus cavilaciones, no vio entrar a su suegro. Fue la peculiaridad del silencio, un silencio repentino y aterciopelado, trémulo, como cuando el obispo entra en la catedral, lo que le hizo comprender que había metido la pata. Cuando se dio cuenta era demasiado tarde. Permanecer en aquella desganada postura en presencia del viejo era una falta de consideración que no le sería perdonada. Y cambiarla precipitadamente habría supuesto admitir su sometimiento en presencia de todos. Había que elegir entre dos males. Pradelle prefirió la humillación a la provocación, por parecerle menos costosa. Se echó atrás con tanta indolencia como pudo, quitándose del hombro una invisible mota de polvo. Su pie derecho se deslizó hasta el suelo, mientras él se erguía en el sillón para mostrar compostura y apuntar mentalmente lo ocurrido en su lista de revanchas pendientes.

El señor Péricourt había entrado en el salón del Jockey con paso lento y campechano. Fingió no haberse percatado del comportamiento de su yerno y anotó la escena en la columna de las deudas pendientes. Pasó entre las mesas tendiendo aquí y allá una blanda mano de benévolo monarca, pronunciando los nombres de los presentes con magnanimidad de dogo, buenas tardes, mi querido amigo Ballanger, ¡hombre, Frappier, qué sorpresa!, buenas tardes, Godard, aventurando bromas a su medida, pero... ¡si es Palamède de Chavigne, si no me engaña la vista!, y cuando llegó a la altura de Henri, se limitó a bajar los párpados con aire cómplice, una esfinge, y proseguir su recorrido por el salón hasta la chimenea, hacia la que tendió las dos manos bien separadas con exagerada satisfacción.

Cuando se volvió, vio a su yerno de espaldas. Una posición deliberadamente estratégica. Debía de resultar muy irritante sentirse observado por detrás de ese modo. Al verlos maniobrar uno en relación con el otro, se intuía que la partida de ajedrez que estaban jugando no había hecho más que empezar y prometía no pocos golpes de efecto.

La aversión mutua había sido espontánea y tranquila, casi serena. La promesa de un odio de largo recorrido. Péricourt había olfateado de inmediato al granuja que había en Pradelle, aunque no se había opuesto al encaprichamiento de Madeleine. Nadie habría sabido expresarlo, pero bastaba verlos juntos un instante para percatarse de que Henri sabía hacerla disfrutar y que ella no pensaba conformarse con eso: quería tener a aquel hombre a toda costa.

El señor Péricourt amaba a su hija, eso sí, a su manera, que nunca había sido muy expresiva, y habría sido feliz sabiéndola feliz si Madeleine no hubiera cometido la estupidez de enamoriscarse de un Henri d'Aulnay-Pradelle. Riquísima, Madeleine Péricourt había sido codiciada por muchos y, aunque sólo fuera agradable, había sido muy cortejada. Ella no era tonta, tenía los pies en la tierra, como su difunta madre, una mujer de mucho carácter, poco dada a dejarse llevar, a ceder a la tentación. Antes de la guerra, Madeleine calaba enseguida a los jovencitos ambiciosos que la encontraban insignificante de cara, pero preciosa de dote. Su forma de ahuyentarlos era tan discreta como eficaz. Que hubieran pedido su mano varias veces le había dado mucha seguridad, demasiada, porque al estallar la guerra tenía veinticinco años, treinta cuando terminó, con la muerte de su hermano menor, un dolor terrible, y entretanto había empezado a envejecer. Puede que una cosa explicara la otra. Había conocido a Henri en marzo y se había casado con él en julio.

Los hombres no entendían qué tenía de especial aquel Henri para explicar tantas prisas; no estaba mal, de acuerdo, pero vamos... Los hombres, claro. Porque las mujeres lo entendían muy bien. No habían dejado de reparar en su planta, en aquel pelo ondulado, aquellos ojos azules, aquel cutis, aquellos hombros tan anchos, Dios mío, y comprendían que a Madeleine Péricourt le hubiera apetecido probarlos y hubiera quedado encantada.

El señor Péricourt no había insistido, era una batalla perdida de antemano. Prudente, se había conformado con marcar límites. Entre la burguesía, eso se llama un contrato de matrimonio. Madeleine no había tenido nada que objetar. En cambio, al descubrir el borrador redactado por el notario, el guapo yerno había puesto mala cara. Los dos hombres se habían mirado sin decir nada, sabia medida. Madeleine sería la única titular de sus bienes y se convertiría en copropietaria de todo lo adquirido después de la boda. Comprendía las recelosas reservas de su padre respecto a Henri, de las que aquel contrato era una prueba tangible. Con semejante fortuna, la prudencia siempre es poca. A su marido le explicaba sonriendo que eso no cambiaba nada. Pradelle, sin embargo, sabía que lo cambiaba todo.

Al principio se sintió estafado, muy mal recompensado por sus esfuerzos. A muchos de sus amigos el matrimonio les había resuelto la vida. A veces costaba, había que maniobrar hábilmente, pero cuando se conseguía, aquello era jauja, podías permitírtelo todo. Sin embargo, en su caso el matrimonio no había cambiado las cosas. En cuanto a estatus social, nada que decir, le sacaba todo el partido, era fantástico. Henri era un pobre con un tren de vida desmesurado (de sus ahorros personales había sacado en poco tiempo cerca de cien mil francos, invertidos de inmediato en la reconstrucción de la propiedad familiar, pero había mucho que hacer, todo se desmoronaba, aquello era un pozo sin fondo).

Aunque Henri no había conseguido la fortuna, no podía decirse que hubiera errado el tiro. En primer lugar, aquel matrimonio ponía punto final a la vieja historia de la cota 113, que lo había amargado un poco. Ya no corría el peligro de que resurgiera (como sucedía a veces con asuntos antiguos que uno creía olvidados), porque ahora era rico, aunque por delegación, y estaba emparentado con una familia tan poderosa como respetada. Casarse con Madeleine Péricourt lo había vuelto casi invulnerable.

En segundo lugar, había accedido a un beneficio colosal: la agenda de la familia. (Era el yerno de Marcel Péricourt, íntimo del señor Deschanel, amigo de Poincaré, Daudet y tantos otros.) Y estaba muy satisfecho con el rendimiento inicial de sus inversiones. En unos meses, podría mirar a su suegro a la cara: se beneficiaba a su hija, vampirizaba sus relaciones y, al cabo de tres años, si todo iba como esperaba, se repantigaría aún más en el Jockey cuando el viejo entrara en salón de fumadores.

El señor Péricourt estaba al corriente de cómo hacía dinero su yerno. No cabía duda, aquel chico era rápido y eficaz. A la cabeza de tres empresas, ya había obtenido casi un millón de beneficios netos en cuestión de meses. En ese aspecto, era un hombre de su tiempo; pero Péricourt desconfiaba instintivamente de su éxito. Demasiado vertical, poco fiable.

Alrededor del prohombre, se había formado un grupo, el de sus clientes: no hay riqueza sin su correspondiente corte.

Henri observaba a su suegro en acción y, admirado, tomaba buena nota. No cabía duda: el carcamal tenía estilo. Qué aplomo. Repartía comentarios, autorizaciones y recomendaciones con selectiva generosidad. Su círculo había aprendido a interpretar sus consejos como órdenes y sus reparos como prohibiciones. Era el tipo de hombre con quien no puedes enfadarte si te niega algo, porque también puede quitarte lo que te queda.

En ese momento, Labourdin entró en el salón de fumadores con un gran pañuelo en la mano, sudando. Henri reprimió un suspiro de alivio, apuró el aguardiente de un trago, se levantó y, cogiéndolo del hombro, se lo llevó a un salón contiguo. Labourdin caminaba a duras penas junto a Pradelle, apresurándose con sus cortas y gruesas piernas, como si aún no hubiera sudado bastante...

Labourdin era un imbécil encumbrado por su estupidez, la cual tomaba la forma de una tenacidad excepcional, indudable virtud en política, aunque en su caso sólo se debiera a su incapacidad para cambiar de opinión y su absoluta falta de imaginación. Esa estupidez suya pasaba por práctica. Mediocre en todo y casi siempre ridículo, era el tipo de hombre que podías poner en cualquier sitio, porque siempre se mostraba servicial, como una bestia de carga a la que se le puede pedir cualquier cosa. Salvo que fuera inteligente, inmensa ventaja. Lo llevaba todo pintado en la cara, la bonachonería, el buen apetito, la cobardía, la simpleza y muy, pero que muy especialmente, la concupiscencia. Incapaz de resistirse a las ganas de decir una cochinada, lanzaba vulgares miradas de deseo a todas las mujeres, sobre todo a las criadas, a las que les sobaba el culo en cuanto se daban la vuelta, y hasta hacía poco iba de putas tres veces por semana. Digo «hasta hacía poco» porque, como su fama había ido extendiéndose más allá del distrito del que era alcalde, las solicitantes hacían cola los días en que él hacía horas extra, que había duplicado, y siempre había una o dos dispuestas a evitarle el viaje al burdel a cambio de una autorización, un favor especial, una firma, un sello. Labourdin era feliz, saltaba a la vista. La tripa llena, los cojones llenos, siempre a punto para la siguiente mesa, para el siguiente culo. Debía su elección a unos cuantos hombres influyentes sobre los que el viejo Péricourt reinaba como amo y señor.

—Van a elegirlo para la Comisión de Adjudicación —le había anunciado Pradelle un día.

A Labourdin le encantaba formar parte de comisiones, comités y delegaciones, porque veía en ello una prueba de su importancia. Y puesto que se lo había comunicado su yerno, no dudó ni un instante de que aquel nuevo nombramiento venía del mismísimo señor Péricourt y apuntó con sumo cuidado, con grandes caracteres, las instrucciones precisas que debía seguir. Después de darle todas las órdenes, Pradelle señaló la hoja de papel.

—Ahora, haga desaparecer eso —le dijo—. ¿O es que piensa colgarlo en el tablón de anuncios?

Para Labourdin, fue el inicio de una pesadilla. Aterrado por la idea de fracasar en su misión, se había pasado las noches recordándose las instrucciones una tras otra, pero, cuanto más las repetía, más las mezclaba. Aquel nombramiento se había convertido en un calvario, y aquella comisión, en su cruz.

Ese día, la reunión le había hecho gastar más energía de la que tenía, reflexionar, decir cosas. Había acabado agotado. Agotado pero contento, porque volvía con la satisfacción del deber cumplido. En el taxi rumió algunas frases, en su opinión muy sentidas. Su favorita era: «Mi querido amigo, sin pretender vanagloriarme, creo poder decir...»

—Compiègne, ¿cuántos? —lo atajó Pradelle.

La puerta del salón apenas se había cerrado, y aquel chico tan alto ya estaba atravesándolo con la mirada sin dejarle hablar. Labourdin se había imaginado todo menos eso, es decir, no había pensado absolutamente nada, como de costumbre.

—Pues... esto...

—¿Cuántos? —tronó Pradelle.

Labourdin ya no lo sabía. Compiègne... Guardó el pañuelo, rebuscó a toda prisa en sus bolsillos y, por fin, encontró los papeles doblados en cuatro donde había apuntado los resultados de las deliberaciones.

—Compiègne... —farfulló—. Pues Compiègne... veamos...

Para Pradelle, nada era bastante rápido. Le arrancó la hoja de las manos y se alejó unos pasos con los ojos fijos en las cifras. Dieciocho mil ataúdes para Compiègne, cinco mil para la circunscripción de Laon, más de seis mil para la plaza Colmar, ocho mil para la circunscripción de Nancy y Lunéville... Faltaban por adjudicar los lotes de Verdún, Amiens, Épinal, Reims... Los resultados superaban sus expectativas. No pudo reprimir una sonrisa de satisfacción, que no le pasó inadvertida a Labourdin.

—Volveremos a reunirnos mañana por la mañana —anunció el alcalde de distrito—. ¡Y el sábado! —Entonces, le pareció que por fin había llegado el momento de soltar su frase—: Mire usted, mi querido amigo...

Pero de pronto la puerta se abrió de par en par.

—¡Henri! —llamó alguien.

Al otro lado se oía ruido, agitación.

Pradelle salió.

En el otro extremo del salón, un grupo numeroso se había arremolinado al pie de la chimenea, y seguía llegando gente de todas partes, de la sala de billar, de la de fumadores...

Pradelle oyó las exclamaciones y con el ceño fruncido siguió avanzando, más curioso que preocupado.

Su suegro estaba sentado en el suelo con la espalda contra el faldón de la chimenea, las piernas estiradas, los ojos cerrados, la tez cerosa y la mano derecha crispada sobre el chaleco a la altura del pecho, como si quisiera arrancarse un órgano o retenerlo.

—¡Sales! —gritó una voz.

—¡Aire! —pidió otra.

El mayordomo echó a correr rogando a la gente que se apartara.

El médico llegó de la biblioteca a grandes zancadas, qué ocurre... Su calma impresionó a los presentes, que le hicieron sitio y estiraron el cuello para ver algo.

—Bueno, Péricourt, ¿qué le pasa? —dijo el doctor Blanche mientras le tomaba el pulso al anciano, y, volviéndose discretamente hacia Pradelle, añadió—: Llame un coche enseguida, es grave.

Pradelle salió a toda prisa.

¡Dios mío, qué día!

El día en que se había convertido en millonario, su suegro iba a pasar a mejor vida.

No podía creer que tuviera tanta suerte.

11

Albert tenía la mente totalmente en blanco, imposible encadenar dos ideas, imaginar cómo sucederían las cosas. Trataba de poner en orden sus pensamientos, pero de orden, nada. Avanzaba a grandes zancadas acariciando mecánicamente la hoja del cuchillo que llevaba en el bolsillo. El tiempo pasaba, las estaciones de metro y luego las calles se sucedían, pero nada, ni la menor idea constructiva. Ni siquiera él mismo creía en lo que estaba haciendo, pero aun así seguía adelante. Estaba dispuesto a todo.

El tema de la morfina... Había sido un fastidio desde el principio. Édouard ya no podía pasar sin ella. Hasta entonces, Albert había conseguido abastecerlo. Sin embargo, esta vez no había podido reunir dinero suficiente, por más que rebuscó en el fondo de los cajones. Así que cuando su compañero, tras interminables días de sufrimiento, le pidió que acabara con él porque no podía soportar el dolor, Albert, igual de exhausto, dejó de pensar. Cogió un cuchillo de cocina, el primero que encontró, bajó a la calle como un autómata, fue en metro hasta la Bastilla y se internó en el barrio griego, por la zona de la rue Sedaine. Tenía que encontrar morfina para Édouard, estaba dispuesto a matar en caso necesario.

Sólo consiguió formular el primer pensamiento cuando vio al Griego, un individuo paquidérmico de unos treinta años, que andaba con las piernas muy separadas, resollando a cada paso y sudando a mares, pese a que estaban en noviembre. Azarado, Albert miró su enorme barriga, sus gruesas y pesadas tetas, que se bamboleaban bajo el jersey de lana, su cuello de toro, sus colgantes mofletes, y pensó que el cuchillo no le serviría de nada, que habría necesitado una hoja de al menos quince centímetros. O veinte. Si la situación ya no era óptima, ir tan mal preparado lo dejó con la moral por los suelos. «¡Siempre igual, incapaz de organizarte! —solía reprocharle su madre—. ¡Mira que eres chapucero, hijo mío!», añadía, alzando los ojos al cielo para poner a Dios por testigo. Y delante de su nuevo marido (era un decir, porque no estaban casados, pero su madre todo lo reducía al común denominador), aún lo criticaba más. Su padrastro, jefe de planta en los almacenes La Samaritaine, se limitaba a mirarle los cordones de los zapatos, pero sentía la misma exasperación. Incluso si hubiera tenido ánimo para hacerlo, le habría costado lo suyo defenderse ante ellos, porque cada día la razón estaba un poco más de su parte.

Todo parecía aliarse contra él, qué época más difícil.

Estaban citados junto a los urinarios de la esquina de la rue Saint-Sabin. Albert no tenía la menor idea de cómo funcionaban aquellas cosas. Había contactado con el Griego llamando a un bar de parte de un conocido de un conocido. El Griego no le había hecho preguntas, porque no sabía más de veinte palabras de francés. Antonapoulos. Pero todo el mundo lo llamaba Poulos. Hasta él mismo.

—Poulos —dijo, efectivamente, al llegar.

Para ser un hombre de tan extraordinaria corpulencia, se movía con asombrosa agilidad, a pasitos cortos, pero muy rápidos. El cuchillo demasiado pequeño, la velocidad del tipo... El plan de Albert era una auténtica birria. Tras echar un vistazo a su alrededor, el Griego lo cogió del brazo y lo arrastró a la letrina. Hacía tiempo que allí dentro no corría el agua, el aire era irrespirable, lo que no parecía molestar en absoluto a Poulos. Aquel sitio apestoso era un poco como su sala de espera. Para Albert, que temía los espacios cerrados, era una tortura doble.

—¿Dinero? —le espetó el Griego.

Quería ver los billetes e indicó con la mirada el bolsillo de Albert, sin saber que contenía un cuchillo cuyo tamaño, ahora que ambos hombres estaban apretados el uno contra el otro en el urinario, resultaba aún más ridículo. Albert se volvió ligeramente de lado para mostrarle el otro bolsillo y dejó asomar varios billetes de veinte francos. Poulos asintió con la cabeza.

—Cinco —dijo.

Era lo acordado por teléfono. El Griego se volvió para irse.

—¡Espera! —exclamó Albert, sujetándolo de la manga.

Poulos se detuvo y lo miró, inquieto.

—Necesito más... —susurró Albert espaciando mucho las sílabas y acompañándose de gestos (cuando se dirigía a un extranjero, solía hablarle como si fuera sordo).

Poulos lo miró frunciendo el ceño.

—Doce —dijo Albert, y le enseñó el fajo de billetes entero, que no obstante no podía gastarse, porque era cuanto le quedaba para pasar aún casi tres semanas.

Los ojos de Poulos se iluminaron. Apuntó a Albert con el dedo y asintió.

—Doce. ¡Queda aquí! —Y salió.

—¡No! —lo detuvo Albert.

El hedor del urinario y la perspectiva de abandonar el exiguo cubículo, donde Albert sentía aumentar su angustia por momentos, lo ayudaron a adoptar un tono convincente. Su única estrategia consistía en encontrar el modo de acompañar al Griego.

Poulos negó con la cabeza.

—Pues nada —dijo Albert pasando con decisión delante de él.

El Griego lo agarró del brazo y dudó unos instantes. Albert inspiraba pena. A veces, ésa era su fuerza. No necesitaba cargar las tintas para tener un aspecto lamentable. Después de ocho meses de vida civil seguía con la ropa de desmovilizado. Al licenciarlo le habían dado a elegir entre un traje o cincuenta y dos francos. Había optado por el traje porque tenía frío. En realidad, el Estado endosaba a los soldados viejas guerreras teñidas de cualquier manera. Esa misma noche, el tinte empezó a chorrear bajo la lluvia. Unos chorretones tan tristes... Albert volvió y dijo que al final prefería los cincuenta y dos francos, pero era demasiado tarde, haberlo pensado antes.

También conservaba los borceguíes, ya a mitad de su vida útil, y dos mantas militares. Todo eso había dejado huella en él, y no sólo de tinte. Tenía la misma expresión de desánimo y cansancio que tantos desmovilizados, un aspecto de derrota y resignación.

El Griego miró aquel rostro consumido y se decidió.

—¡Venga, deprisa! —le susurró.

En ese instante, Albert entraba en lo desconocido, no tenía ni la menor idea de qué hacer.

Los dos hombres recorrieron la rue Sedaine hasta el pasaje Salarnier. Llegados allí, Poulos le señaló la acera.

—¡Queda aquí! —volvió a decirle.

Albert examinó los alrededores, desiertos. A las siete pasadas, las únicas luces encendidas eran las de un bar, a unos cien metros.

—¡Aquí!

Una orden inapelable.

Por lo demás, el Griego se alejó sin esperar su respuesta, aunque se volvió varias veces para comprobar que su cliente permanecía obedientemente en su sitio. Impotente, Albert lo siguió con la mirada, pero cuando lo vio escabullirse a toda prisa a su derecha, echó a correr por el pasaje sin apartar los ojos del sitio donde había desaparecido, un edificio destartalado del que salían fuertes olores de cocina. Empujó la puerta y avanzó por un pasillo. Al fondo, unos escalones conducían al sótano, al que bajó. Por una ventana de cristales sucios se filtraba un poco de claridad de la farola. Vio al Griego agachado, con el brazo izquierdo metido en un hueco de la pared. Había dejado en el suelo la portezuela de madera que servía para ocultarlo. Albert, sin detener su carrera ni un instante, cruzó el sótano, cogió la portezuela, bastante más pesada de lo que creía, y la estrelló con ambas manos contra la cabeza del Griego. El golpe sonó como un gong, y Poulos se derrumbó. Al comprender lo que acababa de hacer, horrorizado, Albert quiso huir...

Pero consiguió serenarse. ¿Estaría muerto?

Se inclinó y aguzó el oído. Poulos respiraba pesadamente. Era difícil saber si estaba herido de gravedad, pero de su cabeza manaba un hilillo de sangre. En un estado de estupor rayano en el desvanecimiento, Albert apretaba los puños y se repetía: «Venga, venga...» Al fin se agachó, introdujo el brazo en la cavidad y sacó una caja de zapatos. Un milagro: llena de ampollas de 20 y 30 miligramos. Hacía tiempo que Albert tenía buen ojo para calcular las dosis.

Volvió a cerrar la caja, se levantó y, de pronto, vio el brazo de Poulos describir un amplio arco... Al menos él había sabido equiparse: era una navaja automática de verdad, con una señora hoja y muy afilada. Lo alcanzó en la mano izquierda con tal rapidez que sólo sintió una débil quemazón. Giró sobre sí mismo con la pierna en alto, y con el talón golpeó al Griego en la sien. El cráneo de Poulos rebotó en la pared con otro gong. Sin soltar la caja de zapatos, Albert aplastó a pisotones la mano del Griego, que seguía sujetando la navaja; luego dejó la caja y, alzando la portezuela con ambas manos, empezó a golpearlo en la cabeza. Se detuvo. El esfuerzo y el miedo lo habían dejado sin aliento. El corte de la mano era profundo, sangraba profusamente, se había manchado la guerrera. La vista de la sangre lo asustó todavía más. El dolor le llegó de repente, recordándole que era urgente tomar medidas. Rebuscó por el sótano hasta dar con un trozo de tela polvorienta, que se enrolló alrededor de la mano izquierda apretándolo con fuerza. Con miedo, como si se acercara a un animal salvaje, se inclinó sobre el cuerpo del Griego. Oyó su respiración, sorda y regular: no cabía duda, tenía la cabeza dura. Sin perder un solo segundo, Albert abandonó el edificio temblando, con la caja bajo el brazo.

Con una herida como aquélla no podía coger el metro o el tranvía. Tras disimular su improvisado vendaje y las manchas de sangre de la guerrera, tomó un taxi en la Bastilla.

El taxista tenía más o menos su edad. Conducía observando detenidamente, con descaro, a aquel cliente blanco como la pared que permanecía en el borde del asiento y se balanceaba apretándose el brazo contra el vientre. Su inquietud se acrecentó cuando Albert abrió la ventanilla de golpe, porque aquel sitio cerrado le provocaba una angustia difícil de dominar. El taxista pensó que su cliente vomitaría allí mismo, dentro de su vehículo.

—No estará enfermo...

—¡No, no! —aseguró Albert con las pocas fuerzas que le quedaban.

—¡Porque si está enfermo, se baja aquí mismo, ¿eh?!

—¡No, no! Sólo estoy cansado —respondió Albert.

Pero la duda no abandonaba al taxista.

—¿Está seguro de que lleva dinero?

Albert se sacó un billete de veinte francos del bolsillo y se lo enseñó. El hombre se tranquilizó, aunque por poco rato. Estaba escarmentado, tenía experiencia y aquél era su taxi. Pero era una persona educada, incapaz de una grosería.

—¡Perdone, ¿eh?! Lo digo porque, a veces, la gente como usted...

—¿Y quién es la gente como yo?

—Bueno, me refería a los desmovilizados, ¿comprende?

—¿Usted no es un desmovilizado?

—Bueno, no, yo hice la guerra aquí, tengo asma y una pierna más corta que la otra.

—Pues muchos hombres habrían ido de todas formas. Algunos incluso volvieron con una pierna muchísimo más corta que la otra.

El taxista se lo tomó muy mal, ¡siempre igual, los desmovilizados dando continuamente la tabarra con su guerra, siempre dando lecciones a todo el mundo, ya estaba harto de tanto héroe! ¡Los verdaderos héroes habían muerto! ¡Ésos, ésos sí que eran héroes, pero de verdad! Además, cuando un tipo empezaba a contar lo que había vivido en las trincheras, era mejor no creérselo, porque la mayoría había pasado la guerra en un despacho.

—¿Acaso nosotros no hemos cumplido también con nuestro deber, eh?

Qué sabrían los desmovilizados de la vida que habían tenido que soportar allí, llena de privaciones. Albert había oído muchas cosas como aquéllas, se sabía de memoria el precio del pan y del carbón, era la clase de información que retenía con más facilidad. Lo tenía comprobado desde la desmovilización: para vivir tranquilo, lo mejor era guardar en el cajón los galones de vencedor.

El taxista lo dejó al fin en la esquina de la rue Simart. Le cobró doce francos, pero antes de arrancar estuvo esperando a que Albert le diera propina.

Aunque en aquel sitio vivían un montón de rusos, el médico era francés: el doctor Martineau.

Albert lo había conocido en junio, durante las primeras crisis. No sabía cómo había conseguido Édouard agenciarse la morfina en sus estancias en los centros hospitalarios, pero estaba muy enganchado. Albert intentaba hacerle entrar en razón: vas por muy mal camino, muchacho, no podemos seguir así, tienes que cuidarte. Édouard no quería oír nada, mostraba tanta cerrazón como en lo del injerto que había rechazado. Albert no lo entendía. Conozco a uno que perdió las dos piernas, le decía a Édouard, y ahora vende lotería en la rue du Faubourg-Saint-Martin; estuvo hospitalizado en el cuartel Février de Châlons, me ha hablado de las prótesis que ponen ahora, en fin, no puede decirse que los tipos se hayan vuelto lo que se dice guapos, pero al menos tienen caras humanas. Sin embargo, Édouard ni siquiera lo escuchaba, todo eran noes, noes y más noes, seguía haciendo solitarios en la mesa de la cocina y fumando cigarrillos por una aleta de la nariz. Despedía permanentemente un olor espantoso, normal, con toda la garganta al aire... Bebía con un embudo. Albert le había conseguido un aparato masticador de ocasión (su anterior dueño había muerto después de un injerto que no había prendido, ¡menuda suerte!), lo que le facilitaba un poco la vida, pero aun así todo resultaba muy complicado.

Édouard había abandonado el hospital Rollin a principios de junio. Días después había empezado a manifestar preocupantes signos de ansiedad, los escalofríos lo estremecían de pies a cabeza, sudaba muchísimo, vomitaba lo poco que comía... Albert se sentía impotente. Los primeros ataques por falta de morfina habían sido tan violentos que había tenido que atarlo a la cama —igual que en noviembre del año anterior, en el hospital, como si la guerra no hubiera acabado— y acolchar la puerta para que los propietarios no fueran a matarlo para que dejara de sufrir, y ellos con él.

Daba miedo verlo: un esqueleto poseído por un demonio.

Así que el doctor Martineau, que vivía muy cerca, había aceptado ir a ponerle una inyección. Era un hombre frío, distante, que decía haber practicado ciento trece amputaciones en las trincheras en 1916. Édouard había recuperado cierta tranquilidad. A través de Martineau, Albert había contactado con Basile, que se había convertido en su proveedor; debía de robar en farmacias, hospitales, clínicas, pero estaba especializado en los medicamentos, te conseguía lo que fuera. Poco después —un golpe de suerte para Albert—, Basile le había ofrecido un lote de ampollas del que quería deshacerse, una especie de promoción, de liquidación de existencias, por así decirlo.

Albert apuntaba escrupulosamente en un papel el número de pinchazos y las cantidades, los días, las horas y las dosis a fin de ayudar a Édouard a controlar el consumo y, a su manera, le leía la cartilla, pero no surtía mucho efecto. Al menos en esos momentos Édouard se sentía mejor. Lloraba menos, aunque ya no dibujaba, a pesar de los cuadernos y los lápices que le había conseguido Albert. Se pasaba prácticamente todo el tiempo tumbado en el sofá que Albert había recogido en la calle, mirando las musarañas. Más tarde, a finales de septiembre, resultó que las existencias se habían agotado y Édouard seguía igual. En junio, estaba en los 60 miligramos diarios, tres meses después, en los 90. Albert no podía más. Édouard vivía recluido y apenas se expresaba. Albert, sin embargo, sólo dejaba de correr detrás del dinero de la morfina cuando tenía que correr detrás del dinero del alquiler, la comida, el carbón. La ropa estaba descartada, demasiado cara. El dinero se esfumaba a una velocidad vertiginosa. Había empeñado cuanto había podido en el monte de piedad, incluso se había tirado a la señora Monestier, la gruesa propietaria de la Relojería Mecánica, para la que hacía recados, y a cambio ella le había redondeado el sueldo (al menos, eso contaba Albert; en ese asunto no le importaba interpretar el papel de mártir. Aunque, de hecho, tampoco había quedado tan descontento del trato, tras tanto tiempo sin tocar a una mujer... La señora Monestier tenía unos pechos enormes, él nunca sabía qué hacer con ellos, pero era simpática y no se hacía de rogar a la hora de ponerle los cuernos a su marido, un jodido gilipollas de la retaguardia que aseguraba que quien no hubiera recibido la cruz de guerra era un cobarde).

La mayor partida del presupuesto se iba, naturalmente, en morfina. Que se encarecía como todo lo demás. Con la droga pasaba igual que con el resto de productos, su precio se ajustaba al coste de la vida. Albert lamentaba que el gobierno, que para frenar la inflación había instituido un «vestuario nacional» a ciento diez francos, no hubiera creado también una «ampolla nacional» de morfina a cinco. O el «pan nacional», el «carbón nacional», el «calzado nacional», el «alquiler nacional» e incluso el «empleo nacional». Se preguntaba si no era con ese tipo de ideas como uno se convertía en bolchevique.

En el banco no lo habían readmitido. Atrás quedaron los tiempos en que los diputados declaraban con la mano en el corazón que la patria tenía «una deuda de honor y agradecimiento con sus queridos combatientes». Albert recibió una carta en la que le explicaban que la economía del país no permitía volver a contratarlo, que para hacerlo deberían haber despedido a otras personas que habían «prestado inestimables servicios a nuestra empresa durante los cincuenta y dos meses de dura guerra...», etcétera.

Conseguir dinero se había convertido en un trabajo a jornada completa para Albert.

La situación se complicó aún más cuando detuvieron a Basile en un feo asunto, con los bolsillos repletos de droga y manchado de sangre del farmacéutico hasta los codos.

Sin proveedor de un día para otro, Albert frecuentó bares de mala muerte y pidió direcciones aquí y allá. Al final, conseguir morfina no resultó tan difícil. Dado que el coste de la vida no dejaba de subir, París se había convertido en la capital del contrabando, había de todo. Albert había encontrado al Griego.

El doctor Martineau le desinfectó la herida y se la vendó. Albert apretó los dientes, le hacía un daño del demonio.

—Una buena navaja... —se limitó a murmurar el matasanos.

Le había abierto la puerta sin poner objeciones ni hacer preguntas. Vivía en un tercero, un piso casi vacío, con las cortinas siempre echadas, cuadros vueltos contra la pared, por todas partes cajas de libros despanzurradas y un solo sillón en un rincón. El pasillo de la entrada, con dos tristes sillas una enfrente de la otra, hacía las veces de sala de espera. Aquel médico podría haber sido un notario, salvo por el pequeño cuarto del fondo, donde había una cama de hospital e instrumentos quirúrgicos. Le pidió menos que el taxista por la carrera.

Al salir, Albert pensó en Cécile, no sabía por qué.

Decidió hacer el último tramo a pie. Necesitaba moverse. Cécile, la vida de antaño, las esperanzas de antaño... Ceder a aquella nostalgia un poco tonta lo hacía sentirse idiota, pero mientras caminaba por la calle de aquella guisa, con la caja de zapatos bajo el brazo y la mano izquierda enturbantada, rumiando todas aquellas cosas, que tan rápidamente se habían convertido en recuerdos, se sentía un apátrida. Y desde esa tarde, un criminal, quizá un asesino. No tenía la menor idea de cómo detener aquella espiral. Se necesitaba un milagro. Y ni siquiera así. Porque, desde que lo habían desmovilizado, se habían producido uno o dos, pero habían acabado transformándose en pesadillas. Cécile, por ejemplo, ya que se había acordado de ella... Respecto a ella, lo más doloroso había sucedido a raíz de un milagro cuyo intermediario había sido su recién estrenado padrastro. Debería haber desconfiado. Después de que el banco se negara a readmitirlo, había buscado por todas partes, lo había probado todo, incluso había participado en la campaña de desratización. A veinticinco céntimos el roedor muerto tardaría en hacerse rico, le había soltado su madre. Y en efecto, lo máximo que había sacado era algún mordisco: con lo torpe que había sido siempre, normal. El caso es que, tres meses después de su vuelta, seguía siendo precisamente más pobre que una rata. Como para pensar en regalarle nada a Cécile... La señora Maillard la comprendía. Porque, a ver, qué porvenir le esperaba a su lado a aquella pobre chica, tan guapa, tan fina ella... Saltaba a la vista que en su lugar la señora Maillard habría hecho lo mismo. Bueno, pues después de tres meses de trabajillos, de chapuzas, esperando que llegara la prima de desmovilización, de la que no paraban de hablar, pero que el gobierno era incapaz de pagar, sucedió el milagro: su padrastro le consiguió un trabajo de ascensorista en La Samaritaine.

La dirección habría preferido a un veterano con más medallas que exhibir, «por los clientes», pero bueno, había que conformarse con lo que se tenía, y lo que tenían era a Albert.

Conducía un fantástico ascensor con claraboya y anunciaba las plantas. Nunca se lo habría confesado a nadie (se limitó a contárselo por carta a su compañero Édouard), pero aquel trabajo no le gustaba demasiado. Y no sabía exactamente por qué. Sin embargo, lo comprendió una tarde de junio en que las puertas se abrieron ante Cécile, escoltada por un joven de anchas espaldas. Albert y ella no habían vuelto a verse desde que Cécile le había escrito aquella carta a la que él se había limitado a responder: «De acuerdo.»

El primer error lo cometió en ese mismo instante, al fingir no reconocerla y permanecer absorto en el manejo de los mandos. Cécile y su acompañante iban arriba del todo, un trayecto interminable con parada en cada planta. La voz de Albert iba enronqueciendo conforme las anunciaba, menudo calvario. No pudo evitar inspirar el nuevo perfume de Cécile, elegante, con clase, olía a dinero. El hombre también olía a rico. Era joven, más que ella, cosa que a Albert le pareció chocante.

Lo humillante no fue tanto el reencuentro con Cécile como verse sorprendido con aquel ridículo uniforme. Como un soldado de opereta. Con charreteras de flecos.

Cécile bajó los ojos. Sentía apuro por él, se notaba, se retorcía las manos y se miraba los pies. El tipo de anchas espaldas escrutaba el ascensor con admiración, visiblemente deslumbrado por aquella maravilla de la técnica moderna.

A Albert nunca se le habían hecho tan largos unos minutos, salvo los que había pasado enterrado vivo en el hoyo del obús. Por otra parte, encontraba extrañas similitudes entre ambas situaciones.

Cécile se bajó con su acompañante en la planta de lencería sin haber intercambiado una sola mirada con Albert. Él dejó el ascensor en la planta baja, se quitó el uniforme y se marchó sin pedir siquiera la paga. Una semana de trabajo de balde.

Días después, compadecida quizá al haberlo visto rebajado a aquel trabajo de fámulo, Cécile le devolvió el anillo de compromiso. Por correo. Albert quiso reenviárselo, él no pedía limosna, ¿tan pobre parecía, pese a su fastuoso uniforme de lacayo? Pero corrían tiempos duros de verdad, a un franco cincuenta el paquete de picadura había que economizar, y el carbón estaba por las nubes. Fue a empeñar el anillo al monte de piedad. Desde el armisticio, se llamaba Crédito Municipal, sonaba más republicano.

Habría tenido cosas que recuperar allí, si no se hubiera despedido de ellas para siempre.

Tras aquel episodio, Albert no había encontrado nada mejor que un trabajo de hombre anuncio: llevaba colgando dos tablones publicitarios, uno delante y otro detrás, que pesaban un quintal. Los eslóganes pregonaban los precios de La Samaritaine o las bicicletas De Dion-Bouton. Lo obsesionaba volver a encontrarse con Cécile. Vestido con uniforme de carnaval ya había sido bastante duro, pero envuelto en anuncios de Campari se le antojaba insoportable.

Como para tirarse al Sena.

12

El señor Péricourt abrió los ojos cuando tuvo la certeza de estar solo. Menudo jaleo... Todos aquellos exaltados del club, como si desmayarse en público no fuera ya bastante humillante...

Y luego, encima, Madeleine, su yerno, el ama de llaves retorciéndose las manos al pie de la cama, el teléfono que no paraba de sonar en el vestíbulo, y el doctor Blanche con sus gotas, sus pastillas, su voz de cura y sus interminables consejos. Como no encontraba nada, decía que si el corazón, que si el cansancio, que si la fatiga, que si el clima de París, decía lo que se le ocurría, con razón enseñaba en la facultad.

La familia Péricourt poseía un palacete señorial cuya fachada daba al parque Monceau. El señor Péricourt había cedido buena parte a su hija, que, una vez casada, había redecorado a su gusto el segundo piso y se había instalado en él con su marido. El padre vivía arriba del todo, donde había seis habitaciones de las que sólo usaba realmente el gran dormitorio —que también le servía de biblioteca y despacho— y el cuarto de baño, pequeño pero suficiente para un hombre solo. Por lo que a él respectaba, la casa podría haberse reducido a aquel piso. Desde la muerte de su mujer casi no había puesto los pies en las demás estancias, excepto en el monumental comedor de la planta baja. Si de él hubiera dependido, habrían hecho las recepciones en el Voisin, y asunto concluido. Su cama estaba en una alcoba cerrada por una cortina de terciopelo verde oscuro, donde nunca había recibido a una mujer, para esas cosas iba a otra parte, aquel sitio era sólo suyo.

Cuando lo llevaron a casa, Madeleine se había quedado un buen rato sentada pacientemente junto a él. Al final, cuando le cogió la mano, él no pudo aguantarlo.

—Esto parece un velatorio —dijo.

Cualquier otra se habría molestado, pero ella sonrió. Tenían muy pocas oportunidades de verse a solas tanto rato. Realmente no es guapa, se dijo Péricourt. Está muy mayor, pensó su hija.

—Te dejo —dijo Madeleine poniéndose en pie, y señaló el tirador.

El señor Péricourt aprobó con la mirada, sí, de acuerdo, no te preocupes, y ella controló el vaso, la botella de agua, el pañuelo, las pastillas.

—Apaga, por favor —le pidió su padre.

Sin embargo, no tardó en lamentar que se hubiera ido.

De pronto, cuando empezaba a sentirse mucho mejor —el malestar del Jockey ya sólo era un recuerdo—, reconoció aquella opresión que lo había derribado sin avisar. Lo alcanzó a la altura del estómago y se extendió del pecho a los hombros, a la cabeza. El corazón le latía como si fuera a estallarle, como si le faltara sitio; buscó el tirador, pero renunció, algo le decía que no iba a morir, que aún no había llegado su hora.

La estancia se hallaba en penumbra. Miró los anaqueles de la biblioteca, los cuadros, los motivos de la alfombra como si fuera la primera vez que los veía. Se sintió mucho más viejo porque, de pronto, todo a su alrededor, hasta el menor detalle, le parecía nuevo. Experimentó tal opresión, el nudo que le apretaba la garganta se cerró de repente con tal fuerza, que se le humedecieron los ojos. Se echó a llorar. Simples y abundantes lágrimas, una pena como no recordaba haber sentido jamás, sí, tal vez de niño, y que lo aliviaban de alguna manera. Se abandonó, dejó que el llanto fluyera sin avergonzarse, era dulce como un consuelo. Se enjugó la cara con la punta de la sábana y respiró hondo, en vano, pues las lágrimas seguían resbalándole por la cara, continuaba embargado por la pena. Es la senilidad, se dijo, aunque en el fondo no lo creía. Se incorporó y, recostado en las almohadas, cogió el pañuelo de la mesilla y se sonó ocultándose bajo la ropa de la cama, no quería que lo oyeran, que se preocuparan, que acudieran. ¿Que lo vieran llorar? No, no era eso. No le habría gustado, por supuesto, era humillante, un hombre de su edad berreando. Pero sobre todo quería estar solo.

El nudo se aflojó ligeramente, pero todavía le costaba respirar. Poco a poco el llanto se calmó y lo invadió un enorme vacío. Estaba agotado, pero no podía dormir. Siempre había dormido bien, toda la vida, incluso en las circunstancias más difíciles, tras la muerte de su mujer, por ejemplo: no comía, pero dormía profundamente, él era así. Sin embargo, la había querido, una mujer admirable con muchas cualidades. Y morir tan joven, ¡qué injusticia! Sí, para un hombre como él, era raro no conciliar el sueño, incluso preocupante. No es el corazón, se dijo el señor Péricourt, Blanche es un imbécil. Es la angustia. Algo flotaba sobre él, algo pesado, amenazador. Volvió a pensar en el trabajo, en la cita de aquella tarde, trató de recordar. Había estado todo el día raro, mareado desde la mañana. De todas formas, no había sido la discusión con el agente de Bolsa, eso no era para tanto, nada del otro mundo, gajes del oficio; además, en treinta años haciendo negocios se había merendado a decenas de agentes de Bolsa. El último viernes de cada mes tenían la reunión del balance con los banqueros, los intermediarios, todo el mundo firmes ante el señor Péricourt.

Firmes.

La palabra lo dejó anonadado.

Cuando comprendió por qué sufría tanto, las lágrimas volvieron de golpe. Mordió la sábana con fuerza y soltó un largo y ahogado rugido, un rugido rabioso, desesperado, presa de una pena espantosa, desmesurada, como nunca había imaginado que pudiera sentir. Tanto más violenta cuanto que... que no... Le faltaban las palabras, su mente parecía como pulverizada, fulminada por una desgracia inconmensurable.

Lloraba la muerte de su hijo.

Édouard había muerto. Édouard acababa de morir en ese preciso instante. Su hijo pequeño, su niño. Había muerto.

El día de su cumpleaños ni siquiera se había acordado, la imagen había pasado como el viento y todo se había acumulado para explotar ese día.

Había muerto hacía justo un año.

Su inmensa pena se veía multiplicada por el hecho de que, en el fondo, fuera la primera vez que Édouard existía para él. De pronto comprendía cuánto lo había querido, a su pesar, oscuramente. Lo entendía el día en que iba tomando conciencia de aquella intolerable realidad: jamás volvería a verlo.

No, no es sólo eso, le decían las lágrimas, la opresión en el pecho y la espada en la garganta.

Era peor: era culpable de haber recibido la noticia de su muerte como una liberación.

Pasó la noche en blanco, volviendo a ver a Édouard de niño, sonriendo ante recuerdos tan profundamente enterrados que los descubría como si fueran nuevos. No seguía el menor orden, no habría sido capaz de decir si el Édouard con disfraz de angelito (al que él mismo se había añadido unos cuernos de demonio; no se tomaba nada en serio, debía de tener unos ocho años) era anterior al que propició aquella charla con el director del colegio con relación a sus dibujos, sus dibujos, Dios mío, qué vergüenza. Qué talento.

El señor Péricourt no había guardado nada, ni un juguete ni un esbozo ni un óleo ni una acuarela, nada. ¿Y Madeleine? No, nunca se atrevería a preguntárselo.

Y así pasó la noche, los recuerdos, los remordimientos, Édouard por todas partes, niño, adolescente, adulto, y aquella risa, aquella alegría de vivir... Si no se hubiera comportado de aquella forma, si no hubiera tenido aquel gusto permanente por la provocación... Péricourt, que siempre había huido de las expansiones, se sentía incómodo con su hijo. Le venía de su mujer. Al casarse con su fortuna (era una Margis, de las hilaturas Margis), también se había casado con su mentalidad, según la cual ciertas cosas resultaban inconvenientes. Los artistas, por ejemplo. Pero, en el fondo, con el tiempo, el señor Péricourt se habría acostumbrado a la faceta artística de su hijo, al fin y al cabo había mucha gente que llegaba a ser algo en la vida pintando cuadros para los ayuntamientos o el gobierno. No, lo que jamás le había perdonado a su hijo no era lo que hacía, sino lo que era: Édouard tenía una voz demasiado aguda, estaba demasiado delgado, se preocupaba demasiado por su aspecto, hacía gestos demasiado... Saltaba a la vista: era *muy* afeminado. Péricourt nunca había osado pronunciar esa palabra ni en su fuero interno. Se avergonzaba de su hijo incluso delante de sus amigos, porque leía el infamante calificativo en sus labios. Él no era una mala persona, sino un hombre terriblemente herido, humillado. Aquel hijo era un ultraje viviente a unas esperanzas que al señor Péricourt le parecían legítimas. Nunca se lo había contado a nadie, pero el nacimiento de su hija había supuesto una gran decepción. Le parecía normal que un hombre deseara un varón. Entre un padre y un hijo, pensaba, hay una estrecha y secreta alianza, porque el segundo es el continuador del primero, el padre funda y transmite, el hijo recibe y hace fructificar, eso es la vida, desde la noche de los tiempos.

Madeleine era una niña encantadora, la quiso enseguida, pero siguió esperando con impaciencia.

Y el hijo no llegaba. Hubo abortos, penosos incidentes, pasaba el tiempo. Péricourt se volvió incluso irritable. Entonces se presentó Édouard. Por fin. Vio aquel nacimiento como puro producto de su voluntad. Además, su mujer murió poco después, lo que se le antojó una nueva señal. ¡Cuánto se había implicado los primeros años en la educación de su hijo! ¡Cuántas esperanzas albergaba y cuánto lo había sostenido su mera presencia! Más tarde llegó la decepción. Édouard contaba ya ocho o diez años cuando hubo que rendirse a la evidencia. Era un fracaso. Péricourt aún tenía edad de rehacer su vida, pero se negó por amor propio. No estaba dispuesto a condescender con el fracaso. Se encerró en la amargura, en el rencor.

Y ahora que su hijo había muerto (por lo demás, ni siquiera sabía cómo, no lo había preguntado), surgían los reproches: tantas palabras duras, irreparables, tantos semblantes hoscos, tantas manos cerradas, tantas puertas cerradas, Péricourt lo había cerrado todo delante de su hijo, sólo le había dejado abierta la guerra, para que muriera en ella.

Incluso cuando le comunicaron su muerte, no dijo ni media palabra. Revivió la escena. Madeleine destrozada. Él la sujetaba del hombro, le daba ejemplo. Dignidad, Madeleine, dignidad. No podía decirle, porque ni él lo sabía, que aquella desaparición respondía a la pregunta que lo obsesionaba: ¿cómo podía soportar un hombre como yo a un hijo como él? Y ahora se acabó, el paréntesis Édouard acababa de cerrarse, la justicia existía. El equilibrio del mundo se restablecía. Había vivido el fallecimiento de su mujer como una injusticia, era demasiado joven para morir; en cambio, respecto a su hijo, que era aún más joven, no se le había ocurrido esa idea.

El llanto volvió a estremecerlo.

Lloro lágrimas secas, se dijo, soy un hombre seco. Le habría gustado desaparecer también. Por primera vez en su vida, hubiera preferido ser cualquier otra persona.

Por la mañana, sin haber pegado ojo en toda la noche, estaba agotado. Su rostro traslucía su pena pero, como nunca la había exteriorizado, Madeleine no lo entendió y se asustó. Se inclinó hacia él y lo besó en la frente. Lo que el señor Péricourt sentía era inexpresable.

—Voy a levantarme —anunció.

Su hija iba a protestar, pero ante aquel rostro abatido y resuelto, optó por callar y retirarse.

Una hora después, bajó afeitado y vestido, pero no había comido nada, Madeleine reparó en que no se había tomado los medicamentos, estaba débil, con los hombros caídos y la tez blancuzca. Llevaba el abrigo. Para estupefacción de los criados, se sentó en la silla del vestíbulo donde a veces se dejaban los abrigos de las visitas que iban a estar poco tiempo y alzó la mano hacia Madeleine.

—Pide el coche, vamos a salir.

Cuánto decían tan pocas palabras... Madeleine dio las órdenes oportunas, corrió a su habitación y volvió arreglada. Bajo el abrigo gris, llevaba una blusa de satén negro drapeada alrededor de la cintura y un sombrero de campana, también negro. Al verla, Péricourt pensó: me quiere. Me comprende, quería decir.

—Vamos... —le indicó a su hija.

En la acera le dijo a chófer que no lo necesitaría. No solía conducir él mismo, no le gustaba mucho, salvo cuando prefería estar a solas.

Había ido al cementerio una sola vez. Cuando murió su mujer. No había puesto un pie allí cuando Madeleine buscó el cuerpo de su hermano y lo trasladó al panteón familiar. La que había querido «hacerlo volver» había sido ella. Él lo habría dejado donde estaba. Su hijo había muerto por la patria y estaba enterrado con los patriotas, era lo lógico. Pero Madeleine se empeñó. Péricourt le había explicado con firmeza que, «en su posición», dejar que su hija hiciera algo totalmente prohibido era absolutamente impensable; que recurriera a tantos adverbios no era buena señal. Sin embargo, su hija no se dejó impresionar y contestó que le daba igual, que se ocuparía ella, que si pasaba algo bastaría con que dijera que él no estaba al corriente, ella lo confirmaría, se hacía única responsable de todo. Dos días más tarde, Madeleine encontró un sobre con el dinero que necesitaba y una recomendación para el general Morieux.

De noche, repartieron billetes entre todo el mundo: a los vigilantes, al enterrador, al conductor; un obrero abrió la tumba de la familia, entre dos bajaron el ataúd y volvieron a cerrarla. Madeleine rezó unos instantes y, luego, alguien la tomó del codo con insistencia porque rezar así y de noche no era lo mejor, ahora que su hermano estaba allí podía acudir cuando quisiera, pero en esos momentos era preferible no llamar la atención.

El señor Péricourt no se había enterado de nada y no había hecho preguntas. En el coche que los llevaba al cementerio, al lado de su silenciosa hija, pensó en todo lo que había rumiado durante buena parte de la noche. Él, que hasta entonces no había querido saber nada, ahora estaba ávido, habría querido enterarse de todo. Cada vez que pensaba en su hijo le entraban ganas de llorar. Por suerte, la dignidad se imponía inmediatamente.

Para inhumar a Édouard en el panteón familiar, se decía Péricourt, antes tuvieron que desenterrarlo. Sólo de pensarlo, el corazón se le encogía. Trató de imaginarse a Édouard yacente, muerto, pero siempre veía un muerto civil, con traje y corbata, los zapatos lustrados y con velas alrededor. Era ridículo. Negaba con la cabeza, enfadado consigo mismo. Volvía a la realidad. ¿Qué aspecto tenía un cadáver al cabo de tantos meses? ¿Cómo habían procedido? Acudían imágenes, lugares comunes, de los que surgía una pregunta que la noche no había bastado para agotar y que le asombraba no haberse formulado antes: ¿por qué no le había sorprendido que su hijo hubiera muerto antes que él? No era lo natural. Péricourt tenía cincuenta y siete años. Era un hombre rico. Respetado. No había luchado en ninguna guerra. Había tenido éxito en todo, incluso en el matrimonio. Y estaba vivo. Se avergonzaba de ello.

Curiosamente, fue precisamente ese momento el que eligió su hija. Madeleine, sin dejar de mirar desfilar las calles tras la ventanilla, sencillamente posó la mano en la suya, como si lo comprendiera. Me comprende, se dijo Péricourt. Y eso hizo que se sintiera mejor.

Luego estaba lo de su yerno. Madeleine había ido a buscar a su hermano al lugar donde había muerto (¿cómo, exactamente? De eso tampoco sabía nada) y había vuelto de allí con aquel Pradelle, con quien se casó al verano siguiente. Ahora, Péricourt creía ver en ello una extraña correspondencia, que en su momento no le había llamado la atención en absoluto. Relacionaba la muerte de su hijo con la llegada de aquel hombre, al que había tenido que aceptar como yerno. Era inexplicable, como si lo considerara responsable de la muerte de Édouard, era absurdo, pero no podía evitarlo: el uno había aparecido en el momento en que el otro había desaparecido, la relación causa-efecto se establecía de forma automática, es decir, para él, de forma natural.

Madeleine había intentado explicarle cómo había sido su encuentro con el capitán d'Aulnay-Pradelle, lo atento, lo delicado que se había mostrado; pero su padre, sordo, ciego a todo, no la había escuchado. ¿Por qué se había casado su hija con aquel hombre y no con otro? Para él seguía siendo un absoluto misterio. No había entendido nada de la vida de su hijo, nada de su muerte y, en el fondo, tampoco nada de la vida o la boda de su hija. Humanamente, no entendía nada de nada. El vigilante del cementerio había perdido el brazo derecho. Yo soy un inválido del corazón, pensó Péricourt cuando pasaron junto a él.

El cementerio ya estaba lleno de gente. Los vendedores ambulantes no daban abasto, constató Péricourt, como buen hombre de negocios. Los crisantemos, las coronas y los ramos de flores se vendían a centenares: un buen negocio de temporada, tanto más cuanto que ese año el gobierno había querido que todas las conmemoraciones se celebraran el 2 de noviembre, Día de Difuntos, a la misma hora y en toda Francia. El país entero rezaría como un solo hombre. Desde su limusina, Péricourt había entrevisto preparativos, ponían cintas, colocaban vallas, algunas bandas ensayaban (aunque de paisano y en sordina), habían limpiado las aceras y retirado los coches de punto y los particulares. Lo había presenciado todo sin emoción, su dolor era puramente individual.

Aparcó en la entrada. Cogidos del brazo, padre e hija se encaminaron lentamente al panteón familiar. Hacía buen día, un sol frío, amarillento y claro embellecía las flores que ya cubrían las tumbas a ambos lados del sendero. El señor Péricourt y Madeleine habían ido con las manos vacías. A ninguno de los dos se le había ocurrido comprar flores, a pesar de que en la entrada había donde elegir.

El panteón familiar era una casita de piedra con una cruz en el frontón y una puerta de hierro claveteado sobre la que podía leerse FAMILIA PÉRICOURT. La flanqueaban los nombres de los ocupantes, pero sólo a partir de los padres del señor Péricourt, fortuna reciente, menos de un siglo.

Péricourt hundió las manos en los bolsillos de la levita y no se quitó el sombrero. No se le ocurrió. Todos sus pensamientos eran para su hijo, giraban a su alrededor. Las lágrimas volvieron, no sabía que le quedaran, también las imágenes del niño Édouard y luego del joven, y de nuevo echó terriblemente de menos todo lo que antes había odiado, su risa, sus gritos. La noche anterior había revivido escenas olvidadas hacía mucho, que se remontaban a la infancia de Édouard, a la época en que él sólo tenía dudas sobre la verdadera naturaleza de su hijo y en la que podía dejarse llevar por una moderada y reprimida satisfacción ante sus dibujos, de una madurez poco habitual, era cierto. Había vuelto a ver algunos. Édouard había sido un niño de su época, su imaginación estaba poblada por imágenes exóticas, locomotoras, aeroplanos. Un día, Péricourt se quedó boquiabierto ante un dibujo de un coche de carreras captado a toda velocidad con un realismo increíble, como jamás había visto. ¿Qué daba a aquel apunte, a pesar de todo inmóvil, la impresión de un bólido tan rápido que casi parecía volar? Misterio. Édouard tenía nueve años. En sus dibujos siempre había mucho movimiento. Incluso las flores evocaban la brisa. Se acordó de una acuarela, de tema floral precisamente, pero él no entendía nada de eso; a lo sumo podía decir que tenían unos pétalos muy delicados. Y estaban presentadas desde un encuadre muy especial. Pese a su ignorancia en pintura, se había dado cuenta de que allí había algo original. ¿Dónde estarían aquellos dibujos, por cierto? ¿Habría conservado alguno Madeleine? Pero no quería volver a verlos, prefería guardarlos en su recuerdo, que aquellas imágenes no salieran de él. Entre lo exhumado por su memoria, reaparecía especialmente una cara. Édouard había dibujado gran cantidad de rostros, y de todo tipo, con predilección por determinados rasgos que se mostraban recurrentes. Péricourt se preguntó si sería eso lo que se definía como «tener un estilo». Eran rostros muy puros de hombres jóvenes de labios carnosos y nariz más bien prominente, con un profundo hoyuelo en la barbilla y, sobre todo, con una mirada extraña, ligeramente estrábica y seria. Cuántas cosas habría podido contar, ahora que había encontrado las palabras... Pero ¿contárselas a quién?

Madeleine fingió sentir curiosidad por una tumba situada a cierta distancia, se alejó unos pasos y lo dejó solo. Péricourt sacó el pañuelo y se enjugó los ojos. Leyó el nombre de su mujer, Léopoldine Péricourt, de soltera Margis.

El de Édouard no estaba.

El descubrimiento lo dejó atónito.

Claro, si se suponía que su hijo no estaba allí, no era cuestión de grabar su nombre, en fin, parecía evidente, pero para él fue como si el destino le negara el último reconocimiento de una muerte oficial. Sí, había recibido un papel, aquel formulario donde se constataba que había muerto por Francia, pero ¿qué tumba era aquella donde ni siquiera se tenía derecho a leer su nombre? Le dio un montón de vueltas, intentó convencerse de que eso no era fundamental, pero lo que sentía era insoportable.

De repente, leer el nombre de su hijo muerto, leer «Édouard Péricourt», tenía para él una importancia capital, a saber por qué.

Meneó la cabeza a derecha e izquierda.

Madeleine había vuelto a su lado. Lo cogió del brazo y regresaron a casa.

Pasó el sábado contestando llamadas de personas cuyo destino dependía de su salud. Entonces, señor Péricourt, ¿está mejor?, le decían. O: ¡Nos ha dado un buen susto, amigo mío! Él respondía secamente. Para todos, era señal de que las cosas volvían a la normalidad.

El señor Péricourt dedicó el domingo a descansar, beber infusiones y tomarse algunas de las medicinas prescritas por el doctor Blanche. También se puso a ordenar diversos papeles y encontró en la bandeja de plata, junto al correo, un paquete envuelto con papel femenino que le había dejado Madeleine. Contenía un cuaderno y una carta manuscrita ya abierta, antigua.

La reconoció de inmediato, se bebió el té, la cogió, la leyó varias veces. Se detuvo largo rato en el párrafo en que el compañero de Édouard relataba su muerte:

> *...ocurrida cuando nuestra unidad atacaba una posición boche de importancia capital para la Victoria. Édouard, que solía estar en primera línea, fue alcanzado en pleno corazón por una bala y murió en el acto. Puedo asegurarle que no sufrió. Su hijo, que siempre se refería a la defensa de la Patria como un deber superior, tuvo la satisfacción de morir como un héroe.*

Péricourt era un hombre de negocios, presidente de bancos, factorías coloniales y sociedades industriales y, en consecuencia, sumamente escéptico. No se creía una sola palabra de aquella leyenda tejida ex profeso para la ocasión, que parecía una estampa destinada sobre todo a consolar a las familias. El compañero de Édouard tenía buena caligrafía, pero había usado un lápiz, y la carta envejecía, el texto estaba condenado a borrarse, como una mentira mal urdida que no engaña a nadie. Volvió a plegarla, la metió en el sobre y la guardó en un cajón de su escritorio.

A continuación abrió el cuaderno, que estaba muy gastado y con la goma que sujetaba las tapas de cartón deformada. Parecía que hubiera dado la vuelta al mundo tres veces, como el bloc de notas de un explorador. Al instante comprendió que se trataba de los dibujos de su hijo. Soldados en el frente. Sabía que no podría hojearlo entero, que necesitaba tiempo para afrontar aquella realidad y su aplastante sentimiento de culpa. Se detuvo ante la imagen de un soldado con casco y completamente equipado, sentado con las piernas separadas y extendidas, los hombros caídos y la cabeza un poco gacha, en actitud desfallecida. Si no llevara bigote, se dijo, podría ser Édouard. ¿Habría envejecido mucho aquellos años de guerra, en que no lo había visto? ¿Se habría dejado bigote, como tantos otros soldados? ¿Cuántas veces le escribí?, se preguntó. Todos aquellos dibujos a lápiz azul... ¿Sería lo único que tenía para dibujar? Madeleine le mandaría paquetes, ¿no? Al pensarlo, se disgustó, recordaba haberle dicho a una de sus secretarias, la que tenía un hijo en el frente, desaparecido el verano de 1914: «No olvide enviarle un paquete a mi hijo.» La evocó cuando había regresado a su escritorio, transfigurada. El tiempo que duró la contienda, aquella mujer le había mandado paquetes a Édouard como si fuera su propio hijo, he preparado un paquete, se limitaba a decir, y él le daba las gracias, cogía un papel y escribía: «Para ti, mi querido Édouard.» Luego dudaba cómo firmar. «Papá» habría estado fuera de lugar, «Sr. Péricourt» habría sido ridículo. Ponía sus iniciales.

Volvió a mirar a aquel soldado exhausto, abatido. Nunca sabría lo que había vivido su hijo realmente, tendría que conformarse con las historias de otros, la de su yerno, por ejemplo, historias heroicas una vez más, tan falsas como la carta del compañero de Édouard, no tendría más que eso, mentiras, ya nunca sabría nada de su hijo. Todo había muerto. Cerró el cuaderno y se lo guardó en el bolsillo interior de la chaqueta.

Aunque jamás lo habría dejado entrever, a Madeleine la había sorprendido la reacción de su padre. La repentina visita al cementerio, aquellas lágrimas, tan inesperadas... La falla que separaba a Édouard de su padre siempre le había parecido una realidad geológica fijada desde el origen de los tiempos, como si fueran dos continentes situados en diferentes placas tectónicas que no podían encontrarse sin provocar un cataclismo. Madeleine siempre había asistido a todo, lo había vivido todo. A medida que Édouard crecía y se hacía mayor, lo que sólo habían sido dudas y luego sospechas por parte de su padre se había convertido ante sus ojos en rechazo, animadversión, repulsa, cólera, repudio. Édouard había seguido el camino inverso: lo que al principio sólo era petición de afecto, necesidad de protección, poco a poco había derivado en provocaciones, en estallidos.

En declaración de guerra.

Porque, en realidad, la guerra en la que Édouard había encontrado la muerte había estallado muy pronto, en el seno mismo de la familia, entre un padre estricto como un alemán y un hijo seductor, superficial, bullicioso y encantador. Había empezado con discretos movimientos de tropas —Édouard tendría ocho o nueve años— que delataban la inquietud de ambos bandos. El padre se había mostrado preocupado primero y atormentado después. Dos años más tarde, a medida que el hijo crecía, ya no había lugar a dudas. El señor Péricourt se había vuelto frío, distante, despectivo. Y Édouard, tempestuoso, indomable.

A partir de entonces, el distanciamiento no había hecho más que ahondarse, hasta transformarse en silencio, un silencio que Madeleine no podía fechar con exactitud. Ambos acabaron por no hablarse, renunciando a discutir y enfrentarse, optando por una animadversión muda, por la indiferencia fingida. Madeleine tenía que remontarse mucho para tratar de acordarse del momento en el cual se había roto el equilibrio de aquel conflicto solidificado en un estado de guerra civil larvada, en una sucesión de escaramuzas, pero era en vano. Seguramente, había habido un desencadenante, aunque no lo había descubierto. Un día —Édouard debía de tener doce o trece años—, Madeleine se dio cuenta de que padre e hijo únicamente se comunicaban a través de ella.

Madeleine se había pasado la adolescencia representando el papel del diplomático que, entre dos enemigos jurados, debe prestarse a todos los compromisos, escuchar los agravios de unos y otros, calmar los ánimos, desactivar las constantes veleidades de pugilato. A fuerza de ocuparse de los dos hombres, no se había dado cuenta de que estaba volviéndose fea. No realmente fea, sino corriente, a una edad en que ser corriente es ser menos bonita que muchas otras. Siempre rodeada de chicas guapas —los ricos se casan con mujeres hermosas que les dan hijos preciosos—, un día empezó a destacar por su físico mediocre. Tendría dieciséis, diecisiete años. Su padre la besaba en la frente, la veía, pero no la miraba. En aquella casa no había ninguna mujer para decirle lo que tenía que hacer, cómo arreglarse, ella debía intuirlo, observar a las demás, copiarlas, siempre un poco peor. Y encima esas cosas no la atraían demasiado. Veía que su juventud, lo que podría haber sido su belleza, o al menos su carácter, se deshacía, se deshilachaba, porque nadie se ocupaba de ella. Tenía dinero, dinero a los Péricourt les sobraba, incluso lo suplía todo, así que pagó a más maquilladoras, manicuras, esteticistas y modistas de las que habría necesitado. Madeleine no era un adefesio, sino una chica sin amor. El hombre del que esperaba una mirada de aprobación, el único que podía darle algo de la seguridad que necesitaba para convertirse en una joven feliz, era un hombre ocupado, ocupado como puede decirse de un territorio, ocupado por el enemigo, los negocios, los adversarios que había que vencer, las sesiones de la Bolsa, las influencias políticas y, en menor medida, un hijo al que ignorar (empresa que le quitaba mucho tiempo). En definitiva, esas cosas que, cuando ella había cambiado de peinado o estrenaba vestido, le hacían comentar: «¡Ah, Madeleine! ¿Estabas ahí? No te había visto... Anda, cariño, vete al salón, tengo mucho trabajo.»

Y junto a ese padre amante pero poco expansivo, estaba Édouard, Édouard el exuberante, diez años, doce, quince, desbordante, Édouard el apocalíptico, el disfrazado, el actor, el extravagante, el desaforado, la llama, la creatividad, estaban los dibujos de un metro de alto en las paredes, que hacían gritar al servicio, reír a las ruborizadas criadas, que se tapaban la boca al pasar por el corredor, porque el señor Péricourt, representado como turgente demonio que se agarraba el miembro con ambas manos, era de un realismo y una fidelidad increíbles. Madeleine se enjugaba las lágrimas de risa y llamaba enseguida a los pintores. El señor Péricourt llegaba, se extrañaba de la presencia de los trabajadores, su hija le explicaba, un accidente casero, nada grave, papá, tenía dieciséis años, él decía, gracias, cariño, muy aliviado de que alguien se encargara de la casa, del día a día, no puede estar uno en todo.

Porque no le quedaba nada por probar, niñeras, gobernantas, in-
tendentes, *au pairs*... Pero nada había funcionado, todo el mundo
se marchaba, ¡qué niño! Este Édouard tiene algo demoníaco, no
es normal, se lo aseguro. «Normal», la gran palabra a la que se
había agarrado Péricourt porque tenía sentido para designar una
filiación que no lo tenía.

La hostilidad hacia Édouard se había vuelto tan visceral —y
por motivos que Madeleine comprendía muy bien: Édouard era
como mínimo afeminado, cuántas veces había intentado ella entre-
narlo para que se riera «con normalidad» en sesiones que siempre
acababan en lágrimas...— que al final se alegró de que aquellos dos
continentes no llegaran a encontrarse. Mejor así.

Cuando comunicaron a la familia que Édouard había muerto,
Madeleine aceptó el silencioso alivio de su padre, primero, porque
ahora éste era lo único que le quedaba (como puede observarse,
tenía rasgos de la princesa María Bolkonskaya), y, después, porque
la guerra había acabado: aunque acabe mal, por lo menos acaba.
Meditó sosegadamente su deseo de recuperar el cuerpo de su hermano. Lo echaba mucho de menos, saber que estaba tan lejos,
como en un país extranjero, le rompía el corazón. No era posible,
el gobierno se oponía. Maduró la idea, pero cuando se decidió
(una vez más, actuó como su padre), ya nada pudo detenerla. Se
informó, llevó a cabo las discretas gestiones que se imponían, buscó gente, organizó el viaje, fue —contra la voluntad y, después, sin
el consentimiento de su padre— a buscar el cuerpo de su hermano
a donde había muerto y lo enterró en el lugar en que un día la
enterrarían también a ella. Después, se casó con el apuesto capitán
d'Aulnay-Pradelle, al que conoció entretanto. Cada cual sienta la
cabeza como puede.

Pero si juntaba el desmayo de su padre en el Jockey Club y su
posterior abatimiento, tan impropio de él, con su repentina y sorprendente decisión de ir al cementerio, que jamás pisaba, y, por
último, con sus lágrimas, Madeleine se inquietaba. Sufría por él.
Terminada la guerra, los enemigos habrían podido reconciliarse,
sólo que uno de los dos había muerto. Así que hasta la paz resultaba vana. Ese mes de noviembre de 1919, la casa estaba muy
triste.

• • •

A última hora de la mañana, Madeleine subió la escalera y llamó a la puerta del despacho de su padre, al que encontró de pie ante la ventana, pensativo. Pasaba gente con crisantemos, y de vez en cuando llegaban ecos de música militar. Al verlo tan ensimismado, para hacerle pensar en otras cosas, su hija le propuso que comieran juntos. Él aceptó, aunque era evidente que no tenía hambre, porque no probó bocado, apartó los platos sin tocarlos y se limitó a beberse medio vaso de agua, pensativo.

—Escucha...

Madeleine se limpió los labios y lo miró con aire interrogante.

—El compañero de tu hermano, ese...

—Albert Maillard.

—Sí, eso... —murmuró él, fingiendo estar distraído—. ¿Le hemos...?

Ella aprobó sonriendo y asintió, como para animarlo.

—¿Dado las gracias? Sí, claro que sí.

Péricourt se quedó callado. Esa forma de comprender antes que él lo que sentía, lo que quería expresar, era una fuente constante de exasperación, hacía que le entraran ganas de volverse a su vez como el príncipe Nicolás Bolkonsky.

—No —murmuró al fin—, quería decir que tal vez podríamos...

—Invitarlo —completó su hija—. Por supuesto, es muy buena idea.

Callaron largo rato.

—Evidentemente, no conviene...

Casi divertida, Madeleine arqueó una ceja y, esta vez, esperó en vano a que continuara. Ante los consejos de administración, Péricourt podía interrumpir a quien fuera con un simple parpadeo. Frente a su hija, ni siquiera conseguía acabar las frases.

—Claro que no, papá —respondió la joven sonriendo—. No conviene llamarlo a voces.

—No le importa a nadie —confirmó él.

Con «nadie» se refería a «tu marido». Madeleine lo comprendía, aquello no era asunto de Henri. Péricourt se levantó, dejó la servilleta en la mesa y, sonriendo vagamente a su hija, se dirigió a la puerta.

—¡Ah, por cierto! —exclamó deteniéndose un instante, como si acabara de acordarse de algo—. Llama a Labourdin, ¿quieres? Que venga a verme.

Cuando decía las cosas de esa manera, era que corrían prisa.

Dos horas después, Péricourt recibía a Labourdin en el inmenso, imponente e imperial salón. Cuando el alcalde de distrito entró, su anfitrión no fue a su encuentro ni le estrechó la mano. Se quedaron de pie. Labourdin estaba exultante. Como siempre, se había dado prisa, impaciente por prestar un servicio, por mostrarse útil, obsequioso, obsecuente. ¡Ay, cómo le habría gustado ser una mujer de vida alegre!

—Querido amigo...

Siempre empezaba así. Labourdin ya estaba en ascuas. Lo necesitaban, iba a ayudar. Péricourt sabía que su yerno se aprovechaba de algunas de sus relaciones y que Labourdin había sido nombrado para la Comisión de Adjudicación que se encargaba del asunto de los cementerios militares. No lo había seguido de cerca, se había contentado con tomar nota de la información que iba llegándole, pero estaba al tanto de lo esencial. De todas formas, cuando necesitara saber más, Labourdin se lo contaría todo. De hecho, el alcalde, convencido de que ése era el motivo de la entrevista, estaba listo para hablar.

—Su proyecto del monumento conmemorativo... —dijo Péricourt—, ¿cómo va?

Sorprendido, Labourdin chasqueó los labios y abrió sus ojillos de perdiz.

—Mi querido presidente...

Llamaba «presidente» a cualquiera, porque ahora cualquiera presidía algo; era como *dottore* en Italia, y a Labourdin le gustaban las soluciones sencillas y prácticas.

—Para serle sincero... —Estaba azarado.

—Eso es —lo animó Péricourt—, sea sincero, es siempre lo mejor.

—Pues bien... —Labourdin no tenía suficiente imaginación para mentir, ni siquiera mal, así que soltó—: ¡No va!

Y asunto concluido.

Hacía casi un año que el proyecto le quemaba en las manos. Porque lo de un soldado desconocido en el Arco de Triunfo el próximo año a todos les parecía bien, aunque insuficiente. Los vecinos del distrito y las asociaciones de excombatientes querían un monumento para ellos solos. Todo el mundo lo exigía, se había votado en el Consejo.

—¡Incluso se ha nombrado a gente! —Eso indicaba hasta qué punto se lo había tomado en serio el alcalde—. Pero los obstáculos, mi querido presidente, los obstáculos... ¡No se hace una idea!

Eran tantas las dificultades que estaba sin resuello. Primero, de tipo técnico. Había que organizar la suscripción, abrir un concurso y, por tanto, reunir un jurado, y encontrar un sitio, pero ya no había sitio en ninguna parte, sin contar con que el proyecto se había evaluado.

—¡Y es que estas cosas cuestan un riñón!

Las discusiones no tenían fin y siempre había algo que los retrasaba, los unos querían un monumento más imponente que el del distrito de al lado, los otros, una placa conmemorativa, o un fresco, cada cual tenía su opinión y alegaba su experiencia... Superado por las disensiones y los interminables debates, Labourdin había pegado un puñetazo en la mesa, se había encasquetado el sombrero y había ido a consolarse al burdel.

—Porque, sobre todo, es cuestión de dinero, ¿comprende? Las arcas, como usted bien sabe, están vacías. Así que todo depende de la suscripción popular. Pero ¿cuánto se podrá reunir? Supongamos que sólo se consigue la mitad de lo que cuesta el monumento. ¿De dónde sacaremos la otra? ¡Tendremos que empeñarnos nosotros!

Labourdin dejó transcurrir un segundo cargado de significado para que el señor Péricourt pudiera extraer la trágica conclusión.

—No podremos decirles: «Tengan su dinero, que ya no se hace nada», ¿comprende? Por otro lado, si no se reúne suficiente dinero y se erige algo ridículo, ante los electores todavía sería peor, ¿comprende?

Péricourt lo comprendía muy bien.

—Se lo juro —concluyó Labourdin, abrumado por la dimensión de la tarea—, parece sencillo, pero en realidad es in-fer-nal.

Ya lo había explicado todo. Se subió la cinturilla del pantalón, como si dijera: «Ahora me tomaría algo.» Péricourt fue consciente de hasta qué punto despreciaba a aquel hombre, que sin embargo, en ocasiones, tenía unos reflejos asombrosos. Como ejemplo, valga esta pregunta:

—Pero usted, presidente... ¿por qué quería saberlo?

A veces los imbéciles son sorprendentes. No era una pregunta tonta, puesto que Péricourt no vivía en su distrito. Entonces, ¿por qué se interesaba por el monumento? Era una intuición muy acertada, lúcida y, viniendo de Labourdin, la prueba de que se trataba de un pensamiento accidental. Con alguien inteligente, sobre todo con alguien inteligente, el señor Péricourt jamás se habría dejado llevar por la sinceridad, de la que, por otra parte, habría sido incapaz, así que cómo iba a hacerlo ante semejante cretino... Además, aunque hubiera querido, era una historia demasiado larga.

—Quisiera tener un detalle —respondió secamente—. Costearé su monumento. Íntegramente.

Labourdin abrió la boca, parpadeó... Bueno, bueno, bueno...

—Busque un sitio —continuó Péricourt—, si hace falta derribar algo, que lo derriben. Que sea bonito, ¿de acuerdo? Costará lo que cueste. Convoque un concurso, reúna un jurado para guardar las formas, pero quien decide soy yo, que para eso pago. En cuanto a la publicidad del asunto...

Péricourt tenía a la espalda una carrera de banquero, la mitad de su fortuna le venía de la Bolsa, la otra, de la explotación de diversas industrias. Le habría resultado fácil, por ejemplo, meterse en política, como muchos de sus iguales, aunque no habían ganado nada con ello. Su éxito personal se basaba en su habilidad, le repugnaba que dependiera de circunstancias tan inciertas, tan estúpidas a veces, como unas elecciones. Además, no tenía madera. Para ser político, se requiere ante todo ego. No, lo suyo era el dinero. Y al dinero le gusta la oscuridad. Para él, la discreción era una virtud.

—En cuanto a la publicidad, lógicamente no quiero. Funde una sociedad benéfica, o una asociación, lo que mejor le venga, y yo la dotaré con lo que haga falta. Le doy un año. Quiero que se inaugure el próximo 11 de noviembre. Con los nombres de todos los caídos del distrito grabados en él. ¿Estamos? De todos.

Mucha información de una sola vez: Labourdin tardó en asimilarla. Cuando consiguió ordenarla y comprendió lo que le quedaba por hacer y la prisa que tenía el presidente por ser obedecido, Péricourt ya estaba extendiendo la mano. Azarado, Labourdin se confundió y, a su vez, tendió la mano en el vacío, porque Péricourt se limitó a darle unas palmaditas en la espalda y volver a sus habitaciones.

Absorto en sus pensamientos, el señor Péricourt se detuvo ante la ventana y miró la calle sin verla. Édouard no tenía su nombre en el panteón familiar.

Muy bien, entonces erigiría un monumento. A su medida.

Su nombre estaría en él, rodeado por los de todos sus compañeros.

Se lo imaginaba en una plaza preciosa.

En el corazón del distrito donde había nacido.

13

Bajo una lluvia pertinaz, con la caja de zapatos bajo el brazo y la mano izquierda vendada, Albert empujó la verja que daba al pequeño patio, donde se amontonaban jambas de puerta, ruedas, capotas desgarradas de simón, sillas rotas y todo tipo de trastos, a saber qué hacían allí o para qué servían. Todo estaba lleno de barro, pero Albert ni siquiera intentó pisar en los adoquines estratégicamente distribuidos por el patio, porque, después de la última inundación, habían quedado tan alejados entre sí que habría que haber dado saltos circenses para no mojarse. Sus últimas botas de agua habían pasado a mejor vida y, de todas formas, ejecutar pasos de danza con aquella caja de zapatos llena de ampollas de cristal... Cruzó el patio de puntillas y llegó al pequeño edificio cuyo primer piso había sido acondicionado para arrendarlo a doscientos francos; una ganga, teniendo en cuenta los precios de los alquileres en París.

Se habían instalado allí en junio, poco después del retorno de Édouard a la vida civil.

Ese día, Albert había ido a buscarlo al hospital. A pesar de su precaria economía, optó por tomar un taxi. Desde que había acabado la guerra, se veían muchos mutilados de todo tipo —la contienda se había mostrado muy imaginativa también en ese aspecto—, pero la aparición de aquel golem renqueando sobre una pierna tiesa y con un boquete en mitad de la cara asustó al taxista, un ruso. El propio Albert se quedó petrificado, pese a haber visitado a su compañero en el hospital todas las semanas. Pero dentro no producía el mismo efecto que en el exterior. Era como si hubieran soltado a un animal del zoo en plena calle. Hicieron todo el trayecto sin decir una palabra.

Édouard no tenía adónde ir. En aquellos momentos, Albert vivía en una habitación exigua, una buhardilla atravesada por corrientes de aire en un sexto piso, con el retrete y un grifo de agua fría en el rellano. Se lavaba en una palangana y, en cuanto podía, acudía a los baños públicos. Édouard entró en la buhardilla, que pareció no ver, se sentó en una silla cerca de la ventana, miró la calle y el cielo, y encendió un cigarrillo con la aleta derecha de la nariz. Albert comprendió enseguida que ya no se movería de allí y que cargar con él iba a convertirse rápidamente en la razón de su vida cotidiana.

La convivencia fue difícil desde el principio. Édouard, desgarbado y esquelético —lo único más delgado a la vista era un gato gris que pasaba a veces por los tejados—, ocupaba él solo la mitad de la habitación. Ya era pequeña para uno, así que, siendo dos, vivían en una intimidad casi tan estrecha como en la trinchera. Muy perjudicial para la moral. Édouard dormía en el suelo sobre una manta y se pasaba el día fumando, con la pierna tiesa extendida ante él y los ojos hacia la ventana. Antes de irse, Albert le dejaba preparados los ingredientes de la comida, la pipeta, la goma, el embudo... Édouard unas veces los tocaba, otras no. Se quedaba en el mismo sitio todo el día, como una estatua de sal. Parecía dejar que la vida escapara de él como la sangre de una herida. La convivencia con la desgracia resulta tan agotadora que Albert empezó a buscarse excusas para salir. En realidad, sólo iba a comer a la taberna de Duval, porque intentar darle palique a alguien tan lúgubre como Édouard le hundía la moral.

Se asustó.

Le preguntó a Édouard sobre su futuro. ¿Adónde pensaba ir? Pero la conversación, iniciada muchas veces, acababa en cuanto Albert reparaba en el abatimiento de su compañero y en sus ojos humedecidos, la única cosa viva en aquel desesperante cuadro, una mirada de desamparo que traslucía total impotencia.

Así que Albert comprendió que ahora recaía sobre él la plena y absoluta responsabilidad de Édouard, y por una buena temporada, hasta que estuviera mejor, recuperara las ganas de vivir y volviera a hacer planes. Calculó esa convalecencia en unos cuantos meses, pues se negaba a aceptar que el mes no fuera la unidad de medida.

Le llevó papel y lápices de colores. Édouard esbozó un gesto de agradecimiento, pero no llegó a abrir el paquete. No era un gorrón ni un aprovechado, sino un envoltorio vacío, sin deseos ni ilusiones, y casi parecía que sin ideas. Si lo hubiera dejado atado debajo de un puente, como a un animal doméstico del que uno quiere deshacerse, y hubiera echado a correr, Édouard ni siquiera le habría guardado rencor.

Albert había oído hablar de la «neurastenia», se informó, preguntó aquí y allá, le mencionaron los términos «melancolía», «depresión», «lipomanía», pero ninguno le fue de mucha utilidad. Lo fundamental saltaba a la vista: Édouard aguardaba la muerte y, tardara lo que tardase, era la única solución posible, menos que un cambio, la simple transición de un estado a otro, aceptada con resignada paciencia, como esos silenciosos e impotentes ancianos a quienes se acaba por no ver y que ya sólo sorprenden el día en que se mueren.

Albert le hablaba sin cesar, es decir, hablaba solo, como un viejo en su cuchitril.

—Fíjate si tengo suerte... —le decía mientras le preparaba su mezcla de huevo y caldo de carne—. Como interlocutor, habría podido dar con un mala sombra que siempre me llevara la contraria.

Hacía de todo para alegrarlo, porque confiaba en que su estado mejoraría de ese modo y para descifrar lo que, desde el primer momento, había sido una incógnita para él: ¿cómo se las arreglaría Édouard el día en que quisiera reírse? En el mejor de los casos emitía unos gorgoteos bastante agudos, una especie de gárgaras que incomodaban y daban ganas de ayudarle, como cuando se pronuncia una palabra ante un tartamudo que se ha atascado en una sílaba. Irritaba bastante. Por suerte, Édouard lo hacía poco, porque parecía cansarlo más que otra cosa. Pero Albert no conseguía olvidarse de lo de la risa. Por lo demás, no era la única idea que lo obsesionaba desde lo del enterramiento. Aparte de la tensión, la inquietud permanente y el miedo a todo lo que podía pasarle, había fijaciones a las que daba vueltas hasta la extenuación, como ya le pasó con la manía de recomponer la cabeza del caballo. Había enmarcado el dibujo de Édouard, sin reparar en gastos. Era la única decoración de la buhardilla. A veces, para animar a su amigo a retomar el lápiz y el papel o simplemente mantenerse ocupado, se plantaba delante del cuadro con las manos en los bolsillos y lo admiraba con exageración, diciendo que sí, que estaba claro, Édouard tenía verdadero talento, y si hubiera querido... Pero de nada servía: Édouard encendía otro cigarrillo con la aleta izquierda o derecha de la nariz y se ensimismaba en la contemplación de los tejados de cinc y las chimeneas que formaban lo esencial del paisaje. No tenía ganas de nada, no había hecho ningún plan en todos aquellos meses en el hospital, en los que había empleado la mayor parte de su energía en oponerse a las exhortaciones de los médicos y los cirujanos, no sólo porque rechazara su nuevo estado, sino también porque no conseguía imaginar el día de mañana, el futuro. El tiempo se había detenido bruscamente con el trozo de metralla. Édouard estaba peor que un reloj estropeado, que al menos da la hora exacta un par de veces al día. Tenía veinticuatro años y, un año después del accidente, no había conseguido volver a ser ni remotamente el que fue. Recomponer algo.

Había permanecido mucho tiempo tenso, agarrotado en una actitud de ciega resistencia, como otros soldados, según decían, se quedaban inmovilizados en la postura en que los habían encontrado, doblados, aovillados, torcidos, era increíble lo que aquella guerra había podido inventar. Todo su rechazo se había plasmado en la figura del doctor Maudret, un gilipollas redomado, en su opinión, a quien los pacientes le interesaban menos que la medicina y los avances de la cirugía. Seguramente, era falso y cierto a la vez, pero Édouard no estaba para matices, tenía un agujero en plena cara y no se hallaba de humor para sopesar los pros y los contras. Se aferraba a la morfina, empleaba toda su energía en conseguir que se la recetaran rebajándose a argucias indignas de él, a súplicas, trampas, exigencias, mentiras o hurtos. Tal vez pensaba que la morfina acabaría matándolo, pero ¡qué va!, cada vez necesitaba más, y, cansado de oír que lo rechazaba todo, injertos, prótesis, aparatos, el doctor Maudret había acabado echándolo a la calle. Se desvive uno por estos tipos, les ofrece los últimos adelantos de la cirugía, y ellos nos miran como si fuéramos nosotros quienes hubiéramos disparado el obús mientras prefieren quedarse como están. Sus colegas psiquiatras (el soldado Larivière había visto a varios, pero, tozudo, cerrado, jamás les respondía) tenían teorías sobre el obstinado rechazo de ese tipo de heridos; indiferente a las explicaciones, el doctor Maudret se encogía de hombros: quería dedicar su tiempo y sus conocimientos a muchachos que se merecieran tanto esfuerzo. Firmó su alta sin dignarse mirarlo.

Édouard abandonó el hospital con unas cuantas recetas, una minúscula dosis de morfina y un montón de papeles a nombre de Eugène Larivière. Horas después, se sentaba en una silla delante de la ventana de la diminuta buhardilla de su compañero, y el mundo se le caía encima, como si acabara de entrar en su celda tras ser condenado a perpetuidad.

Aunque no conseguía hilvanar dos ideas, Édouard oía a Albert hablarle de la vida diaria e intentaba concentrarse, sí, claro que había que pensar en el dinero, era cierto, qué iba a ser de él ahora, qué iba a hacer consigo mismo, pero no conseguía pasar de la mera constatación, su mente se escurría como por los agujeros de un colador; luego, cuando volvía en sí, ya era de noche, y Albert regresaba de trabajar, o había pasado media jornada ya y el cuerpo le reclamaba su inyección. Aun así, se esforzaba, apretaba los puños e intentaba realmente imaginar lo que pasaría, pero no servía de nada, su mente, fluida, se escapaba por el menor intersticio, huía de inmediato, dejando el campo libre a interminables cavilaciones. Su pasado fluía como un río, sin orden ni concierto. Quien aparecía a menudo era su madre. Apenas recordaba nada de ella, y se aferraba obstinadamente a lo poco que afloraba, vagas reminiscencias concentradas en sensaciones, un perfume almizclado que intentaba recuperar, su tocador rosa, con el puf de borlas y las cremas, los cepillos, el aterciopelado satén al que se agarró un día que ella se había inclinado hacia él, o el medallón de oro que le abría para que él lo viera, agachándose a su lado, como en secreto. En cambio, de su voz, sus palabras o su mirada no rescataba nada. Su madre se había evaporado de su recuerdo, corriendo la misma suerte que toda la gente a la que había conocido. El descubrimiento lo dejó anonadado. Desde que no tenía rostro, todos los rostros se habían borrado. El de su madre, el de su padre, los de sus compañeros de colegio, sus amantes, sus profesores, el de Madeleine... También su hermana reaparecía a menudo. A falta de la cara, quedaba su risa. No conocía ninguna tan cristalina, había hecho locuras para oírla reír, aunque no era tan difícil: un dibujo, un par de muecas, la caricatura de un criado —el servicio también reía, pues se veía a la legua que el chico no tenía maldad— y, sobre todo, los disfraces, para los que tenía mucha gracia y a los que era muy aficionado, afición que no tardó en virar al travestismo. Pero ante el espectáculo del maquillaje, la risa de Madeleine se volvía forzada, no por ella, no, sino «por papá», decía, si viera esto... Madeleine trataba de vigilarlo todo, hasta el menor detalle. A veces la situación se le escapaba de las manos, y entonces tenían cenas glaciales, penosas, porque Édouard bajaba fingiendo haberse olvidado de quitarse el rímel. En cuanto se daba cuenta, el señor Péricourt se levantaba, dejaba la servilleta sobre la mesa y le pedía a su hijo que la abandonara, pero por qué, exclamaba Édouard con fingido desconcierto, qué he hecho. Pero ahora ya nadie reía.

Todos esos rostros, incluido el suyo, habían desaparecido, no quedaba ninguno. En un mundo sin rostro, ¿a qué podía aferrarse, contra quién podía luchar? Para él, el mundo ya no era más que un universo de figuras decapitadas donde, en compensación, las dimensiones de los cuerpos se habían duplicado, como las de su padre, enormes. Las sensaciones de su primera infancia emergían como burbujas, ya fuera el delicioso escalofrío del miedo mezclado con la admiración al contacto con su padre, ya fuera la forma en que decía «¿Verdad, hijo mío?», sonriendo y poniéndolo por testigo en conversaciones de adultos y respecto a cosas que no comprendía. Era como si su imaginación se hubiera empobrecido, se limitara ahora a contener imágenes convencionales. Por ejemplo, su padre aparecía a veces precedido de una enorme y densa sombra, como el ogro en los cuentos infantiles. ¡Y su espalda! Aquella ancha y terrible espalda, que le había parecido gigantesca hasta que fue tan alto como él y acabó sobrepasándolo, aquella espalda que, por sí sola, sabía expresar tan bien la indiferencia, el desprecio, el disgusto.

El odio que en otros tiempos había sentido por su padre se había esfumado. Ambos habían acabado coincidiendo en un desprecio recíproco. La vida de Édouard se desmoronaba porque ya ni siquiera la sostenía el odio. Esa guerra también la había perdido.

Así pasaba los días, dando vueltas a imágenes y penas, mientras Albert se marchaba y volvía. Cuando había que hablar (Albert siempre quería hablar), Édouard emergía de sus ensoñaciones, ya eran las ocho, ni siquiera había encendido la luz. Albert no paraba, charlaba animadamente, y lo que siempre acababa comentando eran sus problemas de dinero. Todos los días se lanzaba al asalto de los barracones Vilgrain, que el gobierno había montado para los más desfavorecidos, pero por lo visto todo desaparecía a una velocidad de vértigo. Nunca mencionaba el precio de la morfina, era su forma de mostrarse delicado. Hablaba del dinero en general, pero en tono casi alegre, como si se tratara de un aprieto momentáneo del que más adelante se reirían, del mismo modo que, en el frente, para darse valor, a veces hacían de la guerra una simple variante del servicio militar, un penoso deber que al final dejaría buenos recuerdos.

Según Albert, la cuestión económica se arreglaría pronto, sólo era cuestión de días, la pensión de invalidez de Édouard aliviaría la carga financiera, permitiría subvenir a las necesidades del amigo. Un soldado que había sacrificado su vida por la patria y nunca podría retomar una actividad normal, uno de aquellos que habían ganado la guerra, que habían puesto a Alemania de rodillas... Era un tema del que Albert jamás se cansaba, y sumaba la prima de desmovilización, el peculio, la invalidez, la pensión de mutilado...

Édouard negó con la cabeza.

—¿Cómo que no? —le preguntó Albert.

Ya está, pensó, Édouard no había hecho las gestiones, no había rellenado ni enviado la documentación.

—Ya lo haré yo, grandullón —le dijo—, no te preocupes.

Édouard volvió a negar. Y como Albert seguía sin comprender, cogió la pizarra de conversación y la tiza y escribió: «Eugène Larivière.»

Albert frunció el ceño. Entonces Édouard se levantó y sacó de su mochila un arrugado impreso titulado «Constitución de un expediente de invalidez o pensión», que incluía una lista de los documentos que había que presentar para su examen ante una comisión. Albert se detuvo en las líneas subrayadas en rojo por el propio Édouard: certificado de la causa de la herida o la enfermedad, relación de los primeros registros médicos de incorporación y enfermería, fichas de evacuación, volantes de primera hospitalización...

Fue un shock terrible.

Pero era lógico. No existía ningún Eugène Larivière registrado como herido en la cota 113 y hospitalizado. Sin duda, existiría un Édouard Péricourt, evacuado y fallecido a causa de sus heridas, y también un Eugène Larivière trasladado a París, pero la menor investigación administrativa demostraría que aquella historia no se sostenía, que el herido hospitalizado, Édouard Péricourt, no era el mismo que aquel Eugène Larivière que había sido dado de alta dos días después para ser trasladado al hospital Rollin de la avenida Trudaine. Era imposible entregar los documentos requeridos.

Édouard había cambiado de identidad, ya no podía demostrar nada, no cobraría ni un céntimo.

Si la investigación se remontaba hasta los registros, hasta el engaño, hasta la falsificación de documentos, más que recibir una pensión, podían acabar dando con sus huesos en la cárcel.

La guerra había acostumbrado el ánimo de Albert a la desgracia, pero esta vez, anonadado, vivió la situación como una injusticia. Peor aún: como un repudio. ¿Qué he hecho?, se preguntó consternado. La ira que bullía en su interior desde su licenciamiento estalló de golpe. Dio un violento cabezazo contra la pared, el dibujo enmarcado del caballo cayó al suelo, el cristal que lo recubría se partió en dos y Albert, aturdido, se quedó sentado en el suelo con un chichón en la frente que le duró casi dos semanas.

Édouard todavía tenía los ojos húmedos. Pero no había que llorar demasiado delante de Albert, porque en esa época su propia situación personal ya le arrancaba lágrimas con facilidad... Édouard lo comprendió y se limitó a posarle la mano en el hombro. Lo sentía muchísimo.

Había que encontrar a toda prisa un sitio para dos personas, una paranoica y la otra mutilada. El presupuesto de Albert era ridículo. Los periódicos seguían pregonando a los cuatro vientos que Alemania pagaría íntegramente todo lo que había roto durante la guerra, poco menos que medio país. Mientras tanto, el coste de la vida seguía subiendo, las pensiones no se pagaban, las primas no se abonaban, el transporte era caótico, y el abastecimiento, imprevisible; en consecuencia, florecía el contrabando, mucha gente vivía de trapicheos, intercambiando mercancías de saldo, todo el mundo conocía a alguien que conocía a alguien, la gente se daba soplos y se pasaba direcciones, y así fue como Albert llegó al número 9 del pasaje Pers, ante una casa donde ya se apiñaban tres inquilinos. En el patio, un pequeño edificio que había servido de almacén ahora hacía las veces de trastero y el primer piso estaba vacío. Destartalado, pero grande, tenía una estufa de carbón que caldeaba bastante bien porque el techo no era muy alto, había agua justo abajo, dos grandes ventanas y un biombo con pastoras, corderos y arbolitos con un desgarrón en el centro zurcido toscamente.

Albert y Édouard hicieron la mudanza en una carretilla de mano, porque las furgonetas eran caras. Fue a principios de septiembre.

Su nueva casera, la señora Belmont, había perdido a su marido en 1916 y a su hermano un año después. Aún era joven, y quizá bonita, pero estaba tan castigada que ya no se sabía. Vivía con su hija, Louise, y confesó que se quedaba más tranquila al ver llegar a «dos hombres jóvenes», porque, sola en aquella casa tan grande y en aquel pasaje, en caso de apuro, no podía contar con los tres inquilinos actuales, todos mayores. Vivía modestamente de los alquileres y limpiando aquí y allá. El resto del tiempo permanecía inmóvil tras la ventana, contemplando los cachivaches acumulados en otros tiempos por su marido y ahora inútiles, que se oxidaban en el patio. Albert la veía casi siempre que se asomaba a la ventana.

Su hija, Louise, era muy espabilada. Once años, ojos de gato e infinidad de pecas. Y desconcertante. Bulliciosa como el agua de un torrente y, un instante después, pensativa, quieta como una estatua. Hablaba poco, Albert no había oído su voz más de tres veces, y nunca sonreía. Pero era realmente guapa, y si seguía así, iba a provocar más de una pelea. Albert nunca llegó a comprender cómo consiguió ganarse a Édouard. Por lo general, Édouard no quería ver a nadie, pero a aquella cría no había quien la parara. Los primeros días se había quedado allí abajo, al pie de la escalera, fisgoneando. Todos sabemos que los niños son curiosos, especialmente las chicas. Su madre debía de haberle hablado del nuevo inquilino.

—Parece que no es muy agradable de ver. Por eso nunca sale, según me contó su amigo, que lo cuida.

Vamos, nada mejor para despertar la curiosidad de una niña de once años... Se cansará, se había dicho Albert. Pero no. Así que, de tanto encontrársela en lo alto de la escalera, sentada en un peldaño cerca de la puerta, de verla esperar y echar un vistazo al interior a la menor oportunidad, Albert había acabado por abrir de par en par. La niña permaneció en el umbral con unos ojos como platos y una boca entreabierta en una bonita «O» muy redonda, pero de la que no salió sonido alguno. Huelga decir que la facies de Édouard, con aquel enorme agujero y únicamente los dientes de arriba, que parecían el doble de grandes, era espectacular, como, por lo demás, le había dicho sin rodeos el propio Albert: «¡Chico, realmente das miedo, una cara así no la ha visto nadie en su vida, al menos podrías pensar un poco en los demás!» Se lo decía para que se decidiera a ponerse el injerto, pero ¡qué va! Para demostrárselo, Albert señaló la puerta, de la que la niña había huido aterrorizada apenas lo había visto. Impertérrito, Édouard se limitó a darle otra calada al cigarrillo con una aleta de la nariz tapándose la otra. Sacaba el humo por el mismo conducto, porque por la garganta no, Édouard, eso, de verdad que no, le pedía Albert, no puedo soportarlo, para serte sincero, me da miedo, parece un cráter en erupción, te lo juro, mírate en el espejo y lo verás, etcétera. Albert había recogido a su compañero a mediados de junio, pero ya se comportaban como un viejo matrimonio. La vida cotidiana era muy difícil, nunca tenían dinero; sin embargo, como ocurre a veces, las dificultades habían unido más a los dos hombres, igual que una soldadura. Albert era sumamente sensible a la tragedia de su amigo y no dejaba de pensar que si él no hubiera acudido a salvarlo... Y encima cuando sólo faltaban unos días para el final de la guerra. Por su parte, Édouard, que se daba cuenta de que Albert era el que llevaba a cuestas la vida de ambos, trataba de aligerarle la carga y se ocupaba de las tareas domésticas. Lo dicho, un matrimonio en toda regla.

La pequeña Louise reapareció días después de su primera intentona. Albert pensó que el espectáculo que ofrecía Édouard ejercía sobre ella cierta fascinación. Se quedó un instante plantada en la puerta de la gran habitación. Y, de pronto, se acercó a Édouard y extendió el índice hacia su cara. Édouard se arrodilló —desde luego, con él, Albert acabaría curado de espanto— y dejó que la pequeña recorriera con el dedo el borde de aquel enorme agujero. Estaba pensativa, concentrada, parecía que estuviera haciendo los deberes, como si pasara minuciosamente un lápiz sobre los contornos del mapa de Francia para aprenderse su forma.

La relación de ambos databa de ese momento. En cuanto volvía de la escuela, Louise subía a ver a Édouard. Le llevaba periódicos de hacía dos días o de la semana anterior que había recogido por ahí. Era la única ocupación conocida de Édouard: leerlos y recortar artículos. Albert había echado un vistazo a la carpeta donde guardaba los recortes, sobre los muertos de la guerra, las conmemoraciones, las listas de desaparecidos, todo bastante triste. Édouard no leía los periódicos de París, sólo los de provincias. Louise siempre se los conseguía, Dios sabrá cómo. Prácticamente a diario, Édouard tenía su fajo de números atrasados de *L'Ouest-Éclair*, el *Journal de Rouen* o *L'Est républicain*. Mientras la niña hacía los deberes en la mesa de la cocina, él se fumaba un Caporal y recortaba artículos. La madre de Louise no rechistaba.

Una noche de mediados de septiembre, Albert llegó a casa agotado tras su jornada como hombre anuncio. Se había pasado la tarde recorriendo los grandes bulevares entre la Bastilla y la República con publicidad, en un lado, de las pastillas Pink («¡En qué poco tiempo puede cambiar todo!») y, en el otro, del corsé Juvenil («¡Doscientas tiendas repartidas por toda Francia!»). Al entrar, encontró a Édouard tumbado en la vieja otomana que había recogido de la calle hacía unas semanas y traído a casa con el carretón de un compañero al que conocía del Somme, un tipo que empleaba sus últimas fuerzas en tirar de sus cargamentos con el brazo que le quedaba, su único medio de subsistencia.

Édouard fumaba por una fosa nasal; una especie de máscara azul oscuro que empezaba debajo de la nariz le cubría la parte inferior del rostro hasta el cuello como una gran barba, la barba de un actor de tragedia griega. Aquel azul oscuro pero reluciente estaba salpicado de minúsculos puntos dorados, como si le hubieran espolvoreado lentejuelas antes del secado.

Albert no disimuló su sorpresa. Édouard hizo un gesto teatral con la mano, como si le preguntara: «Bueno, ¿qué te parece?» Era muy curioso. Por primera vez desde que lo conocía, veía a Édouard con una expresión realmente humana. De hecho, la máscara era muy bonita, no podía decirse de otro modo.

En ese momento, Albert oyó un sonido ahogado a su izquierda y, al volverse, aún le dio tiempo a ver a Louise escabullirse y desaparecer escaleras abajo. Era la primera vez que la oía reír.

Las máscaras habían llegado para quedarse, como la propia Louise.

Días después, Édouard llevaba una totalmente blanca sobre la que había dibujada una gran boca sonriente. Con sus risueños ojos brillantes, parecía un actor de teatro italiano, una especie de Sganarelle o Pagliaccio. Ahora, al acabar de leer los periódicos, hacía con ellos pasta de papel para fabricar máscaras blancas como la tiza, que Louise y él pintaban o decoraban. Lo que había empezado como un juego se convirtió rápidamente en una ocupación a jornada completa. La niña era la gran sacerdotisa que, según el día, aportaba el estrás, las perlas, los retales, el fieltro de colores, las plumas de avestruz, la piel de serpiente de imitación... Debía de ser agotador ir de aquí para allá buscando todas aquellas baratijas, además de los periódicos. Albert no habría sabido adónde acudir.

Édouard y Louise se pasaban las horas muertas así, haciendo máscaras. Él nunca se ponía dos veces la misma, la nueva sustituía a la vieja, que se colgaba con sus compañeras en las paredes de la vivienda, como si fueran trofeos de caza o la colección de los disfraces en una tienda de travestís.

. . .

Eran casi las nueve cuando Albert llegó al pie de la escalera con la caja de zapatos bajo el brazo.

La mano izquierda, la del navajazo, le dolía horrores a pesar del vendaje del doctor Martineau y estaba de un humor cambiante. Aquel alijo, obtenido en dura lid, le brindaría un respiro. La búsqueda de la morfina era muy absorbente y angustiosa para alguien como él, tan impresionable, tan sensible a las emociones de todo tipo... Al mismo tiempo, no podía evitar pensar que con lo que llevaba en la caja habría podido acabar con su compañero veinte, cien veces.

Dio tres pasos, levantó la polvorienta lona que cubría los descuajaringados restos de un motocarro, hizo sitio entre los trastos que llenaban el cajón y metió la preciada caja de zapatos.

Por el camino había hecho un cálculo rápido. Si Édouard se ceñía a la dosis actual, que ya era un tanto excesiva, estarían tranquilos casi seis meses.

14

Henri d'Aulnay-Pradelle comparó distraídamente la cigüeña que coronaba el tapón del radiador, allí delante, lejos, con el pesado y corpulento Dupré, que iba sentado junto a él. Y no es que tuvieran nada en común: al contrario, eran como la noche y el día, pero precisamente por eso los confrontaba, para oponerlos. Si no hubiera tenido aquellas enormes alas, cuyos puntiagudos extremos rozaban el suelo, ni aquel esbelto cuello, increíblemente elegante y rematado por un voluntarioso pico, aquella cigüeña en pleno vuelo habría podido confundirse con un pato silvestre, pero era más voluminosa, más... (Henri buscó el adjetivo) más «rotunda», a saber qué quería decir con eso. Y aquellas estrías de las alas, pensaba admirado... Parecían un drapeado... Incluso las patas traseras, un poco flexionadas... Daba la sensación de que desde la parte delantera del coche hendía el aire sin rozarlo siquiera, que abría paso, como un explorador. Pradelle no dejaba de maravillarse ante su cigüeña.

En comparación, Dupré era verdaderamente macizo, corpulento. No un explorador. Un soldado de infantería. Con ese rasgo característico de la tropa que ella misma denomina fidelidad, lealtad, sentido del deber y chorradas por el estilo.

Para Henri, el mundo se dividía en dos categorías: las bestias de carga, condenadas a trabajar duro, ciegamente, hasta el final, a vivir al día, y los seres elegidos, que tenían derecho a todo. Debido a su «coeficiente personal»: le encantaba esa expresión, que había leído un día en un informe militar y había hecho suya.

Dupré, el sargento primero Dupré, era el perfecto ejemplo de la primera categoría: trabajador, mediocre, testarudo y sin talento, siempre a la orden.

La cigüeña elegida por la Hispano-Suiza para el H-6-B (¡motor de seis cilindros, 135 caballos y 137 kilómetros por hora!) representaba a la célebre escuadrilla mandada por Georges Guynemer, un individuo excepcional. De la misma talla que Henri, aunque él estaba muerto y Henri vivo, lo que le daba una innegable ventaja sobre el as de la aviación.

Por un lado, Dupré, que, con un pantalón demasiado corto y una carpeta sobre las rodillas, admiraba en silencio desde que habían salido de París el salpicadero de nogal veteado, la única excepción hecha por Henri respecto a su decisión en invertir el grueso de sus ganancias en la restauración de la Sallevière. Por el otro, el propio Henri d'Aulnay-Pradelle, yerno de Marcel Péricourt, héroe de la Gran Guerra, millonario a los treinta años, destinado a los mayores éxitos, que circulaba a más de ciento diez kilómetros por hora por las carreteras del Orleanesado y que ya había atropellado a un perro y dos gallinas. Bestias de carga, una vez más, todo se reducía a lo mismo. Los que vuelan y los que sucumben.

Dupré había servido a las órdenes del capitán Pradelle, que tras la desmovilización lo había contratado por cuatro chavos, un salario provisional convertido en definitivo al día siguiente. De extracción campesina, habituado a la sumisión ante los fenómenos naturales, había aceptado aquella subordinación civil como continuación lógica de una situación de hecho.

Llegaron a última hora de la mañana.

Henri detuvo su imponente limusina ante la mirada admirativa de una treintena de obreros. Justo en el centro del patio. Para demostrar quién era el jefe. El jefe es quien manda, aunque también se lo llama cliente. O rey, es lo mismo.

La serrería y carpintería Lavallée había languidecido durante tres generaciones hasta la providencial llegada de la guerra, que le había permitido abastecer al ejército de centenares de kilómetros de traviesas, soportes y vigas de sostén para construir, apuntalar y reparar trincheras y ramales. Había pasado de trece trabajadores a más de cuarenta. Gaston Lavallée también tenía un coche muy bonito, pero sólo lo sacaba en las grandes ocasiones, aquello no era París.

Henri y Lavallée se saludaron en el patio. Henri no le presentó a Dupré. Más tarde se limitaría a decir «Arregle eso con Dupré», y Lavallée se volvería y le haría un leve gesto con la cabeza al administrador, que iba detrás de ellos. Y eso serviría de presentación.

Antes de la visita, Lavallée quiso ofrecerles un ligero tentempié y señaló la escalinata de la casa, situada a la derecha de los inmensos talleres. Henri iba a declinar la invitación con un revés de la mano cuando vio a la joven con delantal que esperaba a los visitantes en la puerta, alisándose el pelo. Lavallée añadió que Émilienne, su hija, había preparado el refrigerio.

—Bueno, pero algo rápido —aceptó Henri.

De aquellos talleres era de donde había salido el magnífico ejemplar de ataúd destinado al Servicio de Sepulturas, una espléndida caja de roble de primera calidad, valorada en sesenta francos. Tras haber cumplido su cometido de cebo ante la Comisión de Adjudicación, ya podían hablar en serio de los ataúdes que realmente se entregarían.

Pradelle y Lavallée estaban en el taller principal, acompañados por Dupré y un capataz, que se había enfundado su mono de los domingos para la ocasión. Pasaron ante una serie de ataúdes alineados uno junto al otro, tiesos como soldados muertos, cuya calidad iba en progresiva y visible disminución.

—Nuestros héroes... —empezó a decir pomposamente Lavallée posando la mano en uno de castaño, un modelo hacia la mitad de la fila.

—¡No me venga con gilipolleces! —le espetó Pradelle—. A ver, ¿qué tiene por menos de treinta francos?

Al final, vista de cerca, la hija del patrón era más bien fea (por mucho que se alisara el pelo era irremediablemente provinciana), el vino blanco estaba caliente y demasiado dulce y lo que habían servido con él, incomible. Lavallée había organizado la llegada de Pradelle como si los visitara un reyezuelo africano, los empleados no paraban de lanzarse miradas y codazos, y a Henri todo aquello le crispaba los nervios, quería acabar de una vez para estar de vuelta en París a la hora de la cena, un amigo había prometido presentarle a Léonie Flanchet, una actriz del Vaudeville con quien se había cruzado hacía una semana, una mujer espectacular, todo el mundo lo decía y él tenía prisa por comprobarlo.

—Pero... treinta francos no era lo acordado...

—Lo acordado y lo que se hará son dos cosas muy distintas —lo atajó Pradelle—. Así que vamos a empezar la conversación desde el principio, pero deprisita, que no tengo todo el día.

—Pero, señor Pradelle...

—D'Aulnay-Pradelle.

—Bueno, como usted diga...

Henri lo miraba fijamente.

—Muy bien, señor d'Aulnay Pradelle, por supuesto, tenemos ataúdes a ese precio... —dijo Lavallée en tono conciliador, casi pedagógico.

—Pues ésos son los que voy a llevarme.

—Pero... no es posible...

Pradelle fingió una enorme estupefacción.

—Tenga en cuenta el transporte, caballero —añadió el carpintero en tono profesional—. Si se tratara de ir al cementerio de al lado, no habría el menor problema. Pero sus ataúdes han de viajar. Saldrán de aquí hacia Compiègne, hacia Laon... Luego, los descargarán y volverán a cargarlos y transportarlos a los lugares de exhumación, para llevarlos de nuevo a los cementerios militares, y eso es mucho trote...

—No veo el problema.

—Los que tenemos por ese precio, treinta francos, son de chopo. Poco resistentes. Se doblarán, partirán y hasta desfondarán, porque no están pensados para tanto ajetreo. Como mínimo, tienen que ser de haya. Cuarenta francos. ¡Y eso, perdiendo yo dinero! Lo rebajo por la cantidad, que si no costarían cuarenta y cinco...

Henri se volvió hacia la izquierda.

—¿Y eso?, ¿qué es?

Avanzaron. Lavallée empezó a reírse a carcajadas, con una risa falsa, demasiado sonora.

—¡Eso es abedul!

—¿Cuánto cuesta?

—Treinta y seis...

—¿Y eso?

Henri señaló un modelo de gama baja, justo antes de los ataúdes de contrachapado.

—Eso, pino.

—¿Cuánto?

—Pues... Treinta y tres...

Perfecto. Henri posó la mano en el ataúd y le dio unas palmaditas, como si fuera un caballo de carreras, casi con admiración, no se sabía si por la calidad del acabado, por el módico precio o por su propia genialidad.

Lavallée se creyó en el deber de demostrar su profesionalidad:

—Si me permite, en realidad este modelo no se adapta a sus necesidades. Verá...

—¿Mis necesidades? —lo interrumpió Henri—. ¿Qué necesidades?

—¡El transporte, caballero, se lo repito, el transporte! Ése es el quid.

—Usted los manda desmontados. A la salida, no hay problema...

—No, a la salida...

—Y a la llegada, vuelve a montarlos. ¡Sin problemas!

—No, claro. Las complicaciones, y perdone que insista, surgen en el momento en que empiezas a manipularlos: bajarlos del camión, dejarlos en el suelo, moverlos, colocar el cadáver...

—Ya lo he entendido, pero a partir de ese momento ya no es asunto suyo. Usted entrega y ya está. ¿No es así, Dupré?

Henri hacía bien en volverse hacia su administrador, porque el problema sería de éste. Ni siquiera esperó respuesta. Lavallée habría querido argumentar, mencionar la reputación de su empresa, hacer hincapié en que... Henri le paró los pies:

—¿Ha dicho treinta y tres francos?

El carpintero sacó su libreta a toda prisa.

—Teniendo en cuenta la cantidad que voy a encargar, dejémoslo en treinta, ¿de acuerdo?

Mientras buscaba el lápiz, Lavallée había perdido tres francos por ataúd.

—¡No, no! —exclamó—. ¡Son treinta y tres, y precisamente teniendo en cuenta la cantidad!

Estaba claro que, esta vez y sobre ese punto en concreto, Lavallée no daría su brazo a torcer. Se veía en la postura de su cuerpo.

—¡Treinta francos no, ni hablar!

De repente, parecía haber crecido diez centímetros; con la cara enrojecida y el lápiz temblándole en la mano, tenía toda la pinta del hombre que se dejaría matar allí mismo por tres francos.

Henri asintió lentamente, ya veo, ya veo...

—Bien —dijo al fin en tono conciliador—. Pues treinta y tres francos.

Aquella súbita rendición resultaba sorprendente. Lavallé apuntó el precio en su cuaderno. La inesperada victoria lo había dejado temblando, exhausto, temeroso.

—Dígame, Dupré... —murmuró Henri con expresión preocupada.

Lavallée, Dupré, el capataz: todos volvieron a ponerse tensos.

—Para Compiègne y Laon, eran de un metro setenta, ¿no?

Las adjudicaciones variaban según los tamaños, desde ataúdes de un metro noventa (bastante pocos) y ochenta (unos centenares), hasta los de un metro setenta, la altura media, que formaban la mayoría de las remesas. Algunos lotes eran de ataúdes aún más pequeños, un metro sesenta o incluso cincuenta.

Dupré asintió.

—Un metro setenta, exacto.

—Hemos quedado en que el metro setenta sale a treinta y tres francos —dijo Henri dirigiéndose a Lavallée—. ¿Y el metro cincuenta?

Sorprendidos por aquel nuevo enfoque, ninguno de los presentes comprendió qué quería decir con eso de los ataúdes más cortos de lo previsto... El carpintero no había contemplado esa posibilidad, tenía que calcular, volvió a abrir el cuaderno y se embarcó en una regla de tres en la que empleó un tiempo absurdo. Los demás aguardaban. Henri seguía ante el ataúd de pino, pero había dejado de acariciarle el lomo, simplemente se lo comía con los ojos, como si fuera una nueva conquista con la que se disponía a pasar un buen rato.

Por fin, Lavallée alzó los ojos, la idea se abría camino en su mente.

—Treinta francos... —declaró con voz inexpresiva.

—Ajá, ajá... —murmuró Pradelle con la boca entreabierta, pensativo.

Todos empezaban a imaginar las consecuencias prácticas: meter a un soldado muerto de un metro sesenta en un ataúd de un metro cincuenta. Según el capataz, habría que doblarle la cabeza hasta que la barbilla tocara el pecho. Por su parte, Dupré pensaba más bien en colocar el cuerpo de lado con las piernas un poco dobladas. En cuanto a Gaston Lavallée, simplemente no lo veía, había perdido dos sobrinos en el Somme el mismo día, la familia había reclamado los cuerpos, él personalmente había hecho los ataúdes, de roble macizo con una gran cruz y asas doradas, y se negaba a imaginar cómo meterían unos cadáveres demasiado largos en unos ataúdes demasiado cortos.

En ese momento, Pradelle adoptó la expresión de alguien que se limita a pedir una información inocua, por curiosidad, sólo por saber.

—Dígame, Lavallée, un ataúd de un metro treinta, ¿cuánto vendría a costar?

Una hora después habían firmado un acuerdo. Se transportarían a diario doscientos ataúdes a la estación de Orleans. El precio por unidad había bajado a veintiocho francos. Pradelle estaba muy satisfecho de la negociación. Acababa de amortizar el Hispano-Suiza.

15

Una vez más, el chófer fue a informar a la señora de que el coche de la señora esperaba a la señora y, si la señora fuera tan amable... Madeleine hizo un gesto casi imperceptible, gracias, Ernest, ya voy.

—Lo siento, Yvonne —dijo en tono pesaroso—. Voy a tener que dejarte...

Yvonne de Jardin-Beaulieu agitó la mano, de acuerdo, de acuerdo, pero no hizo ademán de levantarse, allí se estaba tan bien, imposible marcharse.

—¡Qué marido tienes, querida! —exclamó con admiración—. ¡Qué suerte!

Madeleine Péricourt sonrió con calma y se miró humildemente las uñas, mientras pensaba: «Mala pécora.»

—Vamos, ni que a ti te faltaran pretendientes... —se limitó a responder.

—Bah, a mí... —respondió la joven con fingida resignación.

Su hermano Léon era demasiado bajo para ser un hombre, pero ella era bastante atractiva. Si lo que te atrae son las zorras, claro, añadía mentalmente Madeleine. Una boca grande, impaciente, vulgar, que enseguida hacía pensar en cochinadas, los hombres no se equivocaban, a sus veinticinco años, Yvonne ya se había cepillado a medio Club Rotario. Bueno, Madeleine exageraba: medio club era un poco excesivo. En su descargo hay que decir que sólo hacía quince días que Yvonne se acostaba con Henri, y aquella prisa por correr a casa de su mujer para regodearse resultaba bastante indecente. Mucho más que tirarse a Henri, lo que en sí mismo no tenía el menor mérito. Las otras amantes de su marido se mostraban más pacientes. Al menos esperaban a que se presentara la ocasión para saborear su victoria, fingían un encuentro casual. Después eran todas iguales: prodigaban elogios, sonrientes, zalameras: «¡Oh, qué marido tienes, querida, cómo te envidio!» «¡No lo pierdas de vista, querida, o te lo birlarán!», se había atrevido a decirle una de ellas hacía un mes.

Había semanas en que Madeleine prácticamente no veía a Henri, que entre viajes y reuniones apenas disponía de tiempo para beneficiarse a las amigas de su mujer. Aquel encargo del gobierno lo absorbía por completo.

Cuando llegaba a casa era tarde, Madeleine se le subía encima.

Por la mañana, Henri se levantaba temprano. Justo antes, Madeleine volvía a subírsele encima.

El resto del tiempo era Henri el que se subía encima de otras, salía de viaje, la llamaba, dejaba mensajes, mentiras... Todo el mundo sabía que le era infiel (los rumores habían empezado a finales de mayo, cuando lo habían visto en compañía de Lucienne d'Haurecourt).

Aquella situación hacía sufrir a Péricourt. «Serás desgraciada», le había advertido cuando ella le había hablado de casarse con Henri, pero había sido en vano: Madeleine había posado su mano en la de su padre y ahí había acabado todo. Él había dicho que de acuerdo, ¿qué otra cosa podía hacer?

—Bueno, ahora sí que te dejo —dijo Yvonne con una risita.

Misión cumplida: bastaba ver la sonrisa congelada de Madeleine, el mensaje había sido entregado, Yvonne estaba exultante.

—Has sido muy amable viniendo a verme —dijo Madeleine poniéndose en pie.

Yvonne agitó la mano, no es nada, no es nada, intercambiaron un beso, pómulo contra pómulo y labios al vacío, me voy corriendo, hasta pronto. No cabía duda, aquélla era la más zorra de todas.

Su inesperada visita la había retrasado bastante. Madeleine miró el gran reloj. De todas formas, casi era mejor así, a las diecinueve treinta sería más fácil encontrarlo en casa.

Cuando el coche la dejó a la entrada del pasaje Pers, eran más de las ocho. Entre el parque Monceau y la rue Marcadet no había un distrito, sino todo un mundo: se pasaba de los barrios elegantes a la plebe, del lujo a la penuria. Ante el palacete de los Péricourt solía haber aparcados un Packard Twin Six y un Cadillac 51 con motor V8. Allí, entre los listones de madera carcomida de la valla, Madeleine asistió a un espectáculo de carretones desfondados y vetustos neumáticos. No se asustó. Procedía de las limusinas por parte de madre y de los carretones por parte de un padre de orígenes humildes. Aunque en ambas ramas la pobreza se remontara a la primera dinastía, Madeleine la sentía en su historia: la precariedad, los apuros son como el puritanismo o el feudalismo, nunca se pierden del todo, dejan su huella en las sucesivas generaciones. El chófer —en casa de los Péricourt a todos los chóferes los llamaban Ernest, como el primero que habían tenido—, Ernest, pues, viendo alejarse a la señora, miró el patio con cara de asco: en su familia sólo eran chóferes desde hacía dos generaciones.

Madeleine se apartó de la valla, llamó al timbre de la casa y, tras esperar un buen rato, vio aparecer a una mujer de edad indefinida a quien preguntó por el señor Maillard. La mujer tardó en comprender la pregunta y asociarla con la elegante, enguantada y maquillada joven que tenía enfrente, cuyo sutil perfume llegaba hasta ella como un recuerdo muy lejano. Madeleine hubo de repetir: «Señor Maillard.» Sin decir nada, la mujer señaló el fondo del patio, a la izquierda. Madeleine asintió y, bajo la doble mirada de la mujer y de Ernest, empujó la carcomida valla con mano firme y avanzó decidida por el barro hasta la entrada del pequeño almacén, donde desapareció, pero dentro se detuvo en seco porque, sobre su cabeza, la escalera temblaba bajo los pasos de alguien que bajaba. Alzó los ojos y reconoció al soldado Maillard, que, con un cubo de carbón vacío en una mano, se paró también en seco, entre dos peldaños, y exclamó: «¿Qué? ¿Cómo?» Parecía tan perdido como en el cementerio el día en que habían desenterrado los restos del pobre Édouard.

Estaba petrificado y boquiabierto.

—Buenos días, señor Maillard —saludó Madeleine, y observó un instante aquel rostro redondo, aquel trémulo cuerpo.

Una amiga suya había tenido un perrito que no paraba de temblar, no por enfermedad, era así de nacimiento, temblaba de pies a cabeza las veinticuatro horas, hasta el día en que murió de un ataque al corazón. Albert le recordó a aquel animal de inmediato. Le habló con voz muy suave, como si temiera que ante tamaña sorpresa fuera a echarse a llorar o a esconderse en el sótano. Albert seguía mudo, cambiando el peso de un pie a otro y tragando saliva. De pronto se volvió hacia lo alto de la escalera con expresión inquieta, casi asustada... Madeleine ya se había fijado en aquel rasgo suyo, en aquel permanente temor a ser atacado por la espalda, en aquella perpetua aprensión. En el cementerio, hacía un año, también parecía perdido, desamparado. Con esa expresión dulce, ingenua, de los hombres que viven en un mundo propio.

Albert, por su parte, habría dado diez años de su vida por no encontrarse en aquella situación, atrapado entre Madeleine Péricourt, plantada al pie de la escalera, y su hermano, supuestamente muerto, que estaba en el piso de arriba, fumando por las aletas de la nariz bajo una máscara verde con plumas azules a modo de penacho. Estaba clarísimo que el destino de Albert era hacer de hombre-anuncio, atrapado entre dos tablones. Balanceaba el cubo del carbón como si fuera un trapo de cocina cuando cayó en la cuenta de que no había respondido al saludo de la joven. Le tendió la negra mano, se disculpó de inmediato y, llevándosela a la espalda, bajó los últimos peldaños.

—Su dirección figuraba en su carta —dijo Madeleine suavemente—. Fui allí. Su madre me mandó aquí —añadió con una sonrisa, indicando el entorno, el almacén, el patio, la escalera, como si hablara de un piso burgués.

Incapaz de juntar dos sílabas, Albert asintió. La joven podría haber llegado en el momento en que él abriera la caja de zapatos y haberlo sorprendido sacando una ampolla de morfina. Peor aún: trató de imaginarse lo que habría pasado si, por casualidad, hubiera sido Édouard quien hubiera bajado por carbón. Cosas así demuestran que el destino es una gilipollez.

—Sí... —aventuró Albert, sin saber a qué pregunta respondía.

Quería decir no, no puedo invitarla a subir, a tomar algo, es imposible. A Madeleine Péricourt no le pareció descortés, atribuyó su actitud a la sorpresa, al azoramiento.

—De hecho —dijo—, a mi padre le gustaría conocerlo.

—A mí, ¡¿por qué?! —La exclamación le salió del alma, en tono tenso.

Madeleine se encogió de hombros, como ante una obviedad.

—Porque usted acompañó a mi hermano en sus últimos momentos. —Lo dijo sonriendo benévolamente, como se habría referido al deseo de un anciano al que hay que consentir ciertos caprichos.

—Sí, claro...

Una vez pasado el susto, Albert sólo quería una cosa: que la chica se marchara antes de que su hermano se preocupara y bajara. U oyera su voz desde arriba y comprendiera que estaba allí, a unos metros de él.

—De acuerdo... —añadió.

—¿Qué tal mañana?

—¡No, no! ¡Mañana, imposible!

La vehemencia de su respuesta sorprendió a Madeleine.

—Quiero decir que mejor otro día, si no le importa —rectificó Albert en tono de disculpa—. Porque mañana...

Habría sido incapaz de explicar por qué motivo el día siguiente no era adecuado para aquella invitación; sencillamente necesitaba hacerse a la idea. Por un momento imaginó cómo habría sido la conversación entre su madre y Madeleine Péricourt, y palideció, avergonzado.

—Entonces, ¿cuándo le vendría bien? —preguntó la chica.

Una vez más, Albert se volvió hacia lo alto de la escalera. Ella supuso que arriba había una mujer y que su presencia lo incomodaba, y no quiso comprometerlo.

—¿Qué tal el sábado? —propuso—. Para cenar. —Había adoptado un tono desenfadado, casi anhelante, como si la idea se le acabara de ocurrir y fueran a pasar un rato estupendo.

—Pues...

—Perfecto —concluyó Madeleine—. Digamos que a las siete. ¿Le parece bien?

—Pues...

La joven le sonrió.

—Mi padre se alegrará mucho.

La breve ceremonia social había terminado, hubo un instante de indecisión, como de recogimiento, y eso los hizo evocar su primer encuentro. Recordaron que pese a no conocerse compartían algo terrible, prohibido: ese secreto, la exhumación de un soldado muerto, su transporte clandestino... ¿Dónde habrían metido aquel cadáver, por cierto?, se preguntó Albert, y se mordió el labio.

—Vivimos en el bulevar de Courcelles —dijo Madeleine volviendo a ponerse el guante—. En la esquina con la rue de Prony, no tiene pérdida.

Albert asintió, a las siete, de acuerdo, rue de Prony, no tiene pérdida. El sábado. Silencio.

—Entonces, lo dejo, señor Maillard. Le estoy muy agradecida.

Madeleine dio media vuelta, pero de pronto se volvió hacia él y lo miró a los ojos. La expresión seria la favorecía, aunque la hacía mayor.

—Mi padre no está al corriente de los detalles... ya sabe... Preferiría...

—Por supuesto —se apresuró a responder Albert.

Madeleine sonrió agradecida.

Él temió que volviera a deslizarle unos billetes en la mano. En pago de su silencio. Humillado por la idea, se volvió y subió la escalera.

No se dio cuenta de que no había cogido ni el carbón ni la morfina hasta llegar al rellano.

Volvió a bajar, angustiado. No conseguía ordenar sus ideas, entender lo que significaba aquella invitación de la familia de Édouard.

Cuando, con el pecho oprimido por la ansiedad, empezaba a llenar el cubo con la larga pala, oyó en la calle el suave ronroneo de la limusina al alejarse.

16

Édouard cerró los ojos y soltó un profundo suspiro de alivio. Sus músculos se relajaron lentamente, cogió al vuelo la jeringuilla, que había estado a punto de caérsele, y la dejó junto a él. Seguían temblándole las manos, pero la opresión en el pecho empezaba a remitir. Después de pincharse se quedaba un buen rato tumbado, vacío, aunque rara vez se dormía. Era un estado flotante durante el que su ansiedad refluía lentamente, como una nave que se aleja. Nunca había sentido curiosidad por las cosas del mar, los barcos no le hacían soñar, pero las ampollas de la felicidad debían de llevar eso en ellas, las imágenes que suscitaban tenían a menudo un inexplicable sesgo marítimo. Puede que fueran como las lámparas mágicas o los frascos de elixir, capaces de aspirarte hacia su mundo. Si la jeringuilla y la aguja no eran para él más que instrumentos médicos, un mal necesario, las ampollas, en cambio, estaban vivas. Las miraba al trasluz con el brazo en alto, era increíble lo que uno podía llegar a ver dentro, las bolas de cristal no tenían tanto poder ni imaginación. Le proporcionaban muchas cosas: descanso, calma, consuelo. Pasaba buena parte del día en aquel estado incierto, vaporoso, donde el tiempo ya no tenía consistencia. Si hubiera sido por él, habría encadenado los pinchazos para seguir así, flotando, como si hiciera el muerto en un mar de aceite (otra vez una imagen acuática, debían de venir de muy lejos, seguramente del líquido amniótico); pero Albert era un hombre muy precavido, no le dejaba más que la dosis estrictamente necesaria para el día, lo apuntaba todo y, por la tarde, cuando volvía le recitaba el calendario, las cantidades, volviendo las hojas como un maestro de escuela. Édouard lo dejaba hacer, como a Louise con las máscaras. Al fin y al cabo, se preocupaban por él.

Édouard pensaba poco en su familia, aunque más en Madeleine que en nadie. Conservaba muchos recuerdos de ella, las risas ahogadas, las sonrisas junto a las puertas, sus dedos doblados para frotarle el cuero cabelludo, su complicidad... Sentía pena. Al enterarse de su muerte, debía de haber sufrido, como todas las mujeres que habían perdido a alguien. Después, el tiempo, que todo lo cura... A la larga te acostumbras a la pérdida.

Nada comparable con la cara de Édouard en el espejo.

Para él, la muerte estaba allí siempre, reabriendo las heridas.

Y aparte de Madeleine, ¿quién quedaba? Algunos compañeros, pero ¿cuántos seguirían vivos? Incluso él, Édouard el afortunado, había muerto en la guerra, así que los otros... También estaba su padre, aunque mejor dejarlo estar, siempre ocupado con sus negocios, brusco y lúgubre, la noticia de la muerte de su hijo no lo habría paralizado mucho tiempo, simplemente habría subido al coche y le habría dicho a Ernest: «¡A la Bolsa!», porque había decisiones que tomar, o: «¡Al Jockey!», porque se acercaban las elecciones.

Édouard jamás salía, vivía allí metido, en aquella miseria. Bueno, tanto como eso, no, la miseria debía de ser peor; no, lo desmoralizante era la mediocridad, la penuria de vivir sin medios. Dicen que a todo se acostumbra uno, pero de eso nada, lo que era él, no se habituaba. Si se sentía con ánimo, se ponía delante del espejo y se miraba la cara, no, no había mejorado nada, nunca conseguiría descubrir un rostro humano en aquella garganta al aire, sin mandíbula, sin lengua, con aquellos enormes dientes. La carne se había endurecido, las llagas se habían cerrado, pero la violencia de aquel vacío seguía intacta; para eso debían de servir los injertos, no para disminuir tu fealdad, sino para llevarte a la resignación. Con la miseria pasaba algo parecido. Él había nacido en un ambiente acomodado, donde no se echaban cuentas porque el dinero no tenía importancia. Nunca había sido derrochador, pero en los colegios, entre sus compañeros, había visto adolescentes manirrotos, fanfarrones... Sin embargo, aunque no fuera gastador, a su alrededor el mundo siempre había sido ancho, fácil, desahogado: las habitaciones, grandes, los sillones, mullidos, las comidas, abundantes, la ropa, cara... mientras que ahora, aquella sala con el parquet mal ensamblado, las ventanas, polvorientas, el carbón, escaso, el vino, peleón... En aquella vida todo era feo. La economía de ambos recaía en exclusiva sobre los hombros de Albert, al que no podía reprochársele nada, iba de cabeza para conseguir las ampollas, a saber cómo se las apañaba, debían de costar un dineral, realmente era un buen amigo. A veces su abnegación encogía el corazón, y encima, sin una queja, ni una sola crítica, siempre procurando estar de buen humor, pero en el fondo, preocupado, seguro. Era imposible imaginar qué sería de ellos. Si las cosas seguían así, desde luego el porvenir no era muy prometedor.

Édouard era un peso muerto, pero el futuro no le asustaba. Su vida se había venido abajo de golpe, por una jugada del destino, y la caída lo había barrido todo, incluido el miedo. Lo único realmente insoportable era la tristeza.

Aunque desde hacía algún tiempo la cosa iba mejor.

La pequeña Louise, otra industriosa como Albert, aquella hormiguita que lo alegraba con sus máscaras y le traía los periódicos de provincias. La mejora que él, demasiado frágil, se guardaba mucho de mostrar, justo dependía de los periódicos, de las ideas que le habían dado. Con el paso de los días había ido sintiendo una excitación que resurgía de unas profundidades tremendas y, cuanto más lo pensaba, más se le antojaba parecida a los estados de euforia de su juventud, cuando preparaba una trastada, una caricatura, un disfraz, una provocación. Ahora nada podía tener el carácter exaltado, explosivo de su adolescencia, pero «algo» estaba volviendo, lo sentía en las entrañas. Apenas se atrevía a pronunciar mentalmente la palabra: la alegría. Una alegría furtiva, prudente, discontinua. Cuando conseguía ordenar sus ideas, en el orden más o menos correcto, era increíble pero a veces lograba olvidarse del Édouard de ahora, volver a ser el de antes de la guerra.

Se levantó al fin, tomó aliento y recuperó el equilibrio. Tras desinfectar la enorme aguja, guardó con cuidado la jeringuilla en la cajita de hojalata, que cerró y devolvió a la estantería. Cogió una silla, la movió mirando hacia arriba para decidir dónde la ponía, se subió a ella con un poco de dificultad debido a la pierna rígida y, extendiendo el brazo, empujó con precaución la trampilla practicada en el techo para acceder a un altillo donde era imposible permanecer de pie. Allí había acumuladas cinco generaciones de telarañas y polvo de carbón. Cogió con cuidado la bolsa que envolvía su tesoro, un cuaderno de dibujo de gran formato que Louise había conseguido cambiándolo por algo, a saber qué.

Fue a sentarse en la otomana y le sacó punta a un lápiz procurando que todas las virutas cayeran en un papel que también guardaba en la bolsa; un secreto era un secreto. Empezó, como siempre, hojeando los primeros dibujos: contemplar el trabajo realizado le producía satisfacción, lo animaba. Doce ya, soldados, varias mujeres, un niño, pero sobre todo soldados, heridos, triunfales, moribundos, de rodillas o tumbados, uno, con el brazo extendido... Estaba muy orgulloso de aquel brazo extendido, muy logrado, si Édouard hubiera podido sonreír...

Se puso manos a la obra.

Esta vez, una mujer, de pie, enseñando un pecho. ¿Hacía falta que lo mostrara? No. Retomó el esbozo. Cubrió el pecho. Volvió a afilar el lápiz, habría necesitado uno con la punta más fina, y papel con menos grano, además tenía que dibujar sobre las rodillas, porque la mesa no estaba a la altura adecuada, le habría venido bien un plano inclinado, pero todas esas contrariedades eran otras tantas buenas noticias, porque significaban que tenía ganas de trabajar. Alzó la cabeza y alejó el esbozo para contemplarlo. Había empezado bien, la mujer estaba de pie, el drapeado no le había quedado mal, el drapeado es lo más difícil, todo se concentra ahí, en el drapeado y en la mirada, ése es el secreto. En esos momentos, Édouard casi volvía a ser él.

O mucho se equivocaba, o iba a hacer fortuna. Antes de que acabara el año. Albert se llevaría una sorpresa.

Y no sería el único.

17

—Una mísera ceremonia en los Inválidos... ¡Hay que ver!

—Pero con la presencia del mariscal Foch...

Esta vez, Henri se volvió furioso, ofendido.

—¿Foch? ¿Y qué?

Estaba en calzoncillos, anudándose la corbata. Madeleine se echó a reír. Semejante indignación, en calzoncillos... Aunque tenía unas piernas bonitas, musculosas. Henri volvió frente al espejo para terminar el nudo, las redondas y poderosas nalgas se perfilaban bajo los calzoncillos. Madeleine se preguntó si iría con retraso. Y decidió que le traía sin cuidado, porque, lo que era a ella, le sobraba tiempo, tenía para dos, como paciencia y obstinación, que poseía en abundancia. Además, bastante les dedicaba él ya a sus amantes... Se le acercó por la espalda. No la oyó llegar, sólo sintió su mano, todavía fría, allí, en los calzoncillos, muy bien encaminada, acariciante, lánguida, insistente, y la cabeza de Madeleine apoyada en su espalda, mientras, en tono zalamero, deliciosamente indecente, decía:

—¡Estás exagerando, cariño! El mariscal Foch, nada menos...

Henri acabó de hacerse el nudo de la corbata para ganar tiempo mientras calculaba. En realidad, estaba todo calculado, era mal momento. Anoche, bueno... Pero ahora otra vez... En fin... Tenía suficientes reservas, el problema no era ése, pero había temporadas, como aquélla, en que parecía que estuviera famélica, había que hacerlo a todas horas. Pero así él conseguía que lo dejara tranquilo. A cambio de cumplir podía darse otros gustos fuera. No era un mal trato. Sin embargo, se le hacía penoso. No había conseguido acostumbrarse a su olor íntimo, ésas son cosas que no se comentan, cosas que ella habría podido comprender, pero a veces se comportaba como una emperatriz, y él, como un criado que necesita el empleo. Bueno, no era exactamente desagradable, y total para el tiempo que le dedicaba... No, pero... Le gustaba decidir a él, y con su mujer pasaba exactamente al revés, siempre tomaba la iniciativa ella. Madeleine repitió «el mariscal Foch...», sabía que Henri no tenía demasiadas ganas, pero aun así perseveró, con la mano ya caliente, lo notó desplegarse como una gran serpiente perezosa pero fuerte, que nunca se negaba. No se negó, fue fulminante, se volvió, la alzó en el aire y la tumbó en una esquina de la cama. No se quitó ni la corbata ni los zapatos. Ella lo aferró y lo obligó a quedarse unos segundos más. Él se quedó. Luego se levantó, y ahí acabó todo.

—¡Y en cambio, el Catorce de Julio, la gran celebración!

Henri había vuelto ante el espejo. Bueno, otra vez a hacerse el nudo.

—¡El Catorce de Julio revolucionario para celebrar la victoria de la Gran Guerra! Desde luego, lo que hay que ver... Y para el aniversario del armisticio, ¡un acto por la tarde en los Inválidos! ¡Casi a puerta cerrada!

Estaba muy satisfecho de esa expresión. Trató de pulirla, haciendo girar las palabras en su boca como si paladeara un sorbo de vino. ¡Una conmemoración a puerta cerrada! Muy bien. Le apetecía probarla.

—¡Para la Gran Guerra —exclamó en tono enojado—, una conmemoración a puerta cerrada! —No estaba mal.

Madeleine se había levantado al fin y se había puesto un salto de cama. Se arreglaría cuando él se hubiera ido, no corría prisa. Entretanto, ordenaría sus vestidos. Se calzó las chinelas. Henri estaba lanzado:

—¡Ahora las celebraciones están en manos de bolcheviques, no me digas que no!

—Ya está bien —repuso ella distraídamente, abriendo el armario—. Me agotas.

—¡Y los mutilados, prestándose al juego! Yo digo que no hay más que una fecha para rendir homenaje a los héroes, ¡el 11 de noviembre! Y te diré más...

—¡Déjalo de una vez! —lo atajó, exasperada—. ¡A ti, que sea el Catorce de Julio, el Primero de Noviembre, el día de Navidad o el del juicio final, en el fondo te trae sin cuidado!

Henri se volvió hacia ella y la fulminó con la mirada. Todavía en calzoncillos. Pero esta vez Madeleine no se rió. Lo miraba con fijeza.

—Comprendo que necesites ensayar esas escenas tuyas antes de endilgárselas a tu público, en tus asociaciones de excombatientes, tus clubes y no sé dónde más... Pero yo no soy tu profesor particular. ¡Así que tus rayos y tus truenos se los lanzas a quien le interese, y a mí me dejas en paz!

Madeleine reanudó su tarea. Las manos no le temblaban, tampoco la voz. A veces decía las cosas de esa manera, bruscamente, y se quedaba tan ancha. Igual que su padre; de tal palo, tal astilla. Sin ofenderse, Henri se puso el pantalón. En el fondo Madeleine tenía razón, qué más daba el 1 de noviembre que el 11... Pero el Catorce de Julio era distinto. Henri profesaba abiertamente un odio muy especial a la fiesta nacional, la Ilustración, la Revolución, todas esas cosas, pero no porque tuviera ideas bien fundamentadas al respecto, sino porque, según él, era lo natural y digno en un aristócrata.

Y porque vivía en casa de los Péricourt, unos nuevos ricos. El viejo se había casado con una De Margis, descendiente de unos simples comerciantes en lana, con un «de» comprado en una subasta, que por fortuna sólo transmitían los hombres; pero un Péricourt nunca sería más que un Péricourt. Necesitarían otros cinco siglos para valer lo que un Aulnay-Pradelle, y ni por ésas. En cinco siglos ya haría mucho tiempo que su fortuna habría desaparecido, mientras que los Aulnay-Pradelle, cuya dinastía habría refundado Henri, seguirían recibiendo en el gran salón de su propiedad de la Sallevière. Y a propósito, debía apresurarse porque ya eran las nueve. Llegaría a su casa al final del día y se pasaría la mañana siguiente dando órdenes a los capataces, comprobando los trabajos —había que estar siempre encima de aquella gente—, negociando los presupuestos, haciendo que bajaran el precio (acababan de terminar el tejado, setecientos metros cuadrados de pizarra, un dineral, ahora iban a ponerse con el ala oeste, que estaba hecha una ruina, para rehacerla toda), corriendo a buscar las piedras donde Cristo perdió el gorro en un país donde ya no había ni trenes ni gabarras y, para pagar todo eso, debía exhumar un montón de héroes.

Cuando se acercó a besarla antes de irse (lo hacía en la frente, no le gustaba demasiado besarla en la boca), Madeleine le arregló el nudo de la corbata, por guardar las formas, por tener un gesto. Luego retrocedió y lo admiró. Todas aquellas zorras tenían razón, su marido era realmente guapo, tendría unos hijos preciosos.

18

La invitación de los Péricourt traía a Albert de cabeza. En realidad, aquel asunto del cambio de identidad no le daba paz, soñaba con él: que la policía lo encontraba, que lo detenían, que lo metían en la cárcel. Lo que más lo entristecía cuando lo encerraban era que ya nadie se ocuparía de Édouard. Pero al mismo tiempo se sentía aliviado. Así como Édouard experimentaba en determinados momentos un sordo rencor hacia Albert, a veces éste estaba molesto con Édouard por tenerlo tan atado. Después de que su compañero se hubiera empeñado en dejar el hospital y una vez superada la mala noticia de que no cobrarían pensión alguna, Albert al menos tuvo la sensación de que las cosas habían tomado un curso normal y duradero, sensación bruscamente desmentida por la aparición de la señorita Péricourt y la perspectiva de aquella invitación, que lo obsesionaba día y noche. Porque, vaya, tendría que cenar enfrente del padre de Édouard, interpretar el drama de la muerte de su hijo, sostener la mirada de su hermana, que parecía un encanto de chica, cuando no se empeñaba en darte propina, como si él fuera un repartidor...

Albert no paraba de analizar las consecuencias de aquella invitación. Si les confesaba a los Péricourt que Édouard estaba vivo (¿y qué otra cosa podía hacer?), ¿qué pasaría? ¿Tendría que llevarlo a la fuerza a casa de su familia, donde no quería volver a poner un pie?

Habría sido traicionarlo. Aunque ¿por qué se empeñaba Édouard en no volver allí, demonios? Qué más habría querido Albert que tener una familia así... No había tenido una hermana, y aquélla le habría venido de maravilla. Se convenció de haberse equivocado el año anterior, en el hospital, haciéndole caso a un Édouard llevado por la desesperación. Albert no debería haber cedido... Pero ya no tenía remedio.

Por otra parte, si confesaba la verdad, ¿qué pasaría con aquel soldado anónimo que ahora reposaba Dios sabía dónde, en el panteón familiar de los Péricourt, presumiblemente, un intruso al que no seguirían tolerando mucho tiempo? ¿Y qué harían con él?

Acudirían a la justicia, y todo recaería sobre él. O puede que lo obligaran a exhumar otra vez a aquel pobre soldado para librar de él a los Péricourt. ¿Y qué haría él con sus restos? ¡Acabaría descubriéndose la falsificación de los registros militares!

No obstante, presentarse en casa de los Péricourt, encontrarse con el padre y la hermana, quizá con otros miembros de la familia, y no decir nada de su compañero era desleal. ¿Cómo reaccionaría Édouard si se enteraba?

Pero ¿contárselo no suponía también una traición? Édouard tendría que quedarse allí, muerto de asco, solo, sabiendo que su compañero pasaba la velada con unas personas de las que él había renegado. Porque, vaya, no querer volver a verlos era eso, renegar de ellos, ¿no?

Les escribiría una carta aduciendo una excusa. Pero le propondrían otro día. Se inventaría una imposibilidad. Pero mandarían a alguien a buscarlo y se encontrarían con Édouard...

No veía salida. Todo se confundía. Albert sufría constantes pesadillas y en plena noche, Édouard, que prácticamente no dormía, se apoyaba preocupado en un codo, lo cogía del hombro para despertarlo y le tendía el cuaderno de conversación con expresión intrigada. Albert le decía por señas que no era nada, pero los terribles sueños se repetían sin cesar, no había manera de librarse de ellos y, a diferencia de Édouard, Albert necesitaba sus horas de descanso.

Por fin, tras innumerables y contradictorias reflexiones, se decidió: iría a casa de los Péricourt (si no, lo acosarían allí) y les ocultaría la verdad. Era la solución menos arriesgada. Les daría lo que pedían y contaría cómo había muerto su Édouard. Eso se proponía hacer. Eso, y no volver a verlos.

Pero el caso es que ya no se acordaba con exactitud de lo que había escrito en la carta. Reflexionó. ¿Qué se habría inventado? ¿Una muerte heroica, una bala en pleno corazón, como en las novelas? ¿Y en qué circunstancias? Sin contar con que la señorita Péricourt había contactado con él a través del cabrón de Pradelle. ¿Qué le habría explicado éste? Se habría echado flores. Y si su versión y la de Pradelle se contradecían, ¿cuál de las dos creerían? ¿No lo considerarían un impostor?

Cuantas más preguntas se hacía, más se le embrollaban la mente y la memoria, y las pesadillas volvían, amontonándose en sus noches como platos en un armario agitados por fantasmas.

Luego estaba el delicado asunto de la ropa. No podía presentarse en casa de los Péricourt tal cual, su mejor traje apestaba a miseria a la legua.

Por si al final se decidía a acudir al bulevar de Courcelles, se puso a buscar un traje decente. Sólo consiguió el de un colega, hombre anuncio en la parte de abajo de los Campos Elíseos, que era algo más bajo que él. Albert tenía que llevar el pantalón un poco caído para no parecer un payaso. Estuvo a punto de cogerle una camisa a Édouard, que tenía dos, pero renunció. ¿Y si su familia la reconocía? Le pidió una al mismo colega, lógicamente pequeña: los botones le tiraban un poco. Quedaba la espinosa cuestión de los zapatos. No encontró de su número. Así que habría de apañárselas con los suyos, unos raídos borceguíes que frotó hasta la extenuación, sin conseguir devolverles un aspecto mínimamente nuevo o decente. Estudió el problema desde todos los ángulos, y acabó embarcándose en la compra de un par nuevo, animado por el hecho de que el presupuesto para la morfina se había visto aligerado, dándole una bocanada de oxígeno. Eran unos zapatos preciosos. Treinta y dos francos en Bata. Cuando salía de la tienda con la caja apretada contra el pecho se confesó que, de hecho, tenía ganas de regalarse unos nuevos desde la desmovilización, siempre había cifrado la elegancia en eso, en unos buenos zapatos. Un abrigo o un traje viejos tenían pase, pero a un hombre se lo juzgaba por los zapatos, era indiscutible. De cuero marrón claro, calzarlos sería lo único agradable de aquella velada.

Édouard y Louise alzaron la cabeza cuando Albert salió tras el biombo. Acababan de terminar una máscara nueva color marfil con una bonita boca rosa que esbozaba una mueca un poco condescendiente y dos hojas secas, descoloridas y pálidas, en lo alto de las mejillas, a modo de lágrimas. No obstante, el conjunto no resultaba nada triste, evocaba a alguien concentrado en sí mismo, fuera del mundo.

Pero el auténtico espectáculo no era la máscara, sino la pinta de Albert. De dependiente de carnicería en día de fiesta.

Édouard pensó que su compañero tenía una cita y se enterneció.

La cuestión amorosa era motivo de bromas entre ellos, al fin y al cabo eran dos hombres jóvenes... Pero también un tema doloroso, porque eran dos hombres jóvenes sin mujer. A Albert, beneficiarse de vez en cuando y a escondidas a la señora Monestier había acabado haciéndole más mal que bien, porque sentía aún más la falta de auténtico amor. Dejó de acostarse con ella, que insistió un poco y luego se conformó. A menudo veía chicas guapas por ahí, en las tiendas, en el autobús. Bastantes no tenían novio, porque habían muerto muchos hombres, y esperaban, acechaban, confiaban, pero un desharrapado como Albert, vaya, todo un vencedor, que no paraba de volverse, asustadizo como un gato, con aquellos zapatos viejos y la chaqueta desteñida no era lo que se dice el mejor partido.

Y aunque diera con una chica a la que no la disuadiera su apariencia de mendigo, ¿qué futuro podía ofrecerle? ¿Podía decirle: «Anda, vente a vivir conmigo, comparto casa con un mutilado de guerra que perdió la mandíbula inferior, que no sale nunca, que se inyecta morfina y lleva máscaras de carnaval, pero no te apures, contamos con tres francos diarios para vivir y un biombo desgarrado para proteger tu intimidad»?

Sin contar con que Albert era tímido, si las cosas no venían a él...

Así que un día volvió a casa de la señora Monestier, pero la relojera tenía amor propio, en definitiva, estar casada con un cornudo no significa que hayas renunciado por entero a tu orgullo.

Era un orgullo de quita y pon, pues en realidad ya no necesitaba a Albert porque se cepillaba al dependiente nuevo, un tipo que, por lo que podía recordar Albert, se parecía un montón al chico que acompañaba a Cécile en el ascensor de la Samaritaine el día que él había renunciado a varias jornadas de sueldo. Anda, que si se pudiera retroceder en el tiempo...

Una noche le habló de estas cosas a Édouard. Pensaba complacerlo diciéndole que, al final, también él tenía que renunciar a las relaciones normales con las mujeres. Aunque en realidad había una gran diferencia: Albert podía rehacer su vida, él, no. Albert aún podía encontrar a una mujer joven, una viuda, por ejemplo, las había a montones, siempre que no fuera demasiado exigente, bastaba con buscar, con mantener los ojos bien abiertos. Pero ¿qué mujer habría querido a alguien como Édouard, suponiendo que a él le hubieran gustado las mujeres? La conversación les hizo daño a los dos.

¡Así que ver de repente a Albert hecho un brazo de mar...!

Louise soltó un silbido de admiración, se acercó a Albert y aguardó a que se agachara para arreglarle el nudo de la corbata. Le tomaron el pelo. Édouard se daba palmadas en los muslos y alzaba el pulgar con caluroso entusiasmo, emitiendo agudos gorgoteos desde el fondo de la garganta. Louise no se quedaba corta, reía tapándose la boca con la mano y diciendo: «Estás muy guapo así, Albert...», casi como una mujer hecha y derecha, cuando ¿cuántos años tendría la cría? Aquel exceso de cumplidos le dolió un poco, hasta una burla sin maldad hace daño, sobre todo en esas circunstancias.

Optó por salir. Además, se dijo, tenía que seguir reflexionando, tras lo cual, sin considerar lo más mínimo la solidez de los argumentos, decidiría en cuestión de segundos si iba o no a casa de los Péricourt.

Cogió el metro, pero completó el trayecto a pie. A medida que avanzaba, el malestar crecía. Al dejar atrás su distrito, lleno de rusos y polacos, descubrió grandes y majestuosos edificios, un bulevar como tres calles de ancho. Y frente al parque Monceau, se dio de bruces con el inmenso palacete de los Péricourt —efectivamente, no tenía pérdida—, ante el que había un lujoso coche al que un chófer con gorra y un uniforme impecable sacaba brillo, como quien cepilla un caballo de carreras. Albert se quedó tan impresionado que el corazón le dio un vuelco. Fingió que tenía prisa, pasó de largo ante el palacete, trazó un gran círculo por las calles colindantes y volvió por el parque, donde se sentó en un banco que permitía divisar de refilón la fachada del edificio. Estaba abrumado. Incluso le costaba imaginar que Édouard hubiera nacido allí, crecido allí. Otro mundo. Al que ahora se acercaba él portando la mentira más grande posible. Era un canalla.

En el bulevar, mujeres falsamente atareadas bajaban de los coches de punto, aparecían criados que las seguían cargados de paquetes... Los coches de los repartidores se detenían ante las puertas de servicio, los conductores discutían con los estirados lacayos, que se daban aires, representaban a sus amos vigilando las cajas de verdura y las cestas de pan con aire severo, mientras un poco más allá, en la acera, dos jóvenes elegantes y delgadas como cerillas pasaban riendo y cogidas del brazo a lo largo de las verjas del jardín. En la esquina del bulevar, dos hombres se saludaban con el periódico bajo el brazo y la chistera en la mano, hasta pronto, mi querido amigo, parecían dos jueces del tribunal. Uno de ellos se apartó para ceder el paso a un niñito vestido de marinero que corría empujando un aro, mientras la niñera lo perseguía riñéndolo por lo bajo y disculpándose ante aquellos caballeros. Apareció el coche de una floristería, que descargó suficientes ramos para una boda, pero no, de boda nada, sólo era la entrega semanal, tenemos tantas habitaciones, cuando hay invitados conviene estar preparados, cuestan una fortuna, no crea, pero lo decían sonriendo, comprar tantas flores es divertido, nos encanta recibir. Albert miraba a toda aquella gente como en otros tiempos miraba en un acuario unos peces exóticos que parecían cualquier cosa excepto peces.

Y aún faltaban más de dos horas.

Dudó entre seguir allí sentado o coger el metro... ¿para ir adónde? Antes le encantaban los grandes bulevares, pero desde que los recorría con un anuncio delante y otro detrás ya no era lo mismo. Dio vueltas por el parque. Pese a que había llegado antes de hora, se le hizo tarde.

Cuando cayó en la cuenta, su nivel de angustia subió como la espuma, las siete y cuarto, estaba empapado en sudor, se alejaba a grandes zancadas y luego giraba y volvía sobre sus pasos con el sol en la cara, las siete y veinte, y seguía sin decidirse. Hacia las siete y media, volvió a pasar frente al palacete por la acera de enfrente y decidió regresar a casa. Pero irían a buscarlo, mandarían al chófer, que no sería tan amable como su jefa. Las mil y una razones a las que no paraba de darles vueltas empezaron a hacer carambolas en su cabeza y, aunque nunca supo qué sucedió, de pronto se vio subiendo los seis peldaños de la escalinata. Llamó, se limpió furtivamente los zapatos, cada uno en la pantorrilla de la pierna contraria, y la puerta se abrió. Allí estaba, con el corazón desbocado en aquel vestíbulo tan alto como una catedral, con espejos muy bonitos, como todo lo demás, incluida la criada, una morena de pelo corto, qué preciosidad, Dios mío, qué labios, qué ojos, en casa de los ricos todo es bonito, se dijo Albert, hasta los pobres.

A ambos lados del inmenso vestíbulo enlosado con grandes baldosas negras y blancas en forma de damero, dos lámparas de seis globos enmarcaban el arranque de una monumental escalera de piedra de Saint-Rémy. Los dos pasamanos de mármol blanco ascendían en volutas simétricas hasta el rellano superior. Una imponente araña *art déco* difundía una luz amarilla que parecía llegar del cielo. La guapa criada miró a Albert de arriba abajo y le preguntó el nombre. Albert Maillard. Él miró alrededor sin disimulo. Podía haberse esforzado aún más, pero sin un traje a medida, zapatos más caros, chistera de marca, esmoquin o chaqué, todo le habría dado aquel aspecto de paleto que tenía. Aquella enorme diferencia de estatus, la angustia de los últimos días, el nerviosismo de la larga espera... Albert se echó sencillamente a reír. Se notaba que se reía para sí mismo, de sí mismo, tapándose la boca con la mano, era algo tan espontáneo, tan sincero, que la guapa criada también empezó a reír, y qué dentadura, Dios mío, qué risa, hasta la lengua, rosácea y puntiaguda, la tenía bonita. ¿Se había fijado en sus ojos al entrar o acababa de descubrirlos ahora? Negros, relucientes... Ninguno de ellos sabía de qué reía. La chica se volvió ruborizada sin dejar de reír, pero tenía que seguir trabajando, así que abrió la puerta de la izquierda, la gran sala de espera, con el piano de cola, los esbeltos jarrones chinos, la biblioteca de libros antiguos y los sillones de cuero, y se la mostró, podía ponerse cómodo, sólo llegó a decir «Lo siento», porque no conseguía contenerse, Albert alzó las manos, no, no, al revés,ríase.

Ahora está solo en aquella sala, la puerta ha vuelto a cerrarse, van a anunciar la llegada del señor Maillard, se le ha pasado la risa tonta, el silencio, la majestad, el lujo imponen, por supuesto. Roza las hojas de una planta de interior, piensa en la criada, si se atreviera... Intenta leer los títulos de los libros, desliza el índice por una taracea, duda si pulsar una tecla del gran piano... Podría esperarla cuando acabara el servicio, nunca se sabe, ¿saldrá con alguien? Prueba un sillón, se hunde en él, vuelve a levantarse, prueba el canapé, un cuero estupendo, aterciopelado, mira y hojea distraídamente los periódicos ingleses de la mesita baja, ¿qué hacer con la guapa criadita? ¿Le susurra algo al oído al marcharse? No, mejor fingir haberse olvidado algo, volver a llamar, deslizarle una nota en la mano con... ¿Qué? ¿Su dirección? Además, qué se va a dejar, si ni siquiera ha traído paraguas... Otra vez de pie, hojea unas páginas de los ejemplares del *Harper's Bazaar*, la *Gazette des Beaux-Arts*, el *Officiel de la Mode*, se sienta en el canapé... O esperarla a la salida del trabajo, sería lo mejor, conseguir hacerla reír, como antes. En una esquina de la mesita baja hay un grueso álbum encuadernado en una preciosa piel clara, tan sedosa y aterciopelada como todo lo demás. Si tuviera que invitarla a cenar, cuánto le costaría y, para empezar, adónde llevarla, otro dilema, coge el álbum, lo abre, la taberna de Duval está bien para él, pero invitar allí a una chica, no, y menos a una chica como ésa, que sirve en grandes casas, incluso en las cocinas los cubiertos deben de ser de plata... De pronto siente náuseas, tiene las manos húmedas, resbaladizas, traga saliva para no vomitar, el sabor a bilis le colma la boca. Se topa con una foto de boda, Madeleine Péricourt y el capitán d'Aulnay-Pradelle, uno junto al otro.

Es él, no cabe duda, no puede equivocarse.

Aun así tiene que comprobarlo. Hojea con avidez. Pradelle está en casi todas las fotografías, grandes como páginas de revista, hay mucha gente, flores y más flores, Pradelle sonríe con modestia, como uno que ha ganado a la lotería y que, no obstante mostrarse discreto, se deja admirar de buena gana, la señorita Péricourt lo coge del brazo, radiante, con un traje de esos que nadie lleva en la vida real, que se compra para un día, y esmóquines, chaqués, vestidos increíbles, escotes en la espalda, broches, collares, guantes color crema, los recién casados estrechan manos, ¡vaya si es Pradelle!, mesas atestadas, y ahí, al lado de la novia, su padre, sin duda, el señor Péricourt, que aunque sonríe no parece cómodo, y venga zapatos de charol y camisas con pechera, al fondo del todo, en el guardarropa, sombreros de copa alineados sobre las barras de cobre, y delante, pirámides de copas de champán, camareros con uniforme y guantes blancos, valses, una orquesta, los novios de nuevo al pasar bajo la hilera de honor... Albert pasa las páginas febrilmente.

Un artículo del *Gaulois*:

UNA MAGNÍFICA BODA

Había una gran expectación ante un acontecimiento tan parisino, y con motivo, porque ese día la gracia se unía al valor. Para los escasos lectores que todavía lo ignoren, precisemos que se trataba nada menos que del enlace de la señorita Madeleine Péricourt, hija de Marcel Péricourt, notable empresario, con Henri d'Aulnay-Pradelle, patriota y héroe.

La ceremonia propiamente dicha, celebrada en la iglesia de Auteuil, fue sencilla e íntima; sólo unas docenas de invitados, familiares y amigos, tuvieron la suerte de oír la admirable homilía de monseñor Coindet. Pero fue en el lindero del Bois de Boulogne, alrededor del antiguo pabellón de caza de Armenonville, que une a la elegancia de su arquitectura *belle époque* la modernidad de sus equipamientos, donde tuvo lugar la fiesta. En toda la jornada no hubo un solo momento en el que terraza, jardines y salones no estuvieran abarrotados por la sociedad más distinguida y esplendorosa. Más de seiscientos invitados, según dicen, pudieron admirar a la encantadora novia, cuyo vestido le había diseñado y regalado Jeanne Lanvin, gran amiga de la familia. Recordemos que el afortunado novio, el elegante Henri d'Aulnay-Pradelle, apellido perteneciente a la más rancia nobleza, no es otro que el «capitán Pradelle», el conquistador (entre tantos otros admirables hechos de armas) de la cota 113, arrebatada a los boches en vísperas del armisticio, y condecorado en cuatro ocasiones por sus innumerables actos de valentía.

El presidente de la República, el señor Raymond Poincaré, amigo íntimo del señor Péricourt, hizo una discreta aparición, dejando a otros ilustres invitados, entre los que figuraban los señores Millerand y Daudet, y algunos grandes artistas —como Jean Dagnan-Bouveret y Georges Rochegrosse, por no mencionarlos a todos—, el placer de disfrutar de la excepcional celebración, que sin duda pasará a los anales.

Albert cerró el álbum.

El odio que sentía hacia aquel Pradelle se había convertido en odio hacia sí mismo: se detestaba por seguir temiéndolo. El mero apellido Pradelle le producía palpitaciones. ¿Hasta cuándo, semejante pánico? Hacía casi un año que no lo nombraba, pero no había dejado de pensar en él. Imposible olvidarlo. Bastaba que mirara alrededor para descubrir la impronta de aquel hombre en todos los aspectos de su vida. Y no sólo de la suya. El rostro de Édouard, cada uno de sus actos, de la mañana a la noche, todo, absolutamente todo, venía de aquel instante inaugural: un hombre corre por un paisaje apocalíptico mirando al frente con ferocidad, un hombre para el que la muerte de los demás no tiene ninguna importancia, como tampoco la vida, que golpea con todas sus fuerzas a un Albert indefenso, y luego aquel salvamento milagroso, con sus consabidas consecuencias, y aquella cara reventada. Como si la guerra no fuera suficiente desgracia.

Albert mira ante sí sin ver. Así que ése es el epílogo de la historia. Esa boda.

Aunque no es un hombre muy filosófico, piensa en su vida. Y en Édouard, cuya hermana, en la más completa ignorancia, se ha casado con el asesino de ambos.

Evoca las imágenes del cementerio, de noche. Y otras del día anterior, cuando la joven apareció con su manguito de armiño y con el resplandeciente capitán Pradelle a su lado, como su salvador. Y luego, camino de la tumba, Albert sentado junto a aquel conductor que olía a sudor y se pasaba la colilla del cigarrillo de un lado a otro de la boca de un lengüetazo, mientras la señorita Péricourt y el capitán Pradelle iban juntos en la limusina. Debería haber desconfiado. «Pero Albert nunca se entera de nada, siempre está en las nubes. No sé si este hijo mío espabilará algún día, ni la guerra le ha enseñado nada, es desesperante.»

Hace un momento, al descubrir lo de la boda el corazón le latía desbocado, pero ahora lo siente derretirse en su pecho, a punto de pararse.

Aquel sabor amargo en el fondo de la garganta... Reprime de nuevo las náuseas levantándose y saliendo precipitadamente de la estancia.

Acaba de comprenderlo. El capitán Pradelle está allí.

Con la señorita Péricourt.

Le ha tendido una trampa. Una cena familiar.

Albert tendrá que sentarse frente a él, soportar su acerada mirada, como en el despacho del general Morieux cuando se trataba de mandarlo al paredón, no puede ser... ¿Es que la guerra no acabará nunca?

Debe irse de inmediato, darse por vencido, si no, morirá, conseguirá que lo maten. Tiene que huir.

Avanza dando saltitos, cruza la sala a toda velocidad y llega a la puerta, justo cuando se abre.

Y ante él aparece Madeleine Péricourt, sonriente.

—¡Ha venido usted! —exclama.

Es como si lo admirara, no se sabe por qué, por haber encontrado el camino quizá, por haber reunido el valor.

La joven no puede evitar mirarlo de la cabeza a los pies y, a su vez, Albert baja los ojos. Ahora lo entiende, los zapatos nuevos, relucientes, con el traje raído y demasiado corto, son lo peor de todo. Con lo orgulloso e ilusionado que estaba... Aquellos zapatos nuevos pregonan su pobreza.

Todo su sentido del ridículo se concentra allí, los odia, se odia.

—Vamos, acompáñeme —dice Madeleine. Y lo coge del brazo, como una amiga—. Mi padre bajará enseguida, tiene muchas ganas de conocerlo, ¿sabe?

19

—Buenas tardes, caballero.

El señor Péricourt era más bajo de lo que Albert esperaba. A veces te imaginas a los poderosos altos y te llevas la sorpresa de que sean normales. Bueno, normales no son, Albert ya se daba cuenta. El señor Péricourt tenía un modo de atravesarte con la mirada, de mantener la mano en la tuya una décima de segundo más de lo necesario, incluso de sonreír... En eso no había nada normal, aquel hombre debía de ser de acero, con una seguridad fuera de lo común, entre individuos así se recluta a los responsables del mundo, son ellos quienes deciden las guerras. Se asustó, ¿cómo conseguiría mentirle a semejante hombre? También miraba la puerta del salón, esperando ver aparecer al capitán Pradelle en cualquier momento...

Muy amable, el señor Péricourt señaló un sillón. Ya estaban instalados. Como si bastara un parpadeo, el servicio apareció de inmediato, hicieron rodar un mueble bar hasta ellos y les trajeron cosas de comer. Entre los criados, estaba la guapa doncellita. Albert intentó no mirarla, Péricourt lo observaba con curiosidad.

Albert seguía sin saber por qué no quería Édouard volver a su casa, aunque debía de tener razones muy poderosas; al conocer a Péricourt, empezó a comprender confusamente que se pudiera tener la necesidad de sustraerse a la presencia de un hombre como aquél. Era un individuo duro del que no cabía esperar nada, hecho de un material muy especial, como las granadas, los obuses y las bombas, capaz de matarte de una sola explosión sin apenas darse cuenta. Las piernas de Albert hablaron en su lugar: querían levantarse.

—¿Qué desea tomar, señor Maillard? —le preguntó de pronto Madeleine con una amplia sonrisa.

Se quedó clavado en el asiento. ¿Qué tomaba? No lo sabía. En las grandes ocasiones y cuando podía permitírselo, bebía calvados, un aguardiente vulgar que no se pide en casa de gente rica. Pero dadas las circunstancias, no tenía la menor idea de con qué sustituirlo.

—¿Qué le parece una copa de champán? —le propuso ella para ayudarle.

—Claro... —murmuró Albert, que odiaba las burbujas.

Una señal, un largo silencio, luego apareció el mayordomo con la cubitera y se celebró la ceremonia del tapón, artísticamente retenido. Impaciente, Péricourt hizo un gesto, vamos, vamos, sirva, que no tenemos toda la noche.

—Así que conocía bien a mi hijo... —dijo al fin, inclinándose hacia Albert.

Albert comprendió al instante que aquél sería el programa de la velada, y nada más. El señor Péricourt lo interrogaría sobre la muerte de su hijo en presencia de su hija. Pradelle no formaría parte del espectáculo. Un asunto familiar. Se sintió aliviado. Miró la mesa y su burbujeante copa de champán. ¿Por dónde empezaba? ¿Qué decía? Mira que lo había pensado, pero no encontraba la primera palabra.

—A mi hijo... Édouard... —creyó necesario añadir Péricourt, extrañado.

De pronto se preguntó si aquel joven lo habría conocido de verdad. ¿Había escrito la carta él mismo? A saber cómo se hacían las cosas allá, puede que eligieran a alguien al azar para redactar las cartas a los familiares de los compañeros, a día por cabeza, repitiendo siempre las mismas fórmulas, o casi.

Pero la respuesta brotó sincera:

—¡Sí, sí, señor Péricourt! Puedo decir que traté bastante a su hijo.

Lo que Péricourt quería saber sobre la muerte de su hijo dejó de tener demasiada importancia enseguida. Era más importante lo que contaba aquel excombatiente, porque hablaba de un Édouard vivo. Un Édouard en el barro, en la cola de la sopa, en el reparto de cigarrillos, en las partidas nocturnas de cartas, Édouard sentado, un poco aparte, inclinado sobre su cuaderno, dibujando en la penumbra... Albert describía al Édouard que había imaginado más que a aquel con quien se había cruzado en la trinchera, pero al que no había tratado.

Para Péricourt no era tan doloroso como había imaginado, aquellas imágenes casi lo reconfortaban. No pudo evitar sonreír, hacía siglos que Madeleine no lo veía sonreír así, con sinceridad.

—Si me permite decirlo —explicó Albert—, le gustaba mucho gastar bromas...

Envalentonado, siguió contando. Y el día que, y aquel otro que, y también recuerdo... No era difícil, cuanto le venía a la cabeza respecto a este o aquel de sus compañeros lo atribuía a Édouard, siempre que lo dejara en buen lugar.

Por su parte, Péricourt descubría a su hijo, estaban contándole cosas asombrosas (¿De verdad dijo eso? ¡Como se lo cuento, señor Péricourt!), pero nada lo sorprendía, porque se había hecho a la idea de que en el fondo nunca había conocido a Édouard, podían contarle lo que fuera. Historias tontas, de cantina, del jabón de afeitar, ocurrencias de colegiales, bromas cuarteleras, pero Albert, que por fin había encontrado una vía, la había tomado con decisión, casi con gusto. Aquellas anécdotas provocaron momentos de hilaridad. Péricourt tuvo que enjugarse las lágrimas. Animado por el champán, Albert siguió hablando sin darse cuenta de que el relato se deslizaba, se deslizaba constantemente, pasaba de las bromas del cuerpo de guardia a los pies helados, de las partidas de cartas a las ratas grandes como conejos y al hedor de los cuerpos que las ambulancias no podían recoger, con el que también bromeaban.

—Figúrese que un día su hijo Édouard va y dice...

Albert, demasiado apasionado, demasiado verídico, estaba a punto de excederse, de hacer más de lo necesario, de malograr el retrato de aquella mezcla de compañeros a la que llamaba Édouard, pero por suerte tenía al señor Péricourt justo enfrente, y aquel hombre, incluso cuando sonreía, cuando reía, parecía una fiera, con aquellos ojos grises, como para enfriar el entusiasmo de cualquiera.

—¿Y cómo murió?

La pregunta sonó como la cuchilla de una guillotina. Albert se quedó con la boca abierta. Madeleine estaba vuelta hacia él, natural y encantadora.

—Una bala, señor Péricourt, en el ataque a la cota ciento trece...

Albert se interrumpió, comprendiendo que aquella precisión, «la cota 113», bastaba por sí sola. Tuvo distinta resonancia para cada uno de ellos. Madeleine se acordó de las explicaciones que le había dado el teniente Pradelle cuando se conocieron en el Centro de Desmovilización, mientras ella sostenía la carta que comunicaba la muerte de su hermano. Péricourt no pudo evitar pensar, una vez más, que aquella cota 113 le había costado la vida a su hijo y valido la cruz de guerra a su futuro yerno. Para Albert, fue una sucesión de imágenes, el agujero del obús, Pradelle que corre a toda velocidad hacia él...

—Una bala, señor Péricourt —repitió con toda la convicción de la que fue capaz—. Corríamos al asalto de la cota ciento trece... Su hijo era de los más valientes, ¿sabe? Y...

Péricourt se inclinó ligeramente hacia él. Albert calló. Madeleine también se inclinó, intrigada, solícita, como para ayudarle a encontrar las palabras. Y es que hasta ese momento Albert no se había fijado de verdad, pero de pronto descubrió, intacta, con una exactitud increíble, la mirada de Édouard en los ojos de su padre.

Resistió unos instantes y luego se echó a llorar.

Lloró con las manos en la cara, balbuciendo disculpas, era un dolor muy intenso, no había sentido un desamparo igual ni al perder a Cécile. En aquella pena se juntaban el final de la guerra y el peso de su soledad.

Madeleine le tendió su pañuelo, Albert siguió disculpándose y llorando, hasta que se hizo el silencio, y cada uno se quedó a solas con su dolor.

Al fin Albert se sonó ruidosamente.

—Lo siento...

La velada, que apenas había comenzado, acababa de terminar con aquel instante de verdad. ¿Qué más cabía esperar de un simple encuentro, de una cena? Hicieran lo que hicieran, lo esencial estaba dicho, lo había dicho Albert en nombre de los tres. A Péricourt le dolía un poco aquella interrupción, porque no había formulado la pregunta que le quemaba en los labios, y sabía que ya nunca la formularía: ¿Hablaba Édouard de su familia? No importaba, conocía la respuesta.

Cansado pero digno, se levantó.

—Vamos, muchacho —dijo, tendiéndole la mano para levantarlo del sofá—. Venga a cenar, le sentará bien.

Péricourt observaba a Albert engullir. Aquella cara redonda, aquellos ojos ingenuos... ¿cómo se había ganado la guerra con soldados como aquél? De las anécdotas sobre Édouard, ¿cuáles eran ciertas? La elección era suya. Lo importante era que el relato del señor Maillard reflejaba no tanto la vida del propio Édouard como el ambiente donde había vivido en la guerra. Hombres jóvenes jugándose el pellejo de día y bromeando de noche, con los pies congelados.

Albert comía lentamente, pero con voracidad. Se había ganado la manduca. No habría sabido dar nombre a lo que le servían, le habría gustado tener el menú a la vista para seguir el baile de platos. Eso debía de ser lo que llamaban *mousse* de crustáceos, y aquello un *chaud-froid*, una gelatina, y aquello otro un suflé. Tenía mucho cuidado de no dar la nota para no parecer aún más tosco. De haber estado en el lugar de Édouard, hasta con un boquete en la jeta habría vuelto allí para hartarse de aquella comida, de aquel ambiente, de aquel lujo, sin dudarlo un segundo. Por no hablar de la criadita de ojos negros. Lo que le fastidiaba y le impedía disfrutar realmente de aquellos manjares era que la puerta por la que entraba el personal de servicio estaba detrás de él y, cada vez que se abría, se ponía tenso, se volvía y sus gestos lo hacían parecer aún más un muerto de hambre que acecha celosamente la llegada de los platos.

Péricourt nunca sabría qué parte de cierto había en lo que había oído, incluido lo poco relacionado con la muerte de su hijo. Ahora ya no tenía demasiada importancia. El duelo, se decía, empieza con ese tipo de reconocimiento. Durante la cena intentó recordar cómo había vivido el duelo por su mujer, pero había pasado demasiado tiempo.

Llegó el momento en que, igual que había dejado de hablar, Albert dejó de comer. Se hizo un silencio total; en el enorme comedor se oía claramente tintinear los cubiertos como si fueran cascabeles. Era el momento crítico en que cada cual se reprochaba no haber aprovechado bien la ocasión. Péricourt estaba absorto en sus pensamientos. Madeleine decidió tomar la iniciativa.

—Por cierto, señor Maillard... Si no es indiscreción, ¿en qué sector trabaja usted?

Albert se tragó el trozo de pularda, cogió la copa de Burdeos y soltó un débil murmullo de apreciación, para ganar tiempo.

—La publicidad —respondió al fin—. Trabajo en la publicidad.

—Debe de ser apasionante —opinó Madeleine—. Y... ¿qué hace exactamente?

Albert dejó la copa y carraspeó.

—No me dedico a la publicidad propiamente dicha. Trabajo en una empresa que hace publicidad. Soy contable, ¿sabe?

Eso no estaba tan bien, lo notó en sus caras, era menos moderno, menos excitante, y los privaba de un buen tema de conversación.

—Pero sigo las campañas muy de cerca —añadió, al percibir la decepción de su público—. Es un sector... muy... Es muy interesante.

Y eso es cuanto se le ocurrió decir. Por prudencia, renunció a los postres, el café, el alcohol... Péricourt lo miraba con la cabeza un poco ladeada, mientras Madeleine, con una naturalidad que demostraba una gran experiencia en situaciones semejantes, mantenía viva una conversación de todo punto insípida, pero sin tiempos muertos.

Cuando Albert estuvo en el vestíbulo pidieron su abrigo. La criada joven aparecería.

—Gracias infinitas, señor Maillard, por haber tenido la amabilidad de venir a nuestra casa —dijo Madeleine.

Sin embargo, la que apareció no fue la guapa, sino otra fea, también joven, pero fea, con pinta de campesina. La guapa debía de haber acabado su servicio.

En ese instante, Péricourt se acordó de los zapatos que había visto un poco antes. Bajó los ojos, mientras su invitado se ponía la guerrera teñida. Madeleine no los miró, se había fijado enseguida, nuevos, relucientes, baratos. Péricourt estaba pensativo.

—Ha dicho usted que es contable, ¿verdad, señor Maillard?

—Sí.

En eso era en lo que tenía que haberse fijado: a aquel chico, cuando decía la verdad se le notaba en la cara. Ya era demasiado tarde, qué se le iba a hacer.

—Pues bien, resulta que necesitamos un contable —explicó Péricourt—. Los institutos de crédito están en pleno auge, ya lo sabe, el país necesita invertir. En el momento actual hay muchas oportunidades.

Era una pena para Albert que quien así le hablaba no hubiera sido el director del Banque de l'Union parisino que lo había echado a la calle hacía unos meses.

—No sé cuáles son sus honorarios —continuó el padre de Édouard—, pero es lo de menos. Si acepta trabajar para nosotros, sepa que le ofreceremos las mejores condiciones, me comprometo a ello en persona.

Albert apretó los dientes. Se sentía bombardeado por las informaciones y asfixiado por la propuesta. El señor Péricourt lo miraba con benevolencia. A su lado, Madeleine sonreía plácidamente, como una madre de familia que observa a su bebé jugar en la arena.

—Es que... —balbuceó Albert.

—Necesitamos jóvenes competentes y dinámicos.

Los calificativos acabaron de asustarlo. El señor Péricourt le hablaba como si él hubiera estudiado en la Escuela Superior de Comercio de París. Aparte de que estaba claro que se había equivocado de persona, Albert creía que salir vivo de aquel palacete sería ya un milagro. Volver a acercarse a aquella familia, aunque fuera por un trabajo, con la sombra del capitán Pradelle deslizándose por los pasillos...

—Muchas gracias, señor Péricourt —dijo al fin—, pero tengo un trabajo muy bueno.

Péricourt alzó las manos, lo entiendo, no hay problema. Cuando la puerta volvió a cerrarse, se quedó inmóvil un instante, pensativo.

—Buenas noches, querida —dijo al fin.

—Buenas noches, papá.

Besó en la frente a Madeleine. Todos los hombres hacían eso.

20

Édouard se dio cuenta enseguida de que Albert volvía desilusionado de la cita. Estaba serio; las cosas no habían ido como esperaba con su amiga, pese a los zapatos nuevos. O a causa de ellos, se dijo Édouard, que sabía lo que era la verdadera elegancia y no había apostado mucho por su amigo al ver lo que calzaba.

Al entrar, Albert había desviado la mirada, como con timidez, no era normal. Por lo general solía ser justo al revés, le clavaba los ojos con atención, ¿todo bien? Era una mirada casi excesiva, que daba a entender que no temía verle la cara cuando no llevaba máscara, como aquella noche. Ahora, en cambio, guardó los zapatos en su caja, como quien esconde un tesoro, pero sin alegría, el tesoro era decepcionante, se arrepentía de haber cedido a aquel deseo, a aquel gasto, con todo lo que tenían que pagar, y encima sólo para aparentar en casa de los Péricourt. Hasta la criadita se había reído de él. Inmóvil, Édouard únicamente le veía la espalda, quieta, encorvada.

Fue eso lo que lo animó a lanzarse, aunque se había prometido no decir nada hasta que el proyecto estuviera listo, y distaba de estarlo. Además, aún no se sentía del todo satisfecho de lo hecho hasta entonces, y Albert tampoco estaba de humor para tratar de cosas serias... Había muchas razones para atenerse a su decisión inicial de contárselo lo más tarde posible.

Si a pesar de todo decidió soltar prenda, fue por la tristeza de su compañero. En realidad, tal argumento sólo ocultaba el auténtico motivo: tenía prisa, desde que había acabado el dibujo del niño de perfil, esa tarde, se moría de impaciencia.

Así que al diablo los buenos propósitos.

—Por lo menos he cenado bien —dijo Albert sin levantarse, y se sonó.

No quería volverse y dar el espectáculo.

Édouard experimentó entonces un momento intenso, un momento de victoria. No de victoria sobre Albert, por supuesto, sino la de sentirse fuerte por primera vez desde el hundimiento de su vida, de pensar que el futuro dependía de él.

Cuando Albert se levantó con los ojos bajos, voy por carbón, Édouard lo habría abrazado, le habría dado un beso, de haber tenido labios.

Albert siempre se ponía sus grandes zapatillas a cuadros para bajar, ahora vuelvo, añadió, como si esa precisión fuera necesaria. Les pasaba como a los matrimonios, que dicen cosas por costumbre sin darse cuenta de lo que implican si las analizas.

En cuanto Albert está en la escalera, Édouard sube a la silla de un salto, aparta la trampilla, saca la bolsa, vuelve a dejar la silla en su sitio, la limpia a toda prisa, se sienta en la otomana, se agacha, saca de debajo del mueble su nueva máscara, se la pone y espera, con el cuaderno de dibujo en el regazo.

Está listo enseguida, así que el tiempo se le hace eterno mientras acecha los pasos de Albert en la escalera, muy pesados porque el cubo va lleno de carbón, es el grande, ese trasto pesa un quintal. Al fin, Albert empuja la puerta. Cuando alza los ojos se queda petrificado, estupefacto, y suelta el cubo, que impacta contra al suelo con gran estruendo metálico. Trata de agarrar el aire, extiende el brazo, no encuentra nada, tiene la boca muy abierta para no desmayarse, las piernas no lo sostienen y conmocionado acaba cayendo de rodillas sobre el parquet.

La máscara que lleva su compañero, casi de tamaño natural, es su cabeza de caballo.

Édouard la ha hecho con papel maché endurecido. No le falta detalle: el color castaño con jaspeados más oscuros, la textura del pelaje ennegrecido, hecha de felpa marrón muy suave al tacto, las quijadas, descarnadas y caídas, la alargada y angulosa testuz, acabada en unas fosas nasales abiertas como pozos... Con los dos gruesos belfos cubiertos de vello y entreabiertos, el parecido es alucinante.

Cuando Édouard cierra los ojos, es el caballo mismo el que los cierra, exactamente él. Albert nunca había relacionado a su compañero y el caballo.

Está emocionado y al borde de las lágrimas, como si hubiera vuelto a ver a un amigo de la infancia, a un hermano.

—¡Vaya!

Ríe y llora a la vez, vaya, repite, pero no se levanta, sigue de rodillas, mirando a su caballo, vaya... Es ridículo, hasta él se da cuenta, pero tiene ganas de estamparle un beso en la gruesa y aterciopelada boca. Se conforma con acercarse, extender el índice y tocarle los belfos. Édouard reconoce el mismo gesto de Louise, tiempo atrás, y se emociona. La de cosas que podría decir. Pero los dos hombres se quedan callados, cada uno en su universo, mientras Albert desliza la mano por la cabeza del caballo y Édouard recibe la caricia.

—Nunca sabré cómo lo llamaban... —comenta Albert.

Hasta las mayores alegrías dejan un poso de tristeza. En toda experiencia hay siempre un sentimiento de carencia.

De pronto, como si acabara de aparecer sobre el regazo de Édouard, Albert ve el cuaderno de dibujo.

—Pero... ¡¿has vuelto a dibujar?! —Es un grito que llega del corazón—. ¡No puedes imaginarte la alegría que me das! —Y se ríe solo, como loco de contento al ver sus esfuerzos recompensados, al fin. Señala la máscara—. ¡Y eso también, eh! ¡Dios mío, qué noche! ¿Puedo verlo? —pregunta, señalando el cuaderno con impaciencia, y se sienta al lado de Édouard, que lo abre lentamente: una auténtica ceremonia.

Al mirar los primeros dibujos Albert se queda decepcionado. No puede disimularlo. Balbucea, vaya... muy bien... muy bien... para ganar tiempo, pues de hecho no sabe qué decir sin que suene a falso. Porque, vamos a ver, ¿qué es aquello? En la gran hoja hay un soldado, y muy feo. Albert cierra el cuaderno y señala la tapa.

—Dime —murmura desconcertado—, ¿de dónde has sacado esto?

Cambiar de tema de poco vale. Ha sido Louise. Claro. Para ella, encontrar cuadernos de dibujo debe de ser un juego de niños.

Así que tiene que ver de nuevo los dibujos. ¿Qué decir? Esta vez, asiente con la cabeza...

Se ha detenido en la segunda imagen, un dibujo a lápiz muy sutil de una estatua sobre una estela. Aparece de frente a la izquierda de la página y de perfil a la derecha. Representa a un soldado de pie, completamente equipado, con casco y el fusil en bandolera, avanza, se aleja con la cabeza erguida y la mirada en la lejanía, mientras con los dedos aún extendidos toca la mano de una mujer que está detrás de él, con delantal o bata, llorando con un niño en brazos. Ambos son jóvenes. Debajo del dibujo, el título: *Camino del combate*.

—¡Qué bien dibujado! —es cuanto se le ocurre comentar.

Édouard no se molesta, se echa atrás, se quita la máscara y la deja en el suelo, entre los dos. Ahora la cabeza del caballo parece asomar del parquet y tender los gruesos y velludos belfos hacia Albert.

Édouard atrae su atención al pasar lentamente la hoja: *¡Al ataque!*, se llama aquello. Esta vez hay tres soldados que responden perfectamente a la exhortación del título. Avanzan juntos, uno sostiene en alto el fusil, prolongado por la bayoneta; a su lado, el segundo, con el brazo extendido, se dispone a lanzar una granada; el tercero, un poco atrasado, acaba de ser alcanzado por una bala o un trozo de metralla, tiene el cuerpo arqueado, las rodillas ceden bajo él, va a caer...

Albert pasa las hojas: *¡Arriba los muertos!* Luego un *Soldado muriendo en defensa de la bandera* y *Compañeros de lucha*...

—¿Son estatuas...? —inquiere en tono vacilante.

Albert se esperaba cualquier cosa menos eso.

Édouard asiente mirando los dibujos, sí, estatuas. Da la impresión de estar contento. Bien, bien, bien, parece decir Albert, y nada más, el resto está bloqueado en su pecho.

Recuerda perfectamente el cuaderno de esbozos de Édouard que encontró entre sus pertenencias, repleto de escenas dibujadas a toda prisa con lápiz azul. Se lo envió a su familia con la carta en la que les comunicaba su muerte. En el fondo, eran las mismas situaciones que ahora, soldados en la guerra, pero en aquéllas había tanta verdad, tanta autenticidad...

Albert no entiende de arte, sólo sabe que hay cosas que le llegan y otras que no. Lo que ve en esos momentos está muy bien representado, muy trabajado, con mucho esmero, pero... Busca el término. Es... tópico. Y por fin lo encuentra: ¡no es auténtico! Eso es. Él, que ha conocido esa realidad, que fue uno de esos soldados, sabe que esas imágenes son las que se han forjado quienes no estuvieron allí. Es generoso, sí, está pensado para emocionar, pero es un poco demasiado explícito. Albert es una persona púdica. Y esos trazos son siempre gruesos, todo parece dibujado con adjetivos. Continúa, pasa las páginas, aquí está *Francia llorando a sus héroes*, una joven hecha una Magdalena que sostiene a un soldado muerto entre sus brazos y un *Huérfano meditando sobre el sacrificio*, un niño sentado con la cara apoyada en la mano y, a su lado —debe de ser lo que está soñando, o pensando—, un soldado tendido en el suelo, agonizando, que extiende la mano hacia abajo, hacia el niño... Es sencillo, incluso para quien no entiende, y de una fealdad increíble, ver para creer. Y aquí tenemos un *Gallo pisando un casco boche*, Dios mío, está tieso sobre los espolones, con el pico apuntando al cielo y plumas y más plumas...

No le gustan nada. Se ha quedado sin palabras. Mira de reojo a Édouard, que por su parte contempla sus creaciones con expresión protectora, como quien mira a unos hijos de los que está orgulloso, aunque sean feos, porque en eso ni se fija. La tristeza de Albert, a pesar de que en esos instantes no lo sepa, nace al comprobar que el pobre Édouard lo ha perdido todo en la guerra, incluso el talento.

—Y... —empieza a decir, porque, bueno, algo habrá que decir—...¿y por qué estatuas?

Édouard busca entre las últimas hojas del cuaderno, saca unos recortes de prensa y le muestra uno, donde ha rodeado unas líneas con lápiz grueso: «...aquí, como en todas partes, las ciudades, los pueblos, las escuelas, hasta las estaciones, todos quieren un monumento a los caídos...».

El recorte procede de *L'Est Républicain*. Hay otros, Albert ya ha abierto esa carpeta, pero no ha entendido el sentido, las listas de los muertos de un mismo pueblo, de una misma corporación, una celebración aquí, un desfile con armas, una suscripción allí... Todo remitía a aquel asunto del monumento conmemorativo.

—De acuerdo —responde, pese a que en realidad no entiende de qué se trata.

Entonces Édouard señala un cálculo que ha hecho en la esquina de una página: «30.000 monumentos x 10.000 francos = 300 millones de francos.»

Esta vez Albert comprende algo más, porque es mucho dinero. Una fortuna.

No consigue imaginarse lo que puede comprarse con semejante suma. Su imaginación choca contra la cantidad, como una abeja contra un cristal.

Édouard le coge el cuaderno de las manos y le enseña la última página.

> EL RECUERDO PATRIÓTICO
>
> Estelas, monumentos y estatuas
> en honor de nuestro héroes
> y de la Francia victoriosa
>
> CATÁLOGO

—¿Quieres vender monumentos a los caídos?

Sí. Eso es. Édouard está encantado con su idea, se da palmadas en los muslos y emite sonidos con la garganta, esos gorgoteos que no se sabe de dónde salen ni cómo, porque no se parecen a nada, pero son desagradables.

Albert no acaba de entender cómo alguien puede tener ganas de fabricar monumentos, pero la cantidad de trescientos millones de francos empieza a abrirse paso en su mente: eso quiere decir, por ejemplo, «casa» como la del señor Péricourt, «limusina» y hasta «palacio»... Se ruboriza, acaba de pensar en «mujeres», la criadita de la sonrisa arrebatadora ha pasado fugazmente ante sus ojos, es automático, cuando uno tiene dinero, siempre se ve acompañado por mujeres.

Lee las breves líneas que siguen, un anuncio en versalitas hechas con tanto esmero que parecen de imprenta: «... Y SIENTEN DOLOROSAMENTE LA NECESIDAD DE PERPETUAR EL RECUERDO DE LOS HIJOS DE SU CIUDAD O SU PUEBLO QUE HICIERON DE SU PECHO UNA MURALLA VIVA CONTRA EL INVASOR.»

—Todo esto está muy bien —dice Albert—. Incluso me parece una idea muy buena...

Ahora comprende por qué lo han decepcionado tanto los dibujos, no están pensados para representar una sensibilidad, sino para expresar un sentimiento colectivo, para gustar a un público muy amplio que necesita emoción, que quiere heroísmo.

Un poco más adelante: «... A ERIGIR UN MONUMENTO DIGNO DE SU MUNICIPIO Y DE LOS HÉROES A QUIENES QUIEREN CONVERTIR EN EJEMPLO DE LAS GENERACIONES VENIDERAS. SEGÚN LOS MEDIOS DE QUE SE DISPONGA, LOS MODELOS PRESENTADOS PUEDEN SER REALIZADOS EN MÁRMOL, GRANITO, BRONCE, EN PIEDRA Y GRANITO SILICATADO O EN GALVANO-BRONCE...»

—De todas formas, es un asunto un poco complicado... —opina Albert—. Para empezar, para vender monumentos no basta con dibujarlos. Y, además, una vez vendidos, ¡hay que fabricarlos! Se necesita dinero, personal, una fábrica, materias primas...

Se queda estupefacto al darse cuenta de lo que supone crear un taller de fundición.

—Después hay que transportar los monumentos, montarlos en su sitio... ¡Se necesita mucho dinero!

Todo se reduce a lo mismo. Al dinero. Ni a los más ingeniosos les basta con sus propias fuerzas. Albert sonríe afectuosamente y le da a su compañero unas palmaditas en la rodilla.

—Bueno, mira, pensémoslo. A mí me parece que querer volver al trabajo es muy buena idea. Aunque a lo mejor no tienes que tirar por ese lado: ¡los monumentos son algo muy complicado! Pero da igual, lo importante es que hayas recuperado las ganas de hacer cosas, ¿no?

No. Édouard aprieta el puño y restriega el aire, como si sacara brillo a unos zapatos. El mensaje es claro: ¡No, hay que darse prisa!

—Sí, darse prisa, darse prisa... —responde Albert—. ¡A veces, tienes unas cosas!

En otra página del cuaderno, Édouard escribe una cantidad a toda velocidad: «¡300 monumentos!» Tacha 300 y escribe «¡400!» ¡Qué ímpetu! Añade: «¡400 x 7.000 francos = 3 millones!»

Se ha vuelto completamente loco, está claro. No contento con querer montar un proyecto imposible, querría hacerlo enseguida, con la mayor urgencia. Bueno, tres millones... claro, en principio Albert no tiene nada en contra. Más bien a favor. Pero salta a la vista que Édouard ya no tiene los pies en el suelo. Hace tres dibujos y ya se imagina en la fase industrial. Albert toma aire como si tomara impulso. E intenta hablar con serenidad:

—Mira, grandullón, creo que no es razonable. Querer fabricar cuatrocientos monumentos... No sé si te haces una idea de lo que realmente significa...

—¡Ajjj! ¡Ajjj! ¡Ajjj!

Cuando Édouard emite esos sonidos, es que la cosa es importante, lo ha hecho una o dos veces desde que se conocen, son imperativos, no está enfadado, pero quiere que lo escuchen. Coge su lápiz.

—«¡No los fabricamos!» —escribe—. «¡Nosotros los vendemos!»

—¡Ya, claro! —explota Albert—. Pero, joder, cuando los hayamos vendido, habrá que fabricarlos, digo yo...

Édouard acerca su cara a la de Albert y le coge la cabeza con las manos, como si fuera a besarlo en la boca. Con ojos risueños, niega con un gesto y vuelve a tomar el lápiz.

—«¡Sólo los vendemos!»

En ocasiones, las cosas más deseadas llegan por sorpresa. Eso le pasará a Albert. De pronto, Édouard, loco de contento, responde a la obsesiva pregunta que su compañero no ha dejado de hacerse desde el primer día. ¡Se echa a reír! Sí, a reír, por primera vez.

Y es una risa casi normal, gutural, bastante femenina, aguda, una auténtica risa con sus trémolos y vibratos.

Albert se ha quedado de una pieza, boquiabierto.

Baja la cabeza y posa los ojos en la hoja de papel, en las últimas palabras de Édouard:

—«¡Sólo los vendemos! ¡No los fabricamos! Nos quedamos con el dinero, y ya está.»

—Pero... —murmura Albert.

Se pone muy nervioso, porque Édouard no dice nada.

—¿Y después? —insiste—. ¿Qué hacemos?

—«¿Después?» —La risa de Édouard estalla por segunda vez—. «¡Largarnos con la pasta!»

21

Aún no eran las siete de la mañana y hacía un frío del demonio. Por suerte no helaba desde finales de enero —si no, habría habido que llevar pico, que estaba rigurosamente prohibido por el reglamento—, pero el viento era gélido, húmedo, constante, casi hacía pensar que no merecía la pena haber acabado con la guerra para tener inviernos así.

Henri no quería estar de plantón, prefería quedarse en el coche. Lo que tampoco mejoraba mucho, porque en aquel automóvil se estaba caliente de cintura para arriba o para abajo, nunca entero. De todas formas, en esos momentos le molestaba todo, nada le parecía bien. Con la energía que ponía en sus asuntos, tenía derecho a un poco de paz, ¿no? Pero ¡qué va!, siempre había algún problema, algún imprevisto, tenía que estar en todas partes a la vez. Así de simple, debía hacerlo todo él. Si no estaba encima de Dupré a cualquier hora...

Evidentemente, eso no era del todo justo, y Henri lo sabía, Dupré se desvivía, era muy trabajador y ponía mucho interés. Debería calcular lo que rinde ese tipo, eso me tranquilizaría, pensaba Henri. Pero el caso es que estaba enfadado con todo el mundo.

También era por el cansancio, habían tenido que salir en plena noche, y aquella chica judía le chupaba tanta energía... Y sabe Dios que no le gustaban los judíos —los Aulnay-Pradelle eran anti judíos desde la Edad Media—, pero sus hijas... ¡qué guarras tan maravillosas, cuando querían!

Se arrebujó nerviosamente en el abrigo y miró a Dupré, que estaba llamando a la puerta de la prefectura.

El conserje acababa de vestirse. Dupré le daba explicaciones señalando el coche, y el conserje se inclinaba y miraba poniéndose la mano a modo de visera como si hiciera mucho sol. Estaba al tanto. Una noticia no necesitaba ni una hora para pasar del cementerio militar a la prefectura. Las luces de los despachos se encendieron una tras otra, la puerta volvió a abrirse, Pradelle salió al fin del Hispano, cruzó rápidamente el porche y agitando de forma perentoria un brazo dejó atrás al conserje, que se disponía a indicarle el camino, tranquilo, me lo sé, ésta es como mi casa.

El prefecto, por su parte, no lo veía igual. Gaston Plerzec. Llevaba cuarenta años diciéndole a la gente que no, no era bretón. No había pegado ojo en toda la noche. Durante horas, en su mente los cadáveres de los soldados se mezclaban con los chinos, los ataúdes andaban solos, algunos aún exhibían una sonrisa sardónica. Eligió una pose favorecedora, que en su opinión traslucía la importancia de su cargo: ante la chimenea, con un brazo en la repisa, la otra mano en un bolsillo de la chaqueta y la barbilla alzada, porque la barbilla, cuando eres prefecto, es muy importante.

A Pradelle, el prefecto, su chimenea y su barbilla le traían sin cuidado. Entró sin fijarse en la pose, incluso sin saludar, y se desplomó en el sillón reservado a las visitas.

—Bueno, ¿a qué viene esa gilipollez? —le soltó a Plerzec, que se quedó petrificado.

Ambos se habían visto dos veces, durante la reunión técnica, al comienzo del programa gubernamental, y luego en la inauguración de las obras, con el discurso del alcalde, el momento de recogimiento... Henri no veía la hora de marcharse, ¡como si no tuviera nada mejor que hacer! El prefecto sabía —¿y quién no?— que el señor d'Aulnay-Pradelle era yerno de Marcel Péricourt, que era compañero de promoción y amigo íntimo del ministro del Interior. El presidente de la República en persona había asistido a la boda de su hija. Plerzec no se atrevía ni a imaginar la maraña de amistades y relaciones que rodeaba aquel asunto. Justo eso no le había dejado dormir, la cantidad de gente importante que debía de haber detrás de tanto incordio y la capacidad de presión que suponían. Su carrera parecía una brizna de paja amenazada por una chispa. Los ataúdes procedentes de toda la región habían empezado a converger hacia la futura necrópolis de Dampierre apenas hacía unas semanas, pero al ver sobre el terreno cómo se realizaban las inhumaciones, el prefecto Plerzec se había preocupado de inmediato. Al surgir los primeros problemas, quiso curarse en salud, una reacción instintiva. Ahora algo le decía que quizá se hubiera dejado llevar por el pánico.

Circulaban en silencio.

Pradelle, al volante, se preguntaba si no habría sido demasiado codicioso. La madre que los...

El prefecto tosió, el coche pasó sobre un bache y Plerzec dio con la cabeza contra el techo, pero nadie le prestó atención. Detrás, Dupré, que también se había dado muchos cabezazos, ya sabía cómo ponerse, con las rodillas separadas, una mano aquí y otra allá. El jefe corría como un loco.

El alcalde, avisado por teléfono por el conserje de la prefectura, los esperaba ante la verja del futuro cementerio militar de Dampierre con un libro de registro bajo el brazo. No sería una necrópolis demasiado grande, novecientas tumbas. Nadie entendía con qué criterio elegía el ministerio los emplazamientos.

Pradelle observó al alcalde de lejos: parecía un notario jubilado o un maestro de escuela, eran los peores. Gente picajosa que se tomaba muy en serio su cargo, sus prerrogativas. Apostó a que era notario, los maestros estaban más flacos.

Aparcó, bajó del coche con el prefecto al lado y todos se estrecharon las manos sin decir nada; el asunto era serio.

Empujaron la verja provisional. Ante ellos se extendía un inmenso campo aplanado, pedregoso y yermo donde habían trazado a cordel líneas rigurosamente rectas, perpendiculares. Marciales. Sólo estaban acabados los senderos más alejados, poco a poco el cementerio iba cubriéndose de tumbas y cruces, como una sábana que se despliega. Cerca de la entrada había unas casetas que servían de oficinas administrativas y palés con decenas de cruces blancas. Un poco más lejos, en un hangar, se apilaban en torno a un centenar de ataúdes cubiertos con lonas del ejército. Por lo general, la llegada de las cajas se producía al ritmo de las inhumaciones; si había tantas por anticipado, señal de que llevaban retraso. Pradelle se volvió y miró a Dupré, que confirmó que, en efecto, adelantados no iban. Razón de más para acelerar las cosas, se dijo Henri, y alargó la zancada.

No tardaría en amanecer. No había un árbol en kilómetros a la redonda. El cementerio parecía un campo de batalla. El grupo avanzaba siguiendo al alcalde, que mascullaba «E trece, a ver, la E trece...». Sabía muy bien dónde estaba la dichosa tumba, el día anterior se había pasado cerca de una hora junto a ella, pero ir directo, sin buscar, le parecía un insulto a su escrupulosidad.

Por fin se detuvieron ante una tumba recién abierta. Bajo una fina capa de tierra, se veía el extremo inferior de un ataúd, un poco alzado para permitir leer la inscripción: ERNEST BLANCHET - CABO - 133.º RI - MUERTO POR FRANCIA EL 4 DE SEPTIEMBRE DE 1917.

—¿Y bien? —preguntó Pradelle.

El prefecto señaló el libro de registro que el alcalde tenía abierto ante sí, como un grimorio o una Biblia.

—«Emplazamiento E trece —leyó solemne—. Simon Perlatte - Soldado de segunda - Sexto Ejército - Muerto por Francia el 16 de junio de 1917.» —Cerró el libro de golpe, haciéndolo restallar.

Pradelle frunció el ceño. Le entraron ganas de repetir la pregunta: ¿Y bien? Pero dejó reposar la información. Así que el prefecto retomó la palabra, en el reparto de poderes entre la ciudad y la provincia, le correspondía el honor de dar el golpe de gracia.

—Sus hombres han mezclado ataúdes y emplazamientos.

Pradelle se volvió hacia él, interrogativo.

—El trabajo lo hacen sus chinos —añadió el prefecto—. Por lo visto, no buscan el sitio correcto... Meten los ataúdes en el primer agujero que encuentran.

Esta vez, Henri se volvió hacia Dupré.

—¿Por qué hacen eso los gilipollas de los chinos?

—No saben leer, señor d'Aulnay-Pradelle —se adelantó el prefecto al gerente—. Para realizar este trabajo, ha contratado usted a gente que no sabe leer.

Por un instante, Henri perdió el aplomo.

—¿Y qué cojones importa eso, maldita sea? —espetó enseguida—. ¿Es que cuando los familiares vienen a rezar cavan la tumba para asegurarse de que el muerto sea suyo?

Todos se quedaron de piedra. Salvo Dupré, que conocía a su jefe: ¡cuántos fuegos le había visto apagar en los cuatro meses que llevaban con aquel asunto, y mucho peores que aquél! Era un trabajo en que surgían montones de casos particulares; para estar en todo, habría habido que contratar gente, pero el jefe se negaba, tendrán que apañárselas, decía, ya son bastantes, y además está usted, ¿no, Dupré? ¿Puedo confiar en usted, sí o no? Así que, que ahora hubiera un muerto donde le tocaba estar a otro no le sorprendía mucho.

Sin embargo, el alcalde y el prefecto estaban indignados.

—¡Espere, espere, espere...! —decía el alcalde—. Nosotros tenemos responsabilidades, caballero. ¡Ésta es una tarea sagrada!

A las primeras de cambio, las grandes frases. Estaba claro con quién se las veían.

—Sí, por supuesto —respondió Pradelle en tono más conciliador—. Es una tarea sagrada, sin duda. Pero, bueno, ya saben ustedes lo que es...

—¡Sí, caballero! ¡Claro que sí, figúrese si lo sé! ¡Un insulto a nuestros caídos, eso es! De forma que voy a paralizar las obras.

El prefecto se alegraba de haber avisado al ministerio por telegrama. Tenía las espaldas cubiertas. ¡Uf!

Pradelle se quedó pensando.

—Bien —dijo al fin.

El alcalde suspiró. No esperaba una victoria tan fácil.

—Mandaré abrir todas las tumbas —anunció con voz fuerte, perentoria—. Para comprobarlas.

—De acuerdo —convino Pradelle.

El prefecto Plerzec dejó que se las apañara el alcalde, porque Aulnay-Pradelle en plan conciliador lo desconcertaba. En sus dos encuentros anteriores, le había parecido expeditivo y altanero, en absoluto el hombre razonable de ese día.

—Bien —repitió Pradelle arrebujándose en el abrigo. Parecía comprender la postura del alcalde y estaba dispuesto a hacer de tripas corazón—. Entendido, ordene abrir las tumbas.

El capitán hizo ademán de marcharse; pero de pronto se detuvo, como si quisiera solucionar un último detalle:

—Por supuesto, nos avisarán en cuanto podamos volver al trabajo, ¿verdad? Y usted, Dupré, haga el favor de enviar a los chinos a Chazières-Malmont, donde llevan retraso. En el fondo, no hay mal que por bien no venga.

—¡Oiga, espere! —aulló el alcalde—. ¡Las tumbas tiene que abrirlas su gente!

—¡No, no! —replicó Pradelle—. Mis chinos entierran. Les pagan para eso. A mí no me importa que desentierren, ¡que quede claro! Yo facturo al gobierno por unidad... Pero tendré que facturar tres veces. La primera, por enterrar, la segunda, por desenterrar, y la tercera, por volver a enterrar cuando hayan decidido ustedes cuál es la tumba correcta para cada muerto.

—¡De eso nada! —gritó el prefecto.

Al fin y al cabo, era quien firmaba las actas, quien rendía cuenta de los gastos, quien gestionaba el presupuesto establecido por el Estado y quien, en caso de excederlo, se llevaría una buena. Ya lo habían trasladado allí a consecuencia de un error administrativo (un problema con la amante de un ministro, que la había tomado con él; el asunto se había complicado; moraleja: transferido a Dampierre una semana después), así que esta vez no, gracias, no le apetecía nada acabar su carrera en las colonias, era asmático.

—¡No podrá facturarse tres veces, ni hablar! —añadió.

—Aclárense entre ustedes —dijo Pradelle—. Yo necesito saber qué hago con mis chinos. ¿Trabajan o se van?

El alcalde estaba descompuesto.

—¡En fin, señores!

Hizo un amplio ademán para indicar la extensión del cementerio, sobre el que se había alzado el sol. Era siniestra aquella inmensa explanada sin hierba, sin árboles, sin límites, bajo un cielo lechoso, con aquel frío, aquellos taludes de tierra, que la lluvia aplanaría, aquellas palas, aquí y allá, aquellas carretillas... Un espectáculo muy triste. El alcalde había vuelto a abrir el libro de registro.

—En fin, señores... —repitió—. Ya hemos enterrado a ciento quince soldados... —Alzó la cabeza, anonadado por la constatación—. ¡Y ahora resulta que no tenemos ni idea de quién es quién!

El prefecto se preguntó si el alcalde iba a echarse a llorar, sólo les faltaba eso.

—Estos muchachos murieron por Francia —añadió el alcalde—. ¡Les debemos respeto!

—¿Ah, sí? —le preguntó Henri—. ¿Les deben respeto?

—Por supuesto, y...

—Entonces, explíqueme por qué permite que unos analfabetos los entierren de cualquier manera en el cementerio de su municipio desde hace casi dos meses.

—¡Quien los entierra a la buena de Dios no soy yo, sino sus chi... sus hombres!

—Pero la autoridad militar delegó en usted la tenencia de esos libros de registro, ¿no?

—¡Todos los días viene un empleado del ayuntamiento! Pero ¡no puede pasarse aquí todo el santo día!

El alcalde se volvió hacia el prefecto y le lanzó una mirada de náufrago.

Silencio.

Todos se pasaban la pelota. El alcalde, el prefecto, las autoridades militares, los funcionarios del registro civil, el Ministerio de Pensiones... Desde luego, por intermediarios no sería...

Estaba claro que, si empezaban a pedir responsabilidades, nadie se libraría. Bueno, sí, los chinos. Porque no sabían leer.

—Escuchen —dijo al fin Pradelle—. A partir de ahora, iremos con más cuidado, ¿verdad, Dupré?

Éste asintió. El alcalde estaba consternado. Tendría que hacer la vista gorda, dejar en las tumbas nombres que no se correspondían con los soldados enterrados en ellas a sabiendas y cargar solo con el secreto. Aquel cementerio se convertiría en su pesadilla. Pradelle miró al alcalde y luego al prefecto.

—Sugiero que no aireemos este pequeño incidente —murmuró en tono confidencial.

El prefecto tragó saliva. Seguramente, el telegrama que había mandado al ministerio ya era como una petición de traslado a las colonias. Pradelle extendió el brazo y lo pasó sobre los hombros del desconcertado alcalde.

—Lo importante para los familiares es tener un sitio para ellos, ¿no le parece? —le preguntó—. Y de todas formas, sus hijos están aquí, ¿verdad? ¡Eso es lo que realmente importa, créanme!

Arreglado el asunto, Pradelle se subió al coche y cerró de un portazo, pero no estaba tan enfadado como otras veces. Incluso arrancó bastante despacio.

Dupré y él contemplaron el paisaje largo rato sin hablar.

Una vez más habían salido bien librados, pero los incidentes se multiplicaban por todas partes: empezaban a entrarles dudas, a cada uno a su nivel.

—Vamos a apretarles las tuercas a esos chinos, ¿eh, Dupré? Cuento con usted, ¿verdad?

22

No. Movía el índice como si fuera el limpiaparabrisas de un coche, pero más deprisa. Un «no» firme, tajante. Édouard cerró los ojos. Se lo esperaba. Albert era un apocado, un miedoso. Incluso cuando no había riesgos, tardaba días en tomar una decisión, ¡imagínense para vender monumentos a los caídos y largarse con la pasta!

En opinión de Édouard, la cuestión era saber si Albert acabaría cediendo en un plazo razonable, porque las buenas ideas son mercancías perecederas. Los periódicos que leía con avidez lo dejaban intuir: cuando el mercado estuviera saturado de ofertas de monumentos, muy pronto, cuando todos los artistas, cuando todas las fundiciones se lanzaran a satisfacer esa demanda, sería demasiado tarde.

Era entonces o nunca.

Para Albert, nunca. Movimiento de índice. No.

Pese a ello, Édouard había proseguido trabajando con tesón.

Su catálogo de obras conmemorativas iba sumando modelo tras modelo. Acababa de parir una *¡Victoria!* muy lograda, inspirada en la de Samotracia, pero con casco de soldado. Causaría furor. Y como siempre estaba solo hasta que llegaba Louise, al final de la tarde, tenía tiempo de sobra para reflexionar, para tratar de responder a todas las cuestiones que se le planteaban, para pulir el proyecto, que —debía admitirlo— no era sencillo. Mucho menos de lo que imaginaba: intentaba solucionar las dificultades una a una, pero surgían otras nuevas. Pese a los obstáculos, su fe era inquebrantable. Según él, el plan no podía fallar.

Pero la verdadera y gran novedad era que trabajaba con un entusiasmo inaudito, casi violento.

Le gustaba proyectarse en esa perspectiva, que lo envolvía, lo habitaba, que era su razón de ser. Y a medida que recuperaba su gusto por provocar y su temperamento agitador, volvía a ser él mismo.

Albert se alegraba por su amigo. No había conocido a aquel Édouard, o poco, en las trincheras. Verlo regresar a la vida era una auténtica recompensa. En cuanto a su plan, le parecía tan inviable que apenas le preocupaba. A su modo de ver, era totalmente irrealizable.

Entre los dos se había puesto en marcha una prueba de fuerza en que uno tiraba y el otro no se dejaba arrastrar.

Como suele ocurrir, la que llevaba las de ganar no era la energía, sino la inercia. A Albert le bastaba con decir que no el tiempo suficiente para ganar la partida. Lo más duro para él no era negarse a secundar aquella descabellada idea, sino desilusionar a Édouard, cortar de raíz su recuperado entusiasmo, devolverlo a la vacuidad de su vida, a un futuro sin proyectos.

Debería proponerle otra cosa... Pero ¿qué?

Así que cada noche admiraba con educada indulgencia, aunque con frialdad, los nuevos dibujos que le enseñaba Édouard, sus últimas estelas, sus esculturas más recientes.

—«Tienes que comprender bien la idea...» —escribía Édouard en el cuaderno de conversación—. «¡Cada uno puede fabricarse su propio monumento por sí mismo! Coges una bandera y un soldado, y ya tienes un monumento. Quitas la bandera, la sustituyes por una "Victoria", ¡y ya tienes otro! Te vuelves creativo sin necesidad de esforzarte ni poseer talento... ¡Esto va a gustar, seguro!»

¡Ay!, se decía Albert, a Édouard podían hacérsele muchos reproches, pero no que no se le ocurrieran cosas. Sobre todo, catastróficas: el cambio de identidad, la imposibilidad de cobrar la pensión del gobierno, la negativa a volver a su casa, donde disponía de todas las comodidades, la rebeldía contra el injerto, la adicción a la morfina y, ahora, el chanchullo de los monumentos a los caídos... Las ideas de su compañero eran una verdadera fuente de problemas.

—Pero ¿te das cuenta de lo que me propones? —le preguntó Albert, plantándose delante de él—. Cometer... ¡un sacrilegio! Robar el dinero de los monumentos a los caídos es como profanar un cementerio, es... ¡un ultraje a la patria! Porque, aunque el Estado ponga un poco de su bolsillo, la mayor parte del dinero procede... ¿de dónde? ¡De las familias de los muertos! De las viudas, los padres, los huérfanos, los compañeros de armas... A tu lado, el famoso asesino Landrú parecerá una hermanita de la caridad. Tendrás a todo el país pisándote los talones, a todo el mundo en contra. Y cuando te cojan, te harán un juicio que será puro trámite, porque la guillotina estará esperándote desde el primer día. Sí, ya sé que estás harto de tu cabeza. En cambio, la mía aún me gusta bastante.

Albert regresó a la cocina refunfuñando, qué proyecto tan descabellado. Pero de repente se volvió con el trapo en la mano. La cara del capitán Pradelle, que lo obsesionaba desde que estuvo en casa de los Péricourt, acababa de aparecérsele por enésima vez. Y se dio cuenta de que su mente llevaba mucho tiempo tramando continuos planes de venganza.

Y de que había llegado la hora.

Estaba más claro que el agua.

—¿Quieres que te diga lo que sí sería moral? ¡Arrancarle el pellejo a ese cabrón de Pradelle! ¡Eso tendríamos que hacer! Porque esta vida que llevamos, lo que hoy somos, todo, ¡se lo debemos a él!

Al parecer, el nuevo enfoque no acababa de convencer a Édouard, que se quedó con la mano suspendida sobre la hoja de papel, perplejo.

—¡Sí, sí! —insistió Albert—. ¿O es que ya te has olvidado de Pradelle? Él no está como nosotros, no, él regresó como un héroe, con medallas y condecoraciones, y cobra la pensión de oficial. Seguro que la guerra le ha proporcionado muchos beneficios...

¿Podía razonablemente ir más lejos? Hacerse la pregunta era contestarla. Ahora acabar con Pradelle le parecía tan urgente... Se lanzó:

—Con sus medallas y méritos, me lo imagino casándose a lo grande... ¡Figúrate, un héroe como ése se lo rifarán! Seguro que se ha lanzado a los negocios, mientras nosotros estamos aquí, muertos de asco... ¿Te parece eso moral, eh?

Para su sorpresa, Albert no obtuvo de Édouard la adhesión que esperaba. Su compañero enarcó las cejas y volvió a inclinarse sobre la hoja.

—«La culpa es de la guerra» —escribió—. «Sin la guerra, no hay Pradelle que valga.»

Albert casi se atraganta. Estaba decepcionado, claro, pero sobre todo sumamente triste. Había que reconocerlo: el pobre Édouard ya no tenía los pies en el suelo...

Retomaron la conversación en varias ocasiones, pero siempre llegaban a la misma conclusión. Albert soñaba con vengarse en nombre de la moral.

—«Lo has convertido en una cuestión personal» —escribía Édouard.

—¡Pues mira, sí! A mí lo que me ocurre me parece bastante personal. ¿A ti no?

No, a él no. La venganza no satisfacía su ideal de justicia. Echarle la culpa a un solo individuo no le bastaba. Aunque se hubiera restablecido la paz, Édouard estaba en guerra con la guerra y quería hacerla con sus propios medios, es decir, a su estilo. La moral no era lo suyo.

Como puede verse, ambos querían seguir con su propia historia, que tal vez ya no fuera la misma. ¿No deberían escribir cada uno la suya? Cada cual a su manera. Por separado.

Cuando se percataba, Albert prefería pensar en otra cosa. Por ejemplo, en la criadita de los Péricourt, que seguía danzando en su cabeza, qué monada de lengüecilla tenía, Dios mío, o en sus zapatos nuevos, que nunca más se atrevería a ponerse. Preparaba el caldo de verdura y carne de Édouard, que volvía a la carga con su proyecto todas las noches, era muy cabezota. Albert no cedía. Como el argumento moral no había surtido efecto, apelaba a la razón:

—Para montar tu negocio, fíjate bien, habría que fundar una empresa, presentar documentación... ¿Has pensado en eso? Si lanzáramos tu catálogo a los cuatro vientos, no iríamos lejos, te lo digo yo, no tardarían en echarnos el guante. Y entre la detención y la ejecución apenas te daría tiempo a suspirar.

Ningún argumento parecía hacer mella en Édouard.

—¡Necesitaríamos locales, oficinas! —tronaba Albert—. ¿Y quién atendería a los clientes? ¿Tú, con tus máscaras de fantasía?

Tumbado en la otomana, Édouard seguía hojeando sus monumentos, sus esculturas. Sus ejercicios de estilo. No todo el mundo posee el talento suficiente para que le salga bien algo feo.

—¡Y también un teléfono! Y gente para contestar, para escribir cartas... Y una cuenta bancaria, si quieres cobrar...

Édouard no podía evitar sonreír para sus adentros. Albert hablaba con voz temblorosa, como si se tratara de desmontar la torre Eiffel y volver a montarla cien metros más allá. Estaba asustado.

—A ti todo te parece muy fácil... —añadió Albert—. ¡Claro, como no tienes que salir de casa!

Se mordió el labio. Demasiado tarde.

Era verdad, sí, pero a Édouard le dolió. La señora Maillard solía decir: «Mi Albert no tiene mal fondo, al contrario, no hay mejor persona. Sin embargo, no es nada diplomático. Por eso nunca llegará lejos.»

Lo único que podía hacer vacilar un poco la obstinada resistencia de Albert era el dinero. La fortuna que prometía Édouard. Era verdad, iba a gastarse mucho dinero. El país era presa de un frenesí conmemorativo en honor de los muertos directamente proporcional a su aversión por los supervivientes. El argumento financiero resultaba tanto más convincente cuanto que era Albert quien manejaba la economía doméstica y sabía cuán duro era ganarse el dinero y qué deprisa se esfumaba. Había que contarlo todo, los cigarrillos, los billetes de metro, la comida... Así que lo que prometía Édouard frotándose las manos, los millones, los coches, los hoteles de lujo...

Las mujeres...

Albert empezaba a ponerse nervioso con ese tema, uno puede apañarse solo un tiempo, pero el amor es otra cosa, al final, acabas cansándote de esperar a que aparezca alguien.

Sin embargo, su miedo a embarcarse en una empresa tan disparatada era mayor que su necesidad de una mujer, bastante acuciante de por sí. Sobrevivir a la guerra para acabar en la cárcel... ¿qué mujer merecía que uno corriera semejante riesgo? Aunque viendo las chicas de las revistas, tenía que reconocer que, en efecto, muchas de ellas parecían merecerlo.

—Piénsalo un poco —le dijo una noche a Édouard—. ¿Tú me ves a mí, que me sobresalto cuando oigo un portazo, lanzándome a algo así?

Al principio, Édouard callaba, continuaba con sus dibujos dejando que el proyecto siguiera su curso; pero era consciente de que el tiempo no arreglaba nada, al contrario, cuanto más hablaban del asunto, más razones encontraba Albert para oponerse.

—Y además, aunque vendiéramos tus monumentos imaginarios y los ayuntamientos nos pagaran un adelanto, ¿qué ganaríamos? Doscientos francos hoy, doscientos mañana... ¡Un pastón, ¿eh?! ¿Arriesgarse tanto para juntar trescientos francos y pico? ¡No, gracias! Para fugarse con una fortuna todo el dinero tendría que llegar a la vez. ¡Es imposible, tu plan no funciona!

Tenía razón. Tarde o temprano los compradores acabarían dándose cuenta de que detrás de aquello había una empresa fantasma, y ellos tendrían que largarse con lo que hubiera, que no sería mucho. Pero a fuerza de pensar en ello, Édouard había encontrado una solución. A su modo de ver, perfecta.

El próximo 11 de noviembre, en París, Francia...

Esa noche, al volver de los bulevares, Albert se había encontrado una banasta con frutas en la acera. Estaba quitándoles los trozos estropeados para hacer zumo, pues el caldo de carne diario acababa cansando, y él no tenía mucha imaginación, aunque Édouard se comía lo que le daban, para eso no era nada difícil.

Albert se secó las manos en el delantal y se inclinó sobre la hoja de papel, pero como desde que había vuelto de la guerra cada vez veía menos —de habérselo podido permitir, habría encargado unas gafas—, tuvo que acercarse más:

El próximo 11 de noviembre, en París, Francia inaugurará la tumba al «soldado desconocido». ¡Participe usted también en esta celebración y convierta este noble gesto en una gran comunión nacional, erigiendo ese mismo día un monumento en su propia ciudad!

Todos los pedidos podrían llegar antes de final de año... concluyó Édouard.

Albert negó con la cabeza, apesadumbrado. Estás completamente loco. Y volvió a su zumo de frutas.

Durante sus interminables discusiones sobre el tema, Édouard hizo notar a Albert que con el producto de las ventas podrían marcharse a las colonias. Invertir en negocios. Esa noche le mostró fotos recortadas de revistas y postales que le había traído Louise, vistas de la Cochinchina, explotaciones forestales con colonos tocados con casco, triunfales, rollizos como monjes, sonriendo con suficiencia junto a nativos cargados de maderos. Coches europeos atravesaban los soleados valles de Guinea con mujeres cuyos blancos fulares se agitaban al viento. Y los ríos del Camerún, y los jardines de Tonquín, donde las exuberantes plantas rebosaban de los jarrones de cerámica, y los Transportes Fluviales de Saigón, en los que ondeaban las enseñas de los colonos franceses, y el magnífico palacio del gobernador, la plaza del Teatro fotografiada en el crepúsculo, hombres con esmoquin y mujeres con largos vestidos de noche, fumando con boquilla, los cócteles fríos, las orquestas, casi se oía la música, allí la vida parecía fácil y fáciles los negocios, las fortunas se amasaban enseguida, lo propio de las regiones tropicales. Albert fingía mirarlas con interés meramente turístico, pero se entretenía un poco más de lo necesario en las fotografías del mercado de Conakry, por el que esbeltas y esculturales muchachas negras con los pechos al aire deambulaban con una indolencia increíblemente sensual. Volvió a secarse las manos y regresó a la cocina.

De repente, se detuvo.

—Y para imprimir el catálogo y enviarlo a centenares de pueblos y ciudades, ¿con qué dinero cuentas, a ver?

Édouard había encontrado réplica a muchas objeciones, pero a ésa nunca. Para remachar el clavo, Albert fue a buscar su cartera, extendió el dinero sobre el hule y lo contó.

—Yo puedo adelantarte once francos con setenta y tres. ¿Tú cuánto tienes?

Era cobarde, cruel, inútil y ofensivo. Édouard no poseía nada. Albert no se aprovechó de la ventaja, guardó el dinero y siguió con la manduca. No volvieron a dirigirse la palabra en toda la noche.

Llegó el día en que a Édouard se le acabaron los argumentos y no había convencido a su compañero.

Era que no. Albert no cedería.

Había pasado el tiempo, el catálogo estaba casi acabado, sólo necesitaba los últimos retoques para imprimirlo y enviarlo. Pero faltaba todo lo demás, la organización, un trabajo ingente, y sin un céntimo en el bolsillo...

¿Qué le quedaba a Édouard de todo aquello? Una serie de dibujos inútiles. Se hundió. Esta vez no hubo lágrimas, ni malhumor ni malas caras. Se sentía insultado. Ninguneado por un insignificante contable en nombre del sacrosanto realismo. La eterna lucha entre artistas y burgueses se repetía; era, por razones no muy distintas, la misma guerra que había perdido frente a su padre. Un artista es un soñador y, en consecuencia, un inútil. Édouard creía oír frases parecidas tras las palabras de Albert. Tanto ante el uno como ante el otro se sentía rebajado a la categoría de mantenido, de individuo improductivo dedicado a actividades fútiles. Se había mostrado paciente, didáctico, dialogante, pero había fracasado. Lo separaba de Albert no un desacuerdo, sino una mentalidad. Su compañero le parecía mediocre, mezquino, carente de nervio, ambición y fantasía.

Albert Maillard no era más que una variante de Marcel Péricourt. Era como su padre, pero sin dinero. Aquellos dos hombres cargados de certezas anulaban lo más vivo que había en él, lo mataban.

Édouard aulló, Albert resistió. Se pelearon.

Édouard pegó un puñetazo en la mesa fulminando a Albert con la mirada y soltando roncos y amenazadores rugidos.

Albert bramó que había ido a la guerra, pero no pensaba ir a la cárcel.

Édouard volcó la otomana, que no sobrevivió a la agresión. Albert se precipitó sobre ella, le tenía cariño, ¡era lo único un poco bonito en la casa! Édouard lanzaba gritos rabiosos de una potencia inaudita, los chorros de saliva salían disparados de su garganta al aire, fluían desde el estómago como de un volcán en erupción.

Albert recogió los restos de la otomana diciendo que Édouard podía destrozar la casa, que nada cambiaría, que ninguno de los dos valía para esos chanchullos.

Édouard siguió aullando y renqueando a zancadas por la habitación, rompió el cristal de una ventana de un codazo, amenazó con estampar contra el suelo la poca vajilla que tenían... Albert se abalanzó sobre su compañero, lo agarró por la cintura y rodó con él por el suelo.

Habían empezado a odiarse.

Fuera de sí, Albert le propinó un violento golpe en la sien a Édouard, que de una coz en el pecho lo lanzó contra la pared, donde estuvo a punto de perder el conocimiento. Se pusieron de pie frente a frente casi a la vez: Édouard abofeteó a Albert, que le respondió con un puñetazo. En pleno rostro.

Pero su oponente era Édouard.

El puño de Albert se hundió en el agujero de su cara.

Casi hasta la muñeca.

Y quedó atascado.

Despavorido, Albert miró su puño sepultado en la cara de su compañero. Como si le hubiera atravesado la cabeza de parte a parte. Y encima de su puño, la estupefacta mirada de Édouard.

Permanecieron así varios segundos, paralizados.

De pronto oyeron un grito. Se volvieron hacia la puerta como un solo hombre. Tapándose la boca con la mano, Louise los miraba llorando. Salió huyendo.

Se separaron sin saber qué decir. Resollaban trabajosamente. Hubo un largo instante de culpable incomodidad.

Comprendieron que todo se había acabado.

Su historia común nunca podría superar aquel puño hundido en aquel rostro como si acabara de reventarlo. El gesto, la sensación, la monstruosa intimidad, todo era desmesurado, escalofriante.

Su rabia no era idéntica. O no se expresaba de igual modo.

A la mañana siguiente, Édouard se puso a hacer la maleta. El petate. Sólo cogió la ropa, nada más. Albert se fue a trabajar sin saber qué decir. Lo último que vio de Édouard fue su espalda, mientras llenaba el petate muy despacio, como alguien que no se decide a marcharse.

Albert se pasó el día recorriendo el bulevar con sus anuncios y enfrascado en tristes pensamientos.

Por la noche, sólo una línea: «Gracias por todo.»

La casa le pareció vacía, como su vida tras la marcha de Cécile. Sabía que de todo se recupera uno, pero desde que había ganado la guerra, tenía la sensación de perderla un poco más cada día.

23

Labourdin posó las palmas sobre el escritorio con la misma satisfacción con que las posaba en la mesa cuando llegaba tarta de crema helada. Y no es que la señorita Raymond tuviera nada de frío. Pero la comparación con el dorado merengue no estaba tan fuera de lugar. Era una rubia de bote tirando a pelirroja, con la tez muy blanca y la cabeza un poco ovalada. Cuando entraba y veía a su jefe en esa postura, la señorita Raymond esbozaba una mueca entre remilgada y fatalista. En cuanto llegaba junto a él, el alcalde deslizaba la mano derecha bajo su falda con una rapidez increíble para un hombre de su corpulencia y una habilidad que no se le conocía en ningún otro terreno. Entonces, ella efectuaba un rápido movimiento de caderas, pero en esas lides Labourdin estaba dotado de una intuición rayana en la adivinación. Fuera cual fuera la finta, el alcalde siempre conseguía sus fines. Resignada, la señorita Raymond se contoneaba rápidamente, dejaba el portafirmas y al salir se limitaba a soltar un bufido hastiado. Los risibles y patéticos obstáculos que intentaba oponer a esa práctica (vestidos o faldas cada vez más ceñidos) no hacían más que aumentar el placer de Labourdin. Aunque era una secretaria tirando a regular en cuestiones de estenografía y ortografía, su paciencia compensaba sus limitaciones ampliamente.

Labourdin abrió la carpeta y chasqueó la lengua: el señor Péricourt estaría contento.

Era una fantástica orden que sacaba «a concurso el proyecto de construcción de un monumento a los caídos en la guerra de 1914, entre artistas de nacionalidad francesa».

Del largo documento, el alcalde sólo había redactado una frase. La segunda del primer artículo. Había querido hacerlo personalmente, sin ayuda de nadie. Todas las palabras, bien sopesadas, eran de su cosecha, mayúsculas incluidas. Estaba tan orgulloso que exigió que apareciera escrita en negrita: **«El Monumento deberá expresar el doloroso y glorioso Recuerdo de nuestros Victoriosos Caídos.»** Cadencia perfecta. Nuevo chasquido de la lengua. Volvió a admirarse de su frase y, luego, leyó por encima el resto del documento.

Habían encontrado un sitio estupendo, antaño ocupado por el garaje municipal: cuarenta metros de fachada, treinta de fondo y la posibilidad de acondicionar un jardín alrededor. La orden precisaba que las dimensiones del monumento debían «estar en consonancia con el emplazamiento elegido». Para grabar todos los nombres se necesitaba sitio. La operación estaba casi concluida: un jurado de catorce personas, entre cargos electos, artistas locales, militares, representantes de los excombatientes, familiares, etcétera, todos elegidos con lupa entre gente que debía algún favor al alcalde o confiaba en que se lo hiciera (él mismo presidía el comité, con voto decisorio). Aquella iniciativa, altamente artística y patriótica, encabezaría sus logros en el balance de su mandato. Reelección casi asegurada. El calendario estaba fijado, el concurso se publicaría y las obras de nivelación empezarían. El anuncio saldría en los principales periódicos de París y provincias; realmente, era una buena iniciativa, y bien llevada...

No faltaba nada.

Sólo quedaba un espacio en blanco en el artículo 4: «La suma presupuestada para el monumento asciende a...»

Ese mismo espacio en blanco sumió a Péricourt en una profunda reflexión. Quería algo bonito, pero no grandioso, y según la información de que disponía, para un monumento de esas características, los precios oscilaban entre los sesenta mil y los ciento veinte mil francos. Algunos artistas prestigiosos pedían hasta ciento cincuenta o incluso ciento ochenta mil francos. Con semejante abanico, ¿qué tope fijar? No era un problema de dinero, sino de justa medida. Debía pensarlo bien. Su mirada se posó en su hijo. Hacía un mes, Madeleine había enmarcado una foto de Édouard para él y se la había puesto en la repisa de la chimenea. Tenía más, pero había elegido aquélla porque le parecía «una cosa intermedia», ni demasiado moderada ni demasiado provocadora. Aceptable. Últimamente su padre la tenía preocupada e, intranquila ante el sesgo que estaban tomando las cosas, actuaba con pies de plomo a base de pequeños detalles, un día el cuaderno de esbozos, otro la foto.

Péricourt había aguardado dos días antes de acercar la fotografía poniéndola en una esquina del escritorio. No quiso preguntarle a Madeleine de cuándo era ni dónde se la habían sacado: se suponía que un padre tenía que saberlo. Según él, Édouard contaba catorce años, así que la foto debía de ser de 1909. Su hijo posaba ante una barandilla de madera. El sitio no se veía bien, pero parecía la terraza de un chalet, lo mandaban a esquiar todos los inviernos. No recordaba el lugar exacto, pero siempre era la misma estación de los Alpes septentrionales, o quizá meridionales. Bueno, de los Alpes. Édouard llevaba un jersey, tenía los ojos entornados por el sol y una enorme sonrisa, como si alguien le hiciera muecas detrás del fotógrafo, lo que hizo sonreír al señor Péricourt. Era un chico guapo y espabilado. Sonreír de ese modo ahora, después de tantos años, le hizo caer en la cuenta de que Édouard y él nunca se habían reído juntos. Se le encogió el corazón. Entonces se le ocurrió darle la vuelta al marco.

En la parte de abajo Madeleine había escrito: «Les Buttes-Chaumont, 1903.»

El señor Péricourt le quitó el capuchón a la pluma y escribió: doscientos mil francos.

24

Como ninguno sabía qué aspecto tenía Joseph Merlin, los cuatro hombres encargados de recibirlo pensaron primero en pedirle al jefe de estación que, a la llegada del tren, difundiera un mensaje por megafonía, y después, en sostener en alto un letrero con su nombre. Sin embargo, ninguna de esas soluciones les pareció propia de la dignidad y la discreción requeridas cuando se recibe a un representante del ministerio.

Así que optaron por permanecer juntos en el andén, cerca de la salida, y ojo avizor, pues en realidad en Chazières-Malmont tampoco bajaba tanta gente, una treintena de personas a lo sumo, y un funcionario parisino no podía pasarles inadvertido.

Pero sí lo hizo.

Y eso que del tren no bajaron ni esas treinta personas, sino diez escasas, entre las que no había ningún enviado ministerial. Cuando el último viajero cruzó la puerta de salida y la estación quedó desierta, los cuatro hombres se miraron. El brigada Tournier dio un taconazo, Paul Chabord, el funcionario del registro civil de la alcaldía, se sonó ruidosamente y Roland Schneider, de la Unión Nacional de Combatientes, que representaba a las familias de los muertos, soltó un prolongado suspiro, que equivalía a decir que estaba a punto de explotar. Y se fueron.

Dupré, por su parte, se limitó a tomar nota. Había perdido más tiempo preparando aquella visita, que al final no tenía lugar, que organizando las obras de los otros seis cementerios donde trabajaba la empresa, entre los que no paraba de ir y venir: era descorazonador. Una vez fuera, los cuatro se dirigieron al coche.

Su estado de ánimo era bastante parecido. Al constatar la ausencia del enviado del ministerio sentían todos una gran decepción... y cierto alivio. Por supuesto, no había nada que temer, pues habían preparado la visita concienzudamente; pero una inspección es una inspección, con esas cosas nunca se sabe, había ejemplos de sobra.

Desde el asunto del cementerio de Dampierre y los chinos, Henri d'Aulnay-Pradelle iba de cabeza. Estaba que trinaba. Dupré lo tenía siempre encima con órdenes contradictorias. Había que darse más prisa, contratar a menos gente y saltarse las normas cada vez que se pudiera y siempre que no se notara. Llevaba prometiéndole un aumento de sueldo desde el día que lo había contratado, pero nunca llegaba. Eso sí: «Cuento con usted, ¿eh, Dupré?»

—Por lo menos, el ministerio podía haberse molestado en mandar un telegrama —se quejó Paul Chabord, negando con la cabeza: por quiénes los tomaban, a unos hombres que se desviven por la República, al menos se les avisa, etcétera.

Llegaron al coche. Cuando se disponían a subir, una voz ronca, cavernosa los hizo volverse:

—¿Son ustedes los del cementerio?

Era un hombre bastante mayor con la cabeza muy pequeña y un corpachón que parecía hueco, como la carcasa de un pollo tras la comida. Tenía las extremidades demasiado largas, la cara rojiza, la frente estrecha y un pelo corto que le nacía muy abajo, y que casi se le juntaba con las cejas. Y una mirada melancólica. Añadamos a eso que iba vestido como un adefesio, con una raída levita según la moda de antes de la guerra, desabrochada a pesar del frío, sobre una chaqueta de terciopelo marrón llena de manchas de tinta a la que le faltaban la mitad de los botones, un pantalón gris deforme y, para acabar de arreglarlo, unos señores zapatos, unos zapatones tremendos, mastodónticos.

Los cuatro hombres se quedaron sin habla.

El primero en reaccionar fue Lucien Dupré. Dio un paso hacia él y le tendió la mano.

—¿El señor Merlin? —le preguntó.

El representante del ministerio se pasó la lengua por las encías con un sonoro chasquido, chuic, chuic, como para retirar algún resto de comida. Sus anfitriones tardaron lo suyo en comprender que en realidad estaba hurgándose en la dentadura postiza, una costumbre bastante molesta. No paró de hacerlo en todo el trayecto en coche: daban ganas de pasarle un palillo. Su cochambrosa vestimenta, sus enormes y sucios zapatos y toda su fisonomía presagiaban lo que se confirmó apenas se alejaron de la estación: para colmo de males, aquel hombre no olía nada bien.

Por el camino, Roland Schneider se consideró obligado a lanzarse a un interminable comentario estratégico-geográfico-militar sobre la región que atravesaban. Joseph Merlin, que ni siquiera parecía escucharlo, lo interrumpió para preguntar:

—A mediodía... ¿podría comer pollo?

Tenía una voz nasal bastante desagradable.

En 1916, al comienzo de la batalla de Verdún —diez meses de combates y trescientos mil muertos—, el término municipal de Chazières-Malmont, no muy alejado de las líneas del frente, todavía accesible por carretera y bastante cercano al hospital, gran proveedor de cadáveres, se había considerado por algún tiempo un sitio práctico para enterrar a los soldados. La fluctuación de las posiciones militares y los avatares estratégicos alteraron repetidas veces los límites de aquel enorme cuadrilátero, donde ahora yacían enterrados más de dos mil cuerpos, aunque nadie sabía el número exacto (se hablaba incluso de cinco mil, lo que no era imposible: aquella guerra había batido todos los récords). Esos cementerios provisionales habían dado lugar a registros, planos, listados, pero cuando te caen encima quince o veinte millones de obuses en diez meses —uno cada tres segundos, algunos días— y hay que enterrar cien veces más hombres de lo previsto, en condiciones dantescas, registros, planos y documentos adquieren un valor bastante relativo.

El Estado había decidido construir en Darmeville una inmensa necrópolis, que debían alimentar los cementerios de los alrededores, en especial el de Chazières-Malmont. Como no se sabía cuántos cuerpos habría que exhumar, transportar e inhumar de nuevo, era difícil fijar un tanto alzado. Se pagaba por unidad.

La adjudicación había sido directa, sin concurso público, y se la había llevado Pradelle. Henri calculaba que si se encontraban dos mil cuerpos, podría reconstruir la mitad de la estructura de las cuadras de la Sallevière.

Con tres mil quinientos, la estructura entera.

Si pasaban de cuatro mil, añadiría la reparación del palomar.

Dupré había llevado a Chazières-Malmont a una veintena de senegaleses y, para congraciarse con las autoridades, el capitán Pradelle (Dupré seguía llamándolo así, por costumbre) había aceptado contratar a un puñado adicional de lugareños.

Las tareas habían comenzado con la exhumación de los cuerpos reclamados por los familiares y que se tenía la certeza de poder encontrar.

En Chazières-Malmont habían desembarcado familias enteras. Aquello era un desfile incesante de lágrimas y gemidos, de niños asustados, de padres ancianos que avanzaban encorvados haciendo equilibrios sobre las tablas alineadas para no hundirse en el barro, porque de un tiempo a esa parte, como hecho adrede, no paraba de llover. La ventaja era que, bajo el aguacero, las exhumaciones habían sido rápidas, pues nadie insistía mucho. Por delicadeza, se había encomendado esa tarea a los trabajadores franceses, ya que, sabe Dios por qué, a algunas familias les repugnaba que los senegaleses desenterraran a sus muertos: ¿tan poco digna era la tarea de exhumar a los caídos, para encargarla a unos africanos? Cuando llegaban al cementerio y veían a lo lejos a aquellos enormes negros empapados por la lluvia cavando o transportando ataúdes, los niños ya no les quitaban ojo.

El desfile de familias duró una eternidad.

—Bueno, Dupré, ¿acabará pronto esa monserga? —preguntaba el capitán por teléfono todos los días—. ¿Cuándo empezamos?

Por fin, el grueso del trabajo se había iniciado con la exhumación de los cadáveres de todos los demás soldados destinados al gran cementerio militar de Darmeville.

No era tarea fácil. Por un lado, estaban los cuerpos debidamente registrados, que no planteaban ningún problema, porque la cruz que llevaba su nombre seguía en su sitio, y por el otro, un número indeterminado de cadáveres sin identificar.

Muchos soldados habían sido enterrados con la media chapa de identificación, pero no todos, ni mucho menos. A veces, había que llevar a cabo una auténtica investigación a partir de los objetos que llevaban puestos o en los bolsillos. Se apartaban los cuerpos y se inscribían en una lista, en espera del resultado del registro. Se encontraba de todo, y en ocasiones, cuando la tierra se había removido demasiado, casi de nada. En esos casos, se escribía: «Soldado no identificado.»

Los trabajos iban muy adelantados. Ya se habían exhumado cerca de cuatrocientos cadáveres. Llegaban camiones enteros cargados de ataúdes, que una cuadrilla de cuatro hombres se encargaba de ensamblar y fijar con clavos, luego otra los acercaba a las fosas y, a continuación, los conducía a las furgonetas que los transportaban a la necrópolis de Darmeville, donde los hombres de Pradelle y Cía. procedían a inhumarlos de nuevo. Dos de ellos se ocupaban de los ficheros, las inscripciones, las listas.

Joseph Merlin, el hombre del ministerio, penetró en el cementerio como un santo encabezando una procesión. Sus zapatones lo salpicaban todo al pasar por los charcos. Hasta entonces, sus acompañantes no se habían percatado de que llevaba una vieja cartera de cuero. Puede que estuviera llena de documentos, pero se balanceaba en el extremo de su largo brazo como un papel.

Se detuvo. Tras él, la procesión quedó inmóvil, inquieta. El recién llegado observó largo rato el panorama.

Sobre el cementerio flotaba un constante y acre hedor a putrefacción, que a veces llegaba directo a la cara, como si fuera una nube empujada por el viento, y se mezclaba con el humo de los ataúdes que habían salido estropeados o inservibles de la tierra y que el reglamento exigía quemar in situ. El cielo, de un gris sucio, estaba bajo y aquí y allá se veían hombres transportando cajas o inclinados sobre fosas. Dos camiones con el motor en marcha esperaban a que los trabajadores terminaran de subir los ataúdes a pulso a sus plataformas.

Merlin movió la dentadura, chuic, chuic, frunció sus gruesos labios.

Mira que acabar así...

Casi cuarenta años en la función pública y, en vísperas de jubilarse, lo mandaban de gira por los cementerios.

Había trabajado sucesivamente en el Ministerio de las Colonias, en el de Abastecimiento General, en la Subsecretaría de Estado de Comercio, en la de Industria, en Correos y Telégrafos, en el Ministerio de Agricultura y Alimentación... Treinta y siete años de carrera, treinta y siete años viendo cómo lo echaban de todas partes, cómo lo postergaban, cómo lo vapuleaban en todos los puestos que había ocupado. No era un hombre que resultara simpático. Taciturno, un poco pedante, picajoso y de mal humor desde que empezaba el año hasta que acababa, como para bromear con él... Con su actitud orgullosa y sectaria, aquel hombre feo y antipático se había ganado a pulso la malevolencia de sus compañeros y las represalias de sus jefes. Llegaba, le encomendaban una tarea y no tardaban en hartarse de él, porque enseguida lo encontraban ridículo, desagradable, anticuado, empezaban a reírse de él a sus espaldas, a ponerle motes, a gastarle bromas, le habían hecho de todo. Sin embargo, no carecía de méritos. Incluso podía recitar la lista de sus gestas administrativas, lista que llevaba perfectamente al día, que revisaba sin cesar para enmascarar el balance de una carrera lúgubre, de una probidad sin recompensa y dedicada por entero a ganarse el desprecio. Sin duda, a lo que más se había parecido su paso por determinados servicios era a una interminable novatada. En varias ocasiones, había tenido que alzar bien alto el bastón y hacer molinetes mientras tronaba con su vozarrón, exasperado, dispuesto a partirse la cara con cualquiera, vamos, que daba miedo, sobre todo a las mujeres, normal, figúrese, ahora ya no se atreven a acercarse, quieren que las acompañen, cómo no acaba echándose a un tipo así, y aparte, siendo sinceros, cómo le diría, ese hombre no huele nada bien, es muy desagradable. No había durado en ningún sitio. En su vida sólo había habido una breve época radiante, que se extendía desde su encuentro con Francine, un Catorce de Julio, hasta el día en que Francine se había marchado con un capitán de artillería, el siguiente Todos los Santos. De eso hacía treinta y cuatro años. No era de extrañar que acabara la carrera inspeccionando cementerios.

Hacía un año que Merlin había aterrizado en el Ministerio de Pensiones, Primas y Subsidios de Guerra. Fueron pasándolo de un servicio a otro, hasta que un día llegaron noticias preocupantes de los cementerios militares. Las cosas no iban muy bien. Un prefecto había denunciado anomalías en Dampierre. Se había retractado al día siguiente, pero ya había atraído la atención de la administración. El ministerio debía asegurarse de que el Estado gastaba el dinero del contribuyente con discernimiento para enterrar de un modo digno y en las condiciones estipuladas a los hijos de la Patria, etcétera.

—¡Mierda! —exclamó Merlin ante el desolador espectáculo.

Porque lo habían elegido a él. Habían encontrado al hombre con el perfil ideal para un trabajo que nadie quería. Dirección, las necrópolis.

—¿Perdón? —le preguntó el brigada Tournier, que había oído algo.

Merlin se dio media vuelta, lo miró, chuic, chuic. Desde lo de Francine y el capitán, odiaba a los militares. Se volvió de nuevo hacia el espectáculo del cementerio y lo contempló como si acabara de darse cuenta del sitio donde estaba y de lo que se esperaba de él. Los miembros de la delegación se quedaron perplejos.

—Propongo que empecemos por... —farfulló al fin Dupré.

Sin embargo, Merlin seguía allí, plantado como una estaca ante el deprimente panorama, extrañamente en sintonía con su habitual manía persecutoria.

De pronto decidió agilizar el asunto, sacudirse el mochuelo cuanto antes.

—La madre que los...

Esta vez todo el mundo lo oyó con claridad, aunque nadie supo interpretarlo.

Las inscripciones del registro civil conformes a las prescripciones de la ley del 29 de diciembre de 1915, el establecimiento de las fichas mencionadas en la circular de 16 de febrero de 1916, el respeto de los derechohabientes previstos en el artículo 106 de la ley de Finanzas de 31 de julio de 1920, listo, decía Merlin poniendo una cruz aquí y firmando allí. El ambiente seguía tenso, pero todo se desarrollaba con normalidad. Sólo que aquel tipo olía peor que una mofeta, cuando se estaba frente a él en la caseta habilitada para el registro civil era insufrible. Resolvieron dejar la ventana abierta, pese a que el viento penetraba en gélidas ráfagas.

Merlin había empezando la inspección dándose una vuelta por la zona de las fosas. Paul Chabord se apresuró a extender un brazo y sostener un paraguas sobre su cabeza, pero como los movimientos del representante del ministerio resultaron ser imprevisibles, sus bruscos cambios de dirección acabaron con la buena voluntad del empleado, que se cubrió a sí mismo. Merlin ni se enteró; con la cabeza chorreando, miraba las fosas con cara de no saber qué había que inspeccionar. Chuic, chuic.

Luego echaron un vistazo a los ataúdes. Le explicaron los procedimientos, él se caló unas gafas con unos cristales tan rayados y polvorientos que parecían pieles de salchichón, comparó las fichas, los inventarios y las placas fijadas a los féretros y, luego, bueno, listo, masculló: no se iban a pasar allí todo el santo día. Se sacó un enorme reloj del bolsillito del chaleco y, sin previo aviso, se dirigió con decididas zancadas a la caseta de la administración.

A mediodía casi había acabado de rellenar los formularios de su inspección. Viéndolo trabajar, se comprendía que tuviera la chaqueta llena de manchas de tinta.

Y ahora, todo el mundo tenía que firmar.

—¡Aquí todos cumplimos con nuestro deber! —declaró marcial y satisfecho el brigada Tournier.

—Eso es —repuso Merlin.

Una formalidad. Estaban de pie en la caseta, pasándose el portaplumas unos a otros, como el hisopo un día de entierro. Merlin posó su grueso índice en el libro de registro.

—Aquí, el representante de las familias...

La Unión Nacional de los Combatientes prestaba suficientes servicios al gobierno para tener derecho a estar presente en casi todas partes. Con ojos sombríos, Merlin observó a Schneider mientras trazaba la rúbrica.

—Schneider... —dijo al fin (pronunciando «Schnai-da», con toda intención)—. Suena un poco alemán, ¿no?

El aludido se puso tieso como un gallo.

—No importa —zanjó Merlin, y volvió a indicar el registro—. Aquí, el funcionario del registro civil...

El comentario había causado malestar. La ceremonia de las firmas acabó en silencio.

—Caballero —empezó a decir Schneider, ya repuesto de la sorpresa—, su insinuación...

Pero Merlin, que ya se había levantado y le sacaba dos cabezas, se inclinó hacia él y le clavó sus grandes ojos grises.

—En el restaurante, ¿tendrán pollo?

El pollo era la única alegría de su vida. Era bastante sucio comiendo, de modo que a las manchas de tinta se unían los churretones de grasa, porque jamás se quitaba la chaqueta.

En la comida, y a excepción de Schneider, que seguía pensándose una réplica, todos intentaron animar la conversación. Merlin, con la nariz en el plato, se limitó a soltar algunos gruñidos y unos cuantos chasquidos, que no tardaron en desalentar la buena voluntad general. No obstante, aunque aquel funcionario del ministerio fuera bastante desagradable, como la inspección había acabado enseguida, se impuso un ambiente relajado que rayaba en el júbilo. El arranque de las obras había sido bastante difícil, se había presentado algún que otro problemilla. En trabajos como aquél, nada se desarrolla según lo previsto y, por preciso que uno sea, los documentos jamás contemplan la realidad tal como se presenta cuando uno se pone manos a la obra. Por muy concienzudo que sea uno, siempre aparecen imprevistos, hay que cortar por lo sano, tomar decisiones y a veces resulta que se ha empezado de una manera y luego hay que volver atrás...

Ahora apremiaba vaciar el cementerio y olvidarse de él. La inspección había concluido con un informe favorable, tranquilizador. Visto en retrospectiva, todos habían pasado al menos un poquito de miedo. Bebieron lo suyo, pagaba el Estado. Hasta Schneider acabó olvidando la ofensa y prefirió despreciar a aquel zafio funcionario y darle otro tiento al Côtes-du-Rhône. Merlin, que comía como una lima, se sirvió pollo tres veces. Sus gruesos dedos chorreaban grasa. Cuando acabó, sin ningún miramiento hacia los comensales, arrojó a la mesa la servilleta, que no había utilizado, se levantó y abandonó el restaurante, pillando desprevenido a todo el mundo. Menudo zafarrancho: a toda prisa, hubo que tragarse el último bocado, apurar la copa, pedir la cuenta, comprobarla, pagar y correr hacia la puerta, volcando sillas por el camino. Cuando llegaron a la calle, Merlin estaba meando contra la rueda del coche.

Antes de llevarlo a la estación, pasaron de nuevo por el cementerio para recoger su cartera y sus libros de registro. El tren salía cuarenta minutos más tarde, no era cuestión de entretenerse allí, y además la lluvia, que sólo había parado mientras comían, volvía a caer a cántaros. En el coche, Merlin no dirigió una sola palabra a nadie, no dijo la menor frase de agradecimiento por la acogida, por la invitación. Menudo mamarracho.

Una vez en el cementerio, el enviado ministerial echó a andar a toda prisa. Sus zapatones hacían oscilar peligrosamente las tablas que evitaban los grandes charcos. Un escuálido perro rojizo pasó trotando ante él. Sin previo aviso, sin pararse siquiera, Merlin se apoyó en la pierna izquierda y con el enorme pie derecho le propinó una patada en el costado. El animal soltó un aullido, voló un metro por los aires y cayó boca arriba. Antes de que le diera tiempo a levantarse, el funcionario saltó al charco y, con el agua hasta los tobillos, lo inmovilizó plantándole un zapatón en el pecho. Temiendo ahogarse, el perro empezó a ladrar y retorcerse en el agua tratando de morderle. Todo el mundo se quedó petrificado.

Merlin se agachó, agarró la mandíbula inferior del animal con la mano derecha y el hocico con la izquierda, mientras el perro gemía y se debatía cada vez más. Ahora que lo tenía bien sujeto, le asestó otra patada en el vientre, le abrió las fauces como si fuera un cocodrilo y volvió a soltárselas bruscamente. El perro rodó por el agua, se levantó y huyó medio arrastrándose.

El charco donde se había metido Merlin era tan profundo que no se le veían los zapatos, pero le daba igual. Se volvió hacia la hilera que formaban sus despavoridos acompañantes, pegados unos a otros en equilibrio inestable sobre la pasarela de madera y, de pronto, blandió hacia ellos un hueso de unos veinte centímetros.

—¡Esto no es de pollo, se lo digo yo!

Puede que Joseph Merlin fuera un funcionario fracasado bastante sucio y antipático, pero resulta que también era un hombre trabajador, escrupuloso y, lo que no es menos importante, honrado.

Nunca lo había dejado traslucir, pero aquellos cementerios le partían el corazón. Aquél era el tercero que inspeccionaba desde que le encomendaron aquella tarea que nadie quería. Para él, que sólo había vivido la guerra desde el racionamiento y las circulares del Ministerio de las Colonias, la primera visita había sido demoledora. Pese a estar a resguardo de las balas desde hacía mucho, los cimientos de su misantropía se habían tambaleado. Pero no por la matanza propiamente dicha, que es algo que uno acaba digiriendo: la tierra siempre ha sufrido catástrofes y epidemias, y la guerra no es más que una combinación de ambas. No, lo que lo había estremecido era la edad de los muertos. Las catástrofes matan a todo el mundo, las epidemias se ceban con ancianos y niños, pero sólo las guerras exterminan a los jóvenes en número semejante. No esperaba que comprobarlo le afectara de tal modo. Sin embargo, en el fondo una parte de él seguía anclada en la época de Francine, aquel enorme cuerpo vacío y desgarbado albergaba aún un fragmento del alma de un joven, de la edad de los muertos.

Mucho menos estúpido que la mayoría de sus compañeros, había detectado las anomalías, como el funcionario minucioso que era, ya en su primera visita a un cementerio militar. Había visto una infinidad de cosas discutibles en los libros de registro, discordancias torpemente disimuladas, pero, claro, cuando tenía en cuenta la inmensidad de la tarea, cuando veía a aquellos pobres senegaleses empapados de lluvia, cuando pensaba en aquella increíble carnicería, cuando intentaba calcular el número de hombres a los que ahora había que desenterrar, transportar... ¿podía seguir mostrándose quisquilloso, intransigente? Cerraba los ojos y ya está. Las situaciones trágicas requieren cierto pragmatismo, y a él le parecía necesario pasar por alto determinadas irregularidades y acabar de una vez, Dios mío, acabar de una vez con aquella dichosa guerra.

Pero allí, en Chazières-Malmont, la desazón te oprimía el pecho. Cuando confirmabas dos o tres indicios, las tablas de ataúdes viejos arrojadas a las fosas, que serían enterradas en lugar de quemadas, el número de cajas expedidas con relación al número de tumbas excavadas, el balance aproximado de determinadas jornadas... acababas sumido en la perplejidad. Y la idea de lo que era o no justo vacilaba. Así que, cuando un chucho se cruzaba en tu camino dando saltitos como una bailarina y llevando en las fauces el cúbito de un soldado, la sangre se te subía a la cabeza. Necesitabas comprender.

Joseph Merlin renunció a coger el tren y se pasó el día haciendo comprobaciones, exigiendo explicaciones. Schneider empezó a sudar como si fuera verano y Paul Chabord no paraba de sonarse. Sólo el brigada Tournier siguió dando un taconazo cada vez que el representante del ministerio se dirigía a él. El gesto se había incorporado a sus genes, ya no significaba nada.

Todos miraban constantemente a Lucien Dupré, que por su parte veía alejarse sus escasas perspectivas de conseguir un aumento.

Para las relaciones, los listados y los inventarios, el funcionario no quiso ayuda de nadie. Hizo innumerables desplazamientos hasta el hangar de los ataúdes, los almacenes y las mismas fosas.

Luego, volvió junto a los féretros.

De lejos, lo veían acercarse, irse, volver sobre sus pasos, rascarse la cabeza, mirar a diestro y siniestro, como si buscara la clave de un problema aritmético. Ponía de los nervios: aquella actitud amenazadora, aquel tipo que no decía una palabra...

Al final, la dijo.

—¡Dupré!

Todos supieron que se acercaba la hora de la verdad. Dupré cerró los ojos. El capitán Pradelle le había dicho: «Que vea cómo se trabaja, que inspeccione, que haga todos los comentarios que quiera. A nosotros nos la trae floja, ¿entendido? Pero respecto a los ataúdes... póngamelos a buen recaudo, ¿eh? Cuento con usted ¿no, Dupré?»

Y eso había hecho: los féretros habían emigrado al depósito municipal. Dos días de trabajo... Pero el representante del ministerio, tuviera la pinta que tuviera, sabía sumar, restar, comparar los datos... La cosa había caído por su propio peso.

—Me faltan ataúdes —anunció Merlin—. A decir verdad, me faltan muchos y me gustaría saber dónde los ha metido.

Y todo por aquel perro sarnoso, que iba a papear de vez en cuando y que, mira por dónde, justo ese día tenía que estar allí. Hasta entonces le habían tirado piedras, pero deberían habérselo cargado. Ya ves adónde te lleva ser humano.

Al final del día, a la hora en que el cementerio ya muy silencioso, tenso, se vació de personal, Merlin, de vuelta del depósito municipal, se limitó a decir que aún tenía cosas que hacer, que dormiría en la caseta del registro civil, que no se preocuparan. Y echó a andar de nuevo hacia los senderos con sus largas zancadas de viejo decidido.

Antes de correr a telefonear al capitán Pradelle, Dupré se volvió una última vez.

A lo lejos, libro de registro en mano, Merlin acababa de detenerse ante un emplazamiento al norte del cementerio. Se quitó al fin la chaqueta, cerró el libro, que envolvió en ella y que dejó en el suelo, y cogió una pala que bajo el peso de su enorme y embarrado zapato se hundió en la tierra hasta la guarnición.

25

¿Adónde habría ido? ¿Conocía a alguien de quien no le había hablado a quien acudir? ¿Y cómo se las apañaría sin morfina? ¿Sabría conseguirla? Puede que hubiera decidido volver con su familia, era lo más sensato... Pero Édouard de sensato tenía poco. Aunque, ¿cómo era antes de la guerra —se preguntó Albert—, qué tipo de persona? Por qué no le habría hecho más preguntas al señor Péricourt la noche de la famosa cena... Él también tenía derecho a formularlas, a saber cómo era su compañero de armas antes de conocerlo.

Pero, sobre todo, ¿adónde habría ido?

Albert no paraba de darle vueltas a eso desde que Édouard se había marchado, cuatro días antes, mientras barajaba imágenes de su vida en común, que manoseaba como un viejo.

No era exactamente que lo echara de menos. Incluso podía decirse que su partida lo había aliviado en cierta forma; de pronto, la montaña de obligaciones que suponía la presencia de su compañero se había desmoronado, y había podido respirar, se había sentido liberado. Aun así, no estaba tranquilo. ¡Ya es mayorcito!, se decía a veces, aunque teniendo en cuenta su dependencia de él, su inmadurez, su cabezonería, era mucho decir. ¡Qué perra tan tonta había cogido con el asunto de los monumentos a los caídos! No le parecía normal. Que se le ocurriera la idea, vale, al fin y al cabo era comprensible, tenía ganas de venganza, como todos. Pero que siguiera mostrando tanta cerrazón ante sus argumentos, que eran de lo más razonables, le parecía increíble. Que no comprendiera la diferencia entre un sueño y un proyecto... En el fondo, aquel chico no tenía los pies en la tierra, como debía de pasarles a muchos ricos: se comportaban como si la realidad no fuera con ellos.

En París hacía un frío húmedo y glacial. Albert había pedido que le cambiaran los tableros de los anuncios, que se hinchaban y al final del día pesaban horrores, pero ¡ni caso!

Los cogían por la mañana, cerca del metro, y luego los cambiaban a la hora del tentempié. Los hombres anuncio, la mayoría desmovilizados que no habían podido encontrar un empleo más normal, eran diez por distrito, más un inspector, un sádico que siempre estaba al acecho y, cuando apoyabas los tableros en el suelo para masajearte los hombros, aparecía amenazándote con despedirte si no seguías deambulando inmediatamente.

Era un martes, el día del bulevar Haussmann entre La Fayette y Saint-Augustin (en un lado: *Raviba: para teñir y devolver la vida a sus medias*, y en el otro: *¡Lip, Lip, hurra!: El reloj de la victoria*). Por la noche había escampado, pero hacia las diez de la mañana, cuando Albert acababa de llegar a la esquina de la rue Pasquier, volvió a llover. Estaba prohibido parar incluso para buscarse la gorra en los bolsillos, había que seguir andando.

—El trabajo consiste en eso, en andar —decía el inspector—. Tú eras de infantería, ¿no? ¡Bueno, pues esto es parecido!

Pero llovía a cántaros y hacía frío. ¡A la porra! Albert echó un vistazo a derecha e izquierda, retrocedió hasta la pared de un edificio, flexionó las rodillas para que los tableros se apoyaran en el suelo y... Estaba agachándose para pasar la cabeza por debajo de las correas de cuero, cuando el edificio junto al que se encontraba se derrumbó. La fachada le cayó encima.

El golpe fue tan violento que su cabeza fue propulsada hacia atrás, seguida por el resto del cuerpo. La parte posterior de su cráneo chocó contra el muro de piedra, los tableros se desplomaron, las correas se le enredaron alrededor del cuello y empezaron a asfixiarlo. Albert boqueaba y se agitaba como alguien que se ahoga, mientras los tableros, pesados de por sí, que lo aprisionaban como un acordeón, le impedían moverse y las correas se cerraban alrededor de su cuello si intentaba levantarse.

De pronto, en su mente se abrió paso una idea increíble: era la misma situación que había vivido en el hoyo del obús. Estaba escrito que moriría así, ahogado, asfixiado, inmovilizado, impotente...

Presa del pánico, empezó a agitarse caóticamente, en vano quiso gritar... Todo sucedía muy rápido, demasiado, era vertiginoso. De pronto notó que lo agarraban de los tobillos, que lo sacaban de entre los escombros, pero las correas aún le apretaron más el cuello. Cuando trataba de introducir los dedos debajo de ellas para conseguir un poco de aire, un golpe tremendo sacudió uno de los tableros e hizo temblar su cráneo y, de repente, apareció la luz, las correas se aflojaron y Albert respiró con ansia, con demasiada ansia, porque se puso a toser y tuvo arcadas. Intentó protegerse —pero ¿de qué?—, debatirse como un gato ciego y acorralado. Por fin abrió los ojos y lo entendió todo: el edificio que acababa de derrumbarse adquirió forma humana, la de un rostro furibundo inclinado hacia él con ojos desorbitados.

—¡Cabrón! —bramó Antonapoulos.

Su gruesa cara, sus rollizos y bamboleantes mofletes estaban congestionados de ira, su mirada parecía querer atravesar la cabeza de Albert de parte a parte. No contento con molerlo a palos, el Griego tomó impulso, se dejó caer y aterrizó con todo su peso en los restos de los tableros. Mientras su descomunal trasero trituraba la chapa de madera bajo la que estaba el torso de Albert, agarró del pelo a su presa y, cómodamente instalado sobre ella, empezó a aporrearle la cabeza con el puño.

El primer puñetazo le partió una ceja, el segundo, los labios. Albert notó el sabor de la sangre, pero estaba inmovilizado, asfixiado bajo el Griego, que seguía vociferando y acompañando cada palabra de un mamporro. Uno, dos, tres, cuatro... Albert, sin aire, oía gritos, intentó volverse, su cabeza estalló de un golpe en la sien, perdió el conocimiento.

Alrededor, ruidos, voces, agitación.

Unos transeúntes habían intervenido, conseguido apartar al vociferante Griego, derribándolo sobre un costado —entre tres— y, por fin, habían liberado a Albert, al que tumbaron en la acera.

Al instante, alguien dijo que llamaran a la policía, pero el Griego se encabritó, no quería a la policía, lo que quería era evidente, el pellejo de aquel hombre que yacía inconsciente en un charco de sangre y al que señalaba agitando el puño y gritando «¡Cabrón!». Hubo llamadas a la calma, mientras las mujeres retrocedían con la vista fija en aquel hombre inconsciente, ensangrentado, tirado en la acera. Dos hombres, dos héroes de la calle, mantenían boca arriba al Griego, que parecía una tortuga incapaz de volverse. Los transeúntes gritaban instrucciones, pero nadie sabía quién se encargaba de qué. Empezaron a hacerse conjeturas. Alguien opinó que era un asunto de faldas. ¿Usted cree? Pero ¡sujételo! ¿Que lo sujete? ¡No te digo...! ¿Por qué no viene usted a echarme una mano? Menuda fuerza tenía aquel endemoniado griego cuando intentaba volverse... Un auténtico cachalote. Aunque estaba demasiado gordo para ser realmente peligroso. De todas formas, insistió alguien, tendrían que llamar a la policía...

—¡Policía no, policía no! —aullaba el Griego, agitándose.

Ante la palabra «policía», su furia y su odio se redoblaron. Golpeándolo con el brazo, tumbó de espaldas a uno de los buenos samaritanos. Las mujeres presentes soltaron un chillido al unísono, fascinadas, pero dieron un paso atrás. Un poco más lejos, indiferentes al resultado de la pelea, unas voces preguntaban: ¿Turco? ¡No, hombre, no, es rumano! ¡Qué va, los rumanos son como los franceses!, exclamó alguien bien informado. No, ¡ése es turco! ¡Claro!, dijo el primero, exultante. ¡Turco, ya lo decía yo! En ese instante, apareció por fin la policía, dos agentes, qué pasa aquí, pregunta absurda, porque estaba claro que había un hombre al que intentaban impedir que acabara con otro, inconsciente unos metros más allá. Bien, bien, bien, dijeron los uniformados, veamos qué ocurre. Pero de hecho no vieron nada de nada, porque de pronto los acontecimientos se precipitaron. Ante la llegada de los agentes, los viandantes que hasta ese momento habían retenido al Griego bajaron la guardia. A Antonapoulos le faltó tiempo para darse la vuelta y, poniéndose a cuatro patas, levantarse. En esos momentos nada habría podido detenerlo, era como un tren que toma velocidad, podía arrollarte, nadie se atrevió a interponerse en su camino, y menos la policía. El Griego se abalanzó sobre Albert, cuyo inconsciente debió de percibir la reaparición del peligro. En el instante en que Antonapoulos se arrojaba sobre él, Albert —de hecho, sólo su cuerpo, porque aún tenía los ojos cerrados y meneaba la cabeza como si estuviera grogui—, rodó a su vez sobre el vientre, se levantó y echó a correr zigzagueando por la acera, perseguido por el Griego.

Todos se quedaron muy decepcionados.

Ahora que volvía a haber acción, los protagonistas iban y desaparecían. Los habían dejado sin detención y sin interrogatorio, y ya que ellos también habían participado, tenían derecho a enterarse de cómo acababa el asunto, ¿no? Los únicos que no estaban decepcionados eran los policías, que agitaron una mano desarmada y fatalista, que sea lo que Dios quiera, confiando en que aquellos dos siguieran corriendo el uno detrás del otro por lo menos hasta pasar la rue Pasquier, donde acababa su zona.

Sin embargo, la persecución no duró mucho. Albert se pasó la manga por la cara para ver mejor sin dejar de correr como alma que lleva el diablo, es decir, infinitamente más deprisa que el Griego, mucho más pesado que él y del que pronto lo separaron dos, tres, cuatro calles... Albert torció a la derecha, después a la izquierda y, a menos que girara en redondo y volviera a darse de bruces con Antonapoulos, todo quedó en un susto, sin contar los dos dientes rotos, la ceja partida, los moretones, el miedo que había pasado, el dolor en los costados, etcétera.

Pero un hombre ensangrentado y tambaleante no tardaría en volver a llamar la atención de la policía. La gente ya empezaba a apartarse asustada. Comprendiendo que había puesto suficiente distancia entre su agresor y él, y consciente del deplorable efecto que causaba, se detuvo en la fuente de la rue Scribe y se echó agua por la cara. Fue en ese momento cuando los golpes empezaron a dolerle, sobre todo la ceja abierta. Ni apretándosela con el brazo conseguía parar la hemorragia, la sangre salpicaba por todas partes.

En la sala sólo había una joven bien arreglada, con sombrero y con el bolso apretado contra el cuerpo. En cuanto lo vio entrar, volvió la cabeza; pero no era fácil pasar inadvertida, porque allí sólo estaban ellos dos y el par de sillas, una frente a otra. La chica se removió en el asiento, miró hacia la ventana, por la que no se veía nada, y tosió para poder ponerse la mano delante de la cara, más preocupada porque Albert no se fijara en ella que por observar a aquel hombre que no paraba de sangrar —ya estaba manchado de pies a cabeza— y cuya cara decía que acababa de pasar un mal rato. Y tuvo que pasar otro antes de que en el extremo opuesto de la casa se oyeran unas pisadas, una voz y, por fin, apareciera el doctor Martineau.

La joven se levantó, pero se detuvo enseguida. Al reparar en el aspecto de Albert, el doctor le hizo una seña. Albert lo siguió y la chica volvió a su silla sin rechistar y se sentó de nuevo, como si la hubieran castigado.

Martineau no preguntó nada, se limitó a palpar y presionar aquí y allá.

—Una buena tunda... —fue su lacónico diagnóstico.

Acto seguido, le desinfectó los huecos de las encías, le recomendó que visitara a un dentista y le cosió la brecha de la ceja.

—Diez francos.

Albert rebuscó en sus bolsillos, se puso a cuatro patas para recoger la calderilla que había rodado bajo el asiento y se lo dio todo al médico —no había diez francos ni de lejos—, que se encogió de hombros con resignación y, sin decir palabra, le señaló la salida.

Al instante, Albert fue presa del pánico. Se agarró al picaporte de la puerta cochera, mientras todo empezaba a girar a su alrededor. El corazón le aporreaba el pecho, tenía ganas de vomitar y la sensación de que iba a caer redondo o de que iba a tragárselo el suelo, como si estuviera sobre arenas movedizas. Un vértigo espantoso. Con los ojos desorbitados, se agarraba el pecho como alguien fulminado por un ataque al corazón. La portera acudió enseguida.

—No irá a vomitar en mi trozo de acera, ¿eh?

Albert era incapaz de contestar. La portera vio que tenía la ceja cosida, puso los ojos en blanco y negó con la cabeza: ¡qué flojos eran los hombres!

La crisis no duró. Fue violenta, pero breve. Había tenido otras parecidas, en noviembre y diciembre de 1918, en las semanas posteriores al enterramiento. Hasta por la noche se despertaba bajo tierra, muerto, asfixiado.

Cuando empezó a andar, la calle se puso a bailar alrededor. La realidad le parecía nueva, más vaga que la verdadera, más borrosa, movediza, vacilante. Tambaleante, se dirigió al metro, sobresaltándose al menor ruido, a cada crujido, volviéndose una y otra vez, temiendo que apareciera el enorme Poulos en cualquier momento. Qué suerte la suya. En aquella ciudad podían pasar veinte años sin que te encontraras con un viejo amigo, pero él había tenido que darse de narices con el Griego...

Los dientes empezaron a dolerle horrores.

Entró en un café a tomar un calvados, pero cuando iba a pedirlo se acordó de que le había dado cuanto tenía al doctor Martineau. Se marchó e intentó coger el metro, mas la sensación de confinamiento le impedía respirar y, presa de la angustia, volvió fuera y continuó el camino a pie. Llegó a casa agotado y se pasó el resto del día dándole vueltas a los detalles de lo ocurrido y temblando retrospectivamente.

De vez en cuando sentía una ira ciega. ¡Tendría que haberse cargado a aquel cabrón del Griego la primera vez! Pero el resto del tiempo veía su vida como un desastre total, se le revolvía el estómago pensando en su propia nulidad y se sentía incapaz de levantar cabeza, porque algo había quebrado su voluntad de luchar.

Se miró en el espejo. Su cara se había hinchado de un modo impresionante, los hematomas estaban poniéndose azules, tenía un aspecto patibulario. En otros tiempos, también Édouard se miraba en aquel espejo para constatar su ruina. Albert lo arrojó al suelo sin rabia, recogió los trozos de cristal y los tiró a la basura.

Al día siguiente no comió. Se pasó la tarde dando vueltas por el salón como un caballito de feria. Cada vez que pensaba en el incidente, el miedo lo atenazaba. Y tenía ideas absurdas: el Griego podía localizarlo, preguntar a sus jefes, ir en su busca, reclamarle lo que era suyo, matarlo. Corría a asomarse al patio, pero desde su casa no veía la calle por la que podía llegar Poulos, sólo la vivienda de la señora Belmont, la propietaria, y a ella tras la ventana con la mirada perdida, absorta en sus recuerdos, como siempre.

El futuro se teñía de negro. Sin trabajo y con el Griego pisándole los talones, necesitaba mudarse y conseguir otro empleo. Como si fuera tan fácil.

Pero luego se tranquilizaba. Que el Griego fuera a buscarlo allí era una idea sencillamente ridícula, pura fantasía. Para empezar, ¿cómo lo haría? ¿Movilizando a toda su familia y a todo su gremio sólo para recuperar una caja de ampollas de morfina que probablemente ya estuviera vacía? ¡Era ridículo!

Pero lo que su mente decía, su cuerpo lo rechazaba. Albert seguía temblando, dominado por un miedo irracional, inmune a cualquier argumento. Pasaron las horas, llegó la noche y con ella, los fantasmas, el terror. La oscuridad, que todo lo agranda, acabó con la poca lucidez de la que había sido capaz y lo llevó al borde de la locura.

Y lloró. Podría escribirse toda una historia sobre las lágrimas en la vida de Albert. Éstas, desesperadas, fluctuaban de la tristeza al terror según pensara en su vida o su futuro. Alternaba sudores fríos, bajones de ánimo, palpitaciones, ideas funestas, sensación de ahogo, vértigo... Nunca podría salir de aquella casa, se decía, pero tampoco podía quedarse. Las lágrimas aumentaron. Huir. De pronto la palabra resonó en su cabeza. Huir. Paulatinamente, debido a la oscuridad, la idea adquirió un tamaño desmesurado hasta aplastar cualquier otra perspectiva. No podía imaginarse el futuro allí, pero no sólo en aquella habitación, tampoco en aquella ciudad, en aquel país.

Corrió hasta un cajón y sacó las fotos y las postales de las colonias. Empezar de cero. Con el siguiente fogonazo se le apareció la imagen de Édouard. Albert se precipitó al armario y cogió la máscara de la cabeza de caballo. Se la puso con mucho cuidado, como si fuera una valiosa antigüedad. Al instante se sintió a salvo, protegido. Quiso verse, buscó un trozo de espejo en la basura, pero no había ninguno lo bastante grande, así que miró su reflejo en la ventana. Al descubrir que se había transformado en caballo sus miedos desaparecieron y lo invadió una sensación de bienestar. Sus músculos se relajaron. A través de la máscara, sus ojos buscaron la ventana de la señora Belmont, al otro lado del patio. La mujer no estaba. A los cristales sólo llegaba el tenue resplandor de alguna habitación interior.

De pronto, todo le pareció claro, evidente.

Albert respiró hondo antes de quitarse la máscara. Tuvo una desagradable sensación de frío. Igual que las estufas que conservan el calor y siguen estando tibias cuando el fuego lleva rato apagado, Albert había conseguido reunir un poco de energía, la suficiente para abrir la puerta, bajar lentamente la escalera con la máscara bajo el brazo, levantar la lona del motocarro y comprobar que la caja de las ampollas había desaparecido.

Cruzó el patio, avanzó unos metros por la acera y, apretando la máscara, llamó al timbre. Ya era noche cerrada.

La señora Belmont tardó en llegar. Al ver a Albert no dijo nada. Le abrió. Él entró y la siguió por el pasillo. Una habitación con los postigos cerrados... En una camita infantil demasiado pequeña para ella, Louise dormía profundamente con las piernas encogidas. Albert se inclinó a mirarla: aquella niña dormida era realmente preciosa. En el suelo, tapado con una sábana blanca que la penumbra teñía de marfil, estaba Édouard tumbado con los ojos muy abiertos, observándolo. Junto a él, la caja de zapatos. Con mirada experta, Albert constató de inmediato que la cantidad no había disminuido demasiado.

Sonrió, se puso la máscara para tener los brazos libres y le tendió la mano.

Hacia medianoche, Édouard estaba sentado bajo la ventana al lado de Albert, con los dibujos de los monumentos cuidadosamente colocados sobre las rodillas. Menuda cara le habían dejado a su amigo. Vaya paliza.

—Bueno, explícame lo de los monumentos un poco mejor —le dijo Albert—. ¿Qué habías pensado?

Mientras Édouard escribía en su nuevo cuaderno de conversación, Albert estuvo hojeándolos. Estudiaron el asunto. Todo tenía arreglo. No crearían una empresa fantasma, sino que abrirían una simple cuenta bancaria. Y nada de oficinas, bastaba un apartado de correos. La idea era hacer una oferta muy atractiva por un tiempo limitado, reunir el dinero recibido como adelanto de los pedidos... y largarse enseguida con la recaudación.

Sólo quedaba un escollo, pero considerable: para montar el negocio necesitaban dinero.

Édouard no acababa de entender que aquel asunto de los fondos imprescindibles, que en su momento desmotivó a Albert al punto de enfurecerlo, ya no le pareciera más que un problema menor. Seguro que el estado en que se encontraba, los moretones, la ceja, que apenas había empezado a cerrarse, el ojo a la funerala, tenían algo que ver...

Édouard se acordó de la cita de su amigo unos días antes y de su decepción a la vuelta. Imaginaba un asunto de faldas, un desengaño amoroso. ¿No estaría Albert tomando aquella decisión en un arranque pasajero de cólera? ¿No se echaría atrás mañana, o pasado? Pero Édouard no tenía elección, si quería lanzarse a aquella aventura (¡y Dios sabía lo importante que era para él!), debía comportarse como si la decisión de su compañero fuera meditada. Y cruzar los dedos.

Durante aquella conversación Albert parecía normal, sensato, decía cosas muy juiciosas, pero de repente le entraban repentinos escalofríos que lo sacudían de pies a cabeza y, aunque la temperatura no fuera para tanto, sudaba mucho, sobre todo las manos. En esos momentos era dos personas en una: el excombatiente enterrado vivo, que temblaba como un conejo, y un hombre que pensaba, que calculaba, el ex contable.

Entonces, ¿de dónde iban a sacar el dinero para montar el negocio?

Albert miró la cabeza del caballo, que lo observaba con calma. Aquella tranquila y bondadosa mirada posada en él le infundía ánimos.

Se levantó.

—Creo que puedo conseguirlo... —murmuró.

Se acercó a la mesa y la despejó lentamente.

Luego se sentó ante ella con una hoja de papel, tinta y el portaplumas, reflexionó largos instantes y, tras poner su nombre y su dirección en la esquina superior izquierda, escribió:

Estimado señor Péricourt:

La noche en que estuve invitado en su casa, tuvo usted la amabilidad de ofrecerme un puesto de contable en una de sus empresas.

Si la oferta siguiera en pie, quiero que sepa que...

MARZO DE 1920

MARZO DE 1920

26

Henri d'Aulnay-Pradelle, individuo simple y sin matices, solía salirse con la suya porque su tosquedad acababa descorazonando la inteligencia de sus interlocutores. Por ejemplo, no podía evitar que Léon Jardin-Beaulieu, menos alto que él, también le pareciera menos inteligente. Era totalmente falso y, sin embargo, como a ese respecto Léon tenía un complejo que le nublaba el entendimiento, Pradelle siempre llevaba las de ganar. En esa superioridad intervenía la cuestión de la altura, pero también otras dos razones que se llamaban Yolande y Denise, hermana y mujer de Léon, respectivamente, y amantes ambas de Henri. La primera desde hacía más de un año y la segunda desde dos días antes de su boda. A Henri le habría resultado aún más excitante que hubiera sido desde el día anterior o, mejor aún, desde la mañana misma de la ceremonia; pero los acontecimientos no se habían prestado, y el margen de dos días ya era un resultado excelente. «En la familia Jardin-Beaulieu —solía decirles a sus amigos desde entonces—, ya sólo me falta la madre.» La ocurrencia hacía gracia, porque la señora Jardin-Beaulieu madre era una mujer poco apta para despertar el deseo de nadie, además de muy virtuosa. «Una cosa explica la otra», añadía invariablemente Henri con su habitual rudeza.

En definitiva, entre Ferdinand Morieux, un completo idiota, y Léon Jardin-Beaulieu, bloqueado por sus inhibiciones, Henri había elegido a dos socios a quienes despreciaba. Hasta entonces había tenido el campo libre para organizar las cosas a su manera, enérgica y expeditiva, como sabemos, y sus «socios» se habían conformado con percibir sus dividendos. No los tenía al corriente de nada, era «su» empresa. Había superado muchos obstáculos sin rendir cuentas a nadie, y no pensaba empezar a rendirlas ahora.

—Es que esta vez es más embarazoso —comentó Jardin-Beaulieu.

Henri lo miraba desde arriba. Cuando hablaba con él, siempre se las arreglaba para hacerlo de pie y obligarlo a alzar la cabeza, como para mirar al techo.

Léon parpadeó rápidamente. Tenía cosas importantes que decir, pero aquel hombre le daba miedo. Lo odiaba. Al enterarse de que su hermana se acostaba con él había sufrido, pero había sonreído como si fuera un cómplice, o incluso el instigador. Cuando le llegaron los primeros rumores sobre Denise, su mujer, la situación fue muy distinta. Le entraron ganas de morir de humillación. Se había casado con una mujer hermosa porque él poseía una fortuna, nunca se había hecho ilusiones respecto a su fidelidad presente o futura, pero que el portador de la mala noticia fuera precisamente D'Aulnay-Pradelle fue lo más doloroso de todo. En cuanto a Denise, siempre había juzgado a Léon con desdén. No le perdonaba que hubiera conseguido lo que quería porque disponía de los medios necesarios. Desde el día siguiente a la boda, se había mostrado condescendiente con su marido, que no se había opuesto a su decisión de dormir en otra habitación y cerrar la puerta con llave todas las noches. No se ha casado conmigo, pensaba Denise, me ha comprado. No es que fuese cruel, pero hay que entenderlo: en esa época las mujeres sufrían mucho desprecio.

En cuanto a Léon, verse obligado a frecuentar a Henri por sus negocios comunes lo hería en su dignidad. ¡Como si no tuviera bastante con sus calamitosas relaciones conyugales! Sentía tanto odio hacia él que, si sus estupendos contratos con el Estado se hubieran convertido en fiasco, no habría movido un solo dedo —sus propias pérdidas no lo habrían arruinado—, incluso habría estado encantado de dejar que su socio se hundiera. Pero no era sólo una cuestión de dinero. Estaba en juego su reputación. Y los rumores que oía por ahí eran cada vez más preocupantes. Abandonar a

D'Aulnay-Pradelle quizá equivaliera a caer con él, ¡y eso jamás! La gente aludía al asunto con medias palabras, nadie sabía realmente de qué se trataba, pero cuando se saca a relucir la ley es señal de que se trata de delitos... ¡Delitos! Léon tenía un compañero de promoción que, obligado a trabajar, ocupaba un puesto en la prefectura.

—Muchacho —le había dicho, preocupado—, ese asunto no me huele nada bien...

¿De qué se trataba exactamente? Léon no conseguía enterarse; ni siquiera lo sabía su compañero de la prefectura. O lo que era peor, no quería hablar de ello. Léon ya se imaginaba ante un tribunal. ¡Un Jardin-Beaulieu ante el juez! Le ponía los pelos de punta. ¡Además, él no había hecho nada! Pero ponte a probarlo...

—Embarazoso... —repitió tranquilamente Henri—. ¿Y qué tiene de embarazoso?

—Pues... no lo sé... ¡Dímelo tú!

Henri frunció los labios, como diciendo: no tengo la menor idea.

—Se habla de un informe... —añadió Léon.

—¡Ah! ¿Te referías a eso? —exclamó Henri—. No, no es nada, ya está arreglado. Un malentendido.

—Por lo que yo sé... —insistió Léon, no muy conforme.

—¡¿Cómo?! —aulló Pradelle de repente—. ¿Qué sabes tú, eh? ¿Qué sabes?

Sin previo aviso, había pasado de la aparente campechanía a la ira. Léon, que había estado observándolo las últimas semanas, se había hecho mala sangre porque lo veía muy cansado y no podía evitar pensar que Denise era en parte responsable. Pero Henri tenía problemas, porque un amante cansado sigue siendo un amante feliz, y él estaba siempre tenso, aún más irritable que antes, brusco. No había más que ver aquel arranque...

—Si el problema está arreglado, ¿por qué te pones así?

—¡Porque estoy harto de dar explicaciones cuando soy yo quien debe hacerlo todo, mi querido Léon! Porque Ferdinand y tú cobráis los dividendos, pero ¿quién se pasa la vida organizando, dando órdenes, vigilando, haciendo cuentas? ¿Tú? ¡Ja, ja, ja!

Era una risa muy desagradable. Pensando en las consecuencias, Léon fingió que no la había oído y replicó:

—A mí me encantaría ayudarte. Eres tú quien no me deja. Siempre dices que no necesitas a nadie.

Henri respiró hondo. ¿Qué podía responder? Ferdinand Morieux era un cretino y Léon, un inútil del que nada cabía esperar. En el fondo, sin su apellido, sus relaciones, su dinero, sin todas esas cosas independientes de la persona misma, ¿qué era Léon? Un cornudo, nada más. Henri se había separado hacía apenas dos horas de su mujer... Por otra parte, bastante patética. En el momento de la despedida, siempre había que despegarle los brazos con ambas manos, los melindres no acababan nunca... Empezaba a hartarse de aquella familia.

—Todo eso es demasiado complicado para ti, mi querido Léon. Complicado, pero no grave, cálmate. —Quería sonar tranquilizador, pero con su actitud conseguía justo lo contrario.

—Aun así —insistió Léon—, en la prefectura me dijeron...

—¿Qué, a ver? ¿Qué dicen en la prefectura?

—Que pasan cosas preocupantes.

Léon estaba decidido a luchar para saber, para comprender, porque esta vez no se trataba de la frivolidad de su mujer ni de la eventual caída de sus acciones en la empresa de Pradelle. Temía verse arrastrado sin querer a una espiral más peligrosa desde el momento en que con los negocios se mezclaba la política.

—Los cementerios son un sector muy delicado...

—¿Ah, sí? ¡Conque «muy delicado»...!

—¡Exacto! —replicó Léon—. ¡Por no decir neurálgico! Hoy en día, el menor tropiezo equivale a un escándalo. Con esa Cámara...

¡Ay, la nueva Cámara! En las elecciones del pasado noviembre, las primeras tras el armisticio, el Bloque Nacional había obtenido una aplastante mayoría formada casi al cincuenta por ciento por excombatientes. Tan patriótica, tan nacionalista, que la habían bautizado «la Cámara azul horizonte», el color de los uniformes franceses.

Puede que Léon «no levantara un palmo del suelo», como decía Henri, pero había dado en el clavo.

Esa mayoría había permitido a Henri llevarse la parte del león del contrato estatal, enriquecerse a una velocidad cercana a la de la luz y reconstruir más del tercio de la Sallevière en cuatro meses: algunos días tenía hasta cuarenta albañiles trabajando allí... Pero al mismo tiempo aquellos diputados suponían una verdadera amenaza. Evidentemente, semejante colección de héroes se mostraría intransigente en cualquier cuestión relacionada con sus «queridos muertos». ¡Qué frases grandilocuentes no pronunciarían! ¡No habían sido capaces de pagar como debían el peculio a los soldados desmovilizados ni de buscarles trabajo, pero luego venían dando lecciones de moral!

Eso era lo que le habían dado a entender en el Ministerio de las Pensiones, de donde lo habían llamado. «Llamado», no convocado.

—¿Todo bien, mi querido amigo?

Lo trataban con guante blanco, era yerno de Marcel Péricourt. Y socio del nieto de un general y del hijo de un diputado, así que al guante blanco había que añadir unas pinzas.

—Ese informe del prefecto... hum...

Su interlocutor fingió hacer memoria y, de pronto, como riendo, dijo:

—¡Ah, sí, el prefecto Plerzec! ¡Nada, nada, una fruslería! ¡Qué voy a contarle! Siempre ha habido empleadillos del Estado un poco quisquillosos, es una desgracia inevitable. ¡No, además el informe está archivado! Figúrese que el prefecto casi se disculpó, ¡sí, sí! Eso ya es historia, créame. —Luego, adoptando un tono confidencial, o mejor dicho, de secreto compartido, añadió—: Pero de todas formas hay que ir con un poco de cuidado, porque hay otro empleadillo del Estado inspeccionando. Un sujeto puntilloso, un maniático.

No pudo saber más. «Ir con un poco de cuidado.»

Dupré le había descrito al tal Merlin: un tocapelotas. Un fulano de la vieja escuela. Suspicaz y, por lo visto, sucio. Pradelle no conseguía imaginárselo, en cualquier caso, no se parecía a nadie que conociera. Un burócrata del montón, sin carrera ni futuro. Los peores, siempre con cuentas que saldar. La mayoría de las veces no tenían ni voz ni voto, nadie los escuchaba, los despreciaban incluso en su administración.

—Es verdad —añadieron en el ministerio—. Lo que no quita para que... A veces tienen una capacidad de hacer daño...

El silencio se estiró como una goma a punto de romperse.

—Ahora, mi querido amigo, lo mejor es proceder rápido y bien. «Rápido», porque el país necesita pasar página, y «bien», porque esa Cámara es muy quisquillosa en todo lo relacionado con nuestros héroes, y es comprensible.

Un aviso sin consecuencias.

Henri se había limitado a sonreír con expresión cómplice, pero a renglón seguido había llamado a París a todos sus capataces, con Dupré a la cabeza en calidad de responsable, y, amenazándolos, les dio directrices muy firmes, les lanzó advertencias y prometió eventuales primas. Pero ¡cualquiera lo controlaba todo! Por aquí, más de quince cementerios en pleno campo en los que participaba su empresa; por allá, siete grandes necrópolis, pronto ocho.

Pradelle observó a Léon. De repente, viéndolo desde arriba, se acordó del soldado Maillard, a quien había observado del mismo modo cuando estaba en el hoyo de obús y vuelto a ver en una situación parecida meses después, en la fosa de un soldado anónimo desenterrado para complacer a Madeleine.

Aunque ya lejanos, aquellos tiempos siempre le parecían bendecidos por el cielo: ¡el general Morieux le había enviado a Madeleine Péricourt! Un auténtico milagro. Una oportunidad inaudita, el inicio de todos sus éxitos. Saber aprovechar las ocasiones, ésa es la clave.

Henri aplastó a Léon con la mirada. Le recordaba muchísimo al soldado Maillard a punto de palmarla. Era de los que acababan enterrados vivos antes de poder decir esta boca es mía.

Por ahora aún podía serle útil. Henri le posó la mano en el hombro.

—No hay ningún problema, Léon. Y si se presentara alguno, pues... bastaría con que tu padre interviniera ante el ministro...

—Pero... ¡eso es imposible! —chilló Léon—. Sabes tan bien como yo que mi padre es diputado de Acción Liberal y que el ministro pertenece a la Federación Republicana...

Aparte de prestarme a su mujer, pensó Henri, está claro que este imbécil no me sirve absolutamente para nada.

27

¡Cuatro días esperando con una mezcla de angustia e impaciencia, y por fin el señor De Housseray, su cliente, acababa de pasar!

Cuando nunca has robado más que un par de francos aquí y allá, llegar al centenar y luego al millar en dos semanas produce vértigo. Y era la tercera vez en un mes que Albert iba a estafar a su jefe y a su cliente. Hacía un mes que no dormía, había perdido cinco kilos. El señor Péricourt, con quien se había cruzado dos días antes en el vestíbulo del banco, le había preguntado si estaba enfermo y ofrecido un permiso, aunque acababa de ser contratado. Si lo que pretendía era que jefes y compañeros lo miraran mal, no había nada mejor. Como si no bastara con ser un recomendado de Péricourt... De todas formas, lo del permiso quedaba descartado, estaba allí para trabajar, es decir, para meter mano a la caja. Y sin tiempo que perder.

En el Banco de Depósito y Crédito Industrial, si uno quería desplumar a alguien tenía donde elegir. Albert había optado por el más antiguo y fiable método bancario: la pinta del cliente.

Como cliente, el señor De Housseray tenía una pinta estupenda. Con su chistera, sus tarjetas de visita en relieve y su bastón con puño de oro, despedía un delicioso perfume a especulador de guerra. Albert, todo lo angustiado que cabe suponer, había tenido la ingenuidad de pensar que elegir a alguien a quien pudiera detestar le pondría las cosas más fáciles. Típica idea de aficionado. En su descargo hay que decir que tenía poderosos motivos para estar preocupado. Estafaba al banco para financiar el timo de los monumentos, en suma: robaba dinero para disponer de medios para robar más, lo que habría bastado para que cualquier principiante sintiera vértigo.

Primer robo, a los cinco días de empezar a trabajar, siete mil francos.

Un traspaso de cuenta a cuenta.

Recibes cuarenta mil francos del cliente y los abonas en su cuenta. En la columna de las entradas no anotas más que treinta y tres mil, y por la tarde te vas a casita con la cartera llena de billetes bajo el brazo. Lo bueno de actuar dentro de un banco importante era que nadie podía darse cuenta de nada hasta el cotejo semanal, que, entre el balance de las carteras de acciones, los cálculos de intereses, las liquidaciones, los préstamos, los reembolsos, las compensaciones, los depósitos a la vista, etcétera, duraba más de tres días. Todo dependía de ese retraso. Bastaba con esperar al final del primer día de control para sustraer la cantidad en una cuenta que acababa de ser verificada y abonarla en la cuenta pinchada, la cual no se comprobaría hasta el día siguiente. A ojos de los interventores, ambas cuentas eran irreprochables. A la semana siguiente se repetía la operación recurriendo a nuevas cuentas, ya fueran de depósito, crédito, inversión, descuento, acciones... Una estafa muy vieja conocida como «el puente de los Suspiros», muy gravosa desde el punto de vista de los nervios, pero fácil de ejecutar porque exigía competencia aunque poca malicia, lo ideal para alguien como Albert. En cambio, tenía el gran inconveniente de lanzarte a una continua huida hacia delante y obligarte, semana tras semana, a una infernal carrera de seguimiento de los interventores. No había ejemplos que duraran más de unos meses sin que el autor se hubiera visto obligado a huir al extranjero o hubiera dado con sus huesos en la cárcel, el caso más frecuente de lejos.

Como muchos ladrones ocasionales, Albert había decidido que sólo se trataba de un préstamo: con el primer dinero de los monumentos a los caídos, reembolsaría al banco antes de huir. Esa ingenuidad le facilitó pasar de la idea al acto, pero se esfumó pronto, sustituida por cuestiones más apremiantes.

Desde la primera malversación, su sentimiento de culpa se coló por la brecha que ya habían abierto su ansiedad y su hiperemotividad crónicas. Su paranoia viró claramente hacia la pantofobia. Albert vivió esa etapa presa de una fiebre casi convulsiva, echándose a temblar a la menor pregunta, caminando pegado a las paredes y con las manos sudándole tanto que tenía que secárselas sin cesar, lo que volvía su trabajo de oficina sumamente delicado. Al acecho permanente, no perdía de vista la puerta y la postura de sus piernas bajo el escritorio delataba al hombre siempre preparado para salir huyendo.

A sus compañeros les parecía un tipo raro, pero lo consideraban inofensivo, parecía enfermo, más que peligroso. Estaban acostumbrados, todos los veteranos de guerra a los que habían readmitido en sus trabajos presentaban diversos signos patológicos. Por otro lado, como Albert tenía buenos contactos, convenía ponerle buena cara.

Desde un principio, le había dicho a Édouard que los siete mil francos previstos no bastarían ni de lejos. Había que imprimir el catálogo, comprar sobres y sellos, pagar a gente para que escribiera las direcciones, adquirir una máquina de escribir para responder a las cartas que pidieran información complementaria, contratar un apartado de correos... Siete mil francos es una ridiculez, aseguró Albert, te lo dice un contable. Édouard esbozó un gesto evasivo, vale, te creo. Albert volvió a calcular. Veinte mil francos como mínimo, fue categórico. Pues que sean veinte mil, respondió Édouard con flema. Cómo se nota que no es él quien va a robarlos, se dijo Albert.

Como no le había contado que una noche había cenado en casa de su padre y en presencia de su hermana, ni que la pobre Madeleine se había casado con el cabrón de Pradelle, fuente de todos sus males, tampoco podía confesarle que había aceptado un empleo de contable en el banco del que el señor Péricourt era fundador y principal accionista. Aunque ya no trabajara de hombre anuncio, Albert seguía sintiéndose atrapado entre Péricourt padre, un bienhechor al que pronto estafaría, y Péricourt hijo, con quien compartiría el fruto de la malversación. Ante Édouard se había limitado a aducir un increíble golpe de suerte: un antiguo compañero de trabajo al que se había encontrado por casualidad, un puesto vacante en un banco, una entrevista que había salido bien... Por su parte, Édouard había aceptado aquel milagro especialmente oportuno sin hacerse preguntas. Había nacido rico.

De hecho, Albert se habría quedado con aquel puesto en el banco de buena gana. Cuando a su llegada lo habían acompañado a su mesa, con los tinteros llenos, los lapiceros afilados, las páginas de cuentas inmaculadas, el perchero de madera clara donde había colgado el abrigo y el sombrero y que ahora podía considerar suyo, los flamantes manguitos de lustrina... le habían entrado unas ganas enormes de estar tranquilo, en paz. En el fondo, aquélla podía ser una vida muy agradable. Justo la idea que se había hecho de la existencia en la retaguardia. Si mantenía aquel trabajo, muy bien pagado, incluso podría probar suerte con la guapa criada de los Péricourt... Sí, una vida sencilla y agradable. En cambio, aquella tarde, Albert cogió el metro hecho un manojo de nervios, con cinco mil francos en billetes grandes en la cartera. Hacía bastante fresco todavía, así que era el único pasajero que sudaba.

Tenía otro motivo para estar impaciente por llegar a casa: el compañero de armas que tiraba de un carretón con su único brazo debía de haber pasado por la imprenta y llevado los catálogos.

Vio los paquetes atados en cuanto entró en el patio. ¡Estaban allí! Era impresionante. Así que estaba todo listo... Hasta entonces, habían hecho los preparativos, pero ahora se habían lanzado.

Mareado, Albert cerró los ojos, volvió a abrirlos, dejó la cartera en el suelo, acarició uno de los paquetes y desató la cuerda.

El catálogo del Recuerdo Patriótico.

Cualquiera habría jurado que era auténtico.

Y bien mirado, lo era, impreso por Rondot Frères, rue des Abbesses; más serio, imposible. Diez mil ejemplares. Ocho mil doscientos francos de impresión. Iba a sacar el catálogo de arriba para hojearlo, cuando una especie de relincho lo detuvo: era la risa de Édouard, que se oía desde el pie de la escalera. Era aguda, explosiva, llena de vibratos, de esas que permanecen en el aire después de apagarse. Se notaba que era una hilaridad insólita, como la de una mujer que ha enloquecido. Albert cogió la cartera y subió. Al abrir la puerta lo recibió una estruendosa exclamación, una especie de «raaarrrggg» (bastante difícil de transcribir), que expresaba la impaciencia y el alivio al verlo llegar.

Por lo demás, el grito no era menos sorprendente que la propia situación. Esa tarde, Édouard llevaba una máscara de cabeza de pájaro, con un pico muy largo y curvado hacia abajo, pero, cosa extraña, un poco entreabierto, lo que permitía ver dos hileras de dientes muy blancos que evocaban un pájaro carnicero y risueño. Pintada con una gama de rojos que resaltaba el aspecto salvaje y agresivo, la máscara le ocultaba el rostro hasta la frente, a excepción de los dos orificios de los ojos, alegres e inquietos.

Albert, que llegaba con la ilusión —bastante matizada, es cierto— de enseñarles los flamantes billetes de banco a Édouard y Louise, tuvo que cederles el protagonismo. El suelo de la habitación estaba cubierto de hojas del catálogo. Plácidamente tumbado, Édouard tenía los grandes y descalzos pies sobre un paquete por abrir, ante el que estaba arrodillada Louise pintándole las uñas con esmero con un esmalte de un rojo carmín muy vivo y poniendo tanta atención que apenas alzó los ojos para saludar a Albert. En cuanto a Édouard, repitió su sonora y jubilosa risa («raaarrrggg») señalando el suelo muy satisfecho, como un prestidigitador al final de un número especialmente logrado.

Albert no pudo evitar sonreír. Dejó la cartera en el suelo y se quitó el abrigo y el sombrero. Aquella casa era el único sitio donde se sentía a salvo, donde hallaba algo de serenidad... Salvo por la noche. Sus noches seguían siendo agitadas y así seguirían por mucho tiempo; tenía que dormir con la cabeza de caballo al lado, por si le entraba pánico.

Édouard lo observaba con una mano apoyada en una pila de catálogos colocados junto a él y la otra cerrada en un puño en señal de victoria. Entretanto, Louise, que seguía muda, le estaba retocando el esmalte de los gruesos dedos de los pies con una bayetita de gamuza, tan concentrada como si le fuera la vida en ello.

Albert se sentó junto a Édouard y cogió un ejemplar.

Era un folleto delgado, de sólo dieciséis páginas, impreso en un bonito papel color marfil casi el doble de alto que de ancho, con preciosos tipos didones de diversos tamaños, unas letras muy elegantes.

En la sobria cubierta, podía leerse:

Se abría a una página que llevaba un membrete de muy buen gusto en el ángulo superior izquierdo:

JULES D'ÉPREMONT**✠
ESCULTOR
MIEMBRO DE LA ACADEMIA

RUE DU LOUVRE, 52
APARTADO DE CORREOS 52
PARÍS (SENA)

—¿Quién es Jules d'Épremont? —le había preguntado Albert a Édouard cuando habían estado preparando el catálogo.

Édouard puso los ojos en blanco: ni idea. De todas formas, daba apariencia de seriedad: cruz de guerra, honores académicos, domicilio en la rue du Louvre...

—Ya, pero... —murmuró Albert, bastante preocupado por el personaje—. Se darán cuenta enseguida de que no existe. «Miembro de la Academia»... ¡Eso es bien fácil de comprobar!

—«¡Por eso nadie lo hará!» —escribió Édouard—. «A un miembro la Academia, nadie le discute.»

A pesar de su escepticismo, Albert había tenido que admitir que, en efecto, al ver el nombre impreso no te entraban ganas de dudar.

Al final había una breve nota que presentaba escuetamente su trayectoria artística: el típico escultor académico cuyas obras tranquilizan a cualquiera a quien la proximidad de un artista pudiera inquietar.

La dirección, rue du Louvre número 52, no era otra que la de la oficina de Correos donde habían abierto el apartado. El azar había querido que les dieran el casillero número 52, lo que acababa de otorgar al conjunto un tono meditado, institucional, ajeno a la precipitación.

En la parte inferior de la cubierta, unas diminutas líneas informaban escuetamente de lo siguiente:

EL PRECIO INCLUYE LA ENTREGA EN ESTACIÓN DENTRO DEL TERRITORIO DE LA FRANCIA METROPOLITANA

LAS INSCRIPCIONES QUE FIGURAN EN LOS DIBUJOS NO ESTÁN INCLUIDAS

La primera página contenía la engañifa propiamente dicha:

Ilustrísimo señor alcalde:

Ha transcurrido más de un año desde el final de la Gran Guerra, y numerosos municipios de Francia y sus colonias piensan hoy en honrar como merece el recuerdo de sus hijos caídos en el campo de batalla.

Si la mayoría de ellos aún no lo ha hecho, no ha sido por falta de patriotismo, sino de medios. Por ese motivo, he considerado que, en calidad de Artista y Excombatiente, era mi deber presentarme voluntario para esta noble causa. Así pues, he decidido poner mi experiencia y mi pericia a disposición de los municipios que deseen erigir un monumento conmemorativo y a tal fin he fundado el Recuerdo Patriótico.

Le ofrezco el presente catálogo de temas y alegorías destinados a perpetuar el recuerdo de sus queridos muertos.

El próximo 11 de noviembre será inaugurada en París la tumba del «soldado desconocido», que representará, por sí solo, el sacrificio de todos sus compañeros. Un acontecimiento excepcional exige medidas excepcionales: con el fin de per-

mitirle unir su propia iniciativa a la de la gran celebración nacional, le ofrezco una reducción del 32% sobre la totalidad de mis obras concebidas especialmente para la ocasión, así como el transporte gratuito hasta la estación más cercana a su municipio.

A fin de respetar los plazos de fabricación y transporte, y obtener un acabado de irreprochable calidad, sólo podré aceptar los pedidos efectuados antes del próximo 14 de julio, para su entrega el 27 de octubre de 1920 como muy tarde, dejándole así el tiempo para erigir la obra sobre el pedestal construido con anterioridad. En el caso, por desgracia probable, de que el 14 de julio los pedidos sobrepasen nuestra capacidad de fabricación, sólo serán atendidos los primeros pedidos en riguroso orden de llegada.

Estoy seguro de que su patriotismo encontrará en esta oferta, que no podrá ampliarse, la ocasión de demostrar a los queridos muertos de su municipio que su heroísmo permanecerá eternamente a la vista de sus hijos como ejemplo de supremo sacrificio.

Aprovecho la oportunidad que me brinda esta carta para manifestarle mi más alta estima,

JULES D'ÉPREMONT
Escultor ✳✠
Miembro de la Academia
Antiguo alumno de la Escuela Nacional de Bellas Artes

—Pero ese descuento... ¿Por qué el treinta y dos por ciento? —había preguntado Albert.

Típica pregunta de contable.

—«Para dar la sensación de que el precio está muy pensado» —escribió Édouard—. «¡Es una incitación! De esa forma, todo el dinero llegará antes del 14 de julio. ¡Y al día siguiente, ahuecamos el ala!»

En la página siguiente, una breve nota, inserta en un elegante recuadro, explicaba lo siguiente:

Todos nuestros modelos pueden fabricarse
tanto en bronce artístico cincelado y patinado
como en hierro fundido cincelado y bruñido.
Estos materiales, de gran nobleza,
dan a los monumentos
un sello de especial buen gusto,
que simboliza a la perfección al inigualable Soldado Francés
o cualquier otro emblema que ensalce
la valentía de nuestros queridos muertos.
Garantizamos que la ejecución de las obras es irreprochable,
y su duración, ilimitada, a condición de un mantenimiento
cada cinco o seis años.
Sólo queda a cargo del comprador el pedestal,
de fácil construcción para un albañil experto.

Seguía el catálogo de las obras vistas de frente, de perfil y en perspectiva, con el detalle de las dimensiones, altura, anchura y profundidad, y todas las combinaciones posibles: *Partida hacia el frente, ¡Al ataque!, ¡Muertos, en pie!, Soldado que muere en defensa de la bandera, Compañeros de armas, Francia llora a sus héroes, Gallo que pisa un casco boche, ¡Victoria!*, etcétera.

A excepción de los tres modelos de gama baja, para los presupuestos reducidos (Cruz de guerra, 930 francos; Antorcha funeraria, 840 francos; Busto conmemorativo, 1.500 francos), los precios oscilaban entre los seis mil y los treinta y tres mil francos.

Cerraba el catálogo la siguiente precisión:

El **Recuerdo Patriótico** no podrá
responder por teléfono a todas las consultas,
pero cualquier pregunta efectuada por correo
recibirá respuesta con la menor dilación posible.
Teniendo en cuenta la cuantía del descuento,
los pedidos deberán ir acompañados
de un anticipo del 50 % de su precio total
a nombre del **Recuerdo Patriótico**.

En teoría, cada pedido debía reportarles entre tres mil y once mil francos. En teoría. A diferencia de Albert, Édouard no tenía ninguna duda, al contrario, se las prometía muy felices. La exaltación de uno era directamente proporcional a la angustia del otro.

Cojo como era, Édouard no había podido subir los paquetes del catálogo. Si es que se le había ocurrido... La culpa era de su educación, siempre había tenido a alguien a su disposición. En ese aspecto, la guerra sólo había supuesto un paréntesis. Esbozó un gesto de disculpa, como si no pudiera ayudar debido a las uñas... Agitaba los dedos, queriendo decir: es que el barniz... aún no está seco...

—Muy bien —dijo Albert—, ya lo hago yo.

No le molestaba, las tareas manuales o domésticas le permitían reflexionar. Inició una larga serie de idas y venidas para apilar concienzudamente los paquetes de catálogos al fondo de la habitación.

Dos semanas antes había puesto un anuncio para buscar personal. Había que escribir diez mil direcciones, todas según el mismo modelo:

Ayuntamiento
Municipio
Departamento

Para compilarlas usaban el Diccionario de Municipios, pero excluyendo París y su periferia, demasiado cercanos a la supuesta sede de la empresa. Más valía dirigirse a la Francia profunda, a las ciudades medianas. Pagaban a quince céntimos la dirección. Con tanto paro, no había sido difícil reclutar a cinco personas con buena caligrafía. Albert había preferido a mujeres. Suponía que harían menos preguntas. Tal vez simplemente pensaba en relacionarse con alguna de ellas. Creían trabajar para un impresor artesanal. Todo tenía que estar listo en diez días. La semana anterior, Albert había ido a llevarles los sobres, la tinta y las plumas. Al día siguiente, al salir del banco, inició la recogida. Para la ocasión, desempolvó el petate de la guerra, que había visto tiempos mejores.

Ahora dedicarían las tardes a ensobrar los catálogos con la ayuda de Louise. Lógicamente, la niña no entendía nada de lo que pasaba, pero se mostraba muy entusiasta. Aquello le gustaba mucho, porque ahora su amigo Édouard estaba muy contento: se notaba en las máscaras, cada vez más vistosas y disparatadas. Uno o dos meses más y llegarían al delirio. Estaba encantada.

Albert se había fijado en que cada vez se parecía menos a su madre, no en lo físico —él no era buen fisonomista, nunca se percataba de los parecidos entre las personas—, sino en la permanente tristeza de la señora Belmont tras la ventana, que ya no se veía en el rostro de Louise. Parecía un pequeño insecto saliendo de su crisálida, cada vez más bonito. A veces la observaba a hurtadillas y descubría en ella una gracia tan enternecedora que le entraban ganas de llorar. Como solía decir la señora Maillard: «Si por él fuera, Albert se pasaría la vida llorando. Podía haber tenido una chica, hubiera sido lo mismo.»

Albert echaría todos los sobres al correo en la oficina del Louvre, para que el matasellos coincidiera con la dirección. Tendría que hacer varios viajes durante varios días.

Luego, empezaría la espera.

Ansiaba que llegaran los primeros pagos. Si de él dependiera, arramblaría con los primeros centenares de francos y saldría huyendo. Édouard no lo veía igual. Él no se iba hasta que llegaran al millón.

—¡¿Al millón?! —había gritado Albert—. ¡Estás loco!

Empezaron a discutir sobre la suma que les parecía aceptable, como si el éxito de su negocio estuviera garantizado, lo que distaba de ser cierto. Para Édouard, era seguro; inevitable, había llegado a escribir con grandes caracteres. En cuanto a Albert, tras haber recogido a un inválido que no quería saber nada de su familia, robado doce mil francos a su jefe y montado una estafa que podía costarle la pena de muerte o la cadena perpetua, no le quedaba más remedio que actuar como si creyera en el éxito. Preparaba la huida, se pasaba las tardes consultando los horarios de los trenes a Le Havre, Burdeos, Nantes o Marsella, según pensara en coger un barco con destino a Túnez, Argel, Casablanca o Saigón.

Édouard trabajaba.

Concluido el catálogo del Recuerdo Patriótico, se preguntaba qué haría un Jules d'Épremont, de haber existido, obligado a esperar el resultado de su prospección comercial.

La respuesta no tardó en ocurrírsele: participaría en las convocatorias públicas.

Algunas ciudades importantes, con suficientes medios para evitar los motivos hechos en serie, habían empezado a organizar concursos artísticos para obras originales. Los periódicos habían publicado varios anuncios relacionados con obras por valor de ochenta, cien e incluso ciento cincuenta mil francos. La oferta más jugosa, y la más atractiva para Édouard, era la del distrito que lo había visto nacer, que dotaba al artista elegido de un presupuesto de unos doscientos mil francos. Así que había decidido matar el tiempo preparando el proyecto que Jules d'Épremont presentaría al jurado, un gran tríptico titulado *Gratitud*, compuesto por una «Francia conduciendo las tropas hacia el combate» en un lado y unos «Valerosos soldados al ataque del Enemigo» en el otro, escenas que convergían hacia un centro donde se desplegaría una «Victoria coronando a sus hijos muertos por la Patria», vasta alegoría en la que una mujer envuelta en la bandera nacional coronaría con la mano derecha a un soldado victorioso que posaba una trágica e inconsolable mirada de máter dolorosa en un compañero caído.

Mientras daba los últimos toques a la vista que abriría el dossier de su candidatura, cuidando sobre todo la perspectiva, Édouard se reía solo.

—¡Un pavo! —exclamaba Albert en broma, viéndolo trabajar—. Glugluteas como un pavo, te lo juro.

Édouard reía aún con más ganas y se inclinaba con avidez sobre su dibujo.

28

El general Morieux parecía al menos doscientos años más viejo. A un general le quitas la guerra, que le da una razón para vivir y la energía de un muchacho, y lo dejas hecho un cascajo. Físicamente, lo único que quedaba de él era una barriga coronada por unos mostachos, una masa fofa y aletargada que se pasaba las tres cuartas partes del tiempo dormitando. Y cómo roncaba... Se derrumbaba en el primer sillón con que se topaba, soltando un suspiro que ya parecía un estertor y, al cabo de un instante, su tripa empezaba a alzarse como un dirigible, sus bigotes se estremecían con cada inspiración, sus mofletes temblaban con cada espiración y así podía pasarse horas. Aquel magma prodigiosamente inerte tenía algo de paleolítico que impresionaba mucho; tanto que nadie se atrevía a despertarlo. A algunos incluso les daba miedo acercarse.

Desde la desmovilización lo habían elegido miembro de un número incalculable de comisiones, subcomisiones y comités. Siempre llegaba el primero, sudando y resoplando cuando la reunión no se celebraba en una planta baja, se dejaba caer en un sillón, respondía a los saludos con un gruñido o asintiendo de mala gana con la cabeza y luego se dormía y empezaba a resoplar. A la hora del voto, lo sacudían un poco, qué opina usted, mi general, sí, sí, por supuesto, es evidente, estoy de acuerdo, farfullaba con los ojos llenos de turbias lágrimas, por supuesto, por supuesto, repetía con boca temblorosa, la cara enrojecida, la mirada ausente... Que firmara costaba un triunfo. Habían intentado librarse de él, pero el ministro le tenía mucho apego. A veces aquel cargante e inútil carcamal recobraba accidentalmente un atisbo de lucidez. Como ocurrió, por ejemplo, cuando entre dos cabezadas —estábamos a principios de abril, y el general padecía una fiebre del heno que le provocaba unos estornudos titánicos, llegaba incluso a estornudar dormido, como un volcán latente—, entre dos cabezadas, decíamos, oyó que su nieto, Ferdinand Morieux, podía verse envuelto en graves problemas. Por debajo de sí mismo, el general no apreciaba a nadie. Para él, aquel nieto que no había elegido la gloriosa carrera de las armas era un individuo secundario y decadente; pero, eso sí, llevaba el apellido Morieux, algo a lo que el general, muy preocupado por la posteridad, le tenía mucho cariño. ¿El sueño de su vida? Su retrato en el *Petit Larousse Illustré*, aspiración que no admitía la menor mácula en el apellido familiar.

—¡¿Qué?, ¿qué?, ¿qué?! —exclamó, despertándose sobresaltado.

Como no oía bien, había que repetirle las cosas alzando la voz. Se trataba de la empresa Pradelle y Cía., de la que Ferdinand era accionista. Intentaron explicárselo, sí, acuérdese, la empresa a la que el Estado encomendó la reagrupación en cementerios militares de los soldados muertos.

—¿Cómo dice? ¿Cuerpos... de soldados muertos?

Su atención se aferró a la información que guardaba relación con Ferdinand; trabajosamente, su cerebro consiguió establecer un mapa mental del problema sobre el que distribuyó las palabras «Ferdinand», «soldados muertos», «cadáveres», «tumbas», «anomalías», «negocio»... Para él ya era mucho. En tiempos de paz le costaba comprender. Su ayudante de campo, un alférez tan fogoso como un purasangre, lo miró y suspiró como un cuidador irritable y poco paciente. Luego, dominándose, entró en pormenores. Su nieto Ferdinand es accionista de Pradelle y Cía. Desde luego, lo único que hace es cobrar dividendos, pero si estalla un escándalo en el que esté implicada esa empresa, su nieto tendrá problemas, su apellido saltará a la palestra y su reputación quedará tocada. El general abrió un ojo de pájaro sorprendido, la perspectiva del *Petit Larousse* podía irse al garete, ¡ni hablar! A Morieux se le encendió la sangre; tanto es así que quiso levantarse.

Se agarró a los brazos del sillón y se irguió, exasperado, colérico. Después de haber ganado aquella guerra, ¿no podían dejarlo en paz, cojones?

El señor Péricourt se acostaba cansado y se levantaba cansado. No puedo con mi alma, pensaba. Desde luego, no había dejado de trabajar, de recibir a las visitas, de impartir órdenes, pero todo de un modo mecánico. Antes de reunirse con su hija, se sacó del bolsillo el cuaderno de esbozos de Édouard y lo guardó en un cajón. Solía llevarlo encima, aunque no lo abría delante de nadie. Se lo sabía de memoria. Si seguía llevándolo con él de aquí para allá, acabaría estropeándose, tenía que protegerlo, mandarlo encuadernar, quizá. Pero como nunca se había ocupado de esas menudencias, no sabía ni cómo empezar. Sí, estaba Madeleine, pero tenía otras cosas en la cabeza... Péricourt se sentía muy solo. Cerró el cajón y salió de la habitación al encuentro de su hija. ¿Qué había hecho con su vida para llegar a ese punto? Sólo había sabido inspirar miedo, gracias a lo cual ahora no tenía ningún amigo, únicamente conocidos. Y a Madeleine. Pero no era igual, a una hija no se le cuentan las mismas cosas. Y menos ahora que estaba en ese... estado. Había tratado en vano de recordar la época en que también él iba a ser padre. Lo asombraba acordarse de tan pocas cosas. En el trabajo se maravillaban de su memoria, que le permitía recitar la totalidad del consejo de administración de una empresa absorbida quince años atrás; pero cuando se trataba de la familia, nada, o casi nada. Sin embargo, Dios sabía cuánto le importaba su familia. Y no sólo ahora que su hijo había muerto. En realidad, si trabajaba tanto, si se esforzaba tanto, era por eso, por los suyos. Para ponerlos a salvo. Para permitirles que... En fin, todas esas cosas. Sin embargo, curiosamente, las escenas familiares apenas se le quedaban grabadas, tanto es así que todas se asemejaban. Las comidas de Navidad, las festividades de Pascua, los cumpleaños... Parecían una misma ocasión repetida muchas veces, con apenas variaciones, las Navidades con su mujer y las posteriores a su muerte, los domingos de antes de la guerra y los de ahora... En el fondo había pocas diferencias. Por ejemplo, no recordaba nada de los embarazos de su esposa.

Cuatro, si la memoria no le fallaba, pero una vez más, todos se fundían en uno solo, no sabía en cuál, si en uno de los que habían acabado bien o de los que se habían frustrado. No habría podido decirlo. Sólo reaparecían, accidentalmente, algunas imágenes, fruto de semejanzas circunstanciales. Eso le ocurrió cuando encontró a Madeleine sentada con ambas manos sobre el vientre, ya abultado. Vio a su mujer en la misma actitud. Se alegró, hasta se sintió orgulloso. Sin reparar en que todas las mujeres embarazadas se parecen un poco, decidió considerar aquella semejanza como una victoria, la prueba de que tenía corazón y espíritu familiar. Y dado que tenía corazón, no quería cargar con una preocupación más a su hija. En su estado. Le habría gustado hacer lo de siempre, encargarse de todo, pero ya no era posible. Tal vez ya hubiera esperado demasiado.

—¿Te molesto? —le preguntó.

Se miraron. No era una situación fácil para ninguno de los dos. Para ella, porque desde que lloraba la muerte de Édouard, su padre había envejecido mucho y casi de repente. Para él, porque el embarazo de su hija carecía de encanto: Madeleine no tenía esa plenitud, esa lozanía de fruta madura que Péricourt veía en muchas mujeres, ese aire triunfal y de seguridad como de gallina clueca que tienen algunas embarazadas. Madeleine solamente estaba gorda. Todo se le había hinchado muy deprisa, la cara y el cuerpo en su conjunto, y a Péricourt lo apenaba ver que se parecía todavía más a su madre, que tampoco había sido hermosa nunca, ni siquiera embarazada. Dudaba que su hija fuera feliz, únicamente la veía más o menos satisfecha.

No —Madeleine le sonrió—, no la molestaba, sólo estaba soñando despierta, dijo, pero nada era cierto, la molestaba y no estaba soñando. Si su padre actuaba con tanta cautela era porque tenía que decirle algo y, como Madeleine sabía de qué se trataba y no le apetecía oírlo, con una sonrisa de circunstancias lo invitó a acercarse, indicándole un asiento cercano a ella con la palma de la mano. Su padre se sentó y, como tantas otras veces, todo podría haber quedado ahí. Eso habría pasado si se hubiera tratado de ellos dos: habrían intercambiado unas cuantas banalidades, tras las que ambos habrían comprendido lo que había que comprender, luego Péricourt se habría levantado, habría besado a su hija en la frente y se habría marchado con la certeza, por lo demás fundada, de que lo habían escuchado y comprendido. Pero ese día hacían falta palabras, porque no se trataba únicamente de ellos. Y a los dos les molestaba que su intimidad dependiera de una circunstancia que no les pertenecía en exclusiva.

A veces Madeleine posaba la mano en las de su padre, pero en esa ocasión se limitó a soltar un leve suspiro. Tendrían que hablar claro, discutir quizá, y no le apetecía.

—El general Morieux me ha telefoneado... —dijo su padre.

—¡Vaya! —respondió Madeleine sin perder la sonrisa.

Péricourt no sabía qué actitud adoptar, pero acabó optando por lo que en su opinión le iba más: la firmeza paternal, la autoridad.

—Tu marido...

—Tu yerno, ¿no?

—Como quieras...

—Lo prefiero, sí.

En la época en que quería un hijo varón, soñaba con un chico que se le pareciera, pero en su hija ese parecido le molestaba, porque las mujeres discuten de una forma distinta a los hombres, siempre oblicua. Por ejemplo, aquella insidiosa manera de decir las cosas, de dar a entender que no se trataba de las gilipolleces de su marido, sino de las del yerno de él. Se mordió el labio. También debía considerar su «situación», tener cuidado.

—Muy bien, pero el caso es que eso no ha cambiado... —replicó.

—¿El qué?

—Su forma de llevar los negocios.

En cuanto pronunció esa palabra, dejó de ser padre. Al instante le pareció que el problema tenía arreglo, porque en cuestión de negocios, conociendo todas las situaciones, había pocos escollos que Péricourt no hubiera salvado. Siempre había opinado que el cabeza de familia era una variante del empresario. Pero ante aquella mujer, que se parecía tan poco a su hija, tan adulta, casi una extraña, vaciló.

Negó con la cabeza, enfadado, y en ese arrebato de muda irritación sintió aflorar en él cuanto había querido decirle en su día y ella no le había dejado expresar. Lo que pensaba de su matrimonio y de aquel hombre.

Intuyendo que su padre iba a mostrarse cruel, Madeleine juntó las manos sobre el vientre ostensiblemente y entrelazó los dedos. Él se dio cuenta y calló.

—He hablado con Henri, papá —dijo al fin Madeleine—. Tiene problemas momentáneos. Así me lo ha dicho, «momentáneos». Nada grave. Me ha asegurado...

—Lo que te haya asegurado, Madeleine, no tiene la menor importancia, el menor valor. Te dice lo que le parece, para protegerte...

—Es normal, es mi marido...

—¡Exacto, es tu marido! Pero ¡en lugar de protegerte, te pone en peligro!

—¡¿En peligro?! —exclamó ella, y se echó a reír—. ¡Madre mía! Así que ahora estoy en peligro...

Reía de buena gana. Péricourt no era lo bastante padre como para no ofenderse.

—No lo apoyaré, Madeleine —masculló.

—¿Y quién te ha pedido que lo protejas, papá? Y para empezar, ¿de qué? ¿De quién?

Tenían la misma mala fe.

Aunque fingiera lo contrario, Madeleine estaba enterada de cosas. El asunto de los cementerios militares no era tan simple como parecía al principio, Henri cada vez se mostraba más enfadado, más ausente, más irritable, más nervioso. Era una suerte que ya no necesitara sus servicios conyugales, aunque ahora sus amantes tampoco parecían estar muy satisfechas con él. Sin ir más lejos, Yvonne, el otro día: «He visto a tu marido, querida... ¡Últimamente está de un inaccesible! Me parece que lo de ser rico no le sienta muy bien...»

En aquel trabajo para el gobierno, Henri estaba teniendo contratiempos, dificultades, y aunque no se lo contara, ella captaba frases aquí y allí cuando estaba al teléfono: lo llamaban del ministerio. Henri adoptaba su tono rimbombante, no, mi querido amigo, ¡ja, ja!, hace tiempo que está solucionado, no se preocupe, y colgaba con una profunda arruga en la frente. Una tormenta, nada más, Madeleine estaba al cabo de la calle, se había pasado la vida viendo a su padre capear toda clase de temporales, más una guerra mundial, no iba a asustarse ahora por un par de llamadas de la prefectura o del ministerio. A su padre no le gustaba Henri, y ya está. Nada de lo que hacía le parecía bien. Rivalidad masculina. Pelea de gallos. Madeleine apretó las manos sobre el vientre. Mensaje recibido. El señor Péricourt se levantó a regañadientes y empezó a alejarse; pero de pronto se volvió. No pudo evitarlo.

—No me gusta tu marido.

Lo había dicho. Al final, no había sido tan difícil.

—Ya lo sé, papá —respondió ella sonriendo—. Pero da igual. Es mi marido —añadió, y se dio unas palmaditas en el vientre—. Y éste, tu nieto. Estoy segura.

Péricourt abrió la boca, pero prefirió abandonar la habitación.

Un nieto...

Rehuía esa idea desde el principio porque no llegaba en el momento oportuno: no conseguía asociar la muerte de su hijo con el nacimiento de su nieto. Casi esperaba que fuera una niña, para que la cuestión no volviera a plantearse. Hasta que tuvieran otro hijo, habría pasado el tiempo y el monumento estaría construido. Se aferraba a la idea de que erigir aquella obra conmemorativa marcaría el final de su angustia, de sus remordimientos. A veces, pasaba semanas enteras sin dormir bien. Con el transcurso de los días, la desaparición de Édouard había ido adquiriendo una importancia inmensa, incluso afectaba a su actividad profesional. Por ejemplo, hacía poco, durante un consejo de administración de la Française des Colonies, una de sus empresas, un rayo de sol que se filtraba en la sala e iluminaba el tablero de la mesa de conferencias había captado su mirada. Y mira que un rayo de sol es poca cosa, pero aquél atrapó su atención de un modo casi hipnótico. De vez en cuando cualquiera pierde el contacto con la realidad un instante, pero lo que apareció en el rostro de Péricourt no era una expresión ausente, sino embelesada. Todos los presentes se dieron cuenta. Prosiguieron con la reunión, pero sin la poderosa mirada del presidente, sin su atención aguda, radiográfica, la discusión languideció poco a poco, como un coche que de repente se queda sin gasolina, con sacudidas y tirones, a los que sigue una lenta agonía que acaba en vacío. De hecho, los ojos de Péricourt no estaban pendientes de aquel rayo, sino del polvo en suspensión, de aquella nebulosa de danzarinas partículas, y había vuelto, cuánto, diez, quince años atrás, ¡ay, qué molesto resultaba perder la memoria! Édouard había pintado un cuadro, debía de tener dieciséis años, menos, quince, un cuadro que no era más que un hormigueo de puntitos de color, sin un solo trazo, sólo puntos. Esa técnica tenía un nombre. Lo tenía en la punta de la lengua, pero no le salía. El cuadro representaba a unas muchachas en un campo, creía recordar. Aquella forma de pintar le había parecido tan absurda que ni siquiera las había visto. Qué idiota había sido... Su pequeño Édouard, de pie, en actitud vacilante, mientras él sostenía aquel cuadro que acababa de descubrir, algo ridículo, completamente inútil...

¿Qué dijo entonces? Enfadado consigo mismo, Péricourt negaba con la cabeza en la sala del consejo de administración, donde todos guardaban silencio. Se levantó sin decir nada, sin ver a nadie, y se fue a casa.

También negaba con la cabeza después de dejar a Madeleine. Sus sentimientos no eran los mismos, eran casi opuestos, estaba colérico: ayudar a su hija equivalía a ayudar a su marido. Esas cosas acaban enfermándote. Puede que Morieux se hubiera convertido en un viejo gilipollas (si es que no lo había sido siempre), pero los ecos que le había hecho llegar respecto a los negocios de su yerno eran preocupantes.

El apellido Péricourt estaría en boca de todos. Se rumoreaba acerca de un informe. Alarmante, se murmuraba. Y a todo esto, ¿dónde estaba ese documento? ¿Quién lo había leído? ¿Quién era su autor?

Estoy tomándomelo demasiado a pecho, pensó. Al fin y al cabo, no es asunto mío, mi yerno no lleva mi apellido. En cuanto a mi hija, por suerte la protege un contrato de matrimonio. De todas formas, le ocurra lo que le ocurra a ese Aulnay-Pradelle (hasta cuando decía su apellido mentalmente, recalcaba las sílabas con un énfasis que traslucía la intención peyorativa), entre nosotros y él hay un abismo. Si Madeleine tenía hijos (esta vez o cuando fuera, con las mujeres nunca se sabe cómo acaban estas cosas), aún se sentía capaz de asegurarles el futuro a todos.

Esa última idea objetiva, racional, acabó de decidirlo. Su yerno podía ahogarse, que él se quedaría en la orilla ojo avizor, con tantos flotadores como hiciera falta para salvar a su hija y a sus nietos.

Pero lo vería manotear sin levantar un dedo.

Y si hacía falta meterle la cabeza debajo del agua, por qué no.

Péricourt se había librado de mucha gente en el curso de su larga carrera, pero la idea nunca le había resultado tan reconfortante como entonces.

Sonriendo, reconoció la peculiar excitación que sentía cuando había elegido la solución más eficaz entre varias posibles.

29

Joseph Merlin nunca había dormido bien. Pero a diferencia de otros insomnes que jamás llegan a averiguar la causa de su desgracia, él la conocía a la perfección: su vida había sido una interminable sucesión de reveses a los que nunca se había acostumbrado. Cada noche revivía las discusiones en las que no se había salido con la suya, las ofensas profesionales de que había sido objeto, para modificar el resultado a su favor, y rumiaba suficientes sinsabores y contrariedades como para permanecer despierto largo rato. Había en él algo profundamente egocéntrico: el epicentro de la vida de Merlin era Merlin. Como no tenía nada ni a nadie, ni siquiera un gato, todo se resumía en él, su vida se había enroscado sobre sí misma como una hoja seca. Por ejemplo, durante sus interminables noches en vela, jamás había pensado en la guerra. En cuatro años, sólo la había considerado una especie de odioso contratiempo, una suma de contrariedades ligadas a las restricciones alimentarias que aún habían empeorado más su atrabiliario carácter. A sus compañeros del ministerio, en especial a quienes tenían a algún familiar en el frente, los indignaba que la única preocupación de aquel amargado fuera el precio del transporte o la escasez de pollo.

—Pero ¡hombre! —le habían dicho con irritación—. ¡Es que estamos en guerra!

—¿En guerra? ¿Y qué? —replicaba él, exasperado—. Guerras ha habido siempre. ¿Por qué tiene que interesarme ésta más que la anterior, o que la siguiente?

Al final lo consideraron un derrotista, casi un traidor. Si hubiera sido soldado, habría acabado en el paredón a las primeras de cambio. En la retaguardia su actitud no era tan comprometedora, pero su indiferencia ante lo que ocurría le valió un recrudecimiento de las vejaciones y el sobrenombre del Boche, del que ya no se libró.

Al terminar la contienda, cuando le encomendaron la inspección de los cementerios, el Boche se convirtió en el Buitre, el Carroñero o la Rapaz, según la ocasión. Y volvió a pasar noches difíciles.

El emplazamiento de Chazières-Malmont había sido el primer cementerio militar confiado a la empresa Pradelle y Cía. que había visitado.

Al leer su informe, las autoridades consideraron la situación muy preocupante. Como nadie estaba dispuesto a aceptar responsabilidades, el informe trepó rápidamente hacia las alturas, hasta alcanzar el despacho del director de la administración central, experto en arrinconar expedientes, como cualquiera de sus iguales de los otros ministerios.

Entretanto, de noche, en la cama, Merlin pulía las frases que pronunciaría ante sus superiores el día que lo convocaran y que se resumían en una constatación muy sencilla, pero brutal y cargada de consecuencias: estaba enterrándose a miles de soldados franceses en ataúdes demasiado pequeños. Fuera cual fuese su estatura, que podía ir del metro sesenta hasta más del metro ochenta (gracias a las cartillas militares disponibles, Merlin había elaborado una muestra muy bien documentada sobre la altura de los soldados afectados), todos acababan en cajas de un metro treinta. Para que cupieran, había que fracturar nucas, serrar pies y partir tobillos. En resumen, se procedía con los cuerpos de los soldados como si fueran mercancías que pudieran trocearse. El informe entraba en consideraciones técnicas particularmente morbosas, al explicar que «careciendo de conocimientos anatómicos e instrumentos apropiados, los trabajadores se ven obligados a romper los huesos con el filo de la pala o colocándolos bajo una piedra plana y golpeándolos con el talón, cuando no con un pico; pese a ello, a veces no se consigue introducir en los féretros los cadáveres de los más altos, en ese caso, se mete lo que cabe y se arroja el resto a otro ataúd que hace las veces de cubo de la basura y que, una vez lleno, se cierra con la indicación "soldado no identificado", por lo que resulta imposible garantizar a los familiares la integridad de los difuntos que vienen a visitar; por otra parte, el ritmo impuesto por la empresa adjudicataria a sus trabajadores los obliga a introducir en el ataúd sólo las partes del cadáver directamente accesibles, de manera que se renuncia a remover la fosa en busca de osamentas, documentos u objetos que permitirían confirmar o averiguar la identidad del muerto, como prevé el reglamento; de modo que, con frecuencia, se encuentran por doquier huesos que nadie sabe a quién pertenecen, amén de un grave y sistemático incumplimiento de las instrucciones dadas en lo relativo a la exhumación y la entrega de ataúdes, que en absoluto se corresponde con las condiciones fijadas en el contrato firmado por sus representantes, la empresa, etc.». Como se ve, las frases de Merlin podían constar de más de doscientas palabras. A ese respecto, en su ministerio lo consideraban un artista.

El informe cayó como una bomba.

Era alarmante para Pradelle y Cía., pero también para la familia Péricourt, muy conocida, y para la administración, que se contentaba con verificar el trabajo a posteriori, es decir, demasiado tarde. Si el asunto salía a la luz, el escándalo sería inevitable. Así que en adelante la información relacionada con aquel asunto debería llegar directamente al despacho del director de la administración central sin detenerse en los niveles intermedios. Y para calmar al funcionario Merlin, se le aseguró por la vía jerárquica que su informe había sido leído con suma atención y muy apreciado, y que se tomarían las medidas oportunas sin la menor dilación. Con sus cerca de cuarenta años de experiencia, Merlin comprendió al instante que iban a echar tierra al asunto, cosa que no le sorprendió lo más mínimo. Aquellas adjudicaciones estatales debían de tener muchas zonas oscuras, el tema era muy delicado: darían carpetazo a cuanto incomodara a la administración. Él sabía que no le convenía volverse un incordio si no quería que volvieran a moverlo de sitio como a un trasto viejo, y muchas gracias.

Era un hombre cumplidor de su deber, y lo había cumplido. Ya estaba tranquilo.

Y de todas formas, a esas alturas de su carrera lo único que le aguardaba era la jubilación, largo tiempo ansiada. Le encargaban inspecciones de puro trámite, firmar registros, sellarlos... Los firmaría, los sellaría y esperaría con paciencia que la penuria alimentaria acabara y volviera a haber pollo en los mercados y los restaurantes.

Así que regresó a casa, se fue a dormir y, por primera vez en su vida, disfrutó de una noche entera de sueño, como si su mente necesitara un tiempo excepcional de decantación.

Tuvo sueños tristes: soldados en avanzado estado de descomposición se sentaban en sus tumbas y lloraban; trataban de pedir auxilio, pero de sus gargantas no salían sonidos; el único consuelo que recibían procedía de unos senegaleses de proporciones colosales que, completamente desnudos, les arrojaban paletadas de tierra como quien lanza un abrigo sobre un ahogado al que acaban de sacar del agua.

Se despertó presa de una profunda emoción que, cosa insólita en él, no le concernía exclusivamente. Pese a haber terminado hacía mucho, la guerra acababa de irrumpir en su vida.

Lo que siguió fue el resultado de una curiosa alquimia en la que se combinaban la siniestra atmósfera de aquellos cementerios (que le recordaban el desastre de su vida), el carácter vejatorio del bloqueo administrativo que se le había impuesto y su habitual rigidez: un funcionario tan probo como él no podía conformarse con hacer la vista gorda. Aquellos jóvenes caídos, a los que nada lo unía, eran víctimas de una injusticia y no tenían a nadie más que a él para repararla. En pocos días, eso se convirtió en una idea fija. Esos muertos empezaron a obsesionarlo, como un amor, unos celos o un cáncer. Pasó de la tristeza a la indignación. Montó en cólera.

Ya que no había recibido ninguna orden de sus superiores conminándolo a dar por concluida su misión, informó a las autoridades de que iría de inspección a Dargonne-le-Grand y, acto seguido, cogió el tren en sentido contrario, a Pontaville-sur-Meuse.

• • •

Desde la estación, recorrió a pie bajo una densa lluvia los seis kilómetros que lo separaban del emplazamiento del cementerio militar. Caminaba por el centro de la carretera, chapoteando con rabia en los charcos con sus zapatones, sin apartarse un milímetro cuando se acercaban coches, como si no oyera los bocinazos. Para no atropellarlo, tenían que pisar el arcén.

El individuo que se presentó ante la verja tenía una pinta curiosa: un personaje enorme en actitud amenazante, con los puños apretados dentro de los bolsillos del abrigo, que aunque había dejado de llover, chorreaba. Pero allí no había nadie para verlo; acababan de dar las doce del mediodía; el lugar estaba desierto. En un tablón fijado a los barrotes, un anuncio del Servicio de Sepulturas enumeraba una retahíla de objetos hallados en cuerpos no identificados, que estaban a disposición de las familias en la alcaldía: una foto de una joven, una pipa, el resguardo de un giro postal, unas iniciales retiradas de una prenda interior, una tabaquera de cuero, un encendedor, unas gafas de cristales redondos, una carta que empezaba con un «Amor mío» pero no llevaba firma... Un irrisorio y trágico inventario. Le llamó la atención la insignificancia de aquellas reliquias. ¡Cuántos soldados pobres! Era increíble.

Posó los ojos en la cadena de la verja, levantó el pie y lo descargó sobre el pequeño candado con suficiente fuerza para matar a un toro. Luego entró en el cementerio, se dirigió a la caseta de la administración y derribó la puerta de otra patada. En los alrededores sólo había una docena de magrebíes, que estaban comiendo bajo un toldo inflado por el viento. Desde donde se encontraban, habían visto a Merlin romper el candado y, a continuación, echar abajo la puerta de la oficina, pero se guardaron mucho de levantarse e intervenir, porque el aspecto y la seguridad de aquel hombre no presagiaban nada bueno. Siguieron a lo suyo.

Lo que allí llamaban el «cuadrado de Pontaville» era un campo en el lindero de un bosque que de cuadrado no tenía nada. Se calculaba que habría seiscientos soldados enterrados en él.

Merlin abrió los armarios en busca de los libros donde debían registrarse todas las operaciones. Mientras comprobaba los informes diarios, echaba rápidos vistazos a la ventana. Las exhumaciones habían comenzado dos meses atrás. Lo que veía era un campo lleno de fosas y montículos de tierra, lonas, carretillas y cobertizos provisionales donde se almacenaba el material.

Desde el punto de vista administrativo, todo parecía en orden. Allí no iba a encontrar la horrible desidia de Chauziéres-Malmont, los ataúdes con restos que parecían la basura de un matarife y que había descubierto mezclados con un lote de féretros nuevos listos para su uso.

Por lo general, tras comprobar que existían registros, iniciaba la inspección con un paseo. Confiaba en su intuición: levantaba un toldo aquí, comprobaba una placa de identificación allí... Después, se ponía en serio. Las verificaciones requerían constantes idas y venidas entre la caseta y los senderos del cementerio, pero gracias a su dedicación a aquella tarea, no había tardado en adquirir un sexto sentido que le permitía descubrir hasta el más tenue indicio de un fraude o una irregularidad, hasta el mínimo detalle que pudiera sugerir una anomalía.

Ciertamente, era la única misión ministerial que obligaba a un funcionario a desenterrar ataúdes, cuando no cadáveres, pero no había otra forma de llevar a cabo las comprobaciones. Por lo demás, la corpulencia de Merlin se prestaba bien a ello; sus zapatones hundían la pala en la tierra treinta centímetros de una vez y sus grandes zarpas manejaban el pico como si fuera un tenedor.

Tras la primera toma de contacto con el terreno, inició los controles detallados. Eran las doce y media.

A las dos, estaba en el extremo norte del cementerio, de pie ante un montón de ataúdes cerrados y apilados unos sobre otros, cuando el jefe de obra, un tal Sauveur Bénichou, un cincuentón seco como un sarmiento y con la tez enrojecida de los alcohólicos, se acercó a él acompañado por dos trabajadores, sin duda capataces. Estaban furibundos, levantaban la barbilla, alzaban la voz en tono perentorio, el cementerio está cerrado al público, no se puede entrar aquí por las buenas, debe irse ahora mismo. Y como Merlin ni se dignó mirarlos, elevaron el tono: si persiste, habrá que llamar a los gendarmes, porque, por si no lo sabe, este sitio está bajo la protección del gobierno...

—Soy yo —atajó Merlin volviéndose hacia ellos. Y en el silencio que siguió, añadió—: Aquí, el gobierno soy yo.

Después metió la mano en el bolsillo del pantalón y sacó un papel arrugado que a lo menos que se parecía era a una acreditación, pero como tampoco él tenía pinta de enviado ministerial, los tres hombres no supieron qué pensar. Su corpachón, su arrugada y sucia indumentaria, sus colosales zapatos: todo impresionaba. La situación les parecía rara, pero no se atrevieron a replicar.

El funcionario se limitó a mirar a Sauveur, que apestaba a aguardiente de ciruela, y a sus dos guardaespaldas. El primero, con la cara alargada y flaca como la hoja de un cuchillo y oculta tras un bigote amarillento de nicotina demasiado grande para él, se daba golpecitos en los bolsillos del pecho, a falta de otra ocupación. El segundo, un magrebí que aún llevaba los zapatos, el pantalón y la gorra de cabo de infantería, estaba tan tieso como si fueran a pasar revista, con la actitud del hombre que quiere convencer al mundo de la importancia de su cargo.

Merlin hizo chasquear la dentadura, guardándose el papel en el bolsillo. Luego señaló los ataúdes amontonados.

—E imagínense que el gobierno se formula preguntas.

El capataz magrebí se puso aún más tieso, su bigotudo compañero sacó un cigarrillo (no el paquete, sólo un cigarrillo, como quien está harto de gorrones y no piensa invitar); todo en él denotaba mezquindad y tacañería.

—Por ejemplo —prosiguió Merlin, y de pronto agitó en el aire tres fichas de identidad—, el gobierno se pregunta a qué ataúdes corresponden estos muchachos.

En las manazas de Merlin, las fichas parecían sellos de correos. La cuestión sumió al trío en el mayor desconcierto.

Cuando se desenterraba todo un sendero de soldados se obtenía, por un lado, una hilera de ataúdes, y por el otro, una serie de fichas de identidad.

Teóricamente en el mismo orden.

Sin embargo, bastaba con que una de las fichas estuviera mal colocada o faltara para que toda la hilera quedara descabalada y cada ataúd heredara una ficha sin ninguna relación con su contenido.

Y si Merlin tenía en la mano tres fichas que no correspondían a ningún féretro... es que el descabalamiento era total.

Negó con la cabeza y contempló la parte del cementerio que ya había sido cavada. Doscientos treinta y siete soldados habían sido exhumados y transportados a ochenta kilómetros de allí.

Paul estaba en el ataúd de Jules, Félicien, en el de Isidore, y así sucesivamente.

Hasta doscientos treinta y siete.

Ahora era imposible saber quién era quién.

—¿Que a quién corresponden estas fichas? —balbuceó Sauveur Bénichou mirando alrededor, como si de pronto no supiera dónde estaba—. Pues... —Entonces se le ocurrió una idea—. ¡Justo ahora íbamos a ocuparnos de eso! —aseguró, y se volvió hacia sus capataces, que parecían haber empequeñecido de golpe—. ¿Eh, muchachos?

Nadie lo entendió, pero tampoco a nadie le dio tiempo a pensarlo.

—¡Ja, ja! —rugió Merlin—. ¿Se cree que es gilipollas?

—¿Quién? —preguntó Bénichou.

—¡El gobierno! —Merlin parecía un demente; el jefe de obra pensó en volver a pedirle la acreditación—. Entonces, ¿dónde están nuestros tres amigos, eh? Y a los tres tipos que les sobrarán cuando acaben la faena, ¿cómo piensan llamarlos?

Bénichou se lanzó a una laboriosa explicación técnica, a saber, que habían considerado «más seguro» dejar la redacción de las fichas para cuando tuvieran *toda* una hilera de ataúdes, con el fin de consignarlos en el registro, porque si redactaban ficha por ficha...

—¡Gilipolleces! —le soltó Merlin.

Bénichou, que era el primero que no se lo creía, se limitó a bajar la cabeza.

Se hizo el silencio y Merlin tuvo una curiosa visión: una inmensa extensión de tumbas militares, con familias que rezaban aquí y allí con los brazos caídos y las manos juntas; pero él era el único que veía, como por transparencia, los restos palpitando bajo tierra. Y que oía a los soldados aullando sus nombres con voz desgarradora...

Se habían cometido muchas tropelías, pero aquélla era irreparable; esos soldados estaban condenados al anonimato: bajo cruces con nombre y apellidos, descansaban soldados desconocidos.

Lo único que podía hacerse era volver a empezar desde el principio.

Merlin reorganizó el trabajo y escribió consignas con grandes letras, ambas cosas en tono autoritario y tajante: usted, venga aquí, escúcheme bien... Amenazaba con represalias si el trabajo se hacía mal, con multas, despidos, los aterrorizaba... Cuando se alejaba, lo oían con toda claridad: «Menudos gilipollas...»

En cuanto se diera la vuelta, volverían a las andadas, no tenían remedio. En lugar de desanimarlo, esa convicción multiplicaba su dureza.

—¡Usted, venga aquí! ¡Muévase!

Se dirigía al del mostacho amarillento, un individuo de unos cincuenta años con la cara tan estrecha que parecía tener los ojos encima de las mejillas, uno a cada lado, como los peces. Paralizado a un metro de Merlin, se abstuvo de darse palmaditas en los bolsillos y optó por sacar otro cigarrillo.

El funcionario, que se disponía a hablar, se quedó callado un buen rato, como si estuviera buscando una palabra, como si la tuviera en la punta de la lengua. Era muy irritante.

El capataz bigotudo abrió la boca, pero no le dio tiempo a decir nada. Merlin acababa de soltarle un sonoro bofetón. En aquella cara plana, el guantazo resonó como una campanada. El hombre retrocedió un paso. Todas las miradas se volvieron hacia ellos. Bénichou, que en ese momento salía de la caseta donde escondía el reconstituyente, una botella de aguardiente de Borgoña, puso el grito en el cielo; pero todos los trabajadores estaban ya en movimiento. El bigotudo se cubría la mejilla, petrificado. Merlin no tardó en verse rodeado por una auténtica jauría y, si no hubiera sido por su edad, su imponente físico, el ascendiente que había adquirido desde el principio de la inspección, sus enormes manazas y sus zapatones, habría hecho bien en preocuparse por su suerte. Por el contrario, apartó a todos con aplomo, avanzó un paso, se acercó a su víctima, rebuscó en su bolsillo del pecho exclamando «¡Ajá!» y sacó el puño apretado. Con la otra mano, atrapó al bigotudo por el cuello. Iba a estrangularlo, estaba claro.

—¡Alto ahí! —aulló Bénichou, que acababa de llegar trastabillando.

Sin soltar el cuello del bigotudo, que empezaba a cambiar de color, Merlin extendió el puño hacia el jefe de obra y luego lo abrió.

En la palma de la mano apareció una pulsera de oro con una plaquita hacia abajo. Merlin soltó a su presa, que empezó a toser como si quisiera echar los bofes, y se volvió hacia Bénichou.

—¿Cómo se llama su hombre? —le preguntó—. El nombre de pila.

—Eh... —Sauveur Bénichou, vencido y desarmado, dirigió una mirada pesarosa a su capataz—. Alcide —murmuró a regañadientes.

Apenas se oyó, pero era lo de menos.

Merlin dio la vuelta a la pulsera, como si fuera una moneda después de haber jugado a cara o cruz.

En la plaquita había un nombre grabado: Roger.

30

¡Qué mañana, Dios mío! ¡Ojalá fueran así todos los días! ¡Aquello prometía!

Para empezar, las obras. Cinco, elegidas por la comisión. A cuál mejor. Cinco maravillas. Cinco dechados de patriotismo. Casi se te saltaban las lágrimas. En consecuencia, Labourdin estaba preparado para una triunfal presentación de los proyectos al señor Péricourt. A tal fin había encargado especialmente a los servicios técnicos del ayuntamiento un pórtico de hierro forjado del ancho de su gran despacho, para colgar los dibujos y hacerlos destacar, como había visto una vez en una exposición del Grand Palais a la que había asistido. Péricourt podría moverse con libertad entre las obras, pasear lentamente con las manos a la espalda, extasiándose ante ésta (*Francia desconsolada, pero victoriosa*, la favorita de Labourdin), examinando los detalles de aquélla (*Los Muertos triunfantes*), parándose, vacilando... El alcalde ya se imaginaba al presidente volviéndose hacia él, admirado y confuso, sin saber qué elegir... Entonces pronunciaría SU frase, estudiada, sopesada, medida, una frase con cadencia, perfecta para recalcar tanto su buen criterio estético como su sentido de la responsabilidad.

—Presidente, si me permite... —Y se acercaría a *Francia desconsolada* como si quisiera rodearle el hombro con el brazo—. Considero que esta magna obra plasma a la perfección todo el Dolor y el Orgullo que nuestros Compatriotas desean expresar.

Las mayúsculas formaban parte esencial de la frase. Impecable. Para empezar, «magna obra» era todo un hallazgo, luego, Compatriotas sonaba mejor que electores, y Dolor. Labourdin estaba asombrado de su propia genialidad.

Hacia las diez, el pórtico estaba montado en su despacho. Había llegado el momento de colgar las obras. Para fijarlas a la barra horizontal y ponerlas rectas, había que subirse a un escabel. Se llamó a la señorita Raymond.

En cuanto la secretaria entró en el despacho, comprendió lo que se esperaba de ella e, instintivamente, juntó las rodillas. Al lado del escabel, Labourdin sonreía y se frotaba las manos como un tratante de ganado.

La señorita Raymond subió los cuatro peldaños suspirando y empezó a retorcerse. ¡Sí, qué magnífica mañana! Una vez colgada la obra, la secretaria bajaba rápidamente sujetándose la falda. Labourdin retrocedía para comprobar el resultado: la esquina derecha está un poco más baja que la izquierda, ¿no le parece? La señorita Raymond cerraba los ojos y volvía a subir, y Labourdin corría junto al escabel: nunca había pasado tanto tiempo bajo sus faldas. Cuando todo estuvo en su sitio, el alcalde de distrito se encontraba en un estado de priapismo cercano a la apoplejía.

Pero en el último momento, ¡zas!, Péricourt anuló la visita y mandó a un recadero para que le llevara las obras a su casa. ¡Tanto esfuerzo para nada!, se dijo Labourdin, que las siguió en un coche de punto. Pero en contra de lo que esperaba, no fue admitido a la deliberación. El señor Péricourt quería estar solo. Eran casi las doce.

—Que le sirvan un tentempié al alcalde —ordenó Péricourt.

Labourdin corrió tras la joven criada, una morenita preciosa que enseguida se aturullaba, con unos ojos maravillosos y unas tetitas muy firmes, y le preguntó si podía tomar un poco de oporto mientras le acariciaba el pecho izquierdo. La chica se limitó a ruborizarse, porque era nueva y el trabajo estaba bien pagado. Labourdin dejó el otro pecho para cuando llegara el oporto.

¡Qué mañana, Dios mío!

• • •

Madeleine se topó con el alcalde roncando a pierna suelta. Despatarrado en el sillón, junto a una mesita baja con los restos de un pollo en gelatina, que se había comido entero, y una botella vacía de Château-Margaux, causaba una penosa impresión de indecoroso abandono.

La joven llamó a la puerta del despacho con suavidad.

—Entra —respondió de inmediato su padre, que siempre la reconocía por su discreción.

Péricourt había colocado los dibujos en el suelo, apoyados contra las estanterías de la biblioteca, y había despejado la estancia para verlos juntos desde su sillón. Llevaba más de una hora sin moverse de allí, yendo con la mirada de uno a otro, absorto en sus pensamientos. De vez en cuando se levantaba, se acercaba, observaba un detalle y volvía al sillón.

Al principio se había sentido decepcionado. ¿Aquello era todo? Se parecían a los que conocía, pero en tamaño mayor. No pudo evitar consultar los precios; su cerebro calculador comparó las dimensiones y cifras. Bueno, había que concentrarse. Elegir. Pero qué decepción. Se había hecho una idea muy distinta de aquel proyecto. Y ahora que veía las propuestas... Sin embargo, ¿qué esperaba? Al final sería un monumento como tantos otros, no algo que calmara las nuevas emociones que lo acosaban.

Madeleine experimentó la misma sensación, pero sin la sorpresa. Todas las guerras se parecen, y los monumentos, también.

—¿Tú qué opinas? —le preguntó su padre.

—Son un poco... rimbombantes, ¿no?

—Son poéticos.

Y se quedaron callados. Péricourt seguía sentado en el sillón como un rey ante unos cortesanos muertos. Su hija observó las obras con detalle. Estuvieron de acuerdo en que la mejor era la *Victoria de los Mártires*, de Adrien Malendrey, que tenía la particularidad de equiparar a las viudas (aquélla llevaba un velo negro) y los huérfanos (un muchachito que rezaba con las manos juntas y miraba al soldado) con los propios soldados, considerándolos víctimas a todos. Bajo el cincel del artista, la nación entera se había convertido en una patria mártir.

—Ciento treinta mil francos —dijo el señor Péricourt.

No podía evitarlo.

Pero su hija, inclinada sobre otra obra, no lo oye. Coge el dibujo y lo levanta hacia la luz. Su padre se acerca. No le gusta esa obra, *Gratitud*. A ella tampoco, la encuentra hiperbólica, pero tiene algo... no es nada, una tontería... Pero bueno, ¿qué es? Ahí, en la parte del tríptico que se titula «Valerosos soldados al ataque del Enemigo», en segundo plano, ese joven soldado que va a morir tiene un rostro muy puro, los labios carnosos, la nariz un poco prominente...

—Espera —dice su padre—, déjame ver... —Y se inclina a su vez—. Es verdad, tienes razón.

El soldado recuerda vagamente a los jóvenes que a veces aparecían en las obras de Édouard. No es exactamente igual, los de su hijo tenían un ligero estrabismo, no esa mirada franca y directa. Y un hoyuelo en la barbilla. Pero la similitud es innegable.

El señor Péricourt se levanta y pliega las gafas.

—En el arte, los personajes suelen repetirse... —Hablaba como si fuera un experto.

Madeleine, que tenía más cultura, no quiso contradecirlo. Además, sólo era un detalle, nada esencial. Lo que necesitaba su padre era erigir ese monumento de una vez y pensar por fin en otra cosa. En el embarazo de su hija, por ejemplo.

—El idiota de Labourdin está durmiendo en el vestíbulo —dijo sonriendo.

Péricourt se había olvidado de él.

—Pues que siga durmiendo. Es lo que mejor se le da —añadió, y besó a su hija en la frente.

Ella se dirigió a la puerta. De lejos, las obras, una a continuación de la otra, eran impresionantes. Se intuía el tamaño que tendrían. Madeleine había leído las dimensiones: doce, dieciséis metros... ¡Y qué alturas!

Pero esa cara...

Una vez solo, Péricourt volvió a observarla. También intentó encontrarla en el cuaderno de Édouard, pero los hombres que había dibujado su hijo no eran personajes, sino gente de carne y hueso a la que había conocido en las trincheras, mientras que el joven soldado de los labios carnosos parecía un estereotipo. Péricourt siempre se había negado a tener una visión precisa de lo que él llamaba los «gustos sentimentales» de su hijo. Nunca consideraba el asunto, ni en su fuero interno, en términos de «preferencia sexual», o cosas por el estilo, demasiado explícitas para él, demasiado escandalosas. Pero como ocurre a veces con ciertas ideas que nos parecen sorprendentes, aunque comprendemos que, en realidad, han ido madurando con lentitud en nuestro interior antes de aflorar, se preguntó si aquel joven estrábico del hoyuelo en la barbilla habría sido un «amigo» de Édouard. Un amor de su hijo, puntualizó mentalmente. Y el asunto ya no le pareció tan escandaloso como antes, sólo turbador. No quería imaginar... No hacía falta entrar en detalles... Su hijo no era «como los demás», y ya está. Hombres como los demás los veía a todas horas: empleados, colaboradores, clientes, los hijos, los hermanos de los unos o los otros... Pero ya no los envidiaba como antes. Ni siquiera conseguía recordar por qué le parecían mejores en aquella época, qué superioridad tenían a sus ojos sobre Édouard. Se odiaba retrospectivamente por su estupidez.

Volvió a colocarse ante la exposición. En su mente, la perspectiva se modificaba poco a poco. Pero no porque hubiera descubierto nuevas virtudes en aquellos trabajos, que seguían pareciéndole demasiado enfáticos. Lo que había cambiado era su mirada, como en ocasiones cambia nuestra percepción de un rostro a medida que lo observamos: una mujer que nos parecía muy bonita hace un momento y que ahora encontramos normal, un hombre más bien feo en quien descubrimos un atractivo que nos sorprende no haber visto antes... Ahora que se había habituado a ellos, aquellos monumentos lo calmaban. Debía de ser por efecto de los materiales: en unos casos, piedra, en otros, bronce... Materiales pesados que parecen indestructibles. Eso era lo que faltaba en el panteón familiar, donde no aparecía el nombre de Édouard: la ilusión de la eternidad. Lo que necesitaba Péricourt era que lo que se disponía a hacer, erigir aquel monumento, lo sobrepasara, que sobrepasara su vida, en duración, en peso, en tamaño, en volumen, que fuera más fuerte que él, que devolviera a su dolor una dimensión natural.

Los dibujos iban acompañados por un dossier de presentación que incluía el currículum del artista, los precios y el calendario de ejecución. El señor Péricourt leyó la carta del proyecto de Jules d'Épremont y no se enteró de nada nuevo, pero echó un vistazo al resto de los dibujos, en los que el monumento aparecía de perfil, de espaldas, en perspectiva, en su entorno urbano... El joven soldado del segundo plano seguía allí, con su cara seria... Fue suficiente. Abrió la puerta y llamó, en vano.

—¡Por todos los demonios, Labourdin! —gritó exasperado, sacudiendo al alcalde por el hombro.

—¿Eh? ¿Qué? ¿Quién...? —Tenía los ojos legañosos y no parecía saber dónde estaba ni qué hacía allí.

—¡Venga! —le ordenó Péricourt.

—¿Yo? ¿Adónde?

Labourdin se dirigió al despacho tambaleándose, restregándose la cara para espabilarse y tartamudeando disculpas, que Péricourt no oyó.

—Éste.

El alcalde empezaba a despertarse. Al fin, comprendió que el proyecto elegido no era el que él habría recomendado, pero bien mirado, su frase podía aplicarse a cualquiera de los monumentos. Se aclaró la garganta.

—Presidente —anunció—, si me permite...

—¿El qué? —preguntó Péricourt sin mirarlo.

Había vuelto a calarse las gafas y estaba escribiendo de pie en una esquina del escritorio, satisfecho de su decisión, convencido de que estaba haciendo algo de lo que se sentiría orgulloso, algo bueno para él.

Labourdin respiró hondo y sacó pecho.

—Esta obra, presidente... Considero que esta magna obra...

—Tenga —lo atajó Péricourt—. Un cheque para el adelanto y los primeros trabajos. ¡Por supuesto, infórmese bien sobre el artista! Y sobre la empresa que se encargará de la fabricación. Y presente el dossier al prefecto. Si hay el menor problema, telefonéeme e intervendré. ¿Algo más?

Labourdin cogió el cheque. No, no había nada más.

—¡Ah! —añadió de pronto Péricourt—. Quiero conocer al artista, ese tal... —Buscó el nombre—. Jules d'Épremont. Hágalo venir aquí.

31

El ambiente en casa no era de euforia, salvo para Édouard, pero él nunca se comportaba como los demás: desde hacía meses se pasaba los días bromeando, no había manera de razonar con él. Era como si no comprendiera la gravedad de la situación. Albert no quería pensar demasiado en la morfina que consumía, que había alcanzado un nivel inusitado; uno no podía estar en todo, y él ya tenía bastantes problemas irresolubles. Nada más entrar a trabajar en el banco, había abierto una cuenta a nombre del Recuerdo Patriótico para ingresar las cantidades que fueran llegando...

Sesenta y ocho mil doscientos veinte francos. Eso era todo. Menudo resultado...

Treinta y cuatro mil cada uno.

Albert nunca había tenido tanto dinero, pero había que sopesar los beneficios y los riesgos. Podían caerle treinta años de cárcel por malversar menos del equivalente a un lustro del salario de un obrero. Era completamente ridículo. Estábamos a 15 de junio. Los descuentos en los monumentos a los caídos acababan dentro un mes. Y nada. O casi.

—«¿Cómo que nada?» —escribió Édouard.

Pese al calor, ese día llevaba una máscara africana que le cubría toda la cabeza y sobre la que se alzaban unos cuernos enroscados sobre sí mismos, como de carnero; de los lagrimales bajaban dos líneas de puntos de un azul casi fosforescente, a modo de jubilosas lágrimas, hasta una abigarrada barba que se abría en abanico. El conjunto estaba pintado en tonos ocres, amarillos y rojos vivos. En el límite de la frente con la parte que cubría la cabeza, destacaba la redonda y aterciopelada sinuosidad, de un verde intenso, de una pequeña serpiente tan conseguida que parecía deslizarse lentamente, con un movimiento continuo, alrededor de la cabeza de Édouard, como si se mordiera la cola. La vistosa y alegre máscara contrastaba con el ánimo de Albert, en el que predominaban el blanco y el negro, sobre todo el negro.

—¡Pues eso, nada! —gritó, tendiéndole las cuentas a su amigo.

—«Espera...» —respondió Édouard, como siempre.

Louise se limitó a bajar un poco la cabeza. Tenía las manos metidas en la pasta de papel, materia prima para las próximas máscaras, que amasaba suavemente. Miraba la palangana con expresión soñadora, indiferente a los gritos: entre aquellos dos, había oído tantos...

Las cuentas de Albert estaban claras: diecisiete cruces, veinticuatro antorchas, catorce bustos... Fruslerías con las que apenas se ganaba nada. En cuanto a los monumentos, sólo nueve. Y ni eso: en dos casos, los ayuntamientos no habían pagado más que la cuarta parte del anticipo, en vez de la mitad, y pedían tiempo para saldar el resto. Édouard y Albert habían encargado imprimir tres mil recibos para reflejar los pedidos; sólo habían extendido sesenta...

Édouard se negaba a abandonar el país hasta que no se hubieran embolsado un millón, y no tenían ni la décima parte.

Y el momento en que se descubriría el pastel se acercaba. Podía ser incluso que la policía ya hubiera empezado a investigar. Cada vez que Albert iba a buscar el correo a la oficina del Louvre, los escalofríos le recorrían la espina dorsal y, ante el casillero abierto, cuando veía que alguien caminaba en su dirección, creía que iba a orinarse en los pantalones.

—¡De todas formas, tú, cuando algo no te conviene, no te lo crees! —le soltó a Édouard.

Arrojó el libro de cuentas al suelo y se puso el abrigo.

Louise siguió amasando la pasta; Édouard agachó la cabeza. A veces Albert se enrabietaba e, incapaz de expresar los sentimientos que lo atenazaban, salía y no volvía hasta entrada la noche.

Los últimos meses habían sido muy duros para él. En el banco, todos pensaban que estaba enfermo. No era raro: a todos los excombatientes les había quedado alguna secuela; pero aquel Albert, con su permanente nerviosismo y sus paranoias, parecía más tocado que la media. No obstante, como era un excelente compañero, cada cual le soltaba un consejo: que te den masajes en los pies, come carne roja, ¿has probado con las infusiones de brácteas de tilo? Él se limitaba a mirarse en el espejo por la mañana y comprobar que tenía peor cara que un resucitado.

A esa hora, Édouard ya estaba aporreando la máquina de escribir y riendo complacido.

Los dos amigos no vivían la situación del mismo modo. El ansiado momento del éxito de su descabellado proyecto, que habría debido ser de efervescencia compartida, de comunión, de victoria, los distanciaba.

Édouard, siempre en las nubes, indiferente a las consecuencias, convencido del éxito, respondía exultante a las cartas que llegaban y se lo pasaba en grande parodiando el estilo artístico-administrativo que atribuía a Jules d'Épremont, mientras que Albert, presa de la angustia, los remordimientos y también el rencor, adelgazaba a ojos vistas, convirtiéndose en la sombra de sí mismo.

Caminaba más arrimado a las paredes que nunca y dormía fatal, con una mano sobre la máscara de caballo, de la que no se separaba cuando estaba en casa. De haber podido, se la habría llevado al trabajo, porque la simple idea de ir por la mañana al banco le producía náuseas y aquella máscara era su única y suprema protección, su ángel de la guarda. Había robado unos veinticinco mil francos, pero gracias a los primeros adelantos de los ayuntamientos y pese a las recriminaciones de Édouard, se los había reembolsado íntegramente al banco. No obstante, continuaba teniendo que adelantarse sin cesar a los inspectores e interventores porque las falsificaciones seguían existiendo y probaban que había habido una malversación. No le quedaba más remedio que inventar sin parar nuevos engaños para ocultar los viejos. Si lo cogían en un renuncio, empezarían a investigar, lo descubrirían todo... Tenían que irse. Con lo que quedaba después de devolver el dinero al banco: veinte mil francos para cada uno. Desamparado, Albert comprendía ahora con cuánta facilidad había cedido al pánico después del inesperado y doloroso encuentro con el Griego. «¡Típico de Albert! —habría dicho la señora Maillard de haberse enterado—. Como es bastante miedoso, siempre elige la salida menos valiente. Me dirá usted que por eso volvió entero de la guerra, y tendrá razón. Pero en tiempos de paz es un poco lamentable, la verdad. Si algún día encuentra a una mujer, la pobre necesitará unos nervios de acero...»

«Si algún día encuentra a una mujer...» De repente, pensando en Pauline, le entraron ganas de huir solo, de no volver a ver a nadie. Cuando se imaginaba el futuro si los cogían, sentía una nostalgia extraña y un poco malsana. Con la distancia, con la paz y su ristra de calamidades, determinados períodos en el frente se le antojaban instantes tranquilos, casi felices, y cuando miraba la cabeza del caballo, el agujero del obús casi se transformaba en un refugio deseable.

Qué asunto tan desastroso...

Sin embargo, había empezado bien. En cuanto los ayuntamientos recibieron el catálogo, comenzaron a pedirles información. Doce, veinte, veinticinco cartas algunos días. Édouard les dedicaba todo su tiempo, se mostraba infatigable.

Cuando llegaba el correo, soltaba gritos de alegría, colocaba en la máquina de escribir un papel de cartas con el membrete del Recuerdo Patriótico, ponía la marcha triunfal de *Aida* en el gramófono a todo volumen, alzaba el dedo en el aire como si comprobara la dirección del viento y se lanzaba sobre las teclas como un pianista. No había concebido aquel plan por el dinero, sino para experimentar aquella euforia, para disfrutar con semejante provocación. Aquel hombre sin cara le hacía al mundo un inmenso corte de mangas, que lo colmaba de júbilo y lo ayudaba a reconciliarse con lo que siempre había sido y había estado a punto de perder.

Casi todas las cuestiones que planteaban los clientes tenían que ver con aspectos prácticos: los sistemas de fijación, las garantías, el embalaje, las normas técnicas que debían respetar los pedestales... A través de la pluma de Édouard, Jules d'Épremont hallaba respuestas para todo. Redactaba cartas sumamente informadas, muy tranquilizadoras y personalizadas. Que inspiraban confianza. Los concejales o los secretarios de los ayuntamientos, al explicar sus proyectos ponían sin querer de relieve la inmoralidad del negocio, porque el Estado sólo participaba en la compra de los monumentos de forma simbólica y «en proporción al esfuerzo y los sacrificios realizados por los municipios para honrar...», etcétera. Los ayuntamientos aportaban lo que podían, que a menudo no era gran cosa, de modo que lo esencial provenía de... las suscripciones populares. Particulares, escuelas, parroquias, familias enteras ponían su granito de arena para que el nombre de un hermano, un hijo, un padre, un primo quedara grabado para siempre en un monumento conmemorativo que se alzaría en el centro del pueblo o la plaza de la iglesia, eternamente, según creían. Ante la dificultad de reunir la suma exigida con la celeridad necesaria para aprovechar la oferta del Recuerdo Patriótico, muchas cartas proponían arreglos, acuerdos en relación con el pago. ¿Se podía «reservar un modelo en bronce anticipando únicamente seiscientos sesenta francos»? Después de todo, argumentaban, era el cuarenta y cuatro por ciento del total, en vez del cincuenta. «El problema es que los fondos llegan con un poco de retraso, pero no le quepa duda de que podremos hacer frente al vencimiento, le damos nuestra palabra.» «Hemos movilizado a los escolares para que realicen una colecta entre la población», explicaba otra carta. Y una tercera: «La señora de Marsantes tiene intención de legar parte de su fortuna a la ciudad. Que Dios nos la conserve muchos años, pero ¿no es una garantía aceptable para la compra de un hermoso monumento para Chaville-sur-Saône, que perdió más de cincuenta jóvenes y debe subvenir a la subsistencia de ochenta huérfanos?»

La fecha tope del 14 de julio, tan cercana, inquietaba a muchos. ¡Apenas daría tiempo a consultar al consejo municipal! Pero era una oferta tan interesante...

Édouard-Jules d'Épremont, que era un señor, concedía lo que fuera, descuentos adicionales, prórrogas... Sin problemas.

Por lo general, empezaba felicitando calurosamente a su interlocutor por la sabia elección. Deseara adquirir *¡Al ataque!*, una simple antorcha funeraria o el *Gallo pisando un casco boche*, él siempre reconocía discretamente que sentía una secreta predilección por dicha pieza. Le encantaba el momento de la confesión pedante, en que ponía toda la pretenciosidad que había visto en sus estirados y complacidos profesores de Bellas Artes.

En cuanto a los proyectos mixtos (aquellos en que, por ejemplo, se pretendía emparejar la *Victoria* con el *Soldado que muere en defensa de la bandera*), Jules d'Épremont siempre manifestaba su entusiasmo y elogiaba sin reservas a su corresponsal por su exquisita visión artística, llegando a confesar su sorpresa ante la originalidad y el buen gusto de la combinación. Se mostraba compasivo en el terreno económico, generoso en su comprensión, excelente técnico, perfectamente informado y dueño y señor de su obra. No, aseguraba, ningún problema con el revoque de cemento, y sí, la estela podía fabricarse en ladrillo francés, faltaría más, y también en granito, cómo no, y naturalmente todos los modelos del Recuerdo Patriótico estaban homologados, de hecho, el certificado con el sello del Ministerio del Interior sería entregado con la obra. No había un solo caso en que un problema no hubiera encontrado, de su pluma, una solución sencilla, práctica y satisfactoria. Con amabilidad, recordaba a sus interlocutores el listado de documentos necesarios para obtener la reducida subvención del Estado (deliberación del consejo municipal, planos del monumento, opinión de la comisión encargada del aspecto artístico, cálculo estimado del gasto, indicación de los medios y vías de financiación...), daba algunos consejos al respecto y redactaba un estupendo acuse de pedido valedero como recibí del anticipo.

El toque final habría merecido figurar por sí solo en los anales del timo perfecto. Al continuación del pasaje: «Admiro su magnífico gusto y la originalidad de la composición que ha elegido», Édouard, adaptando el párrafo a todas las combinaciones que se presentaban, solía escribir, con circunloquios que traslucían vacilación y escrúpulos: «Considerando que su proyecto es una composición en que el gusto más artístico se conjuga de forma admirable con el más elevado sentimiento patriótico, le concedo, además del descuento ya ofrecido este año, una reducción adicional del 15 por ciento. Teniendo en cuenta este esfuerzo totalmente excepcional

(¡confío en que quede entre nosotros!), le pediría que abonara el adelanto inicial en su totalidad.»

A veces, sostenía la carta en el aire y la admiraba cloqueando de satisfacción. La copiosa correspondencia, que lo mantenía muy ocupado, en su opinión hacía presagiar el éxito de la operación. Y no cesaba; el apartado de correos estaba siempre lleno.

Albert se mostraba muy escéptico.

—¿No estás exagerando? —le preguntaba.

No le costaba mucho imaginar hasta qué punto agravarían aquellas cartas tan caritativas los cargos que pesarían contra ellos si los detenían.

Édouard se limitaba a adoptar un ademán regio, dando a entender que él era todo un señor.

—«¡Seamos comprensivos, querido Albert!» —garabateaba en su cuaderno—. «No cuesta nada, y esta gente necesita que la animen. ¡Están participando en una obra magnífica! De hecho, son héroes, ¿no?»

Albert estaba un poco escandalizado: llamar héroes en son de burla a unas personas que hacían una colecta para un monumento...

Entonces Édouard se quitaba la máscara y exhibía el rostro, aquel monstruoso agujero sobre el cual los ojos, único vestigio vivo y humano, le miraban a uno con intensidad.

Éste no veía muy a menudo aquella cara destrozada, aquel horror, porque Édouard pasaba de una máscara a otra sin solución de continuidad. A veces incluso se dormía con las facciones de un guerrero indio, un ave mitológica, un feroz y alegre animal... Albert, que se despertaba cada dos por tres, se acercaba a él y le quitaba la máscara con el cuidado de un padre joven. En la penumbra de la habitación, contemplaba a su amigo dormido, impresionado por el escalofriante parecido de los restos de aquel rostro con determinados cefalópodos, salvo por el omnipresente color rojo.

Mientras tanto, pese a la energía que empleaba Édouard en responder a las numerosas preguntas, los pedidos en firme seguían sin llegar.

—¿Por qué? —preguntaba Albert con voz monótona—. ¿Qué pasa? Es como si las respuestas no les convencieran...

Édouard ejecutaba una especie de danza piel roja y Louise se mondaba de risa. Albert, al borde de la náusea, volvía a coger las cuentas, a comprobarlas.

Ya no se acordaba de su estado de ánimo de entonces, porque poco después la preocupación lo había anegado todo, pero los primeros pagos a finales de mayo habían creado cierta euforia. Albert exigió que ese dinero inicial se empleara para devolver la suma estafada al banco, a lo que Édouard, evidentemente, se negó.

—«¿Qué sentido tiene devolver el dinero al banco?» —escribió en el gran cuaderno—. «¡De todas formas, vamos a huir con dinero robado! ¡Y robárselo a un banco es lo menos inmoral!»

Albert no dio su brazo a torcer. Un día se le había escapado el nombre del Banco de Descuento y Crédito Industrial, pero estaba claro que Édouard no estaba enterado de los negocios de su padre, pues no conocía la entidad. Para argumentar ante él, Albert no podía añadir que el señor Péricourt había tenido la amabilidad de ofrecerle aquel empleo y que le repugnaba seguir robándole. Desde luego, era una moral bastante laxa, porque, por otro lado, trataba de timar a unos desconocidos, muchos de ellos de extracción modesta, que contribuían como podían para erigir un monumento en recuerdo de sus muertos; pero al señor Péricourt lo conocía personalmente, no era lo mismo, y además, desde lo de Pauline... Resumiendo, no podía evitar considerarlo un poco como su benefactor.

Aunque no muy convencido por las extrañas razones de Albert, Édouard acabó cediendo, y los primeros adelantos fueron para el banco.

Después, Albert y Édouard, cada uno en su estilo, hicieron un gasto simbólico, se dieron un pequeño capricho, en prenda del boyante futuro que los aguardaba, quizá.

Édouard se compró un gramófono nuevo y un montón de discos, incluidos varios de marchas militares. Pese a su pierna tiesa, le encantaba desfilar por la casa con paso marcial junto a Louise, con una caricaturesca máscara de soldado francamente ridícula. También adquirió óperas, de las que Albert no entendía nada, y el Concierto para clarinete de Mozart, que algunos días sonaba y sonaba como si el disco estuviese rayado. Édouard siempre vestía la misma ropa; tenía dos pantalones, dos camisas y dos jerséis, que Albert llevaba a lavar en semanas alternas.

Él, por su parte se compró unos zapatos. Y un traje. Y dos camisas. Esta vez todo bueno, de primera calidad. Había sido un golpe de inspiración, porque poco después había tenido lugar el encuentro con Pauline. Luego las cosas se habían complicado muchísimo. Con aquella mujer, como con el banco, había bastado una mentira inicial para verse condenado a una espantosa huida hacia delante. Igual que con los monumentos. Pero ¿qué le había hecho a Dios para verse sin cesar obligado a correr delante de una fiera salvaje que amenazaba con devorarlo? Por eso mismo le había dicho a Édouard que la máscara de león (en realidad, era un animal mitológico, pero su amigo no le reprochaba esos detalles) era muy bonita, sí, incluso preciosa, pero le provocaba pesadillas, por lo que le agradecería que la guardara de una vez para siempre. Édouard accedió.

Y bueno, Pauline.

Todo había empezado con una reunión del consejo de administración del banco.

Corría el rumor de que desde hacía un tiempo el señor Péricourt no se preocupaba demasiado de los negocios. Se lo veía menos y quienes se lo cruzaban aseguraban que había envejecido mucho. ¿Debido quizá al matrimonio de su hija? ¿A las preocupaciones, la responsabilidad? A nadie se le habría ocurrido atribuirlo a la muerte de su hijo: al día siguiente de enterarse de su fallecimiento, había participado en una importante asamblea general de accionistas con su habitual aplomo. A todos les pareció muy valiente que continuara con su trabajo tras aquella desgracia.

Pero fue pasando el tiempo. Péricourt no era el de antes. Hacía una semana, sin ir más lejos, se había excusado repentinamente: continúen sin mí. Ya no había ninguna decisión importante que tomar, pero aun así el presidente no tenía por costumbre desertar, al contrario, tendía más bien a decidir solo, a no admitir debates salvo en cuestiones menores, respecto a las cuales, además, ya había tomado una resolución. De modo que hacia las quince horas se había marchado. Poco después se supo que no se había ido a casa; unos hablaron de una visita al médico, otros insinuaron que había una mujer de por medio... El único que habría podido decir dónde se encontraba de verdad era el vigilante del cementerio, pero no estaba invitado a aquella reunión.

Hacia las cuatro de la tarde, como el señor Péricourt tenía que firmar sin falta el acta de la asamblea para que sus órdenes tuvieran validez y se aplicaran cuanto antes (no le gustaban las demoras), decidieron enviársela a casa. Y pensaron en Albert Maillard. Nadie sabía qué relación había entre el presidente y el empleado, sólo que el segundo debía el puesto al primero. También a ese respecto habían circulado los rumores más disparatados, pero Albert, con sus intempestivos rubores, su miedo a todo, su nerviosismo, su forma de sobresaltarse al menor ruido, había desalentado cualquier hipótesis. El director general habría ido en persona a casa del presidente, pero, considerando que llevar a cabo una tarea subalterna de recadero era poco adecuado a su posición, ordenó que mandaran a Albert.

En cuanto recibió el encargo, Albert se echó a temblar. A aquel chico no había quien lo entendiera. Hubo que insistirle, ponerle el abrigo, empujarlo hacia la puerta... Parecía tan azorado que temieron que perdiera el documento por el camino. Llamaron un taxi, pagaron el trayecto de ida y vuelta y le pidieron discretamente al taxista que le echara un ojo.

—¡Pare! —gritó Albert cuando llegaron al parque Monceau.

—Pero si aún no estamos... —se atrevió a recordarle el taxista. Le habían encargado una misión delicada, y ya empezaban los problemas.

—¡Da igual! —replicó Albert—. ¡Párese!

Cuando un cliente se enfurece, lo mejor es que baje: Albert bajó; esperar a que se aleje unos metros: el taxista vio que Albert caminaba con paso vacilante en sentido contrario a la dirección a la que se suponía que iba; y cuando te han pagado por adelantado, arranca tan deprisa como puedas: legítima defensa.

Obsesionado desde que había salido del banco por la idea de toparse con Pradelle, Albert ni siquiera prestó atención al taxista. Ya se imaginaba la escena, al capitán agarrándolo del hombro con mano firme, inclinándose hacia él y soltándole: «¡Hombre, soldado Maillard! ¿Qué, ha decidido usted visitar a su querido capitán d'Aulnay-Pradelle? Qué amable... Venga, venga por aquí...» Y entretanto se lo llevaba por un pasillo, que se transformaba en sótano. Él no sabía explicarse, así que Pradelle lo abofeteaba y, después, lo ataba y torturaba. Y cuando Albert se veía obligado a confesar que vivía con Édouard Péricourt, que había robado dinero al banco y que ambos estaban metidos en un timo descomunal, Pradelle soltaba una estentórea carcajada, alzaba los ojos al cielo e invocaba la cólera divina, que al instante lanzaba sobre Albert una cantidad de tierra igual a la desplazada por un obús del noventa y cinco cuando ya estás en el fondo del agujero y estrechas contra el cuerpo una máscara de caballo con la que te dispones a presentarte en el paraíso de los ineptos.

Como la vez anterior, dio media vuelta, dudó y regresó sobre sus pasos, aterrado por la posibilidad de encontrarse con Pradelle, tener que ver al señor Péricourt, al que robaba, o cruzarse con su hija Madeleine, a la que podía revelar que su hermano Édouard seguía vivo. Entretanto, pensaba en cómo hacerle llegar a Péricourt el documento que apretaba contra su cuerpo con la fuerza de un endemoniado sin tener que entrar en su casa.

Encontrar a alguien que lo sustituyera: eso necesitaba.

Lástima que el taxista se hubiera ido. Habría podido aparcar un par de calles más allá y hacer el recado mientras él le vigilaba el taxi.

Y en ese preciso instante, apareció Pauline.

Albert estaba en la acera de enfrente, con la espalda rozando la pared. Vio a la chica, pero antes de que comprendiera que era la solución que buscaba, ella ya se había encarnado en otro pensamiento. Había recordado muchas veces a la preciosa criadita que tanto se había reído de sus ridículos zapatos.

Se metió en la boca del lobo de cabeza.

La chica iba con prisa, puede que llegara tarde al trabajo. Sin detenerse, se desabrochó el abrigo, que dejó entrever un vestido azul celeste hasta mitad de la pantorrilla, con una amplia cintura de talle bajo. Llevaba un pañuelo a juego. Subió a toda prisa los peldaños de la escalinata y desapareció.

Minutos después, Albert llamaba a la puerta. Ella abrió, lo reconoció, él sacó pecho, porque desde la última vez que se habían visto, se había comprado unos zapatos nuevos, y ella, como era una chica muy espabilada, se dio cuenta de que también llevaba un flamante abrigo, una bonita camisa y una corbata de buena calidad, aunque él seguía poniendo aquella cara tan curiosa, como si acabara de orinarse encima.

A saber lo que se le pasó por la cabeza; el caso es que se echó a reír. La escena se repetía seis meses después, casi idéntica. Pero dado que no todo podía ser igual, se quedaron frente a frente, como si fuera ella a quien Albert hubiera ido a ver, lo que en cierto modo era verdad.

El silencio se alargaba. Qué guapa era aquella Pauline, Dios mío, guapa a rabiar. Veintidós, veintitrés años, una sonrisa que te erizaba el vello, unos labios de satén entre los que asomaban unos dientes magníficos, irreprochablemente alineados, y aquellos ojos, aquel pelo tan corto, a la moda, que dejaba al descubierto la nuca, la garganta... Y hablando de la garganta, llevaba una blusa y un delantal blancos, así no era difícil hacerse una idea de cómo eran sus pechos. Una morena. Desde Cécile, no había vuelto a pensar en una morena; no había vuelto a pensar en nada.

Pauline miró los documentos que Albert estrujaba, y él se acordó del motivo de su visita, pero también del miedo a tener un mal encuentro. Había entrado; ahora lo urgente era salir, y deprisa.

—Vengo del banco —dijo tontamente.

Ella abrió la boca: sin querer, había conseguido impresionarla: ahí es nada, el banco.

—¡Es para el señor Péricourt! —explicó, y, como se había percatado de que estaba adquiriendo importancia a ojos de la chica, no pudo evitar añadir—: Tengo que entregárselo en persona.

El señor Péricourt no estaba en casa. Pauline le abrió la puerta del salón y le propuso esperarlo, pero Albert volvió a la tierra: entrar allí era una locura, pero quedarse...

—¡No, no, gracias!

Le tendió el documento. Ambos se dieron cuenta de que estaba húmedo de sudor. Albert quiso secarlo con la manga del abrigo, se le resbaló, las hojas se desparramaron por el suelo, los dos se pusieron a cuatro patas y... el resto de la escena es fácil de imaginar.

Así había entrado Albert en la vida de Pauline. ¿Veinticinco años? Nadie lo diría. No era virgen, pero sí virtuosa. Había perdido a su novio en 1917 y desde entonces no había habido ninguno, aseguraba. Pauline mentía con mucha gracia. Se tocaron muy pronto, pero ella no quería ir más lejos, porque para ella eso era muy serio. Albert, con su cara ingenua, conmovedora, le gustaba. Le inspiraba sentimientos maternales, y tenía un buen trabajo, contable en un banco. Como conocía a los dueños, seguro que le esperaba un porvenir brillante.

No sabía cuánto ganaba, pero debía de ser bastante, porque enseguida la invitó a buenos restaurantes, no lujosos, pero con una cocina de calidad y una clientela respetable. Y cogía taxis, al menos para acompañarla a casa. También la llevó al teatro, aunque sin decirle que era la primera vez que pisaba uno, y por consejo de Édouard le propuso la Ópera, pero Pauline prefería el music-hall.

El dinero de Albert empezaba a volatilizarse, su sueldo distaba de ser suficiente, y ya había recurrido más de una vez a su parte del escaso botín.

Así que, ahora que se veía que los anticipos no llegarían, ¿cómo iba salir de la trampa en que esta vez se había metido él solito, sin ayuda de nadie?

Albert también se preguntaba si para seguir cortejando a Pauline no debería volver a «tomar prestado» dinero del banco del señor Péricourt.

32

Henri había nacido en una familia arruinada, cuya decadencia había visto agravarse durante su juventud: sólo había presenciado desastres. Y ahora que estaba a punto de obtener una victoria definitiva sobre el destino, no se lo impediría un mísero funcionario. Porque no era más que eso. ¡Mandaría a aquel inspector de poca monta a casita! Pero ¿quién se creía que era?

Ese alarde de seguridad contenía una buena dosis de autosugestión. Henri necesitaba creer en su éxito y no imaginaba ni por un instante que, en aquella época de crisis, favorable por definición a las grandes fortunas, no pudiera salir del mal paso perfectamente. La guerra se lo había demostrado: no temía a la adversidad.

Aunque, esta vez, el ambiente era un poco distinto...

Lo que le preocupaba no eran los obstáculos mismos, sino su concatenación.

Gracias al prestigio de los apellidos Péricourt y d'Aulnay-Pradelle, hasta entonces la administración no se había mostrado demasiado estricta. Pero ahora resultaba que, tras su inopinada visita a Pontaville-sur-Meuse, aquel don nadie del ministerio había redactado otro informe en que se hablaba de pillaje, tráfico de objetos robados...

A ver, para empezar, ¿tenía derecho a inspeccionar sin previo aviso?

En cualquier caso, esta vez la administración se había mostrado menos comprensiva. Al instante, Henri solicitó una audiencia. No fue posible.

—Todas esas cosas... no pueden taparse, compréndalo —le dijeron por teléfono—. Hasta ahora, se había tratado de pequeños problemas técnicos. Aunque, aun así... —al otro lado del hilo, la voz se volvió más baja, más prudente, como si escondiera un secreto y temiera que la oyeran— esos ataúdes no se atienen a lo estipulado en el contrato...

—¡Pero ¡ya se lo expliqué! —tronó Henri.

—¡Sí, lo sé! Un error de fabricación, por supuesto... Pero esto de Pontaville-sur-Meuse es distinto. Que se entierre a decenas de soldados bajo nombres que no son los suyos ya es bastante embarazoso, pero que desaparezcan sus efectos personales...

—¡Ésta sí que es buena! —exclamó Henri, echándose a reír—. ¿Ahora me acusa de desvalijar cadáveres?

El silencio que siguió lo impresionó.

El asunto era grave, porque no se trataba de un objeto, ni de dos...

—Se rumorea que existe toda una trama... una organización a escala del cementerio. El informe es muy duro. Todo eso se ha hecho a sus espaldas, claro; no se le achaca a usted personalmente.

—¡Ja, ja, ja! ¡Menos mal! —Pero era una risa falsa. Personal o no, la crítica pesaba lo suyo. Si hubiera tenido delante a Dupré, le habría hecho pasar un mal rato. Todo llegaría.

En ese momento, recordó que los cambios de estrategia habían sido cruciales para el éxito de las guerras napoleónicas.

—¿De verdad cree usted que las sumas asignadas por el gobierno permiten seleccionar personal bien cualificado e irreprochable? ¿Que con esos precios se dispone de suficientes medios para realizar contrataciones escrupulosas, para escoger con lupa a los trabajadores?

En su fuero interno, Henri sabía que había sido un poco expeditivo a la hora de contratar, yéndose siempre a lo más barato, pero ¡Dupré le había asegurado que los capataces eran serios, joder! ¡Y que meterían en cintura a los trabajadores!

De repente, al tipo del ministerio le entraron las prisas, y la conversación terminó con una información negra como un cielo de tormenta:

—La administración central ya no puede gestionar sola este expediente, señor d'Aulnay-Pradelle. Ahora tendrá que transferirlo al gabinete del señor ministro.

¡Una desbandada en toda regla!

Henri colgó el auricular violentamente y, rojo de ira, cogió un jarrón de porcelana china y lo estrelló contra una mesita taraceada. ¿Cómo? ¿No había untado bastante a toda aquella gente como para que ahora quisieran escurrir el bulto? De un revés, lanzó contra la pared un jarrón de cristal, que se hizo añicos. ¿Y si le contaba al ministro cómo se habían aprovechado de su generosidad sus altos funcionarios, eh?

Respiró hondo. Su furia era proporcional a la gravedad de la situación, pues ni él mismo creía en sus argumentos. Había hecho algunos regalos, sí, habitaciones en hoteles de lujo, unas cuantas chicas, comidas caras, cajas de puros, facturas pagadas aquí y allá... Pero lanzar acusaciones de prevaricación equivalía a confesar que había sido el inductor, es decir, a arrojar piedras contra su propio tejado.

Alarmada por el ruido, Madeleine entró sin llamar.

—Pero bueno, ¿qué pasa?

Henri se volvió y la vio en el umbral. Muy voluminosa. Estaba de seis meses, pero parecía salida de cuentas. La encontraba fea; no era algo reciente, hacía mucho que no despertaba en él el menor deseo. Y viceversa, la fogosidad de Madeleine se remontaba a una época olvidada en que se comportaba más como una amante que como una esposa, siempre a punto, siempre con ganas. Eso era agua pasada, y sin embargo Henri se sentía más unido a ella que antes. Para ser exactos, no a ella, sino a la futura madre del hijo que esperaba. Un D'Aulnay-Pradelle junior que estaría orgulloso de su apellido, de su fortuna, de la propiedad familiar, y en lugar de batallar como él para salir adelante, sabría hacer fructificar una herencia que su padre soñaba considerable.

Madeleine ladeó la cabeza y frunció el ceño.

Una de las grandes cualidades de Henri era que, en situaciones difíciles, podía tomar una decisión en un segundo. En un abrir y cerrar de ojos, barajó las soluciones que se le ocurrían y comprendió que su única tabla de salvación era su mujer. Adoptó la actitud que más odiaba, la que menos le iba, la del hombre superado por los acontecimientos, soltó un hondo suspiro y se desplomó en un sillón con los brazos caídos.

Al principio, ella tuvo sentimientos encontrados. Conocía a su marido mejor que nadie, y aquella comedia del desvalimiento no se la tragaba. Pero estaban unidos, era el padre de su hijo. A unas cuantas semanas de dar a luz, no le apetecía enfrentarse a nuevos problemas, deseaba paz. No necesitaba a Henri, pero en esos momentos le venía bien tener un marido.

Le preguntó qué pasaba.

—Los negocios —respondió él en tono evasivo.

Lo que siempre decía su padre. Cuando no quería dar explicaciones, murmuraba: «Son los negocios.» Con eso quedaba dicho todo, eran cosas de hombres. Muy práctico.

Henri alzó la cabeza y frunció los labios. Madeleine seguía encontrándolo muy guapo. Como él no decía nada, insistió.

—¿Y eso? —dijo, acercándose—. ¿Otra vez?

Henri se decidió a hacer una confesión difícil, pero, como siempre, el fin justificaba los medios.

—Necesito a tu padre...

—¿Para qué? —quiso saber ella.

Henri agitó una mano en el aire: sería demasiado complicado.

—Ya —murmuró Madeleine sonriendo: demasiado complicado para explicármelo, pero lo bastante simple para pedirme que intervenga...

Henri, como el hombre agobiado por las dificultades que pretendía ser, respondió con una expresión que sabía conmovedora y que usaba a menudo para seducir. Qué buenos resultados le había dado aquella sonrisa...

Si Madeleine insistía, volvería a mentirle, porque mentía sin parar, aunque no hiciera falta: lo llevaba en la sangre. Madeleine le puso una mano en la mejilla. Era guapo hasta cuando engañaba, la farsa del desamparo lo rejuvenecía, resaltaba la regularidad de sus facciones.

Permaneció pensativa un instante. Nunca había prestado mucha atención a lo que decía su marido, ni siquiera al principio; no lo había elegido por su conversación. Pero desde que se había quedado embarazada, lo que decía Henri flotaba en el aire como una insignificante nube de vapor. Así que, mientras él interpretaba el drama del desamparo, de la desesperación —Madeleine confiaba en que con sus amantes resultara más convincente—, ella lo observaba con una vaga ternura, como la que se experimenta por los hijos de otros. Era guapo. Le encantaría que su hijo se le pareciera. Que fuera menos mentiroso, pero igual de guapo.

Al cabo de un instante, abandonó la sala sin decir nada, sonriendo levemente, como cada vez que el bebé le daba pataditas, y subió a ver a su padre.

Eran las diez de la mañana.

En cuanto reconoció la forma de llamar de su hija, Péricourt se levantó, fue a abrirle, la besó en la frente y sonrió señalándole el vientre, ¿todo bien? Madeleine esbozó una mueca, regular...

—Me gustaría que recibieras a Henri, papá —le dijo—. Tiene problemas.

Le bastó con oír el nombre de su yerno para tensar el cuerpo imperceptiblemente.

—¿Y no puede resolverlos solo? ¿Qué problemas, para empezar?

Madeleine sabía más de lo que Henri creía, pero no lo bastante como para explicarse ante su padre.

—El contrato con el gobierno...

—¿Otra vez? —replicó Péricourt con su voz de acero, la que adoptaba cuando se atrincheraba en cuestiones de principios. En esos casos, era difícil de manejar. Inflexible.

—Ya sé que no lo aprecias, papá, tú mismo me lo dijiste. —Madeleine le hablaba sin enfadarse, incluso se dignó sonreírle con mucha dulzura. Y como ella nunca le pedía nada, jugó su mejor baza—: Te ruego que lo recibas, papá.

No tuvo que entrelazar las manos sobre el vientre, como en otras ocasiones. Su padre ya había hecho un gesto: de acuerdo, dile que suba.

· · ·

Cuando su yerno llamó a la puerta, Péricourt ni siquiera fingió estar trabajando. Henri vio a su suegro en el otro extremo del despacho, sentado tras el escritorio, como Dios padre en su trono. La distancia que lo separaba del sillón de las visitas era interminable. En las dificultades, Henri se crecía. Cuanto más resistente le parecía el obstáculo, más brutal se mostraba; habría matado a quien fuera. Pero ese día, el individuo al que le habría gustado liquidar era el mismo que podía ayudarle; odiaba esa situación de subordinación.

Desde que se conocían, los dos hombres libraban una guerra de desprecio. Péricourt se limitaba a saludar a su yerno con un movimiento de la cabeza, al que Henri respondía de idéntico modo. Desde el primer minuto de su primer encuentro, cada uno de ellos esperaba el día en que sacaría ventaja. Entretanto, la pelota pasaba de un campo a otro: hoy, Henri seducía a la hija de Péricourt, mañana, Péricourt imponía un contrato de matrimonio... Cuando Madeleine le había comunicado a su padre que estaba encinta, lo había hecho en la intimidad; Henri se había visto privado del espectáculo, pero se había marcado un tanto decisivo. La situación parecía invertirse: los problemas de Henri pasarían, el hijo de Madeleine, no. Y ese nacimiento obligaba a Péricourt a ayudarlo.

Péricourt sonrió vagamente, como si adivinara lo que pensaba su yerno.

—¿Sí? —se limitó a decir.

—¿Podría usted intervenir ante el ministro de las Pensiones? —le preguntó Henri con voz clara.

—Desde luego, es un buen amigo. —Péricourt se quedó pensativo un instante—. Me debe mucho. Una deuda personal, en cierto modo. Un asunto un poco antiguo, pero, en fin, de esos que hacen y deshacen reputaciones. En una palabra, ese ministro, si se me permite expresarlo así, es un poco mío.

Henri no esperaba una victoria tan fácil. Su pronóstico se confirmaba más allá de sus esperanzas. Péricourt lo corroboró involuntariamente bajando la vista hacia su cartapacio.

—¿De qué se trata?

—Una fruslería... Es...

—Si es una fruslería —lo interrumpió su suegro, alzando la cabeza—, ¿por qué molestar al ministro? ¿O a mí?

A Henri le encantó ese momento. El adversario iba a resistirse, a tratar de ponérselo difícil; pero al final se vería obligado a ceder. Si hubiera habido tiempo, habría prolongado aquella divertida conversación, pero aquello urgía.

—Es un informe al que hay que dar carpetazo. Se refiere a mis negocios, está lleno de falsedades y...

—Si es así, ¿qué puede temer?

No pudo evitarlo: Henri cedió a la tentación de sonreír. ¿El viejo pensaba seguir luchando mucho tiempo? ¿Necesitaba un buen golpe en la cabeza para callarse y actuar?

—Es una historia complicada —respondió.

—¿Y entonces?

—Entonces, le ruego que tenga la amabilidad de intervenir ante el ministro para zanjar el asunto. Por mi parte, me comprometo a que los hechos en cuestión no se repitan. Son el resultado de cierta negligencia, nada más.

Péricourt esperó largo rato mirando a su yerno a los ojos como si dijera: ¿Eso es todo?

—No hay nada más —aseguró Henri—. Tiene mi palabra.

—Su palabra...

Henri sintió que la sonrisa se le helaba en los labios. ¡Aquel viejo estaba empezando a hartarlo con sus comentarios! ¿Acaso le quedaba elección? ¿Con su hija preñada hasta las cejas? ¿Iba a arriesgarse a arruinar a su nieto? ¡Qué va! Pradelle aceptó una última concesión.

—Se lo pido en mi nombre y en el de su hija...

—¡No meta a mi hija en esto, por favor!

—Pero ¡es que se trata precisamente de eso! —soltó Henri, que ya no podía más—. De mi reputación, de mis negocios y, en consecuencia, del buen nombre de su hija y del futuro de su nie...

Péricourt también podría haber alzado la voz, pero se limitó a dar golpecitos en el cartapacio con la uña del índice. Producía un ruidito seco, como la llamada al orden de un profesor a un alumno indisciplinado. Parecía muy tranquilo, su voz emanaba serenidad. No sonreía.

—Solamente se trata de usted, señor d'Aulnay-Pradelle, y de nadie más —declaró.

Henri fue presa de la inquietud; pero por más vueltas que le daba, no se le ocurría cómo podía su suegro no interceder. ¿Sería capaz de desentenderse de su propia hija?

—Ya me informaron de sus dificultades. Puede que antes que a usted —continuó Péricourt.

A Henri, aquel comienzo le pareció un buen augurio. Si deseaba humillarlo, es que estaba dispuesto a ceder.

—No me han sorprendido: siempre he sabido que es usted un sinvergüenza. Con un «de» nobiliario, pero eso no cambia nada. Es usted un hombre sin escrúpulos, de una codicia ilimitada. Le auguro un pésimo final.

Henri hizo amago de levantarse e irse.

—¡No, no, escúcheme, señor d'Aulnay-Pradelle! Como me lo esperaba, lo he reflexionado con calma y voy a decirle cómo veo yo la situación. Dentro de unos días, su expediente estará en manos del ministro, que tendrá a la vista todos los informes relativos a sus actividades y procederá a anular los contratos que firmó usted con el Estado.

Henri, menos triunfal que al empezar la conversación, miró ante sí espantado, como quien ve derrumbarse una casa socavada por una inundación. Aquella casa era la suya, era su vida.

—Ha actuado usted como un desaprensivo en asuntos que afectan al interés general. Se llevará a cabo una investigación, que determinará a qué cantidad asciende el perjuicio material para el Estado, y tendrá usted que responder con sus bienes personales. Si no dispone de la suma necesaria, como confirman mis cálculos, se verá en la obligación de pedirle ayuda a su mujer, a lo que me opondré, porque la ley me otorga ese derecho. De modo que deberá desprenderse de su propiedad familiar, de la que, en cualquier caso, no tendrá necesidad, porque el gobierno lo entregará a la justicia y, para salvaguardarse, deberá presentarse como parte civil en la demanda que las asociaciones de excombatientes y de las familias no se privarán de interponer contra usted. Y acabará en la cárcel.

Si Henri se había decidido a recurrir al viejo era porque sabía que se hallaba en una situación delicada, pero lo que estaba oyendo la revelaba aún peor. Los problemas se habían acumulado rápidamente, y no le había dado tiempo a reaccionar.

—¿Ha sido usted...? —inquirió, asaltado por una duda. Si hubiera tenido a mano un arma, no habría esperado la respuesta.

—No. ¿Para qué? Usted no necesita a nadie para meterse en aguas cenagosas. Madeleine me ha pedido que lo recibiera, y yo lo he recibido para decirle lo siguiente: ni ella ni yo nos veremos afectados jamás por sus asuntos. Ella se empeñó en casarse con usted, muy bien. Pero no la arrastrará con usted, yo me encargaré. Por mí puede usted hundirse en el fango, que no moveré un dedo.

—¿Acaso quiere guerra? —aulló Henri.

—No vuelva a gritar en mi presencia, señor d'Aulnay-Pradelle.

Henri no esperó a que acabara la frase para salir del despacho y cerrar con todas sus fuerzas la puerta detrás de él. El portazo hubiera hecho temblar la casa hasta los cimientos. Pero no fue para tanto. La puerta, provista de un mecanismo neumático, se cerró lentamente con unos uf... uf... uf... débiles y entrecortados.

Cuando al fin encajó en el marco con un ruido ahogado, Henri ya estaba en la planta baja.

En su despacho, Péricourt no había cambiado de postura.

33

—Es bonito... —opinó Pauline mirando a su alrededor.

A Albert le habría gustado decir algo, pero las palabras se le atascaban en la garganta. Se limitó a separar las manos y balancearse sobre los pies.

Desde que se conocían, siempre se habían visto en la calle. Ella vivía en el palacete de los Péricourt, sus señores, en una habitación de la buhardilla, y la agencia de colocación había sido tajante: «Las visitas están estrictamente prohibidas, señorita», frase habitual para informar a los criados de que, si querían darse un revolcón, tendrían que hacerlo en otra parte, porque aquélla era una empresa seria, etcétera.

Por su parte, Albert no podía llevarse a Pauline a casa porque Édouard nunca salía. ¿Adónde iba a ir? Además, suponiendo que hubiera aceptado dejarle el campo libre una tarde, no habría servido de nada, pues Albert le había mentido a Pauline desde el principio. Vivo en una pensión, le había dicho, y la patrona es muy estricta y suspicaz, así que nada de visitas, terminantemente prohibido, como en tu casa, pero voy a mudarme, buscaré otra cosa.

Pauline no se mostraba ni extrañada ni impaciente. Más bien aliviada. Decía que de todas formas ella no era «de ésas», traducción: no se acostaba con los hombres. Quería una «relación seria», traducción: casarse. Albert no sabía distinguir lo que ella decía de verdad de lo falso. Muy bien, Pauline no quería, perfecto, pero

338

resulta que ahora, cuando la acompañaba a casa, en el momento de separarse lo besaba con un ansia... Apretujados contra alguna puerta cochera, se restregaban uno contra el otro como posesos, de pie, con las piernas entrecruzadas, y Pauline cada vez le sujetaba la mano ahí más rato, tanto que, la última noche, se había puesto tensa y había soltado un largo y ronco gemido mientras le mordía el hombro. Albert se había subido al taxi como un hombre cargado de explosivos.

En ésas estaban cuando al fin, hacia el 22 de junio, el asunto del Recuerdo Patriótico pareció despegar.

De repente empezó a lloverles dinero.

A espuertas.

En una semana, su botín se cuadruplicó. Más de trescientos mil francos. Cinco días después, tenían quinientos setenta mil; el 30 de junio, seiscientos veintisiete mil... Y aquello iba a más. Habían recibido pedidos para más de cien cruces, ciento veinte antorchas, ciento ochenta y dos bustos de soldado y ciento once monumentos mixtos. Y Jules d'Épremont incluso había ganado la convocatoria del monumento para el distrito donde había nacido: el ayuntamiento le había ingresado cien mil francos en la cuenta...

Todos los días llegaban nuevos pedidos, acompañados de nuevos anticipos. Édouard se pasaba la mañana extendiendo recibos.

Aquel inesperado maná surtió un curioso efecto sobre ellos; era como si hasta entonces no hubieran sido conscientes del alcance de sus actos. Ya eran ricos, y la hipótesis del millón de francos fijado por Édouard había dejado de ser una fantasía, porque aún faltaba mucho para la fecha límite del 14 de julio y la cuenta bancaria del Recuerdo Patriótico seguía creciendo... Era increíble, diez, cincuenta, ochenta mil francos a diario. Y una mañana, ciento diecisiete mil de golpe.

Al principio, Édouard daba saltos de alegría. La primera tarde, cuando Albert llegó con un maletín repleto de billetes, los arrojó al aire a puñados, como una lluvia bienhechora. Al instante preguntó si podía coger un poco de su parte, ya, en ese momento. Riendo, Albert le contestó que claro, sin problemas. Al día siguiente, Édouard se hizo una máscara estupenda con billetes de doscientos francos pegados en espiral. El efecto era increíble, parecían volutas de dinero, como si los billetes ardieran y envolvieran su rostro en un halo de humo. A Albert le había gustado mucho, pero también escandalizado: no se hacía eso con el dinero. Estaría estafando a centenares de personas, pero no había renunciado a sus principios.

Sin embargo, Édouard estaba loco de contento. Nunca contaba el dinero, pero conservaba celosamente las cartas de los pedidos como si fueran trofeos, y las releía por la noche, dando sorbos de aguardiente con la pipeta de goma. Aquella carpeta era su libro de horas.

Pasada la sorpresa de enriquecerse a semejante velocidad, Albert asumió las dimensiones del riesgo. Cuanto más dinero llegaba, más tensa sentía la cuerda alrededor del cuello. Cuando tuvo trescientos mil francos en el bolsillo, ya no pensó más que en huir. Édouard se opuso. Su tope de un millón era innegociable.

Y por otra parte, estaba Pauline. ¿Qué hacía?

Albert, enamorado, la deseaba con una fuerza exacerbada por la abstinencia que la chica le imponía. No estaba dispuesto a renunciar a ella. Pero había comenzado con mal pie: una mentira lo había llevado a otra. ¿Podía decirle ahora, sin arriesgarse a perderla: «Pauline, soy contable en un banco con el único fin de meter mano a la caja, porque un compañero de armas (al que le falta media cara y más de un tornillo) y yo estamos timando a media Francia de forma totalmente inmoral y, si todo va bien, dentro de quince días, el 14 de julio, nos largaremos a la otra punta del mundo. ¿Quieres venir conmigo?»?

¿La amaba? Estaba loco por ella. Pero era imposible saber lo que predominaba en él, si el violento deseo que le despertaba o el pánico a que lo detuvieran, juzgaran y condenaran. No había vuelto a soñar con el pelotón de fusilamiento desde aquellos días de 1918 posteriores a su encuentro con el general Morieux bajo la torva mirada del capitán Pradelle. Ahora volvía a tener esos sueños casi todas las noches. Cuando no estaba gozando de Pauline, estaba a punto de ser fusilado por una sección de doce soldados idénticos al capitán Pradelle. Se corriera o muriera, siempre pasaba lo mismo: se despertaba sobresaltado, empapado en sudor, agotado y aullando. Luego buscaba a tientas la cabeza de caballo, lo único que calmaba su angustia.

Lo que había sido una inmensa alegría debida al éxito de su empresa, no tardó en transformarse para ambos, aunque por motivos distintos, en una extraña calma, la que se siente cuando se acaba una tarea importante que ha requerido mucho tiempo, pero que vista con distancia no parece tan esencial como se creía.

Con Pauline o sin ella, Albert sólo hablaba de marcharse. Ahora que el dinero les llegaba a espuertas, Édouard se había quedado sin argumentos. Cedió, aunque a regañadientes.

Se estableció que como la oferta especial del Recuerdo Patriótico terminaba el 14 de julio, se marcharían el 15.

—¿Por qué esperar al día siguiente? —preguntó Albert, aterrado.

—«De acuerdo» —escribió Édouard—, «el 14».

Albert se abalanzó sobre los catálogos de las compañías marítimas. Siguió con el dedo la línea que salía de París, un tren nocturno que llegaba a Marsella a primera hora del día, y luego el trayecto del primer barco con destino a Trípoli. Se alegraba de haberse quedado con la cartilla militar del pobre Louis Évrard, robada a la administración días antes del armisticio. A la mañana siguiente, compró los billetes.

Tres.

Uno para el señor Éugene Larivière y los otros dos para el señor y la señora Évrard.

No tenía ni la menor idea de cómo arreglárselas con Pauline. ¿Podía convencerse a una chica en quince días de que lo dejara todo y huyera con uno a tres mil kilómetros de distancia? Cada vez lo dudaba más.

Realmente, aquel mes de junio era un mes para estar enamorado, qué tiempo tan bueno, y cuando Pauline no estaba de servicio, tenían toda la tarde por delante, se pasaban las horas muertas acariciándose, charlando en un banco del parque. Pauline se dejaba llevar por sus sueños de muchacha, le describía el piso que le gustaría, los hijos que le gustarían, el marido que le gustaría, cuyo retrato cada vez se asemejaba más al Albert que conocía y cada vez se alejaba más del Albert real, que en el fondo no era más que un estafador de tres al cuarto a punto de fugarse al extranjero.

Mientras tanto, dinero no faltaba. Albert se puso a buscar una casa de huéspedes donde le dejaran recibir a Pauline si ella aceptaba. Excluía el hotel, que dadas las circunstancias le parecía de mal gusto.

Dos días después, encontró una muy limpita en el barrio de Saint-Lazare. La regentaban dos hermanas, dos viudas muy comprensivas que tenían alquilados dos apartamentos a funcionarios muy serios, pero siempre reservaban el cuartito del primer piso para las parejas ilegítimas, a quienes recibían con sonrisas de complicidad tanto de día como de noche, porque habían hecho dos agujeros en el tabique a la altura de la cama, uno para cada una.

Al principio, Pauline dudó. Pero después de soltar la cantinela del «yo no soy de ésas», aceptó. Cogieron un taxi. Albert abrió la puerta de la habitación, que era justo del tipo con que soñaba Pauline, de pesados cortinajes, que daban sensación de lujo, papel pintado en las paredes... Gracias a un pequeño velador y un sillón bajo, no tenía demasiado aspecto de dormitorio.

—Es bonito... —dijo Pauline.

—Sí, no está mal —murmuró Albert.

¿Se había vuelto un idiota redomado? El caso es que aquello lo pilló desprevenido. Pongamos tres minutos para entrar, echar un vistazo y quitarse el abrigo, añadamos otro para los botines, que llevaban lazos, y ya tenemos a Pauline completamente desnuda, de pie en el centro del cuarto, sonriente, confiada, hospitalaria, con unos pechos de una blancura que daban ganas de llorar, unas caderas deliciosamente redondeadas, un triángulo perfectamente recortado... Huelga decir que la chica no era nueva en esas lides y que, tras semanas repitiendo que ella no hacía ni esto ni lo otro, una vez guardadas las formas, tenía auténtica prisa por ver las cosas más de cerca. Albert la miraba alelado. Añadamos otros cuatro minutos, y ya lo tenemos aullando de placer. Pauline levantó la cabeza, extrañada e inquieta, pero no tardó en cerrar los ojos de nuevo, más tranquila: Albert tenía reservas. No había vivido un momento así desde el día anterior a la movilización, con Cécile, hacía varios siglos. Tenía tanta hambre atrasada que, al final, Pauline había tenido que decirle: bueno, corazón, que son las dos de la madrugada, ¿no te parece que deberíamos dormir un poco? Se acurrucaron el uno contra el otro, en la postura de la cuchara. Pauline ya estaba durmiendo cuando Albert se echó a llorar muy bajito, para no despertarla.

Ahora siempre llegaba tarde a casa, después de dejar a su Pauline. A partir del día en que ella se había puesto encima de él en aquel cuartito, Édouard aún lo vio menos. Las tardes que Pauline tenía libres, antes de ir a buscarla, Albert pasaba por casa con su maletín lleno de billetes. Las decenas, los centenares de miles de francos se amontonaban en una maleta escondida bajo la cama donde ya no dormía. Comprobaba que Édouard tenía comida y, antes de volver a irse, le daba un beso a Louise, que, inclinada como siempre sobre la máscara del día siguiente, se lo devolvía distraídamente, con un deje de rencor en los ojos, como si le reprochara haberlos abandonado.

Una tarde, exactamente la del 2 de julio, un viernes, cuando Albert entró con el maletín que contenía setenta y tres mil francos, encontró la casa vacía.

Con aquella multitud de máscaras de todos los colores y tamaños colgadas de las paredes, la vivienda vacía parecía el almacén de un museo. Un caribú, hecho con minúsculas escamas de madera y provisto de unos cuernos descomunales, lo miraba fijamente. Dondequiera que posara los ojos, desde el indio de los labios colgantes emperifollado con perlas y estrás, hasta aquel extraño ser muerto de vergüenza, con su enorme nariz de mentiroso pillado in fraganti, que te incitaba a absolverlo de cualquiera de sus pecados, todos aquellos personajes lo observaban con lástima, mientras él permanecía inmóvil en el umbral con el maletín.

No es de extrañar que fuera presa del pánico: Édouard no había pisado la calle desde que vivían allí. Louise tampoco estaba. En la mesa no había ninguna nota y nada hacía pensar en una salida precipitada. Albert miró bajo la cama: la maleta seguía allí y era imposible decir si faltaba dinero, porque había tanto que, aunque se cogieran cincuenta mil francos, no se notaría. Eran las siete. Guardó el maletín y corrió a casa de la señora Belmont.

—Me preguntó si podía llevarse a la niña el fin de semana. Le dije que sí... —Lo había expresado como solía, sin emoción, en el tono frío y objetivo de un suelto de periódico. Aquella mujer estaba en otro mundo.

Albert se preocupó, porque Édouard era capaz de todo. Cuando se lo imaginaba libre por la ciudad, se le ponían los pelos de punta... ¡Con la de veces que le había explicado que estaban en una situación peligrosa, que debían marcharse cuanto antes! Y que si había que esperar (Édouard quería su millón, ni hablar de largarse antes), tendrían que llevar mucho cuidado y, sobre todo, no llamar la atención.

—Cuando comprendan lo que ha pasado —le había dicho a Édouard—, no necesitarán investigar mucho, ¿sabes? He dejado mi rastro en el banco, me han visto a diario en la oficina de Correos, el cartero nos trae carretillas de cartas, en la imprenta que hizo los catálogos nos denunciarán en cuanto comprendan en qué los hemos metido... Para la policía, encontrarnos será cuestión de días. Puede que de horas...

Édouard estaba de acuerdo. Cuestión de días, de acuerdo. Tener cuidado, de acuerdo. Y resulta que, cuando faltaban dos semanas para darse a la fuga, se iba con una chiquilla a pasearse por París, o a saber por dónde, como si su aspecto no fuera mucho más espantoso y llamativo que el de cualquier otro veterano herido en la cara de los que se veían por ahí...

¿Adónde habría ido?

34

—Me han escrito que el artista está en las Américas... —Labourdin siempre usaba el plural para referirse a América, convencido de que una expresión que englobara la totalidad de un continente lo convertía en un hombre más importante.

La noticia contrarió al señor Péricourt.

—Estará de vuelta a mediados de julio —le aseguró el alcalde de distrito.

—Es muy tarde...

Labourdin, que esperaba esa reacción, sonrió.

—¡En absoluto, mi querido presidente! ¡Está tan entusiasmado con el encargo que ya ha puesto manos a la obra, figúrese! ¡Y avanza a pasos de gigante! ¡Figúrese, nuestro monumento será concebido en Nueva York —lo decía en inglés: «Niuyor»— y realizado en París! ¡Qué gran simbolismo!

Con la expresión ávida que reservaba para los platos con salsa y las nalgas de su secretaria, el alcalde se sacó un ancho sobre de un bolsillo interior.

—Éstos son unos esbozos suplementarios que envió el artista.

Péricourt tendió la mano, pero Labourdin no pudo evitar retener el sobre un instante.

—Son más que magníficos, presidente: ¡son espectaculares!

¿Qué significaba aquel ataque de verborrea? A saber. Labourdin elaboraba las frases con sílabas, rara vez con ideas. Péricourt no le dio más vueltas; Labourdin era un imbécil esférico: lo volvieras hacia donde lo volvieras, siempre se mostraba igual de idiota. Con él no había nada que entender ni que esperar.

Antes de abrir el sobre, Péricourt le indicó que podía marcharse. Quería estar solo.

Jules d'Épremont había realizado otros ocho dibujos. Dos planos de conjunto desde un ángulo poco habitual, como si te acercaras tanto que tuvieras que mirarlo con la cabeza totalmente echada hacia atrás. Muy original. El primero mostraba el panel derecho del tríptico, el titulado «Francia conduciendo las tropas al combate», y el segundo, el izquierdo, «Valerosos soldados al ataque del Enemigo».

Se quedó impresionado. El monumento, hasta ahora estático, se había convertido en algo muy distinto. ¿Se debía a la insólita perspectiva o al hecho de que se alzara sobre ti, te empequeñeciera, pareciera aplastarte?

Intentó encontrar un calificativo para aquella sensación. Surgió la palabra, sencilla, casi tonta, pero que lo decía todo: «Vivo.» Sí, un calificativo ridículo, propio de un Labourdin. Pero las dos escenas emanaban un realismo total, casi más verídico que algunas fotografías de guerra que había visto en la prensa, donde aparecían soldados en el campo de batalla.

Los otros seis dibujos eran primeros planos de algunos detalles: el rostro de la mujer envuelta en la bandera, el perfil de un soldado... Pero la cara que había impulsado a Péricourt a escoger aquel proyecto no aparecía... Qué pena.

Hojeó los dibujos, los comparó con los que ya tenía y estuvo un buen rato intentando imaginarse caminando alrededor del monumento real e incluso penetrando en él. No puede explicarse de otra manera. Péricourt empezó a vivir *dentro* de su monumento, como si tuviera una doble vida, como si le hubiera puesto un piso a una amante y se pasara las horas muertas en él a escondidas del mundo. Al cabo de unos días, conocía tan bien el monumento que era capaz de imaginárselo desde ángulos no dibujados.

No se escondió de Madeleine, era inútil: si en su vida hubiera habido una mujer, su hija lo habría adivinado al primer vistazo. Cuando entraba en su despacho, veía a su padre de pie en el centro de la habitación, con los dibujos extendidos en el suelo alrededor, o sentado en su sillón lupa en mano, examinando alguno. Los manoseaba tanto que temía que se estropearan.

Un marquista fue a tomar medidas (Péricourt no quería separarse de los dibujos) y al día siguiente volvió con los marcos y cristales. Esa misma tarde, el trabajo estuvo acabado. Entretanto, se presentaron unos operarios a fin de desmontar varios tramos de la biblioteca y dejar espacio para los cuadros. El despacho pasó de taller de marcos a sala de exposiciones dedicada a una sola obra, su monumento.

Péricourt seguía trabajando, acudiendo a las reuniones, presidiendo los consejos de administración y recibiendo en su despacho profesional a agentes de cambio o directores de sucursales de su banco; pero volvía a casa más temprano que antes y se encerraba en sus habitaciones. Por lo general, le subían una bandeja y cenaba solo.

En él se había operado una lenta maduración. Por fin empezaba a entender algunas cosas, a recuperar antiguas emociones, una tristeza parecida a la experimentada cuando murió su mujer, la sensación de vacío e irreparabilidad que había tenido en esa época. También se hacía menos reproches respecto a Édouard. Al reconciliarse con su hijo, se reconciliaba consigo mismo, con el hombre que había sido.

A ese nuevo sosiego se unía un descubrimiento. Gracias a los esbozos hechos por Édouard en su cuaderno cuando estaba en el frente y a los dibujos del monumento, Péricourt conseguía sentir casi físicamente lo que nunca llegaría a conocer: la guerra. Él, que nunca había tenido demasiada imaginación, vivía emociones originadas por el rostro de un soldado, el movimiento de la pintura... Así que se produjo una especie de transferencia. Ahora que ya no se reprochaba tanto haber sido un padre ciego, insensible, ahora que aceptaba a su hijo y su vida, su muerte aún le dolía más. ¡A unos días del armisticio! Como si el hecho de que hubiera muerto mientras que otros habían vuelto con vida no fuera lo bastante injusto. ¿Había fallecido de inmediato, como aseguraba Maillard? A veces, Péricourt tenía que contenerse para no llamar de nuevo a aquel veterano que trabajaba en algún sitio de su banco y sonsacarle toda la verdad. Pero, en el fondo, ¿qué sabía realmente aquel soldado de lo que su hijo había sentido en el momento de morir?

A fuerza de observar la obra futura, su monumento, cada vez se sentía más atraído, no por el rostro extrañamente familiar que le había indicado su hija y del que también él se había acordado, sino por el soldado que yacía a la derecha del fresco y por la mirada de desconsuelo que la Victoria posaba en él. El artista había sabido plasmar algo muy sencillo y profundo. Y cuando Péricourt comprendió que su emoción se debía a que los papeles se habían intercambiado, las lágrimas afloraron a sus ojos: ahora, el muerto era él, y la Victoria, su hijo, que posaba en su padre aquella mirada dolorosa y desolada que te partía el corazón.

Eran las siete y media de la tarde pasadas, pero aún no había refrescado. En aquel coche de alquiler hacía calor, por la ventanilla abierta del lado de la calzada no entraba el fresco, sólo vaharadas de aire tibio, desagradable. Henri se daba nerviosas palmaditas en la rodilla. La alusión de su suegro a la venta de la Sallevière no se le iba de la cabeza. ¡Si acababa pasando, estrangularía a aquel viejo cabrón con sus propias manos! ¿Hasta qué punto era responsable de sus problemas? ¿Los había fomentado? ¿Por qué, de pronto, había aparecido aquel miserable funcionario, con su obstinación, con su encarnizamiento? ¿De verdad su suegro no había tenido nada que ver? Henri se perdía en las conjeturas.

Sus sombrías ideas y su rabia contenida no le impedían vigilar a Dupré, que iba y venía por la acera discretamente, como alguien que intenta disimular su indecisión.

Henri subió el cristal de la ventanilla para que no lo vieran y lo reconocieran: habría sido absurdo recurrir a un coche de alquiler para que luego lo pescaran en la primera esquina... Tenía un nudo en la garganta. En la guerra, al menos uno sabía a qué atenerse. Aunque intentaba concentrarse en las dificultades que le esperaban, no podía evitar que sus pensamientos lo llevaran a la Sallevière una y otra vez. ¿Renunciar a ella? ¡Jamás! Había estado allí hacía menos de una semana: la restauración era perfecta, el conjunto, magnífico. Al mirar la imponente fachada, era fácil imaginar la salida de una gran montería o el regreso de la comitiva nupcial de su hijo... Abandonar esas esperanzas era imposible, nadie se las arrebataría. Jamás.

Tras la conversación con Péricourt, sólo le quedaba un cartucho, uno solo.

Soy un buen tirador, se repetía para tranquilizarse.

Había tenido apenas tres horas para organizar la contraofensiva con muy pocos efectivos: Dupré. Daba igual, lucharía hasta el final. Si ganaba esta vez —sería difícil, pero él podía—, ese viejo cabrón de su suegro se convertiría en su único blanco. Necesitaré tiempo, se dijo, pero tendré su pellejo. Ésa era la clase de juramentos que le levantaban el ánimo.

De pronto, Dupré alzó la cabeza, cruzó la calle a toda prisa y echó a andar rápidamente en sentido opuesto, dejó atrás la entrada del ministerio y cogió del brazo a un hombre, que se volvió sorprendido. De lejos, Henri presenció la escena y se fijó en aquel individuo. Si se hubiera tratado de alguien que cuidaba su aspecto, nada habría sido imposible, pero parecía un mendigo. Sería complicado.

Inmóvil en la acera, el hombre miraba alelado a Dupré, que le llegaba a la altura de los hombros. Tras un instante de vacilación, se volvió hacia el coche que le señalaban discretamente, donde esperaba Henri. Éste se fijó en sus sucios y viejos zapatones: era la primera vez que veía a un tipo que se parecía a sus zapatos. Por fin, ambos hombres volvieron sobre sus pasos lentamente. Henri había ganado la primera batalla, lo que desde luego no garantizaba la victoria final.

Sus sospechas se vieron confirmadas en cuanto Merlin subió al coche. Olía francamente mal y tenía una cara avinagrada. Para entrar, había debido agacharse bastante y luego se había quedado sentado con los hombros encogidos, como si esperara una lluvia de proyectiles. Dejó en el suelo, entre sus pies, una gruesa cartera de cuero que había conocido tiempos mejores. Era mayor, debía de estar a punto de jubilarse. En aquel individuo desastrado, belicoso, de mirada torva, todo era tan viejo y desagradable que costaba entender que en el ministerio siguieran aguantándolo.

Henri le tendió la mano, pero, en lugar de estrechársela, Merlin siguió mirándolo con fijeza. Más valía ir al grano.

Pradelle se dirigió a él con forzada familiaridad, como si se conocieran de siempre y fueran a hablar de cosas sin importancia.

—Ha redactado usted sendos informes... sobre los cementerios de Chazières-Malmont y Pontaville, ¿no es así?

Merlin se limitó a soltar un gruñido. No le gustaba aquel individuo, que apestaba a dinero y tenía toda la pinta de ser un truhán. Además, si había ido a buscarlo de aquel modo, para hablar con él en un coche, a escondidas...

—Tres —dijo al fin.

—¿Cómo?

—Dos informes no. Tres. Estoy a punto de entregar otro. Sobre el cementerio de Dargonne-le-Grand.

Por el modo como lo decía, Pradelle comprendió que el asunto acababa de dar otra vuelta de tuerca.

—Pero... ¿cuándo fue allí?

—La semana pasada. Bonito espectáculo...

—¿Y eso? —Pradelle, que se había preparado para defenderse de dos acusaciones, comprendió que ahora tendría que enfrentarse a una tercera.

—Pues eso... —dijo Merlin.

Tenía un aliento de chacal y una voz nasal muy desagradable. En circunstancias normales, Henri habría procurado sonreír, mostrarse amable, ganarse su confianza; pero ahora, encima, lo de Dargonne... Era demasiado... Se trataba de un cementerio pequeño, con doscientas o trescientas tumbas, no más, al que le correspondían muertos de la parte de Verdún. ¿Qué gilipollez habrían hecho allí? ¡Él no había oído nada! De forma instintiva, miró fuera. Dupré ocupaba su puesto inicial en la otra acera y, con las manos en los bolsillos, fumaba mirando escaparates, también nervioso. El único tranquilo era Merlin.

—Debería vigilar a sus hombres... —le soltó.

—¡Eso está claro! ¡Y es el único problema, señor Merlin! Pero, con tantos cementerios, ¿cómo quiere que lo haga?

Merlin no tenía la menor intención de ser comprensivo. Guardó silencio. Para Henri era vital conseguir que hablara: de alguien que calla, no se puede conseguir nada. Adoptó la actitud del individuo que siente curiosidad por un asunto que no le afecta de forma personal; algo trivial pero apasionante.

—Porque... en Dargonne... ¿qué pasa exactamente? —inquirió.

El funcionario tardaba tanto en responder que Henri se preguntó si habría oído la pregunta. Cuando se dignó contestar, no movió un solo músculo, únicamente los labios. Así era difícil adivinar sus intenciones.

—A usted le pagan por unidad, ¿verdad?

Henri abrió los brazos, alzando las palmas.

—¡Pues claro! ¡Es normal, te pagan en función del trabajo!

—Sus hombres también cobran por unidad...

Henri hizo una mueca: sí, por supuesto, ¿y? ¿Adónde quería ir a parar?

—Por eso hay tierra en los ataúdes.

Henri abrió unos ojos como platos: ¿de qué coño hablaba?

—Hay ataúdes sin nadie dentro —explicó Merlin—. Para ganar más dinero, sus trabajadores transportan y entierran féretros donde no hay nadie. Sólo tierra, para que pesen.

La reacción de Pradelle fue sorprendente. Pensó: ¡Qué hatajo de gilipollas, estoy de ellos hasta los cojones! Y metió en el mismo saco a Dupré y a todos aquellos imbéciles de los cementerios, que siempre esperaban ganar un poco más de dinero haciendo lo que fuera. Por unos segundos se desentendió del asunto: ¡Que se las apañaran, él ya estaba harto! La voz de Merlin lo devolvió a la realidad y al hecho de que, como propietario de la empresa, él estaba metido hasta las cejas. Los cabezas de turco vendrían después.

—Y luego... están los boches —soltó el funcionario, que seguía sin mover un músculo de la cara.

—¿Los boches?

Henri se había erguido en el asiento. Primer rayo de esperanza. Porque, si se trataba de eso, se hallaba en su terreno. En el tema de los boches no tenía rival. Merlin negaba con la cabeza, no, pero de una manera tan imperceptible que al principio Henri ni siquiera se percató. Luego, surgió la duda. Ya, los boches... Pero ¿qué boches? ¿Qué coño pintaban en aquella historia? Su cara debía de reflejar su estado de ánimo, porque el funcionario respondió como si comprendiera su perplejidad.

—Si va usted allí, a Dargonne... —dijo, y se interrumpió.

Henri hizo un gesto con la barbilla: venga, escupe, ¿de qué va esta historia?

—Hay tumbas francesas —continuó— con soldados alemanes dentro.

Aterrado por la noticia, Henri boqueó como un pez. Qué catástrofe. Un cadáver es un cadáver, de acuerdo. Una vez muerto, que el tipo fuera francés, alemán o senegalés a Pradelle lo traía sin cuidado. En aquellos cementerios no era raro descubrir el cuerpo de un soldado extranjero, un hombre que se había extraviado, a veces incluso de varios: soldados de unidades de ataque, exploradores... Las líneas avanzaban y retrocedían sin parar... A ese respecto, les habían dado consignas muy estrictas: los cuerpos de los soldados alemanes debían separarse escrupulosamente de los restos de los héroes victoriosos; en las necrópolis creadas por el Estado, se les habían reservado zonas específicas. El gobierno alemán, así como el Volksbund Deutsche Kriegsgräberfürsorge, el servicio responsable de las sepulturas militares alemanas, estaban negociando con las autoridades francesas el destino definitivo de esas decenas de miles de «cuerpos extranjeros», pero, entretanto, confundir a un soldado francés con un boche era poco menos que un sacrilegio.

Imaginar a un alemán en una tumba francesa, a familias enteras rezando ante emplazamientos en los que se había inhumado a soldados enemigos, los mismos que habían matado a sus hijos... Era insoportable, rayano en la profanación de las sepulturas.

Escándalo asegurado.

—Me ocuparé de ello... —murmuró Pradelle, que no tenía la menor idea ni de las proporciones del desastre ni de cómo remediarlo.

¿Cuántos eran? ¿Cuánto hacía que se metían boches en ataúdes franceses? ¿Cómo descubrirlos?

Aquel informe tenía que desaparecer. Taxativamente.

Inmediatamente.

Henri se fijó en Merlin, en su arrugada cara, en la vidriosidad de sus ojos, precursora de las cataratas, y comprendió que era aún más viejo de lo que había creído al principio. Y tenía la cabeza muy pequeña, como algunos insectos.

—¿Hace mucho que es funcionario?

Había formulado la pregunta en un tono seco, autoritario, con voz de militar. A Merlin le sonó a acusación. No le gustaba aquel Aulnay-Pradelle, que concordaba a la perfección con la idea que se había hecho de él: un fanfarrón, un fullero, un ricachón, un cínico. Le vino a la cabeza la palabra «ventajista», tan de moda. Había aceptado subir a aquel coche porque tenía curiosidad, pero estaba tan a gusto como en un ataúd.

—¿Funcionario? Lo he sido toda mi vida —respondió sin orgullo ni amargura. Simple constatación de alguien que en verdad nunca había imaginado otra vida.

—¿Qué escalafón ocupa en la actualidad, señor Merlin?

Era un buen golpe, doloroso y fácil de dar, porque para el funcionario estar estancado en lo más bajo de la jerarquía a unos meses de jubilarse seguía siendo una herida abierta, una humillación. Su carrera no había hecho más progresos que los debidos a la antigüedad; se encontraba en la misma situación que el hombre que se despide del ejército con el uniforme de soldado raso.

—¡Con esas inspecciones, ha realizado usted un trabajo extraordinario! —exclamó Pradelle en tono admirativo; si Merlin hubiera sido una mujer, le habría cogido la mano—. Gracias a sus esfuerzos, a su vigilancia, ahora podremos poner orden en todo. Los trabajadores poco escrupulosos... se irán de patitas a la calle. Sus informes nos serán de suma utilidad, nos permitirán retomar las riendas con más firmeza.

Merlin se preguntó qué significaría ese «nos» en boca de aquel tipo. La respuesta era obvia: ese «nos» eran los poderes de Pradelle, eran él, sus amigos, su familia, sus relaciones...

—El propio ministro se mostrará interesado —prosiguió Henri—. Incluso agradecido, me atrevería a decir. ¡Sí, agradecido por su profesionalidad y su discreción! Porque, por supuesto, sus informes nos resultarán muy útiles, pero no sería bueno para nadie que todo esto se divulgara, ¿verdad? —Aquel «nos» englobaba todo un mundo de poder, de influencias, de amistades al más alto nivel, de gente con capacidad de decisión, la flor y nata de la sociedad, es decir, casi todo lo que odiaba el funcionario—. Le hablaré de ello al ministro en persona, señor Merlin...

Y sin embargo, sin embargo... Lo más triste del asunto era que Merlin sentía crecer algo en él, contra su voluntad, como una erección incontrolable. Después de tantos años de humillaciones, tener al fin un buen ascenso, acallar las malas lenguas, incluso mandar sobre los mismos que lo habían humillado... Vivió unos segundos de intensidad increíble. En los ojos de aquel fracasado, Pradelle veía con toda claridad que bastaría cualquier nombramiento, cualquier abalorio, como con los negros de las colonias.

—Y me ocuparé de que, lejos de caer en el olvido, sus méritos y su eficacia sean debidamente recompensados —concluyó Henri.

Merlin asintió con la cabeza.

—Pues, mire, ya puestos... —dijo con voz sorda e, inclinándose hacia el suelo, se puso a rebuscar en su gruesa cartera de cuero.

Henri empezó a respirar. Había dado con la tecla. Ahora tenía que conseguir que lo anulara todo, que retirara los informes, incluso que redactara otros, elogiosos, a cambio de un nombramiento, un ascenso, un aumento: con los mediocres cualquier cosa servía. Merlin siguió buscando un rato y, por fin, se irguió con un papel arrugado en la mano.

—Ya puestos —repitió—, retome las riendas también de esto.

Henri cogió la hoja y la leyó. Era un anuncio. Se puso blanco como el papel. La compañía Frépaz se ofrecía a comprar «a buen precio dentaduras postizas usadas, incluso rotas o inservibles». El informe de inspección era pura dinamita.

—No es mal negocio —comentó Merlin—. Para los trabajadores del lugar la ganancia es poca, unos céntimos por dentadura, aunque ya sabe, un grano no hace granero, pero ayuda a su compañero... Puede quedárselo —dijo, señalando la hoja—. He incluido otro ejemplar en mi informe.

Había recogido la cartera y hablaba en el tono de alguien a quien ya no le interesa la conversación. Y así era, porque lo que había vislumbrado hacía unos momentos llegaba demasiado tarde. Aquel cebo, la perspectiva de un ascenso, de un nuevo cargo, ya no le atraía. Estaba a punto de abandonar la administración y ya había renunciado a cualquier esperanza de éxito. Nada podría borrar los últimos cuarenta años. Además, ¿qué pintaba él en un sillón de jefe de servicio, mandando a gente a la que siempre había despreciado? Dio una palmadita en el maletín: bueno, la compañía es muy grata, pero...

De pronto, Pradelle lo agarró del brazo.

Aquel hombre era un pellejo: bajo el abrigo, enseguida se notaban los huesos, lo que producía una sensación muy desagradable. Era un corpulento esqueleto cubierto de andrajos.

—¿Cuánto paga de alquiler? ¿Cuánto gana al mes?

Las preguntas surgían de sus labios como amenazas: se acabaron los rodeos, vamos a cantarlas claras. Aunque no era fácil de impresionar, el funcionario hizo amago de retroceder. Pradelle rezumaba violencia, lo agarraba con una fuerza tremenda.

—¿Cuánto gana? —repitió.

Merlin procuró serenarse. Por supuesto, se sabía la cantidad de memoria, mil cuarenta y cuatro francos al mes, doce mil al año, con los que se había pasado la vida vegetando. No tenía nada suyo, moriría pobre y olvidado, no dejaría nada a nadie, aunque tampoco tenía a nadie a quien dejárselo. El tema de la remuneración era aún más humillante que el de la categoría, circunscrita a las cuatro paredes del ministerio. La penuria es algo muy distinto, te acompaña adondequiera que vayas, empaña tu vida entera, la condiciona por completo, te habla al oído a cada instante, se trasluce en cuanto haces. La escasez es aún peor que la miseria, porque en la indigencia es posible conservar la dignidad, mientras que la estrechez te conduce a la mezquindad, a la racanería, te vuelve tacaño, ruin; te envilece, porque frente a ella es imposible permanecer intacto, mantener el orgullo, el amor propio.

Merlin cavilaba, completamente abstraído. Cuando volvió a la realidad, se quedó boquiabierto.

Pradelle sostenía un enorme sobre rebosante de billetes de banco del tamaño de hojas de plátano. Se acabaron las historias. El capitán Pradelle no necesitaba leer a Kant para saber que todos los hombres tienen un precio.

—No vamos a seguir dando vueltas a la noria —dijo con firmeza—. En este sobre hay cincuenta mil francos...

Esta vez, Merlin acusó el golpe. Cinco años de sueldo para un fracasado al final del camino. Ante semejante suma no puedes quedarte indiferente, no puede evitarse, empiezas a imaginar, tu cerebro se pone a calcular, busca equivalencias, ¿cuánto vale un piso, un coche...?

—Y en este otro —añadió Pradelle, sacándose un segundo sobre de un bolsillo interior—, la misma cantidad.

¡Cien mil francos! ¡Diez años de sueldo! La oferta surtió efecto de inmediato. Merlin pareció rejuvenecer dos décadas.

No lo dudó un instante. Literalmente, le arrancó los sobres de las manos a Pradelle. Fue visto y no visto.

Luego se agachó. Henri tuvo la impresión de que estaba llorando: sorbía por la nariz inclinado sobre la abarrotada cartera, donde trataba de meter los sobres como si tuviera el fondo agujereado y quisiera taparlo con ellos.

A Pradelle se le contagió la prisa; pero cien mil francos eran un dineral, lo que quería tenía que estar a la altura de tanta pasta. Volvió a agarrarlo del brazo como si fuera a fracturárselo.

—Tirará esos informes por el cagadero —masculló—. Escribirá a sus superiores y les dirá que se confundió, o lo que le dé la gana, me trae sin cuidado, pero cargará con el mochuelo, ¿entendido?

Perfectamente, estaba muy claro. Merlin farfulló sí, sí, sorbiendo, llorando, y saltó del coche. Desde la acera, Dupré vio surgir su corpachón como el tapón de una botella de champán.

Pradelle sonrió satisfecho.

Al instante volvió a pensar en su suegro. Ahora que el horizonte estaba despejado, estudiaría la cuestión primordial: ¿cómo le arrancaba la piel a aquel cabrón?

Inclinado, Dupré buscaba a su jefe a través de la ventanilla con mirada interrogante.

Y éste, pensó Pradelle, se va a enterar...

35

La doncella tenía la desagradable sensación de estar debutando como artista circense. El enorme limón, de un amarillo digno de manual, no paraba de rodar sobre la bandeja de plata, amenazando con caer al suelo escaleras abajo. Y seguro que no dejaría de rodar hasta llegar al despacho del director. Nada mejor para ganarse una reprimenda, se dijo. Como no la veía nadie, se metió el limón en el bolsillo, se puso la bandeja debajo del brazo y siguió subiendo la escalera (en el Lutetia, el personal no estaba autorizado a tomar el ascensor, no fuera que luego pidiera más cosas).

Por lo general, con los clientes que pedían un limón en la sexta se mostraba bastante antipática. Pero con el señor Eugène, no, claro que no, él era distinto. Nunca hablaba. Cuando necesitaba algo, dejaba en el felpudo de su suite un papel con letras grandes para el botones de la planta. Siempre se mostraba muy educado, muy correcto.

Pero estaba chiflado.

En la casa (léase «el Lutetia»), habían bastado dos o tres días para que el señor Eugène se hiciera famoso. Pagaba la suite en metálico con varios días de antelación, aún no le habían llevado la nota y ya la había abonado. Un hombre raro. Nadie le había visto la cara y, en cuanto a la voz, sólo emitía una especie de gruñidos o risas estridentes que hacían reír a carcajadas o te helaban la sangre. Nadie sabía a qué se dedicaba, llevaba unas máscaras enormes, que jamás se ponía dos veces, y hacía todo tipo de extravagancias: bailar la danza de los cortadores de cabelleras por los pasillos, para regocijo de las doncellas, encargar flores en cantidades disparatadas... Mandaba a los recaderos a comprar toda clase de cosas absurdas al Bon Marché, que estaba justo enfrente, aderezos para las máscaras, plumas, papel dorado, fieltro, pinturas... ¡Y eso no era nada! Hacía una semana había contratado una orquesta de cámara de ocho músicos. Avisado en cuanto llegaron, bajó al vestíbulo, se quedó de pie en el primer escalón, frente a recepción, siguiendo el compás, y, cuando la orquesta acabó de interpretar la *Marcha para la ceremonia de los turcos* de Lully, volvió a la suite. El señor Eugène había repartido billetes de cincuenta francos entre el personal, por las molestias. El director en persona le había hecho una visita para explicarle que apreciaba su generosidad, pero que sus caprichos... Está usted en un hotel de lujo, señor Eugène, tenemos que pensar en los demás clientes y en nuestra reputación. El señor Eugène, que no era un hombre difícil, asintió.

Lo más intrigante era el asunto de las máscaras. A su llegada llevaba una casi normal: un rostro tan bien hecho que se asemejaba al de un hombre con parálisis facial. Las facciones no se movían, pero parecían tan vivas... Más aún que las rígidas máscaras del museo Grévin. Es la que usaba las pocas veces que salía. No se le había visto poner los pies en la calle más que en dos o tres ocasiones, siempre entrada la noche. Estaba claro que no quería encontrarse con nadie. Según algunos, iba a sitios de mala nota, porque a esas horas adónde iba a ir, a misa no, desde luego.

Corrían los rumores. En cuanto un empleado volvía de su suite, los otros iban a preguntarle. ¿Qué había visto, esta vez? Cuando se supo que había pedido un limón, hubo peleas para subírselo. Al bajar del sexto piso, la freirían a preguntas, porque todas las demás se habían encontrado con escenas increíbles, tan pronto ante la máscara de un pájaro africano que soltaba estridentes chillidos danzando ante la ventana, como en medio de una tragedia representada para una veintena de sillas vestidas con ropa a modo de espectadores, una obra de un solo actor que parecía andar sobre zancos y soltaba frases que nadie entendía... Así que la cuestión no era si el señor Eugène era normal, que estaba claro que no, sino quién era realmente.

Unos lo consideraban mudo, porque sólo se expresaba mediante borboteos y escribía sus órdenes en hojas volantes; otros afirmaban que era un herido de guerra, pero daba la casualidad de que todos los heridos que conocían eran de procedencia humilde, nunca ricos como él, sí, es curioso, decía alguno, tienes razón, no había caído en eso... ¡Qué va!, replicaba la encargada de la lavandería con la autoridad de sus treinta años en la hostelería de lujo, para mí esto apesta a chanchullo, y apostaba a que era un prófugo de la justicia, un presidiario enriquecido. Las doncellas se reían por lo bajo, convencidas de que el señor Eugène era algún gran actor muy famoso en América que estaba en París de incógnito.

Al registrarse había enseñado la cartilla militar, porque aunque la policía casi nunca inspeccionaba los hoteles de esa categoría, era obligatorio identificarse. Eugène Larivière. El nombre no le sonaba a nadie. Hasta parecía un poco falso... No se creyeron que se llamara así. ¡¿La cartilla militar?!, exclamó la encargada de la lavandería: no hay nada más fácil de falsificar.

A excepción de las raras salidas nocturnas, que intrigaban al personal, el señor Eugène se pasaba el tiempo en la gran suite de la sexta planta sin recibir más visitas que las de la extraña y silenciosa niña, seria como una gobernanta, con quien había llegado. Habría podido utilizarla como intérprete, pero qué va, también era muda. Tendría unos doce años. Aparecía a última hora de la tarde y pasaba por delante del mostrador de recepción a toda prisa y sin saludar a nadie, aunque todos se habían fijado en lo guapa que era, con aquel rostro ovalado, los pómulos altos y los ojos tan negros y brillantes. Iba vestida modesta pero pulcramente y se notaba que había recibido cierta educación. Algunos decían que era su hija. En todo caso, adoptiva, puntualizaban otros, porque tampoco a ese respecto se sabía nada seguro. Por la noche, el señor Eugène pedía todo tipo de manjares exóticos, pero siempre con caldo de carne y zumos de fruta, compotas, helados, comidas líquidas. Luego, hacia las diez, la niña volvía a bajar, tranquila y seria, e iba a coger un taxi en la esquina del bulevar Raspail, aunque antes de subir siempre preguntaba el precio. Cuando le parecía excesivo, regateaba, pero al llegar al destino, el taxista se daba cuenta de que con el dinero que llevaba encima habría podido pagar la carrera treinta veces...

Al llegar a la puerta de la suite del señor Eugène, la doncella se sacó el limón del delantal, lo dejó en equilibrio sobre la bandeja de plata, llamó, se alisó el uniforme para causar buena impresión y esperó. Nada. Llamó una segunda vez, más discretamente; quería servir, pero no molestar. Nada. Luego sí. Una hoja se deslizó por debajo de la puerta: «Deje el limón ahí. Gracias.» La doncella se llevó una decepción, aunque no le duró mucho, porque cuando estaba inclinándose para dejar la bandeja en el suelo, vio un billete de cincuenta francos deslizarse hacia ella. Se lo metió en el bolsillo y se marchó a toda prisa, como un gato que teme que le quiten una espina de pescado.

Édouard entreabrió la puerta, sacó la mano, tiró de la bandeja, cerró, fue a la mesa, cogió un cuchillo y cortó la fruta por la mitad.

Aquella suite era la más grande del hotel. Desde las amplias ventanas, que daban al Bon Marché, se veía todo París. Había que tener mucho dinero para permitírsela. La luz cayó en apretados haces sobre el zumo del limón, exprimido por Édouard con cuidado en una cuchara sopera donde previamente había colocado suficiente cantidad de heroína. Era un color bonito, un amarillo irisado, casi azulado. Dos salidas nocturnas para encontrar aquello. Y a qué precio... Para que él reparara en eso, tenía que ser caro de verdad. De todas formas, daba igual. Bajo la cama, el petate contenía montones de billetes sustraídos de la maleta de la hormiguita de Albert, que los amontonaba para cuando se largaran. Si el personal de limpieza hubiera cogido un puñado, Édouard ni se habría enterado y, además, todo el mundo tenía derecho a vivir.

Faltaban cuatro días.

Mezcló con cuidado el polvo marrón y el zumo de limón, comprobando que no quedaran partículas cristalinas sin disolver.

Cuatro días.

En el fondo —ahora podía confesárselo—, nunca había creído en aquella huida, jamás. Aquel fantástico asunto de los monumentos, obra maestra de la bufonada, aquel enredo chusco y excitante en grado sumo le había permitido distraerse, prepararse para morir, pero sólo eso. Ni siquiera se arrepentía de haber arrastrado a

Albert a aquella locura, convencido como estaba de que tarde o temprano cada cual sacaría de ella su beneficio.

Después de remover el polvo con cuidado, y pese a que le temblaban las manos, intentó dejar la cuchara en equilibrio sobre la mesa sin derramar el contenido. Cogió el mechero, tiró de la mecha y empezó a hacer girar la ruedecilla con el pulgar. Mientras las chispas encendían la estopa, contempló la inmensa suite sin dejar de accionar la ruedecilla. Realmente se sentía como en casa. Siempre había vivido en habitaciones grandes; aquélla estaba hecha a su medida. Lástima que su padre no pudiera verlo en aquel lujoso ambiente, porque, en resumidas cuentas, había amasado mucho dinero más deprisa que él y empleando métodos no necesariamente más sucios. No sabía con exactitud cómo se había enriquecido su padre, pero estaba convencido de que detrás de cualquier fortuna siempre se hallaban unos cuantos crímenes. Por lo menos él no había matado a nadie, tan sólo había ayudado a hacer desaparecer unas cuantas ilusiones, acelerado el inevitable efecto del tiempo, nada más.

Por fin, la mecha prendió y comenzó a desprender calor. Édouard colocó encima la cuchara y la mezcla empezó a palpitar, burbujeando ligeramente. Había que estar muy atento: era el momento crítico. Cuando estuvo lista, tuvo que esperar a que se enfriara. Se levantó y se acercó a las ventanas. Una hermosa luz bañaba París. Como cuando estaba solo no se ponía máscaras, sorprendió su imagen en el cristal, parecida a la que había descubierto en 1918, cuando estaba hospitalizado y Albert había creído que sólo quería que le diera un poco el aire. Qué shock.

Édouard se miró mejor. Su imagen había dejado de impresionarlo —a todo se acostumbra uno—, pero su tristeza permanecía intacta; con el tiempo, la falla que se había abierto en su interior sólo había ido agrandándose más y más. Había amado la vida demasiado, ése era el problema. A quienes no le tenían tanto apego, las cosas debían de parecerles más sencillas, pero a él...

La mezcla estaba ya a la temperatura adecuada. ¿Por qué seguía obsesionándole la imagen de su padre?

Porque su historia común no había terminado.

La idea lo detuvo. Fue como una revelación.

Toda historia necesita un final, es ley de vida. Puede ser trágico, insoportable, ridículo, pero siempre hay uno, y con su padre no lo había habido, se habían separado como enemigos declarados y nunca habían vuelto a verse, uno estaba muerto y el otro no, pero ninguno había dicho la última palabra.

Édouard se apretó el torniquete alrededor del brazo. Mientras se inyectaba el líquido en la vena, no pudo evitar admirar aquella ciudad, admirar de nuevo aquella luz. El fogonazo lo dejó sin respiración; la luz explotó en su retina. Nunca hubiera esperado algo tan sublime.

36

Lucien Dupré se presentó a la hora de cenar. Madeleine ya había bajado y acababa de sentarse. Como no estaba Henri, cenaría sola. Su padre había pedido que le subieran la cena a su habitación.

—Señor Dupré...

Dado que era sumamente educada, cualquiera habría jurado que estaba encantada de verlo. Se encontraban frente a frente en el vestíbulo, y Dupré, con el abrigo puesto y el sombrero en la mano, muy tieso sobre el suelo de baldosas negras y blancas, parecía un peón de ajedrez, lo que probablemente fuera.

Nunca había sabido qué pensar de aquella mujer tranquila y decidida, salvo que le daba miedo.

—Perdone que la moleste... —se excusó—. Quisiera ver al señor.

Madeleine sonrió, no por la petición, sino por la formulación. Aquel hombre era el colaborador principal de su marido, pero se expresaba como un criado. Ella se limitó a seguir sonriéndole con impotencia y abrió la boca para responderle, pero de pronto el bebé le soltó tal patada que la dejó sin respiración y las piernas le flaquearon. Dupré se abalanzó hacia ella y la sujetó, apurado: no sabía dónde poner las manos. En brazos de aquel hombre de piernas cortas pero muy fornido se sintió segura.

—¿Quiere que llame a alguien? —le preguntó Dupré, conduciéndola hacia una de las sillas que flanqueaban el vestíbulo.

Madeleine rió de buena gana.

—Pobre señor Dupré... ¡Tendría que estar llamando a todas horas! Este niño es un auténtico demonio, le encanta la gimnasia, sobre todo de noche.

Madeleine se sentó y respiró hondo apretándose el vientre.

—Gracias, señor Dupré.

Lo conocía muy poco, buenos días, buenas tardes, cómo está usted, pero nunca escuchaba la respuesta. Sin embargo, en aquel momento cayó en la cuenta: aquel hombre, aunque fuera muy discreto y sumiso, sin duda sabía muchas cosas de la vida de Henri y, en consecuencia, de su matrimonio. La idea le desagradó. Humillada, no por él sino por las circunstancias, frunció los labios.

—Buscaba usted a mi marido... —dijo.

Dupré se puso tenso. El instinto le decía que no insistiera, que se fuera lo antes posible. Pero era demasiado tarde. Como si hubiera prendido la mecha y hubiera encontrado la salida de emergencia cerrada con doble vuelta.

—En realidad —prosiguió Madeleine—, yo tampoco sé dónde está. ¿Ha ido a preguntarles a sus amantes? —soltó en el tono amistoso de quien realmente desea colaborar. Dupré se abrochó el último botón del abrigo—. Si quiere puedo confeccionar una lista, pero tardaré un poco. Si no lo encuentra en casa de ninguna, le aconsejo que recorra los burdeles que suele frecuentar. Yo empezaría por el de la rue Notre-Dame-de-Lorette, le encanta. Si no está allí, pruebe en el de la rue Saint-Placide, o en el del barrio de las Ursulinas... Nunca me acuerdo del nombre de la calle... —Hizo una breve pausa y continuó—: No sé por qué, pero las casas de putas suelen estar en calles con nombres muy católicos... El homenaje del vicio a la virtud, supongo.

La palabra «puta» en boca de aquella mujer distinguida, embarazada, sola en aquel palacete, no resultaba inconveniente, sino sumamente triste. Qué pena traslucía... Pero Dupré se equivocaba. Madeleine no sentía pena alguna: lo que estaba herido no era su amor, que se había apagado hacía mucho, sino sólo su amor propio.

Dupré, soldado en cuerpo y alma y nunca vencido, permanecía impertérrito. Madeleine, enfadada consigo misma por haber adoptado aquel papel, era ridículo, esbozó un gesto que Dupré interrumpió, no se disculpe, se lo ruego. Eso era lo peor de todo: la comprendía. Ella abandonó el vestíbulo farfullando un «adiós» apenas audible.

Henri enseñó el póquer de cincos con cara de decir qué le vamos a hacer, hay días en los que todo te sale bien. Alrededor de la mesa, los jugadores rieron, sobre todo Léon Jardin-Beaulieu, que era quien más iba perdiendo; su risa debía expresar su buen perder, su indiferencia, ¡bah, cincuenta mil francos en una noche no es nada! Por otra parte, era cierto: la suma perdida le dolía menos que el insolente éxito de Henri. Aquel hombre se lo quitaba todo. Los dos estaban pensando lo mismo. Cincuenta mil francos... calculaba Henri recogiendo sus cartas. Otra hora así y recupero cuanto le di al miserable ese del ministerio. Ese viejo, con sus zapatones... Ahora podrá comprarse unos nuevos.

—¡Henri!

Alzó la cabeza. Le hacían señas, le tocaba a él. Paso. Estaba un poco enfadado consigo mismo: ¿por qué le había soltado cien mil francos? Habría conseguido lo mismo con la mitad, hasta con menos. Pero con la tensión que tenía se había precipitado, ¡qué poca sangre fría! Puede que incluso con treinta mil... Por suerte, había aparecido el cornudo de Léon. Henri le sonrió por encima de las cartas. Léon iba a devolvérselo, si no todo, la mayor parte; además, si añadíamos a su mujer y sus estupendos habanos, llegaba de sobra. Elegirlo como socio había sido muy buena idea: como pájaro para desplumar no era demasiado gordo, pero hacerlo resultaba muy divertido.

Unas manos después, sus ganancias habían menguado un poco: cuarenta mil francos. Su intuición le dijo que era mejor dejarlo, se desperezó exageradamente, los demás comprendieron, alguien dijo que estaba cansado y todos pidieron los abrigos. Era la una de la madrugada cuando Henri y Léon salieron y se dirigieron hacia sus coches.

—¡Estoy reventado, la verdad! —exclamó Henri.

—Es que es tarde...

—Es más bien, mi querido Léon, que tengo una amante fantástica (una mujer casada, seamos discretos), joven e impúdica como no puedes imaginarte. ¡Es incansable!

Léon acortó el paso: se ahogaba.

—Si me atreviera —prosiguió Henri—, propondría una condecoración para los cornudos... Se la merecen, ¿no te parece?

—Pero... tu mujer... —balbuceó Léon con voz inexpresiva.

—¡Bah, es distinto, Madeleine ya es madre de familia! Ya lo verás cuando te toque: casi no parecen mujeres. —Encendió el último cigarrillo—. ¿Y tú, muchacho? ¿Eres feliz en tu matrimonio?

En esos momentos, se dijo Henri, para que su dicha fuera completa habría estado bien que Denise hubiera pretextado que iba a visitar a una amiga y estuviera en un hotel, al que habría acudido a reunirse con ella al instante. Para consolarse, pensó en desviarse a Notre-Dame-de-Lorette, tampoco perdería tanto tiempo...

Al final, se quedó una hora y media... Siempre pasaba igual, te proponías entrar y salir, encontrabas dos chicas libres, a elegir, te llevabas a ambas, y entre unas cosas y otras...

Cuando llegó al bulevar Courcelles, la sonrisa que aún flotaba en sus labios se le congeló al ver a Dupré. A esas horas de la noche, no era buena señal. ¿Cuánto hacía que lo esperaba?

—Han cerrado Dargonne —declaró Dupré sin saludarlo siquiera, como si esas tres palabras explicaran la situación.

—¿Cómo que cerrado?

—Y Dampierre, también. Y Pontaville-sur-Meuse. He llamado a todas partes. No he conseguido hablar con toda la gente, pero creo que han echado el cierre a nuestros cementerios...

—Pero... ¿quién?

—La prefectura, aunque se rumorea que la orden viene de más arriba. Hay un gendarme delante de cada cementerio...

—¿Un gendarme? —repitió Henri, anonadado—. Pero ¿qué es esta mierda?

—Sí, y por lo visto van a llegar también los inspectores. Entretanto, todo está paralizado.

¿Qué pasaba? ¿Es que aquel tipo miserable del ministerio no había retirado el informe?

—¿Todos nuestros cementerios?

No merecía la pena repetirlo, su jefe lo había entendido a la perfección. Lo que aún no comprendía eran las dimensiones del problema. Así que Dupré carraspeó.

—También quería decirle, mi capitán... Debo ausentarme unos días...

—En estos momentos, desde luego que no, amigo mío. Lo necesito.

La respuesta de Henri era la de costumbre en circunstancias normales, pero el silencio de Dupré no se parecía a su dócil mutismo habitual.

—Tengo que ir a ver a mi familia —dijo con voz muy firme, la que usaba para dar órdenes a sus capataces, mucho más clara, menos respetuosa de lo normal—. No puedo decirle cuánto tiempo estaré, ya sabe cómo son estas cosas...

Henri posó en él su severa mirada de jefe de una gran empresa industrial. La reacción de Dupré lo asustó. Comprendió que esta vez la situación era más grave de lo que creía, porque Dupré, sin esperar respuesta, se limitó a hacer un gesto con la cabeza, dar media vuelta y alejarse. Le había traído la noticia; misión cumplida. Se había acabado. Otro se habría puesto a insultarlo; Pradelle apretó los dientes y se repitió lo que tantas veces se había dicho: había cometido el error de pagarle poco. Debería haber premiado su fidelidad. Demasiado tarde.

Consultó su reloj. Las dos y media.

Al subir la escalinata, vio que alguien se había dejado una luz encendida en la planta baja. Iba a empujar la puerta de entrada, cuando se abrió sola y apareció la criada joven, la morena, ¿cómo se llamaba? Pauline, eso es. No estaba nada mal, ¿cómo era posible que aún no se la hubiera beneficiado? Sin embargo, no le dio tiempo a pensar en la respuesta.

—El señor Jardin-Beaulieu ha llamado varias veces... —empezó a decir la chica, cuyo pecho se alzaba rápidamente: Henri la intimidaba—. Pero el timbre del teléfono despertaba a la señora, así que desconectó el aparato y me pidió que lo esperara para avisarle: tiene que telefonear al señor Jardin-Beaulieu enseguida, en cuanto entre.

Primero Dupré y ahora Léon, al que había dejado hacía menos de dos horas. Henri miraba instintivamente los pechos de la criadita, pero empezaba a preocuparse. ¿Habría alguna relación entre las llamadas de Léon y lo del cierre de los cementerios?

—Muy bien —murmuró—, muy bien.

Su propia voz lo tranquilizó. Se había asustado como un idiota. Además, había que enterarse bien, a lo mejor habían cerrado provisionalmente uno o dos cementerios, pero ¿todos? Era poco probable. Eso habría sido dar a un problema menor las dimensiones de un verdadero escándalo.

Pauline debía de haberse quedado dormida en una silla del vestíbulo, tenía la cara un poco abotagada. Henri seguía mirándola pensando en otra cosa, pero su mirada se parecía a la que posaba en todas las mujeres. Incómoda, Pauline dio un paso atrás.

—¿El señor aún me necesita?

Henri negó con la cabeza; la chica se escabulló.

Se quitó la chaqueta. ¡Telefonear a Léon! ¡A esas horas! ¡Como si no estuviera bastante liado, ahora tenía que ocuparse de aquel canijo!

Fue a su despacho, conectó el teléfono y le dio el número a la operadora.

—¡¿Qué?! —gritó apenas iniciada la conversación—. ¿Otra vez ese informe?

—No —repuso Léon—, otro...

La voz de su socio no traslucía pánico. Más bien parecía dueño de sí, lo que resultaba bastante sorprendente dadas las circunstancias.

—Sobre... Gardonne.

—¡No! —replicó Henri, exasperado—. ¡Gardonne no! ¡Dargonne! Adem... —Henri, que acababa de comprender, calló, fulminado por la noticia.

Era el informe por el que había pagado cien mil francos.

—Ocho centímetros de grosor —comentó Léon. Henri frunció el ceño.

¿Qué podía haber escrito aquel cabrón de funcionario, tras embolsarse la pasta, para que ocupara tanto?

—En el ministerio nunca habían visto nada igual —continuó Léon—. En el informe hay cien mil francos en billetes grandes.

Cuidadosamente pegados en hojas. Incluso lleva un anexo donde figuran los números de serie.

El tipo había devuelto el dinero... ¡Alucinante! Desconcertado por la información, Henri no conseguía juntar las piezas del rompecabezas: el informe, el ministerio, el dinero, los cementerios cerrados... Léon se encargó de establecer las relaciones:

—El inspector describe hechos muy graves en el cementerio de Dargonne y denuncia un intento de soborno a un funcionario, como prueban esos cien mil francos. Son una confesión. Significan que las acusaciones del informe son fundadas, porque nadie trata de comprar a un funcionario sin motivo. En especial, con tamaña cantidad.

El final.

Léon se interrumpió para que Pradelle comprendiera el alcance de la noticia. Su voz era tan tranquila que, por un momento, Henri tuvo la sensación de hablar con un desconocido.

—A mi padre —prosiguió Léon— lo han avisado esta noche. El ministro no ha dudado un segundo, como puedes figurarte, tiene que cubrirse las espaldas, así que ha ordenado el cierre inmediato de los cementerios. Lógicamente, en las próximas horas reunirá los elementos que le permitan apoyar su demanda, realizará las oportunas comprobaciones en determinados cementerios, tras lo cual, en cuestión de unos diez días, debería llevar tu empresa ante los tribunales.

—¡Querrás decir «nuestra sociedad»!

Léon no respondió enseguida. Estaba claro que, aquella noche, lo esencial estaba ocurriendo en los silencios. Primero, el de Dupré, y ahora, éste...

—No, Henri —replicó al fin con voz muy suave, muy contenida, como si fuera a hacerle una confidencia—, se me olvidó explicártelo, perdona... El mes pasado vendí todas mis acciones. A pequeños compradores, que por lo demás confían mucho en tu éxito, así que espero que no los defraudes. Este asunto ya no me afecta personalmente. Si te llamo para avisarte es porque somos amigos...

Nuevo silencio, muy expresivo. Henri iba a matar a aquel enano, lo destriparía con sus propias manos.

—Ferdinand Morieux también vendió su parte —añadió Léon.

Henri no respondió. Colgó muy despacio, literalmente helado por la noticia. De haber podido matar a Jardin-Beaulieu, no habría tenido fuerzas ni para sujetar el cuchillo.

El ministro, el cierre de los cementerios, la demanda por soborno... La situación se descontrolaba.

Empezaba a escapársele de las manos.

No se paró a pensar ni a mirar la hora. Eran casi las tres de la madrugada cuando irrumpió en la habitación de su mujer. Madeleine estaba despierta, sentada en la cama, ¡cómo iba a dormirse con el trajín que había habido en la casa esa noche! Y Léon, llamando cada cinco minutos... Deberías decirle... Así que había desconectado el teléfono. ¿Lo has llamado? Al ver a Henri descompuesto, se interrumpió, impresionada. Lo recordaba tenso, sí, rabioso, inquieto, preocupado, incluso angustiado, por ejemplo, hacía un mes, cuando había interpretado ante ella la farsa del hombre acorralado; pero al día siguiente parecía el de siempre, había resuelto el problema. Esa noche, sin embargo, estaba sumamente pálido, crispado... La voz nunca le había temblado de ese modo... Y lo más inquietante: nada de mentiras, o pocas; en su rostro, nada traicionaba su habitual astucia, sus ardides. Por lo general, se veía a la legua que fingía; pero esa noche daba la impresión de ser tan sincero...

Era muy sencillo: Madeleine jamás lo había visto en aquel estado.

Su marido no se disculpó por irrumpir en su habitación en plena madrugada; se sentó en el borde de la cama y empezó a hablar.

Se atuvo a lo que podía contarle sin arriesgarse a arruinar por completo su imagen. Pero incluso limitándose a lo estrictamente necesario, lo que decía le resultaba muy desagradable también a él. Ataúdes demasiado pequeños, personal incompetente y codicioso, extranjeros que ni siquiera hablaban francés... ¡A lo que se añadían las dificultades del trabajo! ¡Era inimaginable! No obstante, había que reconocerlo: boches en tumbas francesas, ataúdes llenos de tierra, tráfico de objetos robados a los cadáveres... Se habían redactado ciertos informes, y a él le había parecido que lo mejor era ofrecerle algo de dinero a un funcionario, un error, claro, pero en fin...

Madeleine asentía, muy concentrada. En su opinión, toda la culpa no podía ser de él.

—Pero, a ver, Henri, ¿cómo vas a ser el único responsable de lo ocurrido? Es demasiado simple...

Él estaba muy asombrado, en primer lugar de sí mismo, por haber sido capaz de contar aquello, de admitir que había cometido errores; en segundo, por Madeleine, que con tanta atención lo escuchaba y, si no lo defendía, lo comprendía; y, en tercero, de ellos dos como matrimonio, porque desde que se conocían era la primera vez que se comportaban como adultos. Hablaban sin acalorarse, sin enfadarse, igual que si opinaran sobre las reformas que había que hacer en casa, planearan un viaje o comentaran un problema doméstico. En definitiva, era la primera vez que se entendían.

Henri la miró de un modo distinto. Desde luego, lo que más le llamaba la atención eran sus pechos, de un tamaño espectacular. Llevaba un camisón fino que dejaba al descubierto sus redondeados hombros y transparentaba las oscuras, anchas y grandes areolas... Henri se interrumpió para contemplarla. Ella sonrió. Fue un segundo intenso, un segundo de comunión. Henri sintió unas ganas enormes de ella, y esa bocanada de deseo le hizo un bien inmenso. La intensidad de aquella necesidad sexual no era ajena a la actitud maternal, protectora, que había adoptado Madeleine: daban ganas de refugiarse en ella, de dejarse acoger por ella, de fundirse con ella. El asunto era serio, grave, pero su forma de escuchar era leve, sencilla y tranquilizadora. Poco a poco, Henri se relajó; su voz se sosegó y sus palabras fluyeron con más calma. Mirándola, pensó: ¡Es mi mujer! Y sintió un orgullo nuevo e inesperado. Extendió la mano, se la posó en un pecho, Madeleine sonrió suavemente, y la mano comenzó a deslizarse hacia su vientre. Ella empezó a jadear, como si le costara respirar. En el gesto de Henri había una parte de cálculo, porque siempre había sabido cómo excitarla, pero no sólo eso. Era como el reencuentro con alguien a quien, en realidad, nunca había encontrado. Madeleine separó las piernas, pero lo detuvo agarrándolo de la muñeca.

—No es el mejor momento... —le susurró, aunque su voz gritaba lo contrario.

Él asintió lentamente. Se sentía fuerte, estaba recuperando la confianza.

Mientras recobraba el aliento, Madeleine ahuecó los almohadones a su espalda, se puso cómoda y, a continuación, soltó un suspiro de arrepentimiento. Sin dejar de escuchar a Henri, le acarició pensativamente las azuladas y abultadas venas de la mano. Qué manos tan bonitas tenía...

Henri procuró concentrarse. Urgía retomar el asunto.

—Léon me ha abandonado. No puedo esperar la ayuda de su padre.

A Madeleine la sorprendió y desconcertó que Léon no lo ayudara. Era socio en el negocio, ¿no?

—Pues no —dijo Henri—, ya no. Y Ferdinand tampoco.

Los labios de Madeleine se redondearon en un silencioso «oh».

—Sería muy largo de explicar —aseguró Henri.

Ella sonrió. Su marido volvía a ser el de siempre. Le acarició la mejilla.

—Pobre amor mío... —Le hablaba con voz dulce, íntima—. Así que esta vez es grave...

Henri cerró los ojos a modo de asentimiento. Luego volvió a abrirlos y se lanzó:

—Tu padre sigue negándose a ayudarme, pero...

—Sí, y si volviera a pedírselo, volvería a negarse.

Seguían cogidos de la mano, pero ahora tenían los brazos caídos, apoyados en las rodillas. Necesitaba convencerla. No podía negarse, era de todo punto impensable. El viejo Péricourt había querido humillarlo, pero ahora que lo había conseguido tenía (Henri buscó la palabra) el deber, ¡eso es!, el deber de ser realista. Porque, a ver, ¿qué iba a ganar viendo su apellido mancillado si estallaba un escándalo? No, un escándalo no, no era para tanto, digamos un incidente. Comprendía que no quisiera acudir al rescate de su yerno, pero ¿qué le costaba hacer feliz a su hija? ¡No paraba de entrometerse a diestro y siniestro, y en cosas que no le afectaban tan de cerca!

—Es verdad —admitió Madeleine.

Pero Henri le notaba cierta resistencia. Se inclinó hacia delante.

—No quieres interceder ante él... porque temes que se niegue, ¿es eso?

—¡No, no, qué va! —se apresuró a responder su mujer—. ¡No es eso, cariño, en absoluto! —Apartó la mano y se la posó en el vientre con los dedos ligeramente separados. Le sonrió—. No intervendré porque *no deseo* intervenir. De hecho, Henri, estoy escuchándote, pero todo esto no me interesa nada.

—Lo entiendo muy bien —aseguró él—. De todas formas, lo que estoy pidiéndote no es que te interese, sino que...

—No, Henri, no lo entiendes. Lo que no me interesa no son tus negocios, eres tú.

Se lo dijo sin cambiar de actitud, igual de tranquila, sonriente, íntima, tremendamente cercana. Era un jarro de agua tan fría que Henri creyó haber oído mal.

—No comprendo...

—Claro que sí, amor mío, estoy segura de que lo has captado a la primera. Me trae sin cuidado no sólo lo que haces, sino también lo que eres.

Henri debería haberse levantado de inmediato y haberse ido, pero la mirada de ella lo retenía. No quería oír nada más, y sin embargo se sentía prisionero de la situación, como el reo obligado por el juez a escuchar la sentencia.

—Nunca me he forjado muchas ilusiones sobre lo que eras —le explicó Madeleine—. Ni sobre lo que seríamos juntos. Estuve enamorada un tiempo, lo reconozco, pero enseguida me di cuenta de cómo acabaría todo. Me casé contigo porque ya tenía edad de casarme, porque me lo propusiste y porque D'Aulnay-Pradelle sonaba muy bien. Si ser tu mujer y sufrir la constante humillación de tus aventuras no fuera algo tan ridículo, me habría encantado llevar ese apellido. Pero qué le vamos a hacer.

Henri se había levantado. Esta vez no se refugió en una dignidad postiza, no intentó justificarse, no perseveró en la mentira: el tono de Madeleine era demasiado sobrio, lo que decía era definitivo.

—Lo que te ha salvado hasta ahora es que eres muy guapo, amor mío.

Tumbada en la cama con las manos en el vientre, contemplaba a su marido, que iba a abandonar la habitación en breve, hablándole como si estuvieran despidiéndose hasta la mañana siguiente e intercambiaran unas frases tiernas.

—Estoy segura de que me has dado un hijo precioso. Nunca he esperado otra cosa de ti. Y ahora que está aquí —añadió, dándose suaves palmaditas en el vientre, que emitió un ruido sordo—, puedes apañártelas como quieras, o no apañártelas, me da exactamente igual. Ha sido una decepción, pero ya me he repuesto, porque tengo con qué consolarme. A juzgar por lo poco que sé, creo que ya ha llegado la hora de una catástrofe de la que no te recuperarás. Pero a mí ya no me afecta.

Muchas veces, en situaciones parecidas, Henri rompía cosas, un jarrón, un mueble, un cristal, una figura... Esa noche, en cambio, se limitó a levantarse, salir y cerrar lentamente la puerta del dormitorio de su mujer.

Una vez en el pasillo, evocó la Sallevière como la había visto hacía unos días, con la imponente fachada magníficamente reconstruida, con los paisajistas que empezaban a rediseñar el inmenso jardín francés, con los pintores a punto de ponerse con los techos de salas y habitaciones, mientras se procedía a la restauración de querubines y artesonados...

Anonadado por la sucesión de deserciones de las últimas horas, trataba en vano de imaginarse el cataclismo con todas sus fuerzas. Sólo eran palabras, imágenes, nada real.

No podía concebir que fuera a perderlo todo de aquel modo, tan deprisa como lo había ganado.

Acabó haciéndose una idea gracias a una frase que pronunció en voz alta, aunque se hallaba solo en el pasillo:

—Estoy muerto.

37

Con los últimos ingresos, la cuenta bancaria del Recuerdo Patriótico arrojaba un saldo positivo de ciento setenta y seis mil francos. Albert hizo un cálculo rápido. Había que hilar fino, no proceder con retiradas demasiado grandes; pero aquel banco tenía tal volumen de negocio que no era raro que en un solo día se movieran siete u ocho millones y que las cajas, alimentadas por un número impresionante de tiendas y grandes almacenes parisinos, vieran pasar a diario flujos de cuatrocientos a quinientos mil francos, a veces más.

Desde finales de junio, Albert ya no sabía ni quién era.

Por la mañana, entre un acceso de náusea y otro, y ya tan cansado como después de un ataque a una posición alemana, iba a trabajar en un estado cercano al colapso. No le habría sorprendido que por la noche la justicia hubiera levantado un cadalso ante las puertas del banco para guillotinarlo sin juicio ante el personal en pleno, con el señor Péricourt a la cabeza.

Luego pasaba la jornada envuelto en un brumoso atontamiento, al que llegaban las voces con enorme retraso. Para que te oyera había que atravesar el muro de su angustia. Albert te miraba como si le hubieras lanzado el chorro de una manguera. «¿Eh? ¿Qué?», eran siempre sus primeras palabras. Pero ya lo conocían, nadie le daba importancia.

Por la mañana, ingresaba en la cuenta del Recuerdo Patriótico los anticipos llegados el día anterior e intentaba extraer del hirviente vapor que le inundaba el cerebro la cifra que retiraría en metálico. Después, cuando empezaba el relevo de los cajeros para la pausa de la comida, aprovechaba la transición en cada caja para sacar el dinero, firmando con mano febril Jules d'Épremont, como si el cliente se hubiera presentado en el banco a la hora de comer. A medida que efectuaba las retiradas metía los billetes en la cartera, que iba abultándose hasta que al comienzo de la tarde era cuatro veces más gruesa que por la mañana.

En dos ocasiones, una al oír que lo llamaba un compañero cuando se dirigía hacia la puerta giratoria, y otra porque le había parecido percibir cierta mirada recelosa en un cliente, había empezado a orinarse en los pantalones y tenido que coger un taxi para volver a casa.

Otras veces, asomaba la cabeza y echaba un vistazo a la acera antes de salir, para asegurarse de que el cadalso que no habían instalado por la noche no se alzaba ante la estación de metro, pues nunca se sabe.

En la cartera, que la mayoría de empleados usaba para llevar el almuerzo, Albert transportaba esa tarde noventa y nueve mil francos en billetes grandes. ¿Por qué no cien mil? Por algún motivo supersticioso, dirá usted; pues no, nada de eso: cuestión de elegancia. Era un asunto de estética, estética de contable, claro —hay que relativizar—, pero de estética al cabo, porque con aquella suma el Recuerdo Patriótico podía enorgullecerse de haber estafado 1.111.000 francos. A Albert, todos aquellos «1» seguidos le parecían bonitos. Así pues, habían sobrepasado ampliamente el mínimo fijado por Édouard; pero encima, a título más personal, para Albert ése era un día de victoria. Estábamos a 10 de julio, sábado, y había pedido un permiso extraordinario de cuatro días con motivo de la fiesta nacional; sin embargo, como cuando el banco volviera a abrir el 15 él estaría previsiblemente en el barco con destino a Trípoli, aquél había sido su último día en la entidad. Al igual que en 1918, cuando el armisticio, salir vivo de aquella aventura lo dejó pasmado. Cualquier otro se habría creído invulnerable. Pero él no conseguía imaginarse sobreviviendo por segunda vez; por mucho que se acercara el momento del embarque para las colonias, no acababa de creérselo.

—¡Hasta la semana que viene, señor Maillard!

—¿Eh? ¿Qué? ¡Ah, sí! Adiós...

Puesto que seguía vivo y el famoso millón estaba conseguido e incluso superado, se preguntaba si no sería más sensato cambiar los billetes de tren y barco y adelantar la partida. Sin embargo, respecto a esa cuestión estaba aún más indeciso que respecto a las demás.

Irse, sí, cuanto antes, en ese mismo instante si hubiera sido posible... Pero ¿y Pauline?

Había intentado hablarle de ello cien veces, y renunciado a hacerlo otras tantas. Pauline era maravillosa, satén por fuera y terciopelo por dentro, ¡y lista como ella sola! Pero era de esas chicas humildes con talante de burguesas. La boda vestida de blanco, el piso, tres niños, quizá cuatro... Ése era su horizonte. Si sólo hubiera dependido de él, una vida sencilla y tranquila con Pauline y unos cuantos niños, por qué no cuatro, no le habría disgustado, y seguir trabajando en el banco tampoco. Aunque, ahora que era un estafador redomado y pronto, si Dios quería, a escala internacional, esa perspectiva se desvanecía, y con ella, Pauline, la boda, los niños, el piso y el banco. Sólo quedaba una solución: contárselo todo, convencerla para que se marchara con él dentro de cuatro días con un millón de francos en billetes grandes en una maleta, un amigo con la cara partida en dos como una sandía y la mitad de la policía francesa pisándoles los talones.

Es decir, imposible.

O bien irse solo.

Porque pedirle consejo a Édouard era como hablar con la pared. En el fondo, aunque lo quería muchísimo, y por motivos tan diversos como contradictorios, opinaba que Édouard era bastante egoísta.

Pasaba a verlo cada dos días, después de haber puesto a buen recaudo el dinero de la jornada y antes de encontrarse con Pauline. Como ahora el piso del pasaje Pers estaba desocupado, no había considerado prudente dejar allí la fortuna de la que dependía su futuro. Buscó una solución; habría podido alquilar una caja de seguridad en un banco, pero no se fiaba mucho, así que optó por la consigna de la estación de Saint-Lazare.

Cada tarde sacaba la maleta, se encerraba en el lavabo de la cantina para guardar los ingresos del día y volvía a entregársela al encargado de la consigna. Se hacía pasar por un viajante de comercio. De fajas y corsés, lo primero que se le ocurrió. Los encargados le lanzaban miraditas cómplices, a las que respondía con un modesto ademán, que como es lógico no hacía más que aumentar su reputación. Por si había que marcharse a toda prisa, también había dejado en la consigna un enorme sombrerero con el cuadro de la cabeza de caballo de Édouard, cuyo cristal no había llegado a cambiar, y encima, envuelta en papel de seda, la máscara de caballo. Si se veían obligados a huir precipitadamente, sabía que primero dejaría la maleta con los billetes que aquella caja.

Al salir de la estación, antes de ir al encuentro de Pauline, Albert hacía un alto en el Lutetia, lo que lo sumía en un estado de nervios espantoso. Mira que elegir un hotel de lujo para pasar inadvertido...

—«No te preocupes» —había escrito Édouard—. «Cuanto más visible es algo, menos se ve. ¡Fíjate en Jules d'Épremont! Nadie lo ha visto nunca, y sin embargo todo el mundo confía en él.» —Y había soltado una de aquellas carcajadas equinas que ponían los pelos de punta.

Al principio, Albert había contado las semanas, luego los días... Pero ahora, desde que con la identidad de Eugène Larivière, falsa pero legal, Édouard había trasladado el escenario de sus excentricidades a un hotel de lujo, contaba las horas e incluso los minutos que los separaban de la partida, fijada para el 14 de julio, en el tren que salía de París en dirección a Marsella a las 13 horas y les permitiría embarcarse al día siguiente en el *SS D'Artagnan*, de la Compañía de Mensajería Marítima, con destino a Trípoli.

Tres billetes.

Esa tarde, sus últimos minutos en las entrañas del banco habían sido tan laboriosos como un parto. Cada paso le había costado un triunfo, hasta que por fin se había visto fuera. ¿Debía creérselo? El tiempo era espléndido, la cartera, pesada. A la derecha, ningún cadalso; a la izquierda, ninguna pareja de la gendarmería.

Únicamente, la menuda figura de Louise en la otra acera.

Se quedó desconcertado, como cuando te cruzas con un tendero al que siempre has visto detrás del mostrador: lo reconoces, pero tienes una sensación extraña. Louise nunca había ido a buscarlo. Mientras cruzaba a toda prisa, Albert se preguntó cómo habría averiguado la dirección del banco. Pero aquella cría se pasaba el tiempo escuchándolos; seguro que sabía un montón sobre sus negocios.

—Édouard... —dijo la niña—. ¡Tienes que venir enseguida!

—¿Cómo? ¿Édouard? ¿Qué le pasa?

Por toda respuesta, Louise levantó la mano y paró un taxi.

—Al hotel Lutetia.

En el coche, Albert dejó la cartera entre sus pies. Louise miraba al frente, como si fuera ella la que condujera. Por suerte para Albert, esa tarde Pauline trabajaba, no acabaría pronto y, como al día siguiente empezaba temprano, dormiría en «su casa». Para una criada, eso quería decir en casa ajena.

—Pero, a ver... —dijo Albert al cabo de un instante—. ¿Qué le pasa a Édou...? —En ese momento, su mirada se cruzó con la del taxista en el retrovisor—. ¿Qué le pasa a Eugène? —rectificó.

La cara de Louise era impenetrable, como la de una madre o una esposa angustiadas. Se volvió hacia él y extendió las manos. Tenía los ojos húmedos.

—Parece que esté muerto.

Albert y Louise cruzaron el vestíbulo del hotel con un paso que confiaban fuera normal. Pero de normal, nada. El ascensorista fingió que no advertía su nerviosismo; era joven, pero muy profesional.

Édouard se hallaba sentado en el suelo, con la espalda apoyada contra la cama y las piernas extendidas. En muy mal estado, pero no muerto. Louise reaccionó con su habitual sangre fría. Como la habitación apestaba a vómito, abrió las ventanas una tras otra y usó como bayetas todas las toallas que encontró en el aseo.

Albert se arrodilló e inclinó hacia su amigo.

—¿Qué te pasa, grandullón? ¿No estás bien?

Édouard balanceaba la cabeza y abría y cerraba los ojos espasmódicamente. No llevaba máscara; el agujero de su rostro exhalaba un hedor pútrido tan intenso que Albert no tuvo más remedio que retroceder. Luego tomó aire, cogió a su amigo por las axilas y consiguió acostarlo en la cama. Con un tipo que en lugar de boca y mandíbulas tiene un agujero, no hay forma de saber cómo darle palmaditas en la cara. Lo obligó a abrir los ojos.

—¿Me oyes? —le preguntaba Albert—. Dime, ¿me oyes?

Como no obtuvo respuesta, decidió tomar medidas drásticas. Se levantó, corrió al baño y llenó un vaso de agua.

Cuando se volvió para regresar a la habitación, se llevó tal susto que se le cayó el vaso y, mareado, tuvo que sentarse en el suelo.

Colgada de la puerta del baño, como una bata de un colgador, había una máscara.

Un rostro masculino. El de Édouard Péricourt. El verdadero Édouard. El de otros tiempos, perfectamente reproducido. Sólo le faltaban los ojos.

Albert perdió la conciencia de dónde se encontraba. Estaba en la trinchera, a unos pasos de los peldaños de madera, con los correajes puestos. Todos los muchachos están allí, en fila, tensos como cuerdas de arco, preparados para correr hacia la cota 113. Un poco más allá, el teniente Pradelle observa las líneas enemigas con los prismáticos. Delante de Albert está Berry, y delante de éste, un chico al que apenas ha tratado, Péricourt, que se vuelve y le sonríe. Una sonrisa luminosa. A Albert le recuerda a un crío a punto de hacer una travesura. Cuando quiere sonreírle a su vez, Péricourt ya se ha dado la vuelta.

Era el mismo rostro que esa tarde tenía ante sí, salvo por la sonrisa. Albert estaba petrificado. Como es lógico, no había vuelto a verlo excepto en sueños, y ahí estaba, emergiendo de la puerta, como si Édouard fuera a aparecer entero, cual fantasma. La sucesión de imágenes se desencadenó: los dos soldados muertos de un tiro por la espalda, el ataque a la cota 113, el teniente Pradelle embistiéndolo salvajemente con el hombro, el agujero del obús, la ola de tierra a punto de sepultarlo...

Albert gritó.

Louise apareció en la puerta, asustada.

Albert negó con la cabeza, abrió el grifo, se lavó la cara, llenó de nuevo el vaso y, sin mirar la máscara, regresó a la habitación y vertió toda el agua en la garganta de su amigo, que de pronto se alzó apoyándose en los codos y empezó a toser como un poseso, igual que debió de toser el propio Albert al volver a la vida.

Le inclinó el torso hacia delante por si vomitaba de nuevo, pero no, aunque la tos le duró un buen rato. Édouard había vuelto en sí, pero estaba agotado a juzgar por sus ojeras y la laxitud de su cuerpo, que se desplomó otra vez. Albert escuchó su respiración, que le pareció normal. Aunque Louise estaba presente, desnudó a su compañero y lo tapó con la sábana. La cama era tan ancha que pudo acomodarse junto a él y se puso una almohada en la espalda; la niña se sentó al otro lado.

Se quedaron allí, quietos como sujetalibros, cada uno sujetando una mano de Édouard, que se durmió con un inquietante ruido gutural.

Desde donde estaban veían la gran mesa redonda que ocupaba el centro de la suite, sobre la que reposaban la larga y fina jeringuilla, el limón cortado, una hoja de papel con restos de polvo marrón, semejante a tierra, y el chisquero, cuya anudada y curva mecha parecía una coma junto a una palabra.

Al pie de la mesa, el torniquete de goma.

Permanecieron en silencio, absortos en sus pensamientos. Albert no era experto en la materia, pero los polvos se parecían mucho a los que le habían ofrecido alguna vez cuando buscaba morfina. Era la siguiente etapa: la heroína. Édouard ni siquiera había necesitado intermediario para conseguirla...

Entonces ¿para qué sirvo?, se preguntó, por curioso que parezca, como si lamentara no haber tenido que encargarse también de aquello.

¿Desde cuándo se inyectaba heroína? Albert se encontraba en la situación de esos padres desbordados que no se han dado cuenta de nada y de repente deben enfrentarse a los hechos consumados.

A cuatro días del viaje.

De todas formas, ¿qué más daba cuatro días antes que después?

—¿Os iréis? —preguntó Louise en tono pensativo y lejano.

Su cabecita había seguido el mismo recorrido que la de Albert, que respondió con un silencio. Era un «sí».

—¿Cuándo? —quiso saber la niña, que seguía sin mirarlo.

Él no respondió. Eso quería decir «pronto».

Así que Louise se volvió hacia Édouard y, extendiendo el índice, hizo lo mismo que el primer día: recorrió absorta la enorme herida, la carne tumefacta y rojiza, como una mucosa al descubierto... Después se levantó, se puso el abrigo, volvió junto a la cama, esta vez por el lado de Albert, se inclinó hacia él y le dio un largo beso en la mejilla.

—¿Vendrás a despedirte de mí?

«Sí, claro», respondió Albert con la cabeza.

Eso quería decir que no.

Louise esbozó un gesto indicando que lo entendía.

Volvió a besarlo y abandonó la habitación.

Su ausencia provocó un gran agujero de aire, como los que se sienten en un avión, según parece.

38

Era tan increíble que la señorita Raymond se había quedado pasmada. A decir verdad, desde que trabajaba para el alcalde de distrito nunca había pasado nada igual. Cruzar el despacho tres veces sin que la mirara, bueno, eso aún... Pero rodear tres veces su escritorio sin que le metiera la mano bajo la falda con el índice tieso...

Hacía días que Labourdin no era el de siempre: ojos vidriosos, labios caídos... La señorita Raymond podría haber ejecutado la danza de los siete velos, que él ni se habría dado cuenta. Estaba pálido y se movía pesadamente, como si temiera sufrir un ataque al corazón de un momento a otro. ¡Mejor!, se dijo la secretaria. Así revientes, cerdo. La repentina decadencia de su jefe era la primera satisfacción que tenía desde que la había contratado. Una auténtica bendición.

Labourdin se levantó, se puso la chaqueta lentamente, cogió el sombrero y salió del despacho sin decir nada. Un faldón de la camisa le salía del pantalón: uno de esos detalles que transforman a cualquier hombre en un zarrapastroso. Sus pesados andares recordaban los del buey camino del matadero.

En el palacete de los Péricourt le comunicaron que el señor no estaba.

—Lo esperaré... —anunció y, empujando la puerta del salón, se desplomó en el primer sofá con la mirada perdida.

En esa postura lo encontró Péricourt tres horas después.

—¿Qué hace usted aquí?

La llegada del banquero sumió al alcalde en la confusión.

—¡Ah! Presidente... presidente... —exclamó, tratando de levantarse.

Eso fue lo único que se dignó decir, convencido de que con repetir «presidente» estaba todo dicho y explicado.

Pese a lo mucho que lo exasperaba, Péricourt solía tratarlo con la paciencia de un santo. «Explíqueme eso», le decía a veces con un aguante que sólo se tiene con las vacas y los idiotas.

En cambio, ese día permaneció impasible, obligando a Labourdin a redoblar los esfuerzos para despegarse del sofá y explicarse: compréndalo, presidente, nada hacía suponer, usted mismo, estoy seguro, y todo el mundo, cómo imaginar algo así, etcétera.

Su anfitrión no interrumpió aquel torrente de palabras inútiles. De todas formas, ya no lo escuchaba. No merecía la pena. Aun así, Labourdin siguió lamentándose.

—¡Ese Jules d'Épremont no existe, figúrese, presidente! —exclamó casi con admiración—. Pero es lo que yo digo: ¿cómo puede no existir un miembro de la Academia que trabaja en las Américas? Porque esos esbozos, esos admirables dibujos, ese maravilloso proyecto, ¡serán obra de alguien, digo yo!

Llegado a esa fase, el alcalde necesitaba un revulsivo urgente, sin el cual su cerebro empezaría a dar vueltas y más vueltas. Y podía pasarse así horas.

—Bueno, pues no existe —resumió Péricourt.

—¡Exacto! —exclamó Labourdin, realmente contento de que lo comprendieran tan bien—. Y la dirección, rue du Louvre, cincuenta y dos, tampoco existe, ¡figúrese! ¿Sabe lo que es?

Silencio. Al alcalde del distrito, como a todos los cretinos, le encantaban las adivinanzas en cualquier circunstancia.

—¡Correos! ¡Una oficina de Correos! —bramó—. ¡No es un domicilio, sino un apartado de correos! —Estaba deslumbrado por la estratagema.

—Y se ha dado cuenta ahora...

Labourdin interpretó el reproche como un halago.

—¡Exactamente, presidente! No crea —dijo, alzando el índice para subrayar su agudeza—, tenía una leve sospecha. Desde luego, habíamos recibido el resguardo, una carta escrita a máquina que explicaba que el artista estaba en las Américas, y todos esos dibujos que le entregué; pero aun así... —Esbozó una mueca dubitativa, acompañada por un movimiento de cabeza, que debía expresar lo que las palabras no eran capaces: su enorme perspicacia.

—Pero aun así ¿pagó? —le espetó Péricourt, glacial.

—Pero... pero... pero... ¿cómo puede preguntarme eso? ¡Por supuesto que pagamos, presidente! —Él era un hombre formal—. ¡Sin anticipo, no había encargo! ¡Y sin encargo, no había monumento! ¡No se podía hacer otra cosa! ¡Abonamos el adelanto al Recuerdo Patriótico, qué remedio!

Y, uniendo acción y palabra, se sacó del bolsillo una especie de folleto. Péricourt se lo arrancó de las manos y lo hojeó nerviosamente. Labourdin no le dejó ni hacer la pregunta que tenía en los labios.

—¡Esa empresa no existe! —aulló—. Es una empresa... —De pronto se interrumpió. Se le había olvidado la palabra, y eso que llevaba dos días sin parar de darle vueltas—. Es una empresa... —repitió, porque se había percatado de que su cerebro funcionaba un poco como el motor de un coche: unos cuantos golpes de manivela y, a veces, volvía a arrancar—. ¡Fantasma! ¡Exacto, fantasma! —Sonrió enseñando todos los dientes, orgulloso de haber superado aquella adversidad lingüística.

Péricourt seguía hojeando el delgado catálogo.

—Pero éstos son modelos fabricados en serie... —dijo.

—Pues... sí —se limitó a responder el alcalde, que no sabía adónde quería ir a parar el presidente.

—Nosotros encargamos una obra original, ¿no, Labourdin?

—¡Ayyyyyy! —gritó Labourdin, que había olvidado aquella pregunta, pero recordaba haber preparado la respuesta—. ¡Exacto, presidente! ¡Muy original, diría yo! Es que, sabe usted, el señor Jules d'Épremont, miembro de la Academia, es autor *a la vez* de modelos en serie y de obras «a medida», por llamarlas de alguna forma. ¡Ese hombre sabe hacer de todo! —En ese instante, se acordó de que estaba hablando de un personaje puramente ficticio—. Bueno, sabía hacer de todo —puntualizó, bajando la voz, como si se tratara de un artista fallecido y, por tanto, incapaz de cumplir un encargo.

Hojeando el catálogo y observando los modelos que ofrecía, Péricourt se hizo una idea de las proporciones de la estafa: nacionales.

Sería un tremendo escándalo.

Sin hacer caso de Labourdin, que se subía los pantalones con ambas manos, dio media vuelta, volvió a su despacho y se enfrentó a la evidencia de su fracaso.

A su alrededor, los dibujos enmarcados, los esbozos, las diferentes vistas de su monumento gritaban su humillación.

Lo que más lo indignaba no era el dinero que se había gastado, ni siquiera el hecho de que, siendo quien era, se hubiera dejado timar; no, era que se hubieran burlado de su dolor. De su dinero y su reputación, tenía un pase; le sobraba de lo uno y de lo otro, y el mundo de los negocios le había enseñado que la rabia es muy mala consejera. Pero ridiculizar su pena equivalía a despreciar la muerte de su hijo. Como había hecho él mismo en otros tiempos. En lugar de reparar todo el daño causado a Édouard, aquel monumento a los caídos acababa de agravarlo. La ansiada expiación adquiría tintes grotescos.

El catálogo del Recuerdo Patriótico presentaba una gama de artículos fabricados en serie con una atractiva oferta. ¿Cuántos monumentos fantasma se habrían vendido? ¿Cuántas familias habrían aportado dinero para aquellas quimeras? ¿Cuántos municipios se habrían dejado robar, víctimas de su propia ingenuidad? Era repugnante que alguien tuviera la audacia, que tuviera simplemente la idea de estafar a tanta pobre gente.

Péricourt no era un hombre lo bastante generoso como para sentirse próximo a unas víctimas que suponía numerosas, ni deseoso de acudir en su ayuda. No pensaba más que en él, en su propia desgracia, en su propio hijo, en su propio caso. Sobre todo sufría porque ya nunca podría convertirse en el padre que no había sabido ser. Pero de forma aún más egoísta, se sentía vejado como si lo hubieran timado personalmente: quienes habían pagado por aquellos modelos habían sido víctimas de un engaño colectivo, mientras que él, con su encargo de un monumento de encargo, se sentía objeto de una extorsión individual.

Aquella derrota hería enormemente su orgullo.

Deshecho, asqueado, se sentó a su escritorio y volvió a abrir el catálogo, que había estrujado sin darse cuenta. Leyó con atención la larga carta que el estafador dirigía a los alcaldes de pueblos y ciudades. Palabras astutas, tranquilizadoras, y qué oficial sonaba todo... Se detuvo un instante en el argumento que probablemente había asegurado el éxito del engaño, aquella oferta excepcional, muy atractiva para los presupuestos reducidos, una auténtica ganga. Y aquella fecha del 14 de julio, tan simbólica...

Alzó la cabeza, alargó la mano y consultó el calendario.

Los estafadores dejaban poco tiempo a los clientes para reaccionar o comprobar con quién trataban. Si habían recibido un resguardo expedido en la debida forma a cambio de su pedido, no tenían motivos para inquietarse antes de 14 de julio, día en que terminaba la supuesta oferta. Estaban a 12. Sólo era cuestión de un par de días. Puesto que no se hablaba de ellos, con toda seguridad los estafadores esperarían hasta cobrar los últimos anticipos antes de huir. En cuanto a los clientes, pronto los más sensatos o los más suspicaces tratarían de comprobar que no habían pecado de exceso de confianza.

¿Qué pasaría entonces?

Estallaría el escándalo. Al cabo de uno o dos días, a lo sumo tres. Puede que no fuera más que cuestión de horas.

¿Y después?

Los periódicos pondrían el grito en el cielo, la policía andaría de cabeza, los diputados, indignados en nombre de la nación, harían alarde de su patriotismo...

—Chorradas —refunfuñó Péricourt.

Y aunque encontraran a esos canallas y los detuvieran, pasarían... ¿qué?, ¿tres, cuatro años de instrucción, más el juicio? Para entonces, todos se habrían calmado.

Incluso yo, se dijo.

Esa idea no lo tranquilizó: el mañana no contaba, era hoy cuando sufría.

Cerró el catálogo y lo alisó con la mano.

Cuando los detuvieran (si eso ocurría), Jules d'Épremont y sus cómplices dejarían de ser individuos. Se convertirían en un fenómeno de actualidad, en una curiosidad, como lo había sido el famoso asesino Raoul Villain, como empezaba a serlo Landrú.

Entregados a la ira general, los culpables ya no pertenecerían a sus víctimas. ¿Y a quién podría odiar él cuando aquellos bandidos fueran propiedad pública?

Y lo que era peor, su nombre resonaría en medio de aquel proceso. Si por desgracia había sido el único en encargar una obra original, sería el único del que dirían: ¡Mirad a ése, pagó cien mil francos y se quedó con un palmo de narices! Sólo de pensarlo le hervía la sangre: a ojos de todos, pasaría por un primo, por un pardillo. Él, Marcel Péricourt, el empresario de éxito, el temido banquero, se había dejado engañar en toda regla por unos estafadores de poca monta.

Le faltaban las palabras.

El amor propio herido lo cegó.

Le ocurrió algo misterioso y definitivo: quería ante sí a los hombres que habían cometido aquel crimen como pocas veces había querido algo, con una pasión desesperada. No sabía lo que haría con ellos, pero los quería ante sí, punto.

Eran unos canallas. Una banda organizada. ¿Habrían huido ya del país? Quizá no.

¿Podría encontrarlos antes que la policía?

Era mediodía.

Tiró del cordón y ordenó que llamaran a su yerno. Que viniera. Que dejara lo que estuviera haciendo.

39

Henri d'Aulnay-Pradelle entró en la gran oficina de Correos de la rue du Louvre mediada la tarde y eligió un banco desde el que podía observar las hileras de casillas que cubrían la pared, no muy lejos de la monumental escalera que conducía al primer piso.

La casilla número 52 estaba a unos quince metros de donde se encontraba. Fingió concentrarse en la lectura del periódico, pero no tardó en comprender que no podía seguir allí mucho rato. Lo más probable era que antes de abrir el casillero los timadores echaran un vistazo alrededor para comprobar que no hubiera nada anormal y, seguramente, no pasaban a esas horas, sino más bien por la mañana. En definitiva, ahora que estaba allí era presa del peor de sus miedos: a esas alturas, los estafadores corrían más riesgos presentándose a recoger los últimos pagos que cogiendo un tren rumbo a la otra punta de Europa o un barco a África.

No aparecerían.

Y él disponía de muy poco tiempo.

Esa idea lo desmoralizó por completo.

Abandonado por sus empleados, traicionado por sus socios, aborrecido por su suegro, rechazado por su mujer, sin ninguna escapatoria ante la catástrofe que se avecinaba... Había pasado los peores tres días de su vida hasta aquella llamada in extremis, aquel mensajero que había ido a buscarlo con urgencia, aquella frase garabateada en una tarjeta de visita de Marcel Péricourt: «Venga a verme de inmediato.»

Había tardado lo que se tarda en coger un taxi y llegar al bulevar de Courcelles. Una vez allí, se cruzó con Madeleine en el primer piso... Ésta seguía sonriendo como una bendita, le recordaba a una oca a punto de poner. Ni siquiera parecía acordarse de que dos días antes lo había dejado en la estacada con toda frialdad.

—¡Ah, querido! ¿Así que te han encontrado?

Como si estuviera aliviada. Mala pécora. Había mandado al mensajero a buscarlo hasta a la cama de Mathilde de Beausergent. A saber cómo se había enterado.

—¡Espero que no te hayan interrumpido antes del orgasmo! —le soltó y, como pasó junto a ella sin responderle, añadió—: ¡Ah, sí, vas a ver a papá! ¿Cosas de hombres, otra vez? Sois penosos...

Después había cruzado las manos sobre el vientre y había vuelto a su actividad favorita, que consistía en adivinar si eran los pies, los codos o los puños los que le hacían aquellos bultos. Aquella criaturita rebullía como un pez. A Madeleine le encantaba hablar con él.

A medida que pasaba el tiempo, que innumerables clientes se sucedían ante las ventanillas y se abrían todos los casilleros menos el que vigilaba, Henri cambió de postura, de banco y hasta de piso: subió a donde se podía fumar sin perder de vista la planta baja. La inacción le crispaba los nervios, pero ¿qué otra cosa podía hacer? Se puso a maldecir otra vez al viejo, por cuya culpa estaba allí cruzado de brazos, impotente. Lo había encontrado muy desmejorado. Aquel hombre se moría de pie; el agotamiento se reflejaba en todo su cuerpo, en los hombros caídos, en las violáceas ojeras... Hacía tiempo que Péricourt daba signos de debilidad, pero últimamente parecía haber empeorado. En el club comentaban que desde el desmayo, el pasado noviembre, ya no era el mismo. Cuando le nombraban a Marcel Péricourt, el doctor Blanche, que era la imperturbabilidad personificada, bajaba los ojos: con eso estaba todo dicho. Y señal inequívoca: en la Bolsa algunas acciones del grupo Péricourt se habían vendido a la baja. Luego habían vuelto a subir, pero de todas formas...

Que él estuviera arruinado cuando aquel carcamal estirara la pata, o sea, demasiado tarde, era intolerable. Si la palmara ahora en vez de dentro de seis meses o un año, al menos... Sí, el testamento era irrevocable, como el contrato matrimonial, pero Henri seguía teniendo una confianza ciega en su capacidad para conseguir lo que quisiera de las mujeres, talento que sólo le había fallado con la suya (¡el colmo!). Pero si era necesario echaría mano de sus reservas y se llevaría al huerto a Madeleine. Tendría su parte de la fortuna del viejo, palabra de soldado. Qué desastre... Había querido ganar demasiado, o demasiado deprisa... Sin embargo, ahora daba igual; de nada servía remover el pasado. Henri era un hombre de acción, no un quejica.

—Está usted metido en un buen lío —le había dicho el viejo cuando Henri se había sentado ante él con la tarjeta de visita en la que le ordenaba presentarse todavía en la mano.

Henri no rechistó, porque era verdad. Con la acusación de soborno a un funcionario, lo que aún habría tenido solución —los problemillas de los cementerios— se había convertido en un obstáculo prácticamente insalvable.

Prácticamente. Es decir, no del todo.

Entretanto, si Péricourt lo llamaba, si se rebajaba a convocarlo, si había llegado a mandar que lo buscaran en la cama de una de sus amantes, era señal de que tenía una apremiante necesidad de él.

¿De qué se trataba, por qué se veía obligado a recurrir a alguien cuyo nombre no podía pronunciar sin desprecio? Henri no tenía la menor idea; lo único que sabía era que estaba allí, en el despacho del viejo, sentado, no de pie, y que no lo había solicitado él. Asomaba una luz, un destello de esperanza. Henri no preguntó nada.

—Sin mí, sus problemas son insolubles.

El orgullo hizo que Henri cometiera un primer error: se permitió una leve mueca de escepticismo. Péricourt reaccionó con una furia que su yerno no le conocía:

—¡Está usted acabado! —bramó—. ¿Me oye? ¡Acabado! ¡Con lo que lleva a cuestas, el Estado se lo quitará todo, los bienes, la reputación, todo! ¡Y no levantará cabeza! ¡Acabará en la cárcel!

Henri era de esos hombres que, tras un grave error táctico, pueden dar muestra de una enorme intuición. Se levantó y se dirigió a la puerta.

—¡Quédese ahí! —le gritó su suegro.

Sin la menor vacilación, el capitán Pradelle dio media vuelta, cruzó el despacho a zancadas, plantó las manos en el escritorio de su suegro y se inclinó hacia él.

—Entonces, deje de joderme —masculló—. Usted me necesita. No sé para qué, pero que quede claro: me pida lo que me pida, mis condiciones no cambiarán. ¿El ministro es cosa suya? Muy bien: intervenga ante él y consiga que arroje a la basura cuanto me incrimina. No quiero que haya ningún cargo contra mí.

Volvió a sentarse en el sillón y cruzó las piernas, como si estuviera en el Jockey esperando a que el mayordomo le trajera la copa de aguardiente añejo. En su situación, cualquier otro habría temblado mientras se preguntaba qué iban a pedirle a cambio. Él no. Después de imaginarse durante tres días el desastre hacia el que se encaminaba, estaba dispuesto a cualquier cosa. Dígame a quién hay que matar.

Péricourt tuvo que contárselo todo: el encargo del monumento conmemorativo, la estafa a escala nacional de la que, no obstante, la víctima más importante, la más conocida, sería seguramente él... Henri tuvo la delicadeza de no sonreír. E intuyó lo que su suegro iba a pedirle.

—El escándalo es inminente —aseguró Marcel Péricourt—. Si la policía los detiene antes de que se den a la fuga, todos se arrojarán sobre ellos, la justicia, la prensa, las asociaciones de familiares y excombatientes... Eso no deber ocurrir. Encuéntrelos.

—¿Qué piensa hacer con ellos?

—No es asunto suyo.

Henri tuvo la certeza de que ni su propio suegro lo sabía. Pero no, no era asunto suyo.

—¿Por qué yo? —preguntó, arrepintiéndose al instante.

—Para encontrar a esos sinvergüenzas se requiere a alguien de la misma calaña.

Henri encajó el golpe. Péricourt lamentó haberlo insultado, pero no por haberse excedido, sino porque podía resultar contraproducente.

—Además, el tiempo apremia —añadió en tono más conciliador—. Es cuestión de horas. Y no tengo a nadie más a mano.

Hacia las diez, después de cambiar de sitio una docena de veces, tuvo que rendirse a la evidencia: la táctica de esperar en la oficina de Correos no funcionaría. Al menos, ese día. Y a saber si habría otro.

¿Qué opciones tenía, aparte de esperar la hipotética llegada de los titulares del apartado 52? ¿La imprenta que se había encargado del catálogo?

—No vaya allí —le había dicho Péricourt—. Tendría que hacer preguntas y, si llega a correrse la voz de que alguien está interesado por esa imprenta e investigan a sus clientes, llegarán hasta la empresa y la estafa, y estallará el escándalo.

Descartada la imprenta, sólo quedaba el banco.

El Recuerdo Patriótico había recibido pagos de sus clientes, pero para saber en qué banco se había ingresado el dinero recaudado se requería tiempo, autorizaciones, cosas de las que Henri carecía.

Estaba igual que al principio: la oficina de Correos o nada.

Fiel a su carácter, optó por desobedecer. Pese a la prohibición de Péricourt, decidió tomar un taxi a la rue des Abbesses y presentarse en la Imprenta Rondot.

En el taxi hojeó una vez más el catálogo que le había pasado su suegro, cuya reacción sobrepasaba la del aguerrido hombre de negocios víctima de una estafa. Había convertido el asunto en una cuestión personal. Así que ¿de qué se trataba?

Perdieron un buen rato en un atasco en la rue de Clignancourt. Henri cerró el catálogo un tanto sorprendido. Iba tras la pista de unos estafadores curtidos, de una banda organizada y experimentada, frente a la que tenía pocas posibilidades, porque disponía de escasa información y aún menos tiempo. No pudo evitar sentir cierta admiración por la ingeniosidad del timo. El catálogo era casi una obra maestra. Si no hubiera estado tan obsesionado por un resultado del que dependía su vida, habría sonreído. En cambio, se juró que si se trataba de su pellejo o el de ellos, les lloverían granadas, ráfagas de ametralladora o gas mostaza, lo que hiciera falta. Como le dejaran la menor rendija por la que colarse, haría una carnicería. Sintió que sus abdominales y sus pectorales se endurecían y sus labios se apretaban...

Eso es, pensó. Dadme un oportunidad entre diez mil, y estáis muertos.

40

«No se encuentra muy bien», respondía Albert a todos los que en el Lutetia preguntaban preocupados por el señor Eugène. Hacía dos días que no se le veía, que no llamaba. Se habían acostumbrado a sus generosas propinas, les costaba renunciar a ellas.

Aunque Albert se negó a que avisaran al médico del hotel, éste se presentó. Entreabrió la puerta: está mejor, gracias, descansando. Y volvió a cerrar.

Édouard ni se encontraba mejor ni descansaba; vomitaba todo lo que ingería, su garganta emitía el mismo sonido que el soplillo de una fragua y la fiebre no le bajaba. Estaba tardando mucho en recuperarse. ¿Podría viajar?, se preguntaba Albert. ¿Cómo demonios había conseguido la heroína? No sabía si era una gran cantidad, no entendía de eso. ¿Y si no había bastante, si Édouard necesitaba más durante la travesía, que duraría varios días?, ¿cómo se las apañarían? Albert nunca había viajado en barco, temía marearse. Si no podía cuidar de su amigo, ¿quién lo haría?

Cuando no estaba durmiendo o vomitando lo poco que Albert conseguía hacerle comer, Édouard permanecía con los ojos fijos en el techo, sin moverse. No se levantaba más que para ir al baño, vigilado por Albert.

—No cierres la puerta con llave —le decía—. Así, si te pasa algo podré entrar a ayudarte.

Lo que faltaba, en el baño también. Albert no daba abasto.

Pasó el domingo entero cuidando de su amigo. Édouard estaba la mayor parte del tiempo tumbado, sudando a mares, presa de violentos espasmos seguidos de estertores. Albert iba y venía entre la habitación y el aseo con toallas húmedas, pedía caldos de carne, zumos de fruta, huevo batido con agua y azúcar... A media tarde, Édouard pidió una dosis de heroína.

—«Para aguantar» —escribió febrilmente.

Por debilidad, porque el estado de Édouard le preocupaba y la inminencia de la partida lo angustiaba, Albert aceptó, pero se arrepintió enseguida: no tenía la menor idea de cómo se hacía aquello. Una vez más, estaba jugando con fuego.

Aunque a causa de la excitación y el enorme cansancio Édouard se movía con torpeza, era evidente que estaba acostumbrado a aquello. Albert estaba descubriendo una nueva infidelidad, y se sintió herido. Aun así, ejerció de ayudante sosteniendo la jeringa, girando la ruedecilla junto a la mecha de estopa...

Aquello se parecía mucho a los inicios de su relación. La lujosa suite del hotel nada tenía que ver con el hospital militar donde dos años atrás Édouard había estado a punto de morir de septicemia mientras esperaba a que lo trasladaran a París, pero la cercanía de los dos hombres, los cuidados paternales que el primero prodigaba al segundo, la dependencia de Édouard, su profundo dolor, su desamparo, que con generosidad, torpeza y sentimiento de culpa Albert trataba de paliar, les traían a ambos recuerdos que no se sabe si resultaban reconfortantes o inquietantes. Era como si se hubiera cerrado un círculo, igual que si hubieran vuelto al punto de partida.

Inmediatamente después de la inyección, Édouard sufrió una sacudida, como si alguien le hubiera propinado un fuerte golpe en la espalda al tiempo que lo agarraba del pelo y lo estiraba hacia atrás. Duró un instante. Luego se tumbó de lado, un recobrado bienestar se reflejó en sus facciones y se sumió en un plácido atontamiento. Albert se quedó con los brazos caídos mirándolo dormitar. Sentía su pesimismo a un paso de la victoria. Aparte de que nunca había creído en el éxito de la doble estafa al banco y los suscriptores de los monumentos, ni que en caso de lograrlo consiguieran huir de Francia, no se veía capaz de coger el tren a Marsella y luego hacer una travesía de varios días en barco con un compañero en tal mal estado y sin llamar la atención. Por no hablar de Pauline, que seguía planteándole tremendos dilemas: ¿confesar? ¿Huir sin ella? ¿Perderla? La guerra había sido una prueba terrible, pero no era nada comparada con aquellos dos años de paz, que en determinados momentos adquirían visos de descenso a los infiernos. En ocasiones le entraban ganas de entregarse como prisionero y acabar de una vez.

No obstante, y como no había más remedio que actuar, al final de la tarde, aprovechando que Édouard dormía, Albert bajó a recepción y confirmó que el señor Larivière dejaría el hotel el 14 a mediodía.

—¿Cómo que lo «confirma»? —le preguntó el recepcionista.

Era un hombre alto, de rostro adusto, que había hecho la guerra y visto pasar un fragmento de metralla lo bastante cerca como para que se le hubiera llevado una oreja. Unos centímetros más, y se le habría quedado la misma cara que a Édouard. Pero no: él podía sujetarse la patilla derecha de las gafas a la cabeza con un trozo de cinta adhesiva cuyo color combinaba muy bien con el de las charreteras y que ocultaba la cicatriz del orificio por el que la metralla había penetrado en el cráneo. Albert pensó en el rumor según el cual algunos soldados seguían viviendo con la metralla que no les habían podido extraer del cerebro, pero nadie conocía en persona a ninguno de esos muertos andantes. Quizá el recepcionista fuera uno de ellos. En tal caso, no parecía demasiado afectado: había conservado intacta su capacidad para distinguir a la gente importante de la insignificante. Esbozó una imperceptible mueca. Pese a su impoluto traje y sus relucientes zapatos, Albert, dijera lo que dijese, era un hombre del pueblo, lo que tal vez se reconocía por sus ademanes, por determinado acento o por el respeto que no podía evitar mostrar ante los uniformes, aunque fuera el de recepcionista.

—Entonces, ¿el señor Eugène nos deja?

Albert lo confirmó. Así que su amigo no había avisado de que se iba... ¿Pensaba hacerlo, en realidad?

—«¡Claro que sí!» —escribió Édouard, interrogado al despertar. Trazaba letras temblorosas, pero legibles—. «¡Por supuesto! ¡El 14 nos vamos!»

—Pero no has preparado nada —repuso Albert—. Me refiero a la maleta, la ropa...

Édouard se dio un golpe en la frente: mira que soy idiota...

Con Albert casi nunca llevaba máscara. A veces el olor de su garganta, de estómago revuelto, era insoportable.

Con el paso de las horas, Édouard mejoró visiblemente. Empezó a alimentarse y, aunque las piernas no lo sostenían mucho, el lunes la mejoría parecía real y, en conjunto, tranquilizadora. Al irse, Albert estuvo a punto de incautarse de todo el material, la heroína y las últimas ampollas de morfina, pero comprendió que era una empresa difícil. Primero, porque su amigo no se lo permitiría, y segundo, porque no se sentía con fuerzas. Las pocas que le quedaban las invertiría por entero en esperar la partida, en contar las horas.

Como Édouard no había pensado en nada, fue a comprarle ropa al Bon Marché. Para asegurarse de escoger con buen gusto, consultó a un dependiente, un individuo de unos treinta años que lo miró de arriba abajo. Albert deseaba algo con estilo.

—¿Y en qué estilo había pensado?

El dependiente, al parecer muy interesado en la respuesta, se inclinó hacia Albert y lo miró a los ojos.

—Bueno, pues... —farfulló éste—. Con estilo, o sea...

—¿Sí?

Albert reflexionó. Siempre había creído que «con estilo» significaba eso, «con estilo». Señaló a su derecha, hacia un maniquí vestido por entero, de los zapatos al sombrero, abrigo incluido.

—Eso tiene estilo, creo yo...

—Ahora lo entiendo mejor —aseguró el dependiente.

Descolgó el conjunto con cuidado y lo extendió sobre el mostrador. Luego retrocedió un metro y lo contempló como si fuera la obra maestra de un famoso pintor.

—El caballero tiene muy buen gusto.

Después le recomendó más corbatas y camisas; Albert, vacilante, acabó por aceptarlo todo y después observó aliviado al dependiente mientras envolvía el vestuario completo.

—También necesitaría... un segundo conjunto —dijo entonces—. Para cuando lleguemos...

—Para cuando lleguen, muy bien —murmuró el dependiente acabando de atar el paquete—. Pero ¿para cuando lleguen adónde?

Albert no quería decirle el destino, de eso nada, al revés, había que disimular.

—Las colonias —declaró.

—Bien... —De pronto el hombre parecía muy interesado. Puede que en otros tiempos también él hubiera tenido sueños, proyectos—. Entonces, ¿un conjunto de qué tipo?

La idea que Albert tenía de las colonias era un batiburrillo de postales, fotos de revistas, cosas oídas aquí y allá...

—Algo que vaya bien para allí...

El dependiente frunció los labios con expresión cómplice: creo que tenemos justo lo que necesita. Pero esta vez nada de maniquí con el conjunto completo para hacerse una idea de cómo quedaba: mire esta chaqueta, toque la tela, ¿y estos pantalones?, nada más elegante y, al mismo tiempo, más práctico, y por supuesto, el sombrero...

—¿Usted cree? —se atrevió a preguntar Albert.

El dependiente se mostró tajante: el sombrero hace al hombre. Albert, que pensaba que eran los zapatos, compró lo que le proponían. El dependiente le dedicó una amplia sonrisa —¿porque se iba a las colonias, porque había comprado dos trajes completos?—, en la que, no obstante, Albert creyó percibir la astuta avidez que había percibido en algunos responsables del banco. No le gustó nada, y estuvo a punto de decírselo; pero no podía armar un escándalo allí, a dos pasos del hotel y a menos de dos días de su partida: no podía cometer un error que diera al traste con todos sus esfuerzos.

Compró también un baúl de cuero color pardo, un juego de dos maletas, una de las cuales serviría para llevar el dinero, y un sombrerero nuevo para su cabeza de caballo; pidió que se lo mandaran todo al hotel Lutetia.

Por último, adquirió una caja muy bonita, muy femenina, donde metió cuarenta mil francos. Antes de volver junto a Édouard, se pasó por la oficina de Correos de la rue de Sèvres para enviársela a la señora Belmont con una nota en la que precisaba que aquel dinero era para Louise, «para cuando sea mayor», y que Édouard y él contaban con ella a fin de que «lo invierta convenientemente hasta que la niña tenga edad de administrarlo».

Cuando se la entregaron, Édouard miró la ropa y asintió satisfecho, incluso alzó el pulgar: bravo, perfecto. Ya lo sabía yo, se dijo Albert, le trae sin cuidado. Y se fue a ver a Pauline.

En el taxi repasó su breve discurso y acabó de reafirmarse en la excelente decisión de contarle la verdad, porque ya no había escapatoria: estaban a 12 de julio, se marcharía el 14 si seguía con vida; ahora o nunca. Aquel propósito tenía bastante de autosugestión, porque en su fuero interno se sabía incapaz de semejante confesión.

Había meditado mucho sobre las razones que le habían impedido decidirse hasta entonces. Todas se resumían en una cuestión moral que le parecía insuperable.

Pauline era una chica de clase humilde empapada de catecismo, hija de un peón y una obrera. Nada más puntilloso en cuestiones de virtud y honestidad que esa categoría de pobres.

Le pareció más guapa que nunca. Le había comprado un sombrero que realzaba la gracia de su ovalado rostro y su luminosa y enternecedora sonrisa.

Al ver incómodo a Albert, aún más callado que de costumbre, todo el rato a punto de decir algo que al final se guardaba, Pauline se dio cuenta de que estaban viviendo uno de los momentos más delicados de su relación. No le cabía duda: quería pedirle matrimonio, pero no se atrevía. Albert no es simplemente tímido, pensaba, sino un poco cagueta. Un encanto, y más bueno que el pan, pero tienes que arrancarle las cosas con sacacorchos, si no, puedes quedarte esperando hasta el día del Juicio.

De momento, a ella le divertían sus titubeos; se sentía deseada y no lamentaba haber cedido a sus avances ni a sus propias ganas. Aunque se hacía la tonta, estaba segura de que aquello iba en serio. Desde hacía varios días, ver torturarse a Albert le producía un placer que le costaba disimular.

—En realidad, Pauline —le dijo esa noche sin ir más lejos (estaban cenando en un pequeño restaurante de la rue du Commerce)—, no acabo de estar a gusto en el banco, ¿sabes? A veces me pregunto si no debería intentar algo distinto...

Es verdad, se dijo ella, estas cosas no se las plantea uno si tiene tres o cuatro hijos. Hay que atreverse cuando se es joven.

—¿Ah, sí? —respondió Pauline distraídamente, mirando al camarero que les traía los entrantes—. ¿Como qué?

—Pues... no sé... Yo... —Parecía haber pensado mucho en la pregunta y nada en la respuesta—. Una tienda, quizá —apuntó Albert.

Pauline enrojeció. Una tienda... El no va más. Ya lo estaba viendo... «Pauline Maillard, artículos de moda y adornos de París.»

—Bah... —respondió—. ¿Una tienda de qué, a ver?

O sin apuntar tan alto: «Casa Maillard. Ultramarinos, mercería, vinos y licores.»

—Pues...

Le pasa a menudo, pensó Pauline, él sigue su idea, pero la idea no lo sigue a él...

—Tal vez no exactamente una tienda... Una empresa, más bien.

Para ella, que sólo entendía lo que veía, el concepto de empresa estaba mucho menos claro.

—¿Una empresa de qué?

—Había pensado en maderas exóticas.

Pauline se quedó paralizada. El puerro a la vinagreta se balanceó en el tenedor, a unos centímetros de sus labios.

—¿Y eso para qué sirve?

Albert dio marcha atrás rápidamente.

—O tal vez vainilla, café, cacao, cosas así...

Asintió muy seria, como solía hacer cuando no entendía nada; pero «Pauline Maillard, vainilla y cacao»... No, la verdad es que no la convencía mucho. Ni sabía a quién podía interesar.

—Sólo es una idea... —dijo Albert, comprendiendo que no iba por buen camino.

Y así, saltando de una cosa a otra y tropezando en sus propios razonamientos, se alejó de su propósito y acabó renunciando a él. Pauline se le escapaba, y él se lo reprochaba amargamente. Le daban ganas de levantarse, de irse, de esconderse bajo tierra.

Bajo tierra, Dios mío...

Siempre volvíamos a lo mismo.

41

Lo que ocurrió a partir del 13 de julio podría figurar en el programa de las escuelas de artificieros y desactivadores de minas como un excelente ejemplo de situación explosiva de encendido progresivo.

A las seis y media de esa mañana, cuando apareció *Le Petit Journal*, aún no era más que un prudente suelto, aunque en primera página. El titular aventuraba únicamente una hipótesis, pero muy prometedora:

FALSOS MONUMENTOS A LOS CAÍDOS...
¿Se avecina un escándalo nacional?

Sólo treinta líneas, pero entre «La conferencia de Spa se prolonga sin resultados», el balance de la guerra: «Europa ha perdido 35 millones de hombres» y el mísero «Programa de festividades del Catorce de Julio», del que todo el mundo estaba cansado de oír que no se parecería en nada a la fiesta nacional precedente, lógicamente, que sería insuperable, la información atrajo las miradas.

¿Qué decía el artículo? Nada. En ello residía su fuerza: dejaba el campo libre al imaginario colectivo. No se daba ninguna información, pero se sugería que «quizá» algunos municipios «habrían» encargado monumentos a los caídos a una empresa «de la que podría temerse» que sólo fuera una «empresa fantasma». Más prudencia, imposible.

Henri d'Aulnay-Pradelle fue de los primeros en leerlo. Acababa de bajar del taxi y, mientras esperaba a que abrieran la imprenta (aún no eran las siete de la mañana), compró *Le Petit Journal*, vio el suelto y sintió tanta rabia que tuvo que contenerse para no arrojarlo al suelo. Leyó, releyó y sopesó cada palabra. Aún le quedaba un poco de tiempo, lo que lo tranquilizó. Pero no demasiado, lo que duplicó su rabia.

Un trabajador con mono metió la llave en el cerrojo de la puerta de la imprenta. Henri ya estaba pisándole los talones: buenos días. Le tendió el catálogo del Recuerdo Patriótico: ustedes lo imprimieron, quiénes son sus clientes. Pero no era el jefe.

—Mire, ya viene. Ahí lo tiene.

Un hombre de unos treinta años, con pinta de antiguo encargado que se casó con la dueña, con una fiambrera en una mano y *Le Petit Journal* enrollado en la otra. No obstante, Henri aún tenía una oportunidad, no lo había abierto. Impresionaba a esos hombres porque todo en él dejaba traslucir al «señor», el tipo de cliente exigente y rico que no se fijaba en el precio. Así que cuando le preguntó si podía hablar con él, el ex encargado se limitó a responder ¡cómo no! y, mientras los tipógrafos, los impresores y los cajistas iniciaban la jornada laboral, le indicó la puerta acristalada del despacho donde recibía a los clientes.

Los empleados los miraban con disimulo. Henri se volvió para que no lo vieran, sacó doscientos francos sin decir nada y los dejó sobre la mesa.

Los trabajadores sólo habían visto al cliente, que actuaba con normalidad, de espaldas, y además se había ido enseguida. La conversación no había durado mucho, mala señal, no había hecho ningún pedido. Sin embargo, el jefe se acercó a ellos con una expresión satisfecha que los sorprendió, pues no le gustaba perder un encargo. No podía creérselo, le habían dado cuatrocientos francos, y sólo por explicarle a aquel señor que no sabía el nombre del cliente, un individuo de estatura mediana, nervioso, inquieto, diría él, agitado, que había pagado en dinero contante y sonante la mitad del pedido y el resto un día antes de la entrega, que él no sabía dónde se había hecho, porque los paquetes los había recogido un recadero, un forzudo que tiraba de un carretón con su único brazo.

—Vive por aquí.

Eso era cuanto había averiguado Henri. El impresor no conocía al recadero personalmente, pero no era la primera vez que lo veía; no es que hoy en día ser manco tuviera nada de particular, pero no había muchos que trabajaran tirando de un carretón.

—Puede que no exactamente por aquí —había puntualizado el hombre—. Quiero decir que a lo mejor no es del barrio, pero vive cerca...

Eran las siete y cuarto.

En el vestíbulo, Labourdin, jadeante, exánime, al borde de la apoplejía, se plantó delante del señor Péricourt.

—¡Presidente, presidente...! —exclamó, sin dar siquiera los buenos días—. ¡Quiero que sepa que no he tenido nada que ver! —Y le tendió *Le Petit Journal* como si quemara—. ¡Qué desastre, presidente! Pero le doy mi palabra...

Como si su palabra hubiera valido algo alguna vez.

Estaba al borde de las lágrimas.

Péricourt cogió el periódico y fue a encerrarse en su despacho. Labourdin se quedó en el vestíbulo sin saber qué hacer: ¿se iba?, ¿podía ayudar? Pero se acordó de que el presidente solía decirle: «Sobre todo, Labourdin, nunca tome la iniciativa, espere a que alguien le diga...»

Y eso hizo: se instaló en el salón, donde un momento después apareció la criada, la misma a la que le había pellizcado las tetas no hacía mucho, la morenita aquella tan excitante, que a distancia le preguntó si deseaba algo.

—Café —dijo Labourdin, rendido.

No tenía ánimos para nada.

Péricourt releyó el artículo. El escándalo estallaría esa tarde, mañana... Se levantó y arrojó el periódico sobre el escritorio sin encolerizarse: era demasiado tarde. Cada mala noticia parecía empequeñecerlo un centímetro: con los hombros caídos, se le doblaba la espalda, encogía...

Al sentarse ante el escritorio, vio el periódico del revés. La chispa que había hecho saltar aquel artículo bastaría para encender la mecha, se dijo.

Y tenía razón: en cuanto habían leído el suelto de sus colegas del *Petit Journal*, los reporteros del *Gaulois*, el *Intransigeant*, el *Temps* y el *Écho de Paris* habían corrido hacia sendos taxis para ir a hablar con sus contactos. Ante sus preguntas, la administración permaneció muda, señal de que había gato encerrado. Todos se pusieron en pie de guerra, con la certeza de que, cuando se declarara el fuego, la recompensa se la llevarían quienes estuvieran en primera línea.

El día anterior, cuando había abierto la lujosa caja del Bon Marché, apartado el papel de seda y visto el increíble conjunto que le había comprado Albert, Édouard había gritado de alegría. Le encantó en cuanto lo vio. Había un pantalón corto hasta las rodillas color caqui, una camisa beige, un cinturón con flecos, como los que llevaban los cowboys en las ilustraciones, unos calcetines altos color marfil, una chaqueta marrón clara, unas botas militares de lona y un sombrero de ala enorme, que al parecer te protegía de un temible sol. Y bolsillos por todos lados, era la monda. ¡Un traje de safari para un baile de disfraces! Sólo le faltaban el fusil de un metro y la cartuchera para convertirse en todo un Tartarín. Se lo puso enseguida y rugió de contento delante del espejo.

Con tan estrambótica vestimenta lo encontró el camarero del hotel que le llevó el pedido: un limón, champán y sopa de verduras.

Y aún la llevaba cuando se puso la inyección de morfina. Ignoraba qué efecto tenía la sucesión morfina-heroína-morfina, quizá catastrófico, pero de momento lo que sentía era bienestar, relajación, calma.

Se volvió hacia el baúl de viaje, el modelo Trotamundos, y después abrió la ventana de par en par. Sentía auténtica pasión por el cielo de la Île-de-France, que en su opinión no debía de tener muchos rivales. Siempre le había gustado París, sólo había abandonado la ciudad para ir a la guerra y no imaginaba vivir en ningún otro sitio. Tampoco hoy, qué curioso. Debía de ser efecto de las drogas: nada es del todo real ni del todo cierto. Lo que ves no es exactamente la realidad, tus ideas son volátiles, vives en un sueño, en una historia que no es del todo la tuya.

Y el mañana no existe.

Aunque esos días no tenía la cabeza para esas cosas, Albert se quedó completamente embobado. Y no era para menos: Pauline sentada en la cama, con aquel vientre tan liso convergiendo en un ombligo con unas arruguillas deliciosas, aquellos pechos perfectamente redondos, blancos como la nieve, con unas areolas de un color rosa tan delicado que daba ganas de llorar, y la crucecita de oro buscando su sitio, mareada... Un espectáculo tanto más cautivador por su gran naturalidad: Pauline estaba distraída, con el pelo todavía revuelto, porque hacía un rato había saltado sobre Albert en la cama exclamando «¡Es la guerra!» y, más valiente que nadie, lo había atacado de frente, se le había subido encima y no había tardado mucho en conseguir que él entregara las armas, vencido y satisfecho de la derrota.

No habían tenido muchos días como aquél, en los que pudieran quedarse en la cama. No había pasado más que dos o tres veces. En casa de los Péricourt, Pauline solía cumplir unos horarios imposibles; pero no ese día. Oficialmente, Albert estaba «de permiso». «El banco nos da un día más de fiesta por el Catorce de Julio», le había explicado. Si Pauline no se hubiera pasado la vida trabajando como criada para todo, la habría sorprendido que un banco diera algo, pero, al no ser así, le pareció que aquel gesto honraba a sus jefes.

Albert había bajado a comprar unos bollos de leche y el periódico. Las caseras les dejaban tener un hornillo, pero «sólo para las bebidas calientes», de modo que podían prepararse café.

Pauline, como su madre la trajo al mundo y reluciente por el esfuerzo desplegado en la guerra, bebía el café mientras se informaba de las celebraciones del día siguiente. Había doblado el periódico entero para leer el programa.

—«Adorno e iluminación de los principales monumentos y edificios públicos.» Qué bonito va a ser...

Albert estaba acabando de afeitarse. A ella le gustaban los hombres con bigote (en esa época, tampoco los había de otro tipo), pero odiaba las mejillas ásperas. Eso rasca, decía.

—Habrá que ir temprano —opinó sin alzar la cabeza del periódico—. El desfile empieza a las ocho, y Vincennes no está a la vuelta de la esquina...

Desde el espejo, Albert la observaba, hermosa como una ninfa y con una juventud insultante. Iremos al desfile, pensó, y luego ella se marchará a trabajar y yo la dejaré para siempre.

—¡En los Inválidos y en el monte Valérien dispararán salvas de artillería! —anunció, dando un sorbo al café.

Ella se pondría a buscarlo, iría allí, preguntaría, no, nadie había visto al señor Maillard... Nunca lo entendería, sentiría una enorme pena, pensaría en cientos de motivos para aquella repentina desaparición, se negaría a creer que él le hubiera mentido, no, imposible, la explicación tenía que ser más romántica, Albert habría sido víctima de un secuestro o lo habrían asesinado en algún sitio y habrían arrojado su cuerpo, que nunca aparecería, al Sena, por supuesto. Pauline se quedaría desconsolada.

—¡Jo, qué suerte la mía! —exclamó la chica—. «A las trece horas, representaciones gratuitas en los siguientes teatros: Opéra, Comédie-Française, Opéra-Comique, Odéon, Théatre de la Porte-Saint-Martin...» ¡A la una, justo cuando entro a trabajar!

A Albert le gustaba aquella historia en que desaparecía misteriosamente; le permitía interpretar un papel mudo y romántico muy distinto al real, tan censurable.

—¡«Y baile en la place de la Nation»! ¡Vaya por Dios! Acabo el servicio a las diez y media... Cuando queramos llegar casi habrá terminado... —dijo, aunque sin tristeza.

Viéndola sentada en la cama, devorando bollos, se preguntó: ¿era mujer para quedarse desconsolada? No, bastaba ver aquellos magníficos pechos, aquella boca golosa, aquel sueño hecho carne... Pensar que iba a hacerle daño, pero que se le pasaría al poco tiempo, lo tranquilizó, aunque lo hizo abstraerse un instante en aquella idea: era un hombre del que te consolabas.

—¡Dios mío! —exclamó de pronto Pauline—. ¡Qué barbaridad! ¡Qué vergüenza!

Albert, al volverse, se cortó en la barbilla.

—¿El qué? —preguntó.

Buscó la toalla: los cortes en la barbilla sangraban que no veas... ¿Tenía piedra de alumbre, por lo menos?

—Pero ¿puedes creerlo? Alguien ha vendido monumentos a los caídos... —Levantó la cabeza: no daba crédito—. ¡Monumentos «falsos»!

—¿Qué? ¿Qué? —preguntó Albert volviéndose hacia la cama.

—¡Sí, monumentos que no existen! —respondió ella, inclinada sobre el periódico—. ¡Cuidado, cariño mío, estás sangrando! Vas a ponerlo todo perdido...

—¡Déjame ver, déjame ver!

—Pero, cariñito...

Ella soltó el periódico, muy conmovida por la reacción de su Albert. Lo comprendía. Había hecho la guerra y perdido a compañeros, así que no era de extrañar que enterarse de que había gente que cometía semejantes estafas lo indignara... Pero ¿hasta tal punto? Le limpió la barbilla, que seguía sangrando, mientras él leía y releía el breve artículo.

—Vamos, cariñín, tranquilízate... No merece la pena ponerse así...

Henri se pasó el día dando vueltas por el distrito. Le habían dicho que en la rue Lamarck vivía un recadero, en el número 13 o en el 16, no estaban seguros. Pero nada, ni en un sitio ni en el otro. Henri no hacía más que coger taxis. Alguien creía que un tipo con un carretón hacía recados en lo alto de la rue Caulaincourt; pero era un local antiguo, ahora cerrado.

Entró en el café de la esquina. Eran las diez de la mañana. ¿Un tipo que tira de un carretón con un solo brazo? ¿Un recadero, dice usted? No, no le sonaba a nadie. Bajó la calle por la acera de los pares y, si hacía falta, volvería a subirla por la de los impares y recorrería todas y cada una de las calles del barrio, pero lo encontraría.

—¿Con un solo brazo? No debe de ser nada fácil tirar del carro... ¿Está seguro?

Hacia las once, Henri tomó la rue Damrémont, donde le habían asegurado que el carbonero de la esquina con la rue Ordener tenía un carretón. Lo que nadie había sabido decirle era cuántos brazos. Tardó más de una hora en recorrer la calle. Pero en la esquina del cementerio del Norte, encontró a un obrero que se mostró muy seguro.

—¡Pues claro que lo conozco! —exclamó—. ¡Es un tipo muy curioso! Vive en la rue Duhesme, en el cuarenta y cuatro. Lo sé porque es vecino de un primo mío.

Pero el número 44 de la rue Duhesme no existía, era un solar en construcción, y por allí nadie supo decirle dónde vivía ahora aquel hombre, que además seguía teniendo los dos brazos.

Albert entró en tromba en la suite del Lutetia.

—¡Mira, mira, lee! —gritaba, agitando el arrugado periódico antes los ojos de Édouard, que intentaba despertarse.

¡Durmiendo a las once de la mañana!, se dijo Albert. Pero al ver la jeringuilla y la ampolla vacía en la mesilla de noche, comprendió que la somnolencia de su amigo no tenía mucho que ver con la hora. Después de dos años de amistad, Albert tenía suficiente experiencia para distinguir de un vistazo las tomas suaves de las dañinas. Por la forma en que Édouard se desperezaba, comprendió que esta vez se trataba de una dosis leve, de las que permitían neutralizar los efectos más destructivos de la abstinencia. De todas formas, ¿cuántas dosis había tomado, cuántas veces se había pinchado después de la ingente toma que tanto los había asustado a Louise y a él?

—¿Estás bien? —le preguntó, inquieto.

¿Por qué llevaba el conjunto que le había comprado en el Bon Marché, si era para las colonias? En París desentonaba, resultaba más bien ridículo.

Pero no le preguntó. Lo urgente, lo apremiante era el periódico.

—¡Lee!

Édouard se incorporó, leyó, acabó de despertarse y arrojó el periódico al aire aullando «¡Aaarrrggg!», lo que en su idioma era un grito de júbilo.

—Pero ¿no te das cuenta? —farfulló Albert—. ¡Lo saben todo! ¡Nos encontrarán!

Édouard saltó de la cama, se acercó a la gran mesa redonda, cogió la botella de champán de la cubitera y se vertió una cantidad fenomenal en la garganta. ¡Qué ruido hacía! De pronto empezó a toser y se cogió el vientre con ambas manos, aunque seguía bailando y aullando: «¡Aaarrrggg!»

Igual que en algunos matrimonios, a veces los dos amigos intercambiaban los papeles. Édouard, al reparar en la angustia de Albert, cogió el gran cuaderno de conversación.

—«¡No te preocupes! ¡NOS VAMOS!»

Realmente, pensó Albert, no tiene el menor sentido de la responsabilidad.

—Pero ¡lee, por amor de Dios!

Édouard se santiguó varias veces. Le encantaba esa gansada.

—«¡No saben NADA!» —escribió en el cuaderno.

Albert vaciló, pero hubo de admitirlo: el suelto era muy vago.

—Puede ser —concedió—. Aunque el tiempo juega en nuestra contra.

Antes de la guerra, en la Cipale, el velódromo de Vincennes, había visto a los ciclistas persiguiéndose de tal modo que ya no se sabía quién iba delante de quién; el público estaba electrizado. Ahora quienes tenían que correr eran Édouard y él, si querían escapar de las fauces del lobo.

—Tenemos que irnos, ¿a qué esperamos?

Llevaba semanas repitiéndoselo. ¿Por qué esperar? Édouard ya tenía el millón que quería, ¿entonces?

—«Estamos esperando el barco.»

Era obvio, y, sin embargo, a Albert no se le había ocurrido: aunque salieran de inmediato hacia Marsella, la nave no zarparía hasta dentro de dos días.

—¡Cambiemos los billetes, vayamos a otro sitio...! —propuso.

—«Para llamar la atención...» —objetó Édouard.

Era sintético, pero evidente. En un momento en que la policía estaría buscándolos y los periódicos no hablarían de otra cosa, ¿podía decirle Albert al empleado de la compañía marítima tranquilamente: «Pensaba irme a Trípoli, pero si hay un barco para Conakry un poco antes me vendría mejor. Y mire, le pagaré la diferencia en metálico»?

Por no hablar de Pauline...

De pronto, palideció.

¿Y si le contaba la verdad y ella, escandalizada, lo denunciaba? «¡Qué barbaridad! —había dicho—. ¡Qué vergüenza!»

De pronto, en aquella suite se hizo el silencio. Albert se sentía acorralado.

Édouard le rodeó los hombros con un brazo cariñosamente y lo atrajo hacia él.

Pobre Albert, parecía decir.

El dueño de la imprenta de la rue des Abbesses había aprovechado la pausa del mediodía para hojear el periódico. Mientras calentaba la fiambrera y se fumaba un cigarrillo, leyó el suelto. Y se quedó petrificado.

Primero el caballero que había aparecido nada más abrir la imprenta, y ahora el periódico... Virgen santa... Aquel asunto podía dañar mucho la reputación de su empresa, pues el catálogo lo habían impreso ellos... Ahora los relacionarían con aquellos sinvergüenzas, los considerarían cómplices... Aplastó el cigarrillo en el cenicero, apagó el hornillo, se puso la chaqueta y llamó a su encargado: tenía que marcharse, y como al día siguiente era fiesta, pues hasta el jueves.

Por su parte, Henri, incansable, irritable, irascible, seguía saltando de taxi en taxi y formulaba preguntas cada vez más bruscas y recibía respuestas cada vez más parcas. De modo que acabó haciendo el enorme esfuerzo de suavizar el tono. Hacia las dos de la tarde recorrió la rue du Poteau y, después, regresó a la rue Lamarck, pasando por las de Orsel, Letort, en las que repartió propinas de diez, de veinte francos, y Mont-Cenis, donde le dio treinta a una mujer que le dijo muy convencida que el hombre al que buscaba se llamaba Pajol y vivía en la rue Coysevoux. Pero ¡qué va! Eran las tres y media de la tarde.

Entretanto, el artículo del *Petit Journal* había iniciado su lenta labor de zapa. Se cruzaban llamadas: ¿Has leído el periódico? A primera hora de la tarde algunos lectores de provincias empezaron a telefonear a las redacciones explicando que habían aportado dinero para un monumento y se preguntaban si, al hablar de víctimas, se referían a ellos.

En el *Petit Journal* sacaron un mapa de Francia y comenzaron a clavar alfileres de colores en los pueblos y las ciudades desde donde les llegaban las llamadas: telefoneaban de Alsacia, Borgoña, Bretaña, el Franco Condado, Saint-Vizier-de-Pierlat, Villefranche, Pontier-sur-Garonne e incluso desde un instituto de enseñanza media de Orleans...

Por fin, a las cinco, un ayuntamiento (hasta entonces, ninguno había querido responder; todos los concejales estaban como Labourdin, castañeteando los dientes) accedió a darles el nombre y la dirección del Recuerdo Patriótico, junto con los de la imprenta.

Los reporteros se plantaron ante el número 52 de la rue du Louvre, y estupefactos constataron que allí no había ninguna empresa. Salieron disparados hacia la rue des Abbesses. El primero que llegó, a las siete y media, se encontró la puerta cerrada.

Cuando aparecieron los periódicos vespertinos, no se disponía de mucha más información, pero lo que se sabía bastaba para mostrarse más explícito que por la mañana.

Había hechos innegables:

UNOS MERCACHIFLES VENDEN
FALSOS MONUMENTOS A LOS CAÍDOS
Se desconoce el alcance de la estafa

Todavía quedaban unas horas para trabajar, hacer y contestar llamadas, preguntar... Los diarios de la noche pudieron ser categóricos:

MONUMENTOS: ¡LA MEMORIA DE NUESTROS HÉROES,
PISOTEADA!

Miles de suscriptores anónimos, estafados
por ventajistas sin escrúpulos

ESCANDALOSA VENTA
DE FALSOS MONUMENTOS A LOS CAÍDOS
¿Cuántas víctimas?

¡LA VERGÜENZA DE LOS PROFANADORES DE LA MEMORIA!
Una banda muy organizada ha vendido
centenares de monumentos imaginarios
a los caídos

EL ESCÁNDALO DE LOS MONUMENTOS A LOS CAÍDOS:
A LA ESPERA DE LAS EXPLICACIONES DEL GOBIERNO

El botones que subió los periódicos que había pedido el señor Eugène lo encontró ataviado de colono de pies a cabeza. Y con plumas.

—¿Cómo que plumas? —le preguntaron en cuanto salió del ascensor.

—Pues, nada, eso... —explicó el chico muy despacio para prolongar el suspense—. Plumas.

Sujetaba los cincuenta francos que le habían dado de propina. Los demás no le quitaban ojo al billete, pero aquella historia de las plumas los intrigaba.

—En la espalda, como si fueran las alas de un ángel. Dos plumas grandes verdes. Muy grandes. —Aunque los otros trataban de imaginárselo, no era fácil—. Para mí que ha destrozado unos plumeros, ha pegado las plumas unas a otras y se las ha puesto —añadió el botones.

Si el botones suscitaba la envidia de los demás, no era sólo por la historia de las plumas, sino también porque se había embolsado cincuenta francos, justo cuando el rumor de que el señor Eugène se iba al día siguiente a mediodía había corrido como la pólvora. Cada cual pensaba en lo que perdería: clientes como aquél aparecen una vez en la vida, ¡si es que aparecen! Todos y cada uno de ellos calculaban mentalmente lo que había ganado tal compañero o tal otro. Deberían haber hecho un fondo común, refunfuñó alguien. En las miradas se percibía la envidia, el resquemor... ¿Cuántos encargos haría el señor Eugène antes desaparecer no se sabía dónde? ¿Y a quién encargaría los recados?

Entretanto, Édouard leía los periódicos con voracidad. ¡Volvemos a ser héroes!, se repetía.

Albert debía de estar haciendo lo mismo, pero pensando algo muy distinto.

Ahora los periódicos conocían la existencia del Recuerdo Patriótico. Por mucho que se indignaran, reconocían su astucia y su audacia («unos estafadores fuera de lo común»), aunque la expresaran escandalizándose. Quedaba por realizar un inventario de la estafa. Para ello habrían tenido que acudir al banco, aunque ¿a quién iban a encontrar que les abriera las oficinas y consultara los libros de registro? El día 15 la policía estaría preparada desde el amanecer, pero Albert y él ya se encontrarían lejos.

Lejos, se repitió Édouard. Antes de que los periódicos y la policía lleguen hasta Eugène Larivière y Louis Évrard, dos soldados desaparecidos en 1918... habremos podido visitar todo Oriente Medio.

Las hojas de periódico alfombraban el suelo, como antaño las páginas del catálogo del Recuerdo Patriótico recién impreso.

De repente, Édouard se sintió cansado. Y con calor. Después de haberse pinchado, en el momento de volver a la realidad solían darle súbitos sofocos.

Se quitó la chaqueta colonial. Las alas de ángel se soltaron y cayeron al suelo.

El recadero se hacía llamar Coco. Para compensar el brazo perdido en Verdún se había hecho un arnés especial que se pasaba por delante del pecho y alrededor de los hombros e iba unido a una vara fijada a la parte delantera del carretón. Los mutilados, en especial quienes sólo contaban con los subsidios del Estado, habían tenido que aguzar el ingenio: se veían veteranos sin piernas en cochecitos muy imaginativos, artilugios caseros de madera, hierro o cuero en sustitución de manos, pies... El país contaba con excombatientes la mar de creativos, lástima que la mayoría estuvieran en paro.

Bueno, pues al tal Coco, obligado por el arnés a tirar del carretón con la cabeza agachada y el cuerpo un poco torcido, lo que aún lo asemejaba más a un caballo de tiro o un buey, Henri lo encontró en la esquina de la rue Carpeaux con la rue Marcadet. Agotado tras haberse pasado el día de un lado a otro y rastreando todo el distrito, en cuanto vio al recadero, Pradelle, que se había gastado una fortuna en falsas pistas, comprendió que le había tocado el gran premio. Pocas veces se había sentido tan eufórico.

En torno al asunto de los monumentos, tan importante para el viejo Péricourt, se iba a armar la de Dios es Cristo (Henri había leído el periódico de la noche), pero él estaba en condiciones de ganarles por la mano a todos y llevarle al vejestorio suficiente información como para que se dignara hacer la prometida llamada al ministro, que lo absolvería de sus pecados.

Henri quedaría más limpio que la nieve, se beneficiaría de una nueva virginidad, podría empezar de cero, sin olvidar lo que ya había ganado: la reconstrucción íntegra de la Sallevière y una cuenta en el banco que seguía aspirando los fondos del Estado como una bomba de succión. Había echado el resto en aquel asunto, así que, ahora que tenía la sartén por el mango, iban a enterarse de quién era él.

Metió la mano en el bolsillo donde llevaba los billetes de cincuenta francos, pero cuando Coco levantó la cabeza, la metió en el otro, el de los billetes de veinte y las monedas, porque con un poco de calderilla conseguiría el mismo resultado. La agitó dentro del pantalón para hacer sonar la chatarra y formuló su pregunta. Ese lote de catálogos que recogió en la rue des Abbesses... Ah, sí, dijo Coco. ¿Adónde lo llevó? Cuatro francos. Henri los dejó en la mano del recadero, que se deshizo en agradecimientos.

De nada, pensó Henri, ya en el taxi camino del pasaje Pers.

La gran casa, con la valla de madera a un lado como le había descrito Coco, apareció al otro lado de la ventanilla. Vaya si me acuerdo: tuve que acercar el carretón al pie de la escalera; ya había ido una vez, a llevar un asiento... ¿Cómo lo llamaban ellos? Bueno, un asiento, de eso hace mucho, meses y meses, pero entonces me ayudó uno de los dos, en cambio, con los dichosos catálogos de... de no sé qué... Coco no sabía leer muy bien; por eso tiraba de un carretón.

Henri le dice al taxista espéreme aquí, tendiéndole un billete de diez francos. El hombre se pone muy contento: el tiempo que quiera, excelencia.

Pradelle abre la valla y entra en el patio. Ya está al pie de la escalera. Mira hacia arriba; nadie a la vista. Decide arriesgarse y sube con cautela, dispuesto a todo. ¡Ah, cuánto le gustaría tener una granada en esos momentos! Pero no hace falta; empuja la puerta: el piso está vacío. Desierto, más bien. Se nota en el polvo, en la vajilla... No es desorden, sino el peculiar abandono de una vivienda desocupada.

De pronto, un ruido a su espalda. Se vuelve, se precipita hacia la puerta... Unos golpes secos, chas, chas, chas, las pisadas de una niña que baja la escalera a toda prisa y se escabulle. Sólo le da tiempo a verla por detrás... ¿Cuántos años tiene? Ni idea, él no entiende de niños...

Pone el piso patas arriba, lo arroja todo al suelo... Nada, ningún papel, pero sí un catálogo del Recuerdo Patriótico bajo una pata del armario para que no cojee...

Henri sonríe. Su amnistía está a la vuelta de la esquina.

Baja la escalera de cuatro en cuatro, vuelve a abrir la valla y sube por la calle hasta la puerta de la casa. Llama una, dos, tres veces, estrujando el catálogo, poniéndose nervioso, cada vez más, hasta que al fin la puerta se abre y aparece una mujer de edad indeterminada, triste como un funeral, muda. Henri le enseña el folleto y señala hacia el edificio del fondo del patio. Busco a los inquilinos, le dice, y saca dinero. Esta vez no es a Coco a quien tiene delante; intuye que es mejor enseñar un billete de cincuenta. La mujer lo mira, pero ni siquiera extiende la mano, como si no entendiera. Pero Henri está seguro: lo ha entendido. Repite la pregunta.

Y de nuevo, discretos, los mismos ruidos, chas, chas, chas. A lo lejos, a su derecha, la niña echa a correr hacia el final de la calle.

Henri sonríe a la mujer sin edad, sin voz, sin mirada, un ectoplasma: no importa, gracias. Se guarda el billete, que por hoy ya está bien de gastar, y regresa al taxi. Y ahora, ¿adónde quiere ir su excelencia?

A cien metros de allí, en la rue Ramey, hay coches de caballos y taxis. Se ve que la mocosa está acostumbrada: le dice algo al taxista y le enseña el dinero, a ver, no es muy normal que una cría de su edad pida un taxi, a uno le entran dudas, aunque no duran mucho, porque la pequeña lleva dinero y una carrera es una carrera, anda, guapa, sube. La niña entra y el taxi arranca.

Rue Caulaincourt, place de Clichy, Saint-Lazare, rodean la Madeleine... Todo está adornado para el Catorce de Julio. En su calidad de héroe nacional, Henri se siente aludido. En el puente de la Concorde piensa en los Inválidos, allí cerca, donde mañana dispararán salvas de cañón. Pero no hay que perder de vista el taxi de la cría, que se mete en el bulevar Saint-Germain y luego toma la rue des Saints-Pères. Henri se aplaude mentalmente: me apuesto lo que sea a que la mocosa va al Lutetia.

Muchas gracias, excelencia. Henri se ha gastado en el taxi el doble de lo que le ha dado a Coco: cuando estás contento no cuentas el dinero.

La niña viene a menudo, no cabe duda: lo que tarda en pagar la carrera y ya está en la acera, donde el portero la saluda con una inclinación de cabeza. Henri reflexiona unos instantes.

Dos opciones.

Esperar a la mocosa, pescarla en cuanto salga, llevársela de allí, arrancarle la piel a tiras detrás de cualquier puerta cochera, averiguar lo que quiere saber y arrojar los restos al Sena. A los peces les encantará la carne tierna.

La otra: entrar e informarse.

Entra.

—¿El señor...? —le pregunta el recepcionista.

—D'Aulnay-Pradelle. —Le tiende una tarjeta de visita—. No he reservado...

El hombre coge la tarjeta. Henri separa las manos en un gesto entre impotente y apurado, pero también cómplice, el del individuo al que van a hacerle un gran favor, pero sabe ser agradecido y lo demuestra por adelantado. Para el recepcionista sólo los buenos clientes tienen esa actitud tan elegante, tan... Entiéndase, los clientes ricos. Estamos en el Lutetia.

—No creo que haya ninguna dificultad, señor... —dice, y mirando la tarjeta—: señor d'Aulnay-Pradelle. Veamos... ¿Habitación o suite?

Entre un aristócrata y un lacayo, siempre hay lugar para el entendimiento.

—Suite —responde Henri.

Evidentemente. El recepcionista babea —para sus adentros: es un profesional— y se guarda los cincuenta francos.

42

Al día siguiente, el metro, los tranvías y los autobuses que se dirigían a Vincennes iban de bote en bote desde las siete de la mañana. En la avenida Daumesnil, taxis, coches de caballos y charabanes formaban interminables hileras, entre las que zigzagueaban los ciclistas, mientras en las aceras los peatones apretaban el paso... Albert y Pauline no eran conscientes de la curiosa imagen que ofrecían. Él caminaba con los ojos clavados en el suelo, como si estuviera enfadado o preocupado, mientras ella, con la cabeza alzada, caminaba sin dejar de contemplar el dirigible cautivo que oscilaba lentamente sobre el campo de maniobras.

—¡Date prisa, tesoro! —urgía cariñosamente a Albert—. ¡Vamos a perdernos el principio!

Sin embargo, lo decía sin convicción, por decir algo. De todas formas, la multitud había tomado las tribunas al asalto.

—Pero bueno, ¡¿a qué hora ha llegado esta gente?! —exclamó, asombrada.

Ya se veían, perfectamente formadas, inmóviles y trémulas, como impacientes, las tropas especiales y las de las academias, las fuerzas coloniales y, tras ellas, la artillería y la caballería. Como no quedaba sitio más que bastante lejos, unos charlatanes muy avispados alquilaban cajas de madera para que los rezagados pudieran subirse y ver por encima del gentío. Los precios iban de uno a diez francos. Pauline consiguió dos por un franco cincuenta.

El sol ya se había alzado sobre Vincennes. Los colores de los vestidos de las mujeres y de los uniformes contrastaban con las negras levitas y los sombreros de copa de las autoridades. Seguramente sería cosa de la imaginación popular, pero los miembros de las clases dirigentes parecían muy preocupados. Y quizá lo estuvieran, al menos algunos, porque todos habían leído *Le Gaulois* y *Le Petit Journal* a primera hora. El asunto de los monumentos a los caídos había causado una conmoción general. Que se hubiera destapado justo el día de la fiesta nacional no parecía fruto del azar; era una señal, una especie de desafío. «¡Francia, injuriada!», titulaban unos, «¡Nuestros Gloriosos Muertos, insultados!», clamaban otros sin escatimar mayúsculas. Porque ya no cabía duda: una empresa que llevaba el ignominioso nombre de Recuerdo Patriótico había vendido cientos de monumentos antes de volatilizarse con lo recaudado. Se hablaba de un millón de francos, incluso de dos, pero nadie era capaz de cuantificar los daños. La rumorología se había apoderado del escándalo y, a la espera del desfile, la gente intercambiaba información salida de no se sabía dónde: sin duda, se trataba de «¡otra jugada de los boches!». No, afirmaban otros basándose en fuentes igual de fiables, pero lo seguro era que los estafadores habían huido con más diez millones.

—¡Diez millones! ¿Puedes creerlo? —le preguntó Pauline a Albert.

—A mí me parece una exageración —opinó Albert con una vocecilla tan baja que casi no se oyó ni él.

Como era costumbre en Francia se pedía que rodaran cabezas, pero también porque el gobierno estaba «salpicado». *L'Humanité* lo explicaba muy bien: «Puesto que la construcción de esos monumentos a los caídos requiere casi siempre la participación del Estado en forma de subvenciones, por lo demás ridículamente modestas, ¿puede alguien creer que ninguna autoridad se hallara al corriente?»

—De todas formas —dijo un hombre detrás de Pauline—, para dar un golpe así, hay que ser muy profesional.

La extorsión de fondos indignaba a todo el mundo, pero nadie podía evitar sentir cierta admiración. ¡Qué cara más dura!

—Es verdad —opinó Pauline—. Desde luego, son buenos, eso hay que reconocerlo.

A Albert no le llegaba la camisa al cuerpo.

—¿Qué te pasa, cielo? —le preguntó la chica, acariciándole la mejilla—. ¿Te aburres? ¿O es porque ver tantas tropas y oficiales te trae recuerdos? ¿Es eso?

—Sí —respondió Albert—, es eso.

Mientras sonaban los primeros acordes de *Sambre-et-Meuse*, tocado por la Guardia Republicana, y el general Berdoulat, que encabezaba el desfile, saludaba con su sable al mariscal Pétain, rodeado por un Estado Mayor de oficiales de alta graduación, Albert pensaba: ¡Diez millones de botín! ¡No te digo! Acabarán cortándome la cabeza por la décima parte de eso.

Eran las ocho. Había quedado con Édouard en la estación de Lyon a las doce y media, porque el tren a Marsella salía a la una. Y Pauline se quedaría sola. Y él, sin Pauline. ¡Menuda ganancia!

A continuación, desfilaron los alumnos de la Escuela Politécnica, los cadetes de la Academia Militar de Saint-Cyr, con su penacho tricolor, la Guardia Republicana y el cuerpo de bomberos, tras los que venía la infantería, de azul horizonte, ovacionada por la multitud, que gritaba «¡Viva Francia!».

Cuando sonaron los gloriosos cañonazos disparados en los Inválidos, Édouard estaba delante del espejo. Hacía tiempo que le preocupaba el tono rojo carmín que habían adquirido las mucosas de su garganta. Se sentía cansado. La lectura de los periódicos matinales no le había producido la misma alegría que el día anterior. ¡Qué deprisa envejecían las emociones! ¡Y qué mal su garganta!

¿Qué aspecto tendría con el paso de los años? El agujero de su cara ocupaba el espacio destinado a las arrugas, salvo la frente. Se entretuvo pensando que las arrugas que no encontraran su sitio en las inexistentes mejillas o en torno a los inexistentes labios emigrarían a la frente, como esos ríos desviados de su cauce que buscando una salida toman el primer camino que encuentran. De viejo, no sería más que una frente tan llena de surcos como un campo de maniobras sobre un agujero carmesí.

Miró la hora. Las nueve. Y un cansancio increíble... La doncella le había dejado el traje colonial al completo sobre la cama.

Yacía en ella cuan largo era, como un muerto despojado de su materia.

—¿Es así como lo quería? —le había preguntado la chica, insegura.

Aunque, tratándose de él, ya nadie se sorprendía de nada, aquella chaqueta con aquellas plumas verdes tan grandes cosidas a la espalda...

—¿Para salir... a la calle? —había murmurado, extrañada.

Por toda respuesta, Édouard le había puesto en la mano un billete arrugado.

—Entonces, ¿puedo decirle al botones que venga a buscar su baúl?

El equipaje saldría antes que él, sobre las once, para cargarlo en el tren. Édouard sólo se quedaría el petate, aquella reliquia, con sus escasas pertenencias. Las cosas importantes, siempre las llevaba Albert. Tengo miedo de que lo pierdas, decía.

Al pensar en su amigo se sintió mejor, incluso un poco orgulloso: por primera vez desde que se conocían, era como si él se hubiera convertido en el padre y Albert, en el hijo. Porque en el fondo, Albert, con sus miedos, sus pesadillas y sus ataques de pánico, no era más que un crío. Como Louise, que el día anterior había vuelto por sorpresa. ¡Qué alegría verla!

La niña estaba sin aliento.

Un hombre había estado en el pasaje. Édouard se había inclinado hacia ella: a ver, cuéntame.

Está buscándoos, estuvo husmeando y haciendo preguntas, pero por supuesto no le dijimos nada. Iba solo. Sí, en taxi. Édouard le acarició la mejilla y le bordeó con el índice el contorno de los labios. Sí, eres un encanto, has hecho bien, pero ahora vete, es tarde. Le habría gustado besarla en la frente. Y a ella que lo hiciera. Louise se había encogido de hombros y, tras una breve vacilación, se había marchado.

Un hombre solo, en taxi... No era la policía. ¿Tal vez un reportero más espabilado que otros que había dado con el pasaje? ¿Y qué? Sin nombres, ¿qué iba a hacer? Ni aun con nombres. ¿Cómo se las apañaría para encontrar a Albert en el cuarto que alquilaba y a él allí? Además, el tren saldría en cuestión de horas.

Sólo un poco, se dijo. Esta mañana, nada de heroína, solamente una pizca de morfina. Debía estar despejado, dar las gracias al personal, despedirse del recepcionista, subir al taxi, llegar a la estación, encontrar el tren, esperar a Albert... Luego vendría la sorpresa que lo colmaría de alegría. Aunque Albert le había enseñado su billete, Édouard se había puesto a rebuscar y había encontrado los otros, expedidos a nombre del señor y la señora Évrard.

Así que había una chica... Hacía tiempo que lo sospechaba. Pero ¿por qué se andaba con tantos secretitos en ese tema? Un crío.

Se puso la inyección. La sensación de bienestar fue inmediata. Se sentía tranquilo, ligero... Había tenido cuidado con la dosis. Se tumbó en la cama y se pasó el índice alrededor del agujero de la cara. Mi traje colonial y yo somos como dos muertos tendidos uno al lado del otro, uno vacío y el otro hueco.

A excepción de las cotizaciones en Bolsa, que estudiaba concienzudamente mañana y tarde, y algún que otro artículo económico, Péricourt no leía el periódico. Los leían en su lugar, le redactaban resúmenes y le señalaban las noticias importantes. No había querido romper la norma.

En el vestíbulo, en una mesita de servicio, había visto el titular del *Gaulois*. Idioteces. Hacía días que sabía que el escándalo era inminente; no necesitaba leer la prensa para adivinar lo que decían.

Su yerno había ido a la caza para nada, y demasiado tarde. Aunque tal vez no, puesto que ahora estaban frente a frente.

Péricourt no hizo preguntas, se limitó a entrelazar las manos sobre el escritorio. Esperaría el tiempo necesario, pero no preguntaría. En cambio podía darle una información suculenta.

—He hablado por teléfono con el ministro de las Pensiones en relación con su asunto.

Henri no se había imaginado la conversación de esa manera, aunque bien mirado daba igual. Lo importante era verse absuelto.

—Me ha confirmado que es serio —prosiguió Péricourt—. Me ha dado algunos detalles... Muy serio, diría yo.

Henri estaba intrigado. ¿Qué intentaba el viejo, subir la apuesta, negociar sobre lo que tenía que darle a cambio?

—He encontrado a su hombre —le soltó.

—¿Quién es?

La pregunta le había salido fulminada. Buena señal.

—¿Y qué dice su amigo el ministro de ese asunto mío tan «serio»?

Los dos dejaron que se hiciera el silencio.

—Que tiene difícil arreglo. ¿Qué quiere usted? Los informes han estado circulando, ya no es un secreto...

Para Henri era impensable renunciar, y más ahora. Vendería su piel al precio que hiciera falta.

—Que el arreglo sea difícil no significa que sea imposible.

—¿Dónde está ese hombre? —le preguntó su suegro.

—En París. De momento. —Henri se calló y se miró las uñas.

—¿Está seguro de que es él?

—Totalmente.

Henri había pasado la velada en el bar del Lutetia. Por un momento, había dudado si avisar a Madeleine; pero no merecía la pena: ella nunca se preocupaba de dónde estaba.

La primera información se la había proporcionado el barman: allí no se hablaba más que del tal señor Eugène, que había llegado hacía quince días. Su presencia lo eclipsaba todo, las últimas noticias, las celebraciones del Catorce de Julio... Aquel hombre monopolizaba la atención general. Y se había ganado la inquina del barman: «¡Imagínese! No da propinas más que a la gente a la que ve, así que, cuando pide champán, se la da a quien se lo lleva, y al que se lo ha preparado, nada de nada, es un patán, si quiere mi opinión. Bueno, espero que no sea usted uno de sus amigos... ¡Ah, y también se habla mucho de la niña! Pero no viene por aquí, el bar no es sitio para críos.»

En pie desde las siete, Henri pasó la mañana sonsacando al personal: al botones que le llevó el desayuno, a la doncella... También pidió los periódicos para tener así ocasión de preguntarle a alguien más. Y todo encajaba. Realmente era un cliente muy poco discreto. Seguro de su impunidad.

La niña que había estado allí la tarde anterior se correspondía punto por punto con la cría a la que había seguido. E iba a ver a un solo cliente, siempre el mismo.

—Se va de París —dijo Henri.

—¿Con qué destino? —le preguntó su suegro.

—En mi opinión va a abandonar el país. A mediodía. —Henri dejó que la información produjera el deseado efecto y añadió—: A este menda le parece que luego será difícil encontrarlo.

Este menda... Sólo alguien de su calaña podía usar semejante expresión. Curiosamente, y aunque no fuera demasiado estricto en cuestiones de vocabulario, aquella vulgaridad en boca del hombre al que había entregado la mano de su hija escandalizó a Péricourt.

Por la calle pasó una banda militar, lo que los obligó a guardar silencio. Debía de haber una pequeña multitud siguiendo a los músicos, porque se oían chillidos infantiles, petardos...

Cuando volvió la calma, Péricourt decidió abreviar.

—Intervendré ante el ministro y...

—¿Cuándo?

—En cuanto usted me haya dicho lo que quiero saber.

—Se llama, o se hace llamar, Eugène Larivière. Se aloja en el Lutetia...

Convenía redondear la información, pagarle mejor al viejo. Henri entró en detalles: las extravagancias de aquel vividor, las orquestas de cámara, las máscaras para que nunca le vieran la cara, las colosales propinas... Decían que se drogaba. La tarde anterior, la doncella había visto un traje colonial... Y había un baúl.

—¿Cómo que plumas? —lo interrumpió su suegro.

—Sí. Verdes. Como alas.

Péricourt se había formado su propia idea del estafador a partir de lo que sabía sobre ese tipo de malhechores, y no se parecía en nada al retrato de su yerno. Henri comprendió que su suegro no se lo creía.

—Vive a todo tren, gasta el dinero a espuertas y tiene una generosidad extrañísima.

Bien dicho. Hablar de dinero colocaba de nuevo al viejo en su terreno. Dejémonos de orquestas y alas de ángel, y centrémonos en la pasta. Alguien que roba y gasta: algo comprensible para un hombre como su suegro.

—¿Lo ha visto?

¡Ay, eso sí que había sido una lástima! ¿Qué contestaba? Había estado en la planta, sabía el número de la suite, la 40, al principio le habían entrado ganas de verle la cara; quizá, ya que estaba solo, incluso de atraparlo. Nada más fácil: llamaba a la puerta, el tipo abría y caía redondo al suelo. Luego, un cinturón alrededor de las muñecas... Pero ¿y después?

¿Qué quería el señor Péricourt exactamente? ¿Entregárselo a la policía? Como el viejo no había revelado nada sobre sus intenciones, Henri se había vuelto al bulevar Courcelles.

—Deja el Lutetia a mediodía —repitió—. Está a tiempo de hacer que lo detengan.

A Péricourt eso no se le había pasado por la cabeza. Había querido encontrar a aquel hombre por motivos personales. Incluso habría preferido ayudarlo a huir antes que compartirlo con nadie. Le venían a la mente imágenes de una detención espectacular, de una interminable instrucción, de un juicio...

—Bien.

A su modo de ver, la conversación había acabado, pero Henri no se movía. Al contrario; descruzó las piernas y volvió a cruzarlas para dar a entender que no tenía ninguna prisa, que pensaba obtener entonces lo que se había ganado y que no se iría sin nada.

Péricourt descolgó el auricular, pidió a la operadora que lo pusiera con el ministro de las Pensiones, en su casa, en el ministerio, donde estuviera, porque era urgente y necesitaba hablar con él. Tuvieron que esperar sumidos en un incómodo silencio.

Por fin, sonó el teléfono.

—Bien. Que me llame inmediatamente después —dijo con calma Péricourt—. Sí, muy urgente. —Y se volvió hacia Henri—. El ministro está en el desfile de Vincennes. Llegará a casa dentro de una hora.

Henri no podía soportar la idea de quedarse allí ese tiempo o más. Se levantó. Ambos hombres, que nunca se estrechaban la mano, se midieron con la mirada una vez más y se separaron.

Péricourt oyó los pasos de su yerno al alejarse; luego, se sentó de nuevo, se volvió y miró por la ventana: el cielo era de un azul impoluto.

Entretanto, Henri se preguntaba si debía ir a ver a Madeleine.

Va, sí, por una vez no pasaba nada.

Sonaron las trompetas, la caballería levantó toneladas de polvo, después pasaron las enormes piezas de la artillería pesada tiradas por tractores, seguidas de ametralladoras y cañones mecanizados que parecían fortines rodantes y de carros de combate. Y se acabó. Eran las diez. El desfile había dejado una extraña sensación de plenitud y vacío a la vez, como la que se siente cuando acaban unos fuegos artificiales. La muchedumbre se volvió a casa lentamente, casi en silencio, salvo los niños, contentos de poder correr al fin.

Mientras caminaban, Pauline se colgó del brazo de Albert.

—¿Dónde encontraremos un taxi? —preguntó él con voz inexpresiva.

Tenían que pasar por la casa de huéspedes, donde Pauline se cambiaría antes de ir a trabajar.

—¡Bah, ya hemos gastado bastante! —dijo ella—. Cojamos el metro. Tenemos bastante tiempo, ¿no?

Péricourt esperaba la llamada del ministro. Cuando sonó el teléfono, eran casi las once.

—¡Ay, mi querido amigo, lo siento...!

Pero la voz del ministro no era la de alguien que lo sentía. Hacía días que temía aquella llamada y estaba sorprendido de que aún no se hubiera producido: lógicamente, tarde o temprano Péricourt acabaría interviniendo en favor de su yerno.

Y sería sumamente embarazoso: le debía mucho al banquero, pero esta vez no podía hacer nada. El asunto de los cementerios se le había escapado de las manos; hasta el Presidente del Consejo estaba conmocionado: qué quería que hiciera ahora...

—Es en relación con mi yerno... —empezó a decir Péricourt.

—¡Ah, amigo mío, qué lamentable...!

—¿Grave?

—Gravísimo. Hay inculpación.

—¿Ah, sí? ¿Hasta ese punto?

—¡Pues sí! Manipulación de licitaciones del Estado, encubrimiento de fraude, robo, tráfico, tentativa de soborno... ¡Más grave imposible!

—Bien.

—¿Cómo que bien? —preguntó el ministro, desconcertado.

—Sólo quería conocer la magnitud del desastre.

—Enorme, mi querido Péricourt, escándalo asegurado. ¡Sin contar lo que se nos viene encima en estos momentos! Admitirá usted que con ese asunto de los monumentos a los caídos estamos atravesando un período funesto... Así que, compréndalo, pensé en interceder por su yerno, pero...

—¡No haga nada!

El ministro no daba crédito a sus oídos. ¿Nada?

—Quería informarme, eso es todo —repitió Péricourt—. Tengo medidas que tomar respecto a mi hija, pero en lo que respecta al señor d'Aulnay-Pradelle, que la justicia haga su trabajo. Es lo mejor. —Y añadió estas palabras cargadas de significado—: Lo mejor para todos.

Al ministro, salir tan fácilmente del apuro le pareció un milagro.

Péricourt colgó. La condena de su yerno, que acababa de pronunciar sin la menor vacilación, sólo le inspiró una idea: ¿debo advertir a Madeleine enseguida?

Consulto su reloj. Lo haría más tarde.

Pidió el coche.

—Sin chófer, yo conduciré.

A las once y media, Pauline seguía inmersa en la euforia del desfile, la música, las explosiones, los rugidos de los motores... Acababan de llegar a la pensión.

—¡Hay que ver! —exclamó, quitándose el sombrero—. ¡Pedir un franco por una mísera caja de madera!

Albert estaba inmóvil en el centro de la habitación.

—Pero bueno, ¿te encuentras mal, cielo? ¡Estás blanco como la pared!

—Soy yo —murmuró.

Se sentó en la cama y se quedó mirándola, rígido.

Ya estaba, había confesado, aunque no sabía qué pensar de aquella súbita decisión ni qué añadir. Las palabras habían salido de su boca sin su intervención. Como si hablara otro.

Pauline lo miró con el sombrero todavía en la mano.

—¿Cómo que eres tú?

Albert parecía enfermo. Pauline fue a colgar el abrigo y volvió a su lado. Estaba blanco como el papel. Claro que estaba enfermo. Le puso la mano en la frente. Lo que ella decía: tenía fiebre.

—¿Has cogido frío?

—Me voy, Pauline, me marcho —dijo él con el rostro descompuesto.

El malentendido sobre su salud no duró un segundo más.

—¿Te vas? —replicó ella al borde de las lágrimas—. ¿Cómo que te vas? ¿Me dejas?

Albert recogió el periódico que seguía al pie de la cama, doblado por la página del artículo sobre el escándalo de los monumentos, y se lo tendió.

—Soy yo —repitió.

Ella necesitó unos segundos para comprender. Luego se mordió el puño.

—Dios mío...

Albert se levantó, abrió un cajón de la cómoda, cogió los billetes de la compañía marítima y le entregó el suyo.

—¿Quieres venir conmigo?

Los ojos de Pauline estaban tan fijos como las bolitas de cristal de los maniquíes de cera. Con la boca abierta, miró los billetes y después el periódico sin salir de su estupefacción.

—Dios mío... —repetía.

Albert hizo lo único que podía hacerse. Se levantó, se agachó, sacó la maleta de debajo de la cama, la dejó sobre la colcha y la abrió. Rebosaba de billetes grandes en gruesos fajos.

Pauline soltó un gritito.

—El tren sale hacia Marsella dentro de una hora —le explicó Albert.

Disponía de tres segundos para elegir entre ser rica o seguir como criada.

Sólo necesitó uno.

Por supuesto, había influido lo de la maleta llena de dinero, pero curiosamente lo que había inclinado la balanza habían sido los billetes donde se leía en azul: «Cabina de primera clase.» Lo que eso representaba...

Cerró la maleta de un manotazo y corrió a ponerse el abrigo.

Para Péricourt la aventura del monumento había terminado. No sabía por qué se dirigía al Lutetia; no tenía intención de entrar, ni de ver a aquel individuo o hablar con él. Tampoco de denunciarlo o de impedir que huyera. Por primera vez en su vida aceptaba la derrota.

Porque era indiscutible que lo habían vencido.

Por raro que pareciera, casi se sentía aliviado. Perder era algo humano.

Y además, aquello era un final, y él necesitaba uno.

Se dirigía al hotel del mismo modo que habría firmado al pie de un reconocimiento de deuda, porque es una muestra de coraje necesaria y no se puede hacer otra cosa.

No era una guardia de honor —en un hotel de lujo, las cosas no se hacían así—, pero se asemejaba mucho: todo el personal que había atendido al señor Eugène lo esperaba en el vestíbulo. Salió del ascensor gritando como un loco, enfundado en la chaqueta colonial, con las alas de ángel hechas con plumeros a la espalda —ahora se veía claramente.

No llevaba una de aquellas estrambóticas máscaras con que hasta entonces había regocijado al personal del hotel, sino la de «hombre normal», inexpresiva pero muy realista. La misma con la que había llegado.

Seguramente no volverían a ver nada igual. El recepcionista lamentó no haber llamado a un fotógrafo. El señor Eugène, más señor que nunca, repartía billetes, billetes grandes, a todo el mundo —«¡Gracias, señor Eugène, hasta pronto!»—, como un santo sus bendiciones: quizá, de ahí lo de las alas. Pero ¿por qué verdes?, se preguntaban algunos.

Unas alas... Qué idiotez, se decía Péricourt, recordando la conversación con su yerno. Circulaba por un bulevar Saint-Germain con poco tráfico, apenas unos cuantos automóviles y coches de caballos. Hacía un día estupendo. Su yerno había hablado de «excentricidades»; además de las alas, había mencionado también unas orquestas, ¿no? Al fin comprendía que su alivio se debía al hecho de haber perdido una batalla que no podía ganar, porque ni aquel mundo ni aquel adversario eran los suyos. No se puede luchar contra algo que no se comprende.

Lo que no se comprende simplemente hay que aceptarlo, habrían podido filosofar los empleados del hotel Lutetia mientras se guardaban en el bolsillo las bendiciones del señor Eugène, que con el petate a la espalda y sin dejar de gritar, avanzaba a grandes zancadas, rodillas en alto, hacia las puertas abiertas de par en par ante el bulevar.

Péricourt podía haberse evitado incluso el desplazamiento. ¿Por qué se había impuesto esa ridícula obligación? Bah, más valía volverse, se dijo. Como ya estaba en el bulevar Raspail, pasaría de largo ante el hotel, tomaría por la primera calle a la derecha y regresaría a casa. Y sanseacabó. Aquella decisión fue una liberación.

El recepcionista del Lutetia también estaba deseando que aquella comedia llegara a su fin: los demás clientes consideraban el carnaval del vestíbulo «de muy mal gusto». Y aquella lluvia de dinero convertía a los empleados en mendigos, era indecente, ¡que se fuera de una vez!

El señor Eugène debió de notar algo, porque de pronto se detuvo como un animal que intuye la presencia de un depredador. Su inestable postura contrastaba con la impasibilidad de la máscara, de facciones fijas, como paralizadas.

De repente extendió el brazo y, señalando la esquina del vestíbulo donde una empleada acababa de desempolvar las mesitas bajas, soltó un grito alto y claro «¡Aaarrrggg!» y echó a correr hacia la mujer, que al ver que aquel hombre de rostro pétreo y atuendo colonial se abalanzaba sobre ella agitando sus grandes alas verdes, se llevó un susto de muerte. «¡Qué miedo pasé, Dios mío! ¡Y cómo nos reímos después! Lo que quería era la escoba.» «¿La escoba?» «Como lo oye.» En efecto, el señor Eugène la agarró, se la echó al hombro como si fuera una larga carabina y empezó a marcar el paso, marcial y renqueante, sin dejar de chillar, al ritmo de una música silenciosa que todos los presentes tenían la sensación de oír.

Y así, con paso militar y balanceando las grandes alas verdes, fue como cruzó la puerta del hotel y se plantó en la acera, bañada por el sol.

Al volverse hacia la izquierda vio un coche que se acercaba rápidamente a la esquina del bulevar. Lanzando la escoba al aire, salió corriendo.

Péricourt acababa de acelerar cuando divisó la pequeña multitud congregada ante el hotel; justo estaba pasando por delante de la entrada en el instante en que Édouard echó a correr. Contra lo que pueda suponerse, lo que vio no fue un ángel que volaba hacia él, porque con aquella pierna rígida Édouard no llegó a despegar del suelo: se plantó en mitad de la calzada y, mirando al cielo, abrió los brazos de par en par ante el vehículo que se acercaba e intentó elevarse en el aire, pero ahí acabó todo.

O casi.

Péricourt no habría podido detenerse. Pero sí frenar. Paralizado por la sorprendente aparición surgida de la nada —no el ángel con atuendo colonial, sino el rostro de Édouard, de su hijo, intacto, inmóvil, pétreo, como una máscara mortuoria cuyos rasgados ojos expresaban una inmensa sorpresa—, fue incapaz de reaccionar.

El vehículo embistió al joven de lleno.

Se oyó un ruido sordo, lúgubre.

Y entonces, el ángel voló realmente.

Salió despedido por los aires. Aunque fue un vuelo muy poco elegante, como el de un avión envuelto en llamas, por un fugaz instante todo el mundo vio con claridad al joven con el cuerpo arqueado, la mirada fija en el cielo y los brazos muy abiertos, igual que en una ascensión. Después, cayó y se estrelló contra el suelo, golpeando violentamente con la cabeza el bordillo de la acera. Y eso fue todo.

• • •

Albert y Pauline subieron al tren justo antes de las doce. Fueron los primeros viajeros en ocupar sus asientos. Ella lo acribilló a preguntas, a las que él respondió con toda sencillez.

Contada por Albert, la historia te desarmaba.

De vez en cuando, Pauline lanzaba una ojeada a la maleta, que había colocado en el portaequipajes, frente a ella.

Por su parte, Albert abrazaba celosamente el gran sombrerero que contenía la cabeza de caballo.

—Pero, a ver, ¿quién es tu amigo? —le susurró Pauline, que empezaba a impacientarse.

—Pues un amigo... —murmuró él, evasivo.

No tenía bastante energía para describirlo. Ya lo vería cuando llegara. No quería que se asustara, que saliera huyendo, que lo abandonara ahora, porque se había quedado sin fuerzas. Estaba reventado. Tras la confesión, Pauline se había encargado de todo: del taxi, la estación, los billetes, el mozo de equipajes, los revisores... Si hubiera podido, Albert se habría dormido allí mismo, al momento.

Entretanto, el tiempo iba pasando.

Subieron otros viajeros y el tren empezó a llenarse con un ajetreo de maletas y bolsos aupados por las ventanillas, gritos de niños, nervios por la partida, despedidas de los amigos, la pareja, los padres, recomendaciones, búsqueda de asiento, mira, es aquí, ¿me permite?...

Albert, que había bajado la ventanilla y estaba asomado mirando hacia la cola del tren, parecía un perro que espera impaciente la llegada de su amo.

La gente lo empujaba al pasar por el pasillo, de lado, porque estorbaba. El compartimento se llenó. Sólo quedaba un asiento vacío, el de su amigo, que seguía sin aparecer.

Mucho antes de la hora de salida, Albert comprendió que Édouard no llegaría. Sintió una pena inmensa.

Pauline se dio cuenta, se acurrucó junto a él, le cogió la mano y la retuvo entre las suyas.

Cuando los revisores empezaron a recorrer el andén gritando que el tren estaba a punto de partir y había que alejarse de los vagones, Albert agachó la cabeza y lloró desconsolado.

Tenía el corazón destrozado.

«Albert quiso irse a las colonias —contaría más adelante la señora Maillard—. Bueno, me parece muy bien. Pero si hace como aquí y empieza a lloriquear delante de los indígenas, no llegará muy lejos, se lo digo yo. Pero en fin, Albert es Albert. ¡Qué se le va a hacer, él es así!»

Epílogo

A las ocho de la mañana del día siguiente, 16 de julio de 1920, Henri d'Aulnay-Pradelle comprendió que su suegro había hecho la última jugada de la partida: jaque mate. De haber podido, lo habría matado.

Lo detuvieron en su domicilio. La gravedad de las acusaciones que pesaban sobre él indujo a la justicia a dictaminar prisión preventiva de inmediato. Sólo la abandonó cuando empezó el juicio, en marzo de 1923. Fue condenado a cinco años de cárcel, reducidos a tres por la condicional, así que, como ya había pasado esa temporada entre rejas, salió de la sala libre pero arruinado.

Entretanto, Madeleine había obtenido un divorcio que las relaciones de su padre habían permitido acelerar.

La propiedad de la Sallevière y todos los bienes personales de Henri fueron embargados. Tras el juicio, descontados el reintegro de las cantidades indebidamente percibidas, las multas y las costas procesales, no quedó gran cosa, pero sí algo. No obstante, el Estado hizo oídos sordos a sus demandas de devolución. Harto de luchar, en 1926, inició un pleito en que dilapidó lo poco de que aún disponía, sin jamás ganarlo.

Henri se vio obligado a vivir muy modestamente y murió solo en 1961, a los setenta y un años.

Confiada a una asociación dependiente de los Servicios Sociales, la propiedad de la Sallevière se transformó en orfanato y como tal permaneció hasta 1973, año en que se vio envuelto en un escándalo bastante sórdido, francamente penoso de recordar. El establecimiento fue clausurado. Más tarde, para seguir utilizándolo habría sido necesario llevar a cabo obras demasiado onerosas. La propiedad fue vendida a una empresa que organizaba congresos y conferencias. Allí mismo, en octubre de 1987, tuvo lugar un apasionante seminario histórico titulado: «14-18. Los negocios de la guerra.»

El 1 de octubre de 1920, Madeleine dio a luz a un varón. Pero contra la costumbre propia de la época de ponerles a los recién nacidos el nombre de un familiar muerto en la contienda, descartó llamarlo Édouard.

—Ya tiene un padre bastante problemático —comentó—. No le hagamos cargar también con eso.

Péricourt no dijo nada. Ahora comprendía muchas cosas.

El hijo de Madeleine nunca mantuvo una relación estrecha con su padre. Tampoco pagó sus juicios. Sólo se avino a asignarle una modesta pensión e ir a verlo una vez al año. Fue en una de esas visitas, la de 1961, cuando descubrió su cadáver. Su padre llevaba muerto dos semanas.

Marcel Péricourt fue eximido enseguida de cualquier responsabilidad respecto a la muerte de su hijo. Todos los testigos confirmaron que el joven se había arrojado bajo las ruedas del coche, lo que volvía aún más oscuro el peso de aquel asombroso azar, en el que costaba creer.

Péricourt no paró de dar mil vueltas a las circunstancias de tan trágico final. Descubrir que su hijo había estado vivo todos aquellos meses en que, por primera vez en su vida, a él le habría gustado abrazarlo, lo sumió en la desesperación más absoluta.

También lo desconcertaba el cúmulo de contingencias que se habían aliado para que Édouard acabara atropellado por un coche que él apenas conducía cuatro veces al año. Tuvo que rendirse a la evidencia: por inexplicable que fuera, no se trababa de una casualidad; era una tragedia. El final, fuera aquél o cualquier otro, tenía que llegar porque estaba escrito hacía mucho.

Péricourt reclamó el cuerpo de su hijo y lo hizo inhumar en el panteón familiar. En la piedra se grabó la siguiente inscripción: ÉDOUARD PÉRICOURT. 1895-1920.

Compensó a todos los suscriptores estafados. Curiosamente, aunque el fraude ascendía a un millón doscientos mil francos, se presentaron justificantes por valor de un millón cuatrocientos mil. Siempre hay gente que se aprovecha. Péricourt hizo la vista gorda y pagó.

Poco a poco, fue abandonando las obligaciones profesionales, apartándose de los negocios, vendiendo muchas cosas y realizando inversiones a nombre de su hija y de su nieto.

Durante el resto de su vida siguió viendo la mirada de Édouard en el instante en que el coche lo lanzaba por los aires. Por mucho tiempo intentó interpretarla. Traslucía alegría, sí, y también alivio, pero algo más.

Y un día le vino por fin la palabra a la boca: gratitud.

Por supuesto, eran imaginaciones suyas. Pero cuando una idea semejante se te mete en la cabeza, es difícil librarte de ella.

La palabra le acudió a la mente un día de febrero de 1927. Durante la comida. Cuando se levantó de la mesa, besó en la frente a Madeleine, como de costumbre, subió a su habitación, se acostó y murió.

Albert y Pauline llegaron a Trípoli y, poco después, se instalaron en Beirut, en el corazón de aquel Gran Líbano tan prometedor. Entretanto se había lanzado una orden internacional de busca y captura contra Albert Maillard.

Por su parte, Louis Évrard consiguió con bastante facilidad documentos de identidad por treinta mil francos, cifra que a Pauline le pareció excesiva.

Tras el regateo, se los dejaron por veinticuatro mil.

• • •

Al morir, la señora Belmont legó a su hija la casa del pasaje Pers, que a falta de mantenimiento había perdido gran parte de su valor. Además, Louise recibió del notario una importante suma de dinero y una libreta donde su madre había apuntado escrupulosamente todas las operaciones e inversiones efectuadas a su nombre, precisas hasta el céntimo. Louise descubrió que el capital inicial estaba constituido por las cantidades entregadas por Albert y Édouard (cuarenta mil francos el uno, sesenta mil el otro).

Louise no tendrá un destino especialmente relevante, al menos hasta que reaparezca a comienzos de los años cuarenta.

Queda Joseph Merlin, del que ya no se acordaba nadie.

Ni siquiera usted.

Pero no se preocupe: en la vida de Joseph Merlin eso era una constante. La gente lo odiaba, aunque en cuanto desaparecía se olvidaba de él. Y si les venía a la cabeza algo relacionado con su persona, siempre se trataba de un mal recuerdo.

Merlin se había pasado una noche entera pegando con papel engomado los billetes que le había dado Henri d'Aulnay-Pradelle en grandes hojas de cuaderno. Cada billete era un pedazo de su historia, de su fracaso. Pero eso usted ya lo sabe.

Tras entregar el explosivo informe, que fue crucial para la condena de Henri, Merlin se sumió en un estado de hibernación. Su carrera había terminado y también su vida, según creía. Pero se equivocaba.

Se jubiló el 29 de enero de 1921. Hasta entonces lo habían ido pasando de servicio en servicio, pero el golpe que había asestado al gobierno con su informe y las inspecciones de los cementerios, por más que fuesen verdaderos, no era de los que se olvidan fácilmente. ¡Qué escándalo! En la Antigüedad, al portador de las malas noticias se lo castigaba con la lapidación. En lugar de eso, todas las mañanas él acudía puntualmente al ministerio. Sus compañeros se preguntaban qué habrían hecho ellos si hubieran recibido el equivalente a diez años de sueldo. Y Merlin les resultaba tanto más odioso cuanto que ni siquiera se había quedado con veinte francos para que le lustraran los zapatones, llevar al tinte la chaqueta, llena de manchas, o comprarse una dentadura nueva.

Así que el 29 de enero de 1921 se encontró en la calle. Lo jubilaron. Dada su categoría, le correspondió una pensión más o menos equivalente a la paga de Pauline en casa de la familia Péricourt.

Durante mucho tiempo siguió dándole vueltas a la noche en que había renunciado a aquel pastón por algo menos gratificante pero moral, aunque a él no le gustaban las grandes palabras. El asunto de los soldados exhumados seguía atormentándolo ya jubilado. Hasta que dejó el servicio público, no empezó a interesarse por el mundo y a leer los periódicos. Gracias a la prensa, se enteró de la caída de Henri d'Aulnay-Pradelle y del sonado juicio de aquellos a quienes se había dado en llamar «los ventajistas de la muerte». Leyó con suma satisfacción las crónicas de su propia declaración ante el tribunal, pese a que no lo retrataban favorablemente, pues a los periodistas no les había gustado aquel fúnebre testigo que tenía muy mala presencia y los apartaba a empujones cuando intentaban entrevistarlo en la escalinata del Palacio de Justicia.

Luego, el asunto pasó de moda y la gente se desinteresó. Quedaron las conmemoraciones, los muertos, la gloria. La patria. Guiado por no se sabe qué deber, Merlin siguió leyendo los periódicos. Como no podía permitirse comprar varios todas las mañanas, iba a bibliotecas, cafés, vestíbulos de hotel, donde podía consultarlos gratuitamente. Fue así como, en 1925, descubrió un breve anuncio, al que contestó. Se buscaba un guarda para el cementerio militar de Saint-Sauveur. Lo entrevistaron, mostró su hoja de servicios y lo cogieron.

Durante muchos años, si ibas a Saint-Sauveur, hiciera frío o calor, podías tener la seguridad de que lo verías hundiendo la pala en la tierra amazacotada por la lluvia con su enorme zapatón, para mantener en perfecto estado los arriates y senderos.

Courbevoie, octubre de 2012

Y para acabar...

Ninguna de las personas a quienes deseo dar las gracias aquí tiene la menor responsabilidad respecto a las inexactitudes de esta novela «basada en hechos reales», de las que soy único culpable.

La estafa de los monumentos a los caídos es, que yo sepa, ficticia. La imaginé tras leer el famoso artículo de Antoine Prost sobre dichos monumentos.[1] Por el contrario, las malversaciones atribuidas a Henri d'Aulnay-Pradelle proceden en gran medida del «Escándalo de la exhumaciones militares» que estalló en 1922, descrito y analizado en dos excelentes trabajos de Béatrix Pau-Heyriès.[2] De modo que el primer hecho es real y el segundo, no, aunque podría haber sido al revés.

He leído numerosos trabajos de Annette Becker, Stéphane Audouin-Rouzeau, Jean-Jacques Becker y Fréderic Rousseau, cuyos análisis y enfoques me fueron de gran utilidad.

Por supuesto, mi deuda con Bruno Cabanes y su apasionante obra *La Victoire endeuillée*[3] es más específica.

---

1. «Les monuments aux morts, culte républicain? Culte civique? Culte patriotique?», en Pierre Nora, *Les Lieux de mémoire*, tomo 1, París, Gallimard, 1984.
2. «La dénonciation du scandale des exhumations militaires par la presse française dans les années 1920», en *Les médias et la Guerre*, edición a cargo de Hervé Coutau-Bégarie, París, Economica, 2005; y «Le marché des cercueils (1918-1924)», en *Mélanges, Revue Historique des Armées, 2001*.
3. Seuil, «L'Univers historique», 2004.

Nos vemos allá arriba debe mucho a la literatura de ficción de la posguerra, de Henri Barbusse a Maurice Genevoix y de Jules Romains a Gabriel Chevallier. Dos novelas me fueron de especial utilidad: *Le Réveil des morts*,[4] de Roland Dorgelès, y *Le Retour d'Ulysse*,[5] de J. Valmy-Baysse.

No sé qué habría sido de mí sin los inestimables archivos de *Gallica*,[6] las bases de datos *Arcade* y *Merimée*[7] del Ministerio de Cultura y, sobre todo, sin los bibliotecarios de la Biblioteca Nacional de Francia, a los que doy mis más sinceras gracias.

También estoy en deuda con Alain Choubard,[8] cuyo apasionante censo de los monumentos a los caídos me fue de gran utilidad y al que agradezco su acogida y su ayuda.

Por supuesto, deben figurar en un lugar destacado quienes me apoyaron a lo largo de este trabajo: Jean-Claude Hanol, por sus primeras impresiones y su aliento; Véronique Girard, que con tanta amabilidad señala siempre lo esencial; Gérald Aubert, por sus muy atinadas lecturas, sus consejos y su amistad; y Thierry Billard, relector atento y generoso. Mis amigos Nathalie y Bernard Gensane, que no escatimaron su tiempo y cuyos análisis y observaciones son siempre tan fecundos, merecen, por supuesto, una mención muy especial. Igual que Pascaline.

A lo largo del texto tomé cosas prestadas aquí y allá de diversos autores: de Émile Ajar, Louis Aragon, Gérald Aubert, Michel Audiard, Homero, Honoré de Balzac, Ingmar Bergman, Georges Bernanos, Georges Brassens, Stephen Crane, Jean-Louis Curtis, Denis Diderot, Jean-Louis Ézine, Gabriel García Márquez, Victor Hugo, Kazuo Ishiguro, Carson McCullers, Jules Michelet, Antonio Muñoz Molina, Antoine-François Prévost, Marcel Proust, Patrick Rambaud, La Rochefoucauld y algunos otros.

Que consideren esos préstamos como otros tantos homenajes.

El personaje de Joseph Merlin, libremente inspirado en Cripure, y el de Antonapoulos, inspirado en el personaje homónimo,

---

4. Albin Michel, París, 1923.
5. Albin Michel, París, 1921.
6. http://www.gallica.bnf.fr/
7. http://www.culture.gouv.fr/culture/inventai/patrimoine/
8. http://www.monumentsauxmorts.fr

son sendas muestras de mi admiración por Louis Guilloux y Carson McCullers.

También debo expresar mi gratitud y mi reconocimiento al equipo de Albin Michel; habría que citar a todo el mundo, empezando por Pierre Scipion, a quien tanto debo.

Por último, se comprenderá que mi recuerdo más emocionado sea para el pobre Jean Blanchard, que de forma totalmente involuntaria me proporcionó el título de esta novela. Fue fusilado por abandono de la posición el 4 de diciembre de 1914 y rehabilitado el 29 de enero de 1921.

Vaya también ese recuerdo, de forma más general, a todos los muertos de la Gran Guerra, fuera cual fuese su nacionalidad.